MOINEAU

James Hynes

Moineau

Traduit de l'anglais (États-Unis) par
Santiago Artozqui

Fayard

Adaptation de couverture : le-petitatelier.com
Design de couverture © Stuart Wilson, Picador Art Department
Illustration de couverture © Laura Middleton

Ce livre est la traduction intégrale, publiée pour la première fois
en France, du livre de langue anglaise :
Sparrow
publié pour la première fois en 2023 par Picador, une maison de Pan
Macmillan, filiale du groupe Macmillan Publishers International
Limited.

ISBN : 978-2-213-72630-4
Dépôt légal : avril 2025

Pour Mimi

Qui invitus servit, fit miser, servit tamen.

L'esclave réticent se rend malheureux, mais n'en demeure pas moins esclave.

Publilius Syrus, *Sentences*

Moi, Jacob, fils de personne, père de personne, aimé de personne, esclave, prostitué, sodomite, eunuque, meurtrier, souteneur, peut-être Juif, peut-être Syrien, peut-être limon du Nil, ouvrier, contremaître, infirme, consomptif, terrain laissé en friche, vieux morceau de bois flotté négligé par la marée descendante, unique et dernier résident d'une ville désertée dans une province abandonnée aux frontières sanglantes d'un empire mourant, je couche sur le papier cette histoire de ma vie. Elle ne sera jamais terminée, car qui rédigera ma fin ? D'un autre côté, personne ne la lira jamais, parce qu'elle s'éteindra sans doute avec moi, et ma mort approche vite. Elle ne survivra pas longtemps à la décrépitude rapide de mon corps, juste le temps que ce papyrus moisisse dans l'indifférence au fond d'une maison en ruine, ses marges grignotées par les rats, véritable festin pour les cafards et les scarabées. Il sera détrempé par la pluie qui transperce le toit rongé de pourriture, puis, après l'effondrement de ce dernier, blanchi et réduit au silence par les rares apparitions du soleil britannique. Ou peut-être va-t-il simplement se désintégrer, tomber en poussière comme ont commencé à le faire tous les autres livres de la bibliothèque dans laquelle j'écris. Si tel est le sort de Tacite, Cicéron, Juvénal et Sénèque, et même des empereurs Julien et Marc-Aurèle, pourquoi n'en irait-il pas de même pour moi ? Je ne suis qu'un auteur de plus dont personne ne se souviendra jamais, et ce livre n'est qu'un livre de plus qui ne changera rien.

Mais je te fais cette promesse, ô lecteur inconnu qui ne liras jamais ces mots : je ne te mentirai jamais. J'ai beau avoir vécu dans la débauche, ma page est vertueuse.

I

Une femme irritée éviscère un poisson. Elle le découpe avec une rage contrôlée, la main experte, le geste sûr. À l'aide d'un long couteau effilé, elle l'entaille derrière les ouïes, décolle l'arête dorsale et lève le filet rose. Elle vide les intestins bleutés et les jette sur le côté. Puis elle soulève le squelette par la tête en introduisant deux doigts dans les branchies et me le balance.

Je suis un enfant sans nom dans la pénombre, les jambes écartées sur une dalle ébréchée dans le coin d'une cuisine. La tête du poisson et son arête dorsale en forme d'échelle glissent jusqu'à moi. Le poisson a la bouche ouverte, comme s'il était surpris de se retrouver tout nu sur le sol entre mes jambes. Je ne sais si je dois rire ou pleurer. Est-ce un jeu ? Peut-être, peut-être pas. L'œil vitreux du poisson fixe mon visage surpris, comme pour me mettre en garde.

– C'est à toi qu'elle en veut, affirme-t-il.

La cuisine est plongée dans la pénombre, il y règne une chaleur étouffante. Elle sent la fumée, l'oignon, l'ail, l'huile rance et, bien sûr, le poisson. Des années durant, les épices venues du Sud ont imprégné les murs noircis d'une odeur forte que je sens encore dans mes sinus. Des flacons d'aromates et d'assaisonnements sont alignés sur le plan de travail noir en ciment, à côté de casseroles et de poêles usagées, de paniers de pois chiches et de figues séchées, et de jarres tachées pleines d'huile d'olive, de vinaigre, de miel et de garum. Au-dessus, pendus à des crochets, des couteaux, des pinces, une spatule, d'autres couteaux, deux louches, des cuillères assorties. Une casserole de fer est déjà en train de chauffer sur la table de cuisson en pierre le long du mur opposé. En dessous, dans le foyer, les premières braises du matin rougeoient entre les cendres. La lumière n'entre que par l'encadrement d'une porte basse et carrée, et dehors, des rayons de soleil tombent sur le jardin aromatique de la cuisine, une jungle qui grimpe jusqu'aux genoux, où des poules picorent entre les feuilles pendantes des plantes fanées par la chaleur écrasante. Au fond du jardin, un mur blanchi à la chaux brille d'un éclat presque aveuglant, et au-dessus, le ciel, céruléen, immaculé. Après avoir passé la plus grande partie de ma vie sous les cieux laiteux, changeants et inconstants de Bretagne, le bleu adamantin de ce ciel hispanique est aujourd'hui encore mon idéal platonicien du firmament : sans nuages, sans limites, sans fond, sans défauts. C'est le ciel que j'aimerais trouver au paradis, s'il existait vraiment, et si j'avais le moindre espoir d'y aller.

Une table de bois brut, robuste mais bancale, trône au centre de la cuisine exiguë, son plateau lacéré d'innombrables entailles. La femme en colère y vide ses poissons, et en dessous, je vois l'ourlet de sa jupe en lambeaux. Ses orteils crasseux se recroquevillent sur les dalles tandis qu'elle en éviscère un autre. J'ai des souvenirs plus anciens, mais ils ne me reviennent que par bribes – les reflets du soleil sur la mer, des crottes de chat sur un parquet, l'odeur des amandiers en fleur. Mais celui-ci, c'est mon premier souvenir cohérent. C'est le début de mon histoire, et comme dit Horace, toutes les bonnes histoires commencent *in media res*. Alors, quand la silhouette serpentine d'un deuxième poisson atterrit entre mes jambes, je suis surpris, mais je ne pleure pas. Je semble déjà avoir appris à ne pas me plaindre. Je semble déjà savoir ce qui se passera si je le fais.

– Toujours irritée, observe la deuxième tête de poisson. Et c'est toujours à toi qu'elle en veut.

Le visage blafard de la femme brille de sueur dans la pénombre étouffante de la cuisine. Son abondante chevelure rousse est attachée en chignon, et les quelques mèches rebelles qui s'en échappent accrochent la lumière qui entre par le seuil. Elle porte un collier de fer noirci. Elle ne regarde jamais dans ma direction, autre signe qui m'indique qu'elle m'en veut. Pourtant, les têtes de poisson continuent d'atterrir avec une précision sans faille entre mes jambes, un petit cimetière de regards fixes et d'arêtes enchevêtrées. Elle sait où je suis. Elle ne veut pas me regarder, c'est tout.

Une ombre passe devant la porte. Je me tourne. Je ne vois que la lumière aveuglante du mur au fond du jardin, une poule qui secoue la tête, et les feuilles qui se racornissent sous la chaleur. Je pose de nouveau les yeux sur la femme, qui plante sa lame dans un autre poisson malchanceux. La lumière diminue encore. Une silhouette se découpe sur le seuil, nette, à contre-jour, un homme vêtu d'une tunique courte, les jambes nues. Je cligne des yeux dans mon recoin sombre tandis qu'il pose les mains de part et d'autre du chambranle pour ne pas perdre l'équilibre.

– C'est là, les chiottes ?

Il a le souffle court, comme s'il venait de gravir péniblement une colline.

La femme se redresse, une main sur la table.

– Là, c'est la cuisine. Les latrines, c'est à côté, ajoute-t-elle en pointant son couteau dans leur direction.

L'homme tourne la tête, mais il ne part pas. Il n'est pas grand, mais la porte est tellement basse que le haut de son crâne effleure presque le linteau. Comme il est à contre-jour, je ne distingue ni son visage ni la couleur de sa tunique, mais j'entends sa respiration laborieuse. Ses jambes tremblent comme s'il venait de poser une lourde charge. J'entends le *tchack tchack tchack* de la lame contre la table tandis que la femme étripe d'une main experte un autre poisson en ignorant ostensiblement l'homme. Il inspire une grande bouffée d'air et se traîne à l'intérieur. La lumière entre avec lui. À présent, je vois sa tignasse brune et sa barbe peu fournie. Sous la table, je vois ses sandales. Une des lanières est cassée, il l'a réparée lui-même en faisant un nœud avec les deux bouts. Ses jambes se dérobent sous lui, mais il parvient quand même à tituber jusqu'à la femme. Elle soupire, se tourne face à lui et se dresse de toute sa hauteur. Elle pose ses pieds à plat sur les dalles, écarte ses orteils crasseux. Sous la table, je vois la main qui tient le couteau le glisser dans un pli de sa jupe.

– Comment tu t'appelles, toi ? grommelle-t-il.

Il se tient suffisamment près d'elle pour qu'elle sente son haleine. Elle détourne la tête. Il est à peine un peu plus grand qu'elle. Quand il lève la main d'un geste mal assuré et enroule l'une de ses mèches rebelles autour de son doigt, elle jette la tête en arrière et s'écarte de lui. Mais il a beau être saoul, il est rapide. Avant qu'elle ait le temps de tirer son couteau, il la saisit par la taille et se glisse derrière elle en lui attrapant les poignets. Puis il la bascule vers l'avant et lui coince la main contre le bord de la table jusqu'à ce qu'elle lâche la lame en grognant de douleur. Elle le repousse, mais il la plaque de nouveau sur le plateau, si fort qu'elle en a le souffle coupé.

– Tu veux l'une des louves de l'étage, lance-t-elle en haletant. Moi, je suis Focaria.

– J'ai de l'argent, marmonne-t-il. Je peux payer.

Il lui tient la taille et plante ses griffes dans le tissu de sa jupe pour la soulever chaque fois un peu plus. Sous la table, les orteils de Focaria se recroquevillent quand ses talons décollent du sol. L'homme tend les muscles de ses mollets. Les semelles de ses sandales frottent sur les dalles. Focaria reste muette, les narines dilatées, les lèvres pressées l'une contre l'autre, exsangues. D'une main, elle tente de prendre appui sur le plateau jonché de viscères gluants, de l'autre, elle cherche le couteau resté sur la table, mais l'homme lâche sa jupe à temps pour faire tomber le couteau, qui heurte le sol avec un tintement métallique. Focaria jette un cri silencieux quand la main de l'homme se remet à fouiller sous sa jupe.

Si c'est un nouveau jeu, il me fait peur. Leur algarade et leurs grognements m'amènent au bord des larmes, mais je suis trop stupéfait pour pleurer. Puis, dans un grand bruit sourd, la table bascule vers moi. Pour garder l'équilibre, l'homme est obligé de lâcher Focaria et de se jeter en arrière. Elle tombe à genoux, et tandis qu'il se balance sur ses pieds comme une marmite à fond rond, elle détale à quatre pattes sous la table.

C'est alors que je me mets à pleurer et, pour la première fois, l'homme me remarque.

– C'est quoi, ça ?

Il pivote dans ma direction, une main sur la table, l'autre contre le mur. Il remplit tout mon champ de vision, une silhouette sans visage découpée dans le halo de l'entrée. Je pleure encore plus fort. Il se penche, me prend entre ses paumes calleuses et fermes, il me soulève, tout hurlant, loin du sol. Il pue le vin et la sueur.

– Qui es-tu ? demande-t-il.

Ça, c'est une question ! Aujourd'hui encore, en écrivant ces lignes, à l'autre bout de ma vie, la perspicacité de ce poivrot m'impressionne encore. *In vino veritas*, ô salopard passé *ad patres* depuis longtemps.

– T'es quoi ?

Il me hisse au-dessus de sa tête et regarde sous ma tunique, puis tourne la tête vers l'endroit où Focaria se trouvait quelques instants plus tôt.

– Il est trop bronzé pour être à toi.

Je gigote et je crie, il me tient à bout de bras pour que mes mains et mes pieds ne lui frappent pas le visage. Tandis que ma tête frôle les poutres noircies, j'ai un nouveau point de vue sur la cuisine, j'aperçois les confins de mon monde et tout ce qu'il contient : le seuil à l'éclat aveuglant, les murs sales, la table poisseuse et couturée d'entailles. Le plan de travail en ciment, la table de cuisson de pierre, les dalles jonchées de carcasses de poisson. Le tisonnier, la petite pelle de fer et le soufflet de cuir posés contre le four. La femme accroupie dans l'angle opposé de la pièce.

– Il veut peut-être regarder, s'esclaffe l'homme. Il apprendrait sans doute quelque chose.

Il se tourne, cherche Focaria des yeux, juste à temps pour voir dans un flou un visage blafard entouré de mèches rebelles tandis qu'elle se jette sur lui, le couteau à la main, prête à l'éventrer de bas en haut. Il crie et l'esquive, mais son talon se pose sur une tête de poisson, son pied se dérobe et il me lâche en retombant sur le dos. Je hurle quand Focaria me récupère en me tirant par le bras. Il tâtonne pour trouver un point d'appui, mais ses mains ne se posent que sur des têtes de poissons morts. Avec l'habileté d'un coupe-jarret, Focaria fait tourner le couteau dans sa main pour que la lame pointe vers le bas, puis elle lève le bras bien au-dessus de son épaule. Ses yeux brillent d'une lueur terrifiante. L'unique chose qui me console, c'est que sa colère vise à présent cet homme, et non moi.

C'est alors qu'une autre main énorme et poilue l'empoigne par son collier et la fait tomber. Elle s'étale par terre en poussant un cri tandis que le couteau glisse sur les dalles. Une nouvelle ombre se penche sur moi, plus grande que celle de l'autre homme, et m'écarte d'un coup de pied. La silhouette se penche, attrape des deux mains la tunique du poivrot et le remet debout.

– La traînée a essayé de me..., ânonne-t-il.

Mais le deuxième homme, qui le dépasse d'une tête, le plaque violemment contre le mur et lui maintient d'une seule main les deux poignets au-dessus du crâne. De l'autre, il lui entaille le visage juste en dessous de l'œil avec un petit couteau acéré.

L'homme hurle comme un goret. La silhouette massive le traîne à travers la cuisine et le balance dehors, où il jaillit dans la lumière et déboule dans le jardin aromatique en faisant des moulinets avec ses bras pour tenter de reprendre l'équilibre. La poule s'enfuit en caquetant et en battant des ailes juste avant que l'homme s'étale par terre.

À présent, la deuxième silhouette s'encadre dans l'embrasure, plongeant de nouveau la cuisine dans la pénombre. Un simple filet de lumière filtre autour de son large dos, son ventre proéminent et ses gros mollets.

– Ne reviens pas, crache-t-il. La prochaine fois, je t'étripe et je te coupe la gorge.

Il essuie la lame de son couteau avec ses doigts et le fait disparaître.

– Mon argent…

L'homme se remet sur ses genoux, il presse une main contre sa pommette.

– Mon argent vaut autant que celui d'un autre.

Un sang rouge vif suinte entre ses doigts.

– Barre-toi, bouffeur de chattes ! répond l'autre d'une voix qui gronde et gargouille à la fois. J'ai pas besoin de ton fric.

Par l'espace entre ses jambes, je vois le poivrot se relever péniblement en écrasant les plantes aromatiques tout autour de lui. Quelque part en dehors de mon champ de vision, la poule proteste énergiquement. L'ombre postée sur le seuil brandit le poing, et l'autre s'éloigne en titubant, laissant une traînée de gouttelettes de sang sur les feuilles tombantes. L'ombre se retourne vers nous.

– Audo…

Focaria s'est redressée à côté de la table. Dans mon coin, je hurle encore comme un chien.

Quand l'homme que Focaria appelle Audo entre dans la cuisine, la lumière tombe sur lui. Il a un visage charnu, le nez aplati, un ventre qui déborde de la ceinture de sa tunique comme une outre de vin bien pleine, et des mollets musclés tavelés de rose et de blanc comme des jambons. Mes larmes de désespoir et mes gémissements semblent l'irriter.

– Fais taire cette chose, lâche-t-il dans un gargouillis rauque en me désignant, ou je vais le renvoyer d'où il vient.

– J'aimerais bien, répond Focaria en se frottant la gorge à l'endroit où son collier de fer lui a fait un bleu. Qu'est-ce que je suis censée faire de lui ?

À présent, Audo me dévisage. J'entends son souffle à l'autre bout de la cuisine. Ses yeux sont comme deux raisins de Corinthe plantés dans un beignet, et sous son regard noir, je ravale instinctivement mes larmes et ma morve. Je suis en train d'apprendre une de mes premières leçons : un esclave ne pleure pas.

– Mets-le au travail, lâche-t-il. Quel est le problème ?

Focaria soupire. C'est une esclave, elle aussi, mais beaucoup plus utile que je ne le suis à ce stade de ma vie, alors elle a un peu de marge pour s'exprimer.

– Pour faire quoi ? demande-t-elle d'une voix un peu plus affirmée. Il est trop jeune.

Audo plisse les yeux. Je me tais complètement. J'apprends.

– Frappe-le.

Ça, comme je vais bientôt l'apprendre, c'est la réponse qu'il donne à n'importe quelle question. Audo est un marteau, et chaque problème est un clou.

– Les oreilles d'un esclave sont sur son dos...

Focaria, testant les limites de sa marge de manœuvre, finit la phrase à sa place :

– ... il n'écoute que lorsqu'on le bat. Je sais, Audo, poursuit-elle en me montrant du doigt. Mais je pourrais le cogner toute la journée, ça ne ferait aucune différence. C'est un enfant. Il a besoin de quelqu'un pour lui enseigner les choses, et quand suis-je censée faire ça ? Je gère déjà la cuisine, les courses et le ménage. Je dois apporter la nourriture à la taverne tous les soirs. Je dois apporter de l'eau et du vin aux louves et emporter leurs satanés pots de chambre. Comment suis-je censée faire tout ça et m'occuper de lui ? conclut-elle en me désignant du menton sans pour autant poser les yeux sur moi.

Elle s'apprête à en dire plus, mais elle se ravise. Audo a baissé la tête. En tant que rouage nécessaire, Focaria a moins de chances que moi d'être frappée, mais elle n'est pas totalement à l'abri d'un accès de violence.

– Qu'est-ce que tu veux que je fasse ? demande Audo en relevant la tête. Je pisse pas du fric.

C'est une autre de ses expressions favorites. C'est ce qu'il dit quand il estime qu'il se montre raisonnable. Parfois, Focaria la répète dans son dos en se moquant de lui, en imitant son accent fruste et en l'appelant « Pecunia ». Et dans son dos aussi, jamais quand il pourrait l'entendre, elle ajoute : « Il n'est pas *à lui*, ce satané fric, non ? »

– Envoie une des louves s'occuper de lui, se contente-t-elle de suggérer.

– Une des louves ?

– Pourquoi pas. Quand elle ne travaille pas.

Je sens de la tension dans sa voix. Elle sait qu'elle n'est pas loin de dépasser les limites de sa patience.

– Le matin, elles ne font que dormir.

De ses doigts boudinés, Audo tambourine sur la table.

– Pas obligé que ce soit la même tous les jours.

Il souffle par le nez, comme un taureau qui gratte le sol de son sabot.

– Elles pourraient venir à tour de rôle. Elles pourraient…

Audo frappe la table de ses deux mains, si fort qu'elle rebondit sur place. Focaria bat en retraite, elle baisse les yeux. Il ne l'a pas frappée, mais la violence est si merveilleusement efficace qu'après un certain temps il suffit de lever la main devant un chien pour qu'il se soumette.

Pourtant, Focaria semble penser qu'elle dispose encore d'un peu de marge pour tirer sur sa laisse.

– Je ne peux pas le surveiller tout le temps, marmonne-t-elle d'un seul trait. S'il se blesse, tu vas me frapper. S'il meurt, tu vas me frapper. Si je demande de l'aide, tu vas me frapper. Qu'est-ce que je suis censée faire ?

Audo lui jette un regard mauvais qui ne rencontre que le haut de son crâne, car elle a de nouveau baissé la tête. Il pose les yeux sur moi, toujours assis par terre, je cligne des yeux en silence, le souffle court. Puis il se tourne vers le jardin, et son visage accroche la lumière. Je distingue du gris dans ses épais cheveux noirs. Je distingue les rougeurs sur son nez aplati.

– Je vais t'envoyer Euterpe. Le matin.

Toujours sans lever les yeux, Focaria murmure quelque chose.

– Quoi ? s'exclame Audo.

Focaria rentre les épaules, comme si elle s'attendait à prendre un coup par-derrière.

– Envoie Uranie, répond-elle. Euterpe est trop tête en l'air.

– Ça, c'était l'ancienne. La nouvelle n'est pas aussi stupide.

– Uranie, insiste-t-elle. Comment est-ce que je sais que la nouvelle Euterpe ne va pas le tuer ?

– Ça sera ton boulot de t'en assurer.

– Mais quel intérêt, si je dois surveiller les deux ? rétorque Focaria beaucoup trop sèchement.

– *Assez !* rugit Audo.

Focaria serre ses bras contre elle dans un mouvement de recul.

– Tu veux retourner sucer des bites sous l'aqueduc ?

– Non, Audo, murmure-t-elle.

– Alors, qu'est-ce que tu dis ?

C'est réglé. Euterpe, c'est ce qu'elle obtiendra de mieux. Focaria fait un effort pour que les mots se forment sur ses lèvres.

– Merci, Audo.

– Bien !

Il courbe la tête pour passer sous le linteau et sort dans le jardin, puis se retourne en la pointant du doigt.

– Et mets-le au travail !

Soudain, il n'est plus là. Focaria soupire, ses épaules se relâchent. Elle fixe un regard amer sur le jardin aromatique, estimant les dégâts que le poivrot a faits. La poule passe en caquetant et en secouant la tête, son gros œil jaune pris de tournis. Je recommence à geindre, encore sous le choc et meurtri d'avoir été saisi, jeté et piétiné. Elle soupire à nouveau, remet la table en place, ramasse son couteau et le plante dessus en tremblant. Ensuite, elle s'agenouille, me pose au bord du plateau et me dévisage intensément jusqu'à ce que mes gémissements s'éteignent et que mes larmes se tarissent. Elle essuie la morve qui me coule du nez au menton et secoue la main pour s'en débarrasser. Puis, de ses doigts qui puent le poisson, elle me saisit la mâchoire, sans brutalité, mais sans tendresse non plus, et elle me scrute le visage comme si elle n'avait jamais vu quoi que ce soit qui me ressemble. La lumière éclaire sa chevelure rousse, les taches de rousseur sur son nez et ses joues. Je distingue le bleu qui noircit sur sa gorge, là où Audo l'a attrapée par son collier. Je remarque ses yeux bleus, aussi durs et sans fond que le ciel au-dessus du mur du jardin.

– Tes jours heureux sont révolus, lâche-t-elle.

Du jour au lendemain, l'horizon de mon monde est devenu deux fois plus grand, s'étendant de cette cuisine sombre, étouffante et enfumée jusque dans le soleil abrupt et les fragrances acidulées du jardin de la taverne. C'était une étroite bande de terre où Focaria faisait pousser des oignons, de l'ail, des carottes, des betteraves, mais aussi du basilic, du thym, du romarin, de la menthe et d'autres épices. Il s'étendait depuis la cuisine avec son toit en pente et sa cheminée fumante, à côté des latrines dont la porte en planches mal dégrossies grinçait, jusqu'au mur éclatant aux plâtres écaillés percé d'une poterne donnant sur une rue que je n'avais encore jamais vue. À l'une des extrémités se dressait le fronton de la taverne à proprement parler, avec une arche basse qui permettait d'entrer dans la grande salle au rez-de-chaussée et trois fenêtres à barreaux sous l'avant-toit, au premier. À l'autre bout se trouvait le mur aveugle de la boutique voisine contre lequel étaient remisées la citerne en briques suintantes et la pile de bois envahie de mauvaises herbes. C'était là que la poule et un coq exubérant avaient élu domicile. Ils griffaient le sol de leurs pattes et le fertilisaient de leurs déjections.

Mais le plus important, c'est que la population de mon monde s'était aussi agrandie, et qu'elle incluait à présent Euterpe, la louve à qui Audo avait ordonné d'être ma tutrice. Tous les matins au chant du coq, dès que les premières lueurs de l'aube rampaient sur le mur du jardin, je m'accroupissais devant la porte de la cuisine pendant que Focaria s'activait à l'intérieur. Je buvais un verre d'eau et croquais un bout de pain de la veille en attendant qu'Euterpe franchisse l'arche de la taverne en bâillant et en s'étirant dans sa stola rouge, le visage encore maculé des traces de maquillage de la nuit précédente. Son masque, disait-elle. Parfois, elle avait des bleus sur le visage, sur le haut des bras ou sur le cou. Elle grimaçait si je les touchais, mais jamais elle ne se mettait en colère ni ne me repoussait. J'étais son Pusus, son Petit Bout, et elle était la seconde femme que je rencontrais, après Focaria. On pourrait même dire que j'ai été élevé par une louve, tout comme

Remus et Romulus. Et pourtant, Euterpe était une louve sans en être une. Elle était chrétienne et pas chrétienne. Elle portait le nom d'une Muse, mais elle n'était pas une Muse. Elle s'appelait Euterpe et elle ne s'appelait pas Euterpe. Elle était ma mère et elle n'était pas ma mère.

Dans le premier souvenir que j'ai d'elle, nous nous connaissons déjà, et nous sommes lovés l'un et l'autre contre les briques fraîches de la citerne. Je sais déjà comment elle s'appelle, je suis déjà familier avec le timbre grave de sa voix, je connais déjà la chaleur bénéfique de sa poitrine. Je connais son odeur de musc et de sueur, du parfum de la veille et d'autre chose, aussi, dont j'apprendrai plus tard que ça s'appelle le sexe. Elle est adossée à la citerne, moi, je suis sur ses genoux ou entre ses jambes, tandis qu'elle m'enseigne les noms des choses dans le monde par-delà le jardin. Ça, c'est le *ciel*, ça, un *nuage*, ça, le *soleil*. Elle me prend la main et on pointe chaque chose du doigt. Ça, c'est le *mur*, et derrière, il y a une *maison*, et au-dessus de la maison, il y a un *toit*, et le toit est *rouge*. Elle identifie pour moi les sons qu'on entend de l'autre côté du mur, mais j'ai plus de mal à comprendre, parce qu'on ne peut rien pointer du doigt. Ça, c'est le son de quelqu'un qui *marche*, et avec deux doigts, elle fait des pas sur mon bras. Elle les bouge plus vite, ça, c'est quelqu'un qui *court*. Ça, ce sont des femmes qui *discutent*, comme nous maintenant. Ça, c'est un chien qui *aboie*, et elle ouvre ses doigts comme une gueule. Ça, c'est une mule qui *brait*, et elle l'imite en ouvrant grande la bouche. Ça, c'est un homme qui rit, et elle me chatouille jusqu'à ce que je me torde de rire.

De temps à autre, Focaria se présente sur le seuil de la cuisine et balance ses restes par terre pour les poules, ou bien cueille quelques feuilles de plantes aromatiques. Parfois, pourtant, elle se contente de nous regarder de la porte. Mais dès qu'Euterpe et moi tournons les yeux vers elle, elle rentre dans sa cuisine comme un rat dans son trou.

La plupart des leçons d'Euterpe prennent la forme d'histoires, et voici la première dont je me souviens. C'est une histoire qui parle d'oiseaux.

– Au commencement, souffle-t-elle de sa voix chaude dans mon oreille, Dieu a proposé un choix à chaque oiseau : savoir faire une seule chose, mais bien, ou savoir faire plusieurs choses, mais pas très bien. Tu vois l'oiseau, là-bas ?

Elle me prend la main et la pointe vers le volatile au plumage blanc sale qui se pavane entre les rangs de plantes aromatiques en tournant d'un air colérique son œil jaune dans tous les sens.

– Poule, dis-je.

– Très bien ! s'exclame-t-elle en m'étreignant chaleureusement. Et quand Dieu a demandé à la poule ce qu'elle voulait, elle a répondu : « Je veux marcher par terre, parce que c'est là que se trouve la nourriture. » Dieu lui a accordé son vœu, et c'est pourquoi la poule marche par terre et mange tous les vers et les blattes qu'elle veut. C'était un bon choix, parce qu'elle a eu ce qu'elle avait demandé. Mais c'était aussi un mauvais choix, parce qu'elle ne peut pas voler. Du coup, la poule est réduite en esclavage par l'homme, qui lui dérobe ses œufs jour après jour pour les manger. Et elle ne peut pas échapper au renard s'il parvient à entrer dans le jardin.

Je me tortille sur ses genoux. Je ne sais pas ce qu'est un renard, mais je suis convaincu que je ne voudrais pas me faire attraper par l'un d'eux.

– Ne t'inquiète pas, ajoute-t-elle. Tu es trop grand pour qu'un renard te mange ! Et maintenant, tu vois cet oiseau, haut dans le ciel ?

Elle me pointe la main en direction d'un autre oiseau qui a des ailes en croissant de lune et une queue fendue. Il fait des allers-retours dans le ciel bleu profond, loin au-dessus des tuiles rouges du toit.

– C'est un martinet. Tu saurais le dire ?

– Martinet.

Je suis des yeux ses déplacements incessants.

– Très bien ! lance-t-elle en m'étreignant de nouveau. Eh bien, quand Dieu a demandé au martinet ce qu'il voulait faire mieux que quiconque, il a répondu : « Je veux pouvoir voler, afin que ni l'homme ni le renard ne puissent m'attraper. » Et Dieu a fait du martinet l'oiseau qui vole le mieux.

Elle lève de nouveau ma main, et on se balance ensemble en suivant du doigt le vol rapide de l'oiseau.

– Le martinet ne peut pas être réduit en esclavage, et le renard ne peut jamais l'attraper.

– C'est bien, ça !

– Mais c'est aussi mauvais ! réplique Euterpe. Car le martinet vole si bien qu'il n'a pas besoin de pattes et qu'il ne peut donc pas marcher, contrairement à la poule. Et comme il n'arrive pas à marcher, il ne peut manger que ce qu'il attrape dans les airs. Il doit chasser en permanence. Il peut donc voler, mais jamais, au grand jamais, se reposer.

Mon regard passe de la poule qui se pavane dans le jardin, esclave des hommes et proie des renards, au martinet dans le ciel, jamais en mesure de reprendre son souffle ou de dormir. Le choix n'est pas tentant, et ma lèvre se met à trembler. Euterpe me serre à nouveau contre elle.

– L'histoire n'est pas finie, Pusus, il y a un troisième oiseau ! s'exclame-t-elle en reprenant ma main. Regarde !

On pointe nos doigts sur un petit oiseau grassouillet posé en haut du mur du jardin. Il n'est ni aussi remarquable que la poule ni aussi rapide que le martinet. Ce n'est qu'une boule couleur châtaigne surmontée d'une deuxième, plus petite, avec un bec minuscule et des plumes rouges sur le haut.

– C'est un moineau. Tu peux prononcer ça ?

– Moineau.

– Bien. Tu te souviens encore du début de l'histoire ?

– Les poules savent marcher, mais pas voler. Les martinets savent voler, mais pas marcher.

– Très bien !

Nouvelle étreinte.

– Alors, d'après toi, qu'a donc choisi le moineau ?

Je réfléchis. Contrairement à la poule qui se pavane et au martinet qui fait des piqués, le moineau se contente de tourner la tête sur son mur. Il se dresse un peu sur ses petites pattes, bombe le torse et relève son petit bec émoussé. Puis il se réinstalle, et n'est de nouveau plus qu'une boule de plumes surmontée d'une deuxième plus petite. Je regarde

Euterpe. Elle contemple le moineau, ses grands yeux marron brillent.

– Souviens-toi, poursuit-elle. Dieu a dit à chaque oiseau qu'il pouvait choisir de faire une seule chose bien, ou beaucoup de choses, mais pas très bien. Heureusement pour le moineau, il a répondu après la poule et le martinet, et il avait appris de leurs erreurs. Il avait compris que le mieux, c'est de pouvoir marcher *et* voler.

Comme pour appuyer son propos, le moineau se dresse sur ses pattes et se déplace le long du mur. Puis, dans un éclair, il prend l'air. Il n'est pas aussi gracieux que le martinet qui fait des acrobaties, mais dans un brouillard d'ailes, il a traversé la rue pour se poser au sommet du toit de tuiles rouges.

– Quelle est la morale ? Tu peux la deviner ? demande Euterpe.

– Le moineau peut marcher *et* voler.

– Très bien !

Une autre étreinte. À ce stade de ma vie, c'est la meilleure sensation que je connaisse.

– Le moineau ne marche peut-être pas aussi loin que la poule, mais il marche assez bien pour se remplir l'estomac. Et il ne vole peut-être pas aussi vite que le martinet, mais assez vite pour échapper aux renards et à l'esclavage des hommes.

La poule passe à nouveau devant nous. Au-dessus de nos têtes, le martinet file tout droit. Le moineau, sur son toit, les regarde l'un et l'autre, puis pose les yeux sur nous.

– Souviens-toi du moineau, Petit Bout, me murmure Euterpe à l'oreille. Il n'excelle dans aucun domaine, mais il est *suffisamment bon* dans tous. C'est ce que les philosophes appellent le Juste Milieu.

– C'est quoi un phil… phil… ?

– Un phi-lo-so-phe.

– C'est un autre oiseau ?

Euterpe s'esclaffe.

– Ce n'est pas un oiseau, Petit Bout. Un philosophe est une personne qui aide les autres à apprendre en leur posant des questions.

– Tu es une philosophe ?

Elle sourit.

– Oui et non, répond-elle avec un baiser sur le haut de mon crâne. Souviens-toi de l'histoire des oiseaux, murmure-t-elle en posant ses lèvres sur mon oreille. Si tu as le choix, fais comme le moineau.

Et juste ainsi, j'ai fait de Moineau mon nom secret. Compact et indépendant, il était perché sur son mur, il ébouriffait ses plumes, il tournait la tête, il ouvrait son petit bec pour piailler. Dans les jours qui ont suivi, je m'arrêtais parfois pour l'observer depuis le jardin, convaincu qu'il me regardait aussi. Je tournais la tête de part et d'autre comme il le faisait, je le regardais d'un œil, puis de l'autre, et je piaillais dans sa langue, d'un moineau à un autre. Parfois, il se contentait de me toiser, parfois il piaillait, mais en certaines occasions, il s'élevait subitement dans un tourbillon de plumes, et partait à tire-d'aile, de plus en plus loin, jusqu'à devenir un minuscule contour qui finissait par se dissoudre dans l'azur.

Je suis un moineau, moi aussi, m'étais-je dit. Un jour, je m'envolerai.

Focaria, Euterpe et les oiseaux n'étaient pas les seuls habitants du jardin. Il y avait Audo, bien sûr, et mes tantines, les quatre autres louves qui vivaient et travaillaient dans la taverne, à l'étage. Leurs noms reflétaient la vanité de Granatus, notre Dominus et le propriétaire de l'établissement. Petit-fils d'affranchi et fils d'un tanneur, Granatus avait des biens et des affaires un peu partout en ville, ce qu'il y avait de mieux pour dissiper la puanteur de la tannerie. Son argent lui avait frayé un chemin vers la curie, et bien que sachant qu'il ne monterait pas plus haut, il avait bon espoir qu'un de ses fils – voire les deux – soit élu édile, ou duumvir, ou qu'il devienne un collaborateur du gouverneur de la province, ou, qui sait, peut-être même sénateur. Son frère aîné était l'évêque de Carthago Nova, et donc, du moins officieusement, l'homme le plus puissant de la ville.

Comme Granatus parlait un peu grec, il avait donné à ses louves des noms de Muses et appelé sa taverne l'Hélicon, du nom de la montagne où celles-ci résidaient. Il avait même embauché un peintre d'enseignes pour qu'il inscrive ce nom en grosses lettres rouges sur la façade, mais s'il avait pensé que ces petites touches de sophistication hellénique allaient attirer une clientèle plus fortunée, il s'était trompé. Les clients étaient principalement des marins et des pêcheurs du quartier du port, des affranchis et des esclaves qui travaillaient dans la rue, ainsi que quelques boutiquiers ou marchands locaux qui venaient y chercher ce qu'ils ne trouvaient pas chez eux. La taverne attirait aussi des saisonniers venus faire les moissons ou cueillir les olives qui claquaient tous leurs gages en une nuit, et les fermiers qui venaient au marché une ou deux fois par an et dépensaient une partie de leurs bénéfices avant de rapporter le reste à leur femme, chez eux. Bien avant que j'y habite, il était si courant d'appeler la taverne « L'île à cons » que ce n'était même plus considéré comme un trait d'esprit. Je n'en savais encore rien, bien sûr. Ce n'est que longtemps après que j'ai appris que l'Hélicon était aussi une montagne grecque, qu'un loup était aussi une espèce animale et que Clio, Thalie, Uranie, Melpomène et Euterpe avaient été déesses bien avant d'être putains à Carthago Nova.

Tous les matins, les louves descendaient dans le jardin avec la gueule de bois, en bâillant et en clignant des yeux, et mangeaient les restes de la veille pour leur petit déjeuner. Le matin, c'était aussi le moment où elles pouvaient échapper à leur cellule exiguë pour prendre un peu l'air et le soleil et échanger des anecdotes sur les clients de la nuit précédente. Parfois, elles chantaient ensemble – la toute première musique que j'aie entendue –, mais, en d'autres occasions, elles partaient chacune de leur côté profiter d'une solitude bienvenue, au moins quelques instants. Au début, chacune m'appelait par un nom différent. Clio, une Gauloise, m'appelait Souris, parce que j'étais petit, marron et vif, j'imagine. Elle était dodue et d'une blancheur cadavéreuse, avec des cheveux lâches et sans couleur, un sourire mélancolique et des yeux vigilants. Sa timidité dissimulait un ressentiment qui refaisait surface dès que l'une des autres louves obtenait quelque chose qu'elle-même n'avait pas. De toutes les louves, le matin, c'était celle qui sentait le plus le vin. Elle ne savait jamais quoi me dire, et elle se contentait de me tapoter le crâne en gardant ses distances et en me demandant : « Que connais-tu, Souris ? » Puis elle s'enveloppait dans sa stola bleue maculée de taches et s'installait dans les fougères derrière la pile de bois de chauffe. Là, elle fredonnait ou chantait des mélodies tout bas, ou bien elle rattrapait le sommeil perdu en ronflant doucement, la bouche ouverte.

Les deux plus jeunes louves, Thalie et Uranie, étaient aussi inséparables que des sœurs. Elles s'asseyaient toujours côte à côte et se faisaient mutuellement la toilette comme des chats – l'une épilait les sourcils ou rasait les jambes de l'autre, lui démêlait les cheveux et lui ôtait ses poux. Thalie, robuste et bien proportionnée dans sa stola jaune, avait le rire facile, elle se vexait en un clin d'œil et pardonnait tout aussi vite quelques instants après. Elle était Égyptienne et chrétienne, et elle parlait plus de langues que toutes les autres louves réunies – égyptien, grec, araméen, syrien et latin –, ce qui la rendait très populaire auprès des marins qui avaient le mal du pays et des autres voyageurs qui passaient par Carthago Nova. Elle connaissait aussi des chansons dans chaque langue, et lorsque les louves chantaient ensemble dans le jardin, elle les menait de sa voix claire et aiguë jusqu'à ce que les autres se taisent, ferment les yeux et se contentent de l'écouter. Elle était foncée, comme moi, et ses cheveux étaient épais et luisants comme les miens, alors elle m'appelait Petit Frère. Parfois, elle me courait après dans le jardin en criant : « Je vais t'attraper, Petit Frère ! Je vais t'attraper et te manger tout cru ! »

Son amie Uranie était la seule louve originaire d'Hispanie, d'un village tout proche. C'était son père, un fermier éleveur de porcs, qui l'avait vendue à un maquereau pour pouvoir payer ses taxes impériales. Elle était populaire auprès des clients rustiques, parce que sa langue maternelle était l'ancien dialecte tribal, et qu'elle parlait latin avec le même accent fruste qu'eux. Elle était grande et osseuse, avec un nez recourbé, des yeux enfoncés, des pommettes saillantes et des cheveux noirs ondulés, sa stola verte pendait sur elle comme sur un épouvantail, accentuant ses omoplates, ses clavicules et le sommet de ses hanches. Elle semblait toiser le monde de très haut, et souriait légèrement à des choses que personne d'autre ne trouvait drôles. Elle ne m'avait pas donné de nom en particulier, elle m'appelait Pusus, tout simplement, comme Audo et Focaria. En général, elle se contentait de regarder Thalie me courir après dans le jardin, mais parfois, elle m'attrapait, elle aussi, et elle me retournait entre ses longs doigts fins comme un fermier quand il évalue si un porcelet nouveau-né survivra ou pas.

– Pourquoi est-ce que tu ne chantes pas avec Thalie ? lui avais-je demandé un jour.

Uranie m'avait dévisagé d'un air grave.

– Parce que je coasse comme une grenouille.

– C'est quoi, une grenouille ?

Elle m'avait souri, puis m'avait relâché.

Uranie avait toujours faim, encore plus que le reste d'entre nous. Souvent, tandis que je jouais avec Thalie dans le jardin, elle traînait près de la porte de la cuisine et fixait la pénombre à l'intérieur.

– Tu mangeras quand on t'apportera à manger, marmonnait Focaria en coupant un oignon comme elle aurait tranché une gorge.

Mais Uranie, non sans avoir jeté un coup d'œil par-dessus son épaule pour vérifier qu'Audo n'était pas là, tendait son long bras et grattait la table de la cuisine avec le rebord d'une pièce. Sans se retourner, Focaria tendait à son tour la main pour empocher la pièce, et lui donnait un bout de pain sec ou une poignée d'olives en échange. Uranie se baissait pour passer sous le seuil, fourrait le pain ou les olives dans sa bouche, avalait le tout, puis se dépliait pour ressortir.

Melpomène, la cinquième louve, m'appelait Antiochus, parce que j'étais peut-être Syrien, ou peut-être pas, et sept des anciens rois de Syrie s'étaient appelés Antiochus. Dans son dos, les autres l'appelaient « La Reine des louves », en partie parce qu'elle était particulièrement âgée pour une louve, en partie parce que c'était une affranchie, et en partie à cause de ses manières hautaines. Un ou deux ans auparavant, quand elle avait eu trente ans, l'âge minimum légal pour l'affranchissement, elle avait persuadé Dominus de la laisser acheter sa liberté. Il voulait la revendre pour alléger le coût d'une nouvelle Melpomène, mais elle lui avait proposé plus d'argent qu'il était susceptible de tirer d'elle au marché des esclaves. Au fil des ans, en donnant à chaque client un petit extra et en le persuadant ensuite de lui laisser une ou deux pièces de pourboire en sus de ce qu'il avait déjà payé à Audo, elle avait économisé une somme suffisante – une pièce après l'autre, une fellation après l'autre, une passe après l'autre – pour se racheter. Elle avait même eu de quoi payer la taxe impériale sur l'affranchissement. Mais le plus surprenant, c'est qu'elle avait conclu un accord avec Dominus pour rester à l'Hélicon et continuer à y travailler en tant que louve. Elle avait calculé qu'il lui reviendrait moins cher de louer son ancienne cellule et de payer ses repas que de s'installer à son compte dans une autre maison de la rue. Ses habitués savaient où la trouver à l'Hélicon. Toute seule, elle aurait dû tout recommencer depuis le début.

Les clients payaient Audo par avance pour disposer des autres louves, mais Melpomène encaissait elle-même son argent dans sa cellule à l'étage. Contrairement aux autres, qui étaient des esclaves, elle pouvait sortir quand elle voulait – couverte de sa cape, comme il se doit – et s'acheter des choses pour elle-même. Elle avait équipé sa cellule de rideaux bon marché et de chandelles aromatiques, et elle pouvait s'asperger de parfums et d'huiles essentielles bien plus coûteux que ceux des autres louves. Alors que ces dernières se partageaient un unique miroir à main mal étamé et un vieil assortiment d'instruments de toilette en fer-blanc dépareillés, Melpomène disposait de son propre miroir, de peignes, d'un rasoir, d'un jeu de pinces à épiler, de brosses et d'un cure-oreille, tous en argent et bien enveloppés dans une sacoche de cuir souple. Elle était la seule à porter une stola de coton blanc, et la seule qui arborait des bijoux – des bagues et des bracelets de bronze, des colliers de perles de verre et d'ambre, et des boucles d'oreilles qui semblaient être en or mais qui, presque à coup sûr, ne l'étaient pas. Parfois, elle racontait aux clients qu'elle était la fille d'un sénateur et qu'elle venait de Rome, et une fois par semaine, elle revenait de chez le coiffeur avec ses cheveux d'un jaune peu naturel noués au-dessus de sa tête comme une grande dame. Elle avait des traits fins, un nez droit et un port altier, de grands yeux et un menton volontaire, et elle réagissait souvent à ce qui se passait ou à ce qui était dit avec un demi-temps de retard, comme un acteur qui ménage un effet sur scène. À présent qu'elle était locataire et non plus esclave, Audo ne la battait plus, et bien que Dominus ait édicté qu'Audo était censé payer pour coucher avec les louves, comme tout client, Melpomène était la seule pour qui il s'y résolvait, non sans réticence.

Dans son dos, les autres louves disaient qu'elle compensait avec le spectacle et l'enthousiasme ses lacunes en matière de jeunesse et de beauté.

– Elle les teint, commentait Clio à propos de ses cheveux. Chaque fois qu'elle revient de chez le coiffeur, ils sont d'une autre couleur.

– Sa stola est de seconde main, renchérissait Uranie. Elle l'a achetée à un profanateur de sépultures.

– Par pitié ! s'exclamait Thalie. Je suis plus romaine qu'elle !

– Ne vous moquez pas, intervenait Euterpe.

Euterpe n'était jamais méchante avec personne, même dans le dos des gens.

– Nous aussi, on ferait pareil, si on pouvait se le permettre, affirmait-elle. Quand un client monte avec Mel, il peut fantasmer qu'il prend sa Domina.

Une fois par semaine, les cinq louves venaient dans le jardin boire leur tasse hebdomadaire d'atocium, une décoction d'herbes contraceptives qui, en outre, déclenchait les règles. Focaria la brassait avec de la rue officinale et de l'aneth du jardin, en ajoutant parfois un œuf cru au dernier moment pour la rendre moins amère. Audo supervisait la chose, ne serait-ce que pour éviter que l'événement ne tourne à la fête. Aujourd'hui, les louves sont rassemblées devant la cuisine, elles se détendent pendant les derniers instants de fraîcheur de la journée, avant que la chaleur s'installe. Elles parlent à voix basse, en coulant des regards en coin en direction d'Audo. Mais ce dernier, adossé au mur de la taverne, se ronge les ongles d'un air distrait. Comme toujours, il sent le vin et ses aisselles puent.

Je suis excité, parce que l'ensemble des personnes que je connais se trouvent au même endroit, et je cours de l'une à l'autre en essayant d'attirer l'attention. Seule Thalie me remarque. Elle me tend la main et me laisse me balancer au bout de son bras.

– Qui a hérité du grogneur, hier soir ? murmure-t-elle au-dessus de ma tête.

– Un grogneur ? répond Clio en écarquillant les yeux. Qu'est-ce que tu entends par grogneur ?

Thalie coule un regard vers Audo, qui se ronge l'ongle de son petit doigt.

– Ohhhh, gémit-elle à voix basse. *Ohhhhhhhhh !* poursuit-elle avec un peu plus d'emphase.

Toutes les louves rient discrètement.

– Ça sonnait comme ça ? murmure Clio.

– Comme s'il était à l'agonie ? demande Euterpe.

– Comme s'il était déjà mort, réplique Thalie en me laissant toujours me balancer.

– C'est moi qui l'ai eu, celui-là, déclare Uranie en souriant pour elle-même. Et il n'était pas vraiment mort.

Nouveaux rires discrets.

– Et ça sonne comment, l'agonie ? demande Clio.

Les regards d'Uranie et de Thalie se croisent.

– *Ohhhhhhhhhhh !* lancent-elles à l'unisson.

Elles baissent la tête et rient.

– Pas si fort ! chuchote Melpomène en jetant un coup d'œil à Audo.

– Mais qu'est-ce que tu lui faisais ? murmure Euterpe.

– Rien de particulier, répond Uranie en haussant les épaules. Je croyais qu'il allait fondre en larmes.

– Je ne l'ai pas entendu, commente Clio.

Elle avait toujours peur de rater quelque chose.

– Tu l'as entendu, toi ? demande-t-elle à Euterpe.

Cette dernière secoue la tête.

– On aurait dit un pleureur professionnel, opine Melpomène en ne s'adressant à personne en particulier.

– Et il était tout aussi convaincant, murmure Thalie.

Elles éclatent toutes à nouveau de rire, même Melpomène.

– Silence, grommelle Audo.

Mais il ne bouge pas de son mur. Quand les louves se moquent ouvertement des clients, c'est mauvais pour les affaires, mais dans l'intimité du jardin, même lui pense que ça ne vaut pas le coup de s'exciter pour si peu. Il a beau être violent avec elles quand elles sont séparées, il veille généralement à ne pas les frapper quand elles sont toutes ensemble. Pendant ce temps, je tire toujours sur le bras de Thalie, qui continue de faire abstraction de moi.

– Il était jeune ? demande Euterpe.

– Non, répond Uranie. Il était vieux.

– Plus vieux que nous, ou vieux... *vieux* ? insiste Thalie.

– Assez vieux pour être mon salaud de père. J'ai dû l'aider à se mettre en branle, précise-t-elle en faisant coulisser son petit doigt entre ses lèvres.

– Il a peut-être cru que t'allais lui en croquer un bout ? lance Thalie.

Je tire plus fort sur son bras en criant son nom.

– Thalie ! Thalie !

– J'aurais dû, rétorque Uranie. J'ai cru qu'il n'allait jamais venir.

Je tire un coup sec sur le bras de Thalie.

– *Thalie !*

– Arrête ! crie-t-elle en retirant brusquement sa main.

Je tombe sur les fesses dans la poussière, mais avant que je commence à pleurer, Euterpe me saisit et me colle sur sa hanche. Je noue mes jambes autour de sa taille et elle me berce doucement.

– Je ne l'ai pas entendu, dit Euterpe.

– Moi non plus, renchérit Clio.

– Ça ne m'étonne pas, raille Melpomène. Tu fais tellement de bruit, avec tes halètements et tes grognements.

Thalie et Uranie échangent un regard.

– Vraiment, Mel..., intervient Euterpe.

Clio devient toute rouge.

– Tu n'as pas le droit de me parler comme ça !

Audo lève un instant les yeux de ses ongles, mais ne dit rien.

– Tu souffles comme une vieille mule chargée d'un sac de blé qui gravit une colline, déclare Melpomène. Et ce n'est pas ce qu'un homme veut entendre quand il est en selle.

Clio bafouille, et Euterpe intervient.

– Tu n'es pas juste, Mel, dit-elle tandis que je tire les boucles de ses cheveux. Toi, tu choisis tes clients.

Audo grommelle et se redresse. Il fait jouer les phalanges de sa main droite, sur le dos de laquelle, sous sa pilosité noire, on distingue le tatouage bleu d'une aigle avec les ailes déployées. Un jour Focaria m'expliquera que ça signifie qu'il a été soldat. « Fais attention à l'aigle », murmurent parfois les louves pour se prévenir qu'Audo est plus mal luné que d'habitude, ou « L'aigle part à la chasse ». À présent qu'il serre le poing et déploie ses ailes, les louves se taisent et baissent la tête. Perché sur la hanche d'Euterpe, je ne comprends pas ce que ce silence signifie, alors je saisis ma chance.

– Ohhhhhh, lancé-je de ma petite voix fluette.

Thalie et Uranie se mettent à rire derrière leur main. Clio pousse un petit cri surpris. Melpomène écarquille les yeux. Euterpe me regarde de côté.

– *Ohhhhhhhhhhh.*

Je n'ai pas la moindre idée de ce que ça signifie, je sais simplement que ça les fait rire quand Thalie le fait.

J'aspire une grande bouffée d'air pour recommencer, mais à présent, tous me fixent, même Audo, et je me recroqueville contre Euterpe. Toutes les louves éclatent de rire, même Melpomène.

– Souris !

– Petit Bout !

– Non, mais tu t'entends ? Antiochus !

– Les petites jarres ont de grandes oreilles.

– Lui, au moins, il est convaincant ! s'exclame Thalie.

Elles s'esclaffent toutes à nouveau. Audo lui-même réprime un sourire, tandis que j'enfouis mon visage dans le cou épicé d'Euterpe.

– Qu'est-ce qu'il y a de si drôle ?

Focaria est sur le seuil de la cuisine, une petite marmite noire dans une main et une tasse en fer-blanc dans l'autre. Elle ne rit pas. Les louves se regardent entre elles. Depuis combien de temps est-elle là ?

– C'est prêt ! lance-t-elle en brandissant la marmite et en agitant la tasse.

Toujours souriantes, les louves se rassemblent autour d'elle.

– Une à la fois ! enjoint Focaria.

Melpomène se porte en tête. Clio se hérisse, mais personne ne se plaint. Melpomène paie sa dose, après tout. Elle tend la main tandis que Focaria plonge la tasse dans la marmite, la prend et la boit cul sec. Elle fait la grimace en l'avalant, rend la tasse à Focaria, puis joue des épaules pour écarter les louves, se glisse sous l'arche de la taverne et disparaît. Ensuite, les autres laissent passer Clio, qui claque ses lèvres et tire la langue après avoir bu. Uranie respire un grand coup comme si elle allait plonger en eaux profondes et descend la mixture d'un trait. Thalie la sirote, comme si elle espérait que la prochaine gorgée aurait meilleur goût. Finalement, Euterpe, qui me tient toujours dans ses bras, la fait tourner dans sa bouche avant de l'avaler.

Alors qu'elle rend la tasse à Focaria, je tends la main.

– Moi.

– Non !

Euterpe m'écarte du seuil de la cuisine.

– *Moi !*

Je me tortille dans ses bras pour essayer d'attraper la tasse.

– Laisse-le en boire un peu, suggère Thalie. Qu'est-ce que tu veux que ça lui fasse ?

– Laisse-le découvrir à quoi ça ressemble, murmure Clio.

– Il en reste un peu, déclare Focaria.

– Ce n'est qu'un gosse, répond Euterpe. Il ne comprend pas.

Focaria agite la tasse vide sous mon nez.

– Tu en veux un peu ? demande-t-elle avec une lueur malveillante dans les yeux. Je te garantis que tu ne tomberas pas enceinte.

– Je veux !

Je me mets à pleurer.

– Je *veux* !

Malgré toute sa graisse, Audo a encore les réflexes d'un soldat. Il décolle du mur si subitement que les louves s'éparpillent comme une volée d'oiseaux. Il attrape Clio par le bras tellement fort qu'elle aura un bleu, la fait tourner et la projette vers l'arche, qu'elle franchit en titubant. Il balance son aigle vers Thalie, qui se baisse pour l'esquiver et se glisse derrière Clio dans la taverne. Uranie piaffe un peu derrière lui avant de suivre les deux autres. À présent, Audo fonce sur Euterpe, qui pivote pour se placer entre son poing et moi. Il lui botte le cul, et elle vacille vers Focaria, qui bat en retraite dans sa cuisine en versant par terre l'atocium qui reste dans sa marmite.

– Vous faites chier ! hurle Audo dans l'oreille d'Euterpe.

Son haleine âcre nous enveloppe. Il lui donne une grande claque sur l'arrière de la tête, et elle rentre les épaules en me serrant contre sa poitrine, puis se glisse dans la cuisine plongée dans la pénombre. Quand Audo entre à son tour, les deux femmes font le tour de la table pour la mettre entre elles et lui. Elles se recroquevillent au fond de la pièce, encore plus sombre maintenant que sa silhouette se découpe sur le seuil. Focaria a lâché sa tasse en fer-blanc, mais elle tient sa marmite des deux mains. Euterpe me serre très fort dans ses bras, et je sanglote sur son cou.

– Fais-le *taire* ! halète Audo. C'est *ton* boulot !

Puis tout aussi subitement, il disparaît, laissant Euterpe et Focaria cligner des yeux dans la lumière.

Focaria soupire. Elle repose la marmite sur la table. Euterpe me berce. Son cœur bat contre le mien.

– C'était de ma faute, concède Focaria.

Euterpe me secoue légèrement de haut en bas.

– Ce n'est qu'un enfant.

– Je sais. Je suis désolée.
– Ce n'est qu'un *enfant*.
Focaria tend la main vers la marmite.
– Il peut en boire un peu, s'il veut.
Euterpe épluche un par un mes bras et mes jambes agrippés à son corps et me pose sur la table.
– Tu deviens trop grand pour moi.
J'ai cessé de pleurer, mais maintenant, j'ai le hoquet. Elle m'ébouriffe les cheveux et me fait un bisou sur la joue, un sur le front et un sur le nez. Focaria prend la tasse en fer-blanc et me la tend.
– Non, intervient Euterpe. Il ne va pas aimer le goût que ça a.
– Ce n'est que de l'eau.
Quand Focaria lui passe la tasse, Euterpe la porte à mes lèvres et me tient la tête de l'autre main.
– Juste une gorgée, Petit Bout.
Il y a encore un reste d'amertume à cause de l'atocium, mais je bois quand même l'eau.
– Il ne sera pas toujours un enfant, reprend Focaria. Il grognera lui-même à l'étage bien assez tôt.
Euterpe grimace comme sous l'effet d'une douleur subite et intime. Malgré ma taille, elle me saisit et elle me berce.
– Je sais.
Son souffle est chaud sur mon oreille.
– Tu es bonne avec lui.
– Merci, répond Euterpe.
– Ce n'est pas un compliment. Juste un constat.
Euterpe la dévisage.
– Sur le long terme, ce n'est pas sûr que tu lui rendes service.
– Je le sais aussi, ça.
– Je pourrais t'aider avec lui.
Euterpe lui adresse un regard dur.
– Je croyais que c'était *moi* qui t'aidais *toi* !
Je suis presque totalement calme à présent, et j'observe Focaria par-dessus l'épaule d'Euterpe. Elle tend la main vers un épi dans ma tignasse.

– Je pourrais lui apprendre à travailler.

Focaria retire sa main et pose les yeux sur Euterpe.

– Oui. Tu pourrais être son père.

Focaria lève les yeux au ciel, mais Euterpe sourit.

– C'est une blague.

Les deux femmes se dévisagent pendant un long moment.

– On pourrait toutes les deux être ses mères.

Focaria lève de nouveau la main, mais cette fois-ci, elle effleure du bout des doigts la joue et les cheveux d'Euterpe, qui ne s'abandonne pas à la caresse, mais ne s'écarte pas non plus. Le souffle des deux femmes se mélange, et chaque fois que Focaria respire, le collier de fer à son cou se soulève et retombe. Finalement, elle rebaisse la main.

Euterpe m'embrasse.

– Tu aimerais bien ça, Petit Bout ? Tu aimerais bien avoir deux mères ?

Mon regard croise celui de Focaria. « Dis oui », articule-t-elle silencieusement.

Je plonge mon visage dans les cheveux d'Euterpe :

– Oui.

À partir de ce moment-là, Euterpe était ma mère le matin et Focaria était ma mère pour le reste de la journée. Euterpe me gardait quand Focaria partait chercher de l'eau à la fontaine ou faire ses courses avant de revenir avec un panier d'osier plein de légumes, de pain ou de poisson. Quand elle pensait qu'Audo ne pouvait pas la surprendre, elle nous rejoignait un petit moment, jusqu'à ce qu'il soit temps pour Euterpe de rentrer ou d'aller aux thermes. Elle nous apportait un morceau de fruit qu'on partageait, assis contre la citerne, tandis que l'ombre du mur derrière nous reculait lentement à travers le jardin jusqu'à nos orteils. Les deux femmes murmuraient entre elles, adossées à la cuve, épaule contre épaule, et parfois même, elles riaient. Certaines fois, leurs doigts s'entrecroisaient. Je jouais par terre à quelques pas en faisant semblant de ne pas regarder.

Presque tous les jours, les autres louves descendaient un peu plus tard dans la matinée et passaient dans le jardin avant de partir aux thermes. Alors, Euterpe se levait, époussetait sa stola et me faisait un bisou sur le crâne avant de murmurer :

– C'est l'heure de la parade des louves.

Puis elle rejoignait le groupe de femmes qui chuchotaient devant la porte de bois brut donnant sur la rue. Quand Audo apparaissait, le silence retombait et elles se mettaient en file indienne : Melpomène en tête, puis, sans ordre particulier, Clio, Thalie, Uranie, et Euterpe fermait généralement la marche. Par-dessus leurs stolas colorées, elles arboraient des capes de lin blanc qui les recouvraient de la gorge aux orteils, et qui étaient dotées de capuches qu'elles enfilaient toutes dès qu'elles sortaient, sauf Melpomène qui allait tête nue. Sans un mot, Audo ouvrait la porte et les conduisait dans la rue comme un troupeau d'oies. Dès qu'il refermait, je courais jusqu'au mur, d'où je pouvais entendre leurs sandales claquer sur le sol tandis qu'elles s'éloignaient. J'écoutais jusqu'à ce que le son s'éteigne, comme un chien qui n'arrive pas à croire que sa maîtresse finira par revenir jusqu'au moment où elle le fait.

– Pourquoi est-ce que je ne peux pas y aller ? demandais-je systématiquement.

Focaria répondait toujours que j'étais « trop jeune », que j'irais quand je serais « plus vieux », ou que je n'étais pas « si sale que ça ». À la place, elle faisait elle-même ma toilette dans la cuisine, elle m'ôtait ma tunique et me frottait de la tête aux pieds à l'aide une éponge rêche qu'elle plongeait dans un seau d'eau.

– Pourquoi tu n'y vas pas, toi ?

– J'y vais quand Audo peut se passer de moi. Et en général, il ne peut pas.

– Pourquoi ?

– Parce que ici, je fais tout qui qu'il ne fait pas, et il ne fait pas grand-chose.

– C'est comment, les bains ?

– Mouillé.

L'éponge me causait presque une sensation de brûlure.

– Arrête de gigoter !

Pourtant, Focaria n'était plus aussi dure que dans le temps, avant Euterpe. Elle m'avait appris à récurer une casserole, ou à frotter le sol de la cuisine avec une brosse. Elle m'avait appris à gratter les cendres de la veille dans l'âtre tout en mettant de côté une braise pour allumer le feu du matin et à actionner le vieux soufflet asthmatique pour éviter qu'il ne s'éteigne. Elle m'envoyait chercher du bois dans le jardin, rapporter de l'eau de la citerne ou balancer des cendres dans les latrines pour absorber l'odeur. Elle me montrait comment arroser les herbes aromatiques et les légumes sans les noyer, comment balayer la cuisine en commençant par le fond de la pièce et en progressant jusqu'à la porte, comment porter un seau d'eau en le prenant par-dessous plutôt que par-dessus. Parfois, elle me saisissait le crâne et me faisait tourner la tête pour que je voie ce qu'elle voulait que je voie, ou elle me collait de force les mains sur le manche du balai, mais en général, elle ne me frappait que lorsque Audo nous observait, plus à son intention qu'à la mienne, d'ailleurs.

À cette époque, pendant le temps que nous passions ensemble chaque matin, Euterpe me racontait des histoires censées me stupéfier à propos du monde au-delà du mur du jardin – où va le soleil la nuit, où se trouve la lune dans la journée, pourquoi les étoiles bougent si lentement, pourquoi le vent souffle, pourquoi la pluie tombe du ciel. Elle m'apprenait aussi la dissemblance entre les hommes et les femmes en soulevant sa stola et le bas de ma tunique pour me montrer la différence entre nos jambes. Elle m'avait dit que j'étais circoncis et m'avait expliqué ce que ça signifiait, mais je n'avais pas vraiment compris. Elle m'avait appris que les hommes, comme Audo, et les femmes, comme elle, se retrouvaient d'une manière ou d'une autre pour faire des enfants, chose que je n'avais pas vraiment comprise non plus. Elle m'avait affirmé que tous les enfants poussent dans le ventre d'une femme, et que chaque enfant a un père et une mère, même s'il ne sait pas qui ils sont.

– Est-ce que c'est Audo mon père ?

Elle avait répondu non.

– Est-ce que tu es ma mère ?

Elle avait répondu non.

– Est-ce que c'est Focaria, ma mère ?

Elle avait répondu non.

– Et d'où je viens ?

Elle a déclaré qu'elle n'en savait rien, mais que ce devait être d'un endroit au sud de l'Hispanie, quelque part où le soleil tape plus fort, ce qui rend la peau des gens plus basanée, comme la mienne. Elle était encore plus foncée que moi, et elle m'a dit qu'elle venait d'un pays appelé la Mauritanie. Comme j'étais circoncis, je devais forcément venir de quelque part en Orient – l'endroit d'où le soleil se lève tous les jours – une terre où les mères et les pères coupent le bout de leurs enfants mâles. J'étais peut-être un Juif, m'a-t-elle déclaré, quoi que ça signifie, ou peut-être un Syrien. Il se pouvait même que je vienne d'Égypte, un pays où, d'après elle, un long serpent d'eau qu'on appelait un fleuve coulait par sept embouchures dans la Mare Nostrum, ce qui rendait la mer marron, comme les gens, à cause du limon du Nil.

Tout ceci m'inspirait beaucoup de questions. Comment l'eau pouvait-elle être comme un serpent ? C'était quoi la Mare Nostrum ? Où étaient ma mère et mon père ? Pourquoi le soleil était-il chaud ? Pourquoi la lune était-elle froide ? Audo savait-il d'où je venais ? Quelqu'un le savait-il ? Comment un enfant sortait-il du ventre de sa mère ? Était-ce violent et sanglant comme lorsque Focaria éviscérait un poisson ? Et après, la femme restait-t-elle vide et le regard vitreux ?

Souvent, au lieu de fournir une réponse à ces questions qui n'en avaient pas, Euterpe essayait de me distraire. Elle m'affirmait que j'avais de la chance de ne pas venir d'un endroit où les gens sont des monstres, moitié humains, moitié autre chose. D'après elle, une race d'hommes dotés d'un seul œil au milieu du front vivait près de la grotte où se lève le vent du nord, et dans une vallée cachée au milieu des montagnes, il y avait un peuple dont les pieds étaient tournés dans l'autre sens. Quand elle m'avait montré la différence entre nos jambes, elle avait ajouté qu'il y avait une race de gens dont chaque individu avait un pénis *et* un vagin. Il y avait des gens qui avaient deux pupilles dans chaque œil, d'autres avec des têtes de chiens qui aboyaient au lieu de se parler, des unijambistes qui se déplaçaient partout à cloche-pied, des gens nés avec une queue poilue comme celle des chats, des gens avec des oreilles tellement grandes qu'elles leur recouvraient tout le corps, des gens qui n'avaient pas de cou et dont les yeux se trouvaient sur les épaules. Elle me parlait des sages qui vivaient tout nus dans le désert et qui, tous les jours, passaient la journée à fixer le soleil tandis qu'il se déplaçait dans le ciel en se balançant d'un pied sur l'autre sur le sable brûlant.

Je ne pense pas qu'elle essayait de me faire peur avec toutes ces histoires, mais je crois qu'elle ne comprenait pas l'effet qu'elles provoquaient sur moi. Elle m'avait affirmé que la rue derrière la porte du jardin était pleine de personnes ordinaires que je verrais bientôt de mes propres yeux. Les étranges créatures dont elle me parlait n'existaient peut-être pas vraiment, ou si elles existaient, elles vivaient très loin de chez nous. Mais j'avais beau adorer Euterpe, je ne croyais pas qu'elle me disait toute la vérité. Pour un petit garçon dont le monde se limitait à une cuisine exiguë et enfumée et à un étroit jardin de dix pas de longueur, tout ce qui se trouvait derrière la porte était très loin. À entendre Euterpe, la plus grande partie de ce monde était pleine de monstres.

Et dans mon imagination, j'associais la plupart de ces monstres à des hommes.

***

À part le poivrot qui s'était aventuré dans la cuisine et avait agressé Focaria, Audo était le seul homme que j'avais jamais vu de près. Lui aussi était un peu ivre la plupart du temps, et chaque fois qu'il passait par la cuisine, il nous frappait, Focaria et moi, juste par principe. De temps en temps, il entrait et ressortait sans nous toucher, mais cette façon qu'il avait de susciter notre reconnaissance parce qu'il ne nous avait pas laissé un bleu était encore plus troublante. Parfois, dès qu'il entrait, Focaria lui disait de la cogner pour qu'on en finisse. La plupart du temps, il nous montrait l'aigle, même s'il ne nous donnait qu'une chiquenaude pour nous rappeler qu'il pouvait faire bien pire. « Le ragoût est trop épais ! » lançait-il avant de taper Focaria derrière la tête. « Ne laisse pas le feu s'éteindre ! » tonnait-il avant de me frapper aussi.

De temps à autre, un client qui passait dans le jardin pour aller aux latrines assombrissait notre seuil quand il faisait jour, ou titubait dans le cône de lumière jaune projeté par notre lampe, la nuit. De mon coin, où j'essayais parfois de dormir alors que Focaria travaillait encore, j'entendais les sons peu mélodieux de l'homme selon qu'il visait plus ou moins bien le trou, ou ses jurons crispés quand il faisait des efforts sur le siège. Parfois, il n'arrivait même pas jusqu'à la latrine et pissait contre le mur du jardin, ou fertilisait les navets avec un étron puant. En d'autres occasions, j'entendais le vomi gicler sur les plantes du potager, et l'une de mes tâches matinales consistait à essuyer les résidus restés collés aux feuilles et à les enterrer avec une truelle.

J'entendais les hommes bien plus souvent que je ne les voyais. Tous les soirs, Focaria emportait des marmites de ragoût, des brochettes de viande grillée et des plateaux de pain dans la taverne, et tous les soirs, elle en revenait en marmonnant « bande de porcs bourrés », et parfois pis. Certaines nuits, elle m'oubliait, et je restais assis à côté de la citerne tandis que l'obscurité amplifiait le vacarme provenant de la taverne, un murmure grave qui enflait, se gonflait de cris et de rires gras, pour redevenir un murmure. Parfois, j'entendais un homme chanter, ou deux hommes faire une harmonie, ou tous entonner un chœur rudimentaire. De temps en temps, je distinguais les mots, même si je ne comprenais pas leur sens :

Ma petite cochonne, je lui pince les seins
Je la prends où ça lui fait du bien
Ma petite cochonne baise comme personne
Et moi, j'adore ma petite cochonne !

Tard dans la nuit, tandis que les voix des hommes s'éteignaient dans la rue, j'entendais différents sons provenant des trois fenêtres à barreaux sous l'avant-toit du premier étage. Je n'étais même pas sûr que ces sons étaient produits par des personnes, car ce n'étaient ni des mots ni des chansons, seulement des grognements, des halètements et des cris, des piaillements aigus comme ceux des oiseaux, des gémissements comme ceux des enfants, ou des couinements comme ceux d'un animal qui souffre.

Une nuit, je suis réveillé par le claquement des sandales d'un homme qui court dans la rue déserte derrière le mur du jardin. Couché dans mon coin entre les cafards et les crottes de souris, j'ouvre grands les yeux, et mon regard se pose sur les courbes jumelles de Focaria – son épaule et sa hanche –, couchée de l'autre côté du feu qui s'éteint dans le four. Le bruit des pas semble plus proche, et j'entends deux hommes crier au loin. Le coureur s'arrête juste de l'autre côté de notre mur. Focaria lève la tête pour regarder si je dors.

À l'autre bout du jardin, l'homme derrière le mur halète comme un fauve. Les deux autres convergent sur lui, leurs pas résonnent aux deux extrémités de la rue. À présent, l'homme à bout de souffle tambourine sur la porte du jardin. Je sursaute comme si c'était moi qu'il frappait. Focaria place son index en travers de ses lèvres.

– À l'aide ! supplie-t-il d'une voix aiguë. Aidez-moi !

Comme je commence à geindre, Focaria rampe vers moi dans la lumière rougeâtre du feu, les cheveux ondulants, ses yeux deux mares sombres. Elle se glisse derrière moi et me serre contre elle. Son collier de fer presse contre ma nuque. Son haleine chaude crisse à mes oreilles. Elle met sa main sur ma bouche. Elle sent le poisson et l'oignon.

Les coups cessent. L'homme derrière la porte gémit comme un enfant. Je ne comprends pas bien ce qu'il dit, mais il supplie qu'on le laisse en vie. Depuis notre coin à côté du feu, je parviens juste à voir le rectangle noir de la porte à travers les pieds de la table.

On entend un grand coup sourd contre le battant, et un cri perçant qui nous fait sursauter tous les deux.

– N'écoute pas ! souffle-t-elle.

Mais j'entends des grognements, des jurons et un bruit de piétinement, suivis d'un son sec et poisseux, *tchack tchack tchack*, comme lorsque Focaria vide un poisson.

Elle me serre dans ses bras, sa paume calleuse plaquée contre mes lèvres.

– Ohhhhhh, gémit l'homme dans la rue. *Ohhhhhhhhhh*...

Quelque chose glisse sur la porte du jardin. Le gémissement se transforme en un gargouillement étouffé. Quelqu'un murmure quelques mots, quelqu'un d'autre rit. Puis le silence retombe.

Les yeux écarquillés, le souffle coupé, Focaria et moi regardons le carré sombre de l'entrée de notre cuisine, une ouverture que nous ne pouvons pas refermer, une blessure qui ne guérira jamais. Dans l'obscurité, je vois l'homme qu'Audo avait entaillé d'un coup de couteau un matin, je vois le sang qui suinte entre ses doigts. De son autre main, Focaria me masque les yeux.

– Il ne s'est rien passé, murmure-t-elle à mon oreille. Tu es en train de faire un cauchemar.

Dans la pénombre chaude derrière sa paume, je tends l'oreille, mais il n'y a plus de bruit de pas, de halètements ni de grognements, rien d'autre que le silence. On n'entend même pas les deux autres s'éloigner, simplement les cendres qui refroidissent dans l'âtre. Aucun de nous deux ne parle. Finalement, l'étreinte de Focaria se desserre. Ses mains s'ôtent de ma bouche et de mes yeux. Sa respiration se stabilise. Toujours lové contre elle, mon cœur ralentit, mon souffle se calme. À la fin, alors que je suis sur le point de sombrer, j'entends de l'eau qui goutte quelque part près de moi, elle tombe sans fin dans un flot régulier, toute la nuit.

Peut-être te demandes-tu déjà si ces souvenirs sont bien réels, ou s'ils ne sont que des scènes que j'ai inventées, imaginées, comme un poète ou un dramaturge ? Lecteur, je jure que j'ai tenu ma promesse de ne pas te mentir, mais j'ai vécu suffisamment longtemps pour comprendre que la mémoire est un jeu de bonneteau. L'image indélébile qui m'est restée dans l'esprit a peut-être été placée sous le gobelet de la vérité, mais elle peut aussi avoir été placée sous celui de l'erreur ou celui du fantasme, et au fil des ans, les gobelets ont changé de place tant de fois et à une telle vitesse sous les mains du prestidigitateur que, finalement, lui-même ne sait plus lequel est lequel.

À l'inverse d'Euterpe, qui était une philosophe sans en être une, je n'étais vraiment pas philosophe. Elle ne m'avait raconté que la moitié de l'histoire – il s'avère qu'un philosophe est quelqu'un qui pose des questions aux gens, mais qui leur déclare ensuite que leurs réponses sont fausses. J'en ai croisé un ou deux dans ma vie, alors je sais de quoi je parle. Personnellement, je n'ai pas un tempérament tourné vers la philosophie. Je ne détiens aucune réponse. Je ne sais même pas quelles sont les questions. Je ne suis qu'un vieux *delicatus* fatigué, un esclave qui, contre toute attente, a vécu bien plus longtemps que quiconque ne s'y attendait, lui-même compris, et qui, par son éducation, s'est élevé bien trop au-dessus de sa condition. J'ai promis de ne pas te mentir, lecteur, mais je ne peux pas te promettre que tout ce dont je me souviens est vrai.

La vieille poterne fatiguée qui donnait sur la rue était plus solide qu'il n'était nécessaire pour barrer l'accès du jardin d'une taverne. C'était probablement Audo qui l'avait fabriquée, car elle semblait plus adaptée à l'un de ces énormes forts où il avait servi, le long de la frontière avec les Germains. Elle était constituée de poutres verticales cerclées de fer et renforcées par deux planches clouées en travers du battant comme un X géant. Elle pivotait sur des gonds de fer que Focaria lubrifiait souvent avec de l'huile ou de la graisse, et on pouvait la fermer de l'intérieur avec un énorme verrou qu'Audo était le seul à pouvoir ouvrir d'une main. Les extrémités supérieures et inférieures des planches étaient usées et pleines d'échardes à force d'avoir frotté sur le seuil et sur le linteau. Des restes de peinture encore visibles au fond des rainures dans le bois montraient que jadis, au moins côté jardin, la porte avait été rouge.

Le lendemain de l'attaque au couteau, Focaria a tiré le gros verrou à deux mains et entrouvert la porte juste assez pour glisser un coup d'œil dehors, tandis que je l'observais de la cuisine, le cœur battant. Il n'y avait personne, mais Focaria a rincé le seuil avec trois seaux d'eau avant de refermer et de verrouiller. Quand elle m'a surpris en train de la regarder, elle m'a chassé vers la cuisine à coups de pied.

– Il n'y a rien à voir. Tu as fait un mauvais rêve, c'est tout.

– Mais toi aussi.

Elle m'a donné une tape sur la tête.

– Non, c'est faux ! Maintenant, va chercher le balai.

Ce matin-là, j'ai commencé à dresser une carte mentale de mon petit paradis déchu. J'ai appris le chemin le plus rapide depuis n'importe quel point du jardin jusqu'à mon coin de cuisine sombre, et j'ai découvert d'autres cachettes où je pouvais me précipiter si la porte s'ouvrait violemment et sans préavis. Il y avait l'espace humide et froid derrière la citerne, où Clio allait parfois faire une sieste. L'endroit qui puait derrière la porte des latrines, plein de grosses mouches vrombissantes. Les hautes herbes derrière la pile de bois, infestées d'araignées et de souris. Aucun de ces lieux n'était agréable, mais tous étaient assez grands pour permettre à un garçon d'échapper au regard de toute personne ou toute chose qui franchirait la porte. Il y avait aussi l'arche de la taverne, par où Audo allait et venait, mais je n'avais pas le droit d'entrer dans l'Hélicon et de toute façon, les chansons obscènes et les rires gras des clients étaient presque aussi effrayants que la violence de la rue.

Tous les soirs, je m'endormais épuisé de fatigue, mais maintenant, il ne fallait guère plus qu'un bruit de pas ou une voix parlant fort dans la rue pour me réveiller en sursaut. Je restais allongé, le cœur battant, les yeux grands ouverts, en tendant l'oreille dans le noir jusqu'à me rendormir au son du flot régulier de la fontaine voisine. Puis, juste avant l'aube, je me réveillais quand notre coq poussait son chant assourdissant. Je me suis mis à étudier avec angoisse les sons qui flottaient jusqu'à nous par-dessus le mur – les femmes qui se saluaient à la fontaine, les claquements des volets des boutiques, les aboiements des chiens –, mais particulièrement les voix des hommes. Un boutiquier qui évinçait un colporteur installé devant son étal à coups de pied et d'insultes, les garçons qui traînaient au coin de la rue en chantant sur un ton plus aigu les mêmes chansons obscènes que les clients de la taverne, le crieur de la ville annonçant une récompense offerte pour la capture d'un esclave en fuite, débitée sur un staccato chantant : « CINquante deniers pour le retour de FORtunatus, un GREC, âgé de QUINze ans… » Avant d'en avoir vu une, j'avais entendu le craquement d'une charrette, le grondement et le cliquetis de ses roues, le *clop clop clop* de la mule qui la tirait, le tintement de la cloche de son harnais, le charretier qui murmurait « ma vieille fille » à son oreille. Puis je l'entendais échanger des noms d'oiseaux avec un autre muletier qui arrivait en sens inverse avec son propre attelage jusqu'à ce que l'un des deux cède et batte en retraite, et quelle que soit ma tâche – arracher les mauvaises herbes, récurer une marmite de fer, apporter des seaux d'eau dans la cuisine les uns derrière les autres –, je me figeais et je fixais la porte d'un regard intense en me demandant si ces vieilles planches étaient assez épaisses et le verrou assez solide pour me protéger de l'instant inévitable où la lame ferait *tchack tchack tchack* et que l'un des hommes éclaterait de rire tandis que le dernier souffle de l'autre gargouillait sur ses lèvres.

Les louves m'ont aussi enseigné des choses sur les hommes. Un jour où Audo était absent, tôt le matin, elles se sont assises à l'ombre et se sont mises à parler de leurs pères. Clio ne savait pas qui était le sien. Thalie, en larmes, a raconté comment un soldat l'avait arrachée des bras de son père. Euterpe a secoué la tête et refusé d'en parler. Uranie, pour une fois, était la plus prolixe. Un matin, son père l'a emmenée de leur ferme au village voisin, où il a loué une carriole et, pour la première et la dernière fois de sa vie, Uranie a passé la grosse borne de pierre qui marquait la frontière de sa tribu. Une fois dans la grande ville, il l'a vendue à un marchand d'esclaves pour payer la taxe impériale. La dernière chose qu'elle a entendu son père dire, c'était : « Vends-la loin d'ici. Je ne veux pas qu'elle revienne traîner dans le coin. » Mais le marchand l'avait vendue à Audo, et c'est comme ça qu'elle s'est retrouvée là.

Ensuite, elles ont parlé d'Audo. Clio a demandé si c'était un ancien soldat, mais les autres n'en savaient guère plus qu'elle. Focaria, sortie cueillir quelques feuilles de basilic, s'est approchée et nous écoutait sans rien dire.

– Il n'en parle jamais, a remarqué Uranie.

– Et c'est bizarre, ça ? s'est étonnée Thalie.

– Je n'ai encore jamais rencontré un soldat qui n'avait pas envie de me montrer ses cicatrices et de me dire combien d'hommes il avait tués ! s'est exclamée Uranie.

Focaria a jappé un petit rire. On a tous levé les yeux vers elle.

– Bien sûr qu'il n'en parle pas, a-t-elle expliqué en serrant ses feuilles de basilic dans son poing. Il n'a pas pris sa retraite. C'est l'armée qui l'a mis dehors.

– Comment le sais-tu ? a demandé Euterpe.

– Réfléchis ! Quand tu prends ta retraite à l'armée, ils te donnent de l'argent et un bout de terrain. Si Audo s'était retiré au lieu de se faire virer, il serait probablement en train de se la couler douce en Germanie à regarder ses gosses labourer ses champs et traire ses vaches, plutôt que de dormir sous un escalier et surveiller des putains dans une taverne à des milliers de milles de chez lui.

Elle est repartie vers la cuisine.

– Je connais deux ou trois choses sur les soldats, a-t-elle conclu avant de disparaître.

Cependant, si étrange que cela puisse te sembler, lecteur, à ce stade de ma vie, il ne m'était tout simplement jamais venu à l'esprit que j'avais quelque chose en commun avec les hommes, avec ces grandes créatures bruyantes, poilues, violentes et peu dignes de confiance. Euterpe avait beau m'avoir montré la dissemblance entre nos jambes, à l'époque, je ne savais pas à quel point celle-ci nous rendait différents. Je n'étais qu'un garçon, et les seules personnes que j'aimais, et qui m'aimaient, étaient des femmes. Rien de ce qui est humain ne m'est étranger, a écrit le dramaturge, mais pour moi, les hommes l'étaient, car je ne les voyais pas comme des humains. Il ne m'avait jamais traversé l'esprit qu'en grandissant j'allais devenir l'un d'eux. Même si, en l'occurrence, ça n'a pas été le cas.

Après la nuit de l'attaque au couteau, j'ai passé plusieurs semaines dans cet état d'alerte permanent. Quand je désherbais le jardin, je surveillais la porte. Quand j'allais chercher le bois pour le feu, je surveillais la porte. Quand j'allumais le feu dans le four, même si je n'étais pas en mesure de voir la porte, sa pensée venait me picoter la nuque, comme si c'était la porte qui me surveillait. Dès qu'Audo conduisait les louves jusqu'aux thermes pour leur parade quotidienne, je me cachais dans mon coin de cuisine ou dans les latrines ou derrière la pile de bois jusqu'à ce que Focaria verrouille la porte derrière eux. Je ne baissais la garde que lorsque je me retrouvais avec Euterpe, qui me distrayait avec ses histoires, la chaleur de son contact et le son velouté de sa voix.

Quand le moment que je redoute arrive enfin, je suis assis en tailleur en face d'Euterpe, dos à la porte. Captivé, je la regarde dessiner une carte dans la terre avec son doigt tandis qu'elle me raconte l'histoire de nos deux enfants empereurs. Elle m'explique que le jardin n'est qu'une partie de la taverne, laquelle est dans une rue qui traverse une ville, laquelle est au bord de la mer, laquelle est au centre du monde.

– Ça, c'est la mer, m'indique-t-elle en traçant une courbe en forme d'œuf dans la poussière. Et ça, c'est l'empire, ajoute-t-elle en dessinant un deuxième œuf plus grand autour du premier.

D'après elle, l'empire – le jardin, l'Hélicon, la rue, la ville, la mer et toutes les terres autour de la mer – est peuplé de millions de personnes, et tous ces gens vivent sous l'autorité d'un seul homme, l'empereur. Je fixe les deux œufs enchâssés l'un dans l'autre.

– C'est combien de gens, un million de personnes ?

Euterpe prend une poignée de poussière par terre.

– Combien de grains de poussière penses-tu qu'il y a dans ma main à présent ? Combien de temps mettrais-tu à tous les compter ?

Je ne sais compter que jusqu'à vingt, sur mes doigts et mes orteils. Elle laisse la terre s'écouler entre ses doigts.

– Ça fait encore plus de gens que ça.

Ça me cloue le bec un bon moment. Puis j'ai une autre question.

– Et l'empereur dit à tout le monde ce qu'il doit faire ?

– Eh bien, c'est lui qui commande.

– Il est comme Audo ?

– Plus ou moins, mais en plus gentil.

C'est tout aussi difficile à comprendre. Audo est peut-être un soldat en disgrâce, mais c'est la personne la plus puissante que je connaisse, et il force les gens à exécuter ses ordres en les frappant ou en menaçant de les frapper. Mais comment un homme peut-il menacer de frapper un million de personnes ? Et comment y parvient-il en étant plus gentil qu'Audo ?

Euterpe m'explique que l'empereur a des assistants qui sont ses yeux et ses mains.

– En fait, en ce moment, il y a deux empereurs, alors chacun n'a que la moitié du travail à faire.

Deux Audo ! Comment cela peut-il fonctionner ?

– Et non seulement ça, mais les deux empereurs sont tous deux des petits garçons, guère plus âgés que toi.

Encore une fois, je reste sans voix.

– Chacun dirige une moitié de l'empire. Arcadius dirige l'Orient, d'où tu viens, et Honorius l'Occident, où tu vis maintenant.

C'est trop difficile à croire. Comment deux petits garçons peuvent-ils diriger l'empire ? Je suis un petit garçon, et je ne m'imagine pas en train de dire à Focaria ce qu'elle doit faire, et encore moins à Audo. Je ne m'imagine même pas dire à Thalie ou à Uranie ce qu'elles doivent faire, même pour rire, et même si on était deux. Ça n'a aucun sens. Comment deux petits garçons au sommet peuvent-ils être responsables de tout le monde, alors qu'un petit garçon tout en bas de l'échelle n'est responsable de rien, et encore moins de lui ?

– Comment…

Je fixe le sol en essayant en vain de visualiser chaque grain de poussière comme une personne.

– Comment quoi ? demande Euterpe en se penchant vers moi.

– Comment quelqu'un peut-il dire à Audo ce qu'il doit faire ?

À ce moment-là, on martèle à la porte. Je bondis sur mes pieds, pris d'une terreur subite et d'une fureur envers moi-même tout aussi soudaine pour avoir baissé la garde.

– Petit Bout ! s'esclaffe Euterpe en m'attrapant par le poignet.

– Lâche-moi ! soufflé-je de crainte de parler à voix haute.

Je me penche en arrière pour tenter de me libérer.

Les coups cessent.

– Audo, espèce de barbare fainéant ! lance une voix depuis l'extérieur.

Les coups reprennent, remplissant le jardin de leur écho.

– Ouvre cette satanée porte !

Je me tortille en gémissant sous la poigne d'Euterpe, mais elle me cale sur ses genoux et me plaque les bras contre le corps en m'étreignant.

– Ce n'est rien, souffle-t-elle. Ce n'est que Dominus.

Les coups redoublent jusqu'à ce qu'Audo sorte en titubant de la taverne. Il se frotte les yeux d'une main et l'entrejambe de l'autre.

– J'arrive, répond-il d'une voix râpeuse.

Il débloque le verrou et ouvre le battant.

Je me raidis comme un lièvre entre les bras d'Euterpe. Si je n'avais pas déjà vidé ma vessie ce matin, je serais en train de me pisser dessus. Je m'attends à voir entrer quelqu'un d'encore plus grand qu'Audo, un des monstres à un œil, une jambe et une queue évoqués par Euterpe. Je m'attends à le voir poignarder Audo et l'envoyer valser à l'autre bout du jardin d'une seule main. Je m'attends à ce qu'il tourne l'œil de feu au milieu de son front vers Euterpe et moi, notre dernier instant avant le trépas.

Mais ce n'est pas un monstre. C'est simplement un jeune homme soigné avec deux jambes et aucune queue, et deux yeux tout à fait ordinaires qui se trouvent là où ils sont censés être. Il est plus petit qu'Audo, mais il entre comme s'il était chez lui. Ce qui, en tout état de cause, est le cas.

– Que la paix de Dominus soit avec toi, lance-t-il d'un ton chantant.

Il agite vaguement la main en direction d'Audo.

– La paix de Dominus, murmure Audo en refermant derrière lui.

Puis, à ma stupéfaction, il recule. Audo fait une tête de plus que le nouvel arrivant, et pourtant, il baisse les yeux, courbe les épaules et frotte ses paumes l'une contre l'autre.

– Encore en train de dormir ?

L'homme n'est pas seulement plus petit qu'Audo, mais également plus fin, maigre et beaucoup plus jeune, presque aussi jeune que les louves.

– Il est tôt, Votre Honneur.

Audo chuchote presque. Je ne l'ai jamais entendu parler aussi doucement.

– Vraiment ?

Le jeune homme remonte d'un pas nonchalant un rang de plants, enfoncé jusqu'aux genoux dans les feuilles tombantes. Il a un visage lisse, des cheveux noirs épais, coiffés en arrière et brillants d'huile. Il porte une tunique blanche d'une étoffe bien plus fine que celle d'Audo ou la mienne, presque autant que celle de la robe de Melpomène, avec un motif bleu en liseré le long de son ourlet et au bout de ses manches courtes. Il toise Audo.

– Cela fait déjà plusieurs heures que je suis debout, déclare-t-il. Et j'ai beaucoup moins de choses à faire que toi.

– Oui, Votre Honneur.

– On ne te paie pas pour dormir.

– Non, Votre Honneur.

Le jeune homme marque une pause, les mains sur les hanches, au milieu du jardin. Ses yeux passent d'Euterpe à moi. Puis il se retourne en riant.

– Je plaisante, Audo ! lance-t-il en se dirigeant vers lui et en lui tapant sur l'épaule. Il faut bien que tu dormes de temps en temps.

– Oui, Votre Honneur.

Le jeune homme agite la main pour brasser l'air entre eux :

– Ouh la la ! Bienheureux le nez qui n'a pas à sentir les Germains.

Audo émet un petit gloussement étranglé, tandis que le jeune homme le prend par le coude.

– Viens par là, animal puant ! s'écrie-t-il en l'entraînant vers la taverne. Montre-moi tout ce que tu as accompli cette semaine.

Ma stupéfaction ne faiblit pas quand je constate que non seulement Audo ne frappe pas cet homme plus petit que lui, mais qu'il se laisse emmener. Euterpe relâche son étreinte, mais je continue de m'accrocher à elle.

– C'était Dominus ?

Je sais déjà qu'Audo n'est pas le patron de l'Hélicon, qu'il se contente de le gérer pour un certain Granatus que nous appelons tous Dominus. Mais j'avais toujours supposé que Dominus était encore plus grand et plus effrayant qu'Audo, et non pas un frêle jeune homme vêtu d'une tunique luxueuse. Dans le monde tel que je le comprends, les grands imposent leur loi aux petits, et jamais l'inverse.

– C'est son fils, répond Euterpe. Mais il est Dominus, lui aussi.

– Il y en a deux ? Comme les enfants empereurs ?

– Oui, mais ils ne sont pas frères. Ils sont père et fils.

– Et pourquoi portent-ils le même nom ?

– Je ne crois pas que ce soit le cas. Granatus, c'est le père, et celui-là, c'est son fils, précise-t-elle en tournant la tête vers l'arche. Je ne sais pas comment il s'appelle.

– Et il est Dominus, lui aussi ?

– Oui.

– Alors, pourquoi a-t-il appelé Audo Dominus ?

– Quoi ?

– Il a dit : « Que la paix de Dominus soit avec toi. »

– Ça, c'est un autre Dominus. Il faisait référence à Dieu.

Mes yeux s'écarquillent.

– Il y en a *trois* ?

– Dominus, ce n'est pas un nom. C'est *ce* qu'ils sont, pas *qui* ils sont.

– Je ne comprends pas.

Euterpe soupire. À ce moment-là, un nouveau coup résonne à la porte, mais pas aussi fort. Je sursaute, et Euterpe m'enserre de nouveau entre ses bras.

– Audo !

C'est Focaria, la voix aussi sèche que ses coups à la porte.

– Focaria est revenue. Elle t'expliquera tout ça.

Euterpe est soulagée. C'est alors qu'on entend la voix du jeune Dominus, forte et confiante, avant de le voir franchir l'arche de la taverne en balançant une bourse en cuir pleine de pièces qu'il tient par ses cordons. Focaria donne encore quelques coups impatients sur le battant, et Audo apparaît à son tour. Sa grosse masse contourne le jeune homme avec obséquiosité pour gagner la porte. Dès qu'il tire le verrou, Focaria entre en trombe en passant sous son bras, un panier d'osier plein de pain sur le dos.

– Salaud de boulanger !

Elle a les poings serrés autour des bretelles en lin du panier.

– Renatus a encore essayé de m'arnaquer avec la monnaie. Il faut que tu ailles lui dire deux mots, à ce voleur !

Audo la saisit par l'épaule et la fait pivoter pour qu'elle voie le jeune homme à la luxueuse tunique. Elle s'arrête net et baisse la tête.

– Dominus, murmure-t-elle.

Mais Dominus ne l'a pas remarquée. Il s'avance d'un pas lent vers Euterpe et moi en balançant sa bourse. La louve et moi nous appuyons l'un sur l'autre, tandis que ses bras relâchent leur étreinte. On lève la tête vers lui quand il se poste devant nous.

– Que la paix de Dominus soit avec toi.

– La paix de Dominus, répond Euterpe.

– Tu es laquelle, toi ? demande-t-il.

– Euterpe.

Elle baisse les yeux, mais moi, je le dévisage ouvertement. Il est moins poilu qu'Audo ou que les clients que j'aperçois quand ils vont aux latrines. Ses sourcils sont épilés, à l'instar de ceux des louves. Comme Melpomène, il porte un bracelet et des bagues – en or véritable – aux doigts. Il sent bon, même, comme Melpomène en début de soirée.

– Tu es la nouvelle, dit-il à Euterpe. Depuis combien de temps es-tu là ?

– Presque un an, Dominus.

– Vraiment, lâche-t-il en faisant rebondir sa bourse de cuir.

Les pièces à l'intérieur tintent. Il jette un coup d'œil à Audo, puis reprend d'une voix plus basse.

– Je t'ai déjà prise ?

– Non, Dominus.

Euterpe me soulève de ses genoux.

– Pas *maintenant* ! s'exclame-t-il en riant. Il est trop tôt dans la journée. C'est ton fils ? demande-t-il en me désignant de la tête.

– Non, Dominus.

– Ne me mens pas.

Euterpe relève les yeux, juste assez pour le regarder.

– Non, Dominus, ce n'est pas mon fils.

Il se tourne vers moi.

– C'est ta mère ?

J'ouvre la bouche, mais rien n'en sort.

– Je ne suis pas sa mère, vraiment, Dominus, insiste Euterpe.

– Laisse-le répondre.

Je jette un coup d'œil à Euterpe, mais elle fixe les pieds du jeune homme. Ses sandales sont neuves et très propres, et les ongles de ses orteils sont aussi lisses et manucurés que ceux de Melpomène, bien qu'ils ne soient pas peints.

– Je m'occupe de lui, souffle-t-elle à voix basse. Quand Focaria n'est pas là.

– Eh bien, il ne peut pas être à Focaria. C'est un petit singe bronzé.

– Non, Dominus.
– Audo ! crie-t-il à travers le jardin. Que fait ce garçon ici ? Pourquoi ne l'ai-je encore jamais vu ? Et d'où sort-il ?
Audo lâche l'épaule de Focaria. Elle demeure sur place, observant par en dessous comment Audo saccage un rang de plants en traversant le jardin.
– Focaria le tient à l'écart, Votre Honneur. Comme votre père l'a ordonné.
– Eh bien, Focaria est là-bas, répond le jeune homme en désignant la cuisinière d'un geste paresseux.
Celle-ci demeure tête basse, ses deux pouces glissés sous les bretelles du panier.
– Et pourtant, ce garçon est avec... avec... Laquelle es-tu déjà ?
– Euterpe, Dominus.
– Elle s'occupe de lui le matin, répond Audo. Pendant que Focaria...
– Peu importe ! s'exclame le jeune homme en balayant l'explication de la main. Je n'ai pas besoin de connaître tous les détails.
– Votre Honneur...
Audo se risque un peu plus près, puis se penche pour murmurer quelque chose que seul le jeune homme peut entendre. Dominus lève les yeux vers le ciel et l'écoute tout en balançant sa bourse au bout de son cordon.
– Ah, soupire-t-il une fois qu'Audo a terminé. Je vois.
Il se tourne vers moi.
– Tu as de la chance, mon garçon. Tout le monde est obligé de payer pour passer autant de temps avec, euh... Euterpe.
Audo glousse de nouveau. Derrière lui, Focaria se balance sur ses jambes en tapotant des doigts les bretelles du panier. Euterpe respire par le nez.
– Pas moi, bien sûr ! s'exclame-t-il en riant à sa propre blague. Je ne suis obligé de payer pour personne, n'est-ce pas, Audo ?
– Non, Votre Honneur.
Audo se permet un léger sourire.

– Mais toi, tu paies, non ?
– Votre Honneur ?
Le sourire d'Audo se fige.
– Tu paies les services des louves, non ?
– Bien sûr, Votre Honneur, répond-il beaucoup trop vite.
– Pourtant, je suis sûr qu'elles te font un petit extra.
Dominus marque une pause. Audo se racle la gorge. Euterpe fixe le sol. Focaria glisse un regard vers sa cuisine.
– Peu importe, je plaisante, c'est tout, soupire Dominus. Je ne sais même pas pourquoi je m'en soucie.
Il se dirige vers la porte, et Audo s'écarte maladroitement de son chemin.
– Demande à Focaria de l'emmener avec elle quand elle va faire les courses. Il peut… porter des choses, ou autres.
– Mais votre père, Votre Honneur… proteste Audo en passant sa langue sur ses lèvres.
– Mon père n'est pas ici. Ça, ce n'est qu'une raclure des lupanars d'Antioche, ou d'Alexandrie, de Jérusalem peut-être, dit-il en me désignant du menton. Peu importe, ajoute-t-il avec un soupir. Mets-le au travail.
– Oui, Votre Honneur.
– Et ça vaut pour tout le monde ! s'exclame-t-il en agitant la main. Qu'est-ce que vous faites tous plantés là ?
On grimace tous autant que nous sommes, comme si chacun de nous avait été pincé.
Dominus glisse vers la porte.
– Bonne semaine, Audo. Paix ! lance-t-il avant de disparaître en soupesant sa bourse comme une balle.
L'espace d'un instant, le silence s'installe. Audo, le souffle court, fixe d'un œil morne la porte restée ouverte. Puis il la claque et se tourne vers l'arche. Focaria a un mouvement de recul. Elle lève les bras comme pour se protéger, mais Audo passe devant elle sans la voir. Elle détale alors dans sa cuisine. Euterpe me remet debout et m'embrasse en vitesse, puis franchit l'arche à la hâte derrière Audo.

Dans la cuisine, Focaria est en train de vider son panier.
– Pourquoi ils s'appellent tous pareil ?
Je l'observe de l'autre côté de la table.
– Pourquoi qui s'appelle pareil que qui ?
Elle répartit les miches de pain dans deux paniers de bois, un pour le pain au blé noir de la veille que nous mangeons, l'autre pour le pain blanc qu'on sert aux clients. Chaque miche est gravée d'un symbole, la marque du boulanger, qui combine (comme je l'ai appris plus tard) les lettres grecques chi et rho.
– Dominus, et l'autre Dominus. Et Dieu. Euterpe m'a dit que tu m'expliquerais.
– Ah, elle a dit ça ?
Focaria claque des mains pour secouer la farine restée dessus. Elle fourre les paniers dans un coin et prend sèchement le balai posé contre le mur.
– Euterpe dit que Dominus, c'est *ce* qu'il est, pas *qui* il est, insisté-je. Je ne sais pas ce que ça veut dire.
– Elle me laisse les plus difficiles, hein ? murmure Focaria en me lançant le balai. Mets-toi au travail, et je vais t'expliquer.
Je commence à gratter le sol à l'endroit où je me trouve, mais elle m'attrape par l'oreille et me fait faire le tour de la table.
– Commence dans l'*angle* ! s'écrie-t-elle. Balaye en direction de la porte. Combien de fois faut-il que je te le dise ?
Je baisse la tête et je m'exécute.
– Notre Dominus, le propriétaire de la taverne, s'appelle Varius Granatus, déclare-t-elle en déplaçant des casseroles et des poêles sans réel but. Celui qui était ici tout à l'heure, le jeune Dominus, c'est son fils.
– Ils sont tous les deux Dominus ?
– Oui. Mais ce n'est pas leur nom.
– Comment s'appelle le jeune Dominus ?
– Son nom, c'est Calidus.
– Comme le mien est Pusus.
– Non, répond Focaria. Toi, tu n'as pas de nom.
Elle prend une casserole sur la cuisinière.
– Regarde !
J'arrête de balayer.

– Cette casserole n'a pas de nom. C'est juste une casserole.

Je n'arrive pas toujours à distinguer si c'est moi qui la met en colère ou si c'est autre chose. En fait, je ne sais jamais vraiment si elle est en colère ou non, principalement parce qu'elle l'est tout le temps.

– Pusus, ce n'est pas ton nom. Pusus, c'est juste un mot qui veut dire garçon. Tout comme Focaria n'est pas mon nom. C'est juste un mot qui signifie cuisinière. Avant, j'avais un nom, mais plus maintenant. Maintenant, j'ai ça...

Elle passe les doigts sur la face interne du collier de fer qui repose sur ses clavicules.

– Je ne sais pas si tu as un jour eu un nom.

Je serre le balai des deux mains.

– Écoute, soupire-t-elle. Pusus et Focaria sont simplement des mots qui désignent des choses. Tout comme *table* est celui qui désigne ceci, explique-t-elle en tapotant le plateau. Et ça, c'est le *mur*, ça, c'est la *porte* et ça, c'est le *ciel*.

Elle pointe chaque chose du doigt.

– Ils n'ont pas de nom. Un mur est un mur. Une porte est une porte. Le ciel est le ciel. C'est simplement ce qu'ils sont. Tu comprends ?

Non, mais j'acquiesce quand même.

– Le monde, poursuit-elle, se divise entre les gens libres qui ont des noms et les esclaves qui n'en ont pas, parce qu'ils sont des choses et non des personnes. Le Dominus qui s'appelle Granatus est une personne. De même que Calidus. Audo est aussi une personne, bien que beaucoup moins importante que Granatus ou Calidus. Même Melpomène est une personne, quoique à peine. Toi, moi, Euterpe et les louves, nous ne sommes pas des personnes. Nous sommes des choses, comme cette casserole. Quand cette casserole est cassée, Dominus peut s'en acheter une autre. Quand je suis cassée, il peut s'acheter une autre cuisinière. Quand il n'a plus besoin de toi, il peut s'acheter un autre garçon. Et on appellera cette nouvelle casserole une casserole, cette nouvelle cuisinière Focaria et ce nouveau garçon Pusus. Les mots ne nous appartiennent pas. Rien ne nous appartient. Nous appartenons aux mots.

– Et Dieu ? Pourquoi s'appelle-t-il Dominus, lui aussi ?

– Dieu est leur Dominus à tous. Les maîtres eux-mêmes ont des maîtres. Tu comprends ?

Je déplace mes mains sur le manche à balai.

– Autre chose ? demande-t-elle en commençant à se détourner.

– Es-tu ma mère ?

Focaria soupire. Je lui ai déjà posé cette question, tout comme à Euterpe. L'une et l'autre m'ont répondu non, avec divers degrés de patience et d'exaspération. Mais cette fois-ci, c'est différent. Cette fois-ci, étant donné qu'elle a demandé, j'espère qu'elle va me révéler quelque chose que je ne sais pas déjà.

– Viens par là, dit-elle en me faisant signe d'approcher.

Je contourne la table avec circonspection. Focaria me prend le balai des mains et le pose contre le mur. Je courbe le dos, m'attendant à ce qu'elle me pince ou me frappe, mais à la place, elle s'agenouille pour qu'on puisse se regarder droit dans les yeux. Tout doucement, comme si, pour une fois, elle avait peur de me faire mal, elle saisit mon poignet et le place à côté du sien.

– Regarde, m'enjoint-elle. En quoi sommes-nous différents ?

Je ne dis rien, je n'ai pas envie qu'elle me pince de nouveau.

– Ne t'inquiète pas, me rassure-t-elle. Dis-moi en quoi nos bras sont différents.

– Le mien est plus fin ?

– C'est vrai, mais ce n'est pas ce que je veux dire.

De son autre main, elle presse nos deux poignets l'un contre l'autre.

– Mais encore ? insiste-t-elle.

– Le tien est plus long ?

– Regarde mieux.

On est près de la porte, alors elle me déplace pour que la lumière du jour nous éclaire.

– Ma peau est pâle comme le ventre d'un poisson, finit-elle par dire. La tienne est presque brune, comme du cuir usé. Tu sais ce que ça veut dire ?

Je secoue la tête.

– Ça veut dire que je ne peux pas être ta mère. Les mères qui ont des peaux comme la mienne n'ont pas d'enfants avec une peau comme la tienne.

Elle se pince et je vois sa peau blanche rougir, puis elle m'effleure le poignet du bout du doigt.

– Regarde-moi.

Quelques mèches rétives échappées de son chignon accrochent la lumière, de même que les ridules à l'extrémité de ses yeux.

– Mes yeux sont bleus et mes cheveux sont roux. Les tiens sont noirs et tes yeux sont marron. Je viens d'un endroit très loin au nord, où le soleil ne brille que rarement...

– La Bretagne.

– C'est exact, la Bretagne, confirme-t-elle en plissant les lèvres presque dans un sourire. Où il pleut tout le temps et où tous les habitants sont aussi pâles que moi.

Elle me touche de nouveau le bras.

– Toi, tu viens d'un endroit beaucoup plus au sud, où le soleil brille tout le temps, et où tout le monde est brun comme un petit pain.

– Comment suis-je arrivé ici ?

– Tu es une erreur.

– Une erreur ?

– Deux, en fait, précise-t-elle en soutenant mon regard. Dominus t'a acheté à un capitaine de navire, et non à un véritable marchand d'esclaves. Apparemment, tu étais une bonne affaire. Ça, c'était la première erreur.

Dominus peut faire des erreurs ? Ça, c'est une nouvelle !

– La seconde, c'était que le capitaine avait affirmé que tu étais une fille, et personne n'a songé à vérifier jusqu'à ce que je jette un coup d'œil quand Audo t'a déposé dans la cuisine. Le temps que je le prévienne, le navire était reparti, et il était trop tard pour se faire rembourser. Audo m'a frappée et m'a cassé une dent, lâche-t-elle en esquissant un sourire. Voilà comment on me remercie.

– Alors, j'étais censé être une fille ?

– Ça n'a plus d'importance, à présent. Tu es là.
– Pourquoi le capitaine m'a-t-il vendu ? C'était lui, mon père ?
– Ça non plus, ça n'a plus d'importance.
Je réfléchis un instant à ce qu'elle vient de dire.
– Parce que je suis une chose.
– C'est ça.
– Ma mère était une chose, elle aussi ?
– Je ne sais pas. Probablement.
– Qu'est-ce qui lui est arrivé ?
– Je n'en sais rien.
– Est-ce qu'elle sait où je suis ?
– Non.
– Est-ce que je vais la revoir un jour ?
– Non.
– Peut-être que…
Focaria prend mon visage entre ses paumes calleuses, elle me force à regarder ses yeux bleus et froids.
– Rien de tout cela n'a d'importance, murmure-t-elle. Tu ne sauras jamais d'où tu viens. Tu ne connaîtras jamais ta mère. Elle pourrait tout aussi bien être morte. Elle l'est probablement. Ta vie sera courte, et difficile. Et plus tôt tu l'accepteras, mieux tu te porteras.
On se dévisage. Je ne l'ai jamais vue comme ça. Sa colère s'est muée en quelque chose qui ressemble à de la tristesse. Elle semble au bord des larmes. En écrivant ces lignes, à l'autre bout de ma vie, je revois son visage à cet instant précis, et pourtant – je t'ai déjà prévenu, lecteur –, je ne saurais dire si c'est un véritable souvenir ou le simple produit de mon imagination. Pendant de longues années, j'ai caressé cette image de Focaria comme une pièce de monnaie, mais le sens dont elle pouvait être frappée a été effacé depuis longtemps.
– Tu comprends ? finit-elle par me demander.
J'acquiesce.
– Très bien.
Elle lâche mon visage et se redresse en grognant, puis me tend le balai.
– Mets-toi au travail. Et demain, je t'emmène dehors.

Maintenant que je sais que Focaria veut me faire franchir la porte dès demain, je reste éveillé longtemps après qu'elle s'est endormie, à écouter les sons de la rue. La plupart sont habituels – le gargouillis de la fontaine, un miaulement –, mais quand j'entends des hommes crier au loin, je perds complètement le sommeil. Le matin venu, je ne dis rien de ma nuit blanche à Focaria, mais je l'observe avec attention. Elle me donne une moitié de poire et un verre d'eau avec mon pain. Quand j'ai terminé, je profite d'un instant où elle me tourne le dos pour m'enfuir et me cacher dans les latrines. Accroupi dans la puanteur, j'essaie de chasser les mouches en espérant qu'elle sortira chercher l'eau toute seule, comme elle l'a toujours fait. À travers un interstice entre deux planches, je la vois se diriger vers la citerne, saisir nos deux seaux décatis et les poser devant la sortie – pour l'instant, tout va bien –, mais au lieu de retourner prendre la palanche afin de pouvoir les mettre en équilibre sur une épaule, elle vient droit vers les latrines, ouvre la porte en grand et me traîne dehors.

– Non !

Je plante mes pieds dans le sol. Je me débats sous sa poigne, mais elle m'agrippe encore plus fort, et mes talons laissent deux sillons par terre comme ceux d'une charrue à deux socs. Ce n'est qu'en arrivant devant la porte qu'elle pose les yeux sur moi. Ils sont durs comme deux cailloux bleus.

– Tu te rappelles ce que je t'ai dit hier ? lance-t-elle.

– Non ! J'ai oublié.

Elle fait mine d'ignorer mon mensonge, et ouvre le verrou d'une seule main, comme Audo, tout en serrant mes deux poignets de l'autre.

Je pousse des cris et je me débats tant que je peux, mais elle me soulève pratiquement du sol et, un instant plus tard, je suis dans la rue.

Mon cri meurt dans ma gorge. J'ai du mal à respirer. Aucune des merveilles qu'Euterpe a partagées avec moi n'est aussi stupéfiante que ce premier instant au-delà du mur du jardin. Il n'y a pas d'hommes à tête de chien, pas de femmes avec une queue de chat, aucun sage tout nu ne suit la course du soleil comme un tournesol. Il n'y a pas non plus d'homme en train d'agoniser dans une flaque de sang, seulement la lumière du matin qui rase les pavés patinés par l'usage. Et pourtant, l'horizon de mon monde reflue comme une vague, comme si j'étais un galet tombé dans une mare sans fond. En fait, j'ai le souffle coupé, comme si je me noyais.

Un galet peut-il se noyer ? Je t'ai déjà dit que je n'étais pas un philosophe.

J'ai été entraîné dans un fleuve de lumière. Le soleil est bas, à l'autre bout de la rue, et ses rayons frappent les maisons de part et d'autre de la voie. À l'opposé, sur la droite, la lumière déferle sur les murs et les toits rouges des longs entrepôts bas de plafond puis se répand sous une grande arche dans une immensité de ciel azur et d'eau scintillante, ma toute première vision du port de Carthago Nova. Des bâtons noirs, dont j'apprendrai plus tard qu'il s'agit de mâts de navires, se balancent sur l'eau, et en dessous, le long des quais, des silhouettes d'hommes s'agitent, soulèvent, portent, chargent et déchargent. Au-dessus, des vols de mouettes blanches dont chaque détail est souligné par la lumière intense, ce qui semble magnifier leurs cris perçants. À l'autre extrémité du port, les rayons de soleil rencontrent une énorme montagne bossue qui s'élève jusqu'au milieu du ciel au-dessus des murs de la ville. Elle est rouge comme une marmite de fer rouillée, et sa rocaille aride est recouverte de broussailles aux tons ternes vert olive.

Je tends la main vers Focaria, mais elle m'a laissé tout seul sur l'étroite bande pavée au bord de la rue. Je recule jusqu'à ce que mes épaules se pressent contre le crépi rêche du mur. À l'extérieur du jardin, loin des odeurs d'herbes aromatiques, de latrines et de la cuisine de Focaria, je sens la terre et les ordures, je sens la fumée d'un feu de bois, je sens le crottin de cheval et les crottes de chien. Au fond de mes sinus, même si je ne le sais pas encore, je sens l'arôme saumâtre de la mer, et la poussière de la lointaine Afrique. Juste en face de moi, la maison est peinte en rouge à hauteur d'épaule d'homme, puis blanchi à la chaux au-dessus ; une ligne de lettres que je n'arrive pas à lire s'estompe sous la lumière du jour. Au milieu du mur, une porte vétuste recouverte de vieux panneaux métalliques fatigués qui ont tourné au vert-de-gris. Elle est entrouverte, et dans le vestibule plongé dans la pénombre je distingue une silhouette en train de dormir sur un tabouret, la tête appuyée contre le mur derrière elle, la bouche ouverte. À présent, l'horizon de mon monde reflue encore plus loin, au-delà de ce que je suis en mesure de comprendre – dois-je déduire que chaque mur est doté d'une porte, et que chaque porte mène à une autre pièce, et que dans chaque pièce il y a d'autres personnes, et que ça continue ainsi sans jamais s'arrêter ?

Focaria sort du jardin avec ses deux seaux et les repose juste le temps de claquer le battant derrière elle. Puis elle en saisit un dans chaque main et part dans la rue vers la gauche, à l'opposé du port.

– Viens, m'enjoint-elle.

Mais je plante les doigts dans le crépi friable derrière moi.

– Euterpe ne saura pas où je suis.

Focaria continue de marcher.

– Tu seras de retour avant qu'elle se réveille.

La sécurité du jardin, l'unique monde que je connaisse, n'est qu'à quelques pas, mais Focaria s'éloigne avec ses seaux vides dans un halo de lumière aveuglant. La rue plonge vers l'horizon en se rétrécissant au fur et à mesure, les grandes maisons de part et d'autre de la voie sont d'autant plus tassées les unes sur les autres qu'elles sont loin. Le soleil luit sur les pavés et fait ressortir l'éclat des murs blanchis à la chaux. Sa lumière découpe de longues ombres sous les avant-toits et les balcons, elle surligne les épaules des silhouettes dans la rue, crée un halo autour de leur tête, scintille entre leurs jambes. Ces passants ne ressemblent pas aux monstres d'Euterpe, mais je ne vois pas leurs visages, qui sont à contre-jour. L'air lui-même paraît briller. Depuis le bout de mes orteils, les pavés de la rue semblent courir à l'infini, de plus en plus petits avec la distance, et je contemple les deux ornières creusées par les roues des charrettes qui se rapprochent au loin l'une de l'autre, sans jamais vraiment se toucher. Il ne m'était pas venu à l'esprit que la rue pouvait être longue au point que je n'en voie pas la fin. Les pavés sont comme l'ensemble des carrelages de toutes les cuisines que je pourrais imaginer, mis bout à bout, à l'infini. Le travail que ça devait être de les balayer ! On en aurait pour toute une vie !

Et le bruit ! Presque tous les sons qui s'épuisent à franchir le mur du jardin me parviennent à présent plus fort que jamais. Le tintement de l'enclume, le crissement des scies, le martèlement des étameurs, la voix claironnante du crieur qui annonce une autre évasion : « MONica, une AFRIcaine, âgée de SEIze ans… » Les cris des mouettes dans le port derrière moi, le ressac incessant de la mer toute proche, deux hommes qui s'interpellent joyeusement de part et d'autre de la rue. Deux filles qui rient, un bébé qui pleure, un chien qui aboie. J'entends un battement rythmique, *boum boum boum*, et le chant des voix graves qui l'accompagnent. Plus loin, une grande forme noire alambiquée surgit enveloppée d'un halo de soleil, des roues qui grondent, une cloche qui sonne, des sabots qui claquent, *clop clop clop*. Est-ce donc la boîte montée sur roues qu'Euterpe avait tenté de me décrire ? Est-ce une charrette ? Ou bien l'une de ces étranges créatures surgies de l'endroit où naît le vent du nord pour me dévorer ?

Je me précipite vers Focaria pour la rattraper, je m'accroche à sa robe pour la placer entre moi et le monstre qui approche. Elle baisse la tête.

– Tiens, marmonne-t-elle en me tendant un seau.

J'ai les yeux fixés sur la charrette qui vient vers nous, dans son dos.

– Prends-le, insiste-t-elle.

J'obtempère d'une main hésitante.

– Allez, viens !

Je lui emboîte le pas, toujours dans ses jupes, et je traîne le seau qui cogne sur le sol. Sans s'arrêter, elle retire ma main de sa jupe.

– Prends-le à deux mains, Pusus. Et soulève-le.

À présent, je trottine derrière, mes deux mains serrées autour de l'anse toute grasse. La charrette grandit dans la rue, elle l'occupe quasiment en entier. Euterpe avait raison, c'est une boîte sur roues ! La mule, le dos creux et les côtes saillantes, porte des œillères de cuir. Elle hoche sa longue tête, ce qui fait résonner la cloche de son harnais, et elle renâcle en exhalant un nuage de postillons. Un homme aux jambes très longues, coiffé d'un chapeau de paille à large bord, la guide en tenant la bride du bout des doigts. Il murmure quelque chose dans le creux des oreilles tombantes de l'animal. Le claquement fatigué de ses sabots devient le son le plus bruyant que j'aie jamais entendu. Il se répercute sur les murs de chaque côté de la rue. Focaria me tire sur le trottoir juste avant que la charrette passe devant nous dans un fracas, si près qu'on pourrait la toucher. Euterpe avait dit vrai à ce propos aussi – les roues sont plus grandes que moi, elles pourraient sans mal écraser un petit garçon. Et si elles me manquaient, la charrette qu'elles soutiennent est remplie de fagots de bois qui menacent de me tomber dessus et de m'aplatir quand même. Une fois l'homme et sa mule passés, le bruit des sabots et des roues diminue, et la charrette s'éloigne en direction du port, en tanguant un peu de droite à gauche.

– Quand tu viendras ici tout seul, souviens-toi de regarder des deux côtés avant de traverser la rue. La dernière chose dont j'ai besoin, c'est que tu te fasses renverser.

– *Tout seul?*

– On y est, répond-elle en me tirant une fois de plus par l'épaule.

La fontaine dont j'entends le son tous les soirs, quand tous les autres bruits s'estompent, coule juste en face de nous. Un abreuvoir de pierre empiète à moitié sur la chaussée, et à l'une de ses extrémités, un jet d'eau continu jaillit de la bouche patinée d'un poisson sculpté. Le trop-plein se déverse dans la rue par une entaille au bout de l'abreuvoir, et les pavés autour de la fontaine sont souillés de terre et de boue. Mais ce matin, le gargouillis de l'eau est couvert par les conversations et les éclats de rire d'un groupe de femmes assemblées autour de la fontaine, chacune attendant son tour avec un ou deux seaux dans les mains. Au centre, à côté de la source, une grande femme à la peau ébène et à la mâchoire proéminente semble mener la discussion : elle accorde un regard aux unes puis aux autres, éclatant de rire la première lorsque quelqu'un (généralement elle) fait une blague. Elle a également l'air de diriger la distribution d'eau, et autorise d'un signe de tête une femme puis la suivante à s'avancer vers l'abreuvoir à côté d'elle. Hormis les louves, ce sont les premières femmes que je vois de ma vie, et je n'avais pas idée qu'elles pouvaient être aussi diverses. L'une d'elles est vieille et grosse avec une peau sombre, une autre est plus jeune, encore plus grosse et aussi pâle que Focaria. Une petite femme toute grise a les paupières tombantes, mais un regard attentif, et quand les autres rient, elle se contente de sourire. Une autre encore, maigre, avec les yeux enfoncés dans leurs orbites, attend que les autres rient avant de se mettre à rire plus fort que tout le monde. Deux sont des jeunes femmes guère plus âgées que les louves, une petite et une grande, comme Thalie et Uranie, mais (comme je l'apprendrais par la suite), ce sont de véritables sœurs, avec le même visage rond. Contrairement à Thalie et à Uranie, elles ne se maquillent pas, leurs cheveux sont attachés autour de leur tête et elles sont vêtues de longues robes qui les recouvrent des orteils jusqu'au cou. Mais quand elles me voient, leurs yeux s'éclairent comme ceux de Thalie.

– C'est qui ton jeune ami, Focaria ? lance l'une d'elles.

– Personne, répond celle-ci en me poussant vers le groupe. Ce n'est que Pusus.

Ce n'est qu'un garçon.

Une jeune fille osseuse au teint pâle se tient un peu à l'écart, ses deux seaux à ses pieds et sa palanche de bois posée contre le mur. Elle est plus jeune que les deux sœurs, mais pas autant que moi, et sa tignasse blonde est soigneusement coiffée en chignon. Avec Focaria, on est juste à côté d'elle, mais elle ne nous parle pas. Elle ne nous regarde même pas, et se contente de fixer ses orteils. Par deux fois, je la vois glisser un regard sur la scène, tout d'abord vers la femme à la mâchoire carrée au centre du petit groupe, puis vers un homme de haute taille de l'autre côté de la rue. Ce dernier, un visage aux yeux encaissés sous des sourcils broussailleux, est en train d'enlever les volets de sa boutique, celle qui partage un mur avec le jardin de la taverne. La lumière matinale tombe sur sa devanture, qui occupe tout le pas de sa porte. À l'intérieur, des rangs entiers d'amphores rouges couchées sur des étagères de bois disparaissent dans la pénombre.

Une par une, les femmes plongent leurs seaux dans l'eau puis s'éloignent en laissant derrière elles des traînées de gouttelettes rondes comme des pièces de monnaie. Au fur et à mesure que le groupe se réduit, la jeune fille pâle pousse du pied ses seaux, déplace la palanche d'une main et fait un pas de côté vers l'abreuvoir, puis elle s'appuie de nouveau contre le mur et recommence à regarder ses orteils. Dans la pénombre au milieu de ses amphores, le boutiquier jette un coup d'œil vers elle.

Les femmes encore présentes se récrient lorsque celle aux yeux enfoncés plonge son seau dans l'eau avec un peu trop d'enthousiasme et qu'elle en répand partout sur les pavés.

– Doucement, Lucilia ! s'exclame la plus grande en reculant pour ne pas se faire mouiller. Laisses-en un peu pour les autres.

– Je te demande pardon, Afra, répond Lucilia.

Lucilia courbe les épaules et jette des regards nerveux de droite à gauche en portant des deux mains son seau plein à ras bord. Il ne reste plus que les deux sœurs et la femme aux cheveux gris, et toutes trois se tournent vers Afra avec déférence.

– Balbina, passe en premier, propose celle-ci à la femme âgée.

Elle claque les doigts à l'intention de la jeune esclave avec la palanche.

– Tacita, tu passes après ces trois-là ! ordonne-t-elle d'un ton sec en désignant les trois femmes. Il faut que j'aille parler à mon mari.

Puis elle redresse son menton en galoche et traverse la rue en direction de la boutique. Priscianus, le marchand d'huile aux sourcils broussailleux, l'observe tout en disposant des jarres de différentes tailles et couleurs sur son étal. Afra se plante à la tête du groupe qui commence à faire la queue pour acheter de l'huile, et elle mène les négociations bruyamment, tandis que son mari ne dit pas grand-chose.

– Fais attention !

Focaria me saisit le haut du crâne et me fait tourner la tête en direction de la fontaine. Il n'y a plus que Tacita avant nous.

Elle est déjà sur la marche de pierre patinée à côté de l'abreuvoir, et tient son seau directement sous le jet qui sort de la bouche du poisson.

– Tu vois ça ? murmure Focaria. Elle ne plonge jamais son seau dans l'abreuvoir.

Les bras tendus, l'esclave retire le seau de sous le jet, puis elle remplit le second et le pose à une certaine distance du premier. Ensuite, elle prend la palanche, dont chaque extrémité est munie d'une courte corde au bout de laquelle est fixé un crochet de fer et, une fois placée entre les deux seaux, elle glisse d'un geste adroit leurs anses dans les crochets. Puis elle se redresse en tenant la palanche des deux mains, assez haut pour que les cordes se tendent, mais pas suffisamment pour soulever les seaux. Elle tourne alors un visage livide vers la boutique, jusqu'à ce qu'Afra s'exclame : « À tout à l'heure, chéri ! » en agitant la main à l'intention de son mari avant de s'éloigner.

– Tu es encore là ? Qu'est-ce que tu attends ? lance-t-elle à Tacita en partant à grandes enjambées en direction du port.

Tacita baisse les yeux, place ses épaules sous la palanche et se redresse lentement. La palanche ploie et les seaux se balancent tandis qu'elle progresse lentement, les chevilles tendues, un pas prudent à la fois. Elle est si frêle qu'on a l'impression que l'eau pèse plus qu'elle, mais elle en répand bien moins que les autres femmes. De l'autre côté de la rue, tout en discutant avec ses premiers clients de la journée, Priscianus la regarde s'éloigner. Quand Afra atteint la maison en face de notre jardin, elle entre en coup de vent et on l'entend crier contre le portier qui dormait.

– Réveille-toi, fainéant !

Tacita pivote la palanche pour passer le seuil et la suit à l'intérieur. Dès que le dernier seau disparaît, le battant claque derrière elle.

– Pusus ! Concentre-toi !

Focaria a déjà rempli son seau, et elle me hisse sur la marche de pierre à côté de l'abreuvoir, d'où je fixe le jet d'eau qui jaillit de la bouche du poisson.

– Il ne s'arrête jamais ?

– Rien n'est éternel, répond Focaria.

Elle presse mes mains sur la poignée et m'aide à tenir le seau aussi haut que je peux.

– Juste sous le poisson, répète-t-elle. Ne prends jamais l'eau de l'abreuvoir. Tu ne sais pas ce qu'il peut y avoir dedans, en particulier le matin.

Tandis que je titube pour redescendre de la marche avec mon seau plein à ras bord, Focaria est déjà repartie avec le sien vers notre porte, en se penchant sur le côté pour équilibrer le poids. Je progresse lentement derrière elle en portant le mien des deux mains, devant moi, comme je le fais d'habitude. Avant que j'arrive à mi-chemin, Focaria ouvre la porte d'un coup d'épaule et disparaît dans le jardin. J'essaie de l'appeler, mais je ne parviens à émettre qu'un petit couinement. La corde de l'anse m'entaille les paumes. Mes jambes flageolent et mes bras tremblent, je renverse de l'eau à chaque pas. Plus j'essaie d'aller vite, plus la porte semble s'éloigner. Elle m'a abandonné tout seul dans la rue.

– Louve ! crie quelqu'un.

Une meute de garçons me dépasse en courant à toute vitesse vers le port, leurs membres comme des éclairs, leurs cheveux dans le vent. Quand le claquement de leurs pieds nus sur les pavés devient plus aigu, je pose brusquement le seau par terre et je perds un peu d'eau. Je m'accroupis au-dessus du seau, en partie pour le protéger, en partie pour m'accrocher à quelque chose. Les garçons, guère plus âgés que moi, courent et se glissent les uns derrière les autres comme des martinets, en riant à grands cris. Celui qui m'a traité de « louve », pieds et torse nus, un pagne pour tout vêtement, fait marche arrière en dansant. Il ralentit, s'arrête et se dirige vers moi. Deux autres l'imitent, et les trois convergent vers moi comme un filet qui se referme. Leurs cheveux sont ternes, leurs yeux avides et leur peau brillante de sueur. Le premier me toise comme Thalie quand elle dit qu'elle veut me dévorer tout cru, mais sans affection, comme s'il avait vraiment envie de le faire.

– Pusus ! crie Focaria.

Elle traverse la rue dans notre direction. Je m'attends presque à la voir brandir un couteau à vider le poisson.

Les deux autres garçons détalent, mais elle a bloqué le passage du premier, qui se dandine sur ses talons.

– Pusus ! crie-t-elle de nouveau.

Néanmoins, ce n'est pas moi qu'elle regarde, c'est lui. Bien sûr : Pusus n'est pas plus son nom qu'il n'est le mien. Ce n'est qu'un garçon, comme moi. Elle claque dans ses mains comme pour faire peur à un chat et il en profite pour s'esquiver.

– Louve ! crie-t-il en se tournant une dernière fois vers moi.

Il est parti en hurlant comme un chien tout le long de la rue jusqu'à passer sous l'arche qui donne sur le port. Focaria me soulève et nous traîne, mon seau et moi, dans le jardin. Elle verrouille la porte et porte le seau jusqu'à la citerne. Je trottine derrière elle.

– Je suis une louve ?

Elle soulève d'une main le couvercle de bois de la citerne.

– Non, répond-elle en saisissant le seau. Pas encore, en tout cas. Tu ne le deviendras peut-être pas, si tu as de la chance, précise-t-elle en versant l'eau dans la cuve. Mais tu n'auras probablement pas de chance.

Elle déverse le contenu du deuxième seau. Tout cela me laisse perplexe. Focaria replace le couvercle avec un bruit sourd et se tourne vers moi.

– À partir de maintenant, aller chercher l'eau sera l'une de tes tâches. Fais comme Tacita, et tout ira bien.

– C'est qui, Tacita ?

– La petite esclave d'en face, répond-elle en désignant du menton la maison de Priscianus. Elle sait ce qu'elle fait, précise-t-elle en comptant sur ses doigts. Elle se place toujours à la fin de la queue. Elle ne parle à personne. Elle remplit le seau directement sous le jet.

Je ne l'écoute pas vraiment. La tête me tourne sous l'effet de tout ce que j'ai vu depuis qu'elle m'a traîné dehors.

– Tu comprends ? insiste Focaria. Elle ne parle à personne. Elle fait son boulot et elle rentre chez elle.

Elle fait un geste en direction de la palanche.

– Quand tu seras plus grand, je te montrerai comment te servir de ça. Ça te permettra de faire moins d'allers-retours.

– Mais je ne suis pas une louve ?

Elle plisse les lèvres. Je connais cette tête-là. Elle va me pincer ou peut-être même me frapper. Mais à ce moment-là, elle voit quelque chose derrière moi, et ses lèvres esquissent le sourire qu'elle fait quand quelque chose l'amuse intérieurement.

– Elle va t'expliquer ça, répond-elle.

Je me retourne, et je vois Euterpe qui traverse le jardin en se frottant les yeux. Son visage est encore maculé des traces de maquillage de la veille.

– Expliquer quoi ? demande-t-elle en nous adressant un grand sourire qui indique qu'elle est aussi contente de nous voir l'un que l'autre.

– Ce matin, quelqu'un l'a traité de louve, lance Focaria avant de partir d'un pas décidé vers sa cuisine.

– Quoi ? Qui ça ? s'écrie Euterpe en lui attrapant la main au passage.

Les deux femmes laissent leurs doigts s'effleurer.

– Un garçon, dans la rue.

– Dans la rue ? Mais que faisait-il dans la rue ? demande Euterpe d'un ton surpris.

– Tu as entendu Dominus, hier, répond Focaria par-dessus son épaule. Je l'ai emmené à la fontaine.

– Tu l'as emmené *dehors* ?

– Notre petit garçon est en train de grandir, lance Focaria en riant. Il va falloir que tu arrêtes de lui raconter des sornettes.

– Qu'est-ce que ça veut dire ? demande Euterpe.

Mais Focaria a déjà disparu dans la pénombre. Sa voix nous parvient de la cuisine.

– C'est toi le professeur !

Euterpe et moi nous installons à l'ombre à côté de la citerne, à notre place habituelle. Avant qu'elle puisse ouvrir la bouche, je rejoue pour elle ma visite à la fontaine et je lui raconte tout ce que Focaria m'a appris depuis hier soir. Je suis mon propre chœur, à bout de souffle.

– Focaria dit qu'elle ne s'appelle pas Focaria et que je ne m'appelle pas Pusus, et elle dit que certaines personnes sont des personnes et que certaines personnes sont des choses, et elle dit que j'étais censé être une fille, mais qu'en réalité je suis plutôt comme une casserole et qu'une casserole, ça n'a pas de nom, alors je n'ai pas de nom, moi non plus, et l'autre Pusus dit que je suis une louve, mais Focaria affirme que non, même si j'en deviendrai peut-être une si je n'ai pas de chance, mais que pour l'instant, je suis simplement Pusus.

J'entends Focaria qui découpe quelque chose dans la cuisine, *tchick tchick tchick*, mais je le remarque à peine, parce que j'ai tant de questions.

– Alors, comment je m'appelle ? Petit Bout, ou Souris, ou Antiochus ? Et Euterpe, c'est ton nom, ou c'est ce que tu es ? Es-tu une chose ou une personne ? Est-ce que tu sais d'où tu viens ? Pourquoi est-ce que je ne peux pas connaître ma mère ?

Euterpe soupire et me pose sur ses genoux.

– Je sais ce que je suis, me murmure-t-elle à l'oreille. Parce que je sais d'où je viens.

– Alors, comment ça se fait que...

– Chut, souffle-t-elle en me serrant plus fort. Ce n'est pas parce que tu l'*ignores* que c'est forcément mauvais. Parfois, ne rien savoir peut être un cadeau.

Je ne réponds rien, mais je gigote entre ses bras. Que veut-elle dire ? Comment ne rien savoir peut-il être un cadeau ?

– Écoute, murmure-t-elle.

Et là, elle fait ce qu'elle fait toujours quand je suis perplexe. Elle me raconte une histoire.

– Il était une fois un roi qui s'appelait Numitor, lance-t-elle.

– C'est quoi un roi ?

– L'homme qui dirige. Comme l'empereur dont je t'ai parlé.

– Comme Audo ?

– En quelque sorte. Ne m'interromps pas.

Elle poursuit son récit. Numitor avait deux enfants, une fille qui s'appelait Rhéa et un garçon qui s'appelait Amulius. Mais Amulius voulait devenir roi, alors il a tué Numitor, son propre père. Et comme Rhéa l'avait vu le faire, il l'a enfermée dans une pièce pour qu'elle ne puisse jamais en parler à quiconque.

– Pourquoi ne l'a-t-il pas tuée, elle aussi, tout simplement ?

– Parce que c'était sa sœur.

– Mais il venait de tuer son père…

Euterpe me presse le bras.

– Chut, écoute…

Mais Rhéa avait beau être enfermée toute seule dans une pièce, un dieu s'est débrouillé pour lui rendre visite. Euterpe m'a déjà parlé de Dieu, qui vit dans le ciel et qui est encore plus grand et plus fort qu'Audo. Dieu voit tout ce que je fais, tout le temps, même quand Audo n'est pas en mesure de le faire. Mais contrairement à Audo, Dieu est bon, et Euterpe m'a dit que moi aussi je devrais aspirer à l'être, tout comme Dieu. Quand je lui demande pourquoi je ne peux pas le voir, elle répond que la seule façon de rencontrer Dieu est de mener une vie irréprochable, et qu'il y a peu de chances que ça se produise. Alors, il s'avère que Dieu n'est qu'un père de plus que je ne connaîtrai jamais. Mais d'après Euterpe, à l'époque où se déroule son histoire, il y avait plusieurs dieux, et l'un d'eux s'appelait Mars, et comme c'était un dieu, il pouvait traverser les murs et les portes verrouillées. Il est donc venu dans la pièce où se trouvait Rhéa, et ils ont fait un enfant ensemble. En fait, ils en ont fait deux.

– Deux ?

– Oui, deux petits garçons. Des jumeaux.

– Comme les deux empereurs ?

– En quelque sorte. Contente-toi d'écouter.

J'ai encore du mal à concevoir comment un garçon peut sortir du ventre d'une femme, et encore moins deux, mais Euterpe poursuit. Quand les jumeaux de Rhéa sont nés, Amulius s'est mis très en colère, alors il a ordonné à l'un de ses esclaves de voler les deux enfants et de les tuer.

– Pourquoi ne l'a-t-il pas fait lui-même ?

– Parce qu'il ne voulait pas mettre le dieu en colère.

– Mais alors, pourquoi les tuer ?

– *Écoute…*

L'esclave n'avait pas vraiment envie de tuer les bébés non plus, alors il les a placés dans un panier au milieu des roseaux près de la rivière, où il s'est dit qu'un animal les mangerait ou que l'eau monterait et les noierait. Au moins, ça lui évitait de le faire lui-même.

Je pousse un petit cri, mais Euterpe m'étreint.

– Ne t'inquiète pas. Quelque chose de merveilleux va se produire.

– Leur mère vient les sauver ?

– Non, Petit Bout, je suis désolée, souffle-t-elle en m'embrassant. Ils ne reverront jamais leur mère.

Tous les petits garçons du monde sont-ils donc comme moi ? Je me mets à pleurer, et elle me serre plus fort. Elle a toujours la même odeur, un mélange de la sienne et de celles de tous les hommes avec qui elle était la veille. En écrivant ces mots, bien des années plus tard et bien loin de Carthago Nova, je la sens encore comme si Euterpe était dans la même pièce que moi. C'est l'odeur d'une mère.

– Non, poursuit-elle. Les deux petits garçons ont été sauvés... par une louve !

Je me redresse.

– Oui ! s'exclame-t-elle avec une étincelle dans les yeux. Et la louve les emmène chez elle et les élève comme s'ils étaient ses propres enfants.

– Comme toi ?

Les yeux d'Euterpe se remplissent de larmes. Elle me tient contre elle de telle sorte que je ne puisse plus voir son visage.

– Oui, souffle-t-elle. Tout comme moi... Tu te souviens de l'empire dont je t'ai parlé hier ?

Quelqu'un soupire, et on lève tous les deux la tête. Focaria est à quelques pas, un déplantoir dans une main et un oignon dans l'autre.

– Qu'est-ce que tu lui racontes encore comme bêtises ?

Euterpe fait abstraction de sa remarque.

– Ces deux petits garçons étaient exactement comme toi, poursuit-elle. Ils n'ont jamais connu leurs parents, et ils ont été élevés par une louve.

– Oh, bon sang..., marmonne Focaria.
– Mais en grandissant, ils sont quand même devenus rois, affirme Euterpe.
– Ça n'aide pas, ça, lance Focaria.
– Et ils ont fondé un empire.
– Ça suffit !
Focaria saisit ma tunique par la manche et me tire des bras d'Euterpe.
– Retourne dans la cuisine alimenter le feu ! ordonne-t-elle en me donnant un coup de déplantoir sur les fesses.
Je m'éloigne de quelques pas, puis je me retourne. À présent, Euterpe est debout et les deux discutent furieusement en murmurant.
– ... la vie est comme elle est, lâche Focaria.
– ... un peu d'espoir, répond Euterpe.
À présent, le soleil est plus haut dans le ciel, et l'ombre du mur trace un méridien au milieu du jardin. Euterpe et Focaria sont du côté sombre, moi, je me tiens dans la lumière.
– Ils avaient des noms ? demandé-je. Les deux garçons ?
Elles arrêtent de discuter et me dévisagent.
– Ou n'étaient-ils que des choses, comme moi ?
Focaria va pour me répondre, mais Euterpe lui touche le bras.
– Ils s'appelaient Romulus et Remus.
– Pourquoi lui remplir la tête avec ces mensonges ? murmure Focaria.
Mais Euterpe s'avance dans la lumière.
– Focaria dit que je suis une chose, comme la casserole en fer. Toi, tu dis que je suis comme l'empereur.
Focaria s'esclaffe brièvement, mais Euterpe la fait taire.
– Tu peux être les deux en même temps.
– Non, il ne peut pas, marmonne Focaria.
– Je ne comprends pas, dis-je.
Euterpe s'approche et prend mon visage entre ses mains.
– Pour ce que tu en sais, ta mère est peut-être la fille d'un roi, comme celle de Remus et de Romulus. Ne l'oublie jamais.
Focaria grommelle dans son dos, mais Euterpe lève la main.

– Promets-moi que tu ne l'oublieras pas. Je veux te l'entendre dire.

– Je te le promets.

– Bien ! s'exclame-t-elle en rajustant sa robe rouge. Maintenant, va dans la cuisine et fais ce que Focaria te demande.

Lecteur, une chose m'inquiète. Je crains de t'avoir donné de faux espoirs, de t'avoir incité à croire que la vérité sur mes origines émergera plus tard dans ce récit. Focaria qui dévoile ma vente teintée de duperie, Audo qui murmure à l'oreille de Calidus, Euterpe qui me raconte l'histoire de Remus et de Romulus – ces souvenirs donnent à penser que j'ai l'intention de révéler ma propre ascendance pour finir. Tu soupçonnes peut-être même que je vais m'élever et triompher comme le héros d'un récit grec, vendu comme esclave avant de récupérer son bien et de se révéler un fils dévoué, un merveilleux époux et un prince plein de sagesse.

Si c'est vrai, quelqu'un va apparaître dans la scène finale et dévoiler ma véritable identité – enfant d'un dieu ou d'un sénateur, ou, à la rigueur, fils illégitime d'un évêque. Les torts du monde seront réparés, justice sera rendue, les coupables seront punis, les victimes sauvées et les opprimés libérés. Les amants séparés par des pirates seront joyeusement réunis, leur vertu miraculeusement intacte. Après une vie entière d'absence, le héros rentrera chez lui pour reprendre possession de sa maison et sa femme, ou bien il fondera une ville à son nom, dont germera un empire. Il sera peut-être même crucifié et, trois jours plus tard, s'élèvera d'entre les morts. Tout du moins révélera-t-il qui il est en réalité, même si ce qu'il est, c'est personne.

Mais ça n'arrivera pas. Ce n'est pas ce genre d'histoire.

Personne ne sait qui je suis, et moi moins que tout autre. Personne ne sait comment j'ai été réduit en esclavage, et moi moins que tout autre. Peut-être mes parents étaient-ils esclaves, et peut-être suis-je né esclave ? Peut-être que, comme Euterpe, ma mère était une esclave et que mon père est mort ou ne m'a pas reconnu ? Peut-être était-ce mon père, l'esclave, et ma mère, par honte, celle qui m'aurait abandonné sur un tas de crottin ? Peut-être qu'ils m'ont tous deux abandonné, et que quelqu'un d'autre m'a secouru pour m'empêcher de mourir de froid, puis m'a vendu à un marchand d'esclaves ? Peut-être m'ont-ils eux-mêmes vendu, pour régler une dette ou parce qu'ils n'avaient pas les moyens de me garder ? Peut-être que mes parents sont morts et que leurs familles m'ont vendu parce qu'elles ne voulaient pas de moi, ou simplement parce qu'elles avaient besoin d'argent ? Peut-être ai-je été capturé avec mes parents au cours d'un raid de Galatiens esclavagistes, ou bien avons-nous survécu au sac d'une ville avant d'être vendus séparément, sans plus jamais pouvoir nous revoir, sans plus jamais savoir ce que les deux autres sont devenus ? Peut-être suis-je passé de mains en mains tout autour de la Mare Nostrum comme une pièce de monnaie usée, une transaction après l'autre, jusqu'à ce que le capitaine de navire m'enveloppe de langes, me fasse passer pour une fille et me vende à Dominus ?

La vérité, c'est que je ne le saurai jamais, et toi non plus. Dans cette pièce, il n'y aura pas de réunion finale touchante. Rien ne sera révélé, ni sauvé, ni guéri. L'histoire s'arrêtera, c'est tout. Les acteurs seront à court de texte. Ils sortiront du plateau au beau milieu d'une scène, ou peut-être même au milieu d'une réplique. Subitement, le protagoniste – ne le qualifie pas de héros – aura disparu, tout simplement, et tu ne le reverras plus jamais. Il mourra tout seul, à un moment indéterminé dans l'avenir, en dehors du champ de cette histoire. Il va quitter le monde de la même manière qu'il y est entré – seul, anonyme, ignoré. Personne, et lui moins que tout autre, ne sait d'où il venait, et personne ne saura quand ni où il s'en ira.

Je retire ce que j'ai dit. Peut-être l'histoire se terminera-t-elle, après tout.

Au début, on ne m'a laissé sortir tout seul que pour aller chercher de l'eau, et j'ai récupéré la tâche de Focaria : remplir la citerne tous les matins. J'ai pratiquement creusé un sillon dans la rue entre la porte du jardin et la fontaine en portant un seau à la fois jusqu'à ce que mes paumes soient pleines d'ampoules et que mes chevilles et mon dos me fassent mal. Chaque fois, je devais refaire la queue. Afra avait instauré une hiérarchie stricte : les femmes libres d'abord, ensuite les affranchies, puis les enfants libres, et enfin les esclaves. On attendait d'un esclave tel que moi qu'il se poste au bout de la file, mais aussi qu'il se rende invisible. Ceci a tourné à mon avantage. Tandis que les femmes discutaient et riaient par-dessus ma tête, j'ai découvert leur nom et qui elles étaient. Les deux sœurs, Perpetua et Felicitas, étaient les filles de Tullus le charpentier, et elles écoutaient davantage qu'elles ne parlaient, comme il convient à leur âge. Et lorsqu'elles discutaient, en général l'une avec l'autre, elles se murmuraient des choses dans le creux de l'oreille ou échangeaient un regard qui les faisait pouffer derrière leur main. Balbina, la vieille femme attentive, était la sœur de Renatus, le boulanger. Elle gardait son opinion pour elle, se contentant de sourire quand les autres riaient et de ne parler que par interjections assez neutres, comme « Miséricorde » ou « Mon Dieu ». Mais elle écoutait les autres avec intérêt, suivant derrière ses paupières mi-closes les rebonds des ragots d'une personne à la suivante.

Lucilia, la femme aux yeux enfoncés dans leurs orbites, était l'épouse de Nazarius le foulon. Elle parlait trop, trop librement, et en une semaine, j'en ai appris davantage sur sa vie que sur celle de toutes les autres pendant les mois suivants. Après à peine quelques trajets jusqu'à la fontaine, je savais déjà qu'elle était l'unique fille survivante de l'ancien propriétaire de la foulonnerie. La boutique constituait sa dot quand Nazarius, à l'époque l'affranchi de son père, l'avait épousée et avait repris l'affaire, puisque ce dernier n'avait pas d'héritier mâle. Nazarius s'était révélé être un père plus viril que son ancien maître, et Lucilia et lui étaient à présent les parents d'un garçon à qui ils prodiguaient une éducation onéreuse. Ils avaient aussi une fille, mais ils plaçaient tous leurs espoirs dans leur fils.

– Notre petit Lutatius excelle en grammaire et en rhétorique, aimait dire sa mère. Un jour, il sera édile, ou même décurion. En tant qu'affranchi, bien sûr, mon mari ne peut pas entrer dans l'administration…

Lucilia n'appelait jamais son mari par son nom. Assez régulièrement, elle arrivait à la fontaine avec un œil au beurre noir ou un hématome violet autour du cou. Avant que quiconque lui pose des questions, elle expliquait d'un ton joyeux qu'elle avait trébuché ou qu'elle s'était cognée au montant d'une porte. Ces matins-là, Afra, l'épouse de Priscianus et la reine officieuse de la fontaine, serrait sa grande mâchoire et, glissant un bras amical autour des épaules de Lucilia, la faisait passer au premier rang et la laissait se servir avant tout le monde, elle-même comprise.

Ce n'est pas comme si Afra avait jamais porté elle-même son eau. Elle s'occupait plutôt de diriger les ragots et d'organiser la hiérarchie à la fontaine avant d'invariablement s'excuser en arguant qu'elle avait un mot à dire à son mari pendant qu'il ouvrait sa boutique. Tacita, son esclave, attendait patiemment, adossée au mur avec sa palanche et ses deux seaux, les yeux fixés sur ses orteils. Quand sa Domina regardait ailleurs, elle jetait un bref coup d'œil à son Dominus, de l'autre côté de la rue, et quand Afra regardait ailleurs, Priscianus jetait un bref coup d'œil à Tacita.

– Qu'est-ce qui te prend tout ce temps à la fontaine ? me demande Focaria un matin en me voyant traîner le seau dans le jardin et en renverser la plus grande partie. Pourquoi ne te sers-tu pas de la palanche ?

« Tu ne m'as pas montré comment on s'en sert » n'est pas une réponse recevable, alors quand elle rentre dans sa cuisine sans plus penser à moi, je saisis les anses des deux seaux dans une main et la palanche de l'autre et je ressors dans la rue. Les seaux s'entrechoquent et l'extrémité de la palanche racle le sol dans l'ornière laissée par les charrettes jusqu'à ce que je les lâche dans un grand fracas devant la fontaine. À présent, plus personne n'est là, mais les seaux et la palanche de Tacita sont encore posés contre le mur. Ni elle ni Afra ne sont en vue, et c'est une chance, parce que ça signifie que je peux tâtonner avec ma palanche et mes seaux sans qu'on m'observe.

Je remplis mes seaux un par un. Puis, en essayant de me rappeler les gestes de Tacita, je pose la palanche par terre entre les deux seaux. En revanche, passer d'un seul coup les deux anses dans les crochets est plus difficile que ça n'en a l'air. J'ai beau m'escrimer, dès que j'accroche la seconde, la première se décroche. Deux passants rient en me voyant, et je fixe les pavés jusqu'à ce qu'ils se soient éloignés, puis je redresse les épaules pour faire une nouvelle tentative. En relevant la tête, je me rends compte que Priscianus sort de la pénombre de sa boutique et que Tacita se dirige vers la fontaine d'un pas vif tout en nouant son chignon. Je m'écarte de son chemin.

– Je suis désolé, dis-je, mais je n'arrive pas… Je ne sais pas comment…

Tacita ne répond rien. Elle jette un coup d'œil à Priscianus, lequel détourne la tête. Alors, elle se penche vers moi et lève un doigt : *sois attentif*. Sans un mot, elle me tire et me pousse comme si j'étais une poupée, et me montre comment stabiliser la palanche en enroulant mes bras de chaque côté, puis comment plier les genoux pour accrocher les deux anses en même temps. Depuis son étal, Priscianus darde les yeux sur nous, mais Tacita en fait abstraction. Une fois que j'ai soulevé les seaux, elle me montre comment orienter la palanche vers l'avant et comment marcher d'un pas lent mais régulier. Puis elle m'accompagne jusqu'à la porte du jardin. Quand je vais trop vite, elle me fait signe de ralentir. Quand les seaux tanguent trop, elle m'indique comment redresser les épaules. Le poids me brûle les mollets, mais grâce à Tacita, qui marche silencieusement à côté de moi, je trouve un rythme. Tout doucement, je fais pivoter la palanche pour qu'elle pointe vers l'embrasure de la porte, et une fois entré, je m'agenouille avec précaution et je repose les seaux sans rien renverser. J'ai les jambes qui tremblent, mais je suis euphorique. J'ai renversé plus d'eau que Tacita ne l'aurait fait, mais je n'ai pas vidé les seaux.

Quand je me retourne, elle a disparu. Je m'approche de la porte, et je la vois à la fontaine, de dos, en train de remplir l'un de ses propres seaux.

– Tu vois ? lance Focaria depuis sa cuisine. Tu t'es débrouillé.

Je me glisse de nouveau sous la palanche pour emporter l'eau jusqu'à la citerne et la remplir, puis je me dépêche de ressortir pour remercier Tacita, mais elle n'est plus là.

Focaria commence à m'emmener quand elle va faire ses courses. Je deviens son mulet, je porte le panier d'osier sur mon dos. Tressé en fibres de sparte et muni de deux bretelles de lin, il est presque aussi haut que moi. Et il est étonnamment lourd, même quand il est vide. Plus elle le remplit, plus il me tire en arrière, jusqu'à ce que je comprenne comment garder l'équilibre. J'apprends aussi à distinguer ma droite et ma gauche en fonction de la direction qu'on prend en sortant du jardin. Si l'on part vers le soleil levant pour acheter du pain, c'est à gauche. Si l'on va vers le port acheter du poisson, c'est à droite. Gauche, pain. Droite, poisson.

Lors de mon premier trajet jusqu'au port, je trottine derrière Focaria comme un petit chien anxieux.

– Si tu me marches sur les talons, je vais te donner une raclée dont tu te souviendras, lance-t-elle.

Alors, je la colle un peu moins. On approche des portes de la ville. C'est ici que vivent les mendiants : des esclaves abandonnés, des laboureurs estropiés ou aveugles, qui ne peuvent plus travailler, des hommes quasiment nus avec des pagnes en lambeaux et des barbes broussailleuses qui passent toute la journée recroquevillés à l'ombre de la porte. Focaria traverse leur groupe, le regard droit devant elle, en faisant abstraction des moignons qui se tendent vers nous et des hommes qui sautillent ou qui rampent dans notre direction. Leurs murmures se réverbèrent sur la voûte au-dessus de nos têtes : « Ta bénédiction, Domina », « Une pièce, Domina », « La paix de Dieu, Domina ». Seuls les aveugles tendent la main vers moi, parce que les autres constatent d'un seul coup d'œil que je n'ai pas d'argent.

Dès qu'on arrive sur le front de mer, les pavés sont à la fois glissants à cause des résidus de matière végétale et rugueux à cause de tout le grain renversé. Je perds aussitôt de vue Focaria, qui disparaît derrière les hanches et les fesses de tous les hommes qui m'entourent. Je n'en ai jamais vu autant d'un seul coup, tous les hommes du monde semblent se trouver ici. Il y en a de toutes tailles, formes et couleurs, et même si je ne le sais pas encore, j'ai devant moi des Juifs, des Arabes, des Grecs, des Gaulois, des Italiens, des Syriens, des Perses, des Libyens, des Africains et des Éthiopiens, certains en tunique, d'autres en robes bigarrées, certains portant des calottes, des turbans ou des coiffes. Ils parlent tous en même temps, ils discutent, rient, échangent des bourses pleines de pièces, joignent la tête pour consulter un manifeste de navire, claquent des mains pour conclure un marché. L'édile qui dirige le port, un petit gros vêtu de la première toge que je vois de ma vie, coupe à travers ce vacarme en ligne droite, escorté par deux esclaves – un costaud à l'avant pour lui ouvrir la route et un petit derrière avec une tablette de cire pour prendre des notes. Ils traînent un groupe d'hommes en colère dans leur sillage, des marchands et des capitaines de navires qui veulent tous lui dire un mot à propos des taxes portuaires déraisonnables ou de l'état calamiteux des docks ou du mouillage qui leur a été attribué de façon honteusement arbitraire. Et tout autour, des esclaves et des paysans, des hommes pieds nus aux muscles noueux vêtus d'un simple pagne qui, comme des fourmis, forment de longues files entre les bateaux à quai et les portes sombres des entrepôts, le dos courbé sous le poids des balles de coton, ou bien qui font rouler dans un bruit de tonnerre des tonneaux de poisson séché sur les pavés, qui tirent des chariots à deux roues remplis de sacs de grain, ou qui portent à deux, un homme par poignée, des amphores de vin ou d'huile plus grandes que moi.

Le monde se révèle être si vaste ! Derrière les files d'hommes, je distingue les navires et les bateaux de pêche qui se balancent dans l'eau tout le long du quai, leurs voiles roulées, leurs mâts qui oscillent doucement. Les coques des chalutiers sont basses, sans aucune décoration, quoique peintes de couleurs vives unies, rouges ou jaunes ou bleues. Les cargos ont des couleurs élégantes, tout aussi vives mais plus patinées, et certains arborent sur leur proue des yeux soulignés de noir afin de voir dans l'obscurité, et une poupe recourbée comme le cou d'un cygne qui s'élève au-dessus du reste du navire. Dans l'espace entre les bateaux, je distingue une eau verte qui ondule et, plus près du quai, à l'endroit où les égouts de la ville se déversent dans le port, des remous visqueux luisants de graisse où flottent des étrons. Au-dessus de nos têtes, des balles de coton et des barils se balancent au bout de grues de bois, des palmiers pendent au-dessus de l'eau et des volées de mouettes tournent autour des bateaux de pêche. En surplomb de tout cela, la vaste voûte du ciel repose sur les crêtes acérées des montagnes alentour, et son bleu infini résonne des conversations et des cris, du raclement des pieds sur le sol, du fracas des roues, du grincement des poulies, des cris des mouettes, du claquement des vagues contre la jetée et du bruissement rêche des feuilles de palmier qui bougent sous la brise marine dont le parfum de saumure se mêle à la puanteur fécale du port.

– Hé !

Quelqu'un me frappe. C'est Focaria. Elle passe les doigts sous les bretelles du panier.

– Suis le rythme ! aboie-t-elle.

Elle me traîne en progressant cahin-caha le long du quai, s'arrête brusquement pour laisser passer une charrette d'amphores traînée par une mule, et me fait presque tomber en doublant une caravane d'esclaves enchaînés, puis se met à crier « Laissez passer ! » pour qu'on se faufile à travers une rangée de pêcheurs qui balancent des paniers regorgeant de poissons de leurs bateaux sur le quai. Ici, les proportions de la taverne sont inversées, et les femmes sont rares. La plupart d'entre elles sont comme Focaria des esclaves ou des épouses venues faire leurs courses matinales, mais au moins l'une d'elles est une louve des rues, elle bâille en traversant la foule avec un regard triste et un maquillage qui a coulé pour rejoindre les autres louves sans abri qui dorment sous les arches de l'aqueduc. Chaque femme, qu'elle soit esclave, épouse ou louve, attire les regards des hommes quand elle passe. Même Focaria, pour vieille et fatiguée qu'elle soit, fait tourner les têtes des hommes de tout type qu'elle croise en me traînant derrière elle.

Nous faisons halte devant un bateau de pêche rouge sang, et Focaria hèle le capitaine, pertinemment nommé Rufus. Ses cheveux frisés ne sont pas particulièrement roux, mais ses muscles jouent sous une peau aussi tannée que la couenne d'un jambon cuit. Large de poitrine et court sur pattes, il a un pied posé sur le quai et l'autre sur son bateau qui tangue, et il désigne l'une après l'autre ses caisses de poisson pour que Focaria lui indique combien elle en veut de chaque sorte. Derrière le navire de Rufus, d'autres bateaux sont amarrés à des pilotis doucement ballottés par les vagues. Je pose les yeux sur leur extrémité recouverte de mousse, et en les regardant osciller, j'ai l'impression que le quai lui-même bouge sous mes pieds. Les poissons condamnés qui tombent des paniers tressautent et suffoquent, des crabes dans des nasses de bois agitent leurs pinces inutiles, une pieuvre invertébrée se tortille sur les pavés et les teinte d'encre noire. Au-dessus de moi, des garçons presque nus se balancent d'une main aux gréements, comme des singes, et leur peau bronzée luit au soleil. Ce sont ceux qui m'ont chahuté dans la rue tout à l'heure, et celui aux yeux brillants me repère de là-haut.

– Petite louve ! crie-t-il.

Les autres reprennent en chœur, rivalisant de cris avec les mouettes. Je me cache derrière Focaria, qui cesse un instant de marchander avec Rufus pour adresser un geste vulgaire aux garçons et les maudire dans la langue incompréhensible des Bretons. Puis elle me pousse devant elle pour pouvoir placer les poissons qu'elle vient d'acheter dans mon panier.

– Ignore-les, murmure-t-elle.

Certains poissons gigotent encore, et leur poids me tire en arrière. À ce moment-là, toute la scène – la puanteur tenace, les bestioles visqueuses qui bougent dans mon dos, le balancement désagréable des pilotis, les silhouettes des gamins moqueurs qui se découpent dans le ciel radieux – me submerge, et je vomis abondamment dans un panier de poissons. Les garçons au-dessus explosent de rire, et le capitaine à la peau tannée jure et lève la main sur moi, mais Focaria me pousse derrière elle.

– Essuie-les ! aboie-t-elle. Ce que ce garçon a dans l'estomac n'est pas pire que ce qu'il y a dans l'eau.

– Tu as de la chance que ta mère soit là ! s'écrie Rufus. Sinon, je t'aurais coupé en morceaux pour en faire des appâts.

Focaria me tire de là par le poignet.

– Je ne suis toujours pas ta mère, marmonne-t-elle.

Devant un autre bateau, elle rachète du poisson qu'elle met aussitôt dans le panier. Une eau visqueuse détrempe l'arrière de ma tunique et me coule dans le bas du dos. Pour éviter de vomir de nouveau, je lève les yeux et je fixe un point au-delà des mâts qui oscillent, une galère qui traverse le port, les pales de ses rames scintillant au soleil quand elles s'élèvent et replongent à l'unisson. Le capitaine entraîne ses rameurs, et parfois la galère fonce en avant en laissant un sillage d'écume de part et d'autre de son étrave, et parfois, les rames plongent dans l'eau jusqu'à ce qu'elle ralentisse, s'arrête et se laisse bercer par les vagues. Au-delà, entre les deux montagnes qui encadrent l'entrée du port, l'horizon est une ligne tremblante entre le bleu du ciel et la mer qui scintille.

Focaria suit mon regard tout en plaçant un dernier poisson dans mon panier, et pendant un moment, on contemple ensemble la galère qui accoste comme un long insecte aquatique, ses rames redressées dégoulinantes d'eau.

– Je suis arrivée ici dans une de ces galères, lâche-t-elle à voix basse.

Elle accroche sa bourse dans les replis de sa jupe.

– C'est où, ici ?

– Quoi ?

– On est où ? Comment s'appelle cet endroit ?

– Quel endroit ? Le quai ?

– Non, cet endroit. Où nous habitons. Il porte un nom ?

– Carthago Nova.

Elle passe ses doigts dans une bretelle du panier et me guide à travers la foule vers la porte de la ville.

– Ça, c'est simplement le nom de la ville. Le nom du pays, ajoute-t-elle avec un geste qui englobe tout, des pavés à nos pieds jusqu'aux montagnes rouges au-dessus des toits, c'est l'Hispanie. D'autres questions ?

Je sais que je ne devrais pas le faire, mais je lui en pose quand même une autre.

– C'est vrai, ce que dit Euterpe ?

– Quoi ? s'esclaffe-t-elle. Que tu es le fils d'un roi ?

– Pas ça.

Elle se fige subitement au centre d'une petite clairière dans la foule.

– *Quoi*, alors ?

– Est-ce que c'est vrai que les empereurs sont deux petits garçons comme moi, et qu'ils sont aussi comme Remus et Romulus, et qu'ils sont plus gentils qu'Audo, et qu'ils ne frappent personne ?

Tandis que les marchands, les marins et les esclaves virevoltent autour de nous, Focaria et moi demeurons dans notre petite poche de calme, et elle répond sèchement à mes questions.

– Oui, les empereurs sont des petits garçons, mais ils ne sont pas comme toi. Pour Remus et Romulus, je n'en sais rien. Et, oui, ils sont peut-être plus gentils qu'Audo, mais ça, c'est parce que quasiment tout le monde est plus gentil qu'Audo. En revanche, ça ne veut pas dire qu'ils ne frappent personne. Ou s'ils ne le font pas, c'est parce qu'ils disposent de gens pour le faire à leur place.

Au milieu de tous ces hommes qui nous dominent de leur taille, elle se penche vers moi.

– Voilà comment ça marche. Dieu frappe les gens au sommet pour qu'ils fassent ce qu'il veut. Alors, les gens au sommet frappent ceux qui sont juste en dessous pour leur faire faire ce qu'ils veulent. Ceux-là frappent à leur tour ceux qui sont en dessous, et ainsi de suite, jusqu'à Audo, qui me frappe pour que je fasse ce qu'il veut, et moi, je te frappe pour que tu fasses ce que je veux.

– Et moi, je frappe qui ?

Les hommes autour de nous me masquent le ciel. J'ai peur de me remettre à vomir.

– Personne, répond Focaria. On frappe du sommet jusqu'en bas, et toi, tu es au bout de la file. Tu te rappelles ce que je t'ai dit ? À propos de ce que tu es ? me demande-t-elle en me saisissant le menton.

J'acquiesce.

– Dis-le.

– Je suis un outil. Comme une casserole.

– C'est exact. Et as-tu jamais entendu la casserole poser des questions ?

– Non.

– Très bien.

Elle me lâche le menton, s'étire les épaules et presse ses mains sur ses reins. Puis elle me prend la main et plonge avec moi dans la foule, tandis que je vacille sous le poids du poisson. On repasse devant les mendiants sous l'arche et on remonte la rue jusqu'à l'Hélicon.

Un matin, quand Focaria a le dos tourné, je prends une poire dans la cuisine. Je n'ai pas de pièce pour la payer, comme le fait Uranie quand elle quémande à manger. Mais la poire commence à se ramollir et à perdre sa couleur, alors Focaria ne s'en apercevra peut-être pas. Je la glisse dans ma tunique contre mon cœur qui bat la chamade, puis je la cache derrière la citerne. Ensuite, je fais le guet toute la matinée en observant le trottoir d'en face jusqu'à ce que j'aperçoive Tacita en train de remplir ses seaux à la fontaine, sans Afra. Une fois de plus, la journée est bien avancée, et il n'y a plus personne devant l'abreuvoir. Dans la cuisine, Focaria est en train de découper une carotte d'un air si furieux qu'on dirait qu'elle lui devait de l'argent, alors je prends ma poire et je fonce dans la rue en filant comme une flèche entre les passants. Tacita est de dos, elle a déjà soulevé sa palanche et commence à s'éloigner de son pas lent et régulier. Je me porte à sa hauteur et je glisse la poire dans l'un des seaux sans faire d'éclaboussures. Soit elle m'a vu du coin de l'œil, soit elle est tellement en symbiose avec sa palanche qu'elle peut ressentir le moindre changement de poids, mais elle s'arrête et baisse les yeux sur le fruit qui ballotte dans le seau. Puis elle les lève sur moi.

– Merci, dis-je. Pour m'avoir montré comment…

Tacita jette un coup d'œil par-dessus ma tête en direction de Priscianus. Il nous observe depuis le pas de sa porte, et quand il voit qu'on le regarde, il détourne la tête. Puis Tacita repose les yeux sur moi.

– Je m'appelle Souris.

J'ai failli dire « Moineau », mais pour une raison ou pour une autre, j'ai décidé de garder ce nom pour moi.

– C'est un de mes noms, en tout cas. Et toi, comment tu t'appelles ?

Je le sais déjà, bien sûr, mais je veux l'entendre le prononcer. Peut-être que, comme moi, elle a le nom qu'on lui a donné et un nom secret que personne d'autre ne connaît.

Elle se détourne et repart vers le bas de la rue en marchant plus vite. Je trottine pour rester à sa hauteur. Mais avant que j'aie le temps de lui parler, j'entends Focaria m'appeler. Je me précipite vers la porte du jardin, où je m'arrête juste assez longtemps pour voir Tacita passer le seuil de la maison de Priscianus en pivotant sa palanche sans jamais laisser tomber une seule goutte de liquide. Puis le portier fainéant se lève de son tabouret et referme derrière elle.

Le lendemain matin, Focaria et moi partons à gauche, vers le soleil levant. Aujourd'hui, le panier contient les robes et les draps tachés des louves, parce qu'elle m'emmène chez le foulon. Elle me traîne à nouveau en glissant un doigt derrière ma bretelle, et on se fraye un chemin dans la foule, parfois au milieu de la rue, parfois sur le trottoir. On passe devant les femmes qui font la queue à la fontaine, bien trop occupées à se raconter leurs ragots pour nous remarquer. Quand je lève la main pour les saluer, Focaria me décolle quasiment du sol.

– Ne parle à personne ! m'intime-t-elle.

Dans la rue, sous l'étroite bande de ciel au-dessus de nos têtes, les adultes me dominent de leur taille tout autant que les hommes dans le port, et je me laisse un peu distancer par Focaria. Les maisons et les boutiques se penchent sur nous de part et d'autre comme une série de visages ouverts ou fermés – de hautes demeures aux portes massives et aux fenêtres étroites protégées de barreaux, entre des échoppes grandes ouvertes dont les étals s'étendent sur toute la devanture. En suivant les fesses de Focaria, je vois pour la première fois la source des chants rythmés que j'entends tous les jours dans le jardin – l'étameur qui tape sur son établi, la scie rêche du charpentier et l'odeur de sciure, le son métallique, les étincelles et la fumée devant le forgeron en sueur. J'entends les coups sourds du fendoir du boucher et je l'aperçois en passant devant sa porte, au fond de sa boutique, entouré de saucisses, un nuage de mouches autour de sa tête. Il sectionne les pattes d'une carcasse de porc dont le corps est étalé sur le plan de travail, les côtes apparentes, son pauvre groin pointé vers le sol. La puanteur du sang et de la chair envahit la rue.

Sans un regard, Focaria attrape la bretelle et me tire en avant. Un peu plus loin, j'entends de nouveau ces coups sourds, en rythme, *boum boum boum*, et les chants graves des hommes. J'arrive presque à distinguer des mots. Nous passons devant un boui-boui où des hommes accoudés au comptoir mangent avec leurs doigts dans des bols de bois, puis devant un barbier occupé à gratter avec précaution les caroncules d'un vieil homme qui soulève le menton et plisse les lèvres comme un poisson. Les corbeilles d'une épicerie qui débordent sur le trottoir regorgent de pommes, de poires, de navets et de betteraves, et nous sommes obligés de contourner une femme qui discute du prix des figues avec l'épicier, tandis que dans son dos, un esclave qui s'ennuie lève les yeux au ciel.

– Tu plaisantes ? s'indigne la femme. La semaine dernière, elles valaient deux fois moins cher.

– La semaine dernière, elles étaient deux fois plus faciles à se procurer, répond le marchand en haussant les épaules.

Boum boum boum. À présent, les coups résonnent encore plus fort que l'enclume du forgeron, et je distingue certains mots de la chanson, *marcher*, *lentement*, *nulle part*. Un peu plus loin, je vois une large devanture entourée de carrelages colorés, et pile sur son seuil, l'image d'un oiseau aux yeux ronds, dont j'apprendrai plus tard qu'il s'agit d'un hibou. À côté de la porte, un homme a soulevé l'avant de sa tunique pour pisser dans l'une des cruches à large embouchure alignées le long du mur. La boutique dégage une forte odeur d'urine, bien plus prégnante que la puanteur chez le boucher. Quelques instants plus tard, Focaria me fait entrer dans l'établissement de Nazarius le foulon.

Un comptoir court le long d'une des parois latérales, derrière lequel on trouve un mur de casiers de bois dont chacun contient du linge propre et bien plié. Focaria me tire jusqu'au comptoir et commence à empiler notre linge sale dessus. Nazarius, un homme sec et énergique avec des bras poilus et la barbe la plus fournie que j'aie jamais vue, fait disparaître au fur et à mesure les robes et les draps tachés. Le panier s'allège peu à peu dans mon dos, et je commence à observer la pièce haute de plafond qu'on voit au fond. Sur la gauche, deux esclaves munis de battoirs de bois tapent sur les vêtements secs étalés sur des cadres en bois, *boum boum boum*. Sur la droite, cinq esclaves mâles en pagne se tiennent chacun dans une cuve de pierre, les bras posés sur le muret qui sépare les stalles, et ils marchent sur place en pressant sous leurs pieds les étoffes plongées dans un mélange d'eau et d'urine. Dans la stalle la plus proche de l'entrée, un esclave trapu au visage tout rouge dirige le chœur de sa douce voix de baryton.

Me voici, je marche, je marche lentement
Je ne vais nulle part
Peu importe, d'ailleurs, si je marche longtemps

Je ne vais nulle part
Mais en arrivant, vous m'entendrez dire
Je ne vais nulle part
Que j'compte bien passer la journée à dormir
Je ne vais nulle part

Au milieu de la pièce, sous le puits de lumière, des femmes esclaves agenouillées sur une marche autour d'un large bassin surélevé tordent les tissus pour les essorer et les font claquer contre le rebord. Elles chantent avec les hommes, tous les esclaves frappent et tordent et font claquer au rythme de la chanson. Tout au fond, j'aperçois Lucilia et sa fille qui arpentent un labyrinthe bigarré d'étoffes en train de sécher, accrochées à des perches de bois suspendues au plafond. Lucilia vérifie chacune d'elles en les touchant – un drap blanc, une robe violette, une serviette rouge, un mouchoir couleur perle – et elle décroche celles qui sont sèches pour les donner à sa fille, laquelle se les enroule autour des bras.

– Alors, qui c'est, celui-ci ?

Nazarius fait la moue en me dévisageant par-dessus son comptoir. Le panier est vide, et les robes et les draps de l'avant-veille sont soigneusement pliés et empilés devant lui.

– Ce n'est que Pusus.

Focaria commence à remplir mon panier, dont le poids me tire de nouveau en arrière.

– Il n'a pas de nom ?

Le foulon a l'air de connaître un secret sur moi et de vouloir me faire savoir qu'il le connaît. J'en connais déjà un sur lui, grâce aux bavardages de sa femme à la fontaine – avant, il était esclave dans la foulonnerie dont il est à présent le patron, avant, il était l'un de ces hommes qui chantent dans les fouloirs et qui sentent toujours l'urine. Maintenant, il travaille dur pour s'assurer que son fils s'élève plus haut que lui-même ne pourra jamais le faire, et que sa fille décroche un meilleur parti que sa propre épouse. Mais les matins où Lucilia n'est pas à la fontaine, les autres femmes murmurent, *l'odeur de pisse lui colle à la peau.*

– Pas vraiment, répond Focaria.

Nazarius, les mains sur les hanches, hèle sa femme à l'autre bout de la boutique.

– Lucilia !

Son cri interrompt le travail dans la foulonnerie. Tout le monde – les batteurs, les fouleurs, les essoreuses – se fige et se tourne vers lui. Focaria elle-même cesse de remplir mon panier. Au fond de la boutique, Lucilia se redresse brusquement et pousse sa fille derrière elle.

– C'est lui, le petit gamin de la fontaine ? braille-t-il en me montrant du pouce.

Toute la boutique est figée. Tout le monde observe en silence. Lucilia me dévisage depuis le fond de la pièce.

– Oui ! répond-elle en criant.

– Comment il s'appelle ? beugle-t-il.

– Je ne sais pas, répond Lucilia.

Sa fille passe une tête derrière les jupes de Lucilia, mais celle-ci l'escamote aussitôt derrière elle.

– Souris, dis-je timidement.

– Quoi ? demande Nazarius en se tournant vers moi.

– Mais parfois, Melpomène m'appelle Antiochus.

L'esclave principal tousse pour attirer l'attention de ses frères dans les autres cuves, et il se remet en marche, sans chanter. Ces derniers baissent la tête et font de même. Les batteurs reprennent leur tâche, et les essoreuses aussi.

– Melpomène ! s'exclame Nazarius. Je la connais ! ajoute-t-il en faisant un clin d'œil à Focaria par-dessus ma tête.

– Tu vas le revoir souvent, répond Focaria en terminant de fourrer le linge propre dans mon panier. Bientôt, il viendra à ma place.

Je m'accroche des deux mains au comptoir pour éviter de tomber en arrière.

– Quel dommage ! réplique Nazarius. J'aime bien voir ton visage souriant.

Elle fait glisser quelques pièces sur le comptoir.

– Ne t'avise pas de le duper.

– L'ai-je jamais fait ? demande-t-il en escamotant les pièces.

– Il y a toujours une première fois.

– Dis donc, Souris, lance Nazarius en se penchant par-dessus le comptoir. Tu vois ce garçon de l'autre côté de la rue ? Le beau gosse assis au premier rang ?

Je lève les yeux vers Focaria, qui pointe du menton dans la direction indiquée par le foulon. Entre les passants qui déambulent devant le pas de sa porte, je distingue deux filles et un groupe de garçons avachis sur d'étroits bancs de bois à l'ombre d'un portique, tandis qu'un homme de haute taille arpente l'espace devant eux en balançant paresseusement une férule. Les yeux levés vers le plafond, le maître d'école déclame quelque chose en marquant des pauses pour que ses élèves puissent répéter ses phrases à l'unisson.

– Lutatius ! crie Nazarius.

Un garçon qui somnolait relève la tête. Le maître l'école le repère et lui donne un coup sur les cuisses, puis, alors que le garçon se redresse aussitôt, il salue Nazarius en agitant sa férule.

– C'est mon garçon, précise Nazarius. Un jour, tu auras peut-être un fils comme lui, qui apprend à lire et à écrire.

– Allons-y ! l'interrompt Focaria en tirant sur la bretelle du panier.

Nazarius se penche par-dessus le comptoir.

– À bientôt… Comment tu t'appelles, déjà ?

Je rougis, mais avant que j'aie le temps de répondre, il s'esclaffe et se détourne de moi. Les hommes dans les cuves se sont remis à chanter, tout le monde travaille en rythme. À l'autre bout de la foulonnerie, Lucilia et sa fille ont disparu.

En arrivant à la taverne, au moment de passer la porte, je pose une question à Focaria :

– Est-ce que je vais apprendre à lire ?

– Non, répond-elle sans ralentir.

Mais arrivée au milieu du jardin, elle se retourne.

– En revanche, tu vas devoir apprendre à compter, non ?

– Je peux compter jusqu'à vingt sur mes doigts et mes orteils, dis-je d'un ton fier. Euterpe m'a montré.

– Eh bien, il va falloir faire mieux que ça.

Alors, Euterpe commence à m'enseigner l'arithmétique, elle se sert de galets qu'elle pose par terre pour m'entraîner aux additions et aux soustractions. Elle me montre aussi les gestes que tout le monde emploie pour un, deux, trois, quatre, etc. Je les apprends vite. Il s'avère que je suis très doué pour faire des additions et même des divisions dans ma tête.

– Tu as des dons cachés, Petit Bout ! me félicite-t-elle.

Elle tente donc de m'apprendre les chiffres d'un à dix dans sa propre langue – *yan*, *sin*, *krad* – et rit quand j'ai du mal à les prononcer.

– Qui t'a appris à compter ? demandé-je parce que je n'aime pas qu'elle se moque de moi.

– Mon père.

– Tu as connu ton père ?

Je sais qu'elle n'aime pas en parler, mais je lui pose quand même la question.

Elle hésite.

– Oui.

– C'est lui qui t'a vendue à Dominus ?

Euterpe ferme les yeux. Je sais que je touche un point sensible.

– Uranie a raconté que son père l'avait vendue pour payer ses impôts.

– Ce n'est pas ce qui m'est arrivé, répond-elle en tapotant le sol à côté des galets. Alors, Petit Bout, dis-moi combien il y en a dans cette rangée.

– Neuf. Et il est où, maintenant ?

– Qui ça ? demande-t-elle en déplaçant les galets.

– Ton père.

– Il est mort.

Elle les réarrange en trois rangées de trois.

– Qu'est-ce qu'il t'a encore appris ?

Elle me dévisage. Euterpe a toujours l'air un peu triste, mais là, elle ressemble à Focaria quand elle est sur le point de se mettre en colère.

– Il m'a appris à lire.

Elle prend l'un des galets et le roule entre son pouce et son index.

Euterpe m'a enseigné l'alphabet en dessinant les lettres dans la poussière – elle les effaçait dès qu'Audo montrait le bout de son nez –, mais au début je ne savais pas comment les organiser en mots. Je reconnaissais les lettres individuellement dans les inscriptions sur les murs, et même sur les graffitis que les clients ivres gravaient sur le mur du jardin, entre leurs dessins grossiers de vulves béantes et de gros pénis. Je savais que les lettres signifiaient quelque chose, mais je ne savais pas quoi. Il y avait également des lettres sur le collier de fer que Focaria portait autour du cou, et un jour, je lui ai demandé ce qu'elles voulaient dire. Elle a réfléchi pour déterminer si elle devait m'ignorer, me frapper ou me répondre, mais elle a fini par choisir cette dernière option.

– « Fugitive ».

– C'est ton vrai nom ?

– Non. C'est un de ces noms qui ne sont pas des noms. C'est ce que je suis, pas qui je suis.

– C'est un autre mot pour « cuisinière » ?

– Ça veut dire que j'ai tenté de m'enfuir.

– De t'enfuir ? Où ça ?

– Peu importe. Ils m'ont attrapée et ils m'ont ramenée. Maintenant, je dois porter ça pour le restant de mes jours, a-t-elle ajouté en tapotant son collier du doigt.

À présent, je m'adresse à Euterpe.

– C'était dans un jardin comme celui-ci ?

– Quoi donc ? s'étonne-t-elle en continuant de rouler le galet entre ses doigts.

– L'endroit où ton père t'a appris à lire.

– Oui, soupire-t-elle. Dans sa maison. À Cartenna.

– C'est où, Cartenna ?

– En Mauritanie.

– C'est où, la Mau-ri-ta-nie ?

– Au sud. De l'autre côté de la mer.

– Il traçait les lettres dans la poussière ?

– Non, répond-elle en lâchant son galet. Il m'a appris à lire avec une tablette de cire et un stylet. Il m'a enseigné comment écrire l'alphabet, en latin et en grec. Puis il m'a appris à lire dans des livres.

– C'est quoi un livre ?

Elle pose sa tête contre la citerne.

– Focaria a peut-être raison, soupire-t-elle. Quel est l'intérêt de t'enseigner des choses que tu n'auras jamais besoin de savoir ?

– Mais j'ai envie de tout savoir !

– Bien sûr, répond-elle en m'ébouriffant les cheveux. J'étais pareille. Et mon père a essayé de tout m'enseigner. La lecture, la poésie, la philosophie... Il ouvrait un livre avec moi et ça m'ouvrait le monde. J'étais pendue à ses lèvres.

Peut-être sans le vouloir, elle resserre lentement les doigts sur ma nuque.

– Tout ce qu'il me racontait était mystérieux et beau, et la totalité – la totalité, Petit Bout – de la philosophie que j'ai apprise, toutes les histoires que j'ai mémorisées, tous les poèmes que je récitais pour son plus grand plaisir... tout cela s'est révélé complètement inutile.

– Pourquoi ?

– Parce qu'il est mort.

– Qui l'a tué ?

Euterpe retient son souffle.

– Comment sais-tu que quelqu'un l'a tué ?

L'une des rares choses que je sais sur les hommes, c'est qu'ils meurent violemment. Il ne m'avait jamais traversé l'esprit qu'ils pouvaient mourir autrement. Je ne réponds rien. Elle me dévisage comme si elle n'avait pas la moindre idée de qui je suis.

– Tu me fais mal ! dis-je.

Elle relâche sa poigne.

– Excuse-moi, lance-t-elle en m'embrassant. C'est simplement que c'est très triste, ce qui lui est arrivé.

– Qu'est-ce qui lui est arrivé ?

Elle me fixe un long moment, droit dans les yeux.

– Si je t'en parle, il ne faudra jamais le répéter. Pas même à Focaria.

Elle soutient mon regard jusqu'à ce que j'acquiesce.

– Et il ne faudra jamais me reposer cette question.

J'acquiesce à nouveau, alors elle me raconte, pour la seule et unique fois, son histoire.

Son père, commence-t-elle, était un prêtre chrétien à Cartenna, en Mauritanie, de l'autre côté de la mer. Les prêtres n'étaient pas censés avoir des femmes ou des enfants…

– Pourquoi ?

– Ne m'interromps pas.

Ils n'étaient pas censés avoir des femmes ou des enfants, mais la mère d'Euterpe était esclave dans sa maison, et d'une manière ou d'une autre, il s'est retrouvé non seulement avec une femme, mais aussi avec une fille. Les premières années d'Euterpe étaient assez semblables aux miennes, parce qu'elle n'était que très peu souvent autorisée à sortir de la maison ou du jardin, et elle n'avait pas le droit de dire de qui elle était la fille. Mais contrairement à moi, elle connaissait son père, et celui-ci en est venu à l'aimer malgré lui et malgré le péché à l'origine de sa naissance.

Il s'est mis à lui donner des leçons comme il l'aurait fait pour un fils. Ils s'installaient dans le jardin de la maison, dont Euterpe affirme qu'il était bien plus beau que celui de l'Hélicon. Il y avait une petite fontaine, un poirier et des oiseaux chanteurs. Il y avait des allées recouvertes de galets qui serpentaient entre les parterres de tamaris roses en fleur. Son père et elle y restaient des heures durant. Il avait commencé par les chiffres et les lettres, puis le latin et un peu de grec, puis des poèmes et des histoires, puis les enseignements d'hommes tels que Sénèque, Épictète et Plotin. Pendant ce temps, la mère d'Euterpe était un peu comme Focaria, elle demandait tout le temps à son Dominus quel était l'intérêt d'enseigner à sa fille bâtarde tout un tas de bêtises dont elle n'aurait jamais l'usage. D'autant que les heures qu'elle passait avec lui empêchaient sa mère de lui enseigner des choses bien plus utiles, comme la cuisine, le ménage, la couture et le filage, qui étaient des occupations adaptées pour une fille, et une esclave.

– Je pense que mon père m'aimait davantage qu'il n'aimait ma mère. Je ne crois pas qu'il l'ait jamais vraiment aimée.

Il avait parlé à sa fille de son travail de prêtre : prêcher des sermons pour ses ouailles, administrer les sacrements. Il avait mentionné le Juif crucifié par l'empire, Jésus de Nazareth, qui s'était relevé d'entre les morts au bout de trois jours.

Là, Euterpe marque une pause.

– Tu sais ce que c'est, un chrétien ? me demande-t-elle.

– Thalie est chrétienne. Le jeune Dominus aussi.

– Nous sommes tous chrétiens, à présent. Tous. Par ordre de l'empereur.

– Alors, je suis chrétien.

– J'imagine, si l'empereur le décrète.

– Tu es chrétienne, toi ?

– Oui et non, répond-elle avec un sourire mélancolique. Ça dépend de celui à qui tu poses la question.

– Je ne comprends pas.

– Moi non plus. Mais écoute la suite.

Elle me raconte que pendant des années, bien avant qu'elle ou moi soyons nés, l'empire a tenté de détruire les chrétiens, jusqu'à ce qu'un empereur nommé Constantin décide qu'il en était un, lui aussi. Mais même après ça, il y avait encore plusieurs sortes de chrétiens, et ils se battaient tout le temps pour déterminer qui était dans le vrai. Ces combats étaient particulièrement féroces à l'endroit où elle avait grandi, en Mauritanie. Les uns, les catholiques, pensaient qu'ils devaient faire la paix avec l'empire. Les autres, les donatistes, pensaient que les chrétiens ne devaient pas laisser le pouvoir temporel leur dicter ses volontés. Ils pensaient que les chrétiens devaient vivre comme les saints et les martyrs, purs et loin des souillures du monde. Ils pensaient que seuls les chrétiens qui n'avaient jamais péché pouvaient entrer dans le royaume des cieux.

– C'est quoi, le royaume des cieux ?

– Je t'expliquerai ça plus tard.

Mais il y avait également des dissensions au sein des donatistes. Tout comme Focaria et elle, quand elles n'étaient pas d'accord, même si elles avaient toutes deux peur d'Audo. La plupart des donatistes pensaient qu'il fallait forcer les catholiques à renoncer à leurs croyances, par la force si nécessaire. Mais d'autres donatistes, les disciples d'un certain Rogatus, pensaient que les chrétiens ne devaient jamais user de violence, et qu'il fallait rallier les catholiques par la persuasion. Alors au lieu de combattre les catholiques, les donatistes ont fini par se battre entre eux.

– Mon père était un homme bon, souffle Euterpe. Il était disciple de Rogatus.

– Qu'est-ce qu'ils lui ont fait ?

Je me souviens du *tchack tchack tchack* derrière la porte du jardin.

Euterpe inspire profondément.

– Ça, c'est le passage difficile.

Un soir, un groupe de paysans brutaux sont venus chez mon père et l'ont tiré de son lit. La mère d'Euterpe a dit à celle-ci de se cacher, puis elle a rejoint les hommes dans le jardin. Mais Euterpe a tout vu par la fenêtre. Les hommes ont forcé son père à s'agenouiller et ont déclaré que, à l'instar de Paul sur la route de Damas, il fallait qu'il perde la vue pour pouvoir voir la lumière. Puis ils l'ont immobilisé et lui ont versé un mélange de vinaigre et de citron dans les yeux. Il s'est effondré en hurlant, et la mère d'Euterpe a couru vers eux en les traitant d'ordures et de criminels.

– Quand le Christ est en toi, putain, tu ne peux pas être un criminel ! a crié l'un d'eux en la jetant au sol d'un coup de poing.

Sous les yeux d'Euterpe, l'homme a donné des coups de pied à sa mère jusqu'à ce qu'elle se recroqueville comme une boule, puis les autres ont emmené son père dans la nuit, aveugle et pieds nus. Le lendemain, quelqu'un est venu à sa maison et a discrètement murmuré à travers la porte verrouillée qu'ils avaient emmené le prêtre sur un promontoire au-dessus de la ville et l'avaient jeté dans la mer du haut d'une falaise.

Euterpe s'est mise à pleurer. Je fixe le sol entre nous.

– Si les chrétiens se battent tout le temps entre eux, pourquoi disent-ils toujours « La paix soit avec toi » ?

Euterpe éclate de rire.

– Tu es trop intelligent, Petit Bout ! s'exclame-t-elle en essuyant ses larmes du talon de sa main. Une fois, mon père m'a dit que les bêtes sauvages sont moins dangereuses pour les hommes que les chrétiens le sont les uns pour les autres.

– Ton père a-t-il jamais fait du mal à quelqu'un ?

– Non.

Elle déglutit.

– Il ne me frappait jamais, même quand je m'étais mal conduite. Il ne frappait même pas ses esclaves.

Je suis perplexe. Selon Focaria, c'est ce à quoi servent les esclaves. Si un maître ne les frappe pas, ça pourrait donner à ses esclaves l'idée de le frapper, ce qui serait contraire à l'ordre des choses.

– Il ne voulait même pas se défendre, poursuit Euterpe d'une voix tremblante. Il refusait d'ôter une vie, même pour sauver la sienne. Même pour sauver la mienne, ou celle de ma mère.

– Ils l'ont tuée aussi ?

– Non. Ils l'ont vendue. Ils nous ont vendues toutes les deux.

– Pourquoi ?

– Je n'étais pas sa fille, pas légalement, répond-elle avec un grand soupir. Je te l'ai dit, les prêtres ne sont pas censés avoir d'enfants. Ma mère était une esclave, alors moi aussi. Quand notre Dominus a été tué, sa famille nous a vendues à un marchand, et on a été séparées.

Elle regarde ses mains.

– Et à cause de mon père, je ne savais ni coudre, ni cuisiner, ni faire le ménage. C'est comme ça que j'ai fini en Hispanie. La putain la plus instruite de Carthago Nova, conclut-elle avec un sourire.

Elle ferme les yeux et inspire profondément, plusieurs fois. Quelque part, un chien aboie. J'aimerais qu'elle se sente mieux, mais je ne sais pas quoi dire. Alors, à la place, je lui pose une question.

– Tu avais un nom ?

Elle rouvre les yeux.

– Un nom ?

– Comment t'appelait ton père ?

Elle me dévisage un long moment avant de répondre.

– Illi. Ça veut simplement dire « ma fille ».

– Est-ce que je peux t'appeler Illi ?

Elle me caresse la joue avec le dos de la main.

– Non, Petit Bout. Je suis Euterpe, à présent. Je ne suis plus la fille de personne.

– Oh.

Je tripote les galets rangés trois par trois.

– Et tu es encore chrétienne ?

Euterpe éclate à nouveau de rire. Elle rit tellement que ça devient contagieux, même si je ne comprends pas ce qu'il y a de si drôle. Quand elle reprend son souffle, elle me fait pivoter, ce qui désorganise totalement son arrangement de galets, afin de pouvoir me regarder droit dans les yeux.

– Je vais te dire comment ça se passe, mon cher Petit Bout. Je suis une fille, mais je ne suis pas une fille. Je suis une louve, mais je ne suis pas une louve. Je suis une femme, mais je ne suis pas une femme. Je porte le nom d'une Muse, mais je ne suis pas une Muse. Je suis chrétienne, mais je ne suis pas chrétienne.

– Je ne comprends pas.

Elle pose un doigt sur le bout de mon nez.

– C'est ça, la philosophie, murmure-t-elle.

– Qu'est-ce que tu lui racontes encore ?

Focaria est devant nous, deux coupes d'eau à la main.

– Oh, répond Euterpe. Des mensonges et des platitudes.

– Ah, comme d'habitude, alors.

Elle nous tend une coupe à chacun et s'accroupit à côté de nous, puis porte sa main au visage d'Euterpe pour essuyer ses larmes avec son pouce. L'espace d'un instant, Euterpe ferme les yeux et s'abandonne à la paume de la cuisinière. Puis celle-ci s'écarte, et Euterpe boit.

– Il est bon en calcul ! lance-t-elle un peu trop joyeusement.
– Tiens donc.
– Il fait des additions et des soustractions de tête, déclare Euterpe en me frottant les épaules. Les multiplications et les divisions aussi.
Focaria pose les yeux sur moi. Si elle est impressionnée, elle ne me le montrera jamais.
– Il faudra que tu lui enseignes tout ce qui a rapport à l'argent, déclare Euterpe.
– J'imagine, répond Focaria.

Le lendemain, Focaria pose des pièces sur la table de la cuisine et me montre comment on les distingue les unes des autres. Les images des empereurs sur une des faces ne servent à rien, selon elle, parce qu'elles se ressemblent toutes. Feu l'empereur Théodose – l'homme qui, d'un seul trait de plume, a fait de nous tous des chrétiens – est le portrait craché de son fils Honorius, lequel a exactement la même tête que son frère Arcadius : trois profils joufflus surmontés d'un diadème. Il faut regarder l'autre côté des pièces pour les distinguer, et Focaria les retourne une par une de ses doigts brûlés et couturés de cicatrices. À la lumière qui provient du jardin, je les étudie de près tandis qu'elle m'explique leurs différences.
– Celle-ci, déclare-t-elle en désignant une pièce en argent où l'on voit un homme assis avec une boule et un sceptre dans les mains, vaut seize fois celle-là.
Elle pose alors le doigt sur une pièce de bronze sur laquelle on voit un homme qui traîne d'une main quelqu'un par les cheveux et qui tient de l'autre une bannière.
– Qui vaut elle-même le double de celle-ci, ajoute-t-elle en montrant une autre pièce de bronze où l'on voit trois hommes en rang, chacun muni d'une lance et d'un bouclier. Tu as compris ?
Avant que j'aie le temps de répondre, elle me colle le panier sur le dos et me conduit dans la rue. On prend à gauche, mais, après la fontaine, on tourne à droite dans un passage étroit entre la forge et la boucherie, puis on franchit le seuil recouvert

de foin d'une porte grossièrement taillée dans une paroi massive. Derrière, un énorme jardin bordé de colonnades, bien plus grand mais beaucoup moins bien tenu que celui de la taverne, nous accueille. Hormis le port, c'est l'endroit le plus vaste que j'aie jamais vu, et il est rempli de palmiers desséchés, de petits buissons épineux et de quelques arbres fruitiers montés en graine. Les colonnes sont tachées et fissurées, et deux d'entre elles ont basculé par terre. La plupart des sentiers du jardin sont envahis de mauvaises herbes, mais l'allée principale au milieu, bien dégagée, est jonchée de feuilles de palmier brunes et racornies. Entre les troncs écailleux, derrière les feuilles pointues, je vois briller des visages de garçons, probablement les mêmes qui m'ont abordé dans la rue ou qui se moquaient de moi depuis les gréements du bateau. Ils suivent notre progression en faisant bruisser les plantes, et ils murmurent en persiflant – *Petite louve ! C'est qui ton père ?* –, mais, lorsque l'un d'eux bondit devant nous, Focaria lui tord le bras et le balance par terre.

– Dégage ! lance-t-elle.

Puis elle saisit la bretelle du panier et me fait presser le pas. On franchit une autre voûte froide et humide qui répercute nos pas, puis on gravit une rampe et on pénètre dans le vacarme assourdissant du vieux théâtre de Carthago Nova.

Il est encore plus grand que le jardin envahi d'herbes folles. Sur notre droite, une vaste demi-conque a été taillée dans le flanc de la colline et des gradins de pierre montent jusqu'à la crête, au sommet de laquelle un temple en ruine se découpe sur le bleu du ciel. Sur notre gauche se trouve l'ancienne scène avec ses deux étages de colonnes fissurées et ses grandes portes au fond du plateau. Bien sûr, je ne sais pas encore ce que c'est que le théâtre, mais ce n'est pas grave, parce que cela fait des années que plus personne n'a joué dans celui-ci. À présent, on a construit quatre rangs concentriques d'échoppes sur les sièges du bas, certaines avec des toits de bois, d'autre de sparte ou de feuilles de palmier, et elles sont séparées par de petits panneaux de bois aux couleurs vives ou par des toiles blanches pleines de taches. Les voix résonnent dans l'hémicycle, tandis que les clients se croisent dans les escaliers ou se pressent sur les plateformes circulaires devant les échoppes pour toucher les produits et échanger des invectives avec les commerçants.

Focaria me traîne derrière elle en jouant des coudes sans s'excuser à travers la foule rassemblée dans l'espace en demi-lune entre les échoppes et la scène. Les gens la remarquent à peine, parce qu'ils ont tous les yeux fixés sur le plateau, où ils observent quelque chose que je ne suis pas assez grand pour voir. Ce n'est que lorsqu'elle me fait gravir les marches qui festonnent le flanc de la colline que je suis en mesure de me tourner et de compter huit ou neuf esclaves – des hommes, des femmes et des enfants, tous nus – alignés sur la scène avec des chaînes aux chevilles et aux poignets. Ils fixent tous leurs pieds ou un point dans le vide, l'air hagard. Ils ont tous une petite pancarte de bois accrochée autour du cou. Le marchand d'esclaves, un homme trapu avec une barbe en pointe et une tunique courte, fait les cent pas devant eux, une cravache à la main, et aboie son argumentaire d'une voix aiguë qui porte au-dessus de la cacophonie ambiante. Il passe la cravache sous le menton d'une fille aux cheveux noirs qui ne doit guère être plus grande que moi. Elle est l'une des esclaves dont les pieds ont été passés à la craie blanche, ce qui signifie, comme je l'apprendrai plus tard, qu'ils ont été importés.

– Syrienne de première classe, chantonne le marchand d'un ton réservé. Forte, pas trop stupide, elle parle latin. Bon caractère, aucune maladie, toutes ses dents. Dans pas plus d'un ou deux ans, elle pourra avoir des enfants.

Du bout de sa cravache, il touche la fente glabre entre ses jambes.

– Elle est intacte. Je le garantis.

La petite fille tressaille, mais garde la tête haute. Je me demande si elle voit que je la regarde, mais elle semble avoir les yeux dans le vague. Elle bouge les orteils de ses deux pieds, comme pour se distraire en faisant jouer la craie entre eux.

Focaria et moi nous faufilons à travers la foule le long du deuxième rang d'échoppes, dans un brouhaha de marchandages et de ragots. Il n'y a pas d'organisation particulière dans l'exposition des produits – on passe devant des piles de fruits gâtés, des étals de bijoux bon marché, des casseroles et des poêles usagées suspendues à des crochets. C'est comme dans la rue, mais en plus étroit et en plus bondé. Les marchands qui s'installent ici, dans l'ancien théâtre, n'ont pas les moyens de louer ou d'acheter un local permanent dans la rue. Certains essaient de travailler pour y parvenir un jour, tandis que d'autres ne viennent que pour vendre des marchandises tombées de l'arrière d'une charrette, comme ils disent, et se fondent dans le paysage dès qu'ils les ont écoulées. Il y a des rouleaux de tissu amoncelés au hasard, de la vaisselle dépareillée, des pâtisseries et des gâteaux rassis. Je me fige devant une femme qui vend des oiseaux siffleurs, des petites créatures brillantes qui sautillent dans des cages d'osier en gazouillant tout leur saoul. Le soleil darde ses rayons à travers un trou dans l'auvent de l'échoppe, et un rayon vient se poser sur un moineau dans l'une des cages, accroché à son perchoir, ses petites pattes repliées sous son ventre, sa tête contre sa poitrine, le regard morne. Il est silencieux, et j'ai le souffle coupé en me rendant compte que l'histoire d'Euterpe était fausse : même un moineau peut être réduit en esclavage. C'est alors que la main de Focaria me tombe sur l'épaule.

– Avance ! lance-t-elle en me traînant derrière elle.

C'est maintenant que commence véritablement ma formation sur la façon d'utiliser l'argent. On s'arrête pour acheter des pommes, puis, plus loin, du garum, et, chaque fois, Focaria négocie avec le vendeur dans un patois rêche parsemé d'insultes. Elle marque une pause dans la transaction pour calculer le prix à voix haute, à mon intention, puis me montre quelles pièces je dois donner à l'homme et combien il doit m'en rendre pour la monnaie. Elle aboie sur le vendeur quand il essaie de nous duper sur le compte, ce qui se produit chaque fois. Ensuite, on retourne vers l'escalier pour rejoindre l'allée au-dessus, et, après qu'elle a fixé un prix avec un homme qui vend des épices, elle me tend la bourse et me laisse choisir les bonnes pièces. À ma grande quoique secrète satisfaction, et à sa surprise muette, je les sors sans hésiter.

Ensuite, on monte au quatrième et dernier rang d'échoppes. Sur la scène en contrebas, le marchand d'esclaves vient de faire une vente. Il se penche pour déverrouiller les fers aux chevilles d'un homme roux au torse imposant, tandis que l'acheteur, un gros avec un crâne rose et une couronne de cheveux gris sale, fait sauter dans sa main une bourse en toisant sa nouvelle acquisition de la tête aux pieds. Pendant ce temps, la Syrienne a tourné son regard vide vers le sommet du théâtre et le promène sur les gradins à moitié effondrés.

La plupart des clients ne montent jamais si haut, alors ce sont les emplacements les moins chers et les moins désirables. Certaines échoppes sont vides et n'ont plus de toit ; le soleil cogne sur leur intérieur poussiéreux et plein d'échardes. On s'arrête devant trois d'entre elles, séparées par des petits panneaux de bois, louées par trois marchands qui se sont tous abrités à l'ombre translucide du même auvent rapiécé et maculé de taches. À gauche, le dos courbé derrière une table, le jeune homme chétif est un scribe. Il hausse les sourcils en écrivant la lettre que lui dicte laborieusement une femme avec un bébé sur la hanche.

– Moins vite, s'il vous plaît, murmure le jeune homme sans lever les yeux.

La femme soupire, change son bébé de hanche et répète sa dernière phrase plus lentement.

Sur la droite, un prêteur sur gages grassouillet avec des yeux globuleux, également assis derrière une petite table, manipule un abaque en faisant claquer les boules. L'homme qui lui fait face se tord les mains entre ses genoux, les fesses posées au bord d'un tabouret. Le garde du corps du prêteur, un esclave intimidant au nez cassé, est assis à l'ombre, au fond de l'échoppe. Dans celle du milieu, derrière une troisième table, se tient une femme aux cheveux gris et au long visage émacié, les yeux cerclés de khôl, avec bien trop de rouge à lèvres. Elle est maquillée comme une louve, mais elle est beaucoup trop vieille pour ça. Le menton dans la main, elle regarde d'un œil absent la vente d'esclaves sur la scène en contrebas, où le marchand détache la nouvelle vente qu'il vient de faire.

Je ne sais pas pourquoi nous sommes ici. Focaria n'a certainement personne à qui écrire, et aucune raison d'emprunter de l'argent. Quant à la femme émaciée, elle n'a apparemment rien à vendre. Mais, dès qu'elle voit Focaria, elle ôte la main de son menton et se redresse.

– Focaria, lance-t-elle d'une voix rocailleuse.

– Opitria.

Focaria me pousse sur le côté, au bord du panneau qui sépare la vieille femme du scribe, puis elle s'installe sur le tabouret, face à elle, épaules courbées, les coudes contre son torse.

– Rêves ou avenir ? demande Opitria en se tournant à moitié sur son siège.

Derrière elle, dans la pénombre au fond de l'échoppe, une petite étagère est remplie de livres, de rouleaux et de codex, les premiers que j'aie jamais vus.

– Avenir, répond Focaria à voix basse, comme dans l'espoir que je ne l'entende pas.

– Es-tu chrétienne ou pas ? demande la diseuse de bonne aventure.

– Tu me demandes toujours ça. Les questions sont-elles différentes pour les chrétiennes ?

– Non, mais les réponses le sont.

– Qu'est-ce qui est le moins cher ?

– C'est le même prix pour tout le monde. Chrétienne ou pas ?

– Je te le dis toutes les semaines. Je ne suis pas chrétienne.

– Tu pourrais changer d'avis. Une semaine tu n'es pas chrétienne, la suivante tu l'es devenue. Je vois ça tout le temps.

– Ou inversement.

– Ça, ça n'arrive jamais.

La diseuse tend sa paume pleine de rides. Focaria sort une seule pièce de sa robe, entre deux doigts. Elle l'a prélevée sur l'allocation qu'Audo lui octroie ou l'a gagnée en vendant des restes à Uranie. Derrière elle, je me balance sur mes pieds.

– Lis-moi les questions, demande-t-elle.

– On fait ça chaque fois, répond Opitria. Tu devrais toutes les connaître, maintenant.

Focaria pose la pièce dans sa main.

– Lis.

Opitria escamote la pièce et se tourne lentement vers l'étagère derrière elle. Elle parcourt les rayons des doigts, en sort un livre et l'ouvre des deux mains sur la table, ce qui fait craquer le parchemin.

– Numéro un, soupire-t-elle. Vais-je battre mon adversaire au procès ?

– Non, répond Focaria.

– Numéro deux. Vais-je servir dans l'armée ?

– Non.

– Numéro trois...

Comme je m'ennuie, je laisse mon regard dériver vers la scène. À présent, un acheteur potentiel s'intéresse à la jeune Syrienne. Accroupi devant elle, il lui palpe les bras et les jambes, à la recherche de plaies, de tumescences ou de cicatrices. Le marchand lui débite son discours par-dessus l'épaule pour essayer de le distraire et conclure la vente. Je ne peux pas entendre ce qu'il dit à cause de la mer de voix qui s'étend entre nous, mais je m'en moque, parce que je suis subjugué par cette fille dont le regard se promène sur les sièges au-dessus de moi. L'espace d'un instant, j'ai l'impression qu'il croise le mien, et je retiens mon souffle. Elle est Syrienne, selon le marchand, et il est possible que je le sois, moi aussi ! Elle semble avoir à peu près le même âge que moi ! Et si on venait du même endroit ? Si on était apparentés, d'une manière ou d'une autre ? Et si c'était ma sœur ?

– Hélicon ?

La tape timide sur mon épaule me fait sursauter. C'est le scribe, qui retire aussitôt sa main en s'excusant.

– Désolé ! s'écrie-t-il.

Ça me surprend encore plus que le fait qu'il m'ait touché. Personne ne l'a jamais fait avec une telle gentillesse, sauf Euterpe. Et personne ne s'est jamais excusé devant moi.

– Je m'appelle Quartus, déclare-t-il en posant sa main sur son cœur et en inclinant la tête avec solennité.

Il n'y a plus personne à sa table. La femme et son bébé sont repartis.

– Et toi ?

– Je n'ai pas de nom. Pusus, c'est tout.

– Bien sûr. Mais tu viens de l'Hélicon ?

J'acquiesce. Derrière moi, Opitria continue de lire d'un ton monocorde, tandis que Focaria attend d'entendre une question qui lui plaise.

– Vais-je vendre ma marchandise ? soupire la vieille femme.

– Non.

– Vais-je ouvrir une boutique ?

– Nan.

– Focaria, par pitié..., supplie Opitria.

– Continue de lire. Tu n'as rien d'autre à faire, non ?

Quartus le scribe me tapote de nouveau l'épaule.

– Tu connais les filles qui y travaillent ? À l'Hélicon ?

Il répète sans arrêt ce nom, comme s'il craignait que je n'aie pas compris. J'acquiesce encore. Je n'aurais pas dû répondre à sa première question. Je ne suis pas censé parler à qui que ce soit.

– Tu connais la fille qu'ils appellent Thalie ? demande-t-il en me scrutant. Petite ? Bronzée comme toi ? Les cheveux brillants ?

Il fait des gestes nerveux en l'air avec ses doigts tachés d'encre.

– Je la connais !

Ça m'enthousiasme d'apprendre que, pour une raison ou pour une autre, il la connaît aussi. C'est une entorse aux règles, mais Focaria ne risque pas de le remarquer. Elle a la tête ailleurs.

Le scribe s'approche un peu et me parle à voix basse.

– M'a-t-elle jamais mentionné ? *Quartus*, répète-t-il en posant de nouveau sa main sur sa poitrine. Je suis *scribe*.

– Relis la dernière ! lance sèchement Focaria derrière moi.

– Vais-je jamais revoir ma terre natale ? s'exécute Opitria.

– C'est celle-là !

– Très bien ! s'exclame Opitria d'un ton soulagé. Alors maintenant, choisis un nombre entre un et dix.

– Sept, répond Focaria sans hésiter.

Le scribe me tapote encore l'épaule. Je m'éloigne un peu de lui en m'enfonçant à l'intérieur de l'échoppe de la cartomancienne.

– Je suis censé ne parler à personne.

– Je suis désolé, répond Quartus. Est-ce que tu pourrais lui dire... dire à Thalie, tu vois... lui dire que Quartus pense à elle ?

Je me colle derrière Focaria. De l'autre côté de la table, Opitria plisse ses lèvres brillantes et lève les yeux vers la toile élimée qui lui sert de toit, puis elle humecte son pouce et son index et tourne lentement les pages craquelées de son livre jusqu'à trouver celle qu'elle cherche. C'est très théâtral, encore une démonstration du pouvoir des mots. J'ignore avec obstination le scribe qui s'agite anxieusement derrière moi, et je regarde plutôt par-dessus l'épaule de Focaria la diseuse de bonne aventure qui glisse le doigt le long de la page, puis lève ses yeux cerclés de khôl vers la cuisinière.

– Tu reverras ta terre natale, déclare-t-elle. De même que ton enfant.

Focaria pousse un cri de surprise, et moi aussi. Focaria a un *enfant* ? M'aurait-elle menti à propos de qui je suis ?

– Tu es sérieuse ? murmure Focaria.

– C'est ce qui est écrit.

Opitria hausse ses sourcils épilés, et ses yeux clignent dans ma direction l'espace d'un instant.

– Tu t'es trompée, déclare Focaria. Recommence.

Opitria soupire et s'exécute, elle tourne les pages craquelées et fait glisser son doigt sur celle qu'elle cherche. Puis elle lit la même réponse.

– Tu reverras ta terre natale, déclare-t-elle. De même que ton enfant.

– Mon enfant ? s'écrie Focaria comme si elle allait éclater de rire. Mon enfant est mort.

Je dévisage Opitria par-dessus la tête de Focaria. Elle m'ignore.

– Je lis ce qui est écrit ! lance-t-elle en refermant le livre avec un bruit sourd. Ce n'est pas moi qui rédige les réponses.

Focaria bouillonne pendant quelques instants, puis sort une deuxième pièce.

– Vends-moi un sortilège, demande-t-elle d'un ton sec.

– Contre... ?

– Tu sais qui.

La diseuse prend la pièce, puis elle écrit quelque chose sur une bande de papyrus que Focaria saisit et glisse aussitôt dans sa jupe. Puis elle se lève subitement et fait un bond en arrière quand elle voit que je me tiens si près d'elle.

– Bouge ! lance-t-elle en me poussant dehors.

Quartus replonge derrière son petit panneau, mais il me tire le bras au moment où j'emboîte le pas à Focaria.

– Souviens-toi ! murmure-t-il. Dis à Thalie que Quartus pense à elle !

– *Bouge*, j'ai dit !

Focaria me fait pratiquement décoller en me tirant par la bretelle du panier. En arrivant en haut des marches, elle s'arrête brusquement et inspire une grande bouffée d'air. Quand je lève les yeux vers elle, je vois qu'elle a la mâchoire crispée. Je sais que je ferais mieux de ne rien dire, mais je ne peux pas m'en empêcher.

– Tu as un enfant ?

Je l'ai souvent vue en colère, mais je ne lui avais encore jamais vu un tel visage. Elle a l'air vidée de l'intérieur. Elle ouvre la bouche, et j'ai un mouvement de recul, m'attendant à un juron ou à un coup ou même aux deux, mais elle bouge les lèvres sans produire aucun son, puis finit par murmurer :

– Oui.

Puis elle pose les yeux sur moi et ajoute :

– Non.

Avant qu'elle ait le temps d'en dire plus, un grand cri de douleur résonne en bas, suivi d'un rugissement de la foule. On se tourne tous deux vers la source du vacarme. Sur la scène, le marchand d'esclaves saute à cloche-pied en agitant une main en l'air. Une fois vendue et détachée, la petite Syrienne lui a apparemment donné un coup de pied dans le tibia et l'a mordu entre le pouce et l'index. Elle bondit encore toute nue dans la foule qui s'écarte sur son passage et retombe sur ses pieds tandis que le marchand boitille jusqu'au bord de la scène, puis elle fonce vers l'escalier dont elle gravit les marches quatre à quatre en bousculant les gens. Tous les regards suivent son ascension à travers les rangs d'échoppes, toutes les voix poussent des cris de surprise. Les yeux de chaque esclave suivent sa progression jusqu'en haut du théâtre.

Tout en courant, elle arrache le panneau qu'elle porte autour du cou et l'envoie balader. Dans la foule, certains s'esclaffent en voyant la courbe qu'il décrit. La fille se précipite sur Focaria et moi, et son regard féroce croise les nôtres. Je suis paralysé, mais Focaria passe son bras autour de moi et me tire en arrière. Quand la fille surgit devant moi, je perçois une expression de rage et de détermination qu'une vie entière n'a pas atténuée dans mon esprit.

Nous la suivons des yeux quand elle fonce vers les rangs de sièges vides. Un marchand plonge pour l'arrêter, mais elle l'esquive et il s'étale douloureusement sur les dalles de pierre.

– Laissez passer !

On se retourne. C'est le marchand d'esclaves, qui grimpe les marches à une vitesse surprenante. Son visage est un masque de rage, lui aussi. En le voyant se ruer vers nous, je retourne me cacher derrière Focaria, mais, juste avant qu'il passe à notre hauteur, elle me prend par la bretelle et me balance droit dans ses jambes. L'homme et le garçon entrent en collision, et je retombe sur la hanche en renversant mon panier ; les pommes roulent partout et dévalent les gradins. Le marchand se relève en jurant, du sang coule d'une égratignure à son genou, et Focaria me tire en arrière pour me botter les fesses.

– Maladroit ! crie-t-elle.

Mais l'homme est déjà reparti à la poursuite de la petite fille.

– Ne bouge pas, souffle Focaria en m'aidant à me relever.

Tandis qu'elle commence à ramasser les pommes, je vois que l'esclave approche du sommet des gradins. Ses bras et ses jambes pulsent, ses fessiers sont en plein travail, ses plantes de pieds blanchies scintillent au soleil. L'homme, encore deux rangs plus bas, halète sous l'effort. Le rugissement de la foule déferle sur le théâtre comme une vague, et j'y perçois des rires, des railleries, des noms d'oiseaux et même quelques encouragements moqueurs pour la jeune fille. La main de Focaria s'abat sur mon épaule, et j'ai peur qu'elle m'oblige à tourner la tête, mais elle veut simplement se redresser, et elle regarde l'homme et la fille avec un œil de prédateur.

Au sommet du théâtre, l'esclave saute aussi haut qu'elle peut et parvient à agripper le faîte du mur du bout des doigts. La foule retient son souffle comme un seul homme. La fillette se tortille, grimpe et finit par le franchir, et la foule respire à nouveau. Il y a même quelques applaudissements. Le marchand d'esclaves bondit, s'accroche au bord du mur et, bien plus péniblement que la jeune esclave, passe de l'autre côté. Le silence s'installe.

– Est-ce que… ? dis-je.

Focaria me secoue.

– Chut, souffle-t-elle.

Pendant un moment, on n'entend plus aucun son et il n'y a rien à voir, simplement le soleil de midi qui éclaire tous les visages tournés vers le haut du théâtre et qui cogne sur le flanc de la colline où, hors de notre vue, une sorte de combat a lieu.

Soudain, le marchand d'esclaves reparaît en haut du mur, courbé en avant. Il se protège la tête du bras. Au même instant, la jeune fille revient dans notre champ de vision plus haut sur la colline. Elle ramasse des pierres à toute vitesse et les jette sur son poursuivant avec une précision redoutable. Celles-ci atteignent ses jambes, ses bras ou ses épaules avant de rebondir sur les sièges vides en contrebas. La foule se met à rire et à pousser des exclamations, tandis que l'homme nous regarde en grognant quelque chose et baisse les bras. Juste à ce moment-là, une pierre à la trajectoire parfaite lui heurte la tempe et il bascule tête en avant sur les gradins du haut. La foule grommelle et s'esclaffe en même temps.

– La voilà ! s'écrie alors quelqu'un.

En effet, la fille sprinte vers le haut de la colline sans un regard en arrière. Le théâtre tout entier rugit de satisfaction – due au divertissement, non à la fuite elle-même – et deux hommes montent l'escalier à la hâte pour porter assistance au marchand. Quand l'esclave passe devant le temple en ruine près du sommet de la colline, Focaria commence à me traîner vers le bas des marches. Au milieu des bavardages excités qui nous entourent, je me retourne une dernière fois vers la petite fille, et je la vois crapahuter au loin à travers les broussailles en s'aidant de ses mains.

Focaria jette un coup d'œil au marchand d'esclaves qui descend les marches en titubant, soutenu par les deux hommes. Du sang coule de sa tempe, il est fou de rage, il crache. Focaria m'attire dans l'une des allées d'échoppes, à l'écart des marches, et elle me place derrière elle en tournant le dos au marchand qui passe en jurant de façon incohérente. On se trouve devant une échoppe où un homme vend des lièvres vivants qu'il tire de petites cages de bois où ils sont entassés à cinq ou six. Mon cœur bat encore à tout rompre, et Focaria elle-même a le souffle court. Elle aspire une grande bouffée d'air et déclare à l'homme qu'elle en veut six.

– Vivants ou morts ? demande celui-ci en soulevant le couvercle de l'une des cages.

– Vivants.

Focaria dépose les pièces d'une main flageolante sur la petite table devant l'homme. Puis, au fur et à mesure qu'il lui tend les animaux tout tremblants, elle leur brise le cou d'une seule torsion. Je l'observe, ébahi mais pas horrifié – je l'ai déjà vue tuer des poules en leur tranchant le cou. En tuant le premier, son visage grimace comme si la petite bête lui avait nui personnellement, mais elle grimace un peu moins en exécutant le deuxième, puis encore un peu moins pour le troisième, et, lorsqu'elle dépose le dernier dans mon panier, son expression est apaisée et ses mains ne tremblent plus.

Quand on regagne la sortie du théâtre, la foule a repris son ronronnement habituel. Le marchand boitille sur la scène en poussant ses esclaves devant lui à coups de cravache, comme s'ils étaient responsables de l'évasion de la petite Syrienne. Ils courbent les épaules et traînent leurs pieds entravés aussi vite qu'ils le peuvent. Puis on se retrouve dans le jardin du théâtre. Focaria marche devant moi sur le sentier entre les arbres en écartant les feuilles de palmier de la main. J'ai beaucoup de questions, bien sûr, mais, à voir sa démarche pleine de rage et la raideur de ses épaules, je comprends que je ne devrais pas lui en reposer à propos de son enfant. Bien que je ne les voie pas, je sens la présence des garçons qui nous épient derrière les buissons et les colonnades. Je serre les bretelles de mon panier bien chargé et je trottine pour rattraper Focaria.

– Où va-t-elle aller ?

– Qui ça ? répond Focaria sans ralentir.

– La fille. Où va-t-elle aller ?

Focaria s'arrête et se retourne.

– Ne fais jamais ça !

– Faire quoi ? dis-je même si je crois avoir deviné.

– Ne te sauve jamais.

– Mais la fille…

– Elle sera morte avant le coucher du soleil. Ou elle souhaitera l'être.

– Tu t'es sauvée, toi.

– Pour mon éternel regret, répond-elle en tirant sur le collier de fer qui lui enserre le cou.

Les garçons autour de nous s'esclaffent devant notre petite scène, ce qui me fait grimacer. Focaria les ignore.

– Tu n'es ni assez fort, ni assez rapide, ni assez intelligent, ajoute-t-elle. Si tu veux rester en vie, fais ce qu'on te demande.

Je croise son regard, conscient des ricanements qui résonnent derrière les buissons.

– Alors, c'est ce que tu veux ? demande-t-elle. Rester en vie ?

J'acquiesce.

Elle m'adresse son sourire le plus amer et, sans ajouter un mot, traverse le mur par la brèche et s'engage dans le passage qui mène à la rue. Les garçons invisibles se mettent à murmurer et à siffler.

– Qui est ton père, petite louve ?

J'entends le son de leurs pieds sur les dalles, le bruissement des feuilles quand ils se rapprochent. Pour leur plus grand amusement, je détale dans le passage sur les talons de Focaria tandis que le panier rebondit dans mon dos.

Pendant une longue période, je ne sors plus du jardin sans Focaria, excepté pour aller chercher de l'eau. Néanmoins, je vois qu'elle me prépare à y aller tout seul, et, bientôt, j'assure toutes les transactions tandis qu'elle reste en retrait et se contente de veiller à ce qu'on ne me dupe pas. À la même époque, Audo m'emmène dans le jardin plusieurs matins d'affilée et m'enseigne quelques rudiments d'autodéfense, au cas où les gamins des rues viendraient m'embêter. Sous le regard inquiet d'Euterpe, il me montre comment se dégager d'une prise, comment observer les mains, les pieds et les yeux d'un adversaire, et comment frapper quelqu'un là où ça fera le plus mal.

– Gorge, couilles, genoux, m'explique-t-il d'une voix rauque avec son flegme habituel. Si tu ne peux pas l'atteindre à la gorge, donne-lui un coup de pied dans les couilles ou dans les genoux. Et ensuite, détale aussi vite que possible.

– Comment est-il censé faire ça avec un panier plein dans le dos ? intervient Focaria de sa cuisine. Tu devrais peut-être lui donner un couteau.

– Non ! s'écrie Euterpe.

Elle place la main devant sa bouche, mais Audo n'a rien remarqué. Pendant un moment, il semble même envisager cette option :

– Non, finit-il par dire. Il se le ferait prendre et ils lui trancheraient la gorge.

Il serre le poing et fait mine de me frapper, et, quand je me recroqueville, il éclate de rire.

– Il n'a aucun répondant, ce petit bouffeur de chattes ! lâche-t-il en me lançant sa pire insulte avant de s'éloigner.

Mais, quand je suis seul dans le jardin, je m'entraîne à jeter des pierres. Je sais bien que je ne serai jamais capable de les lancer avec la terrible précision de la jeune Syrienne, mais je peux m'améliorer avec la pratique. Pour commencer, je dessine un cercle sur le mur du jardin avec un morceau de charbon, puis je ramasse une poignée de cailloux et je m'entraîne jusqu'à ce que mon bras n'en puisse plus ou que Focaria m'appelle. Si le *tchok tchok* irrégulier des cailloux sur le crépi effrité attire son attention, elle n'en dit rien. Au bout d'une semaine, je commence à lancer plus vite et à m'éloigner de la cible, jusqu'à parvenir à l'atteindre systématiquement presque aussi vite que je peux saisir mes projectiles. Il faut dire qu'il n'y a qu'un nombre limité de cailloux dans le jardin, alors je ramasse toujours les mêmes pour les relancer. Quand je ne m'entraîne pas, j'en fais un petit tas derrière les latrines, où personne ne va jamais. Comme je deviens meilleur et plus rapide, je plante des bâtons dans la terre et je les vise en me plaçant de plus en plus loin, et, au bout d'un certain temps, j'arrive à les toucher plus d'une fois sur deux. J'essaie de viser la poule, le coq et les chats errants qui se glissent dans le jardin, jusqu'à ce qu'ils apprennent à m'éviter.

Un jour, je songe à viser les oiseaux qui se promènent sur le mur ou les avant-toits de la taverne, mais j'hésite. Pour commencer, je ne peux pas balancer des cailloux dans la rue de l'autre côté du mur. En outre, je doute de parvenir à toucher l'un de ces martinets si vifs, ou même l'une des mouettes qui planent plus lentement dans le ciel. Un jour, je me retrouve en position de tir, de profil, un caillou dans ma main et le bras tendu en arrière, devant une petite boule de plumes marron perchée sur le toit de la cuisine. Le moineau est installé tranquillement, confiant ; il pivote la tête pour me regarder d'un œil, puis de l'autre. À cette distance, je ne peux pas le manquer. Je pourrais l'assommer et même le tuer, le faire tomber dans la poussière devant la porte de la cuisine.

Mais j'en suis incapable. Depuis qu'Euterpe m'a raconté son histoire, le moineau est devenu mon frère, et son nom, mon nom secret. Je suis Moineau, et Moineau c'est moi, et, l'un comme l'autre, nous ne sommes excellents dans aucun domaine, mais juste assez bons partout pour survivre. Et, depuis que j'ai vu Moineau dans une cage au marché du théâtre, je sais que lui aussi peut devenir un esclave, tout comme moi. Le voir en cage m'a rendu triste, mais, à présent, dans le jardin de la taverne, quand le moineau en liberté et le petit garçon en cage se dévisagent à un jet de pierre de distance, ça me donne également de l'espoir. Si Moineau peut à la fois être esclave et libre, alors je le pourrai peut-être, moi aussi.

Comme pour prévenir mon frère de ne pas me faire confiance, je balance sournoisement un caillou sur le toit, loin de lui. Quand il rebondit sur les tuiles en claquant et retombe par terre, Moineau décolle dans un tourbillon de plumes, s'enfuit à tire-d'aile au-dessus de ma tête et disparaît.

Bientôt, j'ai une occasion d'exercer mes talents nouvellement acquis. Les gamins des rues ont commencé à remarquer que je trottine toujours derrière Focaria, tout suant sous le poids d'un panier plein de linge, de pain ou de fruits. Leur quartier général est un boui-boui où on les trouve souvent avachis sur le trottoir ou sur des bancs, et ils suivent des yeux les femmes et les filles qui passent en plaisantant et en riant pour dissimuler le fait qu'ils évaluent avec avidité la vulnérabilité des passants. Trois d'entre eux en particulier commencent à m'observer comme des chats, mais, au début, ils me laissent tranquille, parce que Focaria est aussi redoutable dans la rue que dans sa cuisine. Malgré tout, je veille tous les matins à glisser une poignée de cailloux dans la ceinture de ma tunique avant notre départ.

Désormais, ces trois-là s'écartent de la foule lorsqu'ils nous voient arriver, et, pendant deux jours, ils nous suivent du trottoir d'en face. Puis, le troisième jour, l'un d'eux, un gamin plein de taches de rousseur, à la peau pâle et aux cheveux couleur paille, croise mon regard et mime un baiser à mon intention.

Le quatrième jour, on rentre de chez le boucher et je trottine derrière Focaria avec un panier plein de chapelets de saucisses quand l'un des garçons traverse la rue et se glisse sur le trottoir devant moi mais derrière Focaria, qui ne s'en aperçoit pas et poursuit sa route dans la foule. Le garçon ralentit, ce qui m'oblige à faire de même. Sans avoir besoin de me retourner, je sais que le deuxième est juste derrière moi, assez près pour sentir l'odeur des saucisses et peut-être même en voler une ou deux. Puis je repère du coin de l'œil le troisième, celui aux cheveux paille, qui se fraye un chemin dans la circulation sur la chaussée. À présent, je suis presque sur les talons du gamin devant moi, et je ne vois même plus Focaria. Mon cœur bat vite. Je pense à ce qu'ils vont me faire, je pense à ce qu'Audo va me faire si je perds un panier entier de saucisses. Puis je songe à la Syrienne qui fonçait dans les gradins, vêtue de sa seule peau, pourchassée par un homme trois fois plus grand qu'elle, alors je lève les mains et je pousse violemment le gosse devant moi.

Il ne s'y attendait pas, et il tombe sur les genoux en criant de douleur. Dans le même temps, je m'arrête brusquement et le garçon derrière moi me rentre dedans – hé ! – et recule instinctivement. Je fais volte-face aussi vite que mon panier me le permet, envoyant valser une paire de saucisses sur les pavés, et je pense à Audo : *gorge*, *couilles*, *genoux*. Alors je le frappe de toutes mes forces à la gorge. Il semble plus surpris que blessé, tandis que je me tourne vers le troisième larron, Cheveux de paille, qui a l'air d'hésiter. Pendant qu'il réfléchit, je tire un caillou de ma ceinture et je le lui balance pile entre les deux yeux. Il ne tombe pas, mais il jure si fort que tous les badauds se tournent vers lui. Le garçon à ma gauche se tient la gorge d'une main tout en essayant de me frapper de l'autre, alors je le cogne à nouveau, à l'entrejambe cette fois, et il se plie en deux avec un cri de douleur. Celui qui était devant moi s'éloigne déjà, les deux genoux ensanglantés, mais je lui jette quand même un autre caillou qui le frappe à l'arrière du crâne. Cheveux de paille se dirige vers moi. Il tient à présent dans sa main le caillou avec lequel je l'ai frappé, mais, au moment où il lève le bras pour me le lancer, Focaria lui saisit le poignet et lui tord le bras dans le dos.

Il hurle et laisse tomber son projectile. Focaria l'envoie rouler sur le trottoir avec un féroce coup de pied au cul. Les trois gamins disparaissent dans la foule en clopinant et en nous maudissant sous les rires et les invectives des boutiquiers et des passants. Mon cœur bat à tout rompre et je tremble, mais, en même temps, je ne peux m'empêcher de rire. Focaria ramasse les deux saucisses qui traînaient par terre et les secoue contre sa jupe. Puis elle attrape la bretelle de mon panier et pose les yeux sur moi.

– Tu es prêt à y aller tout seul désormais.

Le lendemain matin, Focaria m'envoie donc chez Renatus le boulanger. J'y suis déjà allé avec elle, mais elle me faisait toujours patienter dans la cour, où il ne pouvait pas me voir, pendant qu'elle entrait acheter le pain.

– On verra s'il essaie de t'arnaquer sur la monnaie, comme il le fait systématiquement avec moi.

– Pourquoi fait-il ça ?

– Il ne nous aime pas, répond-elle en m'aidant à mettre le panier sur mes épaules. Je ne crois pas qu'il t'ait jamais vu, alors il ne saura peut-être pas à qui il vend son pain.

Elle m'accroche sa petite bourse de cuir autour du cou et la passe sous ma tunique, puis me fait répéter combien de miches de pain de chaque sorte elle désire et combien coûte chacune, et elle me demande de lui dire à combien se monte le total. Une fois de plus, elle dissimule sa surprise quand elle m'entend répondre avant même qu'elle ait fini de poser la question. Elle me conduit jusqu'à la porte du jardin, ouvre et me laisse sortir tout seul dans la rue.

– Tu as tes cailloux ?

J'acquiesce en tâtant le petit tas dans ma ceinture.

– Reste près du mur. Et ne parle à personne, ajoute-t-elle en m'orientant vers la boulangerie.

Après ma victoire de la veille, je suis plus excité qu'effrayé. S'occuper tout seul des affaires de son Dominus est la plus grande liberté dont un esclave puisse jamais jouir. En passant devant la fontaine, j'aimerais que les femmes sur le trottoir d'en face me remarquent, moi, le garçon de la taverne – la petite louve, le petit Souris – en train de faire une course tout seul. Mais, comme d'habitude, Afra tient sa cour, elle fait rire et clabauder les autres, et surtout Lucilia. Tacita, comme toujours à l'écart avec ses seaux et sa palanche, observe la boutique de Priscianus. Je lui fais un signe de la main quand j'entre dans son champ de vision, mais elle détourne les yeux.

J'avance tête basse, collé au mur sur ma gauche, avec un œil sur le trottoir et l'autre sur les géants autour de moi qui m'ignorent. La rue est une carte d'elle-même, légendée par la sciure incrustée entre les pavés devant la charpenterie, par le tintement clair du marteau de l'étameur, par la puanteur de la viande et les coups de fendoir du boucher. Je marche à l'ombre des balcons et des auvents de toile, puis à nouveau dans la lumière vibrante, sous l'étroite bande de ciel bleu. Je sais où je me trouve grâce aux mules attachées à des trous creusés dans le trottoir, grâce aux rots des fainéants affalés sur les bancs du boui-boui et aux enseignes dessinées au-dessus des pas-de-porte – un jeu de clés pour le serrurier, un marteau et une truelle pour le maçon, une chèvre pour le laitier. Parfois, je distingue des portraits aux couleurs fanées de Mercure ou de Minerve que les commerçants vénèrent encore en secret, et, sur le mur en surplomb d'un autel de rue repeint par les chrétiens, douze anciens dieux transparaissent encore sous un portrait du Christ qui lève deux doigts en signe de bénédiction. Je traverse à la hâte le halo âcre d'urine et de chants devant la foulonnerie, où j'entends Nazarius rire à l'une de ses propres blagues, tandis que, de l'autre côté de la rue, son fils lutte pour garder les yeux ouverts et échapper à la férule du maître.

J'atteins un carrefour et, comme me l'a appris Focaria, je regarde à gauche, à droite, et je laisse passer un cavalier dans un sens, puis deux hommes qui transportent un tapis enroulé dans la direction opposée. De l'autre côté de l'intersection, les garçons du boui-boui me repèrent et commencent à se moquer de leurs trois copains qui sont assis sur un banc, épaule contre épaule, et me jettent des regards noirs. Cheveux de paille, qui a une bosse violette au milieu du front, crache dans ma direction. Les deux autres discutent par-dessus sa tête, s'incitant mutuellement à prendre leur revanche. En attendant pour traverser, je glisse ma main dans ma ceinture et serre un caillou entre mes doigts. Mais, heureusement pour nous tous, le crieur se plante au milieu du carrefour et inspire un grand coup.

– ATTENtion, s'il vous plaît ! Une récomPENse pour la capTUre d'une esclave fugiTIVE. Une SYRienne, âgée de DOUZE ans…

Je manque d'éclater de rire. Cela fait deux semaines, et ils ne l'ont toujours pas attrapée. Le soleil illumine les ruines du vieux temple sur la colline en surplomb du théâtre. S'y trouve-t-elle encore, ou s'est-elle sauvée dans la campagne, toute nue, les pieds recouverts de craie, en se nourrissant de baies et en buvant de l'eau de pluie ? Je me demande si je saurai un jour ce qu'elle est devenue.

Ce ne sera pas le cas. Je n'arrête pas de te dire, lecteur, que ce n'est pas ce genre d'histoire.

Les gosses des rues se mettent à huer le crieur, qui n'en tient aucun compte et continue d'une voix encore plus forte.

– CINquante deniers pour sa capture en VIE, SANS blessures et INtacte.

J'en profite pour traverser sans qu'ils me remarquent, et je longe le mur jusqu'à l'intersection suivante en laissant mes doigts glisser sur le crépi. J'enjambe un chien qui dort, je presse le pas devant un porche où un esclave vole un peu de sommeil. Plus loin, un boutiquier balance un seau d'eau sur le trottoir devant le pas de sa porte, alors je passe sur la chaussée, où je me retrouve derrière un esclave qui porte sur son dos un fagot de bois pour le feu. Je lui emboîte le pas, parce que les gens s'écartent sur son passage. Ce n'est qu'en percevant l'odeur du pain que je remonte sur le trottoir pour entrer dans l'établissement de Renatus le boulanger.

Je marque une pause sous le porche voûté, et je me cache quelques instants sur le côté. Au centre d'une cour encore à moitié plongée dans l'ombre, une mule au dos creux attelée à une poutre tourne indéfiniment autour d'une meule en forme de sablier. Un esclave vide un sac de grains de blé par le haut de la meule et se baisse à chaque passage de la poutre. Un deuxième esclave, accroupi, récupère la farine par le bas dans un autre sac. La fine poudre blanche qui scintille dans la lumière me chatouille le nez et me fait éternuer. L'homme posté au bas de la meule en est totalement recouvert ; son visage n'est qu'un masque blanc et ses cheveux sont poudrés comme la perruque d'un acteur. Le crissement de la pierre contre la pierre est ponctué par les soupirs de la mule qui renâcle, et du crottin au parfum âcre jonche le cercle qu'elle trace dans le sol. À un moment, l'esclave debout pose son sac, saisit un petit fouet de cuir et en claque l'arrière-train de la mule, qui se met à braire et à trotter un peu plus vite. Elle libère un jet de pisse qui laisse une trace sombre et fumante sur un quart de son périple.

La puanteur de l'urine me chasse de ma cachette. J'entre dans la cour, où une rangée d'hommes postés devant une longue table pétrissent la pâte pour en faire des miches. Ici, l'odeur du pain chaud supplante celle de la poussière et de la mule. Au fond, un homme au torse nu luisant de sueur sort des pains d'un four vibrant de chaleur à l'aide d'une longue spatule. Un deuxième ouvrier saisit chaque miche à mains nues et la frotte vivement contre la paroi du four pour faire tomber les cendres, puis la place sur une étagère de bois. Pour une raison ou pour une autre, Renatus ne vend pas son pain dans la rue, mais demande plutôt à ses clients de traverser la cour de sa boulangerie et d'entrer dans une petite pièce adjacente. C'est comme s'il voulait que les gens voient les efforts nécessaires à la fabrication du pain. Contrairement aux ouvriers de la foulonnerie de Nazarius, les esclaves du boulanger travaillent en silence. Il n'y a ni bavardages, ni rires, ni chansons. Audo lui-même n'impose pas un tel silence quand il réunit les louves.

J'entre dans la pénombre de la pièce basse de plafond, dont les murs sont remplis d'étagères où sont stockées les miches de pain frais. L'odeur est suffocante. Derrière son comptoir, Renatus, un homme si rabougri et osseux que je me demande s'il a jamais goûté l'un de ses produits ou s'il ne subsiste que grâce à la farine qu'il respire tous les jours. Quand j'entre, il est en train de tousser dans sa main, et il se tourne vers moi. Comme il est chrétien, Focaria m'a enjoint de le saluer d'un « La Paix de Dominus ».

– La Paix de Dominus, répond-il en bougeant à peine les lèvres.

J'ôte le panier de mon dos, sentant la farine sous mes doigts quand je m'agrippe au bord du comptoir. Une deuxième silhouette que je n'avais pas remarquée dans la pénombre se tourne alors vers moi. C'est Balbina, la sœur du boulanger, que je connais de la fontaine. Malgré l'absence de lumière, je perçois leur ressemblance. Il est plus grand qu'elle, mais tous deux ont la peau grise et la poitrine creuse, et, comme lui, elle me toise, les yeux mi-clos.

– La Paix de Dominus, lui dis-je.

– Pusus, lâche-t-elle en hochant la tête.

Elle croise le regard de son frère et lui chuchote « Hélicon », puis disparaît derrière une porte à l'autre bout du comptoir.

– C'est Focaria qui m'envoie.

Comme sa sœur m'a déjà repéré, je ne risque rien à l'annoncer.

– Je sais d'où tu viens.

À nouveau, ses lèvres ont à peine bougé.

Je répète la commande de Focaria : tant de miches de pain frais à la farine affinée pour les clients qui paient, tant de miches de pain noir de la veille pour les louves, Focaria et moi. Renatus ne dit rien, il se contente de me dévisager sous ses paupières tombantes. Peut-être ne m'a-t-il pas entendu ? Je m'apprête à réitérer ma commande, mais il se tourne et commence à tirer les miches des étagères. Il les dispose en deux piles, le pain frais et celui de la veille. Je me mets sur la pointe des pieds pour en prendre une, mais il me donne une tape sur la main.

– Pas encore.

Il est pris d'une quinte de toux. Quand elle se calme, il poursuit d'une voix rauque.

– L'argent d'abord.

Puis il continue de disposer des pains sur le comptoir.

Je les compte en silence, et je multiplie dans ma tête le nombre dans chaque pile par le prix de chaque sorte de pain. Puis je sors la bourse de ma tunique et je verse une poignée de pièces sur le comptoir. Renatus m'observe, les yeux plissés, tandis que je fais trois petites piles qui représentent le montant correct et que je les pousse vers lui aussi loin que je peux avant de remettre dans ma bourse celles qui restent. Mais il ne les prend pas, et se contente de me regarder en tapotant le comptoir de son doigt osseux.

– Ce n'est pas assez ?

Il ne répond rien et tapote de nouveau le comptoir, plus lentement. Je sais que j'ai le compte, mais que puis-je faire ? Impossible de partir sans le pain, sinon Focaria, ou Audo, ou les deux vont me battre. Je soulève la bourse et verse quelques pièces de plus sur le comptoir. Renatus tapote de nouveau. J'en verse encore. Il continue de tapoter jusqu'à ce que je la vide, puis il escamote les pièces, pousse les miches de pain vers moi et me regarde les glisser dans mon panier le plus rapidement possible, les mains tremblantes.

– Comment ça, il a pris tout l'argent ! s'écrie Focaria. Je t'ai donné deux fois plus que nécessaire.

Je suis dans la cuisine, serrant le panier plein de pain chaud devant moi. Je bégaie parce que je sais que ça va retomber sur moi, mais je parviens quand même à expliquer que Renatus ne voulait pas me laisser partir tant que je n'avais pas vidé ma bourse. Focaria se rue de mon côté de la table. Je pivote pour maintenir le panier entre elle et moi, mais elle sort dans le jardin.

– Audo ! crie-t-elle.

Quelques instants plus tard, je cavale dans le sillage d'Audo en direction de la boulangerie. Contrairement à moi, il ne se tient pas près du mur, mais trace plutôt sa route au milieu de la rue en marchant comme un taureau sur le terre-plein entre les ornières laissées par les charrettes. Les hommes, les femmes, les enfants et les chiens s'écartent de son chemin. À l'intersection, les gosses des rues se taisent à son approche, bouche bée, et aucun ne se risque à lancer une plaisanterie. Quand on arrive près de la boulangerie, il s'arrête brusquement et je lui rentre dedans. Il ne me frappe pas, mais il m'attrape par le haut du crâne et m'incline la tête de telle sorte que je fixe ses yeux noirs par-delà son gros ventre.

– Combien de miches as-tu achetées ?

Je lui réponds.

– Combien valait une miche ?

Je lui réponds.

– Ça fait combien en tout ?

Je lui réponds.

– Combien t'a-t-il pris ?

Je lui réponds encore.

Il me lâche la tête et on se remet en route. Puis il s'arrête de nouveau.

– Tu en es certain ? grogne-t-il.

J'acquiesce.

Tous les esclaves qui m'avaient à peine remarqué s'arrêtent de travailler et se tournent vers Audo quand il fait irruption dans la cour de la boulangerie. Balbina, une miche toute noire entre les mains, est en train de sermonner l'un des hommes en sueur devant le four, mais elle aussi s'interrompt pour regarder Audo. La mule elle-même semble hésiter à poursuivre sa ronde. Audo fait abstraction de tout ça et entre dans la petite pièce sans ralentir, avec moi sur ses talons. Renatus tend sa monnaie à une femme qui place du pain frais dans son sac. Elle est souriante, elle rit et, à mon grand étonnement, Renatus rit aussi.

Quand Audo se penche sur le comptoir, les rires s'arrêtent net. La femme lève les yeux vers lui. Elle glisse une dernière miche dans son sac.

– La Paix de Dieu, murmure-t-elle à Renatus avant de s'esquiver.

– La Paix de Dieu, répond Renatus.

Puis il se tourne lentement vers le nouvel arrivant. Il serre la mâchoire et le regarde, les yeux mi-clos.

– Combien de miches as-tu vendues à Pusus ? demande Audo.

Pas de Paix de Dieu pour lui.

– Votre commande habituelle.

Renatus lui répond bien plus vite qu'à moi.

– Et tu lui as fait payer combien ?

En prenant tout son temps, Renatus sort un abaque de derrière son comptoir et commence à faire coulisser les petites boules de bronze le long des tiges. Balbina apparaît sur le seuil, sa miche noire à la main, mais elle n'entre pas. « Tant de miches, à tel et tel prix pour le pain frais et tel et tel prix pour celui de la veille », déclare Renatus, puis il tourne l'abaque vers Audo et lui adresse son regard plombé.

Audo ne jette même pas un coup d'œil à l'abaque.

– Pusus dit que tu lui as pris le double.

– Il se trompe. J'ai facturé le montant habituel.

– Pusus dit que tu as pris tout l'argent qu'il y avait dans ma bourse.

Renatus tourne la tête, presque comme s'il regardait sa sœur, mais pas tout à fait, puis il balaye lentement la pièce des yeux jusqu'à moi, qui suis caché derrière Audo.

– Je ne crois pas que ce… gamin sache combien il y avait dans la bourse, lâche-t-il. Soit ça, soit il t'escroque.

Audo et le boulanger se dévisagent. Balbina, qui fait un pas de côté vers l'extérieur, est à présent à moitié masquée par le chambranle. J'entends la respiration d'Audo percer le raclement de la meule. Il tend le bras en arrière et me tire par l'épaule jusqu'au comptoir. Puis il pose les yeux sur moi et me presse juste assez fort pour que je sache à quel point il pourrait me faire mal.

– Est-ce que tu essaies de m'arnaquer ?

J'ai la gorge très sèche.

– Non, parviens-je quand même à dire.

Audo désigne Renatus du menton.

– Dit-il la vérité ? me demande-t-il.

Je fixe Audo, l'abaque, puis Renatus. Je jette un regard en coin à Balbina, qui scrute la scène, le visage à demi dissimulé par le montant de la porte. Puis je fixe encore Audo. La poussière de farine qui se glisse sous mes paupières m'irrite les yeux.

– Non.

Du bout des doigts, Audo me repousse lentement, et je me plaque contre le mur juste à côté de l'entrée. Puis, d'une seule main, il envoie valser l'abaque qui se fracasse par terre et les petites boules de plomb roulent partout dans la pièce. De l'autre, il attrape Renatus par le col et le fait passer par-dessus le comptoir. Le boulanger se met à crier quand Audo lui plaque le visage dessus, puis pousse un gémissement en sentant la main du colosse soulever sa tunique et lui saisir les testicules.

– Dis-moi la vérité !

Renatus voudrait se tordre de douleur, mais la main d'Audo le cloue sur place. Balbina a disparu.

– J'ai monté le prix, balbutie-t-il.

– Pourquoi ?

Renatus se met à geindre. Son regard se trouble. Audo desserre un peu sa poigne, mais sans le relâcher.

– Tu as envoyé..., halète-t-il. Tu as envoyé...

– J'ai envoyé quoi ?

– *Lui*, répond Renatus en me désignant d'un doigt tremblant.

Audo se retourne pour me regarder, puis se penche vers le boulanger.

– Qu'est-ce que tu lui reproches ?

– C'est un *giton*, crache-t-il en se redressant un peu malgré la pression sur son torse.

Audo le plaque à nouveau sur le comptoir, mais il lui lâche les testicules et pointe le doigt sur son visage.

– Non, ce n'en est pas un, répond-il en lui agrippant la mâchoire pour lui tourner la tête vers moi.

Je suis toujours à côté de la porte, tout tremblant, prêt à détaler.

– Je vais te dire ce qu'il est, ajoute Audo en lui pressant le visage sur le comptoir. Quand tu le vois, c'est moi que tu vois. Quand tu traites avec lui, tu es en train de traiter avec moi.

Il lui tourne la tête pour le regarder droit dans les yeux.

– Quand tu l'arnaques, c'est moi que tu arnaques !

Il lui donne une claque, mais pas aussi fort qu'il aurait pu.

– Tu comprends ?

Renatus, le souffle court, lance un regard de rage à Audo, mais, au bout de quelques instants, il baisse les yeux et acquiesce.

– Quoi ? Je n'ai rien entendu !

– Oui, gémit Renatus. Je comprends.

Quand Audo le relâche, il roule sur le côté et retombe derrière son comptoir. Balbina se précipite à l'intérieur en passant par la deuxième porte, courbée en deux. Renatus est pris d'une quinte de toux, et j'entends sa sœur lui murmurer quelque chose.

– Il nous doit combien ? demande Audo en se retournant vers moi.

Je lui réponds, et Audo grommelle. Au bout d'un certain temps, Renatus se relève comme un fantôme derrière son comptoir, en s'appuyant lourdement sur sa sœur, laquelle baisse les yeux. Tout en toussant, les mains tremblantes, Renatus pousse une petite pile de pièces vers Audo, qui les récupère sans les compter et me les tend. Je les remets dans la bourse, tandis qu'Audo prend une des billes de bronze restées sur le comptoir.

– Désolé pour ton abaque, raille-t-il en roulant la boule entre ses doigts. Passe à l'Hélicon un de ces quatre, et je t'offrirai une coupe de vin. Ta sœur peut venir aussi, ajoute-t-il en souriant. Ça lui ferait du bien de boire un coup, on dirait.

Puis il se dirige d'un pas lourd vers la porte en m'indiquant de sortir devant lui. La demi-douzaine d'esclaves qui regardaient la scène depuis le seuil s'éparpillent comme des cafards. Audo se baisse pour passer dans la cour.

– Il y aura un jugement, crie Renatus.

Audo se retourne. Le boulanger a passé le bras autour des épaules de sa sœur, qui l'aide à tenir debout. Il tousse, une fois, deux fois.

– Ton entreprise est immorale, déclare-t-il d'une voix chevrotante, et ton Dominus le sait. Il croit peut-être que sa famille s'est débarrassée de la puanteur de la tannerie, mais c'est faux. Tu peux lui répéter ce que j'ai dit.

Audo ne répond rien. Il se contente de faire rouler la bille entre ses doigts.

– Le jour du Jugement dernier, ses putains et lui seront pendus par les cheveux au-dessus d'un lac de feu. Et toi, ajoute-t-il en postillonnant, tu seras pendu par les pieds et ta tête plongera dedans. Quant à celui-là, siffle-t-il en me désignant d'un doigt tremblant, il tombera d'une falaise sur des rochers escarpés. Pour l'*éternité* ! crie-t-il en conclusion.

Audo soupire, et je lève les yeux vers lui. J'aimerais lui demander ce qu'est une falaise, mais il plisse les lèvres en fixant la petite boule qu'il roule entre ses doigts.

– Peut-être, répond-il.

Il relève la tête et, d'une pichenette, balance la boule entre les deux yeux du boulanger. Renatus vacille et porte les mains à son front. Sa sœur le saisit par la taille pour l'empêcher de tomber.

– Mais, en attendant, tu vas continuer à nous vendre ton putain de pain ! rétorque Audo.

Il se retourne et s'éloigne de son pas pesant. Je jette un coup d'œil à Renatus et à sa sœur qui vacillent l'un contre l'autre. Juste avant que je m'en aille, Balbina me balance un regard noir derrière ses yeux mi-clos.

De retour dans la rue, je cavale comme une mule qu'on fouette pour rester à la hauteur d'Audo. Il se retourne pour vérifier que je suis bien derrière lui, et ça me donne un peu d'audace.

– Audo, dis-je d'une voix essoufflée, c'est quoi un giton ?

Mais il ne répond pas, et on dévale la rue vers la maison, comme un rocher qui roule avec un galet dans son sillage.

À présent, toute la rue a compris que je suis aux ordres d'Audo, et pas seulement à ceux de la cuisinière à la langue acérée. Je ne dirais pas que c'est plus sûr. Je suis toujours un esclave, toujours un enfant, toujours soumis aux coups d'Audo et de temps en temps à ceux de Focaria. Je cours toujours le risque d'être blessé ou tué par des chiens, par les roues des carrioles et des charrettes, par les sabots des mules et des chevaux qui se moquent bien de qui je suis l'esclave. Néanmoins, les boutiquiers commencent à me traiter avec une cordialité inquiète, et même les gamins des rues restent à distance.

Désormais, chaque fois que j'entre dans la cour du boulanger, Renatus abandonne son comptoir et Balbina prend sa place pour encaisser l'argent sale de l'Hélicon. Au début, elle est d'une politesse scrupuleuse, ne dit jamais un mot de plus que nécessaire, et me toise pendant toute la transaction comme un chat qui en surveille un autre, parfaitement immobile mais aux aguets. Si elle avait une queue, celle-ci battrait sur ses flancs. Mais, avec le temps, nos échanges s'apaisent.

– Es-tu chrétien, Pusus ? me demande-t-elle un jour.

D'après Euterpe, aujourd'hui, tout le monde est chrétien, sur ordre de l'empereur, mais je ne suis pas certain de ce que ça veut dire.

– Je ne sais pas.

À ma surprise, elle se penche au-dessus du comptoir et pose sa main osseuse et froide sur la mienne.

– Tu voudrais le devenir ?

À part Euterpe, et parfois l'une des autres louves, personne ne me touche, hormis pour me faire mal ou m'écarter de sa route. Je ne suis pas sûr des raisons qui la poussent à faire ça. Devrais-je m'en inquiéter ? Dois-je retirer ma main ? Je ne sais pas ce qu'elle a envie d'entendre.

– Dieu aime tout le monde, les esclaves comme les hommes libres.

Sa main est fraîche et sèche, et sa peau tavelée tendue sur ses jointures.

– Nous sommes tous esclaves de nos péchés. Son fils est mort pour te délivrer de *tous* tes péchés, même les plus vils.

À part voler de la nourriture à Focaria, ce que tout le monde fait selon elle, je ne vois pas ce que sont mes péchés les plus vils. J'essaie de retirer ma main, mais elle la saisit sans la serrer, juste assez pour la retenir.

– Tu pourrais redevenir pur, Pusus, déclare-t-elle avec une lueur dans les yeux. Il te suffit de Lui demander Son pardon.
– Je dois y aller.
Je retire ma main et place le panier sur mes épaules.
– Je prierai pour toi, Pusus.
– La Paix de Dieu.
Je ressors à la hâte, plutôt perplexe.
Nazarius, d'un autre côté, s'est toujours montré amical avec moi, et, chaque fois que je passe à sa boutique, on échange des plaisanteries comme une paire de comiques.
– Comment tu t'appelles aujourd'hui ? me demande-t-il en soulevant le panier plein de linge sale de mes épaules. Pusus ? Souris ? Petit Frère ? Tu es qui, aujourd'hui ?
– Antiochus !
– Votre Honneur !
Il me hisse sur un tabouret et m'offre du vin coupé d'eau dans une coupe de bois.
– Une libation pour le roi. N'en parle pas à ta mère.
– Je n'ai pas de mère.
– Tous les pusus en ont une, répond-il en vidant le panier.
– Pas moi.
– Et Focaria, alors ?
– Ce n'est pas ma mère. Je ne connais pas non plus mon père, dis-je en lui tendant la coupe vide.
– Moi non plus ! s'exclame Nazarius en déposant les couches de linge propre dans le panier. Mais tu vois ce garçon, là-bas ?
Il lève son menton barbu vers l'école de l'autre côté de la rue, où Lutatius glousse avec deux autres élèves au dernier rang sans prêter la moindre attention au débit monocorde du maître. Nazarius ne peut pas s'en empêcher. Il me montre son fils chaque fois que je viens à la foulonnerie.
– J'ai commencé comme toi, Antiochus. Et un jour, mon fils deviendra édile.
Qui sait ce qu'il en sera ? Vu de la boutique de son père, Lutatius ne semble guère différent des autres petits vauriens que je combats à jets de cailloux. En fait, il ne semble guère différent de moi, ou de tous les autres esclaves que je vois

dans la rue. Maintenant que je me déplace tout seul, c'est devenu une de mes plus grandes sources de fascination – qui est esclave et qui ne l'est pas. Avec certaines personnes, c'est évident – Focaria porte un collier de fer, donc c'en est une. Les hommes qui marchent dans la rue enchaînés les uns aux autres par le cou sont des esclaves. Mais Tacita n'a pas de collier, et c'en est une, parce que Focaria me l'a dit. Je ne porte pas de collier non plus, et j'en suis un. Les cinq louves font le même travail, quel qu'il soit, mais Melpomène n'en est pas une et les quatre autres si. Parfois, je vois Renatus travailler torse nu devant son four, ses côtes comme sur le point de lui percer la peau, tandis qu'un esclave accueille les clients au comptoir. Si Renatus travaille plus dur que l'homme derrière le comptoir, qui est le véritable esclave ? Peut-on être esclave à un moment et ne plus l'être à un autre ? La mule attelée à la meule, fouettée inlassablement pour faire la même ronde, est-ce une esclave ? L'homme qui porte un fagot sur son dos est-il une bête ?

À la suite des histoires d'Euterpe, j'ai cru que les oiseaux ne pouvaient pas être réduits en esclavage, mais ensuite j'en ai vu en vente dans des cages au théâtre et désormais j'en revois partout dans la rue – des chardonnerets aux couleurs vives ou de ternes petits rossignols aux fenêtres des maisons ou sur le seuil des boutiques, devant lesquelles ils piaillent toute la journée pour tenir compagnie à leurs maîtres. Je vois aussi des perroquets d'un vert éclatant, le bec crochu, non pas dans une cage mais enchaînés à leur perchoir, qui lancent des mots grossiers aux passants. De temps à autre, l'un d'eux tire sur sa chaîne en battant frénétiquement des ailes et s'élève de la longueur de celle-ci, mais pas plus. Puis après cette furie de plumes et de cris, il regagne son perchoir en t'insultant pour l'avoir regardé. Ça, c'est le plus grand de tous les mystères : un oiseau peut être un esclave, mais, même dans sa cage, il chante. Tôt le matin, quand la rue commence à peine à bouger, les oiseaux libres emplissent l'air de leurs chants, et, quand leurs maîtres et leurs maîtresses accrochent les oiseaux en cages à leurs fenêtres ou à leurs portes, ces derniers leur répondent.

Ils chantent ensemble, appels et réponses, comme les hommes qui foulent l'urine chez Nazarius.

Ça doit être l'un des paradoxes philosophiques dont parle Euterpe. Balbina m'affirme qu'elle est esclave de ses péchés, alors elle est à la fois libre et pas libre. Elle prétend que je peux être libéré de mes péchés si je demande pardon à Dieu, ce qui veut dire que je pourrais être esclave et libre en même temps. J'ai vu Moineau dans une cage, et il m'a regardé marcher librement dans la rue. Ma cage, c'est le jardin où j'ai vu Moineau voler librement au-dessus de ma tête. Si je suis Moineau, et que Moineau c'est moi, est-il possible qu'un jour il me regarde depuis une cage tandis que je m'envole droit vers l'azur, devenant de plus en plus petit – silhouette d'oiseau, paire d'ailes puis simple point – avant de disparaître ?

Un matin, en rentrant de la foulonnerie avec mon panier plein de linge propre, je tombe sur Tacita qui remplit ses seaux toute seule à la fontaine. Je n'ai plus essayé de lui parler depuis le jour où je lui avais offert la poire, mais, comme Audo s'est absenté de l'Hélicon pour faire une course et qu'il n'y a que Focaria qui attend mon retour, je m'arrête. Tacita pourra peut-être m'expliquer ces choses-là. Comme moi, c'est une esclave. Elle sait peut-être d'où elle vient, ou peut-être pas. On pourrait avoir ça en commun.

Quand je m'approche, Tacita jette un coup d'œil vers moi, puis reprend son travail. J'ôte mon panier, je le pose avec précaution contre le mur et je me poste face à elle de l'autre côté de l'abreuvoir.

– Tacita, tu te souviens de moi ?

Sans rien dire, elle pose le premier seau et hisse le second sous le jet.

– Je suis Souris.

Peut-être ne m'entend-elle pas à cause du bruit des éclaboussures, alors je hausse la voix.

– Tu m'as montré comment me servir de la palanche, et je t'ai offert une poire, tu te rappelles ?

Elle ne répond toujours rien et fait un pas de côté pour poser son seau. Quand je saisis l'autre à deux mains, elle sursaute comme si elle craignait que je parte avec en courant, mais je le pose à l'autre extrémité de la palanche.

– Pourquoi refuses-tu de me parler ?

Tacita fixe les pavés sous ses orteils pendant un moment, puis lève les yeux et me fait signe d'approcher. Elle m'arrête de la main quand j'arrive à sa hauteur, puis jette un coup d'œil vers la boutique d'huile de Priscianus, qui nous tourne le dos. Alors, elle s'agenouille, et on se retrouve nez à nez. Ses yeux, presque aussi pâles que sa peau, sont d'un bleu très clair. Elle penche la tête en arrière et ouvre grande la bouche. Je ne suis pas sûr de comprendre ce qu'elle veut que je regarde, mais elle pointe son doigt à l'intérieur. Entre ses deux rangées de dents, elle n'a plus de langue, juste un moignon rouge à l'endroit où celle-ci aurait dû se trouver.

Je fais un pas en arrière, mais elle me retient par le menton et me force à regarder. Je sens son haleine âcre contre mon visage. Elle ferme la bouche et lève de nouveau le doigt. *Fais attention*. Son regard se porte vers Priscianus, puis elle lève les yeux en l'air pour me faire comprendre qu'Afra est dans la maison derrière elle. Ensuite, elle me pince gentiment les lèvres comme pour les fermer et hoche lentement la tête. *Les outils ne répondent pas*, répète sans cesse Focaria. *Les outils ne posent pas de questions.*

Tacita hausse les sourcils. *Tu comprends ?* J'acquiesce. Elle se redresse, me fait pivoter sur les talons et me pousse doucement. Je récupère mon panier et je le mets sur mon dos, mais, lorsque je me retourne, elle est déjà loin, ses hanches bougent et ses seaux se balancent sans que jamais une goutte en tombe. De l'autre côté de la rue, Priscianus l'observe aussi. Son regard indéchiffrable se porte sur moi un instant, puis il détourne les yeux.

Le temps que je regagne la porte du jardin, mon cœur bat à tout rompre et mes oreilles résonnent comme si Tacita m'avait donné une claque. Audo étant absent, la porte n'est pas verrouillée, alors je me contente de la pousser, d'entrer et de la refermer, quoique pas complètement. Je laisse le poids du panier me tirer en arrière jusqu'à me retrouver agenouillé, les fesses par terre. La poule vient vers moi en se pavanant, me toise de son œil jaune, puis repart. Je voudrais appeler Focaria, mais que pourrais-je bien lui dire ? Si j'évoque ce que Tacita vient de me montrer, elle se contentera de me répondre : *Eh bien, qu'est-ce que je te disais ?* J'aimerais qu'Euterpe soit là, je pourrais lui poser la question. Elle saurait quoi répondre. Les parents de Tacita lui ont-ils fait ça ? Pourquoi ? Ou bien est-elle orpheline, tout comme moi, et serait-ce son Dominus, Priscianus, qui lui aurait coupé la langue ? Ou encore sa Domina, Afra ? Pourquoi ferait-*elle* une chose pareille ?

Je fais glisser les bretelles et je me relève en laissant le panier reposer contre le mur, puis je cours vers la citerne, mais il n'y a personne, pas même Clio en train de faire un somme. Je cours partout dans le jardin, j'explore toutes les cachettes, mais personne à la ronde. C'est alors que j'entends des rires discrets et un murmure de voix en provenance de la cuisine. Je fonce vers la porte, mais, au dernier moment, je m'arrête net. Quelqu'un chuchote dans la pénombre, et quelqu'un lui répond sur le même ton. Je m'agenouille et je glisse un œil, caché par le montant. Derrière les pieds de la table, dans l'angle au fond de la cuisine où je dors, je distingue Focaria et Euterpe assises contre le mur dans les bras l'une de l'autre. Elles s'embrassent – pas comme Euterpe m'embrasse, sur les joues ou sur le front, mais en ouvrant la bouche, et leurs langues se touchent. Focaria a passé la main en dessous de la robe d'Euterpe, sur sa poitrine, et celle-ci a glissé la sienne sous la jupe de la cuisinière, dont la jambe mise à nu tremble. Elles bougent, et leurs bouches se séparent. Euterpe pose les lèvres sur le cou de Focaria tandis que ses mains gagnent en vigueur entre les jambes de celle-ci.

– Vite ! halète Focaria dans le creux de l'oreille d'Euterpe. Il va bientôt revenir.

À ce moment-là, j'entends un pas lourd sur le pavé dans la rue et quelqu'un qui se racle la gorge juste derrière la porte du jardin. C'est Audo.

Comme Paul sur la route de Damas, j'ai une illumination. Je ne sais pas ce que ces deux femmes font, mais je sais qu'elles ne voudraient pas que quiconque les voie. Je sais également que si Audo les surprend, il les frappera toutes les deux.

Je me relève d'un bond. Elles ne m'entendent pas, et se pressent l'une contre l'autre encore plus fort. À l'autre bout du jardin, la porte commence à s'ouvrir. Je fonce vers le panier que j'ai laissé contre le mur. Juste avant qu'Audo entre, je le balance par terre d'un coup de pied, renversant la moitié de son contenu dans la poussière.

– Qui a laissé la porte ouverte ? crie Audo.

– C'est moi ! réponds-je en secouant frénétiquement la poussière sur une robe toute froissée.

Audo se fige, la main sur la poignée, et me regarde de toute sa hauteur.

– Qu'est-ce que tu as fait ? lance-t-il d'une voix rauque.

– Je suis désolé ! réponds-je le plus fort possible en continuant de secouer la robe. C'était un accident ! J'essayais de refermer le verrou, mais je n'arrivais pas à l'atteindre et j'ai fait tomber le panier...

Audo fait rouler ses jointures, agitant son aigle.

– Te voici, Petit Bout !

Soudain, Euterpe surgit à côté de moi et se met à brosser la poussière sur un drap. Elle a le souffle court et sa peau est recouverte d'une fine couche de sueur, mais elle lève la tête vers Audo avec un sourire plein d'espoir.

– Ce n'est rien. Juste un peu de poussière.

Audo plisse les yeux, mais il ne nous frappe pas, du moins pas encore. Il referme la porte et la verrouille, mais, avant qu'il ait le temps de parler ou de serrer le poing, Focaria, les bras croisés sur le seuil de sa cuisine, l'interpelle.

– Audo ! J'ai besoin d'argent. Pour le poisson.

À présent, Audo doit gérer trois personnes en même temps, et c'est trop pour lui. Il nous contourne de son pas pesant en se limitant à une tape sur l'arrière de ma tête et une autre sur les fesses d'Euterpe, puis disparaît dans la taverne.

Euterpe pousse un soupir et ses épaules s'affaissent. Elle se retourne vers Focaria, laquelle m'annonce qu'elle a besoin de moi avant de rentrer dans sa cuisine.

Après avoir fourré le drap dans le panier sans le plier et fait de même avec la robe sur laquelle je m'escrime, Euterpe prend mon visage entre ses mains et m'embrasse longuement sur le front. Puis, sans ajouter un mot, elle soulève le panier et disparaît à son tour sous l'arche.

Dès que j'entre dans la cuisine, Focaria pose les mains sur mes épaules.

– Qu'est-ce que tu as vu ?

– Rien.

– Et si tu avais vu quelque chose, à qui en parlerais-tu ?

Je porte ma main à mon visage et je me pince les lèvres entre les doigts comme Tacita l'a fait tout à l'heure.

Lecteur, j'ai grandi. Je ne peux pas te dire exactement quel âge j'ai, parce que je n'ai aucun moyen de savoir quand je suis né. Les jalons de ma vie n'étaient ni des mois ni des années. Je n'ai jamais eu six ou huit ou dix ans. À la place, j'étais assez vieux pour balayer la cuisine, assez vieux pour aller chercher le bois dans le jardin, assez vieux pour rapporter l'eau de la fontaine. J'étais assez vieux pour emporter le linge chez le foulon, pour marchander avec les pêcheurs leurs prises du jour, pour aller chercher le pain de la veille chez un Renatus renfrogné. C'était ça, mon âge.

Et, un jour, je suis devenu assez vieux pour travailler à la taverne. En revenant de chez le boucher avec un panier plein de saucisses, je pousse la porte du jardin et j'entends Euterpe et Focaria qui se sont encore embarquées dans une dispute à propos de moi. En général, quand ça se produit, elles se tiennent l'une contre l'autre en râlant à voix basse, afin que je n'entende pas ce qu'elles se disent. Aujourd'hui, elles sont dans la cuisine et elles ne s'attendent pas à me voir rentrer si tôt. Mais, au lieu de s'abandonner à l'une de leurs étreintes furtives, elles se disputent assez fort pour que je sois en mesure de les entendre, même à l'autre extrémité du jardin.

– Il est trop *jeune* ! s'écrie Euterpe.
– Il est déjà dans la rue, tout seul, et tous les jours ! rétorque Focaria.
J'entends le cliquetis rapide de son couteau quand elle découpe les légumes.
– Il y a des hommes qui ont des poignards dans la taverne.
– Il y a des hommes qui ont des poignards dans la rue.
Tchack tchack tchack tchack tchack.
– Il est trop petit. Attends qu'il soit un peu plus grand.
– Être petit, c'est bien. Il ne se fera pas remarquer.
Tchack tchack tchack.
– Tu sais ce qui va se passer ensuite. Audo va l'envoyer travailler à l'étage.
Tchack tchack tchack...
Focaria marque une pause. À présent, je suis juste derrière la porte de la cuisine.
– Mais tu as peur de quoi ? demande-t-elle d'une voix plus basse.
– Tu sais bien de quoi j'ai peur.
Euterpe parle plus bas, elle aussi.
– Alors tu sais qu'on n'y peut rien, ni toi ni moi.
– Mais on peut faire quelque chose.
– Tais-toi.
– On pourrait se sauver.
– *Parle moins fort !*
– Tu l'as fait, toi.
– Et regarde ce qui m'est arrivé !
Subitement, Focaria est en colère.
– Tu veux porter un truc comme *ça* pour le restant de tes jours ? Et ça, c'est si tu as de la *chance*.
– On pourrait...
– On pourrait *quoi* ?
Un silence s'installe. Le panier tire sur mes épaules, et je pose le front contre le mur. Je les imagine, de l'autre côté de la paroi. Elles ont dû tourner autour de la table pour se retrouver face à face, comme deux lutteurs qui se défient. Bien que je ne le comprenne pas encore, elles savent toutes deux qu'aucune ne

sortira jamais gagnante de ce genre de discussions. Les choix dont elles débattent ne dépendent pas de nous. La casserole à laquelle Focaria me compare tout le temps pourrait tout aussi bien décider de s'enfuir avec le balai.

– Et, d'après toi, on aurait l'air de quoi en cavale, tous les trois ?

Je m'imagine Euterpe en train de lui prendre la main.

– Qu'est-ce qu'on raconterait aux gens ? Qu'on est sœurs ? Qu'il est ton fils ? Ou le mien ? Qui va croire ça ?

Euterpe ne répond rien.

– Il faut que tu lui dises les choses comme elles sont, poursuit Focaria.

Mais ensuite, elle parle si bas que je ne l'entends plus. Je m'écarte du mur sur la pointe des pieds, puis je marche d'un pas lourd dans le jardin.

– Saucisses ! dis-je d'un ton joyeux.

Et j'entre dans la cuisine comme si je n'avais rien entendu.

Elles sont déjà de part et d'autre de la table. Focaria foudroie du regard le navet qu'elle est en train d'assassiner. La lame de son couteau n'est qu'un brouillard... *tchack tchack tchack tchack tchack tchack*. Euterpe, l'air prostré, se force à reprendre contenance quand elle me voit. Je me débarrasse du panier et je commence à poser les saucisses sur la table en causant du chat à trois pattes que j'ai vu dans la rue, des ragots des femmes à la fontaine ce matin et de la blague que Nazarius m'a racontée.

– Écoute, m'interrompt Focaria. Audo veut que tu commences à travailler à la taverne.

Mon regard passe de l'une à l'autre. Elles détournent le leur.

– Je ne travaille plus dans la cuisine ?

– Si, tu vas continuer, mais tu vas aussi travailler dans la taverne – *tchack tchack tchack tchack tchack*. À partir de ce soir.

Focaria lève les yeux vers Euterpe, mais la louve contemple un point derrière la porte, comme si elle attendait quelqu'un. La cuisinière repose son couteau et place les mains de part et d'autre du navet coupé en dés.

– Tu as quelque chose à lui dire, Euterpe ?

Celle-ci se tourne lentement vers moi. Elle a ôté tout son maquillage de la veille, et c'est presque comme si je la voyais toute nue.

– Écoute Focaria, répond-elle. Fais ce qu'elle te dit.

Puis elle m'embrasse sur le front et sort.

Un peu plus tard dans la matinée, Focaria me fait franchir pour la première fois l'arche qui mène à l'endroit où je n'ai encore jamais eu le droit d'entrer : la taverne, pour l'heure déserte. C'est une pièce tout en longueur, un plafond bas avec des poutres, un sol carrelé tellement usé par endroits qu'on voit la chape de ciment, et des murs bleu fané liserés de rouge. Il n'y a aucun graffiti dans la grande salle – ce qui, comme je l'apprendrai plus tard, est inhabituel dans une taverne – parce que Audo l'interdit. Les quelques tables de bois rondes aux plateaux graisseux couturés d'entailles et les tabourets bancals disposés autour d'elles encombrent l'espace étroit, et, à cette heure, les deux grandes arches taillées dans le mur côté rue sont obturées par des volets.

Un grand comptoir de pierre percé de quatre cavités court le long du mur opposé. Sous trois d'entre elles, des pots d'argile contiennent des aliments froids – fromage, pain, olives, figues, œufs durs – et sous la dernière repose une bassine de cuivre pour les plats que Focaria prépare tous les jours, maintenus au chaud par un petit foyer placé en dessous – des ragoûts, des kebabs, des saucisses grillées. Des rangées de coupes et de bols et de cuillères s'alignent sur les étagères, et il y a un seau de bois crasseux dans lequel Audo dépose la vaisselle sale tous les soirs pour que je la récure.

On s'accroupit derrière le comptoir, et Focaria me donne ses instructions avec son laconisme habituel.

– Allume le foyer à midi et maintiens-le en activité, mais pas aussi fort que celui de la cuisine. Juste assez pour que la bassine reste chaude, mais pas assez pour que ça bouille.

– C'est quoi, ça ? dis-je en tendant la main vers une petite boîte en bois avec un couvercle verrouillé percé d'une fente.

– C'est la caisse. N'y touche pas.

La grande salle sent la fumée de lampe, le vin renversé et le ragoût de poisson, une odeur mâtinée d'un remugle de pisse et de vomi impossible à éradiquer. Au-dessus des lampes éteintes accrochées aux murs, le plafond est taché de demi-cercles noircis. Au fond de la pièce, au-dessus d'un banc de bois, une série de fresques montre des paires de silhouettes aux prises les unes avec les autres, mais, les volets étant fermés, il fait trop sombre pour que je distingue ce qu'elles font.

– Sois attentif ! lance Focaria en me donnant une tape derrière la tête.

Elle me conduit alors vers une porte dans le coin du mur opposé qui donne sur une pièce sans accès à la rue, simplement percée de petites fenêtres proches du plafond, comme des fentes horizontales munies de barreaux. Une longue table de bois encadrée par deux bancs remplit quasiment tout l'espace. Focaria s'appuie contre le mur à côté d'une deuxième porte qui s'ouvre à angle droit par rapport à celle de la salle.

– Parfois, tu t'occuperas des clients de cette table.

– Ça sert à quoi ?

La pièce a une odeur sèche de renfermé, et, ici, la puanteur de l'urine est plus forte.

– Aux fêtes privées. On a des collèges qui viennent de temps à autre.

– C'est quoi un collège ?

– Un groupe d'hommes qui font le même travail. Tous les tanneurs de la ville. Les fossoyeurs. Les chiffonniers. Ils louent la pièce pour leurs réunions mensuelles. Bon, ils commencent par une réunion, mais ils finissent toujours par se saouler.

Je lève les yeux vers elle, l'air de demander en quoi c'est différent de ce qui se passe dans la grande salle.

– Ils ne se battent pas aussi souvent. Du moins, pas avec des couteaux.

– Les boulangers aussi ? Ils viennent se saouler ?

– Pas les boulangers. Renatus n'admettrait pas qu'ils se réunissent ici. D'autres ont également cessé de venir.

– Pourquoi ?

– L'Église. Elle n'aime pas ce qui se passe en haut, répond-elle en désignant l'autre porte du menton.

Je jette un coup d'œil derrière, sur un escalier étroit et mal éclairé dont les marches de bois arrondies s'élèvent vers la pénombre entre deux murs au crépi écaillé.

– Il y a quoi, là-haut ?

J'ai posé la question, même si je connais déjà la réponse.

– Les louves. C'est là qu'elles habitent.

À cette heure-ci, je sais qu'elles sont aux thermes, alors je tente le coup, même si, là aussi, je connais déjà la réponse.

– Je peux monter ?

– Non, répond-elle en posant la main sur mon épaule. Audo a dit non.

Je scrute l'obscurité en haut des marches.

– Focaria, qu'est-ce qu'elles font, là-haut ?

Elle demeure silencieuse un bon moment, puis me ramène dans la grande salle.

– Reste là, m'ordonne-t-elle en me plaçant face aux fresques.

Elle ouvre l'un des volets de la rue, juste assez pour que la lumière éclaire le mur du fond.

– Voilà ! s'exclame-t-elle. Voilà ce qu'elles font.

Dans la lumière poussiéreuse, je distingue six panneaux. Sur chacun d'eux, une femme et un homme sont allongés sur un lit, sans aucun vêtement, et ils s'étreignent comme des lutteurs. Tout en haut, juste sous le plafond, une phrase en grec qu'Euterpe me lira par la suite : « Chantez pour moi, Muses de l'Hélicon, vous qui êtes divines, omniscientes et présentes en tout lieu. » Chaque panneau est numéroté – je le sais parce que Euterpe m'a enseigné à lire les chiffres de un à dix. Chacun arbore aussi un mot en grec sous le tableau, le nom de chacune des Muses. Le sixième panneau est consacré à une louve qui s'appelle Calliope, morte ou vendue – je n'ai jamais su le fin mot de cette histoire – et jamais remplacée. Sur plusieurs peintures, l'homme a un grand pénis rouge qui se dresse entre ses jambes. Sur l'une d'elles, l'homme est allongé sur le dos et la femme le chevauche comme un cavalier. Dans une autre, la femme est agenouillée à côté du lit et elle entoure de ses lèvres le bout du pénis de l'homme. Dans une troisième, c'est la femme qui est sur le dos et l'homme qui s'allonge entre ses jambes, lesquelles s'agitent en l'air comme une paire de rames.

– Tu sais ce qu'ils font ?

La silhouette de Focaria se découpe à contre-jour dans la lumière de la rue.

J'ai déjà vu des chiens se grimper dessus dans la rue – jusqu'à ce qu'un boutiquier agacé leur balance un seau d'eau – mais je n'imagine pas qu'il puisse s'agir de la même chose. Je crois plutôt que ces personnages font quelque chose qui ressemble à ce que Focaria et Euterpe pratiquent au fond de la cuisine ou derrière la citerne quand elles pensent que personne ne peut les voir, mais je soupçonne aussi ces dernières de ne pas vouloir que, moi, je l'apprenne. Alors je regarde Focaria et je lui réponds que non.

Elle m'observe comme pour déterminer si elle doit me croire ou pas. Puis elle referme le volet, et les fresques se fondent à nouveau dans la pénombre.

– Eh bien, tu comprendras un jour ou l'autre, conclut-elle.

J'ai passé quelques soirées à trotter sur les talons de Focaria, en l'aidant à porter dans la salle les marmites de ragoût, les plateaux de pain et de fromage et les plats de saucisses. Avant, je lavais déjà la vaisselle sale, mais, à présent, c'était mon travail d'aller la chercher sur les tables auprès des clients et de la rapporter dans la cuisine, puis de rapporter des bols et des cuillères propres que je rangeais derrière le comptoir en m'accroupissant sous les jambes d'Audo. Quand Focaria a décidé que je n'allais ni rien renverser ni rien casser – quand elle s'est rendu compte que non seulement ça ne lui donnerait pas plus de travail, mais que ça lui en donnerait moins –, elle a commencé à m'envoyer tout seul dans la taverne.

L'après-midi, une fois qu'Audo avait ouvert les rideaux, la grande salle était paisible et il faisait chaud. Les louves étaient à l'étage, de retour des thermes, prêtes à accueillir les premiers clients. Quelques buveurs solitaires se tassaient dans la pénombre, à l'abri de la lumière qui entrait par les deux arches. La taverne, située à la frontière entre le port et la ville, attirait des clients des deux côtés. Dans la même journée, on pouvait voir un marin africain en escale, un esclave qui profitait d'une tâche confiée par sa Domina pour s'octroyer une petite coupe, et un marchand perse qui essayait d'engager une conversation avec un accent que personne ne parvenait à comprendre.

Lorsque le soleil se cachait derrière la montagne à l'autre extrémité du port et que les ténèbres descendaient sur la rue, Audo faisait le tour de la salle avec un cierge et allumait les lampes. Dès la tombée de la nuit, la taverne baignait dans une lumière jaune vacillante, tandis que davantage d'hommes surgissaient de la pénombre de la rue. Les plus bruyants s'installaient autour des petites tables pour rire et jouer aux dés en parlant trop fort. Afin de décourager les tricheurs et les violences qui s'ensuivaient, Audo avait cloué deux dés pipés devant le comptoir, à hauteur de mes yeux. L'un d'eux était marqué de l'empreinte d'un pouce ensanglanté. Après quelques coupes de vin, certains se mettaient à chanter ensemble, les refrains résonnaient gaiement, les mots s'embrouillaient, et leurs braillements assez peu harmonieux s'élevaient dans la nuit, attirant de nouveaux clients du port. D'autres buveurs, plus calmes, murmuraient par groupes de deux ou trois, debout sur le trottoir ou affalés, épaule contre épaule, sur les bancs à l'extérieur. Des solitaires entraient et ressortaient, coupe à la main, passant d'une conversation à une autre, ou s'arrêtant pour regarder silencieusement une partie d'osselets par-dessus les épaules des joueurs.

Je connaissais déjà certains des habitués. Nazarius passait tous les jours en début de soirée avec le même groupe de compères, et racontait des histoires drôles à propos de ses clients ou de ses esclaves qui tenaient les gens en haleine jusqu'à ce qu'ils éclatent tous de rire. Rufus, le capitaine du bateau de pêche, venait une fois par semaine avec l'ensemble de son équipage, et ses hommes occupaient tout le fond de la salle comme s'ils défiaient quiconque de venir les en déloger. Musa, le prêteur aux yeux globuleux qui partageait une échoppe avec Opitria la voyante et Quartus le scribe, venait accompagné de Deodatus, son esclave intimidant. Il s'installait à l'écart des autres clients, ce qui tombait bien parce qu'il lâchait tout le temps des pets silencieux et ne se nourrissait apparemment que d'ail. Assis dans son nuage puant, il buvait coupe sur coupe du vin le plus cher, jusqu'à ce que ses yeux se troublent. Pendant ce temps, Deodatus buvait du vin coupé d'eau ou restait sobre pour escorter son maître malodorant dans l'obscurité jusque chez lui.

Renatus n'y mettait jamais les pieds, bien sûr, pas plus que Tullus le charpentier, qui avait prénommé ses filles Perpetua et Felicitas en l'honneur de martyrs chrétiens, comme je l'ai appris par la suite. Mais il y avait d'autres habitués que je ne voyais qu'à la taverne. Un homme dont les bras étaient couverts de tatouages, un esclave en pagne, le dos couturé de cicatrices, qui arrivait toujours juste avant la fermeture, et, de temps à autre, des jeunes de la haute qui venaient s'encanailler, toujours par paires – ils s'approchaient du comptoir sur la pointe des pieds comme s'ils marchaient dans des excréments et sirotaient leur vin dans un coin à l'écart en se mettant au défi de monter à l'étage. Ils ne le faisaient jamais. Il y avait aussi Brutus, le charretier que j'avais vu transporter une cargaison de bois la première fois que j'étais sorti dans la rue. Je l'avais revu, depuis, dans sa charrette à louer, coiffé de son vieux chapeau de paille, livrer des amphores ou des lots d'esclaves en tenant à deux doigts la bride de Poticus, sa vieille mule. Il arrivait le soir, sans son chapeau, et buvait toujours tout seul dans un coin, ses longues jambes étendues devant lui, le regard lointain, comme s'il réfléchissait à quelque chose. C'était un homme grand, mais gracieux, et je l'ai vu plus d'une fois soulever sa coupe juste avant qu'une paire de bagarreurs renverse sa table, puis la siroter tranquillement pendant qu'Audo les jetait dehors.

– J'aime le calme, déclarait Audo.

Ce dernier passait le plus clair de son temps assis derrière le comptoir comme un énorme dieu domestique, les fesses posées sur un tabouret qui avait pile la bonne taille pour qu'il puisse se glisser dessus ou en descendre sans avoir à soulever sa grosse masse. Pour servir le ragoût, il plongeait un bol de bois dans la bassine, puis une cuillère de bois dans le bol, et se léchait les doigts tandis que le client retournait à sa table. Le vin se trouvait dans de petites amphores couchées sur un filet de chanvre à hauteur de sa tête – un système de son invention –, de telle sorte que, pour remplir une coupe, il n'avait qu'à soulever son bras dodu et ouvrir un robinet. Les amphores étaient classées de la gauche vers la droite, depuis la piquette qui donnait la gueule de bois le lendemain au vin le plus cher. Il passait tout l'après-midi à servir de la nourriture et des boissons d'une main et à prendre les pièces de monnaie de l'autre, les testant parfois avec ses dents avant de les glisser dans la caisse qui tintait sous son comptoir.

C'est là, dans cette salle où la fumée des lampes se mêlait au grondement souterrain des voix graves, que j'ai poursuivi mon éducation sur les us et coutumes des hommes. J'ai appris que la plupart d'entre eux, du moins quand ils sont en groupe, du moins quand ils ont bu, sont comme le tout premier que j'avais vu, celui qui s'en était pris à Focaria dans la cuisine. Peu importait qui ils étaient dans la journée – un pêcheur hâlé, un esclave morose, un boutiquier accueillant –, à la fin de la soirée, ils étaient tous les mêmes : bruyants, lunatiques et chancelants. Ils sentaient tous la sueur et le vin. Ils étaient tous la proie d'éclats de rire subits et d'accès de violence, souvent en même temps. J'ai appris à quel point une blague pouvait facilement conduire à une insulte, une insulte à une bourrade, une bourrade à un coup, un coup à des tables renversées et à des couteaux tirés. Parfois, Audo laissait ces bourrasques se calmer d'elles-mêmes, mais il savait quand glisser de son tabouret et faire le tour de son comptoir à une vitesse surprenante pour séparer deux bagarreurs. Ensuite, il les secouait comme une paire de pantins, ou il cognait leur tête l'une contre l'autre, mais il lui arrivait aussi de casser un doigt ou d'en trancher un avec son couteau. Dans le silence qui s'ensuivait, les deux hommes titubaient ou rampaient jusqu'à la rue tandis qu'Audo retournait lentement prendre place sur son tabouret derrière son comptoir.

Néanmoins, en d'autres occasions, il ne faisait rien du tout. Un soir, un chasseur d'esclaves avait attrapé un fugitif dans la taverne, et les clients avaient regardé la scène d'un œil distrait, comme s'il s'agissait de deux chiens qui se battaient dans la rue. L'esclave se faisait passer pour un homme libre d'une autre ville, et il était en train de faire mourir d'ennui les deux autres clients à sa table avec une longue histoire avinée quand le chasseur, un type dégingandé avec les yeux enfoncés, avait surgi dans la taverne, passé le bras autour du cou de l'esclave et l'avait décollé de son siège. La table s'était renversée, les deux autres avaient bondi en arrière. Audo s'était levé en grognant. Quant à moi, je m'étais plaqué au mur dans un coin en serrant un pichet de vin contre ma poitrine. Entre-temps, le chasseur avait jeté le fugitif au sol, tête la première, avant de lui clouer son genou dans le dos pour l'immobiliser.

– C'est un esclave en fuite ! avait-il annoncé d'une voix légèrement essoufflée. Il appartient à Sextus Cresceus, d'Ilici.

– C'est faux ! avait grogné l'homme à terre. Je suis un affranchi !

Le chasseur l'avait frappé à la tête, lui cassant le nez sur le carrelage avec un craquement qui avait fait sursauter tout le monde. J'avais renversé un peu de vin de mon pichet.

– J'ai un mandat, avait ajouté le chasseur en levant les yeux vers Audo. Dans ma tunique. Et je peux te montrer la cicatrice à l'intérieur de sa cuisse.

Tout le monde s'était tourné vers Audo. Il avait ruminé sombrement un moment avant de retourner sur son tabouret en grommelant.

– Bien ! avait lancé le type en remettant sur ses pieds l'esclave en sang.

Il lui avait tordu le bras derrière le dos avant de le pousser dehors, et l'esclave était reparti en titubant dans la nuit noire. Les deux clients qui se trouvaient avec lui avaient remis la table et les tabourets en place, puis ils avaient continué à boire. L'un d'eux m'avait fait signe d'approcher avec mon pichet.

– Fais attention au sang par terre ! m'avait-il lancé.

De derrière le comptoir, Audo m'avait jeté un torchon pour que je l'essuie.

Avec le temps, j'ai appris à me déplacer dans cette salle comme j'avais appris à le faire dans la rue. Je faisais de mon mieux pour rester invisible, pour me faufiler le long des murs ou à l'abri du comptoir, pour me glisser sous les coudes ou contourner les derrières des clients. Quand l'un d'eux me remarquait, c'était pour faire une blague ou me pincer ou me donner une tape sur les fesses pour amuser ses copains. Lorsque Audo m'envoyait débarrasser les tables, il n'était pas rare que l'un d'eux me fasse un croche-pied pour que toute la vaisselle tombe par terre. Un autre pouvait très bien brandir sa coupe et me faire sauter en l'air pour l'attraper. Un soir, j'ai tendu le bras entre deux clients pour prendre une coupe dans laquelle il ne restait qu'un fond de vin, et l'un d'eux m'a tordu le poignet si fort que j'ai crié, attirant l'attention des autres. Audo est descendu de son tabouret, mais c'est Brutus le charretier qui est venu à ma rescousse.

– Arrête ! a-t-il lancé en s'approchant de la table.

L'homme et Brutus se sont toisés. Le silence est tombé sur la salle ; on entendait seulement mes gémissements tandis que je me retenais de pleurer. À l'autre bout de la salle, Musa a quitté sa coupe des yeux, le regard vaseux. Il avait l'air perplexe, comme s'il tentait de se rappeler où il était, et son garde du corps Deodatus s'est redressé, prêt à évacuer son maître en cas de violence. Audo, toujours debout, est resté derrière son comptoir.

L'homme, qui me serrait toujours le poignet, continuait de fixer Brutus. De son autre main, il a lentement levé la coupe et vidé les dernières gouttes du vin qu'il avait payé, puis l'a reposée sur la table tout aussi lentement. Enfin, il m'a relâché – j'ai poussé un cri – et m'a tendu la coupe. Je l'ai prise à deux mains, en tremblant. Ensuite, l'homme s'est levé sans hâte, en faisant racler par terre les pieds de son tabouret. Autour de nous, les gens se sont tassés contre les murs, chacun se préparant aux cris, aux coups et aux couteaux tirés. Musa et Deodatus étaient déjà partis. Brutus a redressé la tête et solidement planté ses pieds dans le sol. Mais l'homme s'est alors retourné, il est sorti et a disparu dans la nuit.

– Remets-toi au boulot, Souris, a lâché Brutus.

Les gens se sont rapprochés, et le brouhaha a repris possession de l'espace. J'ai eu un bleu pendant une semaine, mais à partir de ce moment-là, j'ai fait attention à ne débarrasser que les coupes vidées jusqu'à la dernière goutte. Un esclave ne commet jamais deux fois la même erreur, a déclaré le philosophe Épictète. Lui-même avait été esclave, alors il savait de quoi il parlait.

Un autre soir, j'ai travaillé dans la petite salle à l'occasion d'une fête privée, une réunion du collège des foulons, présidée par Nazarius. Au début, il ressemblait à celui qui m'ébouriffait les cheveux et me faisait des clins d'œil quand je lui apportais le linge de l'Hélicon. Il a ouvert la réunion en entonnant une prière chrétienne avant de verser par terre une coupe pleine de vin, une libation en l'honneur de Minerve, l'ancienne déesse encore chère aux foulons. Après ces précautions de rigueur, les blanchisseurs ont commencé à boire et à se plaindre des impôts, à boire et à voter en faveur d'un candidat à la curie, à boire et à collecter de l'argent pour l'enterrement d'un camarade récemment décédé. Comme le collège payait le vin, ils buvaient tous bien plus que si chacun avait réglé ses consommations dans la grande salle. J'ai cavalé toute la soirée entre la cuisine et la petite salle avec des brochettes de saucisses grillées, des miches de pain et des pichets de vin.

Quand des hommes boivent ensemble dans un espace réduit, quelque chose accentue leur hilarité. Là, les hommes étaient dans leur élément, des hommes sans femmes, des hommes sans enfants, des hommes distillés. Moi, je n'étais pas un enfant – j'étais un esclave. Vers la fin de la soirée, Nazarius en personne m'a fait monter sur la table et vider une coupe de vin, puis il a tenté de m'enseigner une chanson obscène. Quand je me trompais dans les paroles, il me faisait boire une autre coupe tandis que les foulons tapaient sur la table en scandant : « Bois ! Bois ! Bois ! » Au début, je croyais qu'il me taquinait, comme il le faisait quand je passais lui livrer le linge sale, mais la lueur dans ses yeux n'était pas aussi joyeuse que lorsqu'on se trouvait dans sa boutique. Quand il m'a fait boire de force une troisième coupe, je me suis étouffé en avalant et j'ai toussé du vin par le nez. Ma tête touchait le plafond, mes yeux me piquaient à cause de la fumée des lampes, et je vacillais au milieu des visages tout rouges autour de la table, de leurs yeux qui roulaient et de leurs bouches toutes rouges d'où jaillissaient plein de postillons. Quand j'ai fini par regagner la grande salle en titubant, Audo m'a dévisagé, puis il m'a soulevé par la taille et a porté mon corps flasque comme un sac vide jusqu'au jardin. À ma grande surprise, il ne m'a pas battu, mais s'est contenté de me jeter la tête la première dans le noir, et je me suis réveillé au chant du coq avec un mal de tête atroce et l'odeur de ma propre urine. Focaria, en revanche, qui avait dû abandonner sa cuisine pour faire le service en mon absence, m'a zébré les fesses avec une lanière de cuir.

Ainsi, soir après soir, coup après coup, bleu après bleu, j'ai appris sur le tas à être vraiment Souris dans la taverne. J'ai appris à anticiper l'arrivée d'un poing, à esquiver un coup de pied. Quand un homme tendait la jambe pour me faire un croche-pied, j'ai appris à enjamber sa cheville sans renverser une seule goutte de mon pichet de vin, ce qui me valait une clameur chaleureuse de tous les autres convives. À présent, quand ils me faisaient monter sur la table pour chanter, je connaissais les paroles, même si je ne savais pas nécessairement ce qu'elles signifiaient, et j'ai constaté que les obscénités qui sortent de la bouche d'un enfant peuvent faire hurler de rire une pièce pleine d'hommes. J'ai appris à faire un clin d'œil quand on me pinçait, à échapper aux mains baladeuses qui retroussaient ma tunique. J'ai appris à contourner de loin deux hommes qui s'invectivent et qui se crachent dessus, j'ai appris à foncer pour mettre les bols et les coupes à l'abri au dernier moment. J'ai appris à me faire discret quand des hommes renversaient des tables et tiraient des couteaux, et j'ai vu la quantité de sang qui peut s'échapper du corps d'un homme, même quand tous les autres sont encore en train de rire et de chanter.

Pourtant, je ne savais toujours pas ce qui se passait à l'étage où travaillaient les louves. Tous les soirs, je voyais des hommes fixer les fresques, je les voyais glisser des pièces sur le comptoir à l'intention d'Audo sans prendre ni vin ni nourriture avant de disparaître par l'escalier que je n'avais pas le droit d'emprunter. Dans la journée, les tableaux semblaient mornes, mais, la nuit, par je ne sais quelle astuce liée au savoir-faire du peintre d'enseignes, les images semblaient s'animer à la lumière dansante des lampes. Cependant, dans tous ces tableaux, quoi que l'homme fasse ou quoi qu'on lui fasse, quelle que soit l'extase qu'il était censé vivre, il avait toujours la même expression vide, comme quelqu'un qui rêvasse tout en exécutant une tâche répétitive, ou comme Brutus quand son regard se perd dans le vague au-dessus de sa coupe de vin. Quelque temps plus tard, Melpomène m'a donné une explication.

– C'est pour qu'un client puisse s'imaginer que c'est lui sur la fresque.

Les visages des louves étaient tous représentés de trois quarts dos, et Melpomène a précisé que, ça aussi, c'était volontaire.

– Ça évite d'avoir à les repeindre si l'une d'entre nous est remplacée.

Melpomène m'a également raconté qu'on se souvenait encore – pas elle, mais les gens qui avaient l'âge d'Audo – d'une époque où les louves travaillaient dans la salle, servaient le vin et les plats, flirtaient avec les clients et les emmenaient à l'étage. Néanmoins, sous le règne de l'empereur Théodose, de plus en plus de gens étaient devenus chrétiens, ce qui avait obligé l'Hélicon à faire preuve de davantage de discrétion dans ses affaires. D'après elle, l'Église forçait les tavernes qui proposaient les services des louves à fermer les unes après les autres. Pour l'instant, l'Hélicon était épargné, parce que le frère de Granatus, notre Dominus, était l'évêque de la ville. Il ne fermerait pas l'établissement car les bénéfices de la taverne l'aidaient à financer sa nouvelle église et son baptistère.

Néanmoins, l'évêque exigeait la plus grande discrétion. Melpomène affirmait que, depuis qu'elle était à l'Hélicon, les louves n'avaient pas le droit de descendre dans la salle quand elles travaillaient. Elles n'étaient autorisées à aller dans le jardin que pendant les heures de fermeture, quand personne ne pouvait les voir de la rue, et elles ne pouvaient sortir que pour se rendre aux thermes – la sortie quotidienne qu'Euterpe avait appelée la Parade des Louves – et seulement revêtues de leur cape. Pour Melpomène, c'était un peu différent, parce qu'elle était affranchie. Tant qu'elle portait une cape, elle pouvait aller et venir comme bon lui semblait. Selon elle, il y a quelques années à peine, seules les femmes respectables sortaient la tête couverte, tandis que les louves se promenaient sans capuche et à moitié nues. Mais, aujourd'hui, l'Église insistait pour que ces dernières dissimulent leurs atours afin de ne pas tenter les hommes dans la rue.

– Certaines louves continuent de travailler sous l'aqueduc, m'a-t-elle raconté, mais elles ne survivent pas très longtemps. On est mieux loties, parce que l'évêque nous a donné la permission de travailler à l'intérieur. Mais nous devons faire attention.

En tant que représentante officieuse des louves, Melpomène était la seule à enfreindre la règle et à descendre dans la grande salle en ayant vaguement enfilé une robe, afin de dire à Audo que Clio avait besoin de plus d'eau, que le client d'Euterpe était tombé dans les pommes ou qu'il fallait vider le pot de chambre d'Uranie. Audo n'exerçait pas sur elle la même autorité que sur les autres louves, mais il supportait mal ces intrusions. Quant à Melpomène, elle prenait acte des regards et des sifflets sur son passage comme un dignitaire en visite, sans rien dire mais en accordant un sourire par-ci, un regard ou un clin d'œil par-là. Juste avant qu'Audo n'explose, elle tournait les talons en faisant virevolter sa robe dont l'échancrure dévoilait un instant une cuisse ou un sein, puis remontait son escalier comme une reine.

Alors, sous les commentaires moqueurs des clients – « Ta Domina t'appelle ! », « Tes femmes ont besoin de toi ! » –, Audo glissait de son tabouret et gravissait les marches avec un plat ou un pichet de vin – les louves n'avaient droit qu'à celui coupé d'eau – et redescendait avec un pot de chambre rempli à ras bord qu'il me donnait à vider. La nuit, je me contentais d'aller le jeter dans les latrines, mais, quand il faisait encore jour, j'étais en mesure d'en inspecter le contenu. Il y avait toujours de l'urine, et parfois un étron, mais, souvent, il y avait aussi du sang et des torsades d'une matière laiteuse. Cela ne faisait qu'épaissir le mystère quant à ce qui se passait à l'étage.

Chaque fois qu'on entendait du raffut en haut, Audo allait jeter un coup d'œil sans qu'on le lui demande, et il montait les marches quatre à quatre si ça avait l'air sérieux. Dans la grande salle, le brouhaha diminuait et, tout comme moi, les clients tendaient l'oreille pour écouter son pas pesant et sa voix rauque qui résonnaient à travers le plafond. De temps en temps, on entendait des cris, ou le bruit sourd des coups. Puis un client dévalait les escaliers, parfois même la tête la première, avec un petit coup de main d'Audo. Parfois, le client avait tâté de son couteau et il saignait, parfois, il fonçait vers la sortie en tenant d'une main son poignet cassé tandis qu'Audo, à ses trousses, tout rouge, surgissait de l'escalier et lui lançait sa pire insulte.

– Bouffeur de chattes !

De temps à autre, en début d'après-midi ou tard le soir, quand la grande salle était calme, j'entendais des coups sourds, en rythme, comme si quelqu'un tapait par terre juste au-dessus de ma tête. Le rythme ralentissait, accélérait, puis ralentissait et accélérait à nouveau jusqu'à la frénésie finale, à l'occasion ponctuée par un grognement étouffé. Je regardais Audo pour voir s'il avait également entendu, mais, en général, en fin de soirée il était ivre et dormait à moitié derrière son comptoir, la joue calée dans sa main. Parfois, j'entendais les voix des louves à travers le plafond ou dans la cage d'escalier – un gémissement théâtral de Melpomène, les piaillements d'oiseau de Thalie, Euterpe criant le nom d'un homme. Les fresques de la grande salle ne m'étaient d'aucune aide. Dans ces personnages raides, dans ces visages vides et détournés, rien n'évoquait des coups ou des gémissements, aucun indice ne permettait de comprendre comment les activités de ces hommes et de ces femmes pouvaient générer des pots de chambre pleins de sang et de lait.

J'étudiais les clients pour tenter de trouver une explication. Ils ne montaient pas tous à l'étage, mais beaucoup le faisaient. Priscianus, le marchand d'huile, venait une fois par semaine et repartait dès qu'il redescendait. Plusieurs fois par semaine, Nazarius échappait à la bonhomie de ses amis, et faisait claquer ses pièces sur le comptoir en beuglant avec enthousiasme le nom d'une louve.

– Euterpe ! s'écriait-il tandis qu'Audo escamotait les pièces.

– Fais ton choix. Laisse ton couteau.

Les couteaux étaient interdits à l'étage. Après avoir tendu le sien à Audo, manche en avant, Nazarius montait les marches quatre à quatre.

Musa, le prêteur sur gages, montait une fois tous les quinze jours, après s'être fortifié en buvant plusieurs coupes du vin le plus corsé d'Audo. À l'occasion, il payait aussi pour Deodatus, mais, parfois, il montait tout seul tandis que son esclave se calait dans un coin, allongeait ses jambes, croisait les mains et penchait sa tête en arrière pour faire un petit somme. Enveloppé de son odeur d'ail, Musa grimpait les marches d'un pas décidé, peut-être parce qu'il était ivre, peut-être pour rassembler ses forces. Une fois par semaine, Brutus le charretier vidait sa coupe, se levait en soupirant, faisait glisser une pièce sur le comptoir sans rien dire et se dirigeait vers l'escalier d'un pas égal.

Quartus le scribe venait quasiment tous les soirs, mais il n'avait pas assez d'argent pour monter très souvent à l'étage. La plupart du temps, assis sur le banc à côté de la porte de l'escalier, il regardait les autres l'emprunter dans les deux sens en sirotant l'unique coupe de vin coupé d'eau qu'il avait les moyens de s'offrir. Quand il entendait l'un d'eux prononcer le nom de Thalie, il se raidissait comme sous l'effet d'une douleur et le suivait des yeux dans l'escalier. Puis il se prenait la tête entre les mains, l'air misérable, jusqu'à ce que l'autre redescende. Tous les quinze jours environ, il triait nerveusement quelques pièces dans sa main, puis se levait d'un bond pour aller vers le comptoir.

– Thalie est-elle avec quelqu'un ? demandait-il d'une voix tremblante. Tout de suite, là ?

– Qu'est-ce que j'en sais ? répondait Audo en tapotant du doigt sur le comptoir. Paye et va voir. Laisse ton couteau.

Qu'il soit riche ou pauvre, jeune ou vieux, libre ou esclave, chacun montait à l'étage à sa façon – en courant, en se déplaçant furtivement, tout seul ou en riant avec un autre client – et, pourtant, ils étaient tous pareils en redescendant. Qu'il soit marin, commerçant, banquier ou scribe, quand un client redescendait, il avait les paupières tombantes, les membres lâches et la bouche molle. Il avait la même tête que moi le matin au réveil, mais, en général, il n'était pas resté à l'étage assez longtemps pour dormir, pas même le temps d'une petite sieste. Le regard distant ou atone, il soupirait et rajustait sa tunique, et parfois même il bâillait en ressortant dans la rue pour retourner vers sa femme, son navire ou la maison de son maître.

Que je n'aie toujours pas compris ce qui se passait à l'étage au bout de plusieurs années te surprend peut-être, lecteur. Rétrospectivement, ça me surprend aussi. Comme je l'ai dit, j'avais déjà vu des chiens s'accoupler dans la rue, j'avais vu le coq essayer de monter la poule dans le jardin, j'avais entendu les chats miauler au beau milieu de la nuit. Plus d'une fois, j'avais surpris Euterpe et Focaria dans les bras l'une de l'autre – des étreintes vigoureuses, ou de simples caresses sur le visage. J'avais même commencé à me réveiller certains matins avec une érection, après avoir rêvé d'une des filles du charpentier en train de glousser à la fontaine, ou des jambes luisantes du garçon du pêcheur dans les gréements du navire de son père, celui qui m'avait traité de louve et qui m'avait demandé si je connaissais le mien. J'étais encore trop jeune pour comprendre le sens de ces rêves, ou pour avoir des pollutions nocturnes, mais je me réveillais le cœur battant et le souffle court dans mon coin de cuisine sombre. Était-ce donc ça, ce que ressentaient les hommes qui regardaient les fresques dans la taverne ? Que faisaient-ils quand ils montaient ? Que voyaient-ils ?

Dans mes rêves avec la fille du charpentier ou le fils du pêcheur, je ne faisais jamais rien ; je contemplais juste la courbe de l'épaule de la fille ou celle des lèvres du garçon avec une envie qui me donnait le vertige. Je devais encore apprendre que la simple évocation de la beauté ne suffisait pas à amener un homme à jouir. Je devais encore apprendre que le désir de l'homme était inextricablement lié à son besoin de dominer, de pénétrer, d'humilier. Je devais encore apprendre que le plaisir auquel l'homme aspire le plus dans ce monde est celui-là même qu'il craint et qu'il méprise le plus. Et je devais encore apprendre que l'unique chose qu'un homme désire, craint et méprise davantage que le moment d'extase en lui-même était la femme ou le garçon qui le lui offrait.

* * *

Je suis monté pour la première fois à l'étage lors de la dernière nuit de Clio à l'Hélicon.

En début de soirée, la grande salle est calme. Un peu plus tôt, il a plu, une brusque ondée apportée par la mer, et des fumerolles s'élèvent des pavés sous la lumière des lampes. La brise salée qui souffle par les deux arches fait vaciller les flammes et danser les ombres. Un client, accoudé au comptoir, prend son temps pour choisir son vin, et Audo tapote impatiemment le comptoir. D'autres sont appuyés contre les arches ou discutent dans la rue pour profiter de la brise tout en buvant un coup. Ce soir, ni Nazarius ni Brutus ne sont présents, mais Quartus, Musa et Deodatus sont attablés ensemble. Musa a déjà bu pas mal de coupes ; il vacille sur son tabouret, et les tentatives de Quartus pour engager une conversation avec Deodatus se heurtent à des monosyllabes. Trois autres hommes, assis à une autre table, jouent aux osselets. Pour une fois, le calme règne, et le raclement des dés sur le bois n'est pas noyé sous les conversations ou les chansons. L'un des hommes invoque ses lancers dans un murmure.

– Vénus.

Les dés cliquettent dans la coupe.

– Vautour.

Encore.

– Chien.

Debout sur un tabouret, je vide avec précaution une marmite de ragoût dans la bassine du comptoir quand une louve crie à l'étage. Je laisse tomber la marmite, qui tinte en heurtant le sol, mais, comme elle est déjà vide, pas une goutte de ragoût ne se renverse. Je me fige et je lève aussitôt les yeux vers Audo. Dans la grande salle, tous les hommes lorgnent le plafond. Le raclement des osselets contre la table s'est tu, et la brise elle-même semble retenir son souffle. Mais Audo fonce déjà vers l'étage en faisant craquer les marches sous son poids. Les cris, qui s'étaient interrompus un instant, reprennent un ton plus haut, et d'autres femmes s'y joignent, à présent, toutes les louves à la fois. Je distingue la voix d'Euterpe, qui appelle sèchement Audo.

Quartus a bondi sur ses pieds en renversant son siège. Les yeux écarquillés, il se tient la tête entre les mains comme s'il voulait empêcher que le haut de son crâne s'envole. Deodatus a déjà exfiltré Musa dans la rue, et tous deux disparaissent dans l'obscurité. Les autres clients murmurent en jetant des coups d'œil à l'escalier. Deux d'entre eux s'esclaffent. Celui qui était au comptoir se verse une coupe de vin à l'une des amphores au-dessus de sa tête, du côté onéreux du filet. Quand il se rend compte que je l'ai vu, il me fait un clin d'œil et part la boire dans la rue. Je prends la marmite dans mes bras et recule à tout petits pas vers la porte donnant sur le jardin. Il m'est déjà arrivé d'entendre des cris – l'homme dans la rue, par exemple – et j'en ai même entendu à l'étage. Mais rien qui ressemble à ça. La voix devient de plus en plus aiguë, comme celle d'un chat qui souffre. Les hurlements des autres femmes sont plus graves, et teintés de rage. Une voix d'homme s'élève au-dessus de toutes les autres, beuglant des mots incohérents.

Mais ce n'est pas celle d'Audo. Pour une fois, ce n'est pas lui qui braille ou qui rugit. On entend simplement ses pas résonner lourdement à travers le plafond, puis un craquement sec qui fait tressaillir tous les hommes dans la salle, et plusieurs femmes crier à l'unisson. Quartus titube comme si quelqu'un l'avait frappé. Je refais tomber la marmite, qui se met à tourner par terre en tintant. À présent, la voix d'homme hurle sur un ton presque aussi aigu que celle de la femme, et l'on peut suivre au-dessus de nos têtes le trajet des coups sur le sol.

– Rentrez dans vos cellules ! hurle Audo.

La marmite finit par s'immobiliser au moment où tous les regards convergent vers l'escalier. Les cris de l'homme sont de plus en plus proches, puis on l'entend dévaler et se vautrer au pied des marches tandis que Quartus fait un bond pour l'éviter. L'homme s'étale par terre non loin de l'endroit où je me suis figé, la marmite à mes pieds.

Audo surgit aussitôt après et lui donne un coup de pied dans les côtes. On entend un nouveau craquement et tout le monde sursaute, moi le premier. Quartus bat en retraite et se laisse lourdement tomber sur le banc contre le mur, les mains écartées. L'homme au sol se recroqueville en geignant comme un chien. Il lève un bras tremblant, et je vois que son coude n'est pas plié dans le bon sens.

– Par pitié, gémit-il.

Audo le domine de sa hauteur, le souffle court, mais il ne le frappe pas.

– Sortez-moi ce bouffeur de chattes d'ici, marmonne-t-il à l'intention de personne en particulier.

Deux clients échangent un coup d'œil, puis se penchent sur l'homme et le remettent sur ses pieds. Quand l'un d'eux l'attrape par son bras cassé, il hurle de nouveau. Un instant plus tard, ils l'ont sorti dans la rue, au-delà des lumières des lampes.

– Ramasse la marmite, ordonne Audo.

Je me rends compte que c'est à moi qu'il s'adresse.

– Est-ce Thalie ? murmure Quartus en se relevant maladroitement du banc.

Audo ignore sa question et promène son regard sur l'ensemble des clients encore présents, qui se détournent et font semblant de reprendre leurs coupes et leurs conversations comme si de rien n'était. Les joueurs se dévisagent, puis l'un d'eux saisit les osselets sur la table et les laisse tomber un par un dans la coupe.

– Va chercher Focaria, m'ordonne Audo. Dis-lui d'apporter une aiguille et du fil.

Puis il disparaît dans la cage d'escalier.

Quelques instants plus tard, Focaria sort à la hâte de sa cuisine avec son nécessaire de couture. Je trottine sur ses talons en essayant de reprendre mon souffle pour lui raconter tout ce que je viens d'entendre. Quartus lui tire la jupe au moment où elle passe devant lui, mais elle lui claque la main.

– Va chercher de l'eau, aboie-t-elle à mon intention au pied des marches.

– De l'eau ?

– Apporte un seau à l'étage. Dépêche-toi !

Je me précipite dans le jardin plongé dans le noir pour remplir un seau à la citerne et je le rapporte dans la taverne. Deux autres clients sont en train de se servir des coupes de vin aux amphores du comptoir, et ils ne s'interrompent que le temps de me laisser passer avec mon seau. Quartus, tout tremblant, a posé le pied sur la première marche, et je suis obligé de le contourner pour monter.

– Dis-moi si c'est Thalie, souffle-t-il en attrapant le pan de ma tunique. Dis-lui que je suis là.

À mi-hauteur, je marque une pause pour glisser mes deux mains sous l'anse du seau. En haut de l'escalier, des lampes éclairent un mur recouvert de crépi, et tandis que je reprends mon ascension, j'entends les louves qui parlent toutes en même temps. L'une jure, une autre s'exprime d'un ton nerveux. Une troisième pleure à gros sanglots. J'ai les bras qui tremblent sous le poids du seau.

– Ne bouge pas, nom de Dieu ! lance Focaria d'un ton que je ne connais que trop.

– Ça pourrait être pire, souffle Thalie d'une toute petite voix. Ce n'est pas si grave.

– De l'eau ! tonne Audo. Où donc est Pusus, nom de Dieu ?

– Je suis là !

Arrivé en haut des marches, je me tourne et je vois pour la première fois le domicile des louves. Ce que je perçois en premier, c'est l'atmosphère chaude et musquée. Il n'y a aucune brise ici, l'air est humide et enfumé, ça sent le renfermé et le pot de chambre. Un couloir au crépi grossier court sur toute la longueur de la salle du rez-de-chaussée, et des lampes brûlent dans des appliques sous le plafond bas, autant de points brillants dans un halo jaune d'encens, de sueur, de sexe et de fumée grasse. Audo n'aime pas les graffitis, mais, ici et là, gravés dans le revêtement graisseux des murs, on distingue des noms aux lettres malhabiles, des hommes bâtons avec des pénis géants, des femmes aux cuisses protubérantes et au sexe béant. De part et d'autre du corridor, il y a six rideaux donnant sur les cellules, trois de chaque côté, dont tous sauf un sont ouverts. Uranie se tient devant la plus proche de moi, toute nue, les yeux écarquillés, ses épaules osseuses voûtées, les bras serrés contre son ventre. Derrière elle, un gros homme tout nu lorgne le couloir par-dessus son épaule, sa tunique roulée en boule devant lui pour masquer ses parties génitales. En face d'elle Melpomène a passé sa robe blanche sur ses épaules, mais elle pend, ouverte, quand elle se penche pour regarder. Dans sa cellule, un homme est allongé sur le dos, les mains derrière la tête, et son pénis humide et flasque repose sur sa cuisse. Il soupire alors que je passe devant la cellule.

– Tiens-la ! aboie Focaria à l'autre bout du couloir. Je ne peux pas travailler si elle se débat !

– Pusus ! tonne la voix d'Audo en provenance de la même cellule.

J'accélère le pas, en éclaboussant un peu le parquet. Euterpe apparaît devant le dernier rideau sur la gauche en serrant sa robe rouge contre sa gorge. Elle tend la main vers moi et me conduit par les épaules jusqu'à la cellule de Clio.

Audo occupe quasiment tout le fond de la cellule, et il jette des regards noirs au lit, mais ne fait rien du tout. Thalie est assise à la tête du lit, les bras et les jambes enroulés autour de Clio, qui s'adosse à elle. Du sang coule d'une estafilade qui part de son œil et entaille sa lèvre supérieure, laquelle ressemble à un ver de terre coupé en deux. Focaria, accroupie à côté du lit, essaie de passer un fil dans le chas d'une aiguille à la lumière vacillante de la lampe posée sur la petite table à côté du lit. Un linge froissé, tout imbibé de sang, est à ses pieds.

– Ça va aller, ça va aller, ça va aller, murmure sans arrêt Thalie à l'oreille de Clio.

Elle a passé un bras sous son menton et lui tient fermement le front de l'autre main. Clio halète. Des bulles de sang se forment entre ses lèvres, derrière lesquelles je vois un bout de gencive et une ou deux dents. Le sang s'accumule sur sa lèvre inférieure, coule sur son menton et macule sa robe.

– Elle vient, cette eau ?

Focaria a enfilé l'aiguille et elle la plante dans le fin matelas de Clio.

– Derrière toi, lui répond Euterpe en me poussant par l'épaule.

Audo prend le seau et le pose par terre à côté du lit. Focaria trempe le linge plein de sang dans l'eau, l'essore puis recommence avant de nettoyer les plaies de Clio, qui se débat en criant.

– Tiens-la ! crie Focaria.

Thalie ferme les yeux très fort et resserre encore ses bras et ses jambes autour de Clio. Audo fait jouer ses poings, l'un après l'autre, et je vois qu'il voudrait frapper quelqu'un. Peut-être Clio, peut-être Focaria, peut-être tout le monde. Euterpe tente de me faire sortir.

– Descends dans la salle, Souris.

Mais juste au moment où Audo se redresse en serrant les deux poings en même temps, je me glisse sous le bras d'Euterpe.

– Ils sont en train de voler du vin, en bas.

Audo tourne les yeux vers moi.

– Ils prennent du ragoût, aussi.

Euterpe me pousse dans un coin de la cellule, tandis qu'Audo glisse ses larges épaules dans l'ouverture et redescend. Je m'écarte d'Euterpe pour le suivre des yeux.

Uranie et Melpomène battent aussitôt en retraite dans leur cellule, mais, derrière Audo, j'entraperçois Quartus qui coule un regard vers nous depuis le palier.

– Bouge !

Le scribe disparaît en dévalant les marches juste devant Audo.

Peu après, on entend ce dernier hurler « Putains de voleurs ! » dans la taverne puis dans la rue, et des hommes qui braillent, qui rient et dont les voix s'estompent au fur et à mesure qu'ils s'éparpillent comme des corbeaux dans la nuit. L'espace d'un instant, une seule voix demeure, celle de Quartus qui crie le nom de Thalie, jusqu'à ce qu'Audo le fasse taire d'un rugissement.

– Dégage, espèce de petit bouffeur de chattes !

Mais j'y prête à peine attention, parce que je suis de retour dans la cellule. Euterpe a posé ses mains sur mes épaules, tandis que je regarde Focaria recoudre rapidement l'estafilade de Clio en pressant les deux côtés de la plaie l'un contre l'autre. Clio tremble et halète toujours, mais elle a arrêté de crier. Thalie la serre comme si sa vie en dépendait en murmurant éperdument à son oreille. Au début, je ne distingue pas ce qu'elle dit, mais quand le vacarme dans la rue s'éteint, je l'entends.

– Tu es en vie, tu es en vie, tu es en vie, tu es en vie...

Personne d'autre ne parle jusqu'à ce que Focaria ait terminé de la recoudre et qu'elle ait fait un petit nœud au fil sous l'œil de Clio. Elle se penche vers elle comme pour l'embrasser et coupe la longueur excédentaire avec ses dents. Les points de suture dessinent un mille-pattes rouge sur son visage blafard, et sa lèvre supérieure se retrousse vers le haut et sur le côté à la manière d'un bec-de-lièvre. La cicatrice saigne encore, mais pas autant que tout à l'heure. Néanmoins, la cellule empeste le sang. On dirait l'odeur de la boucherie, ou de la vieille marmite quand je la récure.

Thalie desserre sa prise, mais sans la relâcher complètement, et elle lève un visage plein de larmes vers Euterpe. Je la regarde aussi. Elle a les yeux qui brillent, mais le visage sévère. Focaria essore le linge ensanglanté dans le seau et essuie les dernières traces de sang sur la joue de Clio, qui se raidit sans gémir. Puis Focaria se lève, laisse tomber le linge dans le seau et s'étire en courbant son dos endolori. Elle se tourne, croise le regard d'Euterpe, et l'échange a beau être silencieux, je peux presque entendre ce qu'elles se disent.

– *Ce n'est pas tombé sur toi*, semble déclarer Focaria.

– *Ç'aurait pu.*

– Prends le seau et vide-le dans le jardin, m'ordonne alors Focaria.

Je me glisse hors des bras d'Euterpe, je prends le seau à deux mains et je sors dans le couloir.

– Je vais rester avec elle, déclare Thalie.

Focaria et Euterpe me suivent dans le couloir. Le rideau d'Uranie est tiré, mais Melpomène est revenue sur le seuil de sa cellule, en ayant pris soin cette fois-ci de nouer sa robe. Je marque une pause devant elle pour raffermir ma prise sur l'anse. L'homme dans sa cellule est parti.

– C'est sérieux ? demande-t-elle à Euterpe.

Celle-ci secoue la tête sans rien dire.

– D'ici jusque-là, répond Focaria en traçant du doigt une diagonale sur son visage. Elle a eu de la chance qu'il ne touche pas son œil.

– Hmm, marmonne Melpomène. On dirait qu'on va avoir une nouvelle Clio.

Euterpe en reste bouche bée. Focaria grogne et la pousse de l'épaule pour passer.

– Dépêche-toi avec ce seau, lâche-t-elle en disparaissant dans l'escalier.

Je reste pantois, à regarder Euterpe et Melpomène qui se toisent.

– Parle moins fort, souffle Euterpe. Elle t'entend.

– C'est la vérité, insiste Melpomène en baissant quand même d'un ton.

– Tu ne peux pas attendre demain ?

Je n'ai jamais vu Euterpe aussi en colère. Tellement qu'elle n'a même plus conscience que je suis là, debout, à l'écouter.

– Il faut vraiment que tu parles de ça ce soir ?

– C'est du simple bon sens. Ils vont devoir la vendre, et ils ne vont pas en tirer grand-chose. Mais c'est une opportunité.

– Ne t'avise pas…, la prévient Euterpe.

– Mais c'est vrai ! s'écrie Melpomène en écarquillant les yeux. C'est la moins populaire, précise-t-elle en baissant à nouveau la voix. On s'en sortira mieux sans elle. Et elle s'en sortira mieux sous les arches… Tu sais que j'ai raison.

La rage que ressent Euterpe semble irradier et rendre plus épais le brouillard jaunâtre du couloir. Elle n'arrive pas à parler.

– Elle pourrait peut-être travailler à la cuisine, avec Focaria et moi ? interviens-je.

Melpomène hausse les sourcils, comme si ma présence la surprenait. Euterpe, les yeux écarquillés, les narines dilatées, me donne une claque magistrale qui me dévisse le cou. J'ai la joue qui brûle, et les yeux pleins de larmes. C'est la première fois de ma vie qu'elle me frappe.

– Tu as entendu Focaria, lâche-t-elle en me regardant comme si elle me détestait et m'avait toujours détesté. Rapporte ce satané seau à la cuisine !

Puis elle tourne les talons et entre dans sa cellule en tirant violemment le rideau derrière elle.

– Bon, il n'y a plus de boulot, ce soir, marmonne Melpomène en contemplant le couloir par-dessus ma tête. Cet imbécile d'Audo a fait fuir tous les clients.

Elle soupire et se retire chez elle en tirant à son tour le rideau. La joue encore brûlante, je soulève le seau et descends l'escalier d'un pas lourd, une marche à la fois. Le temps d'arriver en bas, j'ai cessé de pleurer.

Le lendemain matin, quand les louves se rassemblent pour leur parade matinale, Clio n'est pas avec elles. Thalie, Uranie et Melpomène murmurent dans le jardin en attendant Audo, tandis que Focaria les observe en silence depuis la porte de sa cuisine, les bras croisés. Euterpe est à l'écart, sa cape serrée sur son cou, le regard perdu dans le vide. Je l'évite, et je vais plutôt chercher de l'eau à la citerne pour laver le sol de la grande salle pendant qu'elle est déserte. Quand je passe devant elle avec mon seau, ses yeux me fixent, et elle me tend la main. Je baisse la tête, mais elle me saisit par l'épaule, prend le seau et le pose par terre. Puis elle s'agenouille – sa cape fait des plis autour d'elle – et m'enveloppe dans ses bras. Je courbe les épaules.

– Je suis tellement désolée, Petit Bout. Pardonne-moi, s'il te plaît.

Elle me tient à bout de bras et me dévisage avec des yeux humides. Je me tourne vers Focaria, qui hausse les épaules, l'air de dire : *Ne me regarde pas, ce n'est pas moi qui t'ai frappé*. Pour finir, j'enfonce mon visage bien au chaud dans le cou d'Euterpe. Elle me serre très fort.

– Je suis désolée, je suis désolée, je suis désolée, chuchote-t-elle dans mon oreille.

– Que va-t-il arriver à Clio ?

– Je ne sais pas, répond-elle en me serrant plus fort.

– C'est où, « sous les arches » ?

Euterpe me relâche et me dévisage.

– Hier soir, Melpomène a dit que Clio s'en sortirait mieux sous les arches.

En entendant son nom, Melpomène tourne les yeux vers nous, et Euterpe me pousse un peu plus à l'écart.

– Certaines louves travaillent dans la rue, et elles n'ont nulle part où habiter, murmure-t-elle. Alors, elles dorment ensemble sous l'aqueduc.

– C'est quoi un aqueduc ?

– C'est... comme un pont. Un pont qui apporte de l'eau dans la ville.

– C'est un sale endroit ?

Juste à ce moment-là, Audo débarque dans le jardin et tire le verrou de la porte. Euterpe m'embrasse, se lève et rejoint les autres tandis qu'il l'ouvre.

– Melpomène, grommelle-t-il. C'est toi la responsable aujourd'hui.

Thalie et Uranie échangent un regard. Euterpe écarquille les yeux en fixant Audo, lequel attend, la main sur le battant. Melpomène redresse la tête et les épaules.

– Mettez-vous en rang, mesdames, ordonne-t-elle.

Thalie franchit la porte avec Uranie sur ses talons. Leurs capes traînent dans la poussière. Euterpe, en revanche, ne bouge pas.

– Clio sera-t-elle encore ici à notre retour ? demande-t-elle à Audo.

– Ferme-la.

Euterpe attend encore un instant, elle met sa patience à l'épreuve. Derrière elle, Melpomène pose la main sur son épaule, mais Euterpe la repousse. Elle roule des épaules puis met sa capuche sur sa tête et franchit le seuil à son tour. Melpomène lui emboîte le pas et Audo verrouille la porte. Il se tourne vers moi.

– Quand tu auras fini dans la grande salle, apporte le seau à l'étage.

Puis il franchit l'arche d'un pas lourd et rentre dans la taverne.

Je me tourne vers Focaria, mais elle a déjà disparu dans la cuisine, alors je porte l'eau dans la grande salle, où Audo est en train de détacher l'un des volets pour laisser entrer quelqu'un. Au début, je ne reconnais pas la silhouette qui se découpe à contre-jour dans la luminosité de la rue.

– J'espère pour toi que c'est important ! lâche sèchement Calidus. Je devrais être au tribunal à l'heure qu'il est.

Pas de « Paix de Dieu », ce matin.

– Hier soir, l'une des filles a pris un coup de couteau, Votre Honneur.

Calidus émet le genre de soupir qu'on fait lorsqu'on a taché un vêtement ou cassé un pot.

– Comment est-ce arrivé ?

Audo se penche vers le jeune homme et lui raconte la chose dans un murmure, en essayant de l'entraîner vers l'escalier sans le toucher. Mais le jeune Dominus ne se laisse pas faire.

– Pourquoi avait-il un couteau ?

– Tout le monde en a un, Votre Honneur.

– Je croyais qu'on s'était mis d'accord. Les gens doivent te laisser le leur avant de monter.

– Votre Honneur, souffle Audo.
– Aucun couteau à l'étage !
– Votre Honneur.
– C'est la règle, Audo !
– Votre Honneur.
– Voilà ce qui se passe quand tu *ne fais pas respecter les règles*.
– Votre Honneur.

Audo le touche presque, dans l'espoir de le diriger vers l'escalier. Calidus le repousse d'un geste de la main, et il n'est pas loin de le frapper.

– Assez ! Allons constater les dégâts.

Je m'agenouille à côté du seau et je presse la brosse sur le carrelage des deux mains. Mais au lieu de frotter, j'écoute les pas légers de Calidus et ceux bien plus pesants d'Audo qui résonnent à l'étage. Je ne distingue pas leurs propos, mais j'entends Calidus parler de plus en plus vite et d'une voix plus aiguë au fur et à mesure que sa colère augmente. J'entends aussi le baryton apaisant d'Audo ; en revanche, celle que je n'entends pas, c'est Clio. Je me rends compte qu'elle n'est pas invitée à participer à cette conversation. Ce qu'elle pense n'a aucune importance. J'ai beau ne pas comprendre exactement ce que font les louves avec les hommes, je sais déjà qu'une louve avec un mille-pattes rouge sur le visage et un bec-de-lièvre artificiel n'est plus apte à exercer.

Calidus continue de parler dans le couloir puis dans la cage d'escalier, et sa voix résonne comme une trompette quand il revient dans la grande salle. Je trempe ma brosse dans l'eau et frotte ostensiblement le sol, mais ça n'a guère d'importance. Calidus ne me remarque même pas.

– Peut-être aimerais-*tu* expliquer à mon *père* pourquoi les revenus de cette taverne sont sur le point de baisser de vingt pour cent ? braille-t-il.

Malgré la pénombre, je vois une veine palpiter sur son front. Clio entre derrière lui, les épaules voûtées, suivie d'Audo sur ses talons. Je continue de frotter aussi silencieusement que possible.

– Et peut-être aimerais-*tu* expliquer à mon oncle l'*évêque* pourquoi la contribution de mon père à son nouveau *baptistère* va *diminuer* dans un avenir proche.

– Votre Honneur, murmure Audo.

Clio baisse la tête et se recroqueville contre le mur sous l'une des fresques, un tableau qui représente une agile jeune fille à la peau sombre à cheval sur un homme. Elle ne lui ressemble pas du tout. Mais, de toute façon, Clio ne ressemble même plus à elle-même. Elle n'est plus vêtue de sa robe bleue maculée de sang, mais d'une robe droite en toile de jute qui lui descend jusqu'aux chevilles. Ses cheveux sont attachés en arrière, comme ceux de Focaria. Son visage est rond et pâle, mais, même dans la pénombre, je vois bien que la chair autour de sa cicatrice est couverte d'hématomes noirs et verts, et que les points de suture donnent l'impression que son visage est de travers. C'est un pot cassé qu'on a maladroitement recollé. Elle serre un baluchon contre son ventre. Elle ne porte ni chaussures, ni maquillage. Quand elle se tourne dans ma direction, elle ne voit ni moi, ni la pièce, ni quoi que ce soit. Son regard ressemble à ce qu'un soldat que je rencontrerai plus tard a appelé *le regard horizon*.

– Tu comprends ce que je te dis, espèce de grand singe ?

Calidus agite son doigt juste sous le nez du géant, qui darde un regard noir sur le sol. Le Dominus lui tourne le dos avec un soupir théâtral.

– Votre Honneur…

Calidus lève de nouveau le doigt pour le faire taire, puis aspire une grande bouffée d'air.

– Cette taverne n'est pas l'unique entreprise de mon père, mais elle n'en demeure pas moins importante, articule-t-il comme s'il s'adressait à un idiot ou à un étranger. Je ne m'attends pas à ce qu'une brute comme toi comprenne les subtilités du flux de trésorerie, mais j'*espère* que tu comprends que lorsque tes bénéfices hebdomadaires diminuent, on doit compenser cette perte *par ailleurs*.

– Votre Honneur.

Pendant qu'Audo endure cette diatribe, Clio se tasse de plus en plus sur le banc contre le mur. Sans quitter Calidus des yeux, Audo tend le bras et la remet debout.

– Est-ce que tu le comprends, *ça* ? poursuit Calidus sans même le remarquer. Quelqu'un d'*autre* doit faire *plus* parce que, *toi*, tu ne fais pas *assez*.

– Votre Honneur…

Calidus le frappe du revers de la main.

– Arrête de râbacher ! On dirait un putain de perroquet !

Audo, qu'on a déjà probablement frappé plus fort dans sa jeunesse, porte la main à son visage et inspire profondément par le nez. Calidus le dévisage, les yeux écarquillés, le souffle court. Il ne peut s'empêcher de faire un pas de recul en remarquant qu'Audo serre l'un de ses poings, puis l'autre. Alors, Calidus se retourne pour qu'Audo ne puisse pas voir qu'il se masse le dos de la main. Audo porte la sienne à son visage, sur lequel une trace de sang marque l'endroit où l'une des bagues du Dominus l'a entaillé.

Je continue de bouger ma brosse aussi lentement que possible, mais, quand Audo surprend mon regard, je me mets à récurer furieusement le carrelage. Pendant un moment, le crissement de ma brosse est l'unique son dans la pièce. Calidus, qui se masse toujours la main, pose les yeux sur moi.

– Qui es-tu ?

Je lève les yeux tout en pressant les poils de mon outil sur le sol usé.

– Pusus.

– Ça, je vois bien. Mais quel est ton *nom* ?

– Pusus, dis-je à nouveau.

Je ne veux pas que Dominus connaisse mon nom.

– Crétin, soupire Calidus en se détournant. Je suppose que je lui paie le couvert, à lui aussi.

Il jette un coup d'œil à Audo, qui serre toujours les poings, et se dirige vers les volets.

– Emmène-la au théâtre, ajoute-t-il en le détachant. Tires-en ce que tu pourras.

Audo saisit Clio par le bras et la pousse vers l'avant.

– Est-ce que j'en achète une autre ?

Calidus marque une pause dans la lumière vibrante de la rue.

– Non, répond-il sans se retourner. Pas avant que je te contacte.

– On va avoir une louve de moins, objecte Audo en poussant Clio vers la porte.

– Tu aurais dû y penser avant de laisser quelqu'un monter à l'étage avec un couteau.

– Et le matelas ?

– Qu'est-ce qu'il a, le matelas ?

– Il est plein de sang. Il va falloir que j'en achète un autre.

– Retourne-le. Personne ne verra la différence.

– Vous pourriez..., souffle Clio.

Sa voix est tendue par la douleur et distordue par l'entaille dans sa lèvre. Les deux hommes se retournent vers elle d'un air surpris.

– Vous pourriez me retourner, moi aussi, précise-t-elle en baissant les yeux. Certains clients le font déjà. Ils n'auraient pas besoin de voir mon visage.

Calidus la dévisage, ébahi. Audo resserre sa prise sur son bras, ce qui la fait encore plus souffrir, mais elle reprend la parole.

– S'il vous plaît, ne me vendez pas, Dominus, implore-t-elle en levant les yeux vers Calidus – elle sait déjà que supplier Audo ne lui sera d'aucun secours. Je ne veux pas aller sous les arches...

Sa voix se brise sur le dernier mot, et elle se tait. Calidus s'avance, et elle le regarde comme s'il s'agissait d'un chien qui pourrait la mordre à tout moment.

– Comment t'appelles-tu ?

– Clio.

– Non, ton *nom* !

Il est assez près d'elle pour l'embrasser.

– Silvia.

J'ai failli ne pas l'entendre.

– Eh bien, Silvia, le silence est l'ornement de la femme. Tu l'as déjà entendu dire ?

Clio lève la tête pour répondre, puis, comprenant qu'elle n'est pas censée le faire, secoue la tête.

– C'était effectivement peu probable. C'est une maxime d'Aristote, espèce de vache stupide.

Il se tourne vers Audo.

– Si quelqu'un lui avait dit ça *avant*, on ne serait *pas* dans cette situation.

En prononçant ce dernier mot, il désigne de la main le visage de Clio. Audo baisse la tête.

– Votre Honneur.

Clio ferme les yeux.

– Comme je te l'ai indiqué, essaie d'en tirer ce que tu peux chez le marchand d'esclaves, lance Calidus en ressortant. Si tu ne peux pas faire ce travail, Audo, je trouverai quelqu'un qui en soit capable.

Et il s'en va en laissant le volet grand ouvert. Sur le trottoir d'en face, un mendiant se dore au soleil, adossé au mur. Il remue en voyant Calidus passer et tend vers lui une main à trois doigts, mais en vain. Les bruits de la rue me parviennent – une charrette qui grince au loin, quelqu'un qui donne des coups de marteau, les cris des mouettes. Dans la taverne, le silence règne. Je suis toujours à genoux, immobile, les mains posées sur ma brosse. Puis Audo se dresse au-dessus de moi. Il tient toujours Clio fermement par le bras. Elle fixe de nouveau un horizon qu'elle seule est en mesure de voir.

– Laisse tomber ça, ordonne-t-il. Va frotter le carrelage dans sa cellule.

Je jette un coup d'œil à Clio. Elle ne me regarde pas. Elle est déjà partie là où elle doit aller, quel que soit cet endroit. Ce sera peut-être pire que l'Hélicon, ou peut-être pas. Rétrospectivement, il m'est venu à l'esprit que j'aurais dû lui demander si elle avait un message pour les autres louves, et que j'aurais au moins dû lui dire au revoir. Mais, l'instant d'après, il est déjà trop tard. Audo l'a traînée dehors et il a refermé le volet derrière lui.

– Attache-le, me lance-t-il de la rue.

* * *

Dans la journée, le couloir à l'étage baigne dans un halo crépusculaire. La lumière ne pénètre que par les petites fenêtres à barreaux près du plafond de chacune des cellules, et l'air stagnant sent la sueur froide, les pots de chambre vides ainsi que l'encens et les parfums de la veille. Sans les reflets des lampes sur les murs couverts de gras, les graffitis sont plus faciles à voir : un pénis qui gicle, un visage rond, la bouche ouverte, les yeux fermés par l'extase, le symbole chrétien chi rho que Renatus imprime sur ses miches. L'un des marins de Rufus a gravé un navire sur le mur – une demi-lune couchée, un bâton pour figurer le mât et une voile triangulaire.

Quand je porte mon seau, petit garçon aux jambes frêles et aux genoux cagneux, la brosse ballotte dans l'eau. C'est la première fois que je me retrouve tout seul à l'intérieur d'un bâtiment, une expérience inhabituelle pour un esclave. Les rideaux des cellules sont ouverts, hormis celui de la dernière, en face de celle de Clio. Dans le temps, c'était celle de Calliope, qui est morte ou a été vendue, mais jamais remplacée. Au moment où je pénètre chez Clio, le rideau de Calliope bouge légèrement, ce qui m'effraie un peu. Je sais que je suis tout seul, mais si ce n'était pas le cas ? Si quelqu'un se jetait sur moi de derrière ce rideau quand personne n'est là pour entendre mes cris ? Parfois, quand Euterpe n'est pas dans les parages, Focaria prend un malin plaisir à me raconter des histoires de fantômes en colère, peut-être pour me faire filer droit sans avoir à me frapper, peut-être simplement pour s'amuser. Mon cœur bat à tout rompre dans ma poitrine osseuse. Je pose le seau. Si Focaria pouvait me voir en ce moment, elle serait morte de rire, mais si Audo me prenait à faire semblant d'être malade parce que j'ai peur, il me battrait. Alors j'inspire une grande bouffée d'air et je tire le rideau. Derrière, il n'y a personne, juste une cellule aussi vide que les autres, un lit, une table, un tabouret et un pot de chambre. Je souffle en me sentant un peu ridicule, puis j'entre chez Clio et je me mets au travail.

À part les taches de sang sur le sol et sur les murs, il ne reste pas beaucoup de traces du passage de Clio. Le petit lit et le matelas, les graffitis sur le mur à portée de bras d'un homme qui serait allongé dessus. Une lampe éteinte repose sur la table de chevet, avec un vieux broc et une bassine, une jarre d'huile d'olive, une coupe en fer-blanc, une cuillère de plomb et un bol de bois encore encroûté des restes du dernier repas de Clio. Son pot de chambre, vide, est posé dans un coin, retourné de manière à atténuer l'odeur. Trois patères de bois sont clouées au mur à côté du rideau. Une robe bleue pend à l'une d'elles, l'ample cape qu'elle mettait pour aller aux thermes à une autre. Il ne fait aucun doute qu'Audo ou Focaria ont déjà brûlé sa robe maculée de sang, et la robe en toile de jute qu'elle portait tout à l'heure était probablement le seul vêtement qui lui restait.

Je traîne le lit de l'autre côté de la cellule, puis je m'agenouille à côté du seau. Le sang séché s'est profondément incrusté dans les fibres du bois, et j'ai beau frotter, il ne part pas. Et quand j'essaie de nettoyer les éclaboussures sur le mur, le crépi tout gribouillé commence à peler, alors je laisse tomber et je remets le lit à sa place. Le raclement des pieds sur le parquet semble résonner trop fort, mais il s'éteint bientôt. Sur le matelas, à hauteur de l'endroit où se trouvait la tête de Clio, le sang a laissé une tache noire à présent toute sèche et dure au toucher. Comme Calidus l'a demandé, je retourne le matelas – sans effort, parce qu'il n'est rempli que de paille –, mais je découvre une tache similaire de ce côté-là aussi. Je soupire à nouveau en posant mes mains sur mes hanches. Quand Audo va rentrer, il va probablement me frapper, comme si c'était de ma faute. Mais qu'y puis-je ?

C'est alors que je me rappelle le lit dans l'ancienne cellule de Calliope. J'ai de la chance. Son matelas est également taché, mais d'un seul côté, et il ne pue pas plus que celui de Clio. Je le traîne donc sur le parquet pour procéder à l'échange, en plaçant la face tachée vers le bas. Puis j'emporte celui de Clio dans l'autre cellule et je le hisse sur le lit. J'espère qu'Audo ne remarquera pas le sang que je n'ai pas réussi à nettoyer par terre et sur le mur, mais je suis si content de moi que je m'assois sur le lit dans la cellule de Calliope. À quelques pas, il y a une table de bois avec un tabouret en dessous, mais, contrairement à celle de Clio, elle est encombrée de petits pots et de jarres, ainsi que d'autres objets que je ne connais pas. Il n'y a toujours pas un bruit en bas – les louves en ont encore pour un moment aux thermes, et Audo probablement pour un peu plus longtemps –, alors je vais l'examiner de plus près.

Les pots et les jarres sont disposés en demi-cercle autour d'un petit plateau métallique recouvert de minuscules instruments délicats. Ce sont les accessoires de maquillage que les louves se partagent, et cette cellule vide leur sert de loge. Elles y vont à tour de rôle en début de soirée pour se farder, se parfumer et huiler leur peau. Melpomène a son propre nécessaire, qu'elle ne partage avec personne, ainsi qu'un impeccable jeu d'instruments en argent. Ceux que j'ai devant moi, bien meilleur marché, sont en fer-blanc, en plomb ou taillés dans un os. Je les saisis un par un, les retourne entre mes doigts pour tenter de comprendre à quoi ils servent, mais je ne l'apprendrai vraiment que lorsque je commencerai à les utiliser moi-même : une pince à épiler rigide, un rasoir, une minuscule cuillère de plomb pour le cérumen, un peigne d'ivoire avec une dent en moins, une pierre ponce, des petites brosses aux poils collés, un assortiment d'épingles à cheveux faites d'os ou de bois et, posée sur le côté, une brosse avec des cheveux de différentes couleurs coincés entre les soies.

Je jette un coup d'œil derrière moi. La taverne est toujours silencieuse, alors je soulève un par un les bouchons des jarres pour en humer le contenu ou le frotter doucement entre mes doigts sales. Certaines matières sont huileuses, d'autres sont simplement humides. Certaines sentent bon, comme des fleurs, certaines sont musquées. Certaines ont l'odeur d'Euterpe quand elle descend dans le jardin le matin, d'autres celle de Thalie ou d'Uranie. Je trempe le doigt dans un parfum et je le pose sur le bout de ma langue, mais c'est horriblement amer, alors j'essaie de faire partir le goût en crachant. Certains pots sont remplis de pigments poisseux au toucher, et l'un d'eux contient une poudre noire collante qui tache le bout de mes doigts. C'est l'unique chose que je reconnais – le truc qu'Euterpe se met autour des yeux. Cette matière s'étale et se désagrège quand je tente de frotter pour l'enlever, alors je retourne dans la cellule de Clio pour me laver les mains dans le seau.

Je m'apprête à tirer le rideau de celle de Calliope lorsqu'un objet que je n'avais pas remarqué attire mon attention : au-dessus de la table, une poêle plate en métal pendue à un crochet par le bout d'un long manche assez fin. Je retourne à l'intérieur et je la soulève avec précaution en prenant le manche des deux mains. Elle est lourde, faite d'un cuivre mat, lisse et tacheté de vert-de-gris. Une image est gravée sur la surface verdâtre de la poêle, mais, ayant du mal à distinguer ce qu'elle représente, je me dirige vers la petite fenêtre et je la place de biais dans la lumière. On y voit un garçon tout nu à cheval sur un oiseau géant qui ne ressemble à aucun de ceux que je connais – le martinet, le coq ou le moineau. Il est plus grand que le garçon, avec des ailes puissantes d'une large envergure, d'énormes serres, un bec acéré et une lueur féroce dans l'œil. Le garçon s'accroche à son cou comme si sa vie en dépendait, mais son expression est tellement masquée par la moisissure que je ne parviens pas à déterminer si c'est de la peur, de l'excitation ou autre chose. Je monte sur le matelas pour approcher cette étrange poêle de la lumière, mais la poignée glisse dans mes mains et la poêle se retourne. Pour la première fois de ma vie, je vois mon visage. C'est un miroir.

Je comprends aussitôt ce que je suis en train de contempler. J'ai déjà aperçu mon reflet dans l'eau – à la surface tremblante de l'abreuvoir, dans celle du seau, dans une flaque sale – mais, chaque fois, j'étais à contre-jour, alors je ne distinguais pas mes traits, juste le contour de ma tête, mes oreilles décollées, les mèches en bataille de ma tignasse. Pour autant que je le sache, c'était ainsi que tout le monde me percevait – un garçon avec de grandes oreilles, une tignasse et pas de visage. Jusqu'à ce moment-là, pendant ma courte vie, savoir à quoi je ressemblais ne m'avait jamais traversé l'esprit. Et là, subitement, par accident, me voici.

Au début, c'est comme regarder quelqu'un d'autre. Le visage de l'esclave le plus humble dans la cour du foulon ou du plus anonyme des mousses sur les quais m'est plus familier que celui que j'ai sous les yeux. C'est celui d'un étranger, mais il reflète pourtant ma propre confusion et ma curiosité. Quand j'écarquille les yeux et sursaute en le voyant, il fait de même. Si je tourne le miroir pour essayer d'échapper à son regard, il tente d'échapper au mien. Quand je suis bouche bée, il m'imite, et idem quand je cligne des yeux.

Au bout d'un moment, je n'en peux plus, et je retourne le miroir du côté où se trouve la gravure du garçon et de l'aigle à moitié effacée. J'ai le souffle coupé, et mon cœur cogne dans ma poitrine encore plus fort que lorsque je croyais que quelqu'un m'attendait derrière le rideau. De fait, quelqu'un m'y attendait, et maintenant j'ai vu son visage. Je balaye la cellule du regard, mais elle n'a pas changé : vide, close, une odeur de renfermé. En bas, rien ne bouge. Aucun son ne me parvient de la rue, ni un bruit de pas ni même un cri de mouette. Tout est exactement comme quelques instants auparavant.

Excepté ça. Je retourne le miroir en tenant son manche à deux mains et je l'approche de mon visage jusqu'à ce que mon nez le touche quasiment, qu'il touche presque le nez de l'autre garçon. Il a les yeux marron encadrés de cils très fins. Ses cheveux sont noirs, mal coiffés, en épis – Focaria les coupe avec une paire de gros ciseaux mal aiguisés –, un petit front lisse et de gros sourcils. Ses oreilles sont un peu décollées, mais pas trop, son nez est long et un peu pointu. Il a des lèvres fines, mais une grande bouche, et son menton est parfaitement aligné avec le bout de son nez. Je n'apprendrai ce mot que bien des années plus tard, mais son visage est symétrique.

Je lui souris, et il me sourit aussi, sans desserrer les lèvres, sans me montrer ses dents. Les commissures de ses lèvres atteignent presque le bord de son visage étroit ; des fossettes se creusent sur ses joues. Ça me fait rire, et j'aperçois ses dents, lesquelles (rétrospectivement, et contre toute attente) sont blanches, bien alignées et toutes présentes. Il est beau garçon. Si je le voyais dans la rue, j'aurais envie de mieux le connaître. Et si je savais dessiner, je graverais son visage sur tous les murs de la ville.

Ensuite, bien sûr, je m'égare, comme c'était prévisible... Je montre les dents, je tire la langue, j'étire ma joue sur un côté avec un doigt, je louche, je fais la moue, je grogne et je grimace et je ris et je crie. La clameur de ma joie rebondit sur les murs graisseux de la cellule, elle emplit le couloir étroit et, pour autant que je le sache, résonne dans la cage d'escalier jusqu'aux volets de la taverne et dans la rue. Je voudrais emmener ce garçon dans le jardin et le montrer à Focaria ou à Euterpe. Je voudrais lui faire remonter la rue et le présenter aux femmes à la fontaine, aux gamins du carrefour. Je voudrais qu'il passe devant Musa le prêteur sur gages et Quartus le scribe, je voudrais qu'Opitria la voyante le regarde droit dans les yeux et me prédise son avenir. Je voudrais l'emmener chez Nazarius, qui lui ferait un clin d'œil, et je voudrais le montrer à ce vieux grincheux de Renatus et lui demander comment il a pu haïr un visage tel que celui-là.

Puis le silence retombe. J'ai cessé de crier, mais je ne m'en rends compte que lorsque je m'aperçois qu'il en va de même pour lui. On se contente de se toiser pendant un long moment, on fouille profondément dans le regard l'un de l'autre. J'essaie de deviner à quoi il cogite, et je constate que lui aussi. Je sais lire sur le visage d'Euterpe ce qu'elle pense, je sais reconnaître la colère de Focaria, le moment où Audo s'apprête à me frapper, mais dans ce miroir, je ne vois rien de plus que le visage d'un garçon aussi mystifié et excité que moi.

Un bruit aigu résonne au-dessus de ma tête, distinct, très proche. Un unique piaillement. Je quitte des yeux le reflet du garçon dans le miroir et les pose sur un petit oiseau perché sur le rebord de brique de la fenêtre, entre deux barreaux. Il est à contre-jour, mais je reconnais la silhouette d'un moineau, et je crois même distinguer une lueur dans ses yeux quand il bouge la tête de droite et de gauche pour me lorgner. Je tourne le miroir vers lui.

– Regarde, dis-je aussi doucement que possible pour ne pas l'effrayer. C'est toi.

Je tends le miroir à bout de bras pour qu'on puisse tous se voir en même temps, le moineau, l'autre garçon et moi.

– C'est nous.

J'entends alors deux voix d'homme dans la rue, juste devant la taverne. L'un d'eux secoue les volets et, constatant qu'ils sont fermés, pousse un juron. Le moineau s'envole aussitôt, disparaissant simultanément de la fenêtre et du miroir. Le garçon glisse sur un côté du cadre quand je saute du lit pour ranger soigneusement le miroir à sa place au-dessus de la table. Les louves seront bientôt de retour, mais j'attends que les deux voix s'estompent dans la chaleur de la matinée. Je tire le rideau derrière moi en sortant de la cellule, puis je récupère le seau et je redescends dans la grande salle vide.

Les louves reviennent des thermes avant Audo, qui rentre tout seul du théâtre. Uranie et Thalie font déjà comme si rien ne s'était passé, elles chuchotent et rient entre elles quand elles arrivent par la porte du jardin. Uranie a retrouvé son regard hautain sur le monde, les paupières lourdes, une moue sur les lèvres, comme si elle souriait à une blague réservée aux seuls initiés, mais l'exubérance habituelle de Thalie paraît un peu surjouée, aujourd'hui. Elle rit plus fort, son sourire est plus large. Melpomène, de son côté, se tient encore plus droite, le menton en avant, les épaules en arrière. Elle arbore la moue satisfaite d'un chat qui vient de manger quelque chose pendant que tu regardais ailleurs. C'est l'expression d'un vainqueur qui tente de ne pas le montrer. Ce n'est que sur le visage d'Euterpe que je peux encore lire les événements de la veille. Elle entre avec les autres, mais c'est comme si elle marchait toute seule, les yeux fixés sur quelque chose que personne d'autre ne peut voir.

Je n'ai regagné le jardin que depuis quelques instants, gonflé d'excitation par la révélation du miroir, débordant du besoin d'annoncer à quelqu'un, à tout le monde, que je me suis vu pour la première fois. Je verse l'eau du seau dans l'arrosoir et, tandis que Focaria fait entrer les louves, j'arrose très prosaïquement les rangs d'herbes aromatiques et de légumes, le thym et les navets, l'origan et les oignons avec les dernières gouttes rosâtres du sang de Clio.

– Audo est-il rentré ? demande Euterpe.

Quand Focaria secoue la tête, Thalie et Uranie se laissent toutes les deux tomber contre le mur de la taverne en s'enveloppant dans leurs capes. Euterpe elle-même relâche ses épaules. Quoi qu'elles ressentent par ailleurs, les louves vont profiter de quelques instants de liberté.

– Tu peux nous donner quelque chose à manger ? demande Uranie.

Melpomène, qui est en train de verrouiller la porte, fronce les sourcils en l'entendant, mais Focaria acquiesce et rentre dans sa cuisine.

Personne ne fait attention à moi. Je voudrais dire à Euterpe ce que j'ai vu à l'étage, mais je me rends compte qu'elle n'aurait pas envie de l'entendre en ce moment. Thalie et Uranie, toujours adossées au mur, le visage tourné vers le soleil, attendent les restes que Focaria voudra bien leur donner. Je retourne vers le seau, que j'ai laissé à côté de la porte, et tout en le vidant dans l'arrosoir, j'observe Melpomène, qui est à quelques pas. Elle examine le jardin comme si elle envisageait d'acheter l'établissement.

– J'ai fini le ménage là-haut, lui dis-je. J'ai fait partir presque tout le sang du parquet. J'ai frotté aussi fort que je pouvais.

Elle marque sa petite pause théâtrale coutumière avant de poser son regard sur moi, les yeux écarquillés, comme si elle faisait semblant d'être surprise de me voir.

– J'ai aussi retourné le matelas. On ne voit plus le sang, maintenant.

– Bien.

– J'ai aussi nettoyé le mur. J'ai presque tout enlevé.

En revanche, je ne mentionne pas le crépi qui se décollait sous la brosse.

Euterpe se tourne lentement vers moi, comme si elle se réveillait. Focaria sort de la cuisine avec un bol de pain et de fromage, et en donne un peu à Thalie et à Uranie.

– Et je me suis vu !

Comme Audo est absent, mon excitation remonte à la surface.

– Dans un bout de métal !

– Tu as fait quoi ? demande Euterpe en écartant d'un geste le bol de Focaria.

– Tu es entré dans ma chambre ? s'étonne Melpomène en écarquillant les yeux.

– Non !

Je sens le rouge qui me monte au visage.

– Je suis allé dans la pièce en face de celle de Clio. Celle où il y a une table avec des jarres dessus. Il y avait une... chose en métal, accrochée au mur.

Melpomène se tient très droite, immobile, les mains jointes. On dirait qu'elle s'apprête à réciter un poème.

– Ça s'appelle un miroir.

– Que faisais-tu là-bas ? s'enquiert Euterpe en s'interposant entre Melpomène et moi.

– Je me suis vu !

J'aimerais que ça leur fasse autant plaisir qu'à moi.

– Tu n'aurais pas dû y entrer ! répond Euterpe.

Mais Melpomène parle en même temps qu'elle.

– Ce que tu as vu t'a plu ?

Mon regard se porte au-delà d'Euterpe et se pose sur Melpomène.

– C'est à ça que je ressemble ? À ce que j'ai vu dans le miroir ?

– Oui, répond Melpomène. Tu es un beau garçon.

– Arrête !

Euterpe a parlé d'une voix si cassante que Thalie et Uranie ont cessé de chuchoter. Focaria elle-même a sursauté.

– C'est vrai, insiste Melpomène en croisant le regard d'Euterpe. Il est beau.

– Ne lui dis pas ça !

Euterpe s'interpose à nouveau entre Melpomène et moi.

– Pourquoi ne devrait-il pas le savoir ? demande cette dernière.

– Laisse-le en dehors de ça…

Mais, à ce moment-là, Euterpe est interrompue par des coups sur la porte qui nous font tous tressaillir, excepté Melpomène.

– Focaria ! Ouvre !

C'est Audo. Thalie bondit sur ses pieds et fonce vers la taverne. Uranie chipe un dernier morceau de pain dans le bol de Focaria et file sur ses talons. Cette dernière me tend le récipient avant d'aller ouvrir.

– Remets-le dans la cuisine !

Melpomène et Euterpe ne bougent pas.

Dans la cuisine, la chaleur est étouffante. Je me fourre un morceau de pain et deux bouts de fromage dans la bouche, et j'entends le grincement du verrou et celui du battant qui pivote, la porte qui claque puis le verrou qui grince à nouveau.

– Clio ?

C'est Euterpe qui a posé la question.

– Partie, répond Audo.

– Alors, j'ai une idée, lance Melpomène.

– Quoi ? demande Audo.

Je les observe depuis la porte de la cuisine, la bouche encore pleine.

Ils forment un petit triangle, Melpomène et Euterpe face à face, Audo qui les domine de sa hauteur en les toisant l'une après l'autre. Au début, je n'entends pas ce qu'ils disent. Focaria entre d'un pas vif dans la cuisine et me pousse vers l'intérieur, mais je l'écarte de la main et continue de regarder.

Euterpe hausse le ton.

– Les clients ne voudront pas de lui là-haut, affirme-t-elle à l'intention d'Audo en foudroyant Melpomène du regard. Les clients ne voudront pas qu'un garçon traîne à l'étage.

– Ils ne le remarqueront même pas, rétorque Melpomène avec le visage de la raison. Ils le remarquent à peine aujourd'hui.

Audo prend un air renfrogné, comme à son habitude quand il veut faire croire qu'il réfléchit.

– Quelqu'un va lui faire du mal…, poursuit Euterpe.

Melpomène s'adresse directement à Audo.

– Il sera plus en sécurité à l'étage. Les clients qui montent ont autre chose en tête. Ils ne s'apercevront même pas qu'il est là.

– Pourquoi fais-tu ça ? demande Euterpe.

– Ce n'est pas ton jouet, répond Melpomène. Il est ici pour travailler, comme le reste d'entre nous.

Audo serre les poings, l'un après l'autre. Il commence à se lasser. Melpomène pose la main sur son bras.

– Tu n'en as pas marre de monter et redescendre l'escalier, Audo ? Laisse faire Pusus. Il peut nous apporter l'eau et débarrasser les pots de chambre. Tu seras plus tranquille derrière ton comptoir, d'où tu peux surveiller ce qui se passe.

– Et si on a une nouvelle nuit comme hier soir ? lance Euterpe en s'approchant de lui sans le toucher.

– Dans ce cas, tu seras toujours en bas, n'est-ce pas, Audo ? répond Melpomène en lui pressant le biceps. Il ne sera pas plus loin qu'il ne l'était hier soir, ajoute-t-elle en lançant un regard candide à Euterpe.

Audo grommelle du fond de la gorge.

– Il n'est pas *prêt* ! insiste Euterpe.

– Moi, je pense que si, rétorque Melpomène en posant les yeux sur moi à l'autre bout du jardin. Tu n'es pas d'accord, Antiochus ?

Je retiens mon souffle. Je ne pensais pas qu'ils m'avaient repéré sur le seuil de la cuisine, mais Melpomène savait tout du long que j'étais là, bien sûr. Audo me lorgne en plissant les yeux, et Euterpe, livide, se tourne vers moi.

– Tu ne voudrais pas être notre assistant ? me lance Melpomène en souriant. Tu n'as pas envie d'être un grand garçon ?

Mon cœur bat à tout rompre. L'idée de travailler à l'étage me fait peur, parce que c'est là que Clio a pris un coup de couteau, mais j'ai déjà vu ça de nombreuses fois dans la grande salle de la taverne. Je sais aussi qu'Euterpe m'aime et que ce n'est pas le cas de Melpomène, mais ça m'excite de travailler à l'étage, avec les louves. Je ne comprends pas pourquoi

Melpomène entre toutes voudrait que je le fasse ni pourquoi Euterpe, qui m'a appris la curiosité, s'y oppose.

– Oui, soufflé-je.

Euterpe fixe ses pieds, les épaules voûtées, les bras ballants au bout des manches de sa cape. Elle m'a toujours paru grande, cette femme qui me portait sur sa hanche, qui me prend encore dans ses bras, mais, à présent, elle semble diminuée, frêle, et si je traversais le jardin pour la rejoindre, je crains de la trouver plus petite que moi.

– C'est réglé ! s'exclame Melpomène en passant la main sous le bras d'Audo pour l'entraîner vers la taverne. Tout le monde y gagne ! ajoute-t-elle quand ils disparaissent à l'intérieur.

Euterpe a les yeux secs, mais elle a pris un coup de vieux. Elle se tourne vers la cuisine et toise Focaria par-dessus ma tête.

– Tu aurais pu dire quelque chose.

– Quoi ? demande Focaria.

– Que tu as besoin de lui en cuisine. Qu'il faut qu'il t'aide à faire les courses.

– Ce que je veux n'a aucune importance. Ce que tu veux n'a aucune importance. Ce qu'il veut...

Tout en parlant, Focaria pose la main sur mon épaule, presque gentiment.

– C'était écrit, conclut-elle.

Elle retire sa main, et je l'entends rentrer dans la cuisine. Juste après, le *tchack tchack tchack* de son couteau résonne. Je dévisage Euterpe, trop honteux pour parler. J'ai l'impression de l'avoir trahie. Elle se force à sourire et me tend la main.

– Viens ici, Petit Bout.

Ça fait longtemps que je ne me suis plus assis avec Euterpe dans le jardin. Souvent, je sors faire les courses pour la taverne avant qu'elle se lève. Et j'en ai peut-être trop vu, dans la rue, sur les quais, au théâtre et même à l'Hélicon pour que ses histoires et ses fables me fascinent autant qu'avant. De plus, je grandis – je suis désormais trop grand pour qu'elle me prenne sur ses genoux, alors on s'installe une dernière fois à notre endroit préféré, à côté de la citerne, dans la bande d'ombre qui rétrécit au fur et à mesure que le soleil grimpe dans le ciel et que sa lumière envahit le jardin.

On s'assoit en tailleur ; nos genoux sont proches mais ne se touchent pas. Les miens sont calleux à cause du temps que je passe tous les jours à gratter les cendres dans le four ou à frotter le carrelage de la taverne. Elle a recouvert les siens de la cape qu'elle porte dans la rue. En ces rares occasions où nous disposons d'un peu de temps ensemble, elle n'hésite jamais et se lance aussitôt dans une leçon en tirant parti de celles que son père, le prêtre au destin fatal, lui a enseignées. Mais aujourd'hui, elle me dévisage sans rien dire, comme si elle espérait que, pour une fois, je *lui* raconte une histoire. Je parle, juste pour briser le silence.

– Pourquoi Focaria a-t-elle affirmé que « c'était écrit » ?

– Ce qu'elle veut dire, c'est que, tôt ou tard, tu allais finir par travailler à l'étage.

– Comme toi ?

– Non, pas comme moi. Pas comme nous.

– Pourquoi refuses-tu de me dire ce que vous faites ?

Elle se penche et me prend les mains.

– Tu vas le découvrir. Et il faut que tu saches quelque chose.

Son regard ne m'a jamais fait peur, mais là, je voudrais détourner les yeux. Elle serre mes mains encore plus fort.

– Écoute-moi. Tu m'écoutes, là ?

J'acquiesce.

– Quelles que soient les choses que tu me verras faire avec les clients, quelles que soient celles que tu entendras, ce n'est pas réel. Ça ne veut rien dire. Ce n'est qu'un jeu. Tu comprends ?

– Je crois.

Pour la première fois de ma vie, j'aimerais qu'elle me lâche.

– Ce ne sont pas des choses que j'ai envie de faire. C'est mon travail. Toi, tu dois apporter de l'eau, acheter du pain, nettoyer le carrelage et emporter le linge chez le foulon. Eh bien, moi, j'ai aussi un travail. Je dois faire ce qu'Audo me demande, tout comme toi.

– Si c'est un travail, comment ça peut être un jeu ?

Je ne vois pas en quoi se faire chatouiller par Thalie ressemble à frotter le sol. J'ai du mal à m'imaginer en train de jouer avec Audo.

– Quand je parle de jeu, je ne veux pas dire que c'en est un... mais c'est... ce n'est pas réel. Ce que je fais avec les clients, je fais semblant, c'est tout. Je joue la comédie.

Elle me presse les mains et cherche à capter mon regard fuyant.

– Tu comprends ce que je veux dire ?

J'ai du mal à supporter la façon dont elle me fixe. Je vois Focaria qui nous observe depuis la porte de la cuisine.

– Focaria a besoin de moi. Je dois lui apporter de l'eau.

– Je sais, Petit Bout, répond-elle sans me lâcher. Encore un petit instant, s'il te plaît.

Elle essaie de sourire.

– T'ai-je jamais raconté l'histoire du singe et de ses deux mères ?

– Je n'ai pas le temps pour une histoire.

Je jette un coup d'œil vers Focaria, mais elle est rentrée dans sa cuisine.

– Elle est très courte, et je vais la raconter vite, répond-elle en me serrant les mains encore plus fort. Un petit singe a deux mères. Une qui le couvre de baisers et de câlins. Elle l'étouffe, elle le rend faible.

La pression de ses mains, de son regard – c'est trop. L'envie de lui échapper est presque irrépressible.

– Mais son autre mère l'ignore, poursuit-elle en essayant à nouveau de sourire. Elle le laisse tout seul, l'oblige à trouver lui-même sa nourriture et un endroit où dormir.

Elle lâche une de mes mains pour passer la sienne, toute tremblante, sur ma joue.

– La deuxième mère dit qu'elle fait ça pour le rendre plus fort. Alors, laquelle des deux devrait-il écouter ?

Je retire ma main.

– Il faut que j'y aille, dis-je en me relevant.

Euterpe se lève aussi, mais gauchement ; elle se prend les pieds dans sa cape.

– Fais tout ce que Focaria te demande.

– C'est ce que je fais toujours.

– Je sais, mais spécialement en ce moment.

Je tente de la contourner, mais elle me saisit le bras.

– Si quelqu'un tente de te faire du mal, si Audo tente de te faire du mal, viens me voir, ajoute-t-elle rapidement à voix basse. Je t'emmènerai.

Je la regarde, totalement stupéfait. Si quelqu'un tente de me faire du *mal* ? Tout le monde essaie, tout le temps. Surtout Audo. Et qu'est-ce qu'elle entend par « m'emmener » ? Pour aller où ?

– Tu comprendras ce que je veux dire quand ça se produira, murmure-t-elle. Et quand ça sera le cas, viens me voir, et on s'enfuira. Je te le promets.

Elle me serre encore une fois dans ses bras. Je sens son souffle chaud dans mon oreille, et ses larmes sur ma joue.

– Je t'aime, Petit Bout. Je serai toujours ta mère. Ne l'oublie pas.

Puis elle me relâche, comme si elle ouvrait les mains pour qu'un oiseau prenne son envol. L'instant d'après, elle a disparu dans la taverne.

II

Lecteur, je sais que tu sais où tout ceci nous mène. Je te prie de me croire quand j'affirme que je n'ai rien vu venir avant que ça se produise. Et, même après, je n'ai pas vraiment compris. Il m'a fallu toute une vie pour appréhender ça. Toute ma vie, je n'ai pas su *qui* j'étais, mais, maintenant qu'elle touche presque à son terme, je sais *ce que* je suis. J'ai beau ne pas connaître mes parents, je connais mes ancêtres. Euterpe m'enjoignait de me rappeler que Remus et Romulus étaient nés d'une princesse et d'un dieu. Mais, comme toujours, elle ne me racontait qu'une partie de l'histoire, la version qu'elle estimait appropriée pour un enfant. En définitive, elle ne me disait pas la vérité. Depuis, j'ai découvert la véritable histoire dans les livres de Tite-Live, dans la bibliothèque même où j'écris à présent ces mots.

La vérité, c'est que Mars a violé Rhéa ; que la louve qui a élevé ses enfants n'était en réalité qu'une putain, comme Euterpe ; que Remus et Romulus étaient deux bâtards qui, en grandissant, devinrent des voleurs et des bandits ; que Romulus a assassiné Remus puis donné son nom à la ville qu'ils avaient fondée ; que les descendants de Romulus ont peuplé cette ville en invitant des bandits et des assassins bannis de leurs propres cités ; que ceux-ci ont peuplé leur petit empire criminel en enlevant les femmes d'une tribu voisine et en les violant à leur tour, tout comme Mars avait violé Rhéa ; que les enfants issus de ces viols ont ensuite fondé une république basée sur l'usage méthodique du viol et de l'esclavage à l'encontre de leurs proches voisins, puis des villes au-delà, puis des villes encore plus lointaines, jusqu'à devenir les maîtres de toute l'Italie ; qu'ils ont alors bâti un empire en conquérant toutes les côtes de la mer, en tuant ou en réduisant en esclavage tous ceux qu'ils rencontraient avant de les rendre complices de leur propre esclavage en les transformant en Romains, eux aussi.

Des siècles avant que j'arrive en Bretagne, le chef d'un clan breton s'est retrouvé dans son royaume en flammes avec une épée de légionnaire sur la gorge, et il a déclaré que les Romains avaient créé un champ de ruines qu'ils appelaient la paix. L'empire tout entier n'est qu'une mosaïque de viols, de meurtres, de bâtardise et de travail forcé, dont je ne suis qu'un fragment insignifiant et terne, sur un bas-côté, tout près du bord. Insignifiant, peut-être, mais représentatif. Moi aussi je suis le sous-produit du viol, du meurtre, de la bâtardise et du travail forcé. Je suis un résumé de l'empire.

Pendant une brève période de ma vie, après que j'ai commencé à travailler à l'étage mais alors que je pouvais encore circuler dans la ville, j'ai pu voir mon monde à la fois d'en haut et d'en bas, dans toute son envergure et dans ses moindres détails.

Chaque fois que je vais à l'ancien théâtre, je chipe une pomme quand l'épicier a les yeux tournés et je monte tout en haut des gradins. Là, je m'assois au soleil pour manger le fruit que j'ai chapardé avec Carthago Nova à mes pieds. Derrière moi, au-dessus du théâtre, trône le temple abandonné d'Asclépios, l'ancien dieu de la Guérison, saccagé par des chrétiens en colère et où n'habitent plus que les chats sauvages. Et, loin devant, au-delà de la scène, sous une autre colline au milieu d'un réseau compliqué de rues et de toits rouges, se dresse le dôme crémeux du caldarium des thermes dont les cheminées crachent de fines volutes de fumée. À ma droite, sur la place du forum, des hommes minuscules en toge blanche se pavanent sans but comme des poules miniatures. Un peu plus loin se dresse le dôme à moitié terminé de l'église chrétienne que l'évêque fait construire, une coupe brisée hérissée d'échafaudages, et la coupole octogonale du nouveau baptistère, tous deux fourmillant d'ouvriers. Tout autour de la ville, des collines pâles et sèches comme la croûte d'une tourte, tandis qu'au loin des montagnes couleur rouille percées de vallées bleu sombre soutiennent la voûte du ciel. Au nord, entre la ville et la montagne, la surface terne d'une grande lagune saumâtre ondule comme un morceau de soie gris passé. À gauche du plan d'eau, là où la montagne la plus proche se dresse au-dessus de la ville, un aqueduc et un pont traversent le bras d'eau qui relie la lagune au port. D'où je me trouve, je ne peux pas les voir, mais sous les arches suintantes de l'aqueduc vivent les louves les moins chères – les fornicatrices, spécialistes de la fellation et de la passe debout. À ma gauche, les navires et les bateaux de pêche sont amarrés le long du quai, tandis que d'autres hommes minuscules acheminent des tonneaux et des balles de coton entre les entrepôts et les navires.

Quand j'étais petit, je ne connaissais pas l'histoire de la ville, mais depuis, Tite-Live et l'historien grec Polybe m'ont enseigné que Carthago Nova a été fondée par les Carthaginois des centaines d'années avant ma naissance. Ils lui ont donné le même nom que leur capitale de l'autre côté de la mer, en Afrique – Qart-hadast dans leur langue, ce qui signifie « nouvelle ville ». Pendant de nombreuses années, les Carthaginois se sont battus avec les Romains pour dominer le monde, et, lorsqu'un général romain du nom de Publius Cornelius Scipio Africanus a capturé la Carthage espagnole, il l'a rebaptisée Carthago Nova, pour la différencier de l'Africaine. Alors, maintenant, son nom signifie « nouvelle nouvelle ville », mais les Romains ont toujours eu un faible pour le superflu prosaïque. Deux générations plus tard, Scipio Aemilianus, le petit-fils adoptif de Scipion l'Africain, a effacé l'ancienne Carthage africaine de l'histoire, en la rasant, en massacrant la plus grande partie de ses habitants et en vendant ceux qui restaient à des marchands d'esclaves. La paix : un champ de ruines.

Une fois que j'ai dévoré ma pomme, j'abandonne ma vigie de moineau pour replonger dans l'intimité de la taverne. À présent, le matin, je suis tout seul à l'étage pendant que les louves vont aux thermes. Je défais les draps sales des lits, je rince leurs pots de chambre, je frotte les taches collantes sur le parquet. Je range la table de maquillage dans la cellule vide et je me regarde vite fait dans le miroir terne, toujours moi et pas moi en même temps. Je passe dans leurs chambres, où je trouve leur trésor caché sous une latte ou dans un trou du mur. Uranie a une petite déesse de cuivre dont elle a effacé le visage à force de le caresser. Thalie a un médaillon sur lequel figure un symbole chi rho en relief. Euterpe n'a ni charmes ni talismans, juste quelques pièces cachées dans un mouchoir noué, mais, en écartant son lit du mur, je découvre les mots qu'elle a gravés dans le crépi et dont j'ignore la signification. Dans la cellule de Melpomène, je fais attention à ne pas toucher ses petits instruments en argent, son miroir brillant, ses brosses et ses pots de fond de teint, parce que, tous les jours, elle compte tout ce qu'elle possède avant de partir aux thermes et recompte tout dès son retour.

Puis c'est le début de l'après-midi, et, sur un signe d'Audo, je détache les volets et laisse entrer les premiers clients de la journée. J'en connais certains pour les avoir croisés dans la rue, d'autres sont des marins, des fermiers ou des saisonniers que je vois pour la première fois et que je ne reverrai plus jamais. Certains ont entendu parler de la taverne ou la connaissent d'une précédente visite, d'autres la découvrent, attirés par le *tintinnabulum* muet suspendu à l'avant-toit côté rue. C'est un pénis de cuivre long comme mon avant-bras avec une paire d'ailes qui sortent de sa hampe, une queue courbe comme celle d'un chat et un deuxième pénis, plus petit, qui dépasse entre deux pattes de chien. Des clochettes sont fixées à son prépuce, au bout des ailes et sur les pattes, mais elles ont toutes perdu leur battant depuis longtemps. Quand ils entrent, les hommes les tapotent ou leur donnent une chiquenaude pour plaisanter, et les nouveaux venus sont surpris qu'elles ne produisent aucun son. Les battants sont tombés, ou Audo les a enlevés. Plus tard, Melpomène me révélera que, dans le temps, on accrochait des *tintinnabula* dans toutes sortes d'endroits en guise de porte-bonheur, devant les maisons, les boutiques ou les ateliers, pas simplement les tavernes lubriques comme l'Hélicon. Mais, ces dernières années, les chrétiens les ont tous fait enlever. Le nôtre reste en place pour signaler l'activité du lieu, quoique en silence. Selon le point de vue, c'est une invitation ou une mise en garde.

Quand le soleil descend derrière la montagne de l'autre côté du port, je fais le tour de la grande salle avec un tabouret sur lequel je grimpe pour allumer les lampes avec une chandelle. À partir de là, je passe la nuit à faire des allers-retours à la cuisine pour apporter des marmites de ragoût, des plateaux de pain ou des chapelets de saucisses. La plupart des clients m'ignorent ou ne me voient même pas, mais, au cas où, je souris, je ris, je plaisante. Je me moque de leurs blagues, je roule des yeux derrière leur dos à la plus grande hilarité de leurs copains, j'entonne un ou deux couplets de chaque chanson paillarde qu'ils chantent. Je suis serviable, indispensable et on ne me remarque pas.

Mais, à présent, je suis une souris dans toute la taverne, tant à l'étage qu'au rez-de-chaussée. Je suis un pusus du pan-Hélicon. Je travaille depuis l'aube, mais ce n'est qu'après l'ouverture que je participe à la véritable activité de la taverne. Ce n'est qu'à ce moment-là que les fresques anonymes sur les murs de la grande salle prennent vie pour moi, se couvrant de la chair et des visages des femmes que je connais.

Au début de ma première soirée à l'étage, Audo menace de me flanquer la plus grosse raclée de ma vie si jamais j'entre dans une cellule pendant qu'un client s'y trouve. Je ne suis pas censé regarder, me précise-t-il en m'assénant une claque derrière le crâne pour souligner son propos.

– Personne n'a envie de te voir quand il est en train de forniquer, marmonne-t-il.

Alors je monte l'eau, le vin et la nourriture en faisant craquer les marches, et je redescends avec les pots de chambre quand ils sont pleins. Je me glisse silencieusement dans le couloir à travers le brouillard jaune de fumée, d'encens et de musc. Au début, je ne vois pas grand-chose, à cause de la peur qu'Audo a instillée en moi, et parce que chaque louve tire le rideau quand elle est avec un client. Mais j'entends le moindre son avant de savoir exactement ce qu'elles trament. Au rez-de-chaussée, les hommes chantent et rient à gorge déployée, murmurent ou se crient dessus, racontent des histoires, des blagues et des mensonges dans un torrent continu de mots. Ces mêmes hommes, à l'étage, grognent comme des animaux, gémissent et soupirent comme des fillettes, puis geignent comme un enfant qui a mal en implorant de jouir. En bas, j'entends le raclement des osselets sur les tables, le crissement soudain d'un pied de tabouret sur le carrelage, les pieds qui battent la mesure d'une chanson. En haut, j'entends le claquement rythmique et sourd de la chair contre la chair, le grincement frénétique du lit, le halètement rauque et urgent d'un homme qui s'active à la poursuite de son propre plaisir, puis cet étrange cri quand il l'atteint.

J'entends aussi les louves. Le son de leur plaisir, si c'est du plaisir, ne dure que le temps de celui du client, et cesse abruptement dès que l'homme a fini. Puis, tandis qu'il reste couché sur le matelas à reprendre son souffle, à soupirer ou à graver son nom sur le mur, j'entends la louve vaquer dans la cellule. J'entends les éclaboussures quand elle se lave, quand un filet d'urine coule ou lorsqu'elle recrache dans le pot de chambre. De temps à autre, l'une d'elles crie pour de vrai, mais, en général, c'est un cri de douleur. Alors, tout l'étage est subitement silencieux, et les autres passent une tête par le rideau pour voir si leur sœur a besoin d'aide. Cela dit, à part la fois où un client a donné un coup de couteau à Clio, la louve parvient toujours à faire de son cri de douleur un rire ou une blague, comme un funambule qui retrouve son équilibre. Une louve sait que personne ne lui viendra en aide, alors elle apprend à encaisser les coups. Littéralement.

Quand elle travaille, chaque louve a sa propre chanson. Thalie piaille en rythme, en espaçant ses cris pour qu'ils répondent à ceux de l'homme, de plus en plus rapides et aigus jusqu'au gémissement. Uranie, d'un autre côté, est aussi taciturne dans sa cellule que dans le jardin, mais elle est quand même populaire auprès des clients excités par son intensité silencieuse et ses dents serrées. Derrière son rideau, je n'entends que le grincement du lit et les halètements de l'homme et, en de rares occasions, Uranie qui respire comme un coureur désireux de préserver ses forces.

Vocalement, Melpomène est la plus théâtrale des louves et la moins crédible, du moins à mes oreilles. Mais, dans un lupanar, les clients sont tellement crédules que son enthousiasme artificiel les excite. Elle met un point d'honneur à retenir le nom de chaque homme et veille à le brailler avec ardeur, comme si elle était au bord de l'extase. Elle rit, elle gémit, elle chante et elle crie avec un répertoire qui ferait de l'ombre à un acteur, elle dit les choses les plus sales qu'on puisse imaginer, et elle joue de chaque client comme d'une harpe : *Pitié, Marcus ! Elle est trop grosse, Marcus ! Ne me fais pas mal, Marcus ! Plus fort, Marcus ! C'était merveilleux, Marcus ! Marcus, tu es le meilleur !*

La seule qui me met mal à l'aise quand je l'entends, c'est Euterpe. Elle a beau répéter avec une insistance désespérée qu'elle joue la comédie, ça sonne tellement vrai que ça me rend perplexe et ça me blesse. Je n'apprendrai ce qu'est un martyr que bien des années plus tard, mais, d'une certaine façon, même avant de le savoir, j'aurais voulu qu'elle en ait l'air. Trop souvent, derrière son rideau, le ton de sa voix ressemble à celui qu'elle adopte quand elle me fait des câlins dans le jardin – chaleureux, affectueux, maternel. Je suis troublé quand je l'entends dire aux clients certaines des choses qu'elle me raconte quand elle m'apprend à compter dans le jardin, quand elle me chante une chanson, ou quand elle me demande de tirer la morale d'une fable. *C'est bien*, murmure-t-elle à l'homme de cette voix que j'aime tant, *tu y es presque. Tu te débrouilles bien. Tu me rends si heureuse.*

L'entendre prononcer ces mots me poignarde le cœur. Dit-elle la vérité au client ? Ou a-t-elle joué la comédie pour moi aussi ?

Conformément aux ordres d'Audo, je n'entre jamais dans une cellule quand une louve est en train de travailler. Je pose le vin ou la nourriture juste devant le rideau, ou bien je ramasse le pot de chambre qu'elle a laissé à mon intention. Quand les louves ne travaillent pas, elles ouvrent leur rideau pour que le client sache qu'elles sont disponibles et pour faire entrer un peu d'air. C'est dans ces moments-là qu'il m'arrive d'y passer et de laisser Thalie m'apprendre à faire un bruit de pet en glissant ma main sous mon aisselle, de patienter pendant qu'Uranie dévore la saucisse que j'ai volée pour elle dans la cuisine ou que Melpomène se refait une beauté et combat la chaleur avec un éventail. Parfois, Euterpe me câline et m'appelle son Petit Bout, mais, dans sa cellule, échevelée et tout en sueur, elle ne sent pas du tout comme dans le jardin. Ce n'est plus pareil, et nous le savons tous les deux. Néanmoins, elle fait comme si rien n'avait changé, et moi aussi. À présent, on joue tous deux la comédie.

Cela dit, il ne faut pas bien longtemps pour que ma curiosité prenne le pas sur la peur que m'inspire Audo, et que je commence à regarder. Les rideaux des cellules sont élimés, excepté celui de Melpomène, et il arrive qu'une louve ne le tire pas entièrement, laissant un interstice qui me permet de voir ce qui se passe à l'intérieur. Tandis que je marche à pas de loup dans le couloir avec un pichet d'eau ou un pot de chambre puant, je m'arrête pour observer les louves en plein travail à la lueur de leur lampe. J'apprends ce que les différents sons signifient – le claquement d'un ventre contre un ventre ou contre une paire de fesses, le martèlement frénétique d'un pied de lit contre un mur, le son humide et poisseux d'un pénis que l'on suce. Je regarde Melpomène à l'œuvre sous un homme en chantant ses louanges, je regarde Thalie piailler comme un oiseau, je regarde Uranie enfourcher un homme comme si elle domptait un cheval sauvage, en serrant ses cuisses sur lui et en balançant les bras.

Je vois les clients dans toute la variété de leur nudité. Des chairs jeunes et fermes, d'autres âgées qui s'affaissent, des torses osseux, des ventres qui tremblotent et des tatouages qui se tortillent. Des boutons, des verrues, des taches de naissance et des grains de beauté, de vieilles cicatrices, des brûlures récentes, des veines variqueuses et des goitres gonflés. Des hommes avec des doigts en moins, des orteils en moins, des oreilles en moins, des yeux en moins. Des hommes noirs, des basanés et des blancs, des cheveux jaune sale, des crânes chauves luisants, des tresses noires bien serrées, des derrières tannés et des fesses blafardes, des pieds squameux et calleux. Je vois le fin réseau de rides sur la nuque hâlée d'un marin, le dos d'un jeune esclave couturé de cicatrices. Je vois les testicules d'un vieil homme qui pendouillent en se balançant comme les battants d'une cloche.

Mais ce ne sont pas des animaux que je regarde. Ce sont des hommes, et j'en connais certains. Rufus, le capitaine d'un bateau de pêche, vient à l'Hélicon plusieurs fois par semaine pour boire un coup, et, une fois par mois, il offre à tout son équipage, tant les hommes libres que les esclaves, une visite à l'étage. Audo aime bien ces soirs-là, parce que Rufus s'occupe lui-même de punir l'un de ses hommes s'il est trop ivre ou trop violent. Comme ça lui permet de rester derrière le comptoir et de boire plus que d'habitude, il fait un prix de gros à Rufus et à son équipage. Rufus règle à l'avance, puis laisse passer tous ses hommes avant lui. En attendant, il tue le temps en buvant et en discutant à voix basse avec Audo. Ce sont les seules fois que j'ai entendu Audo rire, un son grave et guttural qui lui secoue les épaules.

Entre-temps, les pêcheurs investissent l'étage pour la soirée, à tour de rôle, jusqu'à ce que chacun soit passé. En fin de soirée, toute la taverne sent le poisson. Les louves ont plus de travail que d'habitude, mais elles font de leur mieux pour raccourcir la durée des visites. Même Melpomène expédie les clients plus rapidement que d'ordinaire, sans prendre la peine de vanter leurs mérites avec son enthousiasme coutumier. J'ai plus de travail que les autres soirs, moi aussi, parce qu'il n'y a aucune pause, juste un flot constant d'eau à monter et de pots de chambre à descendre. Toute la nuit, les quatre cellules sont pleines de pêcheurs qui grognent et forniquent presque à l'unisson, et ça ne finit par se calmer que lorsque Rufus monte. À ce moment-là, le reste de l'équipage est déjà reparti vers le port, et Rufus termine rapidement en compagnie de l'une des louves épuisées, en s'employant avec l'efficacité méthodique d'un homme qui mange pour se remplir l'estomac sans jamais savourer le repas.

En général, Musa le prêteur envoie son esclave en éclaireur, et quand Deodatus a fini et s'est assuré que son maître ne courra aucun risque à l'étage, celui-ci monte lentement, en rassemblant ses forces et en lâchant des pets. Les louves l'appellent le Péteur d'Ail. Il préfère les jeunes louves, en général Uranie, ce qui est aussi bien, parce qu'elle doit faire presque tout le travail. Musa est grassouillet, il s'essouffle vite et ne baise pas avec la frénésie animale des pêcheurs. Lui, il devient tout rouge, se couvre de sueur et s'interrompt souvent pour reprendre son souffle ou attendre qu'Uranie ranime son membre vacillant avec sa main ou sa bouche. Ses fesses tremblotent, sa poitrine de fille gigote, ses bras bringuebalent. Quand il a fini, son corps s'affaisse sur celui d'Uranie, son ventre tremble comme un pudding et son pénis se flétrit. Uranie s'extirpe du lit en lui adressant un bref sourire, qui disparaît dès qu'elle lui tourne le dos pour s'accroupir sur le pot de chambre.

Priscianus monte une ou deux fois par semaine, mais uniquement pour des fellations, en général avec Melpomène, qui gémit comme si son pénis était enrobé de miel. Il semble néanmoins faire abstraction de sa performance théâtrale, et se contente de fixer la lumière de la lampe derrière elle, ou de lever les yeux au ciel comme s'il tentait de se rappeler le nom de quelqu'un. Il tressaille en jouissant, comme si elle venait de lui ôter une épine du pied. Puis il la paie, se glisse sous le rideau et descend rapidement. Melpomène, qui sait que je pourrais la voir, referme le rideau avant de ranger ses pièces dans sa cachette.

Brutus le charretier préfère Euterpe. Il est obligé de courber la tête pour entrer dans sa cellule, où il fait grincer le lit en grognant à son oreille jusqu'à ce qu'il ait fini. Puis, à ma grande surprise, Brutus – qui adresse rarement un mot à quiconque dans la taverne ou dans la rue – s'assoit par terre à côté du lit, étend ses longues jambes, les croise et commence à lui parler dans un murmure. Je n'entends pas ce qu'il dit, mais, parfois, il la fait rire.

Quartus, l'amoureux transi, ne peut s'offrir Thalie qu'une semaine sur deux environ, mais il consacre une grande partie du temps précieux qu'il passe avec sa bien-aimée à lui déclamer un poème prétendument écrit spécialement pour elle, et dont le thème, en général, tourne autour de l'idée que Quartus ne devrait pas avoir à la payer.

– Les juments exigent-elles des dons de leurs étalons ? lance-t-il en prenant la pose au milieu de la cellule.

Thalie le regarde depuis le lit en essayant de ne pas rire.

– Les vaches racolent-elles leurs taureaux ? Les béliers font-ils la cour aux brebis en leur offrant des présents ?

Plus tard, Euterpe me dira qu'en réalité ce poème a été écrit par un vieux Romain qui s'appelait Ovide. Mais ce que Quartus veut par-dessus tout, c'est parler, et ça convient très bien à Thalie, parce que ça fait de lui le client le plus facile qu'elle ait jamais eu. C'est comme s'il avait mémorisé tous les clichés et les platitudes qu'il a entendus en écrivant des lettres pour les autres pendant la semaine et qu'il les déversait sur les genoux de Thalie : *Tu es la plus belle fille que j'aie jamais vue. Je t'aime plus que la vie elle-même. Je sais que tu n'es pas comme les autres. Ma chérie. Ma très chère. Mon petit oiseau.* Thalie ne répond rien et lui caresse les cheveux en essayant de ne pas bâiller. Quartus termine toujours dans un murmure plein de passion, comme s'il avait peur que quelqu'un ne l'écoute – ce que je fais généralement. *Je suis en train d'économiser de l'argent pour t'acheter*, lui raconte-t-il, *et on pourra être ensemble pour toujours. Tu seras mienne, alors, et tu n'auras jamais à laisser un autre homme te toucher jusqu'à la fin de tes jours. Je prendrai soin de toi à jamais, et tu seras mienne, tu seras mienne, tu seras mienne…*

Thalie le finit à la main et Quartus, aussi mélancolique que satisfait, redescend, presque en larmes. Contrairement aux autres clients de Thalie, il ne lui laisse jamais de pourboire.

– Mon cadeau, c'est ma poésie, chuchote-t-il.

Elle bâille, la tête posée sur son poing.

– L'or, les bijoux, les parfums, tout cela est périssable ! s'exclame-t-il les yeux brillants. Mais ta renommée sera *immortelle* !

Néanmoins, pour différents qu'ils soient, les clients se ressemblent tous sur un point. Plus d'une fois, j'ai aperçu Focaria et Euterpe s'embrasser dans un coin sombre de la cuisine ou derrière la citerne. Elles se font des baisers et se caressent, elles se regardent, se *voient*. Mais, à l'étage, je n'ai jamais vu un homme caresser une louve ni l'embrasser. Les clients sont tous une variation du même modèle d'homme, avide, sans joie, rapide, qui prend son plaisir comme un chat de gouttière dévore en vitesse ce qu'il trouve dans la rue, de peur qu'on ne puisse le lui retirer à tout moment. Un homme qui saisit la louve comme un animal cloue sa proie au sol, qui la tourne et la retourne à son avantage. Qui la tient, lui écarte les jambes, plonge les doigts dans sa chair.

Puis, généralement en moins de temps qu'il ne m'en faut pour manger un bout de pain, c'est terminé – pour le client, en tout cas, sinon pour la louve, dont le travail n'est pas nécessairement fini. Parfois, l'homme a envie de parler, et, derrière le rideau, je l'entends se plaindre, confier à la louve que ses enfants refusent de lui obéir, que sa femme ne le laisse pas la toucher, que sa Domina le bat, que ses taxes sont trop importantes, que son partenaire en affaires le trompe, que son Dominus tente de le violer quand il a bu, que ses esclaves ne l'aiment pas, que personne ne le comprend. Esclave, homme libre ou affranchi, chaque client vient se vider d'une manière ou d'une autre avec la louve, et chaque louve réagit à sa façon. C'est à ce moment-là qu'elles peuvent gagner un pourboire, si le client est du genre à en laisser. Melpomène soupire avec compassion : « Oh, mon pauvre ! » Thalie roucoule comme une colombe et lui caresse le front. Uranie lui offre une deuxième passe, à condition qu'il se taise. Euterpe affirme à l'homme que ses enfants le vénèrent, que sa femme l'aime et que les taxes de l'empereur *sont* effectivement trop élevées.

Le client est enfin prêt à partir et, surtout si c'est quelqu'un que je connais de la rue, je me glisse dans l'une des cellules vides au fond du couloir en attendant qu'il soit redescendu. À l'extérieur, je suis toujours le même, le garçon de la taverne qui achète du poisson, des pommes et des lièvres, mais, lorsque je croise un homme dans la cage d'escalier ou dans le couloir à l'étage, quelque chose change dans sa manière de conduire les affaires avec moi le lendemain. Ses blagues sont un peu plus laborieuses, il ne me regarde pas dans les yeux, son sourire est un peu plus figé. Je vois bien qu'il tente de faire comme si le garçon avec qui il marchande à la lumière du jour n'était pas le même que celui qu'il ignore le soir, à l'Hélicon.

Bien après avoir eu l'occasion d'observer les autres, je n'ai toujours pas vu Nazarius en action. Il monte plusieurs fois par semaine, sans préférence particulière pour l'une ou l'autre louve, et les fréquente toutes à tour de rôle. Pourtant, dès qu'il entre dans une cellule, c'est lui qui tire le rideau, pas elle, et il l'ajuste si soigneusement qu'il ne laisse aucun interstice à travers lequel observer. Puis il éteint la lampe. Bizarrement, à l'inverse de ce qui se passe avec les autres clients, quand il est là, les louves ne prononcent pas un mot et ne font aucun bruit, pas même Melpomène. Il n'y a que lui qui parle, et si bas que, pour l'entendre, je suis obligé de me pencher contre le rideau – en prenant soin de ne pas le faire bouger. Par-dessus le claquement rapide de la chair contre la chair, je l'entends murmurer, les dents serrées, il insulte la louve et lui donne des noms d'animaux.

– *Grosse vache paresseuse. Truie inutile. Chienne voleuse. Je vais t'apprendre*, siffle-t-il. *Je vais t'apprendre à me voler. Je vais t'apprendre à me mentir. Je vais t'apprendre à me répondre. Je vais t'apprendre…*

Comme je ne l'ai pas vu et qu'il ne m'a pas vu non plus, dans la journée, il est toujours aussi joyeux avec moi quand je passe à la boutique. Il m'ébouriffe toujours les cheveux, fait toujours les mêmes blagues, chante toujours les louanges de son fainéant de fils. Il tire gaiement du panier les robes et les draps tachés des louves, comme s'il n'avait pas la moindre idée de la provenance de ces taches ni de qui les a faites. Avec Nazarius, je ne suis pas un garçon différent de celui qui hante l'étage de la taverne, c'est l'homme dans la boutique qui n'est pas le même que celui que j'entends derrière le rideau.

Je finis par le voir un soir, par accident, alors que je monte un pichet d'eau rempli à ras bord. Melpomène, Thalie et Uranie sont avec des clients, et ceux-ci grognent plus fort que d'habitude, comme si s'entendre les uns les autres les excitait. C'est presque une compétition. Mais aucun bruit ne provient de la cellule d'Euterpe, alors, en voyant que son rideau n'est pas entièrement tiré, je suppose qu'elle est seule et j'entre dans l'espoir de voler quelques minutes en sa compagnie pendant qu'elle se désaltère et qu'elle passe un linge humide sous ses aisselles. En réalité, Nazarius a juste oublié de tirer le rideau jusqu'au bout, et, comme il est plus silencieux que les autres, je ne l'ai pas entendu. La lumière est éteinte, comme il préfère, mais celle du couloir éclaire suffisamment la cellule pour que je les voie aussitôt tous les deux. Ils ne sont pas sur le lit, mais par terre. Euterpe est à quatre pattes, Nazarius accroupi derrière elle. Il a glissé ses deux majeurs dans la commissure des lèvres d'Euterpe, comme si c'était une bride, et avec chaque coup de reins, il tire sa tête en arrière ; avec chaque coup de reins, il grommelle...

– *Sale esclave, sale esclave, sale esclave...*

Je manque de trébucher, et je renverse un peu d'eau. Nazarius lève la tête vers moi, mais ses yeux sont voilés comme ceux d'un aveugle.

– *Esclave... Esclave... Esclave...*, halète-t-il en postillonnant sur sa barbe.

Euterpe me voit, elle. Ses lèvres sont tirées en un rictus – elle montre les dents sans le vouloir, sa tête est secouée – et elle ne peut pas parler. Mais nos regards se croisent, et je lis ses pensées tout aussi clairement que si elle les avait exprimées ; j'entends sa voix dans ma tête, humiliée, blessée et en colère à la fois.

– *Sors !*

Je bondis en arrière comme si elle m'avait frappé. Le pichet d'eau tremble dans ma main, tandis que, de l'autre, je tire le rideau d'un geste vif. Puis je me réfugie dans une des cellules vides, je pose le pichet, je ferme le rideau et je m'assois sur le lit en me tenant les genoux jusqu'à ce que mon cœur batte moins vite. Au bout du couloir, un homme jouit, il pousse des cris sous les encouragements de Melpomène. Puis, comme si son plaisir était un éternuement ou une toux, les deux autres clients sont contaminés, et ils viennent aussi. L'un d'eux éclate même de rire.

Mais pas Nazarius. Aucun son ne sort de la cellule d'Euterpe. Au bout d'un certain temps, j'entends son rideau s'ouvrir, et des pas qui s'éloignent dans le couloir. Je me lève pour glisser un œil dans l'embrasure. Le rideau d'Euterpe est tiré, mais je vois les épaules voûtées de Nazarius quand il s'engage dans l'escalier. Je compte jusqu'à dix dans ma tête pour lui donner le temps d'arriver en bas, puis je ressors avec mon pichet et je me dirige vers la cellule d'Euterpe. Sa lampe est toujours éteinte. Plus loin dans le couloir, des hommes discutent avec des louves, mais le silence règne toujours chez elle. Aussi doucement que possible, je pose le pichet par terre et secoue légèrement le rideau, juste assez pour faire racler les tringles.

– De l'eau, soufflé-je.

Je n'attends pas de réponse. Je redescends à la hâte, traverse la taverne bruyante en passant derrière le comptoir et sors dans le jardin.

Je ne revois Euterpe que le lendemain matin, en revenant de la fontaine. Elle s'est levée plus tôt que d'habitude, et, quand j'arrive de la rue avec ma palanche sur les épaules, elle est déjà dans la cuisine avec Focaria, tête contre tête, plongée dans une conversation tendue. Lorsque celle-ci m'aperçoit, elle se tait, et Euterpe se retourne. Évitant son regard, je me dirige péniblement vers la citerne dans le coin du jardin. Je la sens qui s'approche quand je plie les genoux pour reposer les seaux, mais je fais abstraction de sa présence. Je soulève le couvercle de la citerne et je vide le premier seau dedans en me hissant sur la pointe des pieds. Quand je me retourne pour vider le second, elle n'est plus qu'à quelques pas, et serre des deux mains sa robe contre son cou.

– C'est un jeu, déclare-t-elle.

– Je sais.

Je hisse le seau sur mes épaules et je le verse en faisant plus d'éclaboussures que d'habitude.

– Ça ne me blesse pas, souffle-t-elle.

Elle fait un pas vers moi. Je repose le seau et courbe les épaules, comme si Audo s'apprêtait à me frapper.

– Je sais.

Je fixe ses pieds.

– Ne sois pas en colère.

Elle m'effleure, mais je me raidis, et elle retire sa main.

– Je ne suis pas en colère.

Je fixe toujours ses orteils vernis.

– Regarde-moi.

Sa voix est ferme. On dirait presque Focaria. Je lève les yeux vers ses genoux, alors elle me saisit le menton et me redresse la tête jusqu'à ce que nos regards se croisent. Je retiens mon souffle – est-ce cela qu'elle ressent quand il l'étreint ?

– Je sais que tu regardes. Tu m'as déjà vue avec des clients.

Je ne réponds rien et je dégage mon menton, mais je ne détourne pas les yeux, et elle non plus. Pour la première fois dans ma mémoire, je ne pose pas les yeux sur Euterpe, la femme qui me prend dans ses bras, qui me chante des chansons et qui me raconte des histoires, la femme qui m'a donné mes noms, la femme qui m'a appris presque tout ce que je sais sur le monde au-delà du jardin. Je contemple une femme épuisée, les joues creuses ; son maquillage de la veille a bavé, sa robe est sale, froissée, en piètre état, ses cheveux sont plaqués contre son crâne du côté où elle a dormi. Je contemple une louve.

C'est comme si le sol s'était ouvert entre nous. Il me faut toute mon énergie pour ne pas m'abîmer dans ce gouffre. Soudain, Euterpe se laisse lourdement tomber sur les genoux devant moi, sa robe dévoilant son physique davantage qu'elle ne l'aurait voulu en cet instant. Je sens son odeur matinale, un mélange de sueur, de sexe et de parfum rance. Elle ne m'avait jamais incommodé auparavant. Pour moi, Euterpe avait l'odeur d'une mère. Mais, à présent, elle sent comme les rues pleines d'étrons et de poussière, comme les égouts qui se déversent dans la mer à côté des quais, comme les remugles d'urine à la foulonnerie. Elle porte l'odeur de tous les hommes qui l'ont prise.

Derrière sa fatigue, derrière son masque de fond de teint, de gras et de khôl, je perçois la tendresse qui point. Je perçois la force de sa volonté, je vois que ce que je pense est encore important pour elle. Mais elle ne prend pas mon visage entre ses mains. Elle ne me touche pas de la même façon qu'avant.

– Quoi que tu voies, quoi que tu penses de moi…

Ne comprend-elle pas que j'ai du mal à la croire ? Se rend-elle seulement compte que je suis sur le point de partir en courant ? Est-ce pour cela que sa voix tremble ? À l'autre bout de ma vie, assis à ce bureau dans cette bibliothèque croulante, cette plume entre les doigts, j'ai honte, lecteur, de coucher ces mots sur le papier : ne voit-elle pas à quel point elle me dégoûte ?

Derrière elle, Focaria nous observe depuis le seuil de sa cuisine. Son visage n'a aucune expression. C'est comme si elle nous contemplait derrière un masque, elle aussi.

– Quoi qu'il arrive, je t'aimerai toujours, souffle Euterpe.

– Je sais.

On est suffisamment proches pour sentir nos haleines. Puis, juste au moment où, d'habitude, elle m'embrassait, elle se relève en grognant et traverse le jardin pour rentrer dans la taverne, tête basse. Elle passe devant Focaria sans un regard et disparaît sous l'arche. Focaria la suit des yeux, puis me dévisage un instant avant de regagner la pénombre de sa cuisine.

* * *

Plus tard dans la matinée, j'emporte le linge sale chez Nazarius. Je ne suis pas sûr qu'il m'ait vu la veille, mais je n'ai pas trop envie de le découvrir. Je souhaiterais être aussi invisible de jour que de nuit, dans la taverne. Tous les gens qui m'entourent savent-ils ce que je sais à présent, ou bien suis-je le seul au courant ? Les moitiés disjointes de mon savoir secret – ce qui se passe la nuit et ce qui se passe le jour – sont-elles connues de tout le monde, ou suis-je le seul à avoir fait le lien, à connaître le secret dans son ensemble ? Afra sait-elle ce que Priscianus fait à la taverne ? Peut-elle l'imaginer avec son pénis dans la bouche de Melpomène ? Le prend-elle jamais dans sa bouche, ou est-ce à cause de ça qu'il fréquente Melpomène ? Quartus sait-il que Thalie lève les yeux au ciel quand il lui lit de la poésie ? Musa sait-il que les louves l'ont surnommé le Péteur d'Ail ?

Deux femmes arrivées avant moi dans la boutique de Nazarius sont en train de rire. Je ne le vois pas et, l'espace d'un instant, ça me soulage de songer que je ne le croiserai pas ce matin. Puis je l'entends rire aussi, et il se redresse derrière le comptoir en plaisantant et en leur faisant des clins d'œil avant de glisser vers elles leurs piles de linge propre. Derrière lui, j'entends les coups sourds des foulons, la chanson des hommes qui marchent sur place dans leurs cuves. Des rayons de soleil surlignent les bras des femmes dans les cuves de rinçage. Je pourrais encore m'éclipser et attendre de l'autre côté de la rue, sous le portique de l'école, que Nazarius disparaisse à l'arrière et que Lucilia vienne prendre sa place.

Les deux femmes passent à côté de moi comme si je n'étais pas là. Je lève les yeux. Nazarius me regarde derrière son comptoir. Le rire a disparu de son visage. Je me fige à nouveau, comme la veille au soir. Je sais qu'il sait ce que j'ai vu. Il fait la moue, plisse les yeux, et au moment où je pense ne plus pouvoir supporter ça, au moment où je ne pense qu'à tourner les talons et à m'enfuir, il m'adresse un grand sourire.

– Mon vieil ami ! s'écrie-t-il en ouvrant les bras. Qu'est-ce que tu m'apportes ce matin ?

Je me retrouve devant le comptoir. Il se penche par-dessus pour attraper les robes et les draps sales dans le panier en clappant de la langue d'un ton faussement désapprobateur et les escamoter.

– Mais que *faites*-vous donc là-bas ! s'écrie-t-il. Je trime comme un fou, tout ça pour rien !

Je ne croise pas son regard. Il claque des doigts et je sursaute, comme s'il avait fait mine de me frapper. Je lève alors les yeux vers lui.

– Lucilia ! Comptoir ! crie-t-il en m'adressant un clin d'œil.

Sa femme apparaît comme par magie au bout du comptoir, l'air méfiant, suivie de sa fille, que j'ai déjà vue, et qui pointe la tête derrière les jupes de sa mère.

– Regardez qui est là ! s'écrie Nazarius. Notre vieil ami, Souris !

Il me sourit de nouveau, comme un chat qui attend le dernier moment pour bondir, et tend soudain la main pour me saisir l'épaule. Je tressaille, mais il veut simplement me pencher un peu pour atteindre le fond du panier et récupérer le dernier vêtement sale. Puis il le fourre dans le panier qu'il vient de remplir, et qu'il tend à sa femme.

– Un petit effort supplémentaire avec ça, mon amour. Ils ont eu une grosse soirée, hier soir.

Lucilia s'approche juste ce qu'il faut pour le prendre, mais sans faire un pas de plus. En silence, elle le passe à sa fille qui l'emporte aussitôt à l'arrière de la boutique. Quand Lucilia se retourne, nos regards se croisent et, malgré moi, je l'imagine par terre, à quatre pattes, et, derrière elle, son mari qui a glissé les doigts dans sa bouche. Il la traite de chienne, de truie, de louve et elle m'implore des yeux de détourner la tête. Puis Lucilia disparaît par le même chemin que sa fille.

Entre-temps, Nazarius empile notre linge propre. En général, il me laisse le récupérer, mais, aujourd'hui, il m'attire à côté du comptoir et place lui-même les draps et les robes dans mon panier, dont le poids me tire en arrière.

– Petit veinard ! s'exclame-t-il. Si je voyais ce que tu vois tous les soirs, je me baladerais toute la journée comme ça.

Il gonfle le biceps et serre le poing. Ensuite, il m'ébouriffe les cheveux, mais tellement fort qu'il me fait presque tomber.

– Bon, qu'est-ce que tu as pour moi ? demande-t-il en se redressant.

Je cligne des yeux.

– Votre Honneur ?

– Rien n'est gratuit en ce bas monde, déclare-t-il en se frottant le pouce contre l'index.

Je fouille dans la bourse accrochée à mon cou et je pose quelques pièces sur le comptoir. Il me plaque le poignet et les récupère de l'autre main.

– Quand les adultes sont occupés, tu frappes avant d'entrer, non ? siffle-t-il.

Il ne rigole pas. Je ne peux qu'acquiescer.

– Bien sûr que oui ! répond-il lui-même en souriant.

Alors, il me relâche et me tend une des pièces.

– Tiens ! lance-t-il en me faisant un clin d'œil. C'est pour toi.

Je la serre dans la main. Un instant après, je suis dans la rue, sans savoir comment je suis arrivé là.

– Petit veinard ! crie Nazarius de loin.

Je m'avance de quelques pas sur les pavés pour sortir de son champ de vision. Derrière les passants, j'aperçois Lutatius, le fils de Nazarius, pour une fois attentif à la leçon du maître, qui répète avec les autres élèves.

– Toute la Gaule est divisée en trois parties… scandent-ils.

Le poing serré autour de ma pièce, je me demande si Lutatius sait ce que son père fait la nuit. Mon éducation est-elle meilleure que celle qu'il reçoit ? Ou y aura-t-il un soir où Nazarius emmènera son fils à la taverne afin de lui enseigner ce qu'il doit savoir pour devenir un homme ? J'ouvre le poing et j'examine la pièce. La prendre, c'est une sorte de trahison, comme si je tirais profit de ce que Nazarius fait avec les louves. Quelqu'un me bouscule et pousse un juron, alors je me remets en marche. Même si je garde la pièce, où pourrais-je bien la cacher ? Focaria connaît le moindre recoin de sa cuisine. Elle va m'accuser de la lui avoir volée. Je pourrais la dépenser tout de suite, quelque part entre la foulonnerie et la taverne, mais qu'est-ce que je pourrais bien acheter, et où le rangerais-je ? Et comment expliquer ça à Focaria ?

À mi-chemin, je passe devant un porche où un mendiant aveugle avec une barbe protubérante tend une main tremblante en scandant « s'il vous plaît » d'un ton monocorde. Le choc qu'il éprouve quand ma pièce tombe sur sa paume le fait sursauter, et il manque de la lâcher, mais il la rattrape des deux mains au dernier moment.

– Béni sois-tu, Dominus ! s'exclame-t-il en postillonnant dans sa barbe.

Mais je suis déjà parti.

Cette nuit-là, je suis couché dans mon coin de cuisine, éveillé, tandis que Focaria dort comme un âne mort dans le sien. C'est la pleine lune, et le jardin qui se découpe dans l'embrasure de la porte baigne dans une lumière argentée. Je finis par prendre ma vieille couverture pour aller chercher un peu de fraîcheur dehors. En traversant le jardin, je sens l'humidité nocturne de la terre entre mes orteils. Je m'assois par terre, adossé à la citerne, je ramène mes genoux contre moi et je m'enveloppe dans ma couverture. Je lève les yeux au-dessus de la taverne où dorment à présent les louves épuisées, en direction des silhouettes noires des montagnes en surplomb de la ville, de l'autre côté du port, jusqu'à la lune elle-même, pleine et ronde et mijotant dans son propre halo comme une lampe qui brille dans le brouillard. Le ciel est piqueté d'étoiles, mais, à côté de la lune, seules deux d'entre elles brillent assez pour qu'on les voie, une rouge sombre au-dessus et une blanche comme un joyau en dessous. Je contemple la lune, et j'essaie de recoudre les deux moitiés de mon monde.

J'ai soulevé une pierre, mais il y avait des vers qui grouillaient en dessous. En fin de compte, ce que les clients font aux louves n'est pas très différent de ce que fait Audo quand il frappe Focaria, ou l'une des louves, ou moi. Ce n'est pas très différent des hommes qui se bagarrent dans la rue. En général, ça n'est pas aussi sanglant – excepté, bien sûr, pour Clio –, mais l'expression de lassitude d'un homme qui vient de forniquer ressemble à celle d'un homme qui vient d'en terrasser un autre à coups de poing. Suis-je le seul être vivant à le savoir ? Suis-je le seul à graviter dans ces deux mondes à la fois ? Je passe de la rue à la taverne comme si j'étais vraiment un moineau, comme si je pouvais voler devant les maisons des gens et voir ce qui se produit derrière leurs fenêtres. Comme si je pouvais voir tout le monde tout nu – peut-être parce qu'il y en a effectivement beaucoup que j'ai vus dans le plus simple appareil. Comme si je pouvais voir ce que seuls le Dieu chrétien et les anciens dieux peuvent voir. Et si je ne suis pas censé être au courant de tout ça, pourquoi le monde me le montre-t-il ?

J'ai toujours l'image de Nazarius à genoux, l'image d'Euterpe bridée comme une mule. Fait-il ça aussi chez lui, avec sa femme ? Se sert-il d'elle comme il se sert d'une louve ? Pas étonnant qu'elle se méfie de lui tout le temps. C'est alors que je me demande si j'ai été conçu ainsi, moi aussi. Mon père a-t-il fait ça à ma mère ? Mon père aimait-il ma mère, comme Euterpe me jure que c'était le cas ? Se regardaient-ils en se caressant comme Euterpe et Focaria quand elles sont seules ? Ou mon père prenait-il ma mère de force par terre ? Lui écartait-il les jambes comme si elle était une poupée ? L'appelait-il par des noms d'animaux ? Étaient-ils destinés l'un à l'autre, de la même façon que Quartus affirme que Thalie et lui sont destinés à être ensemble, ou lui appartenait-elle comme une louve appartient à un client, fugitivement, ou comme j'appartiens à Dominus, durablement ? Suis-je un enfant de la tendresse d'Euterpe, ou un enfant de la rage de Nazarius ? Ou suis-je un simple accident, un enfant de l'impatience, de l'ennui et de l'abus d'alcool ? Deviendrai-je comme Nazarius quand je serai plus vieux ? Ferai-je à mon tour subir ça à une femme ? Est-ce cela, être un homme ?

Et les enfants qui sont le fruit de cette violence – sont-ils au courant ? Je les croise tous les jours dans la rue. Ils me sont encore plus étrangers que les hommes. Par l'embrasure d'une porte, je vois un garçon tirer une minuscule charrette au bout d'une ficelle, ou une fille toute souriante dans un petit chariot tracté par un chien, ou une mère qui change la couche de son bébé et qui fait des bruits de pet avec sa bouche sur son petit ventre, ce qui le fait hurler de rire. Et je me demande, n'y en a-t-il aucun qui soit esclave, comme moi ? N'y en a-t-il aucun qui ait du travail à faire, toute la journée, tous les jours, comme moi ? Puis je songe à ce que ce petit garçon ou cette petite fille penseraient s'ils voyaient ce que je vois tous les soirs. Ont-ils jamais vu leur père en train de gémir entre les jambes d'une femme ? Ce bébé grandira-t-il pour voir un jour sa mère clouée au sol et chevauchée comme un animal ? Et si ça ne s'est pas encore produit, comment apprendront-ils à le faire eux-mêmes quand le temps sera venu et qu'ils seront assez vieux ?

Est-ce la même chose partout, dans chaque maison, tous les soirs, ou bien y a-t-il quelque chose à la taverne qui change les hommes ? Quelque chose dans l'air, une sorte de miasme entre ses murs qui, d'un instant à l'autre, rend mélancoliques puis violents les hommes festifs, et inversement. Ce miasme affecte-t-il Audo, qui loge dans une cellule encombrée sous l'escalier, ou bien l'ancien légionnaire en est-il la source, comme un feu souterrain qui couve depuis des années et qui remplit chaque pièce d'une rage amère ? Je n'ai jamais vu Audo avec une des louves, mais je sais qu'il monte le matin, quand je suis dans le jardin ou dans la rue. Parfois, quand je frotte les sols de la taverne silencieuse, j'entends le martèlement d'un lit au-dessus de ma tête, et je l'entends grogner. Mais je ne l'ai jamais vu en action.

Et que dire de Calidus, le jeune Dominus, qui vient au moins une fois par semaine, et parfois plus souvent ? Lui aussi monte à l'occasion, il réveille une louve, et redescend le visage rouge et le souffle court, avec le même regard éteint que tous les autres clients. Depuis la première fois que je l'ai vu, il a pris un peu de ventre et son visage s'est épaissi, mais il est toujours aussi parfumé, épilé et manucuré que lors de notre première rencontre dans le jardin. Malgré tout, pourrait-il être la source secrète du miasme, plutôt qu'Audo ? Après tout, nous exécutons ses ordres, et non l'inverse.

Et moi ? Je respire ce miasme tous les jours. Il imprègne ma peau et imbibe le tissu grossier de ma tunique, il pénètre dans mes poumons et se dissémine dans mon sang comme un poison. J'emporte le linge sale chez le foulon, je porte les pots de chambre remplis d'urine et d'étrons et de sperme, je passe toute la nuit dans le brouillard humide à l'étage, et toute la journée je sens la sueur, les crachats et la puanteur musquée de cet endroit. Est-ce moi, sa source ? Ai-je importé l'infection dans mes langes ? Suis-je souillé depuis le début ? Ai-je jamais été propre ? Le serai-je un jour ?

Je tourne les yeux vers le ciel. L'étoile blanche qui brillait sous la lune a disparu derrière la masse noire de la montagne. La lune elle-même la touche presque, et l'étoile rouge sombre scintille à présent, comme si ses paupières étaient lourdes et qu'elle avait du mal à rester éveillée. Je sens enfin venir le sommeil, moi aussi, alors je bascule sur mes jambes raides et je me relève. Enveloppé dans ma couverture, je regagne la cuisine où je me couche en face de Focaria pour voler une heure de repos avant le lever du soleil.

Que penses-tu de tout cela, lecteur ? Si, contre toute attente, tu lis ces lignes, il est fort probable que tu sois un homme. Et, comme tu es un homme, il est tout aussi probable que tu aies visité un lieu comme l'Hélicon. Plus d'une fois. Même si tu es une femme, il est fort probable que tu connaisses un homme qui a visité un Hélicon, plus d'une fois. Alors, tu n'es peut-être pas surpris par la différence entre les deux visages que chaque homme arbore – pas un masque tragique et un comique, comme ceux des acteurs de théâtre, mais celui de banquier et de bête haletante, de scribe et d'amoureux transi, de commerçant et d'animal en rut. Tu ne l'as pas simplement vu, tu l'as vécu. Tu sais ce qu'est cette différence.

Maintenant, à la fin de ma vie, je le sais aussi. Mais, même à l'époque, j'en ai l'intuition. J'apprends tout seul les plaisirs que les hommes recherchent. Je les découvre moi-même, avec ma main. Tard le soir, quand je sais que Focaria dort, je fixe l'obscurité au-dessus de ma tête et je pense à l'une des filles dans la rue, ou au garçon aux muscles secs du quai, à ses bras et à son torse luisant quand il s'accroche aux gréements et se moque de moi. Je caresse mon pénis durci en pensant à l'une ou à l'autre, et parfois aux deux, hésitant entre eux, incapable de me décider, jusqu'à ce que mon plaisir me surprenne, bref et aigu, avant que je le veuille. Ensuite, je me sens triste, et je fixe l'obscurité en me demandant si j'ai le même regard que tous les autres hommes après, les yeux ternes, vides, inutiles.

Est-ce cela qui rend Priscianus mélancolique ? Est-ce cela qui désespère Quartus ? Est-ce cela qui pousse Musa à perdre sa dignité ? Est-ce cela qui remplit Nazarius de rage ? Est-ce cela qui rend les hommes fous ? Est-ce cela qui m'a fait ? Est-ce cela qui gouverne le monde ?

En général, je vais voir Euterpe quand j'ai des questions, mais je ne peux pas l'interroger sur ce sujet. Quant à Focaria, elle lèverait les yeux au ciel et me rirait à la figure. Audo me frapperait. Je suppose que Thalie ou Uranie m'expliqueraient – après tout, elles le vivent tous les jours de leur vie –, mais, maintenant que je passe la matinée à travailler, je ne les vois plus tellement. Melpomène me répondrait probablement, mais je n'ai pas envie de lui poser la question. Il y a quelque chose dans la façon qu'elle a de me regarder qui m'effraie.

L'unique personne dont je suis sûr qu'elle me répondrait ne le peut pas. Tacita et moi sommes souvent les deux seuls esclaves à la fontaine, et nous avons notre langage privé. Elle hausse ses sourcils pâles, comme pour dire : *Comment vas-tu, ce matin, Pusus ?* Je hausse les épaules : *Pas trop mal*, puis les sourcils : *Et toi ?* Elle hausse les épaules à son tour, et me sourit parfois. On se donne un coup de main pour remplir nos seaux, elle pose ma palanche sur mes épaules, on remonte la rue ensemble, silencieusement, et on se sépare devant nos portes respectives. Ce n'est pas grand-chose, mais c'est la seule véritable amie que j'aie hormis les louves.

Mais plusieurs jours d'affilée, Tacita ne vient plus à la fontaine, et, un matin, Afra arrive en compagnie de son concierge pour qu'il transporte l'eau. Sa présence tempère la gaieté des autres femmes, bien qu'il ne prononce pas un mot. Il ne pose pas l'œil sur les femmes, et ne croise même pas mon regard. Afra, forte de son autorité à la fontaine, le fait passer devant tout le monde. Elle tient sa cour pendant qu'il remplit ses seaux, mais ses mots d'esprit semblent un peu forcés aujourd'hui, de même que les rires des autres femmes. Chaque fois qu'elle jette un coup d'œil à la boutique de son mari – que celui-ci, tête basse, ne lui rend jamais –, ou lorsqu'elle se tait un instant, les autres femmes échangent des regards derrière son dos.

Un peu plus tard, je suis en train d'acheter des poires à l'ancien théâtre quand la vue de Tacita, mise en vente aux enchères sur la scène avec deux autres esclaves, me coupe le souffle. Tandis que l'épicier charge les poires dans mon panier, je la fixe dans l'espoir qu'elle me repère au milieu de la foule. Mais elle regarde droit devant elle, dans le vide, à l'instar de Clio la dernière fois que je l'ai vue. Sa robe est froissée en tas à ses pieds, et, hormis la pancarte accrochée à son cou, elle est nue, afin que la foule d'acheteurs puisse l'observer sous toutes les coutures. Son épaisse tignasse blonde, en bataille, retombe en boucles sur ses épaules. Elle ne porte de fers ni aux poignets ni aux chevilles, et elle presse ses mains sous un petit ventre rebondi que je n'avais jamais remarqué.

Le marchand d'esclaves est en grande conversation avec un acheteur potentiel, mais, à cette distance, avec le brouhaha du marché, je n'entends pas ce qu'ils se disent. L'acheteur fait le tour de Tacita, lentement, en l'étudiant de la tête aux pieds, la moue aux lèvres. Les deux autres esclaves, des hommes aussi nus qu'elle, la regardent à la dérobée, puis détournent les yeux. Pendant ce temps, l'acheteur examine son cuir chevelu, puis il s'accroupit pour lui palper les jambes de haut en bas : il presse ses mollets et ses cuisses, fait jouer ses genoux. Tacita serre les lèvres. Quand il se redresse et lui parle, elle lève le bras, serre le poing et gonfle son biceps, que l'homme palpe également. Puis elle baisse le bras, et il lui dit autre chose, mais elle se contente de regarder droit devant elle. L'homme se tourne vers le marchand, lequel s'avance, la prend par la mâchoire, la force à ouvrir la bouche pour y glisser le bout de sa cravache afin que le client puisse l'examiner. Ce dernier secoue alors la tête et tourne les talons, mais le marchand l'attrape par le bras et pose sa main sur le ventre rebondi de Tacita en lui débitant un discours.

– C'est bon, j'ai fini, déclare l'épicier en me donnant une tape sur l'épaule.

– Pourquoi vendent-ils Tacita ? demandé-je tout en comptant les pièces pour le régler.

– C'est qui, Tacita ?

Il vérifie chaque pièce en la mordant.

– La fille aux cheveux jaunes, sur la scène. Parce qu'elle a grossi ? Elle mange trop ?

L'épicier se penche pour la regarder, et il éclate de rire.

– Vous savez pas ce que Pusus vient de me dire ?

Son exclamation attire l'attention des boutiquiers des deux échoppes voisines.

– Il veut savoir si la fille mange trop !

À présent, ils rient tous les trois. Quelques instants plus tard, les gens dans l'allée se répètent le bon mot, et le rire se propage à travers la foule, gravit les gradins vétustes du théâtre et emplit le marché tout entier. Toutes les têtes se tournent vers moi, puis vers la scène. J'en entends certains dire : « *Le gamin veut savoir si elle mange trop* », et je me force à rire aussi, comme si j'étais dans le coup.

C'est alors que je vois Tacita qui me fixe. D'une façon ou d'une autre, elle est parvenue à me repérer dans le tumulte de la foule. Elle serre les lèvres, et elle respire profondément par le nez. Je sais qu'elle me voit rire, alors j'arrête. Les deux hommes sont encore en train de marchander devant elle, en négociant le prix à grands gestes.

– Est-ce qu'elle mange trop ? raille l'épicier. Elle est bonne, celle-là !

Le regard de Tacita me pénètre. J'ai la gorge serrée. Au milieu des éclats de rire qui se propagent dans le théâtre, on se dévisage longuement. Ses yeux brillent d'un éclat lourd de sens, mais je ne suis pas certain de comprendre tout ce qu'elle essaie de me dire. La seule chose dont je suis sûr, c'est qu'elle me dit au revoir. Puis son nouveau Dominus se place devant elle et me bloque la vue.

– Elle n'est pas grosse !

L'épicier, pris de pitié, a haussé la voix pour que je l'entende dans le vacarme ambiant.

– Elle va avoir un bébé, et sa Domina ne veut pas élever le bâtard de son mari. D'autant plus qu'Afra ne peut pas lui en donner elle-même, ajoute-t-il en parlant plus bas.

Il me fait un clin d'œil, mais je ne l'écoute pas.

Pourquoi Tacita ne s'enfuit-elle pas ? me dis-je. *Pourquoi ne court-elle pas comme la petite Syrienne ?* Elle est encore jeune, elle est forte, et elle n'est pas entravée. Certes, elle est toute nue, mais la Syrienne l'était aussi. Et Tacita pourrait certainement attraper sa robe avant de sauter de la scène. Elle ne peut pas parler, mais elle est forte, plus forte que l'autre jeune fille. Sur la scène, son nouveau maître s'est déplacé sur un côté, alors je tente de croiser à nouveau son regard. *Pourquoi ne t'enfuis-tu pas ?* ai-je envie de lui dire.

Mais elle ne me regarde plus. Elle ne regarde plus personne. Le marchand ôte la pancarte de son cou, et elle se baisse pour remonter sa robe. Puis son Dominus la prend par le bras et disparaît avec elle entre les piliers à l'arrière de la scène.

– Je suis sûr qu'il en a tiré un bon prix, cela dit, commente l'un des marchands voisins de l'épicier.

– C'est une bonne pondeuse ! renchérit l'autre.

– Et le bébé aura de la valeur, confirme l'épicier.

En bons commerçants, les trois hommes grommellent leur assentiment.

Le spectacle est terminé. L'hilarité s'est dissipée comme une bourrasque venue de la mer, et le théâtre retrouve son murmure habituel, sourd comme le ressac. Sur la scène, le marchand fait l'article pour tenter de vendre ses deux autres esclaves à la foule qui se disperse. Avant de descendre, je regarde la porte à l'arrière de la scène par laquelle Tacita vient juste de disparaître. Je me demande ce qui se passerait si je lui courais après, juste pour lui dire au revoir, juste pour lui donner une dernière poire tirée de mon panier ? Son nouveau maître m'autoriserait-il à passer un moment avec elle ? Tacita en aurait-elle envie, d'ailleurs, ou s'est-elle déjà détachée de son ancienne vie comme d'une vieille peau ? Bien sûr, Clio a disparu de la même façon, alors ce n'est pas la première fois que je perds quelqu'un sans lui dire au revoir. Ça ne sera pas la dernière.

* * *

– Qu'est-ce qui t'a pris tout ce temps ? demande Focaria dès mon retour. J'ai une course un peu spéciale à te faire faire.

Elle frotte le plateau de la table, ce qui est plutôt une de mes tâches, et se penche dessus en tenant à deux mains la brosse qui crisse sur le bois.

– Tacita a été vendue.

Les mots sont sortis tout seuls.

En général, Focaria se contente de grommeler quand je lui rapporte les nouvelles de l'extérieur, mais là, elle s'interrompt et lève la tête.

– Quoi ? Quand ça ?

– À l'instant, dis-je en commençant à décharger les poires. Au théâtre. Je l'ai vue.

– Pas sur la table. Pose le panier dans un coin en attendant.

Focaria n'a plus besoin de me dire les choses deux fois. Je remets les poires dans le panier et je le range dans un coin.

– Elle va avoir un bébé.

– D'après qui ?

Pour une fois, Focaria semble surprise.

– Ça se voyait.

Je place mes mains devant mon ventre, comme si j'avais toujours su comment le monde fonctionnait.

– Oh ! s'exclame Focaria en se redressant pour s'étirer. C'est… drôle.

Elle reprend sa brosse et se remet à récurer la table.

– C'est la raison pour laquelle j'ai une course pour toi.

À présent, c'est à mon tour d'avoir l'air perplexe.

– L'une des louves est enceinte.

Elle sourit presque en voyant ma réaction.

– Thalie, précise-t-elle avant que je pose la question.

– Comment ça se fait ?

Ma question est stupide. Je sais comment ça se fait. Mais, pour une fois, Focaria ne lève pas les yeux au ciel et ne se met pas en colère.

– J'ai besoin que tu ailles chercher Opitria au théâtre. Et dis-lui de rapporter sa trousse.

– Opitria ?

Là, je suis vraiment perplexe. Pourquoi Focaria récure-t-elle la table ? Pourquoi a-t-elle besoin de la voyante ?

– Qu'est-ce que je lui dis ?

– Simplement qu'on a besoin d'elle à la taverne. Elle saura pourquoi.

Focaria s'interrompt pour me dévisager.

– Maintenant ! aboie-t-elle.

Je me précipite dans le jardin, et, arrivé devant la porte, je l'entends crier de la cuisine :

– Qu'elle apporte sa trousse ! N'oublie pas !

Je n'ai pas l'habitude de circuler dans la rue aussi tard dans la matinée, et encore moins sans mon panier. Je suis encore remué par l'image de Tacita disparaissant pour toujours, mais je me réjouis de pouvoir me glisser ainsi à travers la foule, presque aussi aisément que les gamins du carrefour. Non seulement ça, mais je suis excité malgré moi, parce qu'il se passe quelque chose d'inhabituel, quelque chose qui sort de la routine ordinaire. Je fonce dans l'allée qui mène au théâtre, passant comme une flèche entre les palmiers avant même que les gosses qui traînent dans le coin n'aient le temps de me remarquer, et je déboule dans le marché encore bondé. Je monte les marches des gradins quatre à quatre, je me glisse dans l'allée et je me retrouve devant Opitria, tout essoufflé, juste au moment où l'un de ses clients repart. À sa droite, Musa pousse les boules de son abaque face à un homme qui se mord les lèvres, et, à sa gauche, Quartus écrit à toute vitesse ce que lui marmonne le vieil homme à sa table.

Le client d'Opitria passe à côté de moi, et je m'avance vers elle tandis qu'elle met les pièces dans le creux de sa main.

– Focaria... Taverne... Apporte ta trousse..., dis-je en tentant de reprendre mon souffle.

Opitria lève ses yeux cerclés de khôl vers moi, l'air sévère, et, en m'entendant, Quartus redresse la tête.

– Respire, Pusus, lance Opitria en escamotant les pièces.

– Focaria m'a demandé... d'aller chercher Opitria... et de la ramener.

Elle hausse un sourcil.

– Et d'apporter ma trousse.

– Oui ! Elle l'a bien précisé.

Opitria ne répond rien, mais elle se tourne vers l'étagère derrière elle et en tire une trousse de cuir qu'elle pose sur la table. Elle ressemble à celle dans laquelle Melpomène range ses instruments de maquillage, mais elle est plus grande et plus rebondie. Quartus se lève et vient se poster à côté de moi. Le vieil homme qui lui dictait une lettre lève la tête et se demande où il est parti.

– L'une d'elles est-elle... ? demande-t-il à voix basse. Est-ce... ?

Je lui lance un regard d'incompréhension, tandis qu'Opitria se penche par-dessus le panneau qui sépare son échoppe de celle du prêteur sur gages et jette un coup d'œil à Deodatus, assis dans la pénombre à l'arrière.

– Surveille mon échoppe, lance-t-elle.

Deodatus regarde à son tour Musa, qui, sans interrompre ses calculs avec l'abaque, acquiesce d'un geste sec. Deodatus accepte donc silencieusement.

– Qui est-ce ? implore Quartus en m'agrippant l'épaule.

Mais avant que je puisse répondre quoi que ce soit, Opitria prend sa trousse, l'écarte de la main et me pousse devant elle dans l'allée. Quartus tente de me retenir, mais bat en retraite quand cette vieille femme qui ressemble à un corbeau et qui lui arrive à peine à l'épaule se retourne vers lui. Derrière lui, le vieil homme nous regarde tous les trois, bouche bée.

– C'est laquelle ? me demande Opitria à voix basse. Laquelle va avoir un bébé ?

– Thalie ? réponds-je d'un ton surpris.

Comment le sait-elle ?

Debout au soleil devant son échoppe, Quartus vacille comme si quelqu'un l'avait frappé. Le vieil homme lève la main par réflexe pour l'empêcher de tomber.

– Viens ! ordonne Opitria.

Elle me conduit au bas des marches, puis s'accroche à moi pour traverser le théâtre et le jardin. Le temps qu'on arrive dans la rue, Quartus est sur nos talons, il se fraye un chemin dans la foule en bousculant les gens sur son passage et il laisse des petits tourbillons de badauds scandalisés dans son sillage. Opitria, qui ne lui accorde aucune attention, me guide sur le trottoir, sa serre posée sur mon épaule, et il ne nous rattrape qu'au moment où je pousse la porte du jardin. Il se balance sur ses pieds dans la rue.

– Qui est… ? postillonne-t-il. Elle sait qui est… ?

Opitria me pousse à l'intérieur, puis pose une main ferme sur le torse de Quartus pour l'empêcher de nous suivre.

– Bien sûr que non, répond-elle calmement. Ne sois pas stupide.

Elle le repousse avec une force surprenante.

– Rentre chez toi !

Puis elle claque la porte et se met sur la pointe des pieds pour tirer le verrou. Quartus crie quelque chose et se met à tambouriner sur le battant, mais Opitria n'en a cure.

– Où ça ? me demande-t-elle en me prenant à nouveau par l'épaule.

– Ici ! crie Focaria du seuil de la cuisine.

À l'intérieur, l'air est saturé de vapeur. Focaria a posé une marmite d'eau sur le feu. À ma grande surprise, les quatre louves s'y trouvent rassemblées aussi. Thalie est assise sur le bord de la table, les jambes pendantes, et sa robe est défaite. Elle écarquille les yeux et respire fort. À sa gauche, Uranie lui tient la main, et Euterpe lui caresse l'épaule droite. Melpomène, en retrait dans le coin où je dors, observe la scène d'un œil attentif. C'est la seule qui repère la nouvelle arrivante ; son étonnement se lit dans ses yeux. Opitria et Focaria se saluent d'un signe de tête, puis cette dernière me prend à part.

– La bourse, murmure-t-elle en tendant la main.

Je l'ai autour du cou depuis ce matin. Je la lui tends, et elle en tire quelques pièces qu'elle donne à Opitria, laquelle les glisse dans sa robe. Puis elle passe sa trousse à Focaria qui la pose sur le plan de travail et en détache la sangle. Dehors, Quartus continue de tambouriner sur la porte en criant le nom de Thalie, mais je semble être le seul à l'entendre. Opitria s'avance vers la table, où Thalie agite nerveusement les jambes. Sa robe tombe d'une manière telle que je ne suis pas en mesure de voir si son ventre est rebondi comme celui de Tacita. Opitria pose ses mains osseuses sur les genoux de Thalie pour l'immobiliser, puis se penche et lui murmure quelque chose à l'oreille tandis qu'Uranie et Euterpe échangent un regard par-dessus sa tête. Thalie déglutit. Elle acquiesce, puis s'allonge sur la table en laissant prendre ses jambes au bout. Melpomène s'avance et pose les mains sur les épaules de Thalie. Euterpe la dévisage, mais Melpomène lui jette un regard noir, et Euterpe tourne la tête.

Dehors, Quartus est brusquement réduit au silence. Un coup sourd, un râle, puis j'entends Audo grogner. Pendant ce temps, Opitria ouvre sa trousse sur le comptoir. Les petits instruments métalliques qu'elle contient ressemblent aux outils de maquillage des louves, mais en plus longs et plus tranchants. Certains sont droits, d'autres recourbés, et certains ont un crochet au bout. Elle en choisit trois et les tend à Focaria, qui les prend avec des pinces et les plonge dans la marmite d'eau qui bout sur la cuisinière.

– Tu es sûre que sa présence est nécessaire ? demande Opitria à Euterpe en me désignant du menton. Tu souhaites vraiment qu'il voie ça ?

Euterpe, qui caresse toujours le bras de Thalie, remarque alors que je suis là.

– Petit Bout, souffle-t-elle en essayant de sourire.

Mais avant qu'elle ait le temps d'ajouter le moindre mot, Uranie s'agenouille face à moi.

– Souris ! lance-t-elle en écarquillant les yeux. J'ai besoin de toi pour quelque chose.

J'acquiesce. Son haleine sent les olives. Je tourne les yeux vers la table, où Thalie aspire de grandes bouffées d'air, mais Uranie me prend la main.

– Je veux que tu prennes ça et que tu l'emportes au vieux temple au-dessus du marché, déclare-t-elle en tirant un objet de sa robe.

Elle le glisse dans ma main. Il est petit, lourd, en métal, et encore tiédi par sa peau. C'est le petit dieu en cuivre que j'ai déjà vu dans sa cellule, celui dont le visage a été effacé.

– Tu sais duquel je parle ? Le petit temple rond, sur la colline derrière le théâtre.

J'acquiesce de nouveau. Derrière elle, Focaria ressort les instruments de l'eau bouillante à l'aide de ses pinces tandis qu'Opitria déchire un tissu en larges bandes.

– Pose-le sur l'autel, ajoute Uranie en pressant mes doigts sur le petit dieu. Et fais une prière pour Thalie. Demande au dieu de la sauver. Tu comprends ?

J'acquiesce, la gorge serrée.

– Tu sais compter jusqu'à combien, Petit Bout ? me demande Euterpe.

– Jusqu'à cent ?

– Pendant que tu pries, compte jusqu'à cent, lentement, puis recommence. Fais-le dix fois.

– Ainsi, le dieu saura que tu es sérieux, précise Uranie en se redressant. Rapporte-le quand tu auras fini, d'accord ?

J'acquiesce. Pendant que les instruments refroidissent sur une étoffe, Opitria va se poster devant Thalie, tandis que Focaria, à l'autre extrémité de la table, lui saisit la mâchoire.

– Ouvre la bouche, ordonne-t-elle.

Et quand Thalie s'exécute, elle lui glisse gentiment une épaisse lanière de cuir entre les dents.

– Mords.

Euterpe resserre sa prise sur le bras de Thalie. Melpomène déplace les mains sur ses épaules. Uranie me fait faire demi-tour et me pousse dehors.

– Cours ! m'enjoint-elle.

Une fois dans le jardin, j'hésite entre obéir ou me cacher pour observer ce qui se passe. Elles ne sauront jamais si je suis allé au temple ou pas. Elles veulent simplement se débarrasser de moi. Mais le petit dieu est étonnamment lourd dans mon poing, et je commence à m'inquiéter de ce qui pourrait arriver à Thalie si je ne vais pas au temple faire tout ce qu'Uranie m'a demandé. Comme je ne peux pas ouvrir le verrou de la porte du jardin tout seul, je sors par la taverne en refermant le volet derrière moi, puis je passe sous le *tintinnabulum* et je m'éloigne en courant. À l'angle, je contourne Quartus, qui est assis par terre, le dos contre la porte du jardin, les genoux relevés et la tête entre les mains.

Dès que j'arrive au théâtre, je me glisse à travers la foule et sous la scène jusqu'à la sortie de l'autre côté, puis je fourre le petit dieu dans ma ceinture et je commence à gravir la colline rocailleuse le long du mur extérieur. La pente est tellement raide que je suis obligé de grimper à quatre pattes, et je déclenche derrière moi un ruissellement de terre et de cailloux. Arrivé presque en haut, je marque une pause pour reprendre mon souffle. Je vois la demi-conque du théâtre en contrebas, les échoppes accrochées aux gradins inférieurs comme des moules à leur rocher, la foule qui bourdonne comme un essaim d'abeilles. Au-delà, j'aperçois le toit et le jardin de la taverne. Je me demande où se trouve Tacita, à présent. Je me demande ce qui arrive à Thalie.

Puis je reprends mon chemin vers le sommet de la colline, et j'avance lentement, de crainte que les gamins des rues soient dans le coin – ils viennent de temps à autre –, mais ce matin ils sont ailleurs. Le petit temple se dresse au-dessus de moi ; les quatre colonnes de sa façade sont encore debout, mais une grosse fissure court en plein milieu de son fronton. Je m'arrête au pied des marches, parce que le portique derrière les colonnes est envahi de chats de toutes tailles et couleurs nichés au milieu des décombres. Certains sont étalés sur les dalles, d'autres, la tête posée sur les pattes, fixent le vide, les yeux mi-clos. Un seul semble me remarquer, un énorme animal orange sur le plus gros bloc de gravats qui me toise d'un œil depuis son trône. J'ai presque envie de faire demi-tour, mais je pense à Thalie, alors je sors le petit dieu de ma ceinture, je le serre dans ma main et je me faufile entre les chats jusqu'à l'entrée du temple, tandis que la déesse orange m'observe de son regard matois.

Une odeur de pourriture sèche, de cendres et d'urine règne à l'intérieur. Des grains de poussière flottent dans un rayon de soleil qui filtre par un trou dans le toit, et je vois les restes d'un feu sur le sol poussiéreux, une pile de branches calcinées sur une dalle noircie. Les murs sont recouverts de slogans que je n'arrive pas à lire, barbouillés à la peinture rouge, et le crépi arraché dont je sens par endroits les débris crisser sous mes semelles dévoile des briques au mortier grossier. La statue d'Asclépios a été renversée et gît en deux morceaux, révélant ainsi qu'elle n'est pas une véritable sculpture, mais un simple surmoulage de plâtre sur une charpente de bois. Son bâton, entouré d'un serpent, est en morceaux, et la main du dieu, détachée, replie ses doigts sur le vide, comme un client mimant une masturbation. Seule sa tête est vraiment de marbre, et quelqu'un l'a posée sur le socle avec ce qui reste de ses pieds, mais son nez a disparu, ses oreilles sont cassées et ses yeux ont été ôtés à coups de burin.

Pourtant, tout le long du socle, face à ses yeux aveugles, il y a des restes d'anciennes offrandes : des figurines de cuivre ou de bois, des bouquets de fleurs desséchées, des assiettes de fruits gâtés et noircis, des croûtons de pain durs comme de la pierre. Des bougies fondues, une paire de lampes brûlées, une coupe vide posée sur le côté. Je vois des taches qui ressemblent à du sang séché. Sur la face avant du socle, quelqu'un a peint en rouge le symbole de chi rho, mais, contrairement aux slogans rageurs sur les murs, celui-ci a été tracé avec soin au-dessus des lettres gravées dans la pierre, dans le respect des proportions et en tenant compte de la symétrie du panneau. C'est le même symbole que celui du médaillon de Thalie, celui que Renatus imprime sur chaque miche de pain, et il me rappelle pourquoi je suis là. Je pose le petit dieu d'Uranie sur le piédestal et je le fais tenir debout en l'adossant à la joue de l'ancien dieu décapité.

Je ne sais pas quelle prière dire. Je n'en connais aucune. Dois-je demander au dieu de veiller sur Thalie ? Dois-je également prier pour Tacita, ou ne faut-il prier que pour une personne à la fois ? Et à quel dieu dois-je m'adresser ? Le petit dieu de cuivre sans visage ? La tête de marbre mutilée ? Le dieu chrétien que je ne peux pas voir, dont le symbole est la chose la plus brillante dans ce temple ? Ou les trois à la fois ? Sans trop savoir que faire, je me recule un peu et je commence à compter comme Euterpe me l'a demandé.

– Un, deux, trois...

Les chiffres restent coincés dans ma gorge. J'aimerais avoir quelque chose à boire, mais je me contente de déglutir.

– Quatre, cinq, six...

Ma voix résonne contre les murs, alors je me mets à murmurer.

– *Huit, neuf, dix...*

Quand j'arrive à cent, je m'arrête et je tends l'oreille. Aucun bruit ne provient de la ville. Dehors, les chats aussi sont silencieux, et il n'y a même pas un souffle de vent. Je recommence à compter, et l'unique son est celui de ma voix, des nombres murmurés qui rebondissent contre les murs et sont mangés par le silence. Ce temple est l'endroit le plus calme où je sois jamais allé, bien plus que l'étage de la taverne quand les louves sont parties aux thermes. À présent, j'y suis tous les matins, alors ça ne me fait plus aussi peur que le lendemain du jour où Clio a été balafrée. Mais, dans cette salle déserte, malodorante et pleine d'échos, tout à fait conscient de la porte ouverte dans mon dos, je repense à ce matin-là, quand je me demandais si quelqu'un était là avec moi, derrière le rideau de la cellule inoccupée. Y a-t-il quelqu'un avec moi en ce moment ? J'atteins de nouveau cent et je m'arrête. Le temple est tellement silencieux et calme que c'est comme si je n'avais pas compté du tout. Je recommence, en remuant les lèvres sans mot dire, les yeux fixés sur la petite silhouette sans visage, et je tends l'oreille en quête du moindre son suspect. J'inspire profondément pour repérer la moindre odeur révélatrice.

Mais plus je compte, plus je m'ennuie et plus je deviens distrait. Ma peau me picote. Le silence fait tinter mes oreilles. Je balaye des yeux les murs vandalisés, usés par les intempéries, les gravats sur le sol, les petites offrandes oubliées devant le piédestal, la tête brisée d'un dieu brisé aux yeux aveugles. Je lève les miens vers le trou dans le toit en espérant voir un moineau ou le coup d'aile vif d'un martinet dans le soleil, mais il n'y a aucun oiseau, pas l'ombre d'un nuage, simplement l'insondable ciel bleu. Et l'unique odeur que je perçois est celle de la pourriture.

Il n'y a personne. Cet endroit est désert, et depuis longtemps. Si jamais un dieu s'est trouvé ici, il est parti à présent, et le nouveau, quel qu'il soit, n'est pas là non plus. Le temple est une coquille vide, desséchée. Ici, il n'y a que moi qui compte stupidement dans ma tête.

Je m'arrête. Je me balance sur mes pieds, je me gratte et je bâille. Je ne suis pas censé rentrer avant d'avoir compté dix fois jusqu'à cent, mais personne n'est là pour vérifier. Personne ne va m'envoyer chercher ou nettoyer quelque chose. L'espace d'un moment béni, personne ne s'intéresse à ce que je fais. Je frotte une dalle du pied pour la déblayer, puis je m'assois face à la porte, le dos contre le chi rho peint en rouge sur le piédestal, les jambes tendues devant moi. La chatte orange m'observe de son unique œil depuis le seuil. En cet instant, elle est ce qui se rapproche le plus d'un dieu et, sans réfléchir, je lui jette une pierre. Je suis bon, mais elle est meilleure, et elle s'éclipse avant même que le caillou touche le sol, où il rebondit dans la pénombre du porche et finit sa course au soleil, dans la poussière au-delà des marches. Je m'esclaffe, et, quand le silence absorbe mon rire, je m'adosse au socle de pierre, je croise les mains sur mon ventre et je ferme les yeux. Où que soit Tacita, quoi qu'Opitria fasse à Thalie, tout ce que je pourrais faire ou dire ici n'y changera rien.

Je me réveille en sursaut. Dans un premier temps, j'ai peur, parce que je ne sais pas où je me trouve. Puis je me rappelle, et je remarque que la tache de lumière sur le sol s'est déplacée. Combien de temps ai-je dormi ? Dans quel pétrin me suis-je fourré ? Focaria doit fulminer, et Audo serrer les poings. Je me relève et j'époussette l'arrière de ma tunique, puis je fonce dehors. La réverbération du soleil m'arrête net. Je mets ma main en visière et je plisse les yeux en direction du théâtre et de la ville en contrebas. Rien n'a changé. Les gens se pressent toujours comme des fourmis devant la scène, et la lagune scintille encore comme du fer-blanc poli. Sur la gauche, un minuscule bateau à voile trace un sillage en V à travers le port comme une lame qui découpe un carré de soie. Le soleil n'a pas beaucoup bougé, mais je sais que je dois rentrer maintenant.

À mi-chemin de la descente, je me souviens du petit dieu de cuivre d'Uranie, alors je remonte en courant et je déboule de nouveau dans le temple, le souffle court. Le bruit de mes pas résonne puis s'éteint dans la salle déserte. La tête du dieu mutilé fronce les sourcils, comme s'il ne s'attendait pas à me revoir si vite. Je saisis la figurine, la glisse dans ma ceinture et repars aussitôt. Le chat orange montre ses crocs et siffle en me voyant passer. Je dévale la colline au milieu d'une petite cascade de poussière et de cailloux, puis je me glisse parmi la foule dans le théâtre. Là, au moment où je marque une pause pour reprendre mon souffle, j'aperçois Opitria debout devant son échoppe, la main posée sur le bras de Quartus, qui regarde dans le vide. Même à cette distance, je vois qu'il a les larmes aux yeux.

Pourquoi pleure-t-il ? Quelque chose est-il arrivé à Thalie ? Je fonce vers la taverne en bousculant des gens sur mon passage au milieu des cris de colère. Ensuite, je traverse le jardin et je remonte la rue en toute hâte, la main dans la poche de ma ceinture. Je frotte furieusement le dieu d'Uranie et je compte aussi vite que possible, en espérant que ce ne sera ni trop peu ni trop tard. L'ai-je laissée tomber ? Qu'ai-je donc fait ? Est-elle morte pendant que je piquais un somme ?

Je tambourine à la porte du jardin, mais elle n'est pas verrouillée, alors j'entre sans la refermer. Je fonce dans la cuisine, qui est déserte. Même Focaria ne s'y trouve pas. Le feu brille dans le four, mais il n'y a plus d'eau en train de bouillir, et la table est à nu et fraîchement récurée. Il règne une odeur de sang dans la pièce, qui me rappelle le soir où Clio a été balafrée. Je traverse de nouveau le jardin pour gagner la grande salle, toujours en frottant le dieu et en comptant frénétiquement dans ma tête. La taverne est déserte, elle aussi, et je compte toutes les marches jusqu'à l'étage, où je m'arrête à l'entrée du couloir. Les rideaux de toutes les cellules sauf une sont ouverts. Les louves sont aux thermes. Je m'avance sur la pointe des pieds, le souffle court. La cellule de Melpomène est vide ; celle d'Uranie, juste en face, aussi, de même que la suivante, celle d'Euterpe. Et, de façon alarmante, celle de Thalie aussi. Je sors le dieu de ma ceinture et je le frotte des deux mains en lui murmurant des nombres. Je prie, pour la première fois de ma vie, afin que Thalie ne soit ni morte ni vendue.

– Pusus.

La voix de Focaria déchire le silence. Elle vient de la cellule inoccupée au fond du couloir, en face de l'ancienne chambre de Clio, la seule dont le rideau est tiré. Je le soulève. Focaria, assise à côté du lit sur le petit tabouret du poste de maquillage, un bol de bouillon dans les mains, nourrit Thalie à la cuillère. Celle-ci est adossée à la tête de lit, son drap remonté jusqu'au menton. Aucune des deux ne me regarde, mais Focaria s'adresse à moi.

– Entre.

Je me glisse à l'intérieur sans ouvrir le rideau. La cellule est plongée dans la pénombre, et l'odeur du bouillon emplit la pièce. Ça sent aussi le sang, encore plus que dans la cuisine. Toujours sans me regarder, Focaria met la cuillère dans le bol qu'elle repose par terre, puis porte un verre de vin aux lèvres de Thalie. Celle-ci prend une ou deux gorgées qu'elle avale difficilement avant de rebasculer la tête en arrière. Ses yeux sont enfoncés dans ses orbites et ses traits sont tirés, mais elle est en vie. Elle tourne son regard vers moi et sourit faiblement.

– Qu'est-ce que tu as là, Petit Frère ? murmure-t-elle.

Je me tourne vers Focaria, mais elle est en train de reposer le verre pour reprendre le bol. Alors, je tends le petit dieu à Thalie.

– Uranie, dis-je d'une voix tremblante. Elle m'a envoyé au temple avec ceci… Le temple en haut de la colline… Le temple derrière le théâtre…

– Donne-le-moi, souffle Thalie.

J'hésite, mais elle hoche la tête, alors je contourne Focaria sur la pointe des pieds pour gagner la tête de lit. L'odeur du sang est presque rassurante. Je tends la figurine à Thalie, qui sort lentement le bras du drap pour la prendre et la serre contre sa poitrine comme une poupée.

– Je croyais que tu étais chrétienne, s'étonne Focaria en plongeant la cuillère dans le bouillon.

– Ça ne peut pas faire de mal, répond Thalie.

Elle ouvre la bouche devant la cuillère.

Focaria lui lance un regard appuyé et Thalie aspire bruyamment la soupe.

– Tu es sûre qu'il ne t'en voudra pas ? demande Focaria.

Thalie avale.

– Pas aujourd'hui.

– Qui ça ? dis-je. Audo ?

Focaria lève les yeux au ciel, tandis que Thalie m'adresse un faible sourire.

– Dieu, souffle-t-elle.

Focaria lui tend une nouvelle cuillère de bouillon, mais Thalie secoue la tête.

– Où est le bébé ? demandé-je.

Focaria regarde Thalie, mais la louve repose la tête contre le mur et ferme les yeux. Je balaye la cellule du regard. Il n'y a personne d'autre.

– Il est mort ?

– Opitria l'a emmené, répond Focaria en reposant le bol.

– Où ça ?

– Au marché.
Elle prend le verre de vin et en boit une gorgée.
– Pour le vendre.
Je sais qu'elle ment. J'étais au marché, et je n'ai vu aucun bébé. Néanmoins, j'acquiesce.
– Tout comme moi.
– Oui, comme toi.
Focaria me tend la coupe, et je bois une gorgée. Audo ne me laisse boire que celui qui est coupé à l'eau, mais ce vin n'est pas dilué. Je fais la grimace en lui rendant la coupe.
– Il est sur un bateau ? Le bébé ?
Thalie soupire.
– Oui, Pusus, répond Focaria. On ne le reverra plus jamais.
– C'était un garçon ?
Thalie pousse un petit cri et remue sous son drap.
– Ça fait mal, gémit-elle.
Focaria lui pose la main sur le front. Je m'apprête à rajouter quelque chose, mais Focaria me jette un regard noir.
– Tu peux essayer de dormir, suggère-t-elle à Thalie.
Elle acquiesce et s'enfonce dans le lit.
– Je vais essayer.
– Laisse-moi changer le tissu avant de partir.
Focaria me tend le bol et la coupe.
– Rapporte-les dans la cuisine !
J'hésite, mais ses yeux ne me laissent pas le choix.
– Il est mieux là où il est, Souris, me lance Thalie quand je m'en vais.
Elle a tourné la tête vers moi. Je regarde Focaria avant de répondre. Elle m'ignore.
– Le bébé ?
– Il est mieux là où il est, répète-t-elle. Il ne souffrira jamais.
Je soulève le rideau.
– Merci, Souris, souffle-t-elle.
Je la regarde une dernière fois avant de laisser retomber le rideau.
– Pour ça, précise-t-elle en caressant la tête du petit dieu sans visage.

* * *

Non, lecteur, Thalie ne mourut pas. De toute évidence, elle est décédée à présent, étant donné que j'écris ceci bien des années plus tard, mais elle n'est pas morte pendant la période où je l'ai fréquentée, même si je doute qu'elle ait vécu aussi longtemps que moi. Audo lui a donné une semaine pour se remettre, qu'elle a passée dans la cellule au fond du couloir, le rideau tiré. Quand elle ne dormait pas, elle chantonnait pour elle-même dans la langue de son pays natal, l'égyptien. Je ne comprenais pas le sens des mots, mais je voyais bien que c'étaient des chansons tristes, et pourtant elles semblaient l'égayer. Euterpe venait régulièrement la voir, et Melpomène elle-même passait à l'occasion. Uranie lui consacrait autant de temps que possible pendant la journée. Je les entendais murmurer derrière le rideau, parfois même rire, et, chaque fois que j'apportais un bol de ragoût ou une coupe de vin à Thalie, je les trouvais ensemble dans le lit. Uranie, adossée au mur, prenait son amie dans ses bras tandis que Thalie serrait le petit dieu de cuivre dans une main et son médaillon chi rho dans l'autre. À l'occasion, Uranie murmurait une blague sur moi et elles riaient toutes deux. Mais ça ne me faisait rien, et je tendais la coupe à Thalie, qui la buvait en se lovant dans les bras de son amie tandis que celle-ci lui caressait les cheveux et lui embrassait le front.

La nuit, pourtant, Uranie était trop occupée pour passer du temps avec elle, car les trois dernières louves devaient compenser l'absence de Thalie. Quand les clients demandaient à la voir, Audo répondait qu'elle avait ses règles. Selon les usages de la taverne, les clients savaient qu'il ne fallait pas entrer dans une cellule dont le rideau était tiré. Excepté Quartus, bien sûr, qui, bien qu'il fût au courant des raisons pour lesquelles Thalie n'était pas disponible, revenait quand même tous les soirs. Trois jours d'affilée, il avait payé pour monter, et chaque fois, l'une ou l'autre des louves l'avait intercepté.

– Laissez-moi seulement la voir, avait-il supplié la troisième fois quand Euterpe s'était interposée.

– Elle a ses règles, avait rétorqué Uranie en l'attrapant de l'autre côté.

– Je sais que ce n'est pas vrai ! s'était-il écrié en essayant de se dégager.

– Qu'est-ce qu'il y a ? avait lancé une voix masculine depuis la cellule d'Uranie.

Son client se demandait où elle était passée.

– Thalie ! avait sifflé Quartus. Je suis là !

Il savait bien que, s'il haussait le ton, ça allait attirer l'attention d'Audo. À présent, Melpomène avait également abandonné son client pour repousser Quartus, qui se débattait faiblement entre les trois femmes nues.

– Thalie ! avait-il gémi.

J'étais arrivé par-derrière et j'avais tiré un grand coup sur sa tunique.

– Audo peut t'entendre.

Il avait cessé de s'agiter et reculé d'un pas, mais il s'était mis sur la pointe des pieds et avait tendu le cou pour projeter sa voix.

– Thalie ! avait-il chuchoté aussi fort qu'il l'osait. Je t'aime !

Après, il avait continué de venir à la taverne tous les soirs, mais il restait au rez-de-chaussée, assis tout seul dans un coin devant une coupe de vin, et il jetait des regards noirs à quiconque montait à l'étage.

Calidus n'était guère plus content que Quartus. Désormais, il n'y avait plus que trois louves opérationnelles et son revenu avait baissé d'un quart – de quarante pour cent en tout, si on comptait l'absence de Clio. Il passait tous les jours et même deux fois dans la soirée, pour demander pourquoi Thalie ne s'était toujours pas remise au travail.

Un matin, je l'entends tancer Audo dans la taverne déserte, et la voix haut perchée du jeune Dominus irrité résonne jusque dans le jardin. Je suis juste devant l'arche avec mon seau et ma brosse.

– Va plutôt chercher le linge ! me lance Focaria.

Mais quand elle rentre dans la cuisine, je reste sur place à écouter.

– Elle boit l'atocium, non ?

– Une fois par semaine, Votre Honneur.

– Alors, comment est-ce arrivé ?

– Votre Honneur.

– Qu'est-ce qu'elle met, dans l'atocium... Comment s'appelle-t-elle, déjà... Focaria... ?

– Tout ce qu'il faut, Votre Honneur.

– Focaria !

Soudain, Calidus déboule dans le jardin et je me fige, agrippé à ma brosse. Mais il ne me remarque même pas, et Audo, qui le suit d'un pas lourd, non plus. Focaria reparaît à la porte de sa cuisine, un couteau à la main. Je laisse la brosse flotter dans l'eau du seau et je remplis l'arrosoir pour pouvoir écouter tout en versant un peu d'eau sur les légumes et les herbes aromatiques.

– Qu'est-ce que tu mets dedans ? Dans l'atocium ?

– De la rue, Dominus. De l'aneth, répond-elle en baissant les yeux. Un œuf, pour le faire passer.

– Et ça marche ?

– La plupart du temps, Votre Honneur, répond Audo.

D'autres voix résonnent dans la taverne et, quelques instants plus tard, toutes les louves à part Thalie entrent dans le jardin vêtues des longues capes qu'elles mettent pour aller aux thermes. Elles se figent et se taisent quand elles voient Calidus faire les cent pas devant la porte de la cuisine. Tout le monde le regarde ; quant à moi, je cesse de faire semblant d'arroser le jardin. Il passe sa main dans ses cheveux luisants en renâclant comme un cheval, l'air excédé. Silencieusement, Audo fait signe aux louves de se diriger vers la porte du jardin, mais Calidus se tourne vers elles. À présent, Audo lui-même se fige.

– Les filles, vous savez que vous ne devez pas jouir avec les clients, non ?

Il est difficile de se rendre compte si le jeune Dominus souhaite vraiment qu'on lui réponde ou pas, alors aucune ne le fait.

– Vous ne pouvez pas tomber enceintes si vous ne jouissez pas ! crie-t-il. Suis-je donc le seul à le comprendre ?

Uranie baisse les yeux. Euterpe croise le regard de Focaria, qui arbore le masque impassible qu'elle affiche toujours devant ses maîtres. Melpomène serre les mains et jette un coup d'œil à Audo comme pour lui demander la permission de parler. Ce dernier ronge son frein et serre les poings sans rien dire.

– Vingt-cinq pour cent ! crie Dominus en balayant tous les présents du regard. Vingt-cinq ! Pour cent ! C'est ma chute de revenu, jusqu'à ce que...

Il agite la main en direction de l'étage.

– Thalie, intervient Melpomène.

– Thalie ! braille Calidus. Jusqu'à ce que *Thalie*, que Dieu jette en enfer cette chienne négligente, puisse reprendre le travail. Et pourtant, moi, je paie la même somme pour vous nourrir, vous tous !

Il les toise l'un après l'autre – Focaria, Audo, Melpomène, Euterpe, Uranie – puis moi. Je suis aussi immobile qu'un lièvre dans les plants d'herbes, les deux mains serrées sur mon arrosoir.

– Même lui ! Et à quoi me sert-il ?

– Votre Honneur, lance Melpomène en s'approchant de lui avec un sourire lumineux.

Audo s'agite, mais ne l'arrête pas. Calidus la regarde de la tête aux pieds.

– Quoi ?

– Votre Honneur, reprend-elle d'une voix plus basse. Puis-je...

À la stupéfaction de tous, elle pose familièrement la main sur le bras du jeune maître. Et, à notre plus grand étonnement, Calidus la laisse faire. Elle l'entraîne en murmurant en direction de la taverne, et Audo leur emboîte le pas. On n'entend pas ce qu'elle raconte, mais, arrivée sous l'arche, elle se retourne et fait un geste vers moi. Calidus et Audo me regardent à leur tour. Euterpe jaillit à côté de moi.

– Prends ton panier, Petit Bout, lance-t-elle à voix basse. Va chercher le pain.

– J'y suis déjà allé.

– Prends ton panier et vas-y, insiste-t-elle en me prenant l'arrosoir des mains. Maintenant.

Je ne lui ai jamais vu une expression aussi sévère. Elle me prend par l'épaule et me pousse vers la porte de la cuisine.

– *Maintenant !*

Mais avant que j'aie le temps de bouger, Melpomène, qui a laissé Calidus et Audo, s'approche en souriant.

– Mesdames ! déclare-t-elle en claquant dans ses mains comme si elle rassemblait des oies. Allons-y.

– Pusus, viens ici, ordonne Audo.

– Non ! s'écrie Euterpe en s'interposant.

– Viens, Euterpe, lance Melpomène en tendant la main. On va être en retard.

– Non ! crie Euterpe un peu plus fort.

– Pusus ! aboie Audo. Maintenant !

Je me dirige vers lui, mais Euterpe me saisit. Alors, Melpomène se met entre nous et nous sépare. Elle retient Euterpe d'une main et me pousse vers la taverne de l'autre.

– Vas-y, m'enjoint-elle en souriant. Ça va bien se passer.

Tout en traversant le jardin, j'entends les deux femmes pester l'une contre l'autre, tandis que Calidus plisse les yeux et me regarde comme s'il ne m'avait jamais vu. Audo tend la main et remue ses gros doigts pour m'indiquer d'approcher.

– Focaria ! crie Euterpe. Dis quelque chose !

À l'instant final de mon innocence, je me retourne. Melpomène fait sortir de force Euterpe du jardin, tandis qu'Uranie les suit, la tête toujours baissée. Focaria est restée devant la porte de la cuisine, son couteau à la main, son visage un masque plus vide et impénétrable que jamais. Quand Audo me prend par l'épaule et me pousse devant lui, elle rentre dans sa cuisine.

Dans la pénombre de la grande salle, Audo m'arrête.

– T'as fait caca ce matin ?

Je me tourne vers Calidus, qui traîne à côté des volets.

– Ne le regarde pas, ordonne Audo en me donnant une pichenette sur l'arrière du crâne. Il n'en sait rien.

– Dominus ? dis-je en regardant Audo.
– Tu l'as fait ou pas ?
– Oui, Audo.
– Bien.
Il me pousse à nouveau devant lui, en direction de l'escalier.
– Attends, lance Calidus.
Audo me saisit de nouveau l'épaule. Calidus détache l'un des volets et l'ouvre à moitié pour éclairer la salle, puis il me fait signe d'approcher. Audo me pousse vers lui. Le jeune Dominus me place dans la lumière, puis m'examine de la tête aux pieds en me faisant pivoter sur place. Il soulève mes bras et me pince la peau. Il me passe les doigts dans les cheveux. Il me frotte les joues avec les jointures de ses poings, puis il s'accroupit et me saisit la mâchoire. Je tressaille, mais il se contente de serrer plus fort. Il tourne mon visage de gauche à droite, puis bascule ma tête en arrière et m'ouvre la bouche pour examiner mes dents.

S'il vous plaît, ne me vendez pas. Je manque de le dire à voix haute, mais je me rappelle alors à quel point ces deux hommes s'en moquaient quand Clio a dit ça. Mon cœur bat vite. J'ai la bouche sèche.

Quand Calidus me lâche, je porte la main à mon visage pour masser ma mâchoire endolorie, mais il la repousse. À présent, il me prend le bras à deux mains et me presse les muscles de l'épaule au poignet, puis fait de même avec l'autre.
– Il est fort, observe-t-il en levant les yeux vers Audo.
– Votre Honneur.
Calidus recommence avec mes deux jambes, passe la main sous ma tunique et me presse les muscles du haut des cuisses jusqu'aux chevilles. Je sais que je ne dois pas réagir. Enfin, il se redresse en grommelant et pose la main sur mon crâne pour me faire lever la tête vers lui. Il me regarde dans les yeux.
– Melpomène n'a pas tort, lâche-t-il à l'intention d'Audo. Je vois ce qu'elle veut dire.
– S'il vous plaît.
C'est sorti tout seul.
Les deux hommes me regardent, surpris.

– S'il vous plaît, ne me vendez pas.

Calidus s'esclaffe, et Audo lui-même se met à rire, un grondement liquide dans sa poitrine. Calidus me presse le crâne.

– Personne ne va te vendre, répond-il. Tu vas me faire gagner beaucoup d'argent.

D'un geste presque affectueux, il me pousse vers Audo, qui lève les yeux vers le Dominus.

– À moins que vous ne préfériez, Votre Honneur…, suggère-t-il en me désignant.

Calidus soupire et semble réfléchir.

– Non, tu n'as qu'à t'en occuper, finit-il par dire. Amuse-toi bien.

Puis il sort et referme le volet derrière lui.

Audo est déjà en train de me faire monter à l'étage. Il peine à grimper derrière moi, le souffle court, ses doigts étalés sur mon dos comme s'il me soutenait. Arrivé en haut, il me saisit de nouveau l'épaule et s'arrête pour reprendre son souffle. Maintenant que je m'occupe de ses anciennes tâches, il ne monte plus ces marches aussi souvent qu'avant et il s'est habitué à camper derrière son comptoir en buvant toute la nuit. Il me pousse dans le couloir, le long des cellules des louves. Seul le dernier rideau – celui de Thalie – est tiré, et Audo me fait entrer en face, dans l'ancienne chambre de Clio. Je reste debout au centre de la cellule sans trop savoir que faire de mes mains. Audo entre derrière moi. Par réflexe, peut-être, il tire le rideau, puis se penche vers moi en respirant bruyamment et m'attrape par le col de ma tunique.

– Enlève-la.

Je la retire par le haut. Il la roule en boule et la balance dans un coin de la pièce. Puis, avec un grand soupir, il se laisse tomber sur le lit qui craque sous son poids dans un bruissement de paille et décrit un petit cercle en l'air avec son doigt.

– Tourne-toi.

J'obtempère en tremblant, la bouche sèche, les mains sur l'entrejambe. J'ai conscience que Thalie est de l'autre côté du couloir, qu'elle écoute, en silence. Même après tous ces mois à entendre ce qui se passait dans les cellules, à voir les clients et les louves en action, je n'ai toujours pas la moindre idée de ce qu'il veut. Je suis encore bête à ce point-là. Tout à l'heure, en bas, je croyais qu'ils s'apprêtaient à me vendre, et maintenant je pense qu'il va me battre pour quelque chose que j'ai dû faire mais dont je ne me souviens pas. Pour une raison ou pour une autre, il ne veut pas qu'on nous voie, et il a envie que je sois nu pour que je sente bien les coups. Puis l'idée qu'il va me tuer me traverse l'esprit : il ne m'a fait ôter ma tunique que parce qu'il veut s'en resservir pour le prochain Pusus et qu'il ne souhaite pas qu'elle soit pleine de sang. Je jette un coup d'œil au rideau qui pend, immobile, dans la chaleur étouffante de la cellule. Et si je m'enfuyais ? Je pourrais être en bas de l'escalier et dans la rue avant même qu'Audo ait réussi à se lever du lit. Mais alors, je serais livré à moi-même, un garçon tout nu qui n'a nulle part où aller. Je fixe le rideau, j'essaie de voir à travers lui et le suivant, celui de Thalie. Et si je l'appelais ? Mais que pourrait-elle faire ? Il la tuerait aussi, c'est tout.

– Mets-toi à genoux.

Il est installé sur le lit, la tête et les épaules calées contre le mur, les genoux écartés, et son énorme ventre se lève et retombe. J'hésite. Il fait très chaud, mais je tremble comme si la pièce était glaciale. Je me rappelle Euterpe, dans le jardin, quand elle m'a dit que, si Audo tentait de me faire du mal, il fallait que j'aille la voir et qu'on s'enfuirait. « Me faire mal comment ? » avais-je demandé, et elle m'avait répondu que je le saurais lorsque ça arriverait. Ça arrive maintenant, et elle est introuvable, à des rues d'ici, aux thermes.

– À genoux, répète Audo d'une voix plus sèche.

J'obéis en tremblant, les mains toujours en coque au-dessus de mon pénis. Audo ôte sa propre tunique. Sous les plis de sa proéminente bedaine, je distingue ses testicules flétris et son pénis flasque et pâle comme la tête d'une vieille tortue qui dépasse d'un écheveau de poils gris. Lentement, je commence à comprendre ce qu'il attend de moi. J'ai vu les louves le faire, j'ai entendu Melpomène gémir en le faisant, comme si elle mangeait un beignet sucré. Je lève les yeux vers Audo. C'est les louves qui font ça, ai-je envie de dire. Je ne pensais pas que les garçons le faisaient aussi.

Mais Audo a fermé les yeux. Il a passé sa main entre ses jambes et il tire sur son pénis, qui durcit et s'empourpre. Quand il décalotte son prépuce, je distingue une croûte jaunâtre autour du bout, juste sous la fente à son sommet. De l'autre main, il me saisit la nuque et plonge mon visage entre ses jambes. Il halète, mais moi, je ne respire presque plus. Je pose les mains sur ses genoux pour me reculer, et je n'ai qu'une vision floue de chair ridée et tavelée. L'odeur est insupportable, comme un fromage bien fait, plus la sueur, l'urine, le relent âcre de ses fesses. Je n'arrive pas à me retenir : ça me donne un haut-le-cœur, et je me mets à pleurer. Je me dis qu'il va m'étouffer entre ses jambes. C'est ainsi que je vais mourir.

Soudain, il me lâche, et je me rassois sur le derrière en cherchant mon souffle. À présent, Audo a les yeux grands ouverts et il me jette un regard noir.

– Thalie, lance-t-il en élevant la voix. Ce petit bouffeur de chattes ne sait donc pas ce qu'il faut faire ?

Thalie ne répond rien. Elle est peut-être endormie.

– Thalie ! hurle Audo.

Un instant après, sa voix, faible et hésitante, franchit les deux rideaux pour nous atteindre.

– Je ne sais pas.

– Il est idiot ?

Nouveau silence.

– Je ne sais pas.

– Quoi que j'aie fait, Dominus, je suis désolé !

J'ai les larmes aux yeux et le nez qui coule. Je les essuie du dos de la main, en tentant désespérément d'arrêter. Je sais que montrer de la faiblesse ne sert qu'à empirer les choses.

– Je ne recommencerai pas !

– Ferme-la ! répond-il. Aide-moi.

Je me remets debout, encore conscient de ma nudité face à lui dans cette petite pièce. Je prends ses grosses mains et je me penche en arrière pour l'aider à se relever. Il vacille un instant devant moi, le souffle court, les yeux éteints. Puis, avec une vitesse militaire, il me saisit par la taille et me jette à plat ventre sur le matelas. Je tente de me redresser, mais il pose son genou sur mon dos et pèse sur moi de tout son poids. Malgré moi, je pousse un cri de douleur.

– J'espère que tu n'as pas menti tout à l'heure, marmonne-t-il en me tordant le bras derrière le dos. Je n'ai pas envie de croiser ton dîner sur la route.

Lecteur, c'est ainsi que je m'initie à l'art de l'amour. J'ai l'impression qu'Audo me fait ce que Focaria fait aux poissons qu'elle éviscère, qu'il m'ouvre en deux le long de la colonne vertébrale, qu'il fait sauter mes côtes une par une. Je pleure et je crie, mais il se contente de presser mon visage contre l'oreiller rance, et je ne vois rien, je n'arrive pas à respirer. Je me consume de l'anus jusqu'au fond des entrailles. Il me déchire. Il m'assassine. Je suis l'homme qui se vide de son sang derrière la porte du jardin. Je suis Clio, balafrée dans cette même cellule. Je suis l'homme qui l'a tailladée et qui crie, le bras cassé.

Puis Audo m'ouvre en deux, et je m'envole en dehors de moi-même comme un oiseau pour me percher sur la fenêtre au-dessus du lit. En contrebas, je vois un petit garçon cloué sous un gros homme répugnant au visage rougeaud. Le garçon a des membres fins qu'il agite, et la même tignasse que moi, mais je ne distingue pas son visage, juste l'arrière de son crâne que l'homme presse contre l'oreiller de sa main tatouée d'une aigle. Dans une éruption d'ailes, je m'envole au-dessus du jardin. À présent, je vois les tuiles qui se chevauchent sur les toits, la tête de Focaria qui ramasse des herbes dans le potager, un esclave qui plonge un seau dans la fontaine de la rue. Je hume la fumée qui s'élève de la cheminée de la cuisine et la brise âcre et salée qui vient du port, mais j'entends toujours ce qui se passe dans la cellule au-dessous de moi, le halètement rythmique de l'homme, le claquement de son ventre contre le dos du garçon. Alors, je monte encore plus haut, jusqu'à ne plus entendre que le battement de mes ailes et celui de mon cœur, suspendu à mi-chemin entre le dôme impeccablement bleu du ciel et les toits rouges de la ville qui se déploie en contrebas comme une carte d'elle-même. Et là, pour la première fois, dans la pulsation silencieuse de l'air, pendant un instant éternel qui dure pour toujours et qui cesse aussitôt, je deviens enfin mon nom secret, mon véritable nom, je deviens Moineau.

Puis Audo grogne et se laisse glisser de côté contre le mur, et Moineau pique à une vitesse terrifiante vers la rue, le jardin et la fenêtre de la cellule pour revenir dans ma tête, voir à travers mes yeux et ressentir ma douleur. Je titube hors du lit en tentant de prendre une bouffée d'air, et je me traîne jusqu'à un coin où je me recroqueville, petite boule tremblante de larmes et de morve. Mon anus est brûlant, et l'intérieur de mes cuisses maculé de sang rouge vif. J'ai peur de regarder Audo, alors je garde les yeux fermés, encore assez enfant, même à ce moment-là, pour penser qu'il ne peut pas me voir si je ne le vois pas. Mais je l'entends haleter, et, quand j'entrouvre les paupières, il est en train d'essuyer du sang sur son pénis flasque puis il frotte sa main sur le matelas. Ensuite, il remet sa tunique et se lève en grognant. À travers mes larmes, je le vois ouvrir le rideau.

– L'une de vous va devoir lui apprendre ce qu'il doit faire, marmonne-t-il.

Le parquet craque sous ses pas quand il s'en va. Je l'entends descendre les marches, une par une, péniblement, et je prends ma tunique d'une main tremblante, je la serre contre ma poitrine en me collant contre le mur, étouffé par ma propre morve. Le craquement d'une latte de parquet me fait violemment sursauter, mais ce n'est que Thalie, debout sur le seuil. Elle n'est plus aussi émaciée qu'il y a quelques jours, mais elle a encore l'air maigre et fatiguée. Elle fait demi-tour, puis revient un instant après avec une bassine pleine d'eau et l'une des serviettes menstruelles des louves.

– Viens.

Tout doucement, comme si elle manipulait un animal effrayé, elle m'enlève la tunique des mains, me met debout sur mes jambes branlantes et me lave au-dessus de la bassine, dont l'eau vire au rose. Je tressaille à son contact et je gémis de douleur quand elle me nettoie l'entrejambe. Puis elle passe la serviette autour de moi comme un pagne, glisse ma tunique sur mes épaules et me conduit dans la cellule d'en face, où elle fait sa convalescence. Là, on s'allonge sur le lit, et elle me berce entre ses bras et me caresse les cheveux en me faisant des bisous sur le front.

– Ça va, ça va, Petit Frère. Ça va aller, ça va.

Elle presse mon visage contre son épaule et pose le menton sur mon crâne.

– La première fois, c'est la pire, murmure-t-elle. Mais après, tu t'habitues.

* * *

Dans la cuisine, avant que je puisse dire un mot, Focaria me prend à bout de bras et me dévisage. J'ai cessé de pleurer, mais elle voit encore les traces de mes larmes, mes yeux cernés de rouge et ma démarche raide. Je voudrais lui raconter ce qui vient de se passer, mais je n'ai pas les mots. Elle commence à me parler, puis se ravise, et recommence.

– Tout ça, ce n'est que... du travail, finit-elle par lâcher. Tout ce qu'ils nous font faire, ce n'est qu'un travail.

Elle me regarde, comme si elle attendait une réponse. Mais je ne peux pas. Ma gorge est trop serrée pour parler. Alors, elle me met le panier d'osier sur le dos et accroche la bourse à mon cou.

– Le linge sale.

Je titube à travers la cohue habituelle de la rue pendant la journée, mais autour de moi tout a changé. La lumière est plus crue, comme si je n'avais perçu jusqu'à présent qu'un reflet atténué du monde et que je me retrouvais maintenant face à lui, sans aucun voile. Les voix des femmes de la fontaine sont plus fortes, le grondement des roues des charrettes plus grinçant. Les regards des passants, des hommes ou des gamins sont plus acérés, comme s'ils savaient et qu'ils se moquaient de moi. Je voudrais fermer les yeux, mais je ne peux pas, alors je les plisse pour résister à l'éclat de ce monde plus brillant et plus cruel. Mon anus me brûle, mon épaule me fait mal parce que Audo m'a tordu le bras derrière le dos. La serviette de femme que je porte, qui m'irrite l'entrejambe, me donne une sensation de chaleur et d'humidité, comme si j'avais fait dans mon pagne. Tout mon corps est à vif; j'ai l'impression qu'on m'a écorché la peau. Tout est douloureux, comme si l'émailleur tapait sur mes tympans, comme si le charpentier me sciait un membre. Malgré la lumière vive, je suis la chose la plus brillante dans cette rue. Je brûle comme un fer rouge dans l'obscurité.

Je suis l'unique client de la foulonnerie, et, pourtant, Nazarius ne me remarque pas pendant un moment. Il est sur le pas de sa porte et regarde la rue en se grattant la barbe d'un air absent. Tremblant et en feu, je suis de l'autre côté du comptoir, toujours incapable de parler. Depuis que je l'ai vu avec Euterpe, il n'est ni chaleureux ni brusque avec moi, simplement terre à terre. C'est comme si on ne se connaissait plus. Quand il me voit, il me fait signe d'avancer sans dire un mot et tend la main pour me faire pivoter. Au moment où sa main me touche l'épaule, je me raidis et je redeviens Moineau, flottant au-dessus de moi-même. Aujourd'hui, personne ne chante, je n'entends que le clapotement rythmé des hommes dans les cuves et le claquement du linge qu'on bat avant de l'essorer. De là-haut, je vois les femmes qui travaillent devant le bassin de rinçage, le soleil qui fait scintiller les gouttelettes d'eau dans le puits de lumière. Je me demande ce qui se passerait si je plongeais dedans. Me battraient-elles, moi aussi, avant de m'essorer ? Est-ce que je serais propre, alors ? Le serai-je jamais à nouveau ?

– Souris.

Je sursaute, et je redeviens moi-même. Nazarius a fait le tour du comptoir et s'accroupit devant moi. Le panier n'est plus sur mon dos, mais posé contre le comptoir, toujours plein de linge sale. Nazarius m'agrippe doucement par les épaules.

– Tu saignes.

J'ai un petit sanglot, puis je fonds en larmes. Nazarius me retourne, soulève le bas de ma tunique et voit la serviette tachée de sang.

– Ah, souffle-t-il. Passe derrière, ajoute-t-il après avoir jeté un coup d'œil dans la rue.

Il me conduit derrière le comptoir d'une main et récupère le panier de l'autre. Il le pose sur un côté, puis me place dans le coin et passe la main sous ma tunique pour prendre la serviette trempée, qu'il balance dans le panier. Il en tire une autre de la pile de linge propre de la taverne et soulève ma tunique pour la nouer autour de ma taille. Je sens son haleine et l'odeur de sa sueur, et je me raidis tandis qu'il me tourne d'un côté et de l'autre. Moineau est sur mon épaule tout du long, prêt à s'envoler à tire-d'aile, mais Nazarius, malgré ses mains calleuses, est doux.

– Assieds-toi, maintenant.

Il replie mes jambes et m'installe dans le coin, puis il prend le panier et disparaît à l'arrière. Je lève les yeux vers le plafond de sa boutique, puis les pose sur les casiers de linge propre le long du mur et sous le comptoir. Le trafic invisible dans la rue est à la fois étrange et distinct, comme les sons que je percevais derrière le mur quand je n'étais encore jamais sorti du jardin. Au milieu du brouhaha, j'entends clairement le maître d'école déclamer et ses élèves répéter comme des perroquets pas très en rythme.

– « Hélas, malheureux enfant ! » scande le professeur.

– « Hélas, malheureux enfant ! », marmonnent les élèves.

– « Si tu pouvais rompre la cruauté du destin[1] ! »

Les élèves répètent ces mots comme s'ils n'avaient aucun sens.

Nazarius revient avec le panier vide et une coupe de vin. Il la place dans ma main.

– Bois.

Comme j'hésite, il porte gentiment la coupe à mes lèvres.

– Bois-la en entier. Ça va te remettre d'aplomb.

1. Virgile, *Énéide*, chant VI - 881, traduction de Anne-Marie Boxus et de Jacques Poucet, Bibliotheca Classica Selecta (Note du traducteur).

Je me force à avaler ce vin pur, malgré ma gorge serrée, pendant que Nazarius place le linge propre de la taverne dans le panier. Il bouge silencieusement les lèvres un bon moment.

– J'ai été esclave autrefois, moi aussi, finit-il par lâcher sans me regarder. Quand j'avais ton âge.

Il dépose le dernier drap dans le panier et s'accroupit de nouveau à côté de moi.

– Je vais passer la main dans ta tunique pour prendre l'argent, m'explique-t-il en la levant pour montrer qu'il ne me veut aucun mal. Je ne vais rien faire d'autre.

Il tire la petite bourse, la pose sur ma poitrine pour prendre quelques pièces puis la glisse de nouveau sous le col de ma tunique qu'il écarte du doigt.

– Ça va ?

J'acquiesce. Il désigne la coupe qui tremble entre mes mains.

– Finis-la.

Je la vide, la lui rends, puis il se redresse, m'aide à me lever et à passer les bretelles du panier. Le poids du linge me tire en arrière, mais Nazarius me retient en me posant doucement la main sur l'épaule. Je l'entends respirer derrière moi. Il me conduit de l'autre côté du comptoir jusqu'au pas de sa porte. On marque une pause, sa main toujours sur mon épaule. On regarde tous les deux de l'autre côté de la rue, où son fils, assis au milieu des autres élèves morts d'ennui, dodeline, la bouche ouverte. Nazarius me presse l'épaule, et j'ai envie de détaler avant qu'il prononce le moindre mot, avant qu'il me parle une fois de plus de son fils, l'étudiant, le futur édile. Mais ce n'est pas ce qu'il fait.

– Il ne connaîtra jamais ce que nous connaissons.

Je lève les yeux vers lui, mais les siens fixent son fils. Je ne suis même pas certain que c'est à moi qu'il s'adresse. Lutatius et les autres garçons sont les créatures les plus étranges que j'aie jamais vues, plus différentes de moi que n'importe quel monstre sorti des histoires d'Euterpe. Ils ont beau avoir le même aspect que moi, ils ne me ressemblent en rien. Je les envie et les méprise tout à la fois. Si j'ai jamais ressenti une quelconque parenté avec eux, elle a disparu pour toujours, parce que nous nous tenons de part et d'autre d'un gouffre infranchissable.

– Tu vas pouvoir rentrer tout seul ? demande Nazarius en baissant les yeux vers moi.

Mes entrailles sont encore en feu, mais le vin a atténué la douleur et me fait un peu tourner la tête. J'acquiesce. Nazarius lâche mon épaule.

– Au revoir, Souris.

Je m'éloigne d'un pas raide, les épaules courbées sous le poids du panier. Je sens son regard qui me suit jusqu'à ce que je disparaisse dans la foule.

À la taverne, les louves viennent de rentrer des thermes. Comme Audo n'est pas là, elles se prélassent dans le jardin et profitent un moment du soleil avant de regagner leur cellule à l'étage. Quand je passe la porte, toutes trois se tournent vers moi. Euterpe pousse un soupir de soulagement en me voyant avec mon panier plein de linge propre. Melpomène scrute mon visage. Je détourne la tête et ôte le panier de mon dos. Uranie le prend pour l'emporter à l'intérieur. Quand je tente de passer devant Euterpe pour aller à la cuisine, elle m'attrape et s'agenouille dans la poussière. Elle m'examine, et son soulagement s'évapore sous mes yeux. Pendant un moment, elle n'arrive pas à parler.

– Est-ce qu'il t'a fait mal ? demande-t-elle enfin d'une voix grave.

Que suis-je censé répondre ? Ça n'a aucune importance qu'il m'ait fait mal ou pas. Euterpe m'embrasse, elle m'enveloppe dans son odeur chaleureuse, toute fraîche à la sortie du bain, mais je demeure raide entre ses bras.

– On peut s'enfuir, murmure-t-elle.

Ses lèvres sont humides contre mon oreille.

C'est ce que tu avais dit, ai-je envie de répondre, *mais c'est trop tard maintenant*.

Elle recule et me dévisage.

– On peut s'enfuir, répète-t-elle.

Mais je sais qu'elle ne le pense pas vraiment. Et elle sait que je le sais.

– Personne ne va s'enfuir. Ne raconte pas de bêtises !

Melpomène est devant nous. Euterpe lève les yeux vers elle et me presse douloureusement les épaules.

– C'est toi qui lui as fait ça ! crache-t-elle.

– C'est mieux pour tout le monde, répond Melpomène.

– Comment oses-tu !

Euterpe se redresse en pesant de tout son poids sur mes épaules, ce qui me fait presque tomber à genoux. Melpomène lève les mains, mais ne recule pas.

– Il sera l'un de nous, réplique-t-elle. Maintenant, ils ne le vendront jamais.

– Ils ont bien vendu Clio, rétorque Euterpe en essayant de maîtriser sa voix.

– Oui, mais Clio..., soupire Melpomène en faisant la grimace. Lui, il sera spécial, n'est-ce pas, Antiochus ? me demande-t-elle en plissant les lèvres avant de croiser de nouveau le regard furieux d'Euterpe. Les autres tavernes de la ville n'ont rien de tel. Plus maintenant.

Euterpe souffle par le nez, et ses épaules sont aussi tendues que celles d'Audo quand il s'apprête à cogner quelqu'un.

– Elle a raison, lance Focaria depuis la porte de la cuisine.

Euterpe lève un doigt vers elle.

– Ne fais pas ça !

– On savait que ça devait arriver, réplique Focaria en s'approchant.

– Bien sûr, il a beaucoup à apprendre, observe Melpomène.

– Et qui va lui enseigner ça ? s'écrie Euterpe en approchant son visage de celui de Melpomène. Toi ?

– À moins que tu ne veuilles t'en charger.

Euterpe recule comme si Melpomène l'avait giflée. Focaria s'avance d'un pas.

– Après tout, tu es son institutrice, non ? insiste Melpomène.

Euterpe est incapable de parler. Melpomène lui pose la main sur l'épaule, mais elle fait un bond en arrière.

– Tu ne peux pas me demander... Je ne peux pas...

– Tu n'es pas obligée de le faire, murmure Melpomène.

Elle repose la main sur l'épaule d'Euterpe, comme si elle calmait un animal effrayé, et, cette fois-ci, Euterpe se soumet, ses épaules se courbent.

Focaria lui prend l'autre bras, sans rien dire.

– Tu seras toujours la première dans son cœur, assure Melpomène. Ça, ça ne changera jamais.

Je lève les yeux vers Euterpe, qui ne voit ni Melpomène, ni Focaria, ni le jardin. Elle s'est réfugiée tout au fond d'elle-même. Ce qu'elle contemple, c'est quelque chose qui lui est arrivé il y a très longtemps, une chose qu'aucun de nous ne peut discerner.

– Il faut qu'il apprenne à se protéger, susurre Melpomène d'une voix apaisante. Je peux le lui enseigner.

– Si vous vous enfuyez, vous êtes morts, ajoute Focaria en caressant le bras de son amante. Si vous restez, il a une chance.

Euterpe lâche un long soupir en frissonnant, comme une personne sur son lit de mort.

– Ne fais pas ça ici, souffle-t-elle sans me regarder. Emmène-le quelque part. Toi, tu peux le faire.

Melpomène échange un regard avec Focaria. Elle effleure le bras d'Euterpe.

– Oui. Je le peux. Je le ferai.

Focaria conduit Euterpe vers la cuisine, son bras autour de la taille de la louve, comme si elle l'aidait à tenir debout. Euterpe tend la main vers moi, mais je me détourne. Quand Melpomène le voit, elle sourit.

– Antiochus ! On va devenir de si bons amis.

En fin d'après-midi, elle vient me chercher. La taverne est déjà ouverte, et je me cantonne aux coins les plus reculés de la salle, aussi loin que possible d'Audo. Je débarrasse les tables des premiers clients, dos au comptoir, les yeux rivés au sol. Je ne porte plus la serviette, mais mon entrejambe est humide et j'ai encore mal. Audo ne dit rien, mais je sens son regard sur moi. C'est comme s'il pesait encore de tout son poids sur mon dos, comme s'il m'ouvrait en deux.

– Antiochus.

La voix de Melpomène fait taire les conversations. Il est rare de voir une louve dans la salle quand la taverne est ouverte, et pourtant elle est là et elle traverse la salle vêtue de la longue cape qu'elle porte pour aller aux thermes. Chaque homme se redresse, chacun la suit des yeux, mais elle ne regarde que moi. Elle marque une pause devant l'arche qui mène au jardin et tend la main vers moi en souriant. Mon premier réflexe est de faire comme si je ne l'avais pas entendue, mais à présent tout le monde a les yeux fixés sur moi. Je me tiens près d'une des portes qui donnent sur la rue, trois coupes vides dans chaque main. Derrière moi, les pavés rayonnent encore des dernières chaleurs du jour. Et si je balançais les coupes pour partir en courant ? Jusqu'où pourrais-je aller ? Que me feraient-ils s'ils m'attrapaient ? En quoi serait-ce pire que ce qu'Audo m'a déjà fait ?

Mais il est trop tard. Le sourire de Melpomène s'élargit et elle me fait signe de venir. Un client me fait un clin d'œil, un autre me donne une tape sur les fesses, ce qui me fait grimacer, et tous les hommes s'esclaffent, même Audo.

– Vas-y, mon gars !

– Ne la loupe pas !

– Messieurs.

Melpomène balaye la salle du regard, puis elle se dirige vers moi, m'attrape par l'épaule et me conduit dans le jardin, puis dans la cuisine où Focaria, en sueur, fait griller des saucisses.

– Je vais faire un tour avec Antiochus.

Melpomène me prend les coupes des mains et les pose sur la table.

– Audo veut que tu ailles l'aider dans la salle.

– Ah bon, répond Focaria en remuant les saucisses dans la poêle. Et qui va faire la cuisine, alors ?

– Ne t'inquiète pas, tout va bien se passer.

– C'est toi qui le dis.

Focaria se retourne, une pince dans une main et une spatule dans l'autre.

– Ils vont me trouver un autre garçon de cuisine ?

– Les choses vont s'arranger, Focaria. Tu verras, répond Melpomène avec son sourire le plus avenant. Tu n'aurais pas une carotte ?

– Tu mangeras quand on te donnera à manger, réplique Focaria en se remettant à ses fourneaux.

– Personne ne va la manger. Je te la rapporterai.

Sans un regard, Focaria pointe sa pince vers un tas de légumes qu'elle n'a pas encore découpés, sur le comptoir. Melpomène examine les carottes à la file avant d'en choisir une, jaune et épaisse, qu'elle glisse sous sa cape. Puis elle me prend de nouveau par l'épaule.

– Viens, Antiochus.

Elle me pousse devant elle et on sort dans la rue par la porte du jardin. Le soleil s'est couché derrière la montagne de l'autre côté du port. La ville est déjà plongée dans la pénombre, mais le ciel est encore clair au-dessus de nos têtes. Une mouette plane en hauteur, et les plumes noires sous ses ailes ressemblent à deux sourcils découpés dans l'azur. Toutes les boutiques sont fermées, et les quelques rares passants hâtent le pas pour rentrer avant qu'il fasse nuit noire. On croise Brutus, sans mule ni charrette, qui marche à grands pas dans l'autre sens, vers la taverne. Il s'arrête pour nous regarder passer en se demandant clairement pourquoi Melpomène et moi sommes dans la rue, au crépuscule, en train de nous éloigner de l'endroit où nous travaillons. Je ne suis jamais sorti de la taverne aussi tard, et j'ai peur. J'ai entendu ce qui peut se passer dans la rue la nuit, et Melpomène m'a emmené avant que j'aie eu le temps de coincer quelques cailloux dans la ceinture de ma tunique. Je lève les yeux vers elle, mais son visage est serein, comme si elle faisait une promenade en plein après-midi. Ne sait-elle pas que des gens se font tuer ici la nuit ? On passe devant la fontaine où coule un filet d'eau, les boutiques closes de Priscianus, du boucher et du charpentier, où des copeaux jonchent le sol dans une odeur de bois coupé. Melpomène me guide vers la rue qui mène à l'ancien théâtre, et, l'espace d'un instant, je résiste, mais elle raffermit sa prise et me pousse devant elle dans le jardin sombre. Il résonne du bourdonnement liquide des insectes et du bruissement des feuilles de palmier dans la brise portuaire. J'entends les murmures des gamins des rues, et je porte d'instinct la main à ma ceinture, mais je n'ai pas mes cailloux. Je regarde à nouveau Melpomène, dont les yeux brillent dans la pénombre comme ceux d'un félin en chasse. Un gamin surgit de derrière un arbre juste devant nous, et, subitement, un couteau fin et élégant se matérialise dans la main de la louve – elle ne le tient pas de façon menaçante, mais négligemment, d'un geste lâche, en faisant rouler le manche d'ivoire entre ses doigts avec désinvolture. Elle esquisse un demi-sourire, et le gamin disparaît par où il est venu.

Puis on arrive dans le marché, qui n'est pas tout à fait désert. Certains camelots dorment sur place, et je les vois s'activer, placer des toiles sur leurs produits, faire cuire leur dîner dans un brasero ou discuter. Au-dessus d'eux, tout en haut du théâtre, Opitria, assise, les genoux écartés comme un homme, mange du pain et du fromage sur le pan de sa robe. Elle est la seule à nous remarquer, et elle nous observe en mâchant lentement tandis que Melpomène me conduit le long de la scène vers l'autre côté du théâtre.

On gravit la colline. Je suis de nouveau obligé de me mettre à quatre pattes, mais Melpomène reste debout, elle progresse à grandes enjambées, les yeux fixés sur le sommet. Je me dis qu'elle m'emmène au temple, mais, arrivés presque en haut, on voit la lueur d'un feu derrière le portique et on entend les rires des gamins à l'intérieur. Je me fige à nouveau. Elle pose sa main sur mon épaule pendant un moment, le temps de reprendre son souffle, puis, sans rien dire, elle me pousse par-delà le temple, plus haut sur la colline.

Ici, la brise du port, plus fraîche et plus soutenue, plaque la cape de Melpomène entre ses jambes, mais elle en saisit un pan d'un geste décidé et l'écarte pour pouvoir grimper plus aisément sans ôter l'autre main de mon épaule. Quelques instants après, on pénètre dans un épais bosquet d'arbustes aux feuilles raides dont l'aspect évoque le cuir tanné, au centre duquel, taillé dans un rocher rougeâtre, il y a un banc. Elle me fait asseoir dessus et s'installe à côté de moi sur la pierre chauffée par le soleil.

– Ouf, soupire-t-elle en reprenant son souffle.

À ce stade de ma vie, je n'ai encore jamais vu de tableau représentant un paysage, je ne connais que les portraits des louves accouplées avec des clients sur les murs de la grande salle de la taverne, les enseignes devant les boutiques et les graffitis obscènes sur les murs, mais, rétrospectivement, la vue depuis ce banc ressemble à un tableau, la ville et le port au crépuscule, encadrés par les formes acérées des feuilles – l'horizon qui s'assombrit entre les deux montagnes massives à la bouche du port, le réseau des rues en contrebas envahi par la pénombre, où quelques lampes commencent à clignoter. Quelques lumières de plus brillent sur les bateaux le long du quai, mais les eaux du port et de la lagune sont noires. Les collines au nord et à l'est sont encore liserées d'or, mais les ténèbres grimpent sur leurs flancs. D'autres lumières brillent de l'autre côté du lac et dans la masse sombre de la montagne derrière le port, où des gens logent dans des villas. Au-dessus des arêtes acérées, le ciel a encore la teinte gris-rose d'un ventre de poisson, mais quelques étoiles commencent déjà à scintiller dans le bleu plus profond de la voûte céleste.

– Avant, j'amenais des clients ici, quand je vivais sous les arches de l'aqueduc.

Je la regarde. Je ne sais pas quoi lui dire. Je n'ai jamais passé autant de temps tout seul avec elle. Je ne sais pas ce qu'on fait là. Mais j'ai une question qui bouillonne dans ma poitrine depuis ce matin, depuis qu'Audo s'attendait à ce que je lui fasse une fellation, depuis qu'il m'a jeté sur le lit et violé.

– Est-ce que je suis une femme, maintenant ?

Si j'avais demandé ça à Euterpe, elle m'aurait embrassé et m'aurait raconté une histoire qui aurait peut-être répondu à ma question, ou peut-être pas d'ailleurs. Focaria aurait levé les yeux au ciel avant de me donner une tape derrière la tête et de me faire regretter d'avoir demandé quoi que ce soit.

Tacita, où qu'elle se trouve à présent, en aurait été physiquement incapable. Je n'envisagerais même pas d'en parler à Audo. Mais Melpomène me surprend en y réfléchissant un moment.

– Avant de te répondre, je vais faire quelque chose pour toi, déclare-t-elle en posant sa main chaude sur ma cuisse.

Elle la fait glisser sous ma tunique. Instantanément, mon pénis durcit, et j'aspire une grosse bouffée d'air. Personne ne m'a jamais touché ainsi.

– Quoi que tu sois par ailleurs, tu seras avant tout une louve.

Dans un grand bruissement de lin, Melpomène se lève et ôte sa cape. Elle la plie en deux et l'étale par terre, puis, tandis que ses bracelets et les perles de son collier tintent doucement, elle s'agenouille dessus, m'écarte les jambes et fait glisser ses deux mains vers le haut de mes cuisses fines.

– Mais tu auras un avantage sur nous toutes, ajoute-t-elle en me regardant dans la pénombre. Nous, nous savons donner du plaisir à un homme, mais toi, tu vas savoir ce que ça fait exactement. Moi, je ne le saurai jamais, ni aucune autre louve.

Elle fait glisser ses mains jusqu'en haut et me saisit les fesses pour m'attirer vers le bord du banc. Je pousse un petit cri – ça me brûle encore – mais Melpomène m'adresse une petite moue.

– Ne sois pas nerveux, murmure-t-elle en relevant le bas de ma tunique. La réponse à ta question, c'est peut-être que tu vas être un homme et une femme en même temps. Ça fait de toi quelqu'un de spécial, ajoute-t-elle avec un sourire.

Quand elle prend mon petit pénis tout dur entre ses doigts, je me tortille.

– Je ne vais pas te faire mal, Souris. Tu vas aimer ça.

Je sens la chaleur me monter au visage tandis qu'elle tourne mon pénis de part et d'autre en l'examinant. Puis elle relève les yeux vers moi.

– Tu es un Juif ? Est-ce que tu le sais ?

– Je n'en sais rien.

J'ai la bouche sèche, mon cœur bat vite.

– Hmm… Bon, tu pourrais être Syrien, je suppose. Ou même Égyptien. Ils coupent tous leurs garçons dans cette partie du monde.

Elle soupire, mon pénis toujours entre ses doigts.

– Ce n'est pas grave. Le petit bout de peau à l'extrémité de ton pénis a été coupé proprement, mais la plupart de ceux que tu verras auront un petit fourreau, comme ça.

Elle courbe les doigts autour du bout de mon sexe et je pousse encore un petit cri.

– Personne ne t'a jamais fait ça ? me demande-t-elle en relevant les yeux vers moi. L'un des gamins des rues, peut-être ? Ou un marchand dans son arrière-boutique.

– Non.

– Hmm…

Alors, elle baisse la tête et commence à sucer mon pénis. Le seul son qu'on entend est celui de ses lèvres et de sa langue. Avec moi, elle ne gémit pas comme avec ses clients. Ce qu'elle me fait est agréable, bien mieux que lorsque je me caresse la nuit. Mais, en même temps, je vois le membre pourpre d'Audo à quelques pouces de mon visage, je sens l'odeur crasseuse de son entrejambe. Je sens son poids écrasant, sa main qui me presse la tête contre l'oreiller, la douleur brute de sa pénétration. La brise du port hérisse la peau de mes cuisses nues, fait bruisser les feuilles des arbustes. J'ai envie de fermer les paupières, mais j'ai peur. Je ne sais pas où poser les yeux – sur la ville qui plonge dans la pénombre ? Sur les étoiles impitoyables au-dessus de moi ? *Petit veinard*, dit Nazarius, mais je ne me sens pas chanceux. *Ne la loupe pas*, lance le client de la taverne, mais c'est elle qui ne me loupe pas. Je suis à moitié nu, sans défense sous la voûte céleste, et Melpomène pourrait faire de moi ce qu'elle veut. Elle pourrait me faire bien plus de mal qu'Audo. Elle pourrait me l'arracher d'un coup de dent. Tandis que je sens mon plaisir monter irrésistiblement entre mes jambes, je me demande de quoi j'ai l'air, mais Moineau demeure résolument absent, alors je reste assis, jambes écartées, mains agrippées au bord du banc, les yeux fixés sur la tête d'une femme qui va et vient entre mes cuisses. Je suis perplexe et effrayé et excité tout à la fois. En un seul jour, entre le lever et le coucher du soleil, j'ai enduré la souffrance la plus cuisante que j'aie jamais connue et, maintenant, presque au même endroit de mon corps, j'éprouve le plaisir le plus soyeux de ma vie. Ça n'a aucun sens.

C'est alors que je jouis, en tressaillant de tous mes membres et en criant lorsque l'irrésistible chaleur jaillit. Quand Melpomène le sort de sa bouche, mon pénis s'affaisse et refroidit, tandis qu'elle tourne la tête pour recracher.

– Je ne m'attendais pas à ça, je pensais que tu étais trop jeune, lâche-t-elle en se raclant la gorge.

Elle rabat ma tunique sur mes genoux, puis se relève, ramasse sa cape, l'époussette et la remet. Ensuite, elle s'assoit à côté de moi, passe son bras autour de mes épaules et m'attire contre elle pour nous envelopper tous les deux. Je baigne dans sa chaleur et l'odeur entêtante de son parfum. Mes membres sont faibles, j'ai la tête qui tourne, les oreilles qui tintent comme si j'étais une pièce de monnaie qu'on vient de jeter par terre. Quand j'arpentais les rues pour mes tâches quotidiennes ou la salle de la taverne la nuit, je croyais avoir compris ces deux mondes mieux que quiconque, je pensais voir ce que personne d'autre ne voyait, savoir ce que tout le monde ignorait, parce que j'étais au-dessus de tout ça, j'étais Moineau. Mais j'avais tort. À présent, tout tremblant dans l'étreinte chaleureuse de Melpomène, je me sens aussi perdu et effrayé que dans mes plus vieux souvenirs, quand j'étais un enfant qui sanglotait par terre dans la cuisine tandis que des adultes se battaient au-dessus de ma tête. De la pénétration brutale d'Audo à mon spasme involontaire dans la bouche de Melpomène, je suis en train d'apprendre que la même pulsion peut entraîner du plaisir ou de la douleur, une humiliation ou une bénédiction – souvent, comme je ne tarderai pas à le découvrir, les deux.

– Écoute-moi, Antiochus.

La tête de Melpomène me domine de peu, mais c'est comme si elle me parlait de très haut.

– Ce que tu ressens maintenant, seul un homme peut le ressentir, m'explique-t-elle en me pressant l'épaule. Je veux que tu t'en souviennes quand tu le feras pour un client, d'accord ?

Je ne réponds rien, me contentant de bouger la tête.

– Maintenant, je veux que tu écoutes attentivement les choses que je vais t'expliquer. Tu m'écoutes ?

J'acquiesce de nouveau. Elle n'a pas la même odeur qu'Euterpe. La sienne est à la fois plus douce et plus déplaisante.

– Je ne m'attends pas à ce que tu comprennes tout dès ce soir, mais, dorénavant, ton travail est de faire des fellations aux clients, comme je viens de t'en faire une, et de les laisser te prendre comme Audo ce matin.

Je me crispe, mais elle pose un baiser sur mon crâne.

– Je sais, mais je vais te montrer comment rendre ça plus facile, d'accord ?

Je ne réponds rien. Elle prend mon visage entre ses mains.

– Néanmoins, tu dois comprendre qu'il y a certaines règles. Et la plus importante, c'est que tu ne dois jamais pénétrer un client, et que tu ne dois jamais laisser un client te faire une fellation. Certains vont le demander, mais tu dois apprendre à refuser, même si ça entraîne des coups. Parce que la plus grande honte pour un homme, Antiochus, c'est qu'on se serve de lui comme d'une femme. Et si les amis d'un homme se moquent de lui parce qu'il a été pénétré, il va reporter sa honte sur celui à qui il a demandé de le faire. Et il pourrait même te tuer.

À ces mots, je retrouve enfin ma voix.

– Mais ils vont se servir de *moi* comme d'une femme !

Cela dit, je sais déjà ce qu'elle va répondre.

– Oui, c'est ce qu'ils feront.

Elle se penche en arrière et m'enveloppe de son bras.

– Tu m'as demandé si tu étais une femme, mais tu n'en es pas une. À partir de maintenant, tu seras un cinède, ce qui signifie qu'on se servira de toi comme d'une femme. Et que tu ne seras jamais un homme comme les autres.

Je sais que je devrais pleurer en entendant ça, mais je pense que je n'en suis plus capable. Après la violence et les corvées que j'ai endurées toute ma vie, je ne mérite pas mieux. Pourquoi ai-je osé penser que ma vie m'appartenait ? Que mon corps m'appartenait ? Mon unique fonction est d'être utilisé par les autres. C'est ce que Focaria m'a expliqué encore et encore. C'est ce qu'Audo m'enseigne jour après jour avec ses poings. Euterpe m'a-t-elle fait une faveur en prétendant le contraire ? M'a-t-elle menti tout du long, ou bien est-ce encore pire ? Est-il possible qu'elle ne sache pas que ces histoires sont fausses ? Les autres, au moins – Focaria, Audo, et à présent Melpomène – me disent la vérité, même si elle n'est pas aussi belle que les mensonges d'Euterpe.

Melpomène a tiré de sa cape la carotte qu'elle a prise dans la cuisine. Elle la brandit contre le ciel étoilé.

– Entraînons-nous.

Alors, pendant un petit moment, tandis que je fourre la carotte froide et rêche dans ma bouche, elle m'apprend à faire une fellation, me montre à quels endroits un homme va ressentir le plus de plaisir, comment ne pas la mordre, comment respirer par le nez, comment ne pas m'étouffer quand un client l'enfonce trop violemment.

– Et la plupart le feront, conclut-elle en prenant la carotte et en la cassant en deux. Tu vas devoir apprendre à te protéger.

Elle mord un des morceaux et me tend l'autre.

– Tu ne pensais quand même pas que j'allais la rapporter, non ?

Et tandis qu'on croque notre moitié de carotte, Melpomène me raconte son histoire. Tout en parlant, elle fait tourner lentement les bagues autour de ses doigts, l'une après l'autre. Elle me dit qu'on a beaucoup de choses en commun. Elle n'a jamais connu son père. Elle pense être née dans une ville du nom de Gades, bien loin de Carthago Nova, et elle a été élevée par une louve qui était peut-être sa mère, ou peut-être pas. Celle-ci les a amenées ici quand Melpomène était encore plus jeune que moi et, environ à l'âge que j'ai aujourd'hui, la louve lui a enseigné à vivre sous les arches de l'aqueduc et à vendre son corps dans la rue, tout comme elle-même me l'enseigne à présent. Puis la louve est morte, et Melpomène a fini par se vendre à Dominus pour travailler à la taverne, parce que personne ne tient très longtemps sous les arches.

– Ensuite, j'ai trimé pour me frayer un chemin vers la liberté, à la force du poignet.

La louve qui était peut-être la mère de Melpomène lui a enseigné des choses qu'elle n'a jamais oubliées, qui lui ont été utiles, et qui me seront utiles à moi aussi, si je l'écoute vraiment et que je les prends à cœur. Elle me dit que le secret pour être une louve n'est pas simplement de savoir comment émouvoir un client ou comment le caresser, mais de comprendre ce qu'il cherche en réalité et comment le lui donner.

– Ce qu'un client prétend vouloir et ce dont il a besoin ne sont pas toujours la même chose. Il faut que tu apprennes à lui donner l'une et l'autre.

À présent, le vent a fraîchi, et elle me serre davantage en nous emmitouflant plus profondément dans sa cape.

– Certains viendront te trouver parce qu'ils désirent un garçon, d'autres simplement parce que tu es disponible et qu'ils veulent un endroit chaud et étroit dans lequel se vider. Ils se moquent de qui c'est, et ils se moquent de ce que tu penses ou de ce que tu ressens. Ils souhaitent juste se soulager en toi et s'en aller. Ce sont les clients les plus faciles, parce qu'ils sont rapides et simples. D'autres, en revanche, pensent qu'ils veulent te connaître, et ils sont plus compliqués, parce qu'ils veulent croire que tu ressens ce qu'ils ressentent. Et, même si ça n'arrivera jamais, tu dois te comporter comme si c'était le cas. Ceux-là, il faut les flatter, les titiller et les rassurer ; c'est avec ceux-là qu'il faut faire semblant. Ce sont ceux qui ont besoin que tu te sentes affaibli de plaisir pour se sentir forts.

À présent, Melpomène s'épanche, comme si elle s'adressait à la nuit et non à moi.

– Une louve ne jouit jamais avec un client si elle peut l'éviter. Tout le monde prétend que tu ne peux pas tomber enceinte si tu ne jouis pas, mais je n'y crois pas. Je suis tombée enceinte à six reprises, et je n'ai pas joui avec un client depuis des années. Mais tu n'as pas à te soucier de ça, bien sûr.

Elle se tourne vers moi.

– Écoute-moi, Antiochus. Un client a envie d'éprouver ce que les maîtres éprouvent, surtout quand il est un esclave. Les pauvres viennent nous trouver pour qu'on leur donne ce qu'un homme riche peut obtenir gratuitement de ses esclaves, mais les esclaves viennent pour se servir de nous comme leur Dominus se sert d'eux. Certains voudront te faire mal, et ce sont les plus difficiles, parce qu'il faut que tu les laisses faire, mais pas au-delà d'un certain point. C'est ce qu'il y a de plus dur à apprendre. Tu dois leur faire croire que tu souffres plus que ce que tu ressens en réalité, sinon, ils vont continuer jusqu'à ce que tu aies vraiment mal. Et tu dois apprendre à les arrêter avant qu'ils te blessent comme ce client a blessé Clio, mais sans riposter, parce que tu peux te faire tuer. Ces hommes-là ne sont pas comme les clients ordinaires, qui viennent et qui s'en vont. Ce n'est pas simplement qu'ils se moquent de ce que tu penses, c'est qu'ils veulent te faire souffrir.

– Comme Nazarius ?

Après la gentillesse dont il a fait preuve avec moi aujourd'hui, j'ai l'impression de le trahir, mais je me souviens encore de lui avec Euterpe.

– Eh bien, Nazarius…

Elle me presse l'épaule un peu plus fort.

– Certains sont pires que Nazarius… En fait, le truc, c'est ça : tout comme tu dois faire semblant de prendre du plaisir avec ceux qui veulent que tu en prennes, tu dois faire semblant d'avoir mal avec ceux qui veulent que tu souffres. Et tu dois les en convaincre, parce que la seule chose qu'un homme ne supporte pas – n'importe quel homme, qu'il te veuille du mal ou du bien –, la seule chose qu'il ne supporte pas, c'est qu'une femme lui mente, même si c'est une louve. Surtout si c'est une louve… Et certains croient qu'ils sont dans le coup, mais c'est faux, Antiochus. Ils ne le sont jamais, au grand jamais.

Elle s'adosse contre le banc, dont la pierre s'est refroidie avec la nuit, et lève les yeux vers les étoiles qui parsèment le ciel comme de la poussière blanche. Au centre, elles forment une rivière qui semble couler et palpiter, coupant la nuit en deux.

– L'unique plaisir qu'une louve ressent avec un client, lance-t-elle à la voûte étoilée, c'est de savoir qu'elle joue un jeu.

Elle m'emmitoufle à nouveau dans sa cape, et nos yeux se posent sur la ville assombrie.

– Je sais que tu aimes Euterpe, et je ne vais pas me mettre entre vous. Mais elle pense qu'elle vaut plus que nous parce qu'elle sait lire, parce qu'elle sait des choses que les femmes libres savent, observe-t-elle en souriant pour elle-même. Mais elle ne sait pas ce que je sais, Antiochus. Les autres, Thalie, Uranie, elles font le boulot, mais elles ne le savent pas non plus.

Elle me serre un peu plus fort.

– Aucune d'elles ne vivra aussi longtemps que moi. Elles vont toutes finir comme Clio, marquées et malades, à faire des fellations sous l'aqueduc. À leur mort, elles seront toutes encore des louves. Mais pas moi. J'ai déjà racheté ma liberté, et, à ma mort, je ne serai plus une putain.

Elle m'embrasse à nouveau sur le crâne.

– Et, si tu m'écoutes, Antiochus, toi non plus.

Alors, le monde s'est refermé sur moi, et mon horizon s'est contracté une nouvelle fois à l'intérieur des murs du jardin et de la taverne. Mais cela ne s'est pas fait du jour au lendemain. J'ai continué à accomplir mes anciennes tâches comme si je me regardais traverser un rêve. Audo allait peut-être changer d'avis, me disais-je. Si je faisais extrêmement attention – ne rien laisser tomber, ne rien renverser, ne pas attirer son regard –, ce qu'il m'avait fait à l'étage n'arriverait plus jamais. Et, pendant plusieurs jours, ça a été le cas. J'apportais encore les plats dans la grande salle, je débarrassais les tables, je passais dans les cellules récupérer les coupes vides et vider les pots de chambre des autres louves. Les hommes me traitaient avec leur mélange habituel d'indifférence et de vexations désinvoltes. Mais ça n'a duré que le temps qu'Audo passe le mot aux clients. Désormais, quand l'un d'eux venait le voir, Audo lui faisait signe de se pencher et lui murmurait quelque chose à l'oreille en me désignant du menton. Juste au moment où je commençais à me dire qu'il avait oublié, que ma vie allait continuer comme avant, il s'est mis à m'appeler, deux à trois fois par nuit. Alors, je traversais la grande salle, conscient du regard à la fois furtif et avide du client. Je baissais les yeux, prenais la main rêche de l'homme et le conduisais à l'étage, au bout du couloir, dans l'ancienne cellule de Clio.

Après, quand elle n'était pas occupée avec un client, Melpomène se présentait sur le seuil dans une odeur de sueur et de parfum, sa robe vaguement nouée autour du corps.

– Qu'est-ce qu'il a fait ? demandait-elle. Sois précis.

Les premières fois qu'elle m'a posé la question, je pouvais à peine parler. Si je me rappelais ce que l'homme avait fait, c'était parce que Moineau nous avait regardés d'en haut, et même dans ce cas j'avais du mal à trouver les mots pour le décrire. Néanmoins, elle s'asseyait à côté de moi sur le lit et me tirait les vers du nez à la lumière de la lampe fumante. Elle m'expliquait ce que j'avais mal fait et comment m'améliorer, comment bouger mes hanches, comment toucher le client, ce qu'il fallait dire. Quand contracter mes muscles et y aller à fond et quand me relâcher. Parfois, observait-elle, tu auras deux clients en même temps, et l'un d'eux va seulement regarder.

– C'est parce que le voyeur veut baiser l'autre homme, mais qu'il a peur de demander. Alors, à la place, il te regarde.

Elle a pris la petite bouteille d'huile sur la table.

– Et quoi qu'il arrive, veille à toujours en avoir.

Elle m'a expliqué quand il fallait regarder le client dans les yeux, et quand ne pas le faire, comment me lécher les lèvres et lever les yeux vers lui. Elle m'a spécifié de ne jamais embrasser un client à moins qu'il ne m'embrasse d'abord.

– Ça le fait venir plus vite, mais tu ne seras pas toujours face à lui.

Elle m'a pris dans ses bras en me tournant la tête pour croiser mon regard.

– Ils ne sont pas là par amour. Ils viennent pour nous faire ce qu'ils ne peuvent pas faire aux femmes honorables de la ville. C'est pour ça que la taverne est près du port. C'est la raison pour laquelle l'évêque ne ferme pas l'établissement. On est là pour protéger leurs femmes et leurs filles.

Et leurs fils? ai-je failli demander. Mais je me suis abstenu.

– Tu apprendras, a-t-elle conclu en posant un nouveau baiser sur mon crâne. Tu es un garçon intelligent.

* * *

Audo m'a fait travailler à l'étage et dans la salle pendant quelques semaines de plus. Je dormais toujours dans la cuisine avec Focaria, je me levais toujours avant le chant du coq, j'allais toujours chercher l'eau à la fontaine, je vidais toujours les cendres du four, je balayais toujours la grande salle – mais, à présent, je le faisais avec les bleus dont j'avais écopé pendant la nuit, l'odeur des clients sur ma peau et leur arrière-goût encore dans la bouche. Le lendemain du jour où Audo m'avait violé, j'étais sorti dans la rue en pensant que j'étais marqué au fer rouge, que tout le monde pouvait voir ce qui m'était arrivé. Je n'avais pas totalement tort – Nazarius s'en était aperçu. Mais, à présent, tout le monde s'en rendait compte, et les rires des hommes de la taverne me suivaient dans la rue. Avant, j'étais anonyme, un jeune esclave parmi tant d'autres, mais maintenant, les boutiquiers, les esclaves et les maîtresses de maison me suivaient tous du regard. J'essayais de me cacher derrière le panier dans mon dos, mais je laissais derrière moi un sillage de murmures. Dans les boutiques ou les échoppes du théâtre, je menais mes transactions en évitant les regards, pour ne pas croiser celui d'un client de la veille; de leur côté, ces derniers détournaient les yeux ou m'adressaient un sourire entendu, selon qui ils étaient ou qui pouvait les voir. Les gamins du carrefour, qui m'avaient laissé tranquille grâce à Audo et à mon habileté avec les cailloux, avaient recommencé à mimer des baisers en me voyant, à m'insulter et à hurler comme des loups. Les femmes à la fontaine cessaient tout bonnement de parler quand j'arrivais avec mes seaux et ma palanche. Au bout de quelques jours, j'ai préféré attendre qu'elles soient parties pour m'y rendre. Focaria s'est peut-être demandé pourquoi j'y allais plus tard qu'avant, mais elle n'a pas fait de commentaires.

La seule boutique où je ne craignais plus d'entrer, c'était la boulangerie. Le mépris de Renatus m'était familier, lui, au moins, et il y avait quelque chose de rassurant dans le fait qu'il ait compris ce qui allait m'arriver avant même que je le sache. Contrairement aux autres femmes dans la rue, Balbina continuait à me parler, même si les regards qu'elle m'adressait maintenant étaient plus sévères et pleins de pitié que jamais auparavant.

– Il n'est pas trop tard, murmurait-elle en prenant l'argent de la taverne.

Mais, en fin de compte, c'est le boulanger et sa sœur qui m'ont définitivement exilé à l'étage avec les louves.

Un début d'après-midi, Renatus et Balbina se présentent à la taverne en compagnie d'un édile. Ce n'est pas celui que j'avais vu sur les quais quelques années plus tôt, accompagné d'un scribe et précédé d'un esclave massif qui lui ouvrait la route. Ce magistrat-là, grassouillet et chauve, arborait une toge et un air suffisant. Son successeur, maigre, gris et réservé, avec une barbe fine et des paupières tombantes, semble un peu perdu dans sa toge, comme un garçon enveloppé dans un drap. Il n'est accompagné que d'un seul esclave municipal, qui le suit à sa gauche, un pas derrière lui, avec une liasse de rouleaux dans des porte-documents de cuir, une tablette de cire et un stylet glissé sur l'oreille. Renatus leur emboîte le pas avec précaution, comme s'il marchait sur la pointe des pieds au milieu d'étrons. Balbina glisse à côté de lui, les mains jointes, le menton dressé. L'édile et son esclave entrent dans la taverne et se dirigent droit vers le comptoir où Audo est affalé sur son tabouret. Renatus fait un large détour pour éviter de passer sous le *tintinnabulum* et hésite à entrer. Il toussote discrètement dans son poing tandis que Balbina patiente derrière lui. Je les regarde depuis le coin de la salle où je suis en train de balayer les débris d'un bol que quelqu'un a fait tomber. Renatus regarde droit devant lui comme une mule avec des œillères, en essayant de ne rien voir – ni nos trois premiers clients, qui ont levé les yeux de leur coupe, ni les fresques sur les murs, ni moi, qui le lorgne dans mon coin. Le regard de Balbina, en revanche, me trouve immédiatement, comme pour me clouer sur place.

Audo pose les deux mains sur le comptoir. Il hausse les sourcils à l'intention de l'édile en jetant un coup d'œil au boulanger derrière lui.

– Votre Honneur, marmonne-t-il.

– Vous êtes…

Le magistrat s'interrompt, et son esclave se penche pour lui murmurer quelque chose à l'oreille.

– … Audo, c'est ça ?

Audo acquiesce.

– Je suis ici pour le compte de…

Il se tourne sur sa droite, mais ne voit personne.

– Où est-il passé ?

L'esclave lui murmure encore à l'oreille. Quand l'édile se retourne, il avise Renatus resté sur le seuil, qui se balance sur ses pieds, le nez froncé comme devant une mauvaise odeur.

– Qu'est-ce que vous faites là-bas ? demande le magistrat.

Renatus bombe son torse maigrichon, serre les coudes contre sa poitrine et s'avance à petits pas vers le comptoir pour le rejoindre. Balbina ne s'aventure pas au-delà du seuil, son regard indéchiffrable toujours posé sur moi. Les buveurs l'observent de la tête aux pieds, puis se tournent vers Audo comme s'ils s'attendaient à ce qu'il fasse quelque chose. Les femmes respectables n'entrent jamais dans la taverne. Ça met les clients mal à l'aise.

– Bien, dit l'édile à Renatus. Vous vous connaissez, non ? demande-t-il ensuite à Audo.

Ce dernier grommelle. Renatus tremble comme un lièvre – de rage ou de peur, je ne peux pas trancher. Probablement les deux.

– Le boulanger ici présent a déposé une plainte. Il affirme que vous êtes en violation de l'accord entre votre employeur et la municipalité, en permettant à l'une de vos filles…

– Ce n'est pas une fille, murmure Renatus. *Celui-là*.

Il ne me regarde pas, mais il sait où je suis.

– Lequel ? s'enquiert le magistrat.

L'esclave se retourne vers Balbina, qui me désigne du menton. Il fait volte-face vers moi avant de murmurer quelque chose à l'oreille de son maître, qui se penche légèrement pour m'observer dans mon coin avec mon balai et ma balayette, un débris qui en ramasse d'autres. Renatus continue de fixer un point juste au bout de son nez, mais, à présent, tous les autres me dévisagent – Balbina, l'édile et son esclave, Audo, et nos trois premiers clients, les yeux écarquillés.

– Ah !

Il se tourne vers Audo.

– Renatus menace d'intenter une procédure à l'encontre de...

L'esclave murmure à nouveau.

– De Granatus, le propriétaire de cet établissement. Le boulanger argue que, selon l'accord passé, le propriétaire a accepté de ne laisser sortir ses prostituées dans la rue que pour aller aux thermes. Il affirme que vous avez violé cet accord en envoyant ce, hum, garçon faire vos courses, précise-t-il en agitant la main vers moi. Renatus soutient que le garçon en question est, en fait, un prostitué, et donc soumis audit accord.

Audo tapote sur le comptoir, et l'aigle sur le dos de sa main s'ébroue. Il regarde l'édile de ses yeux noirs.

– C'est le garçon de cuisine.

– C'est un mensonge ! s'écrie Renatus qui trépigne quasiment.

– Mon frère, intervient Balbina en s'avançant d'un pas supplémentaire dans la salle.

L'édile pose la main sur le bras de Renatus.

– Laissez-moi parler.

– Qu'est-ce qui te fait dire qu'il se prostitue ? Tu ne viens jamais ici, demande Audo.

– L'un de mes *esclaves*, répond Renatus en vibrant de tout son corps. Il s'est *souillé* avec ce garçon.

– Tu l'as vu ? demande Audo.

– C'est scandaleux ! *Scandaleux !*

Les clients, bouche bée, regardent à présent la scène d'un air ravi.

Le magistrat soupire, tandis que Balbina traverse enfin la salle et pose la main sur le dos de son frère. Ce dernier, le visage rouge, les veines saillantes, se ressaisit. Ils ne manquent pas de courage, je dois bien l'admettre, car il en faut pour affronter Audo, même en compagnie d'un édile.

– Vous devez en parler à Granatus, le propriétaire, Votre Honneur. Ou à son fils Calidus, répond Audo en tapotant à présent des deux mains le comptoir.

– C'est ce que j'ai fait. Calidus prétend que la gestion au quotidien de l'établissement relève de votre responsabilité.

Audo grommelle.

– Il m'a également précisé qu'il préférerait s'épargner les frais et la durée d'un procès.

Maintenant, les dix doigts d'Audo tapotent à l'unisson.

– Voilà pourquoi je suis ici aujourd'hui, de manière informelle, afin de voir si nous pourrions régler ce différend à l'amiable, sans aller en justice.

– Je ne l'enverrai plus à la boulangerie.

– Il ne doit pas mettre un pied dans la rue, lance Balbina.

Renatus pousse un soupir de dégoût.

– Il y a des *enfants* dans la rue, ajoute-t-elle.

L'esclave du magistrat la regarde, mais ce dernier fixe toujours Audo, qui répond à l'édile en ignorant Balbina.

– C'est un enfant. Quelle différence ?

– Ce n'est pas un enfant ! crie Renatus.

Balbina passe la main dans son dos et lui presse l'épaule, comme si elle voulait l'empêcher de s'élever dans les airs.

– Mais si ! marmonne Audo. Regardez-le.

– Ce n'en est pas un s'il se prostitue, affirme l'édile.

– Faisons venir l'esclave, celui qui s'est *souillé*. On verra si je me souviens de lui.

L'édile se tourne vers Renatus en levant un sourcil.

– Je l'ai vendu. Je ne peux plus le garder dans ma boutique.

– Eh bien, dans ce cas..., lâche Audo en croisant les bras.

– D'autres personnes déclarent avoir couché avec le garçon.

– Faites-les venir. C'est leur parole contre la mienne.

– Quand vous parlez à mon Dominus, vous vous adressez à la curie, intervient l'esclave d'une voix étonnamment forte. Montrez un peu de respect.

Audo soupire et décroise les bras.

– Votre Honneur.

Le magistrat, son esclave et Renatus forment une petite triade, tous trois focalisés sur Audo, qui les dévisage, l'œil noir. Les trois clients observent la scène, ébahis. Mais Balbina, toujours accrochée à l'épaule de son frère, me regarde en pinçant les lèvres, les sourcils froncés.

– Vous avez trois options, déclare l'édile à Audo. Ne pas le laisser sortir et le cantonner à l'étage avec les autres louves, ou le renvoyer en cuisine et ne plus jamais le prostituer...

Quand Renatus commence à protester, sa sœur, les yeux toujours fixés sur moi, lui presse l'épaule un peu plus fort. Il se maîtrise, mais il bouillonne.

– Ou bien, poursuit l'édile, vous continuez comme à présent et Renatus vous attaquera en justice.

Le magistrat et son esclave sont immobiles. Audo, assis sur son tabouret, inspire profondément par le nez. Les clients attendent, le souffle coupé. Renatus, les veines saillantes, tremble debout.

– Il y a une quatrième option, lance Balbina en faisant un pas en arrière. J'aimerais acheter le garçon.

Renatus se tourne vers sa sœur, les yeux écarquillés. Il est sans voix. L'édile et son esclave l'imitent plus posément en échangeant un regard. Audo lui-même semble surpris.

– Ma sœur ! siffle Renatus. Tais-toi !

– Je ne me tairai pas, rétorque Balbina en joignant les mains et en redressant le menton. Je vais acheter le garçon.

– Hum, marmonne l'édile.

Derrière lui, Audo commence à rire, un grondement quasiment silencieux au fond de sa poitrine.

– Rentre à la maison ! crie Renatus en tapant du pied. Rentre immédiatement !

Il lève la main sur elle, mais elle ne bronche pas.

– Quiconque sauve une seule âme sauve le monde entier, répond-elle d'une voix tremblante en me désignant d'un geste théâtral. Le salut, mon frère, ne signifie rien si nous ne pouvons pas le sauver *lui*.

À présent, tous les regards sont tournés vers le garçon figé comme un lièvre dans un coin de la salle. L'espace d'un instant, j'imagine ma vie dans la boulangerie en tant qu'esclave de Renatus – me lever tôt, manger peu, travailler en silence, pétrir de la pâte jusqu'à ce que mes mains me fassent mal, me brûler les doigts sur des miches chaudes – et mon cœur flanche. Renatus me menacerait et me sermonnerait, Balbina m'emplirait les oreilles de paroles chrétiennes à longueur de journées, les autres esclaves m'en voudraient et m'ignoreraient, ou pire. Je ne verrais plus jamais Euterpe.

Mais je ne serais plus violé. Je serais battu et sous-alimenté et on me ferait trimer jusqu'à l'épuisement, je respirerais de la poussière de farine jusqu'à ce que mes poumons soient ruinés, je passerais une vie entière à tourner en rond comme la mule autour de la meule, je ne reverrais *jamais* Euterpe. Mais je ne serais plus violé. Mon cœur bat à tout rompre. Personne ne me demande mon avis, bien sûr, et ce n'est pas un choix qui m'appartient, mais... en est-ce vraiment un ?

– Il n'est pas à vendre, répond Audo en riant désormais à gorge déployée.

– Mon frère, je t'en prie !

Balbina le supplie des yeux, mais Renatus est pris d'une violente quinte de toux qui le plie en deux. L'édile et son esclave font un pas en arrière tandis qu'elle lui tape dans le dos.

– Avez-vous quelque chose à boire ? demande-t-elle à Audo.

Ce dernier semble vouloir faire une blague – est-ce que j'ai quelque chose à *boire* ? –, puis il passe la main sous le comptoir et porte une coupe sous les robinets au-dessus de sa tête, la remplit de vin, ni le plus cher ni le meilleur marché, et la pose devant lui. Renatus, pendant ce temps, s'agrippe au comptoir d'une main et à sa sœur de l'autre en essayant de se racler la gorge. Il est de dos, je ne vois pas son visage, mais je l'entends haleter.

– Jamais, siffle-t-il en regardant sa sœur. Jamais.

Audo se redresse sur son tabouret, met les deux mains sur le comptoir et inspire profondément.

– À partir de maintenant, Pusus n'ira plus dans la rue.

Renatus se redresse lentement, sa poitrine se soulève. Balbina laisse retomber sa main. Renatus lève les yeux vers Audo, qui fait glisser la coupe vers lui. Il regarde alors le magistrat, qui hoche la tête.

– Mon frère, s'il te plaît...

Mais l'esclave interrompt Balbina, non sans douceur.

– Domina, murmure-t-il. Ça n'arrivera pas.

Balbina se tasse sous mes yeux, et mon sort est scellé. Elle me jette un bref coup d'œil, puis regarde ses pieds, comme prise de honte.

– Buvons à cette décision, marmonne Audo.

– Buvons tous à cette décision, répond l'édile.

Audo sort deux autres coupes, en remplit une pour lui et l'autre pour l'édile. Comme Renatus ne fait pas un geste pour prendre la sienne, Audo la pousse du doigt vers lui.

– C'est ce que vous vouliez, observe l'esclave du magistrat.

L'édile et Audo prennent leur coupe et se saluent. Renatus, toujours bouillonnant, finit par lever la sienne et la porter avec précaution à ses lèvres.

– Néanmoins, il ira aux thermes, avec les autres louves, précise Audo quand la coupe arrive à hauteur de son menton.

L'édile interrompt son geste et regarde Renatus, qui a déjà bu une gorgée. Ce dernier s'étrangle et brandit le doigt avec véhémence. Balbina s'apprête à parler, mais le magistrat pose la main sur l'épaule du boulanger.

– C'est équitable, tranche-t-il.

Et sans attendre que Renatus émette la moindre objection, il boit. Audo fait de même, et les deux hommes reposent leur coupe sur le comptoir en même temps. Renatus pose la sienne, le menton taché de vin, mais l'édile s'est éloigné avant qu'il ait le temps de protester.

– Merci, citoyen ! lance-t-il.

Il rentre la tête dans les épaules, sort dans la rue ensoleillée, son esclave sur ses talons, et disparaît. Renatus lève à nouveau le doigt, comme s'il avait encore quelque chose à dire, mais il est toujours en train de s'étouffer à cause de la gorgée de vin qu'il a avalée de travers. Balbina le tire par le bras, et il se raidit.

– Mon frère, murmure-t-elle. C'est fini. Partons.

Audo dévisage le boulanger en reposant les mains sur le comptoir. Ce dernier ouvre de grands yeux en voyant Audo jouer des poings et fait un pas en arrière. Il se redresse, le souffle court. Balbina se tient à côté de lui sans tout à fait le toucher. Soudain, il fait demi-tour, saisit sa sœur par le bras et la tire hors de la taverne en la soulevant pratiquement du sol.

– Dieu t'aime, mon enfant ! lance-t-elle quand ils disparaissent au coin de la rue. Je suis désolée !

Les clients respirent et échangent des sourires par-dessus leurs coupes.

Audo pousse un grand soupir. Puis il se tourne vers moi, raide et insensible comme une statue, et désigne du menton les trois coupes sur le comptoir.

– Débarrasse-moi ça, lâche-t-il.

– Je dois acheter un autre garçon de cuisine, Votre Honneur.

Audo s'adresse à Calidus dans le jardin, un peu plus frais à présent qu'il est dans l'ombre de la montagne en ce milieu d'après-midi. Il a temporairement fermé les volets de la taverne pour pouvoir discuter avec le Dominus. Je suis sur le côté, comme en exposition sur la scène du marché aux esclaves. Melpomène s'est jointe à eux, sans que je sache s'ils l'ont invitée ou si elle est venue d'elle-même. Déjà maquillée et parfumée pour la soirée, elle a revêtu la robe dans laquelle elle travaille et l'odeur de son parfum est si entêtante qu'elle noie les remugles habituels des latrines, du jardin et de la cuisine de Focaria. Celle-ci se montre un instant à la porte de la cuisine, une pince et une spatule à la main, mais elle retourne bientôt à l'intérieur pour surveiller ce qu'elle est en train de faire griller.

– C'est le serpent qui se mord la queue, non ? s'écrie Calidus en faisant les cent pas.

– Votre Honneur ?

– Le faire travailler à l'étage ! s'exclame Calidus en me désignant sans me regarder. Quel intérêt de gagner de l'argent avec lui si je dois en dépenser pour nourrir une nouvelle bouche ?

– Votre Honneur.

– On tourne en rond ! s'énerve Calidus en ne cessant de s'agiter.

Audo, la tête basse, le regarde par en dessous. Melpomène le suit des yeux, les mains jointes.

– Votre Honneur, intervient-elle. Si vous me permettez...

Calidus agite la main tout en continuant de marcher.

– Je ne suis qu'une femme, alors il est certain que je ne comprends rien à l'argent...

Calidus grommelle. Audo lui jette un coup d'œil.

– Mais le petit Antiochus, là, poursuit-elle en me montrant du doigt, offre aux clients quelque chose qu'aucune autre taverne ne propose. Je pense qu'on pourrait faire payer un peu plus d'argent pour lui.

Calidus se fige.

– Antiochus. Qui donc l'appelle ainsi ? C'est son nom ?

Il se tourne vers moi.

– C'est ton nom, Pusus ?

– C'est le surnom que je lui donne, Votre Honneur, répond Melpomène en souriant chaleureusement. Parce qu'il est Syrien, ajoute-t-elle en posant la main sur le bras de Calidus.

– Il est Syrien ? Tu es Syrien ? demande-t-il en se tournant vers moi.

Dans son dos, Melpomène m'adresse un signe de tête encourageant.

– Oui, Dominus, dis-je.

– Il a quelque chose de spécial, poursuit Melpomène. Je pense que si vous l'ajoutiez aux fresques dans la grande salle...

– Encore des frais ? Tu veux que j'embauche un peintre en plus ?

Il recommence à tourner en rond.

– Oh, Votre Honneur, s'esclaffe Melpomène. Vous pourriez remplir le port avec tout ce que je ne comprends pas au commerce. Mais je sais d'expérience... après que votre père a eu la gentillesse de me laisser racheter ma liberté...

Elle penche la tête de côté, et Calidus grommelle.

– Je sais d'expérience que lorsque je dépense un petit extra – sur mon propre argent, bien sûr – pour acheter de plus beaux vêtements ou des choses supplémentaires pour ma cellule, ma clientèle augmente. Je dépense un peu plus, mais le bénéfice que j'en tire est supérieur.

Tout en marchant, Calidus toise Audo.

– Dis quelque chose, espèce de brute.

– Votre Honneur, marmonne Audo. Elle a peut-être raison.

– Hum...

– Mais si on ne l'envoie plus dans la rue, j'ai quand même besoin de quelqu'un pour faire ce qu'il faisait.

– Mais Focaria s'en occupait bien, avant, non ? C'est elle qui faisait les courses et allait chercher l'eau.

Celle-ci reparaît à la porte de la cuisine, l'air de vouloir se jeter sur Calidus avec sa pince et sa spatule. Mais avant qu'il la voie, elle retourne se glisser dans la pénombre de la pièce.

Calidus se tourne vers Audo.

– Qu'est-ce que tu fais, le matin ?

Pour la première fois de ma vie, je vois qu'Audo est confus.

– Je... Je... Je..., ânonne-t-il.

– Il nous escorte aux thermes, Votre Honneur, intervient Melpomène en effleurant le bras de l'ancien légionnaire.

– C'est ça. Les thermes.

– Mais je pourrais m'en charger, si vous voulez, poursuit-elle en inclinant la tête de côté. Comme ça, Audo pourrait s'occuper des courses et du reste.

Lorsque Calidus a le dos tourné, Audo toise Melpomène comme s'il voulait la battre à mort. Il serre tellement les poings que ses jointures sont blanches. Elle l'ignore.

Calidus marque une pause. Audo a du mal à maîtriser l'expression sur son visage. Melpomène nous lance à tour de rôle un sourire rayonnant comme une lanterne de guet.

Calidus se frotte les mains.

– Bon, c'est réglé, alors ; Focaria et Audo se chargeront des tâches de Pusus. D'accord ?

– Votre Honneur, souffle Audo du fond de la gorge.

Son visage se couvre de plaques rouges.

– Quant à toi, tu emmèneras les louves aux thermes, c'est entendu ?

– Votre Honneur, répond Melpomène en courbant la tête avec grâce. Et, si je peux me permettre une suggestion, je pense qu'Antiochus devrait venir avec nous.

– Attends un instant ! s'écrie Calidus. Je croyais qu'il ne devait pas mettre les pieds dans la rue…

– Bien sûr, Votre Honneur ! réplique Melpomène en glissant sa main sur son bras. Mais il est notoire que nous autres – elle se désigne d'un grand geste de la main – sommes autorisées à sortir environ une heure tous les matins. C'est la convention mise en place par votre oncle éminent, l'évêque. Je ne vois pas pourquoi il ne pourrait pas nous accompagner. Suivant cette même dispense.

Tous trois se tournent vers moi. Audo semble avoir envie de me battre à mort, moi aussi.

– L'édile a accepté, déclare-t-il pourtant.

– L'emmener avec nous présente des avantages, Votre Honneur, poursuit Melpomène de sa voix insidieuse. Ainsi, des clients d'un *meilleur* statut seront au fait de son existence, précise-t-elle en caressant le bras du jeune Dominus. Pourquoi gâcher ses charmes auprès de pêcheurs ou d'esclaves ? Surtout si vous désirez faire payer plus cher ses services…

À l'évidence, Calidus apprécie le contact de Melpomène, même s'il tente de ne pas le montrer.

– Je n'aime pas son nom, observe-t-il.

– Votre Honneur ? demande Melpomène.
– Antiochus, ça ne va pas. Antinoüs, c'est mieux.
– Votre Honneur ?
– Je ne m'attends pas à ce que tu sois au courant, mais Antinoüs était l'amant du divin empereur Hadrien.
– Bien sûr ! s'extasie Melpomène en riant avec délices. Quelle magnifique idée !
– Tu vois la différence ? demande Calidus en bombant le torse.
Melpomène lui serre le bras des deux mains, comme si elle pompait une vessie.
– Antiochus était un *roi*, mais Antinoüs était l'*amant* d'un roi. Ainsi, le client ne va pas se dire : « Je suis en train de prendre un roi », parce que, soyons sérieux, quelle chance y a-t-il que ça arrive ? Non, il se dira : « Je *suis* le roi. »
Melpomène a l'air sur le point de fondre en larmes.
– Oh, Votre Honneur, c'est une idée absolument *magnifique* ! Vous êtes *tellement* intelligent ! s'exclame-t-elle en s'accrochant à lui comme une amante.
Calidus sourit d'un air suffisant en se dégageant. Audo n'est pas loin de lever les yeux au ciel. Le jeune Dominus m'examine de la tête aux pieds.
– Mais il ne peut pas ressembler à ça, observe-t-il.
– Non ! s'écrie Melpomène. Bien sûr que non !
– Il est trop maigre.
– C'est évident !
– Il faut le…
Calidus écarte les mains pour mimer l'embonpoint.
– Dites à la cuisinière de…
– Votre Honneur, murmure Audo.
– Oh, et il faudra l'habiller pour tenir le rôle ! s'exclame Melpomène en portant la main à sa poitrine. Il ne peut pas s'habiller *ainsi*…
Calidus soupire comme un mari harcelé.
– D'accord. Achète-lui une nouvelle tunique.
– Deux, répond Melpomène. Il lui faudra un change pour quand l'autre est à la foulonnerie.

– Très bien.

Tout ce temps, je reste là, tremblant sous leurs regards, traversé du même sentiment que lorsque Audo m'avait mis tout nu.

– Et fais quelque chose avec ses cheveux, ajoute Calidus en agitant la main dans ma direction. Maquille-le, aussi… Tu sais, les yeux, les lèvres…

– Oh, *oui* ! s'écrie Melpomène comme si elle mourait d'envie de l'embrasser. Asellina a des fonds de teint et des onguents tout à fait charmants dans sa boutique…

– Très bien, comme tu voudras. Mais c'est toi qui paies.

Melpomène cligne des yeux, puis adresse un grand sourire au jeune Dominus.

– Bien *sûr*, Votre Honneur ! Ce serait un honneur…

– Très bien !

Calidus claque des mains. Il fait un pas vers moi et me regarde de bas en haut. Dans son dos, Melpomène ferme les yeux, soupire silencieusement, puis les ouvre à nouveau pour m'examiner. Audo, la mine sombre, se balance sur ses pieds. Du coin de l'œil, j'aperçois même Focaria qui m'observe depuis la porte de la cuisine.

– La paix de Dieu, lance Calidus.

Là-dessus, il tourne le dos et s'en va par la porte du jardin. Audo traîne un instant auprès de Melpomène en serrant les poings, mais elle le toise durement, comme pour dire : « Tu n'oserais pas… » Apparemment, elle a raison. Il fait demi-tour en grommelant et rentre dans la taverne, tandis que Focaria regagne la pénombre enfumée de sa cuisine. Melpomène s'approche de moi à pas mesurés en me regardant d'un air majestueux. Je baisse les yeux sur ses orteils.

– Tu as de la chance, murmure-t-elle en me relevant la tête. J'espère que tu t'en rends compte.

Elle parle doucement, mais j'entends le fer sous la voix soyeuse.

– Désormais, tu vas dormir dans un lit. Tu auras ta propre chambre, une belle tunique à l'étoffe douce. Tu vas nous accompagner aux thermes tous les jours.

Mon cœur bat vite. Dorénavant, les clients vont se servir de moi tous les soirs, mais je n'aurai pas à travailler pendant la journée. Je ne coucherai plus par terre dans la cuisine. Je mangerai mieux, je dormirai plus longtemps, je serai plus proche d'Euterpe. Je suis à la fois confus, effrayé et plein d'espoir, mais il y a une chose dont je suis sûr : à présent, j'appartiens à Melpomène.

Je ne dis rien. Elle me lâche le menton et me caresse la joue.

– Tu vas être très beau, souffle-t-elle.

Le lendemain matin, Melpomène entre dans ma cellule avec deux nouvelles tuniques. Elle m'ôte l'ancienne, rêche et inconfortable, et m'enfile l'une des nouvelles par la tête. En lin, rouge vif, elle est si légère et si douce que j'ai à peine l'impression de la porter. Contrairement à la précédente, celle-ci n'a pas de manches, pour mieux mettre en valeur mes bras. Melpomène s'agenouille et la rajuste, la resserre à la taille à l'aide d'une petite ceinture, la fait bouffer à hauteur de mon torse et baisse un peu l'ourlet. Puis elle me fait asseoir sur le lit et lace une nouvelle paire de sandales à mes pieds. Jusqu'à présent, je n'ai jamais porté que des chaussures d'occasion, achetées dans l'échoppe d'un chiffonnier au marché du théâtre, mais celles-ci sont neuves et finement ouvragées, avec des lanières qui s'enroulent autour de mes chevilles. Elle me fait lever et me conduit dans la cellule vide de l'autre côté du couloir, où elle s'active pour dissimuler un bleu sur ma gorge datant de la nuit précédente sous une couche de fond de teint pas tout à fait adapté à ma couleur de peau. Puis on descend dans le jardin, où les autres louves nous attendent, déjà vêtues de leur cape. Ce sera ma première Parade des Louves.

– Souris ! s'exclame Thalie. Comme tu es beau !

Euterpe lui lance un regard noir, et Thalie se tait.

Melpomène nous fait mettre en rang et sortir par la porte du jardin, qu'elle tire derrière elle. Quand j'entends Focaria refermer, je me rends compte que mon ancienne vie est bel et bien sous les verrous. On marche tous les cinq en file indienne au milieu de la rue sur le remblai entre les ornières creusées par les charrettes. Dans ces premiers moments publics en tant que louve, je m'imagine vu d'en haut, comme à travers les yeux de Moineau, l'élément le plus brillant de la parade. Devant moi, Thalie et Uranie ont enfilé leur capuche, et, derrière, Euterpe s'enfonce dans sa cape. Seule Melpomène laisse pendre sa capuche dans le dos ; elle ferme la marche en balançant ses hanches, baisse le menton avec des moues suggestives et lance de part et d'autre des regards provocateurs. Dans mes nouvelles sandales, je sens à peine les pavés sous mes pieds ; j'ai l'impression de flotter. Ma nouvelle tunique est lâche autour de ma poitrine, mais moulante sous la ceinture, et elle se balance un peu quand je marche. Les regards de tous les passants se tournent vers moi. La pression de cet œil collectif me brûle la peau.

Les gens s'écartent devant nous. À notre passage, le silence n'est pas total, mais les conversations bégaient. Priscianus détourne son regard paresseux de ses clients pour nous observer. Nazarius, qui plaisante avec une ménagère, s'interrompt au milieu de sa blague pour lorgner Melpomène de la tête aux pieds, puis son sourire s'élargit et il reprend son histoire. Brutus, qui est en train de charger des caisses dans sa charrette devant une boutique, pose les yeux sur Euterpe et moi sans s'arrêter de travailler. Le boucher nous contemple à travers un nuage de mouches, le barbier immobilise son rasoir sous le menton d'un client, le cordonnier marque une pause, jette un coup d'œil en coin pour s'assurer que sa femme ne le surveille pas, puis tourne lentement la tête pour nous suivre du regard jusqu'à ce qu'on disparaisse.

Les femmes, d'un autre côté, se renfrognent ou détournent les yeux. Perpetua et Felicitas, les filles du charpentier, dont l'une est à présent mariée et enceinte, chuchotent tête contre tête et nous pistent en tandem. Afra, suivie de son esclave silencieux, passe devant nous en redressant le menton, comme si on n'existait pas. Lucilia et la fille qui l'accompagne partout nous jettent un regard mauvais. Balbina, dont la tête, les mains et le tablier sont couverts de farine, nous dévisage depuis l'arche de sa boulangerie tandis que sa mule tourne en rond derrière elle. L'espace d'un instant, elle semble sur le point de me dire quelque chose, puis elle se détourne.

Seuls les enfants nous regardent sans gêne, sauf quand leur mère les fait rentrer en toute hâte. Les garçons qui somnolent sous le portique du professeur se redressent quand nous passons et se donnent de petits coups de coude en nous montrant du doigt. Leur maître assène un coup de férule au plus proche, et les autres baissent la tête en riant sous cape. Au carrefour, les gamins nous bombardent de blagues et d'insultes. L'un d'eux se lève de son banc et nous emboîte le pas en imitant la démarche de Melpomène, à la plus grande hilarité de ses copains. Puis il se porte à ma hauteur et marche à petits pas à côté de moi. Je fixe les yeux devant moi, sur la cape d'Uranie.

– Hé, le suceur ! lance le gamin des rues.

Ma gorge est tellement sèche que je ne pourrais pas parler même si je le voulais. Il marche à reculons, la bouche en cœur, sous les acclamations de ses copains.

– Je veux t'*embrasser* ! Tu es tellement *mignon* !

– Pas aussi mignon que toi ! rétorque Euterpe en ôtant sa capuche et en s'interposant.

Elle pose la main sur mon épaule, et le gamin s'éloigne sous les huées des autres. Devant moi, Thalie et Uranie ont pris à gauche dans une ruelle, et Euterpe me conduit à les suivre dans la pénombre. Quand je jette un coup d'œil derrière moi, je remarque que Melpomène glisse son petit couteau dans sa cape.

Le soleil ne brille pas dans la venelle qui mène aux thermes, et le ciel n'est qu'une fente bleue au-dessus de nos têtes. La voie n'est pas assez large pour une charrette, et il n'y a aucune boutique, juste l'arrière des maisons dont les fenêtres en hauteur sont munies de barreaux et dont les portes sont solides et bien verrouillées. Des herbes poussent entre les pavés, et des crottes de chien, récentes ou desséchées, jonchent la chaussée. Je regarde où je mets les pieds, content de porter de nouvelles sandales. Le bruit de nos pas résonne sur les murs, qui sont couverts de graffitis que je ne parviens pas à lire aussi bien que les dessins habituels de phallus géants et de vagins caverneux.

À mi-chemin, nous passons devant un esclave qui dodeline sous un porche, content de voler un peu de temps à son Dominus. Il lève la main vers Thalie, puis Uranie, mais toutes deux l'ignorent. Ses yeux glissent sur moi, puis il tend une pièce au passage d'Euterpe. Elle l'ignore aussi. Melpomène, qui ferme la marche, agite son doigt.

– Tu sais où nous trouver, mon chéri.

Finalement, la ruelle débouche sur une voie plus large bordée de boutiques bien achalandées et d'étals de plats chauds. Derrière les charrettes et les gens qui se croisent sans arrêt, le dôme bossu des thermes s'élève devant la colline rocailleuse au nord de la ville. Les fines volutes de fumée grise de l'hypocauste s'élèvent au-dessus du toit, recouvrant le fumet de la rue – la nourriture, les crottes de chien, les gens – d'un riche arôme de bois brûlé. Comme tout le reste à Carthago Nova, les thermes ont connu des jours meilleurs. La peinture bleue sur le dôme est tachée, craquelée, et a totalement disparu par endroits, dévoilant le crépi défraîchi en dessous. Le concierge, adossé au mur à côté de la porte, se cure paresseusement les dents avec l'ongle de son pouce. Dans la rue, sur la droite, on voit un grand espace à ciel ouvert. Je ne serai jamais plus près du forum de Carthago Nova, où se réunit la curie et où le gouverneur de la province a ses bureaux. J'aperçois un bref instant des piliers aux couleurs vives et de grandes statues à l'ombre de la colonnade.

Melpomène se porte en tête de la file, se place au beau milieu de la rue et stoppe la circulation en levant la main. Un charretier tire brutalement sur ses rênes pour arrêter sa mule, et elle nous fait signe de traverser. Si les hommes nous jaugent, les femmes détournent subitement le regard ou font un écart pour nous éviter sans un mot. Thalie sautille comme si elle franchissait un gué de pierre en pierre ; Uranie avance à grandes enjambées, le menton levé comme si elle voulait garder la tête au-dessus de l'eau. Euterpe suit, capuche baissée, les yeux sur le trottoir. Melpomène me presse l'épaule et me fait traverser dans ma tunique rouge vif. Au milieu de la chaussée, elle me tire en arrière. J'entends une voix familière.

– … quoi qu'il en soit, c'est ce qu'il m'a dit.

En levant les yeux, je vois Calidus, vêtu d'une toge d'un blanc éclatant, à la tête d'un groupe d'hommes plus jeunes pendus à ses lèvres.

– Et qu'est-ce que tu lui as répondu ? demande l'un d'eux d'un air vorace.

– Pas si j'entre en premier !

Ils éclatent tous de rire. Le regard du jeune Dominus glisse sur Melpomène et moi comme si nous n'étions même pas là. La troupe le suit vers le forum, et Melpomène me tire par l'épaule en direction des thermes. Le concierge cesse de se curer les dents le temps de prendre les pièces qu'elle lui tend et de les glisser dans la fente de sa caisse. Je suis Melpomène à l'intérieur, le long d'un large couloir qui donne sur un vestiaire haut de plafond dont l'éclairage ténu dévoile des niches pour les vêtements des clients. Un esclave osseux passe une serpillière entre les bancs de bois, mais il marque une pause quand nous entrons. Sa tunique, trop grande pour lui, est fermement serrée par une ceinture à laquelle pend un trousseau de clés.

– Qui est-ce ? demande-t-il en s'appuyant sur son balai.

– Antinoüs. Il est nouveau.

– Non, répond l'esclave. Je l'ai déjà vu dans la rue.

– Eh bien maintenant, il s'appelle Antinoüs. Antinoüs, dis bonjour à Simplex.

Mais je fixe le sol, où se trouve la première mosaïque que j'aie jamais vue, un motif dense de fragments noirs et blancs avec des deltas devant les portes où les pieds des clients ont usé le carrelage jusqu'au ciment. Ces images s'estompent sous le poids des années et de la poussière, mais je parviens quand même à distinguer des poissons, des pieuvres et, au centre, une énorme créature avec la tête et les épaules d'un homme, le corps d'un cheval et la queue d'un poisson.

– Ça existe ? dis-je.

Simplex s'esclaffe.

– Sois-en sûr, fils, répond-il d'une voix rauque. Il y en a un comme ça dans la piscine.

Il fait un clin d'œil en riant, puis Melpomène me pousse sous une arche basse vers la pièce suivante, où des gouttes d'eau tombent du plafond en dôme dans un bassin d'eau froide. La surface est étale, mais je contourne Melpomène juste au cas où Simplex aurait dit vrai à propos du monstre de la mosaïque.

– Il se moque de toi, lance Melpomène en me traînant sous une autre arche. Il n'y a rien dans l'eau.

On arrive dans le caldarium, un espace chaud, humide et caverneux éclairé par un rai de lumière qui entre par un trou découpé dans la voûte au-dessus de nos têtes à travers la vapeur qui s'élève du bassin. Thalie a déjà ôté sa cape et ses chaussures, enlevé sa robe, et le soupir qu'elle pousse en se plongeant dans l'eau jusqu'au menton résonne contre les murs. Uranie la suit un instant après, tandis que la surface de l'eau se ride. Tout autour du bassin court une large bordure de marbre rouge et jaune, fissurée par endroits mais glissante partout et chaude sous les pieds, même à travers mes nouvelles sandales. Un autre esclave s'active autour de la piscine avec un balai.

– Gracilis ! lance Melpomène en lui faisant signe d'approcher du doigt. Voici Antinoüs. À partir de maintenant, il nous accompagnera.

Gracilis est plus gros que Simplex, et sa tunique le serre au niveau du ventre, ce qui me pousse à me demander si les deux n'auraient pas échangé par erreur leurs habits dans le noir. Tout en balayant, il lorgne Thalie et Uranie dans la piscine et me remarque à peine. Melpomène ôte sa cape et sa robe, les plie et les pose soigneusement sur un banc le long du mur. Puis elle noue ses cheveux en chignon et descend majestueusement dans le bassin.

– Petit Bout, souffle Euterpe en me conduisant vers un banc.

Entre-temps, Simplex est arrivé de l'autre pièce, et Gracilis et lui ne font même pas semblant de travailler, et se contentent de contempler les louves qui se baignent.

Euterpe me fait asseoir et s'agenouille pour dénouer mes sandales.

– Où sont les autres ?

Ma voix résonne contre les murs.

– Pourquoi n'y a-t-il que nous ? dis-je en chuchotant.

– C'est notre accord, répond-elle en ôtant ses chaussures à son tour. L'édile nous laisse venir tôt le matin, avant que les thermes ouvrent au public.

Elle se lève, ôte sa cape et l'étale sur le banc.

– Les femmes n'ont plus le droit de se baigner en même temps que les hommes, et les louves ne peuvent pas se baigner avec les femmes respectables. Alors...

Elle enlève sa robe et la pose sur sa cape, m'ôte ma tunique, la range à côté de ses vêtements, puis me prend par la main et m'emmène vers le bassin.

– Nous y voilà. Viens, Petit Bout. Ça va te plaire.

Le sol est presque trop chaud sous mes plantes de pied, et j'hésite malgré tout au bord de la piscine. De toute ma vie, je ne me suis encore jamais immergé dans de l'eau. Sur les quais, j'ai vu des gamins sauter du haut des mâts dans le port, où ils riaient, s'éclaboussaient et jouaient à se mettre la tête sous les vagues. Une fois, l'un d'eux s'est cogné le crâne en plongeant et s'est noyé. Des hommes ont fait la chaîne pour remonter sur le quai son corps flasque, la bouche ouverte. J'ai regardé son père le serrer par-derrière pour faire sortir l'eau de ses poumons, puis lui presser la poitrine encore et encore, jusqu'à ce que Rufus, le capitaine de pêche, l'en écarte.

– Ce n'est pas très profond, précise Euterpe comme si elle lisait dans mes pensées. Et l'eau est très chaude.

Elle se tient dans le bassin, de l'eau jusqu'aux cuisses, des volutes de vapeur s'enroulant autour de ses hanches, puis elle me prend la main et me fait entrer à mon tour, et, un instant après, on est assis sur une large marche avec de l'eau jusqu'au menton.

Toutes ces années plus tard, je me souviens encore de la vague de chaleur presque débilitante qui a détendu les muscles de tous mes membres quand je me suis plongé pour la première fois dans le caldarium de Carthago Nova. C'était la sensation la plus agréable que j'avais jamais éprouvée et, même si je ne le savais pas encore, probablement la plus agréable que j'éprouverais jamais. En Bretagne, où je vis à présent, tous les thermes sont asséchés et recouverts de mauvaises herbes, mais je parviens encore à conjurer dans ma chair le souvenir de cette sensation, mi-assis, mi-flottant dans le bassin, main dans la main avec Euterpe : l'eau qui clapotait entre ma bouche et mon nez, la sueur qui coulait de mes cheveux sur mes joues, les petits serpentins de vapeur qui s'élevaient devant mes yeux, la chaleur qui me pénétrait jusqu'aux os. Je vis dans une bibliothèque, à présent, au milieu des plus grandes œuvres de littérature du monde, mais je peux t'affirmer, lecteur, que la littérature n'est pas le socle de la civilisation. Le socle de la civilisation, c'est l'eau chaude. La civilisation, c'est de la plomberie.

Un peu plus loin, Uranie est assise au bord du bassin, les yeux fermés, les cheveux plaqués en arrière, le nez juste au-dessus de la surface. Thalie plonge la tête puis la ressort dans une pluie de gouttelettes, se passe la main dans les cheveux et cligne des yeux pour en chasser l'eau. Melpomène se frictionne vigoureusement avec une éponge, et sa peau devient toute rouge. Le son des éclaboussures se répercute contre le dôme au-dessus de nos têtes, et Euterpe lève la main pour me montrer le plafond. À travers le rayon de soleil qui joue avec la vapeur d'eau, je distingue des peintures fanées sur la voûte. Entre les fissures et les plaques de crépi, je vois des hommes et des femmes nus, mais aussi des bêtes et des monstres, tous énormes. Un homme tient une épée sanglante dans une main et la tête coupée d'une femme dans l'autre. Celle-ci a les yeux fermés et la bouche entrouverte, et ses cheveux semblent être des serpents.

– C'est Persée et Méduse, murmure Euterpe.

– C'est lequel, l'homme ?

– Persée. Et c'est la tête de Méduse, avec sa chevelure de serpents. C'était une des anciennes divinités.

– C'est pour ça qu'il lui a coupé la tête ? Il était chrétien ?

– Non. Lui-même était un ancien dieu. Bon, un demi-dieu.

– Pourquoi sont-ils encore là-haut ?

Je songe à Asclépios, l'ancien dieu fracassé et défiguré dans le temple sur la colline derrière le théâtre et à son socle peint en rouge.

– Pourquoi les chrétiens ne les ont-ils pas recouverts ?

Euterpe soupire, en partie amusée, en partie à cause du plaisir que lui procure l'eau chaude.

– Les chrétiens ne viennent plus aux thermes. Ils ne sont pas censés le faire, en tout cas. Par ordre de l'évêque.

– Pourquoi ?

– Ils pensent qu'être nu est un péché, surtout devant d'autres gens.

– Thalie est chrétienne, dis-je en chuchotant. Elle est nue devant d'autres personnes tout le temps.

– Eh bien, d'après l'empereur, on est tous chrétiens maintenant, alors…

Euterpe prend un peu d'eau dans sa main en conque et me la verse lentement sur le crâne. Elle s'esclaffe en me voyant crachoter.

Un raclement sec nous fait lever les yeux. Simplex, accroupi non loin de Thalie, tapote une pièce contre le bord du bassin. Quand celle-ci se tourne vers lui, il brandit la pièce en haussant les sourcils.

– Hé, Cléopâtre, qu'est-ce que je peux avoir en échange de ça ?

Elle tend la main vers la pièce et s'essuie les yeux avant de l'examiner. Puis elle sort de l'eau, s'ébroue comme un chien en balançant des gouttelettes dans toutes les directions, fait le tour de la piscine et disparaît dans une alcôve. Simplex la suit dans un tintement de clés.

– Pourquoi l'appelle-t-il comme ça ?

– Parce qu'elle est Égyptienne, répond Euterpe en basculant la tête dans l'eau. Cléopâtre était la reine des Égyptiens. C'est leur petite blague, précise-t-elle en soupirant. Il lui dit ça chaque fois.

Gracilis, qui a posé son balai contre un mur, compte des pièces dans sa main en remuant les lèvres, puis il s'accroupit lourdement à côté d'Uranie. Mais, avant qu'il ait le temps de parler, elle sort juste assez de l'eau pour lui faire non de la tête, puis replonge dedans jusqu'au nez.

– Et lui ? demande Gracilis en me désignant. Il n'est encore jamais venu.

– Non, réplique Euterpe en se redressant. Tu peux m'avoir, si tu veux.

– Peut-être que c'est lui que je veux.

Gracilis se redresse en grognant et s'avance d'un pas pesant vers nous.

– Je n'ai encore jamais eu de garçon.

– Eh bien, tu n'auras pas celui-ci ! s'écrie Euterpe en se redressant sur la marche pour s'interposer. Il n'est pas là pour ça !

Gracilis se tourne vers Melpomène, qui a cessé de se frictionner pour nous observer.

– Sérieusement ? demande-t-il.

– Eh bien, en fait, Antinoüs... Tu peux, si tu en as envie, déclare-t-elle en m'adressant un large sourire.

– Non !

Euterpe se lève, et l'eau coule sur elle en cascade.

– Pas aujourd'hui, Mel. C'est son premier jour.

Je reste assis, sans un mot. La surface de l'eau redevient lisse tandis que le silence s'installe entre l'esclave et les deux louves. Pendant un moment, on n'entend que le son des gouttes de condensation qui tombent du plafond. Puis Gracilis soupire et se détourne.

– Mon argent vaut autant que celui des autres.

Il s'éloigne et disparaît dans l'alcôve où Thalie et Simplex se sont retirés. Euterpe se rassoit à côté de moi sur la marche, mais elle n'est plus du tout détendue.

Melpomène traverse le bassin pour nous rejoindre. Elle fait attention à ne pas se mouiller les cheveux, mais l'eau lui lèche les clavicules.

– Je voudrais t'expliquer quelque chose, Antinoüs, déclare-t-elle d'une voix très posée. Il n'y a pas si longtemps que ça, les louves travaillaient dans les thermes. Pas de mon vivant, mais ma mère l'a fait, à Gades.

Elle jette un coup d'œil à Euterpe, qui fronce les sourcils mais ne dit rien.

– Aujourd'hui, c'est illégal, poursuit Melpomène. Mais quand on est ici avant l'ouverture au public, personne ne peut rien vérifier. Ces esclaves se font un petit extra, précise-t-elle en désignant l'alcôve du menton, comme tout le monde. C'est normal. Et ils sont contents de le dépenser avec nous.

Elle s'approche un peu plus de moi, et la petite vague qu'elle soulève en bougeant vient mourir sur mon épaule. Euterpe regarde droit devant elle.

– Tout ce que tu gagnes ici, Antinoüs, tu peux le garder. Surtout depuis qu'Audo ne vient plus avec nous. Tu dois simplement faire ce que tu fais à la taverne tous les soirs. Mais tout l'argent est pour toi.

Euterpe a rebasculé la tête en arrière, et fixe le plafond sans rien dire. On est tous deux immobiles.

– Il n'y a rien que tu sois obligé de faire si tu n'en as pas envie, ajoute Melpomène avec une lueur dans les yeux. Mais si tu le *fais*, c'est du bénéfice net.

À ce moment-là, Simplex sort de l'alcôve en sifflotant, récupère son balai et s'en va par où il est venu. D'un coup de pied, Melpomène s'éloigne en flottant sur le dos, le menton pointé vers les dieux qui s'estompent au-dessus d'elle.

Sur le chemin du retour, Melpomène est en tête, suivie de Thalie, d'Uranie et de moi, et Euterpe ferme la marche. L'esclave dans la ruelle sombre a disparu. Je me tourne vers Euterpe, lèvres pincées, sourcils froncés, qui regarde où elle met les pieds entre les mauvaises herbes et les crottes de chien. J'ai déjà vu cette expression sur son visage quand elle se dispute avec Focaria ou lorsqu'elle affronte Melpomène. Je jette un coup d'œil aux autres devant nous, puis je m'arrête devant elle. Elle fait de même et m'adresse un regard vide.

– Audo va-t-il me laisser sortir dans la rue, désormais ? Tout seul ?

Euterpe me dévisage un instant.

– Non. Plus maintenant.

– Et ils vont toujours me regarder ainsi ?

Elle sait de qui je parle : des gamins du carrefour, des femmes qui font rentrer chez elles leurs enfants à la hâte, des hommes qui m'examinent de la tête aux pieds.

– Ils vont s'habituer, répond-elle en essayant de me contourner.

J'agrippe sa cape.

– Est-il trop tard pour s'enfuir ? murmuré-je.

Euterpe se fige à nouveau. Elle jette un coup d'œil aux autres, puis m'attire sous un porche contre une vieille porte sans serrure côté rue et s'accroupit devant moi, les mains posées sur mes bras. Elle me regarde droit dans les yeux et ouvre la bouche pour parler, mais ne dit rien. Elle l'ouvre une nouvelle fois, mais aucun mot n'en sort. Elle semble sur le point de fondre en larmes. Dans un instant, je vais pleurer, moi aussi.

– Est-il trop tard ?

Je respire à peine.

Euterpe ferme les yeux et presse mes bras un peu plus fort. Puis elle les rouvre et tente de sourire.

– T'ai-je jamais raconté l'histoire de la corneille et de la ficelle ?

Je secoue la tête en ravalant mes larmes.

– Un homme attrape une corneille, et il lui attache une petite ficelle à la patte pour qu'elle ne puisse pas s'envoler, raconte-t-elle d'une voix basse et rauque. Mais la corneille déteste être prisonnière, alors, un jour, lorsque l'homme la détache un instant de son perchoir, elle saisit sa chance et s'échappe à tire-d'aile.

Je songe à tous les oiseaux réduits en esclavage que j'ai vus, au théâtre, dans la rue – les oiseaux chanteurs dans les cages, les perroquets enchaînés à leur perchoir –, et je les imagine s'envoler tous en même temps dans une tornade de plumes.

– Mais alors que la corneille a quasiment rejoint son nid, elle se perche sur un arbre pour se reposer et la ficelle se prend dans une branche. Et elle a beau essayer, elle n'arrive pas à la décrocher.

Elle jette un coup d'œil dans la ruelle. Thalie et Uranie nous attendent au bout, tandis que Melpomène revient vers nous, la mine sévère.

– Qu'est-ce qui lui arrive ?

– Elle meurt de faim, répond Euterpe avec une lueur dans les yeux. Tout ça parce qu'elle n'a pas pu s'habituer à l'esclavage.

La tornade d'ailes que j'avais imaginée se mue en un brouillard qui me trouble la vue. Euterpe prend mon visage entre ses mains et essuie mes larmes de ses pouces.

– J'aimerais que ce soit faux, Petit Bout, murmure-t-elle. Mais c'est la vérité.

– Il y a un problème ? lance Melpomène.

Elle se tient au milieu de la ruelle dans sa pose habituelle – dos droit, mains jointes, sourcils dressés.

Euterpe se relève, mais laisse une main légère sur mon épaule.

– Je lui expliquais simplement que tu as raison, répond-elle d'une voix tremblante. Il devrait commencer à gagner de l'argent pour lui aux thermes. S'il en a envie.

Elle inspire une grande bouffée d'air. Melpomène pose les yeux sur moi.

– C'est vrai, Antinoüs ?

Je déglutis. J'acquiesce.

– Bon. Ne traînez pas derrière, lance-t-elle en plissant les yeux. Vous pourrez causer quand on sera chez nous.

Elle fait un pas de côté et attend qu'on lui passe devant, puis on remonte la ruelle en file indienne.

À présent, j'étais bel et bien une louve. Je passais le plus clair de mon temps dans ma cellule, l'ancienne chambre de Clio, soit seul, soit avec un client. Pauvre petit Pusus, pauvre petite Souris, pauvre petit Antinoüs, piégé comme un oiseau en cage, unique habitant d'une pièce dans une maison dans une rue dans une ville au bord de la mer au centre du monde. J'avais ma nouvelle tunique rouge et ma nouvelle paire de sandales. Ma tunique de rechange était pendue à côté de l'ancienne sur des crochets près de l'entrée. J'avais hérité de l'ancien bol et de l'ancienne cuillère de Clio, de sa coupe de vin, de sa lampe et de sa jarre d'huile. J'avais sa table, son tabouret, son pichet, sa bassine, son pot de chambre. Rien de tout cela ne lui avait vraiment appartenu, bien sûr, et rien de tout cela ne m'appartenait vraiment. J'avais une petite cachette où je glissais mes pièces enveloppées à l'intérieur d'un linge, dans un trou du matelas – les pourboires des clients –, mais rien de tout cela n'était vraiment à moi non plus. Dominus et Audo pouvaient me les retirer n'importe quand. Tout ce que j'avais leur appartenait et rien dans ma cellule n'était à moi, et surtout pas moi-même. La pièce ne m'appartenait pas. C'est moi qui appartenais à la pièce.

J'utilisais l'ancien lit de Clio, mais je m'étais rendu compte que je ne pouvais pas y dormir dès ma toute première nuit seul dans la cellule. J'avais beau être épuisé, couvert de bleus, perclus de douleurs, tout collant et à moitié ivre à la fin de ma nuit de travail, quand je m'effondrais sur le matelas et que je fermais les yeux, je me mettais à suer et à trembler. Quelle que fût la quantité de vin que j'avais absorbée pendant la soirée, je sentais encore l'arrière-goût de mes clients dans ma bouche. Je pourrais vous énumérer chaque saveur de corps humain qui a atterri sur ma langue, le goût de la sueur, le goût du sperme, de l'urine, de la merde, du sang, des larmes. Je ne pouvais pas respirer. C'était comme si un client était encore en train de m'étouffer ou de m'étrangler ou de m'obstruer la gorge. Alors, tous les soirs, après le départ du dernier, je me laissais glisser du lit aux draps pleins de taches et je rampais en dessous, où je dormais recroquevillé par terre. Comme avant, dans la cuisine. Sur le sol, je me sentais bien. Sur le sol, je me sentais en sécurité.

Entre-temps, les autres louves, que je considérais autrefois comme mes tantes, étaient devenues mes sœurs. Avant, je les entendais quand elles travaillaient ; désormais, je les entendais aussi quand elles ne travaillaient pas. Tard le soir, quand les clients étaient partis et les lampes éteintes, je les entendais remuer sur leur matelas. Je les entendais tousser, soupirer, éternuer et péter, et leurs exhalaisons contribuaient à alimenter le brouillard de fumée et de sueur qui imprégnait le couloir. Parfois, Thalie pleurait pendant la nuit, et j'entendais le parquet craquer sous les pas d'Uranie, puis le lit de Thalie grincer quand son amie s'y glissait. Parfois, Uranie jurait dans son sommeil, et j'entendais Thalie la rejoindre et chanter doucement à son oreille jusqu'à ce qu'elle se rendorme ou que Melpomène leur demande de la fermer.

Dans l'après-midi, avant l'arrivée des premiers clients, je m'asseyais sur le lit de la cellule vide en face de la mienne, où Euterpe, Uranie et Thalie se maquillaient et se coiffaient mutuellement, préparant leurs masques pour la soirée. Melpomène faisait ça de son côté dans sa cellule, avec ses propres instruments, et les autres ont commencé à m'enseigner comment enfiler mon masque dans l'ancienne chambre de Calliope. Uranie m'a montré comment me laver les cheveux avec du vinaigre, pour qu'ils brillent. Thalie, qui avait quasiment la même couleur de peau que moi, m'a montré comment mettre du fond de teint sur mes joues, comment rendre mes lèvres rouge vif, m'ébouriffer les cheveux juste assez. Même Euterpe m'a montré comment surligner mes yeux de khôl pour les faire ressortir.

– Les clients aiment bien ça, affirmait-elle. Je ne sais pas pourquoi.

Maintenant que je le voyais tous les jours, le visage dans le miroir n'était plus une nouveauté pour moi, mais il demeurait celui d'un étranger. Sans les crèmes et les fonds de teint, c'était celui d'un garçon dont je ne pouvais pas déchiffrer les pensées, et qui ne pouvait pas lire les miennes. Mais, quand il était paré pour la soirée, je ne voyais plus qu'un masque dans le miroir, et le garçon et moi étions encore plus éloignés l'un de l'autre. Un soir, alors qu'on était seuls dans la cellule, Euterpe a noué ses bras autour de moi et pressé son visage contre le mien face au miroir. Deux masques en train de se toiser.

– Ce n'est pas moi, a-t-elle murmuré. Et ce n'est pas toi.

Nos regards cerclés de khôl se sont croisés dans le miroir.

– Qui sommes-nous, alors ?

– Nous sommes des étincelles de lumière piégées dans des corps.

Elle m'a serré en pressant sa joue huilée contre la mienne.

– C'est l'étincelle qui compte.

J'ai détourné les yeux pour les fixer sur ceux de mon reflet. Je ne voyais aucune étincelle dans ce regard.

Quant à Melpomène, elle m'enseignait les techniques qui nous facilitaient le travail et le rendaient plus rapide. Elle m'avait montré comment huiler l'intérieur de mes cuisses pour qu'un homme pense qu'il m'avait pénétré alors que ce n'était pas le cas, comment lui introduire un doigt dans l'anus et titiller la petite bosse à l'intérieur pour qu'il jouisse plus vite. Elle m'avait mis en garde contre certains clients – celui-ci a tendance à mordre, celui-là rit quand il jouit, celui-ci pleure quand il a fini, celui-là va te tirer les cheveux et tenter de t'étrangler.

– Et qu'est-ce que je fais dans ce cas-là ?

– Débats-toi comme si tu étais en train de mourir, même si c'est faux. Plus il pensera qu'il te fait mal, plus il finira vite.

Elle m'a aussi appris à me défendre, si le besoin s'en faisait sentir.

– Appelle Audo, si tu peux.

Mais comme un client pouvait toujours me faire mal le temps qu'Audo se hisse en haut des marches, elle m'a montré comment refermer mon poing sur ses testicules, comment lui mettre un pouce dans l'œil ou comment me rouler en boule avec les bras au-dessus de ma tête pour me protéger le visage.

Quant à Audo, il avait l'air plus vieux, à présent, et plus lent. Pendant la journée, il effectuait mes anciennes tâches, et, la nuit, il faisait aussi mon ancien travail, montant et descendant les marches, nous apportant de la nourriture, de l'eau et du vin et emportant nos pots de chambre. Quand il était à son comptoir, sous ma cellule, je l'entendais railler les clients ou leur aboyer dessus. Tard le soir, après la fermeture, j'entendais son ronflement sonore résonner par à-coups dans la petite cellule qu'il occupait sous l'escalier ; parfois il criait et hurlait, revivant dans ses rêves une escarmouche le long de la frontière avec les Germains. Quoi qu'il en soit, son sommeil était agité, et les rares fois où nous nous croisions dans la journée, il devenait tout rouge – de colère, je suppose, parce qu'il devait maintenant faire toutes mes corvées. Il ne me frappait plus autant qu'avant, mais c'était parce qu'il ne me voyait que rarement. Cependant, lorsqu'on se retrouvait face à face, j'avais le souffle court et mon cœur battait vite quand je repensais à ce qu'il m'avait fait et à ce qu'il pouvait me refaire à tout moment, sans crier gare.

Calidus avait ordonné à Focaria de me nourrir davantage, pour me rendre moins maigre, mais elle me donnait des fruits gâtés, les saucisses les plus granuleuses et le pain le plus rassis. Elle ne m'épargnait pas non plus avec sa langue acérée, et se moquait de mon maquillage et de ma tunique rouge en me demandant si mes vieux amis de la rue me manquaient et en me rappelant presque chaque fois qu'elle me voyait, en long, en large et avec un grand luxe de détails, qu'elle effectuait à présent mes tâches en plus des siennes.

– Ça fait beaucoup de nourriture pour quelqu'un qui travaille sur le dos, lâchait-elle en plaquant une assiette de restes devant moi.

Malgré tout, mes membres ont pris du volume, la chair a recouvert mes côtes et le visage dans le miroir a commencé à se remplumer. Je suis devenu plus lisse et plus brillant, comme un pot bon marché rendu luisant à force d'être touché par des mains pleines de graisse. J'avais l'impression de rendre Focaria encore plus furieuse, et le fait qu'on semblait se disputer l'attention d'Euterpe n'arrangeait pas les choses. Maintenant que je ne dormais plus dans la cuisine et que le sommeil d'Audo était garanti par l'intensité de ses ronflements, certaines nuits, Euterpe descendait discrètement passer la nuit dans la cuisine, et, en d'autres occasions, Focaria montait à l'étage pour dormir avec elle. Je les entendais chuchoter ou se déplacer dans la cellule voisine. Au chant du coq, j'entendais le crissement du rideau d'Euterpe et Focaria repartir sur la pointe des pieds dans le couloir puis faire craquer les marches de l'escalier.

Mais certaines nuits, quand Focaria montait rejoindre Euterpe, elle tirait son rideau et me trouvait lové dans le lit de son amante. Ça avait commencé un matin où Euterpe était entrée me chercher dans ma cellule, peu après mes débuts à l'étage. Elle avait marqué une pause sur le seuil, surprise de ne pas me voir sur le matelas, et elle était sur le point de faire demi-tour pour me chercher au rez-de-chaussée quand elle m'avait entendu remuer. Elle s'était agenouillée pour regarder sous le lit, et on s'était dévisagés un bon moment sans piper mot.

– Qu'est-ce que tu fais là ? avait-elle fini par demander.

– Je dors.

– Pourquoi ne dors-tu pas dans le lit ?

– Ici, personne ne peut me trouver.

Euterpe m'avait fait signe de sortir de ma cachette.

– Viens t'allonger un moment avec moi.

Ainsi, Euterpe avait commencé à m'inviter dans son lit. Parfois, elle attendait le matin, que Focaria redescende, mais, en d'autres occasions, elle la renvoyait et me laissait passer toute la nuit avec elle. On se réveillait ensemble, les yeux fixés au plafond tandis que les autres louves commençaient à s'activer dans leurs cellules. Je n'avais jamais été aussi proche d'Euterpe que pendant ces matins de ma nouvelle vie, mais je n'avais jamais non plus été aussi loin d'elle. Quand elle me serrait contre elle dans le jardin, avant que j'emménage à l'étage, cela ne durait que quelques instants, mais nous étions intarissables. Maintenant qu'on était allongés comme une mère et son enfant dans le même lit, au début, aucun de nous ne parlait – qu'aurions-nous pu dire ? On se contentait de rester lovés l'un contre l'autre, à entendre nos estomacs gargouiller, à respirer notre odeur en écoutant nos soupirs.

Un matin, couché face au mur, son bras autour de moi, je tente de faire renaître les échanges qu'on avait dans le jardin. Je touche un graffiti sur le mur.

– Qu'est-ce que ça raconte ?

Euterpe redresse la tête pour voir.

– J'ai baisé, j'ai joui, je suis reparti.
– Et ça ? dis-je en en désignant un autre.
– C'est Melpomène qui baise le mieux.
Je tourne la tête vers elle.
– Vraiment ?
Euterpe m'adresse un regard triste, mais elle sourit.
– Les goûts et les couleurs…
Mes yeux se posent sur les bonshommes bâtons et les lettres maladroites grossièrement gravées sur le mur. Je touche un autre mot.
– Et ça ?
– Festus, soupire-t-elle. C'est simplement son nom, Petit Bout.
Elle retire son bras et s'allonge sur le dos.
– Pourquoi font-ils ça ?
Je me retourne vers elle, mon visage à côté du sien sur le fin oreiller.
– Pourquoi font-ils quoi ?
Elle ne me regarde pas et se contente de fixer le plafond.
– Pourquoi est-ce qu'ils écrivent sur les murs ?
Elle soupire.
– C'est une façon de dire : « J'étais là. Ne m'oubliez pas. »
Je contemple sa joue, juste sous mon nez. Sa peau est encore grasse du maquillage de la veille.
– Les riches inscrivent leur nom partout. Pourquoi les clients ne feraient-ils pas de même ?
Je voudrais qu'elle me regarde, qu'elle me sourie et qu'elle me serre contre elle comme elle le faisait dans le jardin, mais elle fixe un point au plafond, quelque chose que je ne peux pas voir. Je me demande si je l'ai perdue pour toujours, et comme si elle savait ce que je pense, elle roule subitement sur le côté pour me dévisager en faisant trembler le petit lit et pose la main sur ma poitrine.
– T'ai-je déjà parlé du philosophe Sénèque, Petit Bout ?
– Non.
La chaleur de sa main se propage à travers ma poitrine jusqu'au bout de mes membres.

– C'est mon père qui m'a parlé de lui, m'explique-t-elle tandis que son haleine âcre caresse mon visage. Sénèque a mené une vie agitée, et il a rencontré de nombreux problèmes et difficultés. Mais il était convaincu que quels que soient les malheurs ou les obstacles que l'on rencontre dans sa vie, le véritable bonheur s'obtient par la vertu. Il croyait qu'un homme vertueux pouvait être heureux même s'il était… même si les choses ne se passaient pas bien. Même s'il était esclave.

– Sénèque en était-il un ?

– Non.

– Était-il empereur ?

Certains des Romains illustres dont elle m'a parlé l'étaient.

– Non, mais il travaillait pour l'un d'eux.

Alors, quel rapport avec moi ? me dis-je intérieurement. Mais je suis simplement content qu'elle me serre et qu'elle m'enseigne quelque chose, une fois de plus.

– Sénèque a dit que le plus grand empire consiste à être empereur de soi-même, déclare-t-elle en plissant les yeux. Il affirme que tu peux être heureux et libre, même si tu es un esclave, tant que tu demeures vertueux.

– Même si je suis enchaîné à mon perchoir ?

Euterpe sourit.

– Oui, ma petite corneille, même si tu es enchaîné à ton perchoir.

– Ça veut dire quoi, vertueux ?

Euterpe réfléchit un moment.

– C'est une façon de… C'est une façon d'être un homme. Ça veut dire… comprendre comment le monde fonctionne, et l'accepter, ne pas essayer de lutter contre. La vertu, c'est… le véritable savoir. C'est ce que la corneille a compris, mais trop tard. Tu vois ? conclut-elle en tournant son regard vers moi.

Je ne réponds rien. J'essaie de déterminer s'il y a des hommes vertueux parmi ceux que je connais. Ça paraît peu probable. La plupart connaissent le monde mieux que moi, mais ils semblent en permanence lutter contre, et aussi entre eux. Ce qui est certain, c'est qu'aucun d'eux n'a l'air heureux. Audo est toujours plein de rage. Calidus est soit en colère soit irritable. Quartus se torture en songeant à Thalie. Nazarius balance entre la bonhomie dans sa boutique et la fureur dans les cellules des louves. Renatus traverse la vie en faisant la grimace comme s'il marchait sur la pointe des pieds entre des crottes de chien. Festus, qui qu'il soit, pourrait mourir demain et l'unique chose qu'il laisserait derrière lui serait son nom gravé sur un mur. Les hommes anonymes qui se servent de moi ont tous l'air épuisés juste après, ou soulagés, ou morts d'ennui, mais jamais heureux. La plupart ressortent de ma cellule aussi en colère ou aussi tristes qu'en arrivant.

Avant que je devienne une louve, je croyais bêtement que j'apprenais le fonctionnement du monde, que j'apprenais à m'y frayer un chemin en arpentant les rues de la ville, en croisant tous les jours des personnes que je connaissais et qui me connaissaient. Pas précisément des amis, mais des gens qui voulaient bien échanger une blague ou un ragot avec le petit esclave de la taverne. Pourtant, ce monde avait subitement disparu. Bon, ce n'est pas vrai – les gens que je connaissais restaient là où ils avaient toujours été, dans la rue, mais sans moi. Je les entendais de ma fenêtre : les femmes qui riaient à la fontaine, les hommes qui chantaient dans la boutique de Nazarius, le crieur qui braillait les annonces à propos des esclaves en fuite. Le monde était encore là, mais on m'en avait retiré pour m'enfermer dans cette cellule comme un oiseau dans une cage. Une étincelle sertie dans un corps destiné à l'usage des autres, qui brille sans témoins dans les ténèbres. Comment pourrais-je être vertueux là-dedans, surtout en ne fréquentant que des hommes sans aucune vertu ?

– Melpomène...

La seule mention de son nom rend Euterpe nerveuse.

– Melpomène dit que je ne serai jamais un homme. Pas comme les autres hommes.

– C'est peut-être vrai, répond-elle avec un soupir. Aucun de nous n'a la maîtrise de sa vie. Mais ça ne signifie pas que tu ne peux pas trouver... une certaine forme de bonheur.

– Es-tu heureuse ?

C'est une question cruelle, et je la regrette aussitôt. Mais à ma grande surprise, elle sourit.

– Parfois.

– Quand ?

– Quand je suis avec toi.

Elle ôte sa main de ma poitrine et m'effleure la joue, puis elle m'embrasse.

– Ou quand tu es avec Focaria.

Elle s'esclaffe.

– Parfois, oui.

– Mais jamais avec un client.

– Non, jamais avec un client.

Elle presse son front contre le mien et ferme les yeux.

– Mais, quand je suis avec un client, je ne suis pas vraiment là, ajoute-t-elle.

– Moi non plus.

Elle rouvre les yeux.

– Qu'est-ce que tu veux dire ?

Nos haleines âcres se mélangent, encore chargées du vin de la veille.

– Je m'en vais, murmuré-je.

– Où vas-tu ?

Même avec Euterpe, même avec la femme que j'aime plus que toute autre personne au monde, j'ai peur de le dire. Moineau n'a de place que pour moi.

– Juste ailleurs. Jusqu'à ce que ce soit terminé.

Euterpe me serre contre elle.

– Mon enfant, souffle-t-elle. Mon enfant, mon enfant, mon enfant.

Elle m'écarte un peu pour me contempler. L'espace entre nous est humide de ses larmes et de nos haleines.

– Je t'emmènerais ailleurs si je pouvais.

– Pourquoi ne le fais-tu pas ?

Elle aspire une grande bouffée d'air, et, à ce moment-là, le rideau s'ouvre dans un crissement qui nous fait tous deux sursauter. Melpomène, sur le seuil, nous dévisage sans rien dire. On s'écarte lentement l'un de l'autre et on tourne la tête vers elle.

– C'est l'heure d'aller aux thermes. Viens, Antinoüs, lance-t-elle en me tendant la main.

Je me lève. Euterpe reste allongée, les yeux fixés sur le plafond, tandis que Melpomène me conduit à la hâte dans ma cellule. Je m'assois sur le lit, et elle s'agenouille pour nouer mes sandales.

– De quoi parliez-vous, tous les deux ?

Je ne réponds rien. Elle place ses mains sur mes genoux.

– De quoi parliez-vous ?

– D'oiseaux.

Elle hausse les sourcils et attend que je poursuive, mais je me contente de baisser les yeux.

– Vous comptez vous enfuir ?

Qu'a-t-elle entendu ? Je sens Moineau qui bat des ailes sur mon épaule, prêt à s'envoler. Je secoue la tête.

– Parce que ça serait stupide ! On vous rattraperait, et votre vie deviendrait bien, bien pire. Vous pourriez même vous faire tuer.

Je ne réponds rien. Moineau, en suspens au-dessus de nos têtes, observe la femme et le garçon. Melpomène se redresse, s'assoit à côté de moi sur le lit et passe un bras autour de mes épaules.

– Je sais ce que c'est d'avoir peur la nuit, murmure-t-elle en me caressant les cheveux. Si tu te sens seul, tu peux venir dormir avec moi.

Comme je ne dis toujours rien, elle me prend par le menton et tourne mon visage vers le sien.

– Si tu te sens perdu, tu peux toujours venir me parler. Euterpe n'est pas la seule à savoir des choses.

Euterpe est de l'autre côté du mur, et je sais qu'elle nous entend. Melpomène le sait aussi. J'essaie de détourner le regard, mais elle emplit mon champ de vision et me fixe droit dans les yeux. Mon cœur bat vite, j'ai la bouche sèche. Moineau est prêt à s'envoler.

– On va être en retard.

C'est Euterpe, sur le seuil de ma cellule.

Melpomène garde encore un instant mon visage entre ses doigts, puis elle tourne la tête et me relâche. Elle se lève et sort en frôlant Euterpe.

– Allons-y, alors, grommelle-t-elle.

Ainsi passaient mes jours. Mais qu'en est-il de mes nuits ?

Un homme entre. Parfois il me dit ce qu'il veut, parfois il s'y met sans préambule. À ce moment-là, je m'en vais. Tandis que l'homme est aux prises avec la louve sur le lit ou par terre, Moineau prend son envol. Parfois, il s'arrête à la fenêtre, où il replie ses ailes et observe ce qui se passe en contrebas d'abord d'un œil, puis du second, en tournant la tête de part et d'autre. Mais, le plus souvent, il sort de la pièce et s'élève au-dessus du jardin, où il voit Focaria s'occuper des anciennes corvées de Souris – porter l'eau, arroser les plants, vider les cendres dans les latrines. Ses cheveux commencent à se clairsemer, et ses épaules ploient sous le poids de son collier de fer. Elle a l'air plus vieille vue d'en haut.

Moineau s'éloigne encore, il vogue au-dessus des rues, où il aperçoit les femmes à la fontaine, qui ne parlent plus jamais de lui. Il voit Audo, empâté, en colère et en mauvaise forme, qui part faire les courses d'un pas lourd, lesté d'une grosse sacoche de cuir. Il passe au-dessus du puits de lumière de la foulonnerie et contemple son reflet dans l'eau ridée du bassin de rinçage. Il admire le cercle parfait que la mule décrit autour de la meule du boulanger. Il va encore plus haut, et repère la file d'esclaves vendus aux enchères sur la scène de l'ancien théâtre, l'auvent en loques d'Opitria, le toit fissuré du temple sur la colline. Il voit la ruelle humide où le soleil ne brille jamais, passe à travers les volutes de fumée qui s'élèvent des thermes, contemple les foules d'hommes qui tourbillonnent, se figent, s'assemblent, se séparent et tourbillonnent encore sur le forum comme des particules en suspension dans l'eau. Encore plus haut, il distingue les esclaves sur les quais qui avancent en file comme des fourmis, et portent des balles de coton au lieu de miettes de pain.

Une galère remue ses rames comme une araignée d'eau à travers la surface scintillante du port. La spirale ascendante amène Moineau plus haut et plus haut et plus haut encore ; la lagune saumâtre ressemble à de la soie grise, et les toits rouges des villas se nichent dans les replis des collines. Il voit la mer infiniment bleue qui s'étend jusqu'à l'horizon, les longs convois de bateaux à voile en route vers l'Afrique, l'Italie, l'Égypte, la Syrie, la Grèce, l'Asie.

Puis il émerge dans les étoiles. Il vogue vers elles, mais il ne s'en approche jamais. Il vire vers la lune, mais ne s'en approche jamais non plus. Il n'y a pas de vent, ici, et aucune chaleur, juste le battement de ses ailes et celui – frénétique – de son cœur. Il a du mal à respirer, à présent, mais il continue d'essayer, parce que, s'il grimpe un tout petit peu plus haut, il pourra s'enfuir, partir à tire-d'aile et ne jamais revenir. Il pourra être Moineau pour toujours. Mais, bien sûr, il a oublié la ficelle qu'ils ont nouée autour de sa patte. Il a tiré dessus autant qu'il a pu, de plus en plus haut, de plus en plus loin de la ville en contrebas, mais ce n'est jamais assez loin. Il ne tire jamais assez fort pour qu'elle casse.

Alors, Moineau ne peut plus s'élever. La ficelle est tendue, ses ailes s'agitent en tous sens et perdent leur efficacité, il dégringole en spirale par où il est monté, laisse derrière lui la lune, les étoiles. Les collines tournent autour de lui, le port passe en un éclair, les toits et les rues basculent et se soulèvent. Quelque chose se dévide en lui, et il tombe, tombe, tombe vers le flanc de la colline, le théâtre, le boulanger, le foulon, Audo, la fontaine, Focaria penchée dans le jardin, les barreaux à sa fenêtre pour rentrer directement dans la chair sensible et couverte de bleus du garçon, tout seul sur le lit.

Les stoïciens prétendent que le monde durera toujours, mais aussi qu'il est régulièrement détruit par le feu et reconstruit. Quand mon propre monde a brûlé, les premières étincelles ont été allumées par Audo. Je ne vais pas vous demander d'avoir pitié de lui – ça ne m'est jamais arrivé –, mais, pendant la période où je travaillais à la taverne avant de devenir une louve, comme il avait pris l'habitude de rester derrière son comptoir à boire du vin et à grignoter de la nourriture toute la nuit, il était devenu plus gros et plus poivrot. Puis, quand j'avais commencé à effectuer ses tâches à l'étage, il n'avait plus quitté son tabouret et ne montait plus qu'en cas de grabuge. À présent, Focaria et lui faisaient toutes mes anciennes corvées, et, parfois, le matin, allongé dans mon lit, je les entendais se disputer comme un vieux couple dans le jardin sous ma fenêtre.

– Les poissons que tu m'as achetés hier étaient inutilisables ! s'écrie Focaria.

– Ils n'étaient pas cher, grommelle Audo.

– Ça, c'est sûr. Combien de temps sont-ils restés dans la cale de Rufus avant qu'il les exhume pour te les vendre ?

– Rufus sait bien qu'il vaut mieux ne pas m'arnaquer.

– Rufus te voit venir de loin, tous les jours. Tu penses que, parce qu'il te raconte des blagues tous les soirs, il ne va pas te voler comme il vole tout le monde ?

Et ainsi de suite. Le plus remarquable avec ces discussions, c'est que les poings d'Audo y mettaient rarement fin. Tout le monde voyait bien qu'il était diminué. Il n'était pas simplement en train de vieillir et de grossir – il commençait aussi à boiter. On le croisait souvent dans la rue quand on allait aux thermes, de retour des boutiques où il faisait ses courses, et il marchait d'un pas lourd en favorisant sa jambe droite et en balançant la gauche comme un poids mort. Il penchait comme un voilier sous un vent de travers, et la sacoche de cuir pleine de pain ou de linge pendait à son côté comme un ballast. Malgré le brouhaha de la circulation, on entendait sa respiration sifflante à un pâté de maisons. Focaria avait commencé à faire les courses dans l'ancien théâtre, parce qu'il y avait des marches à monter. Ils négociaient leur arrangement tous les matins.

– Je peux grimper ces putains de marches ! criait Audo. Si seulement tu voulais bien me dire ce qu'il te faut !

– Je le ferai moi-même ! braillait-elle. Contente-toi de rapporter du pain.

C'était ritualisé comme une pantomime, avec toujours le même dénouement – Audo s'évitait les marches, et Focaria passait quelques minutes par jour avec Opitria, avant de rentrer avec une autre prédiction inutile ou une malédiction inscrite sur un bout de papyrus. (« Ne lui révèle jamais ça, m'avait murmuré Euterpe un matin quand j'étais dans son lit, mais les mots qu'Opitria écrit sur ces papiers sont du charabia. ») De temps à autre, Audo balançait encore un coup de poing à Focaria, en souvenir du bon vieux temps, juste pour lui rappeler qu'il pouvait le faire. Mais il ne l'atteignait plus aussi souvent qu'avant, et, après, il avait le souffle court. C'était également le cas lorsqu'il montait à l'étage : malgré le tapage dans la salle et les efforts bruyants des clients dans les cellules, j'entendais son pas inégal quand il gravissait les marches en les faisant craquer, son souffle rauque dans le couloir, ses grognements lorsqu'il se penchait pour poser un pichet devant ma cellule puis quand il se relevait et tirait le rideau.

– De l'eau, râlait-il avant de s'en retourner en bas d'un pas inégal.

Même lorsqu'il montait le matin pour le sexe, il ne se mettait plus au-dessus ; l'une des louves l'enfourchait ou lui faisait une fellation tandis qu'il demeurait allongé jusqu'à ce que ce soit fini, les yeux fixés au plafond comme un vieux chien fatigué. Parfois, on était obligés de s'y mettre à deux pour le relever, en le tirant chacun par un bras.

Une nuit, il y a du raffut à l'étage, mais, quand Audo arrive, tout est quasiment terminé. Ça se produit à un moment où je suis entre deux passes, et mon rideau est tiré. J'efface l'odeur de mon dernier client à l'aide d'un linge mouillé et je mâche une ou deux feuilles de menthe pour me rafraîchir l'haleine. À l'autre bout du couloir, quelqu'un se met à crier, et je me fige au-dessus de ma bassine. C'est Uranie.

– Comment je m'appelle ? Tu veux savoir comment *je m'appelle* ?

Je passe la tête dehors. À la lumière des lampes qui fument, j'aperçois Thalie et Euterpe qui font de même. Melpomène sort dans le couloir en rattachant sa robe, son petit couteau à la main.

Soudain, un homme bascule en arrière à travers le rideau d'Uranie. Il est nu, courbé en deux, et il serre sa tunique roulée en boule contre son entrejambe. Uranie ouvre grand le rideau et se dresse devant lui, également nue, dans toute sa fureur osseuse.

– Je suis ta *fille*, espèce de merde ! hurle-t-elle avec des éclairs dans les yeux. Je suis Izar, la fille que tu as vendue comme une truie ! Tu ne me reconnais donc pas ?

L'homme au visage rougeaud bat en retraite vers l'escalier, quasiment plié en deux. Il lance des regards frénétiques un peu partout sauf vers Uranie. Thalie est bouche bée, et Melpomène elle-même fait un pas en arrière. Quand Euterpe voit que je suis là, elle me fait signe de rentrer dans ma cellule ; je reste quand même où je suis pour observer la scène. L'homme recule vers l'escalier comme un rat, mais Uranie marche droit sur lui.

– Tu sais comment je t'ai reconnu ? crie-t-elle depuis le palier. Tu sens encore la merde de cochon !

Aucun de nous ne parle. Le silence est même retombé sur la grande salle. On entend l'homme descendre quelques marches puis une série de coups sourds lorsqu'il tombe et roule au bas de l'escalier.

– Passe le bonjour à maman ! hurle Uranie.

Puis elle se retourne et reste debout à l'extrémité du couloir, tremblante de rage, tandis que sa poitrine se soulève violemment. Personne ne pipe mot, pas même Melpomène. On entend Audo qui monte les marches en soufflant, l'une après l'autre, puis apparaît, le visage aussi rouge que le père d'Uranie. Celle-ci se retourne, écarte les bras et colle son visage à celui d'Audo.

– Quoi ! braille-t-elle.

Pour la première fois de ma vie, Audo, en sueur et le souffle court, ne réagit pas, ne dit rien, ne frappe personne. Il fait simplement demi-tour et redescend péniblement en haletant. Uranie disparaît dans sa cellule et tire son rideau.

C'est la dernière fois qu'Audo est monté à l'étage.

Quelques jours plus tard, je suis en train de prendre mon petit déjeuner dans la cuisine. Focaria me jette des regards noirs, toujours furieuse à cause des corvées supplémentaires que mon changement de statut lui occasionne. Ces derniers temps, j'essaie de l'éviter : je me cloître dans ma cellule et sous mon lit dès que je l'entends monter, ou je ne me glisse dans le lit d'Euterpe qu'après qu'elle est retournée dans sa cuisine. Mais, une fois par jour, on se retrouve face à face lorsqu'elle me sert une demi-miche de pain et un morceau de fromage, et, à présent que je sais que je ne travaillerai plus pour elle, je commence à lui répondre un peu.

– Tu deviens gros.

– C'est le but, dis-je la bouche pleine.

– Tu as plus de chance que je ne croyais.

J'ai dû faire la grimace, parce qu'elle poursuit.

– Tu dors dans un lit. Tu manges à ta faim. Tu travailles sur le dos.

– Toi aussi, tu dors dans un lit, dis-je en mordant dans la miche de pain. Et je t'entends travailler sur le dos… avec Euterpe, conclus-je la bouche en cœur.

Elle me frappe, ce qui me fait recracher ma bouchée.

– Tout le monde est au courant !

Ma joue est brûlante.

– Oui, et tout le monde est assez malin pour *ne rien dire*.

Pour la première fois de ma vie, j'éprouve l'envie de lui rendre ses coups. Elle approche son visage du mien. J'ai un geste de recul, mais je ne cède pas.

– C'est moi qui t'ai nourri quand tu es arrivé ici. Je t'ai torché le cul. Je t'ai maintenu en vie.

– Je sais.

– Que tu vives ou que tu meures, tout le monde s'en moquait. Et moi aussi. Surtout moi !

– Je sais.

Elle se dresse de toute sa hauteur.

– Tu crois que cette petite tunique rouge te rend spécial, maintenant ? C'est faux. Tu ressembles à une putain.

– Je sais.

Dehors, on tambourine à la porte du jardin.
– Tu n'es qu'un nouveau trou pour accueillir les clients.
– Je *sais*.
J'ai les larmes aux yeux.
Elle coupe un autre morceau de pain et me le jette.
– Tiens. Gave-toi.
Le pain rebondit sur mon torse. J'ai peur qu'elle ne me frappe à nouveau si je le prends.
– Laissez-moi entrer, râle Audo de l'autre côté de la porte.
Le rythme de ses coups ralentit.
– Nom de Dieu !
Focaria m'écarte du bras et sort. Je ramasse la miche par terre en essuyant mes larmes tandis qu'elle traverse le jardin à grandes enjambées.
– Calme-toi ! J'arrive.
– Ouvre... vite..., siffle Audo.
Focaria se met sur la pointe des pieds, et, dès qu'elle tire le verrou, le battant pivote brutalement et la fait tomber en arrière. Audo entre en titubant, le souffle court. Il s'appuie contre le mur d'une main, et l'autre pend inerte à son côté. Pendant que Focaria se relève, il passe la lanière de sa sacoche par-dessus sa tête et la lâche en faisant rouler plusieurs miches de pain par terre. Puis ses genoux cèdent sous lui et il s'affale sur le flanc. Focaria ramasse les miches et époussette la terre collée dessus avant de les replacer dans la sacoche. Mais Audo ne se relève pas. Il gît sur le sol, haletant, et tente de se redresser sur un coude, mais s'affale à nouveau. Focaria m'aperçoit sur le seuil de la cuisine, la bouche béante et pleine de pain.
– Pusus, viens ici !
Je laisse tomber mon pain et je cours vers eux. Elle me balance la sacoche.
– Pose-la dans la cuisine.
Je fonce à l'intérieur, je la jette sur la table et je ressors tout aussi vite. Focaria essaie de faire rouler Audo sur le dos, mais c'est un poids mort, pâle, en sueur et haletant comme un chien.

– Aide-moi ! m'intime-t-elle.

À deux, on fait pivoter Audo en le tirant par les jambes, puis on le retourne sur le dos et on lui appuie la nuque contre le mur. On ne lui voit presque plus que le blanc des yeux. Il tente de dire quelque chose, mais ne parvient qu'à s'étrangler dans un râle. Focaria se redresse et referme la porte. Je recule d'un pas.

– Va chercher Mel, m'ordonne-t-elle.

Je suis figé, la bouche ouverte, et elle me rabroue.

– Tout de suite ! Va chercher Mel !

Je traverse la taverne déserte et monte l'escalier, puis j'ouvre le rideau de Melpomène, qui sursaute à sa table de maquillage, son miroir à la main. Elle le cache derrière son dos, comme si elle avait peur que je voie ce qui s'y reflète.

– Audo, dis-je d'une voix essoufflée. Dans le jardin.

Elle me dévisage un instant, puis balance son miroir sur le lit et me frôle en sortant. Les autres louves surgissent de leurs cellules en l'entendant dévaler l'escalier.

– Que se passe-t-il ? demande Euterpe en s'enveloppant dans sa cape.

– C'est Audo. Il est malade.

Euterpe se précipite en bas et je lui emboîte le pas, avec Thalie et Uranie sur mes talons.

Dans le jardin, Melpomène est penchée sur Audo, mais elle ne le touche pas. La porte est fermée, à présent, et Focaria est adossée dessus, les mains à plat sur le battant comme si elle voulait empêcher quelqu'un d'entrer. La bouche d'Audo s'ouvre et se referme comme celle d'un poisson qui s'asphyxie, et les commissures de ses lèvres se couvrent d'écume. Il se tient la poitrine d'une main, et serre la terre entre ses doigts de l'autre. Ses jambes se soulèvent lentement, comme s'il marchait sur place, et ses talons creusent des ornières dans le sol. Ses yeux roulent dans leurs orbites, comme s'ils cherchaient quelque chose ou quelqu'un.

– Il a besoin d'un docteur, déclare Euterpe en lui posant la main sur le front.

Il lui lance un regard de chien terrifié. Ses lèvres bougent, mais il n'en sort guère que quelques bulles. Euterpe se tourne vers Focaria.

– Tu dois savoir où il y a un docteur.

Focaria ne répond rien. Elle croise le regard de Melpomène.

– Tapez-lui sur le torse, lance Uranie dans mon dos.

Tout le monde se tourne vers elle.

– J'ai vu mon père faire ça à un cochon, une fois. Je l'ai déjà fait avec un client. Ça fait repartir le cœur.

– Pour l'amour de Dieu ! s'exclame Euterpe en étalant sa cape par terre. Aidez-moi à le coucher là.

Melpomène se met en travers d'Euterpe.

– Pas si vite !

– Si on ne fait rien, il va mourir !

Euterpe tente de l'écarter, mais Melpomène tient bon.

– Arrête-toi un instant et réfléchis.

Mais Euterpe se dégage.

– Petit Bout ! me lance-t-elle. Cours chez Nazarius aussi vite que possible et demande-lui où trouver un docteur !

La lumière semble briller plus fort dans le jardin. Le bleu du ciel est plus profond, le rouge de ma tunique plus vif, la chevelure de Melpomène plus artificiellement blonde que jamais. En même temps, je perçois l'odeur de chaque plante aromatique dans le jardin – le thym, l'origan et le romarin – ainsi que le riche remugle des latrines. Devant moi, Melpomène et Euterpe se toisent comme deux lutteurs, tandis qu'Uranie, impavide, flotte dans sa robe comme dans un linceul. Thalie nous observe depuis l'arche de la taverne en se tordant les mains, prête à s'enfuir.

– Petit Bout ! crie Euterpe. Fais ce que je te dis !

Je sursaute et je pars en courant. Melpomène tend la main vers moi, mais je la contourne. En revanche, Focaria parvient à verrouiller la porte avant que je sorte dans la rue. Puis elle s'appuie de nouveau contre le battant en me fixant.

Audo pousse quelques cris incohérents. Tout le monde se tourne vers lui. Il a l'écume à la bouche, les yeux fermés, et un rictus lui déforme les lèvres. Il se tient la poitrine et donne des coups de pied. D'où je me trouve, je distingue chaque pore de son visage. Euterpe m'attrape le bras et me pousse vers l'arche.

– Passe de l'autre côté !

Mais Melpomène m'agrippe par l'épaule et me secoue.

– Reste où tu es !

Euterpe tente de sortir à son tour, mais Melpomène et Focaria la saisissent par les bras pour la retenir.

– On est en train de le tuer ! s'écrie-t-elle.

– On n'est en train de tuer personne.

La voix de Melpomène est dure comme l'airain.

– Ce sont les dieux qui l'emmènent, renchérit Focaria d'une voix rauque, une lueur sauvage dans les yeux. Enfin !

Euterpe se dégage, mais, au lieu de se diriger vers Audo ou vers l'arche, elle recule en haletant. Melpomène lève la main devant elle comme si elle voulait calmer une bête terrifiée.

– Pense à ce que ça signifie, souffle-t-elle.

Elle se tourne vers moi.

– Et toi, pense à ce qu'il t'a fait.

L'espace d'un instant, je suis Moineau, je vole au-dessus de mon épaule.

– C'était *ton idée* ! hurle Euterpe.

Melpomène l'ignore et se tourne vers Uranie.

– Sa mort te ferait quelque chose ? demande-t-elle.

Uranie ne répond rien.

Melpomène se tourne vers Thalie.

– Tu étais avec Clio après qu'on l'a balafrée. Tu crois qu'il se souciait qu'elle vive ou qu'elle meure ?

Thalie a un mouvement de recul, le visage baigné de larmes.

– Pourquoi quiconque parmi nous devrait se soucier de son sort ?

– À cause de Dominus, répond Euterpe. Calidus pourrait le remplacer par quelqu'un de pire.

– C'est vrai, remarque Uranie en posant un regard vide sur Audo qui se tortille par terre comme un ver. Lui, on s'y est habituées.

– Certes ! Mais si Dominus ne le remplaçait pas ? objecte Melpomène.

Audo a cessé de bouger, mais il halète encore.

– Qu'est-ce que tu racontes ? s'écrie Euterpe.

– Écoutez-moi, réplique Melpomène en nous dévisageant l'un après l'autre. Aujourd'hui, je suis une femme libre, et je fais ce métier depuis plus longtemps que n'importe laquelle d'entre vous. Je connais cette ville. Je connais les clients. Je connais dans les moindres détails la gestion de la taverne. C'est pratiquement moi qui la gère, en fait. Si je peux aller voir Dominus ce soir avant que quiconque entende parler de ça, je pense pouvoir le persuader de me laisser prendre la relève.

– Tu ne parles pas sérieusement ! s'exclame Euterpe.

– On sera tous beaucoup mieux si c'est moi la responsable.

Euterpe la toise.

– Et tu vas nous *affranchir* ?

– Tu sais bien que je ne peux pas. Vous ne m'appartenez pas. Mais j'étais une esclave, moi aussi. Pensez-y, poursuit-elle en nous dévisageant un par un. Qui préférez-vous avoir pour responsable ? Quelqu'un qui sait ce que c'est que votre vie ? Ou lui ? demande-t-elle en posant les yeux sur Audo.

Celui-ci, immobile, pâle et en sueur, fixe le ciel d'un regard vide. Seul son ventre bouge encore ; il respire faiblement, par saccades. Euterpe se tourne vers Uranie, qui regarde Thalie, laquelle se couvre la bouche des mains pour étouffer ses pleurs. Personne ne s'intéresse à moi, excepté Moineau, au-dessus de nos têtes.

– Qu'est-ce qu'on attend ? demande Focaria.

Elle s'agenouille à côté de lui, puis lui pince les narines d'une main et attrape de l'autre la cape d'Euterpe dont elle enfonce un bout dans la gorge d'Audo. Il s'étouffe et saisit d'une main faible les poignets de Focaria, mais elle ne lâche pas prise. Sans un mot, Uranie s'agenouille de l'autre côté, lui écarte les mains et plaque ses gros poignets au sol. Melpomène se tourne pour empêcher Euterpe d'intervenir, mais celle-ci ne bouge pas, à part sa poitrine qui se soulève quand elle respire. Elle observe. Thalie est à genoux sous l'arche, les mains jointes sous son menton.

– Notre Père, qui êtes aux cieux, que votre nom soit sanctifié…, murmure-t-elle.

Je suis à la fois pétrifié et tout tremblant. Est-ce là ce qui pouvait nous arriver de pire, ou de mieux ? Audo ne me frappera plus jamais – il ne frappera plus jamais personne – mais Melpomène sera-t-elle pire ? Silencieusement, je commence à compter jusqu'à cent, comme j'étais censé le faire ce jour-là dans le temple d'Asclépios. Mais avant même que j'atteigne vingt, c'est fini. Ses membres deviennent flasques, son ventre cesse de bouger, son râle étouffé s'éteint. Les sons de la rue – le grincement d'une charrette, un aboiement, le rire de quelqu'un à la fontaine – franchissent de nouveau le mur.

– … mais délivrez-nous du mal, murmure Thalie. Amen.

Uranie relâche timidement les poignets d'Audo. Puis elle en saisit un, le soulève et le laisse retomber par terre. Sa main gît ; l'aigle sur ses jointures s'est figée, elle aussi. Uranie écarte doucement les mains de Focaria du visage d'Audo, puis elle sort le bout de cape de sa bouche. Focaria reste assise par terre, l'air pâle et épuisée.

– Alors, c'est qui le bouffeur de chattes maintenant ? marmonne-t-elle en reprenant son souffle.

Personne ne dit rien. Personne ne se regarde, à part Euterpe qui nous dévisage tous les uns après les autres.

– Et maintenant, qu'est-ce qu'on fait ? demande-t-elle.

– Écoutez-moi attentivement, répond Melpomène.

Audo est couché, tout nu, la face contre le matelas de Melpomène. Son ventre dépasse sur les côtés. Son visage repose mollement sur l'oreiller, ses yeux morts fixent la pièce, sa jambe pâle et tavelée déborde sur le sol. On a dû s'y mettre tous les six pour le monter à l'étage, le hisser sur le matelas et lui ôter sa tunique et ses chaussures. Pendant que Melpomène arrange la scène dans sa cellule, elle me renvoie dans le jardin effacer les traces qu'on a laissées en le traînant par terre. Elle insiste pour qu'on fasse notre sortie quotidienne aux thermes. Moineau volette au-dessus de la Parade des Louves l'espace d'un instant, il observe les quatre femmes silencieuses et le garçon sidéré vêtu d'une tunique rouge, qui baignent tous dans les regards des femmes, des boutiquiers et des enfants, lesquels peuvent sans doute voir ce qu'on vient de faire. Aux thermes, Thalie refuse de s'éclipser dans l'alcôve avec l'un ou l'autre des esclaves du caldarium, et s'immerge dans la piscine où elle pose la tête sur l'épaule d'Uranie. Aucune des deux ne bouge, aucune des deux ne parle. Melpomène se charge de Simplex et de Gracilis, l'un après l'autre, et son enthousiasme résonne bruyamment dans l'alcôve. Puis elle se baigne en se frictionnant vigoureusement comme si de rien n'était.

Euterpe et moi sommes assis épaule contre épaule. On se donne la main sous l'eau.

– Est-ce qu'on est libres, maintenant ?

Je parle aussi bas que possible, mais le dôme amplifie mon murmure. Euterpe me presse la main.

– Non, chuchote-t-elle.

Dès notre retour à la taverne, Focaria sort en trombe de la cuisine où elle a poireauté toute la matinée.

– Et si Calidus vient ? crie-t-elle en se jetant quasiment sur Melpomène.

Ses cheveux sont tirés en arrière, mais des mèches éparses volent autour de son visage, et ses yeux sont écarquillés de panique.

– Il ne vient jamais le lundi, répond Melpomène en refermant tranquillement la porte.

Thalie et Uranie se serrent l'une contre l'autre sous l'arche, loin de l'endroit où Audo est mort. Euterpe s'appuie sur mes épaules.

– Et s'il entend qu'on est fermés pour la journée ? insiste Focaria. Il va venir voir ce qui se passe.

– Si ça arrive, laisse-moi parler. C'est pour ça qu'on a mis Audo dans ma cellule.

Elle tente de contourner Focaria, mais celle-ci se plante devant elle.

– Pourquoi ne pas l'avertir tout de suite ? On peut envoyer Pusus le chercher.

Euterpe resserre sa poigne sur mes épaules.

– Il faut que je parle au père et au fils en même temps, pas simplement à Calidus, répond lentement Melpomène, comme si elle s'adressait à un enfant. Granatus ne mettra pas les pieds ici, alors je dois aller à lui, et je ne peux pas me montrer à son domicile avant qu'il fasse nuit.

– Et s'il ne te laisse pas entrer ? Ils vont tous croire qu'on l'a tué.

– C'est ce qu'on a fait, murmure Euterpe.

– Ils vont nous crucifier ! s'écrie Focaria.

Melpomène se redresse.

– Et qu'est-ce que tu suggères ? demande-t-elle.

– On s'enfuit ! crie Focaria. On met le feu à la taverne et on fuit tous dans des directions différentes. Ils penseront qu'il est mort dans l'incendie, et, quand ils remarqueront qu'on est parties, il sera trop tard.

Elle nous dévisage avec une expression égarée.

– C'est notre seule chance !

Elle halète, les yeux écarquillés. Melpomène s'avance vers elle, attrape son collier et la plaque contre le mur, ce qui lui coupe le souffle. Uranie et Thalie font un bond en arrière en se serrant l'une l'autre. Euterpe m'enveloppe dans sa cape.

– Tu crois que tu vas aller très loin avec *ça* ?

Melpomène resserre sa prise sur le collier et cogne la tête de Focaria contre le mur.

– Si tu t'enfuis, ce sera comme des aveux. Ils vont te rattraper et te crucifier, c'est certain, et probablement le reste d'entre nous aussi.

Focaria est tremblante.

– Ça va fonctionner, affirme Melpomène. Contente-toi de faire ce que je dis.

Focaria lui saisit le poignet.

– Et qu'est-ce que j'y gagne ? Tu vas m'affranchir ?

– Non. Je ne suis pas ton maître, répond-elle en desserrant les doigts sans lâcher le collier. Mais si c'est moi la responsable, je pourrai convaincre Calidus de t'enlever ça.

Focaria desserre sa prise, sans rien dire.

– Qui d'autre ferait ça pour toi ?

Focaria laisse aller Melpomène, qui recule d'un pas en lâchant le collier. Uranie et Thalie, toujours serrées l'une contre l'autre, se recroquevillent à côté du mur. Je me love sous la cape d'Euterpe, qui s'appuie toujours sur mes épaules. J'entends son souffle au-dessus de ma tête. Melpomène se tourne vers elle.

– Euterpe, tu sais écrire ?

Habituellement, on ouvre une heure après midi, mais aujourd'hui Melpomène garde les volets clos. Euterpe écrit une note au charbon sur un bout de bois que Melpomène pose contre le mur à l'extérieur. « Fermé. Intoxication alimentaire », proclame la pancarte en grec et en latin.

– Évidemment, lâche Focaria. C'est la faute de la cuisinière.

Tout l'après-midi, Melpomène reste assise dans la grande salle étouffante et mal éclairée, et, quand des clients qui ne savent pas lire frappent aux volets, elle crie.

– On a tous la diarrhée. Revenez demain.

Parfois, elle ajoute quelques haut-le-cœur sonores pour illustrer son propos. Lorsqu'un client demande s'il ne pourrait pas au moins boire un coup, elle répond qu'Audo est malade, lui aussi, et l'homme s'éloigne en jurant ou en grommelant.

Audo est tout seul à l'étage. Thalie, qui a peur de rester là-haut avec lui, passe tout l'après-midi dans le jardin, assise contre la citerne, les genoux repliés sur sa poitrine, à tripoter son médaillon chi rho en priant silencieusement. Uranie lui tient compagnie et la prend par moments dans ses bras, ou déambule tête basse dans le jardin. Euterpe, qui a trouvé refuge dans la cuisine avec Focaria, est assise dans le coin où je dormais avant, enveloppée dans sa cape. Je les entends parler à voix basse, mais, quand j'entre, elles s'interrompent. Euterpe m'attire contre elle et on reste silencieux pendant que Focaria nous prépare quelque chose à manger. En général, on n'a que du pain, du fromage et des pois chiches, mais, aujourd'hui, elle fait griller les saucisses destinées aux clients.

– Tu penses vraiment qu'elle va le faire ? finit-elle par dire en se retournant vers nous.

– Faire quoi ?

Euterpe a fermé les yeux et basculé la tête en arrière contre le mur. La cuisine est envahie par une odeur de graisse fondue.

– M'enlever ce collier.

– Peut-être, ou peut-être pas. Quoi qu'il en soit, c'est elle la responsable, maintenant.

– Ah oui ?

– Oui, rétorque Euterpe en ouvrant les yeux. Et tu as tout fait pour ça.

Focaria ne répond rien. Elle pique de sa spatule les saucisses qui grésillent dans la poêle. Quand elles sont prêtes, elle m'envoie apporter une assiette à Uranie et à Thalie. Cette dernière n'en veut pas, mais Uranie les mange toutes et lèche l'assiette à la fin. Puis Focaria m'expédie dans la grande salle avec une autre assiette pour Melpomène, qui la pose sur une table et m'assoit sur un tabouret à côté d'elle.

– Tu ne dois répéter à personne ce qui s'est passé ici ce matin, murmure-t-elle. Tu le comprends, non ?

J'acquiesce.

– S'ils le découvrent, ils vont tous nous crucifier.

J'acquiesce encore. Une fois, pour s'amuser, Focaria m'a décrit la crucifixion avec un luxe de détails horribles.

– Bien ! Tu es un garçon intelligent.

Elle coupe une saucisse en deux avec son petit couteau et m'en donne la moitié. Je la saisis et je la renifle. Je n'ai jamais eu autant de viande d'un seul coup, simplement quelques bouchées volées ici et là. Je mords dedans, et le goût de la graisse se répand sur ma langue. Je fais la grimace. C'est presque trop. Melpomène nous sert deux coupes de vin pur au comptoir.

– C'est meilleur avec ça. Bois.

Elle se coupe un morceau de saucisse et pique son couteau dedans.

– Ce soir, tu vas venir avec moi, Antinoüs. Si je me présente chez Dominus toute seule, le concierge ne me laissera pas passer. Alors, j'ai besoin que tu entres avec un message pour Granatus et que tu veilles à ce qu'il me reçoive.

– Mais comment suis-je censé faire ça ?

– Je t'indiquerai ce qu'il faut dire.

Je me force à avaler un autre morceau de saucisse.

– Et c'est quoi ?

– Je ne sais pas encore, répond-elle en fixant le morceau de viande au bout de son couteau. Mange et laisse-moi réfléchir.

À la nuit tombée, Melpomène installe Uranie dans la grande salle pour évincer les clients. Thalie, qui refuse toujours de monter, reste assise à côté de son amie avec son médaillon et un pichet de vin, à s'enivrer lentement. Focaria et Euterpe ont disparu dans la cuisine. Melpomène m'emmène à l'étage, où le derrière affaissé d'Audo semble briller dans la pénombre de sa cellule. Quand elle me voit le regarder, elle tire le rideau d'un coup sec et me renvoie dans ma cellule enfiler mon ancienne tunique, qui me serre un peu plus qu'avant. Elle essuie toute trace de maquillage de son visage et du mien, et me lave les cheveux pour retirer l'huile parfumée qui les imprègne. Puis elle enfile sa cape, et on sort par la porte du jardin sans la verrouiller en partant.

Main dans la main, nous marchons au milieu de la rue en direction du centre. Les boutiques, les ateliers et les maisons sur le chemin ont tous fermé leur porte pour la nuit. La lumière des lampes vacille à travers les fentes de leurs volets clos ou derrière les barreaux de leurs fenêtres, et les étoiles brillent dans la bande de ciel au-dessus de nos têtes. On n'entend que le son de nos pas dans les rues désertes, et je la suis tant bien que mal dans le noir entre les ornières des charrettes. Je lève les yeux vers Melpomène, qui regarde droit devant elle en remuant silencieusement les lèvres. Elle répète ce qu'elle compte dire. On remonte la rue plus loin que je ne l'ai jamais fait, et lorsqu'on prend à gauche dans une venelle plus sombre, Melpomène me serre la main encore plus fort et sort ostensiblement son couteau, même si personne n'est en vue.

On prend à droite et on avance jusqu'au milieu du pâté de maisons, où Melpomène s'arrête devant la large façade d'une haute maison encadrée de boutiques fermées. Au centre, une porte massive flanquée de gros piliers est éclairée par une paire de torches remplies de bitume qui se consume en grésillant. Les battants et les murs sont décorés d'un motif compliqué qui pourrait être rouge et vert, mais c'est difficile à dire dans cette lumière fumante. Il y a des bancs de pierre de chaque côté de la porte, et, au premier étage, trois fenêtres protégées par une grille métallique. L'une est éclairée, les deux autres sont noires.

– Je crois que c'est ici, murmure Melpomène.

– Tu n'en es pas sûre ?

– Je ne suis venue qu'une fois.

Elle aspire une grande bouffée d'air.

– Oui, c'est ici. Tu te rappelles ce que tu dois dire ? chuchote-t-elle en se penchant vers moi.

Je pose les yeux sur la façade imposante. À part les thermes, c'est le plus grand bâtiment que j'aie jamais vu.

– Pourquoi est-ce que tu ne frappes pas, *toi* ?

– Le concierge est un client. Il me connaît. Il ne me laissera pas entrer.

– Et s'il me reconnaît aussi ?

– Ça n'arrivera pas.

– Mais si ça arrive ?

– Dans ce cas, on retournera à la taverne en espérant que tout se passe bien. C'est ce que tu souhaites ?

Je pense à la crucifixion, et je secoue la tête.

Elle s'accroupit devant moi.

– C'est un jeu, Antinoüs. Il faut juste que tu fasses semblant, comme avec les clients. Tu peux faire ça, non ?

J'acquiesce.

– Très bien, alors.

Elle me pousse vers la porte, et un chien noir que je n'avais pas vu – il montre les crocs, sa laisse est tendue à craquer – semble se jeter sur moi depuis le perron. Je pousse un cri et fais un bond en arrière, mais Melpomène m'attrape et plaque sa main contre ma bouche.

– Ce n'est qu'une peinture…

Son haleine est chaude contre mon oreille.

– Tu vois ?

Le cœur battant, je regarde à nouveau. C'est une mosaïque, un motif de pierres blanches et noires qui a l'air de bouger sous la lumière vacillante des torches. En dessous, il y a une inscription que je ne peux pas lire.

– Viens, chuchote-t-elle en me conduisant vers la porte.

Mosaïque ou pas, j'évite de marcher sur le chien. Melpomène inspire par le nez, puis elle saisit le heurtoir et l'abat d'un coup sec. Quelqu'un se racle la gorge de l'autre côté, et elle se cache derrière un des piliers. J'entends le verrou coulisser, puis le battant pivote et la silhouette d'un homme se découpe à contre-jour dans la lumière qui vient de l'intérieur. J'aspire une bouffée d'air et je fais un pas en avant, comme Melpomène me l'a demandé.

– Je vous prie de m'excuser, Votre Honneur, mais j'ai un message important pour votre Dominus.

Je ne distingue pas les traits du concierge, alors je ne sais pas si je le reconnais ou non. Il porte une simple tunique cependant, alors je vois bien que c'est un esclave.

– Qui es-tu ? Qu'est-ce que tu fais là ?

Il a un accent.

– Je viens de l'Hélicon.

– L'Hélicon !

Il jette un coup d'œil derrière lui et referme partiellement la porte.

– Qu'est-ce que tu fais là ? siffle-t-il.

– J'ai un message très important pour le Dominus.

– Parle moins fort. Donne-le-moi, et je le ferai passer.

– Il n'y a que lui qui peut l'entendre.

Melpomène m'a enjoint de ne pas me laisser faire, de ne pas le laisser me claquer la porte au nez.

– Rentre à l'Hélicon, grommelle le concierge. Je lui dirai que tu es venu, et il passera quand il aura le temps.

Il commence à refermer, mais, à sa grande surprise, et à la mienne, je pose ma main sur le battant et je le repousse. Je parle d'une voix plus grave, comme Melpomène lorsqu'elle a menacé Focaria plus tôt dans la journée.

– Il faut qu'il sache ça ce soir. Il sera très en colère s'il n'est pas prévenu immédiatement.

Je me demande si c'est Moineau qui parle à ma place. Ou ne se montre-t-il que quand j'ai peur ? Je laisse mon regard papillonner derrière le concierge en me demandant s'il y a un vrai chien à l'intérieur. J'ai conscience de la présence de Melpomène, qui m'écoute derrière le pilier.

Le concierge me toise de bas en haut, puis il me saisit par la tunique, m'attire dans la maison, referme la porte et me plaque contre le battant. Il a les cheveux hirsutes, une barbe, et son haleine empeste le vin.

– Si tu mens, pusus, je vais te coller une bonne raclée, grommelle-t-il.

Je le regarde dans les yeux et je commence à compter, mais, avant que j'arrive à cinq, il me relâche.

– Attends ici.

Il s'éloigne par un petit couloir qui donne sur une pièce brillamment éclairée. Tandis que je l'observe, le véritable chien que je craignais de voir apparaît juste à l'angle. Mais, contrairement à la bête féroce sur le seuil, celui-ci est un vieux corniaud avec une muselière grise, des côtes saillantes et des jambes tremblantes. Il ne me remarque même pas quand il emboîte le pas au concierge en faisant cliqueter ses griffes sur le carrelage.

Dès qu'ils ont disparu, j'ouvre la porte. Melpomène se glisse à l'intérieur et me presse l'épaule.

– Bien joué, Antinoüs ! murmure-t-elle.

– Il y a un chien, chuchoté-je à mon tour.

Mais elle me pousse dans le couloir, vers la lumière.

Je n'ai encore jamais vu un atrium, et mon premier réflexe est de faire demi-tour, de franchir la porte en courant et de rentrer dare-dare à la taverne. On pourrait faire tenir tout le jardin et la cuisine dans cet espace. Il est large, haut, carré, impeccable sous le ciel plein d'étoiles, et, en son centre, la statue d'un garçon nu, une jarre à l'épaule, verse un jet continu dans l'eau frémissante d'un bassin. L'atrium baigne dans la lumière dorée des lampes de cuivre accrochées à de grands poteaux du même métal, un dans chaque angle, et de petites portes de bois sont alignées le long des murs, entre lesquelles je découvre les plus beaux tableaux que j'aie jamais vus, des peintures colorées d'hommes qui se battent, qui affrontent des bêtes ou qui font la cour à des femmes. Même le sol est beau, un motif intriqué de rouges et de verts. Tout brille à la lumière des lampes – le sol, les portes vernies et même les pieds de lampes. De l'autre côté, dans un coin, un petit autel de pierre est éclairé par trois bougies, et, au-dessus, j'aperçois le portrait d'un homme barbu avec les cheveux séparés par une raie au milieu. C'est le nouveau dieu, le Christ. Il lève la main en dépliant deux doigts, et ses yeux graves me dévisagent à travers l'atrium. Je recule d'un pas, mais Melpomène me saisit par les épaules.

– Rappelle-toi que c'est nous qui payons tout ça, Antinoüs, murmure-t-elle.

De l'autre côté de la fontaine, il y a une petite pièce avec une table et quelques chaises, éclairée par une seule lampe. Derrière, une arche donne sur un grand jardin où d'autres lampes scintillent et où des silhouettes sombres se déplacent entre les arbres. On entend une conversation ponctuée de rires, puis deux personnes surgissent de la pénombre et entrent dans le halo de lumière du bureau. Les mains de Melpomène glissent de mes épaules. En me retournant, je la vois disparaître derrière une petite porte dans le couloir juste derrière moi, mais, avant que j'aie le temps de la suivre, j'entends une voix.

– Qui es-tu ?

Un adolescent d'à peine deux ans de plus que moi se tient dans la pièce, à côté de la table recouverte de rouleaux. Il en saisit un d'une main, et pose l'autre sur sa hanche. Le sol du bureau est surélevé par rapport à celui de l'atrium, ce qui le fait paraître plus grand. Derrière lui, un esclave de mon âge me lance des regards noirs.

– Tu es nouveau ? demande le jeune homme en faisant le tour de la fontaine pour se diriger vers moi.

L'esclave lui emboîte le pas, sans cesser de m'adresser des coups d'œil furieux.

Je ne sais pas quoi faire. Ce n'est pas Calidus, et ce n'est manifestement pas Granatus. Melpomène ne m'avait pas préparé à ça.

Le jeune homme s'arrête à quelques pas de moi, son rouleau posé contre la hanche. Il porte des bagues et un médaillon en or accroché à une lanière de cuir en sautoir. Sa tunique est onéreuse, et je sens l'huile parfumée sur ses cheveux. L'espace d'un instant, je me demande s'il est une louve, comme moi, mais pourquoi une louve aurait-elle un esclave ? Il me regarde de la tête aux pieds. Autrefois, un tel examen m'aurait terrorisé, mais à présent j'ai l'habitude. C'est le regard que m'adressent les clients tous les soirs de ma vie.

– Tu... com... prends... ce... que... je... dis... ? demande-t-il.

Derrière lui, l'esclave à la peau pâle et aux cheveux presque décolorés parle d'un ton sec dans une langue que je ne connais pas.

– Je ne comprends pas ce que tu dis.

C'est sorti tout seul. Le visage du jeune homme se fend lentement d'un sourire.

– Tu es le garçon de l'Hélicon, lance-t-il en plissant les yeux. C'est mon frère qui t'a envoyé chercher ?

– Marius !

Calidus fait le tour du bassin d'un pas vif, suivi par le concierge, qui a l'air angoissé. Le chien n'est pas avec eux.

– Père veut le rouleau ! s'exclame-t-il. Maintenant !

Marius me désigne d'un geste de la main.

– C'est *ça*, Antinoüs ?

Calidus est plus grand que son jeune frère, et il le regarde de haut.

– Qu'est-ce que je viens de te dire ?

Quelques pas en arrière, le concierge me lance des regards mauvais.

– Très bien, soupire Marius.

Quand il fait demi-tour, son esclave ne s'écarte pas de son chemin assez vite, alors Marius le bouscule.

– Idiot !

L'esclave me jette un dernier regard noir, puis s'éloigne en trottinant dans le sillage de son maître et disparaît dans le jardin derrière le bureau. Dès qu'ils sont hors de portée, Calidus me repousse brutalement dans le couloir de l'entrée.

– Qu'est-ce que tu fous *ici* ?

Puis, par-dessus son épaule, il tance le concierge.

– Et toi, qu'est-ce qui t'est passé par la tête ?

– Il a dit qu'il avait un message, Dominus, répond le concierge en faisant un pas de recul. Il a affirmé que seul Dominus pouvait l'entendre. Il a ajouté...

Sans le regarder, Calidus lève un doigt pour le faire taire, puis il approche son visage du mien.

– Ne viens *jamais* ici.

Je sens l'odeur du vin dans son haleine.

– Demain, je vais demander à Audo de te battre jusqu'au sang, si je ne m'en charge pas moi-même.

– Audo est mort.

Une fois de plus, c'est sorti tout seul. Tout le discours que Melpomène m'avait préparé est désormais inutile.

Calidus se redresse subitement. Il se tourne vers le concierge.

– Tu étais au courant ?

– Dominus, je...

L'homme écarte les mains.

Calidus se tourne vers moi.

– Il est mort comment ?

– Il... hum... Il...

Je ne savais pas quoi dire.

– Je l'ai tué, Votre Honneur.

On se tourne tous vers Melpomène qui se tient dans le couloir, le dos droit, les mains jointes.

– Dominus, je jure que je ne l'ai pas laissée entrer, ânonne le concierge en écarquillant les yeux. C'est lui qui a dû...

– Je l'ai tué par amour, Votre Honneur, poursuit Melpomène en s'avançant dans la lumière.

Sa lèvre inférieure tremble, comme si elle était sur le point de pleurer.

– Au sommet de son plaisir, son noble cœur a… lâché, tout simplement, souffle-t-elle en baissant les yeux. Je vous demande humblement pardon, Votre Honneur. J'aimerais bien qu'il en soit autrement, mais c'est ainsi.

Elle relève les yeux.

– Oh, bordel, grommelle Calidus. Où est-il, à présent ?

– Dans mon lit, Votre Honneur, où je l'ai laissé.

– Merde ! s'exclame Calidus.

Il tourne sur place en se passant la main dans les cheveux, puis toise Melpomène.

– Bien joué, salope ! Tu as vraiment choisi ta soirée pour tuer mon souteneur.

– Votre Honneur, je…

Il marche droit sur elle.

– Mon oncle est ici, ce soir.

– Votre Honneur ?

– Mon *oncle* ! L'*évêque* !

– Votre Honneur, si vous me permettez, souffle Melpomène en baissant la voix. Je serai brève…

– Calidus !

À présent, un homme plus âgé entre dans l'atrium. Il est plus lourd et plus dégarni que Calidus, mais ils ont les mêmes traits. Ça doit être Granatus, son père, notre autre Dominus.

– Ton frère me dit que nous avons un hôte un peu spécial, lance-t-il.

Il fait le tour de la fontaine tout en m'examinant. Calidus s'interpose.

– Je m'en occupe, père.

Granatus lève la main, tout comme Calidus l'avait fait devant le concierge, et son fils baisse la tête puis fait un pas de côté. Le regard de Granatus se pose sur la louve.

– Melpomène, c'est ça ?

– Votre Honneur, répond-elle en courbant la tête.

– Qui est-ce ? demande-t-il en me désignant du menton.

– Personne, répond Calidus. Le garçon de cuisine.

– C'est Antinoüs, intervient Melpomène en me donnant un petit coup de coude.

– Votre Honneur, dis-je en courbant la tête avec raideur.
– Tu dois l'appeler Dominus, me corrige Melpomène.
– Dominus, reprends-je en me cachant derrière elle.
– Ça fait longtemps, observe Granatus. Pourquoi es-tu ici ?
Melpomène jette un coup d'œil à Calidus, qui écarquille les yeux et lève les mains au ciel dans un geste excédé. Elle pose son regard sur Granatus.
– Audo est mort, Votre Honneur, dans les affres de...
Granatus lève la main.
– Je n'ai pas besoin de savoir. Tant qu'on ne l'a pas assassiné.
Je retiens mon souffle, mais personne ne le remarque.
– Oh, non, Votre Honneur. C'est son noble cœur...
– Bon, noble..., commente Granatus en faisant la moue. Qui gère la taverne ? demande-t-il à Calidus.
– Nous l'avons fermée pour la soirée, Votre Honneur, répond Melpomène. Ou plutôt... Je l'ai fait, Votre Honneur.
– Oh, *merde* ! souffle Calidus.
– Par respect, Votre Honneur, poursuit Melpomène en s'humectant les lèvres. Il n'était pas prudent de la garder ouverte, sans...
Elle fait un pas en avant.
– Votre Honneur, si j'osais me montrer présomptueuse... il va vous falloir quelqu'un pour remplacer Audo...
Calidus est bouche bée.
– Vous aurez besoin de quelqu'un qui ait de l'expérience...
Sa voix est tendue comme un cordage. Je ne l'ai jamais vue aussi nerveuse.
– Quelqu'un qui connaisse le métier.
– Non, non, non, non, non, balbutie Calidus en se tournant vers Granatus. Je peux trouver quelqu'un.
Mais son père lui fait de nouveau signe de se taire.
– Gérer une entreprise, poursuit Granatus en se tournant vers Melpomène, ce n'est pas la même chose que...
– Je vous prie de m'excuser, Votre Honneur, mais c'est pareil ! s'écrie-t-elle en s'approchant de lui. Je sais que vous n'avez aucune raison de vous le rappeler, mais je gagnais ma vie dans la rue avant de me vendre à vous. Puis je me suis

frayé un chemin jusqu'à recouvrer ma liberté, que vous avez été suffisamment généreux pour…

Granatus agite la main.

– Je sais comment vous faire gagner de l'argent.

Les mots jaillissent de sa bouche.

– Je l'ai fait pendant des années. Je connais tous les secrets, tous les trucs que les louves pourraient employer pour vous tromper, et je sais comment les faire rentrer dans le rang. Et j'ai pensé à de nouvelles façons de vous faire gagner de l'argent… J'ai quelques idées, ajoute-t-elle en me jetant un coup d'œil.

– Père, s'il vous plaît, laissez-moi gérer ça.

Quand Granatus lève la main, l'un et l'autre se taisent.

– Antinoüs, avance-toi dans la lumière, que je puisse te voir.

Melpomène me pousse dans l'atrium. Je suis au milieu de quatre adultes – Melpomène, Calidus, Granatus et le concierge – qui tous me regardent.

– Père, ce n'était pas une idée à moi. Melpomène…

– Ferme-la.

Granatus ne me regarde pas comme un client, mais plutôt comme un homme qui achète un cheval.

– Quel âge as-tu ?

J'ouvre la bouche, mais rien n'en sort. À ce stade, Melpomène m'avait assuré qu'il n'y aurait qu'elle qui parlerait. Je n'ai pas la moindre idée de mon âge, et Moineau m'a abandonné. Je suis obligé d'endurer ce moment en restant dans mon corps.

– Qu'est-ce qui te retient, mon frère ?

Un autre homme vient d'entrer dans l'atrium. Il doit avoir l'âge de Granatus, il est peut-être même un peu plus vieux. Comme lui, une couronne de cheveux entoure son crâne chauve, mais ses lèvres et sa mâchoire sont enfouies sous une barbe épaisse, noire avec quelques traces de gris. Moins costaud que Granatus, la taille fine, il porte une robe noire à manches longues retenue par une ceinture. Personne ne dit mot quand il approche. Calidus et le concierge échangent un coup d'œil. Granatus se redresse et lève la tête. Melpomène le regarde en écarquillant les yeux et elle serre les mains si fort que ses jointures sont toutes blanches. L'homme dévisage chaque adulte un par un.

– Retourne dans le jardin, mon frère, suggère Granatus. Ce n'est qu'un petit impératif de gestion.

– Qui est-ce ? demande l'évêque de Carthago Nova en posant les yeux sur moi.

Tout le monde répond en même temps.

– Le garçon de cuisine, lance Calidus.

– Je ne sais pas, ment le concierge.

– Antinoüs, déclare Granatus.

– Une louve, avoue Melpomène.

Tout le monde se tait.

– Tout comme moi, ajoute-t-elle.

Quand l'évêque se tourne vers elle, Melpomène soutient son regard. Elle respire profondément, mais posément.

– Et toi, qu'est-ce que *tu* dis être ? me demande-t-il.

Je tente de consulter Melpomène.

– Ne la regarde pas ! C'est à toi que je pose la question.

– Votre Honneur…

– Votre Grâce, intervient Granatus en s'empourprant. Quand tu t'adresses à l'évêque, c'est Votre Grâce.

– Votre Grâce, je suis une louve.

– Et pourquoi es-tu ici ?

– Votre Grâce ! s'écrie Melpomène en tombant subitement à genoux.

Elle m'attire contre elle, puis courbe la tête, alors je fais de même.

– Votre Grâce, je sais que je suis une pécheresse, vile et souillée, indigne de toucher les semelles de vos chaussures.

– Nous sommes tous des pécheurs, répond l'évêque.

– Votre Grâce.

– Mais voici la véritable question : es-tu prête à renoncer à ta vie dans le péché de chair et à vivre dans la lumière de ton sauveur ?

Melpomène lève la tête, et je l'imite à nouveau. Calidus est livide, il semble sur le point de tomber dans les pommes.

Granatus serre les dents en calculant sa perte de revenus si deux louves disparaissent le même jour que son souteneur.

– Mon frère, lance-t-il d'une voix tendue. Nous avons un accord…

– Je sais.

Ses lèvres sont masquées par sa barbe, et son expression est difficile à déchiffrer.

– C'est *onéreux* d'être un membre de la curie, ajoute Granatus. Je ne fais ça que pour toi…

L'évêque lève la main.

– Je sais que je ne suis pas censé demander d'où vient l'argent, répond-il en faisant un geste vers Melpomène. Mais cette femme est ici, juste devant moi, à genoux.

– Elle est à genoux toute la sainte journée, murmure Calidus.

Granatus le gifle. Le silence qui s'ensuit n'est perturbé que par le son de l'eau qui coule dans la fontaine.

– C'est vrai, Votre Grâce, souffle Melpomène. Je ne connais qu'une seule façon de gagner ma vie, la pire qu'une femme puisse choisir. J'ai avalé tant de choses sales qu'elles m'ont pourrie de l'intérieur. Personne ne peut rien pour moi, pas même Dieu, ajoute-t-elle en regardant l'évêque dans les yeux. Mais j'ai une raison d'être.

Granatus veut intervenir, mais l'évêque lève la main.

– Laisse-la parler.

– Je suis une gardienne, reprend Melpomène en le fixant. Je me tiens entre des hommes frustes pleins de luxure et de péchés et les femmes honorables de Carthago Nova. Je laisse ces hommes faire ce qu'ils veulent de moi, pour qu'ils ne le fassent pas à vos femmes et à vos filles.

Elle marque une pause, mais elle n'est plus aussi nerveuse. Sa voix est plus posée. Sa respiration s'est apaisée. L'évêque et elle s'étudient. Il caresse lentement sa barbe et sa moustache.

– Tu n'as pas tort.

Il se tourne vers les autres.

– Elle n'a pas tort.

– Mon frère ? s'étonne Granatus.

Son visage n'est plus aussi rouge.

– Un homme d'Église avec qui j'entretiens une correspondance affirme quasiment la même chose dans une lettre que j'ai récemment reçue.

– Mon frère ?

– L'évêque d'Hippone ?

Il marque une pause pour ménager un effet, mais personne ne dit rien.

– D'après mon correspondant, les femmes telles que celle-ci sont un mal nécessaire, poursuit-il en soupirant, comme un bourreau… Ou un égout, ajoute-t-il en posant les yeux sur elle.

– Votre Grâce.

Melpomène courbe la tête.

– Alors, pourquoi es-tu *là* ?

Elle le regarde à nouveau.

– Notre souteneur est mort. Il était avec moi quand c'est arrivé. On pourrait même dire que je l'ai tué. Alors, je suis venue m'offrir en sacrifice. Je propose de reprendre son poste et de gérer la taverne à sa place. Afin que les femmes de cette ville soient toujours en sécurité.

Elle marque une nouvelle pause.

– Je serai votre égout.

L'évêque soupire.

– Relève-toi.

Elle obéit en me tirant contre elle. L'évêque se tourne vers son frère.

– Mon église sera-t-elle achevée sans le revenu de cet… établissement ?

– Oui, répond Granatus. Mais pas aussi rapidement.

– Ah ! soupire encore l'évêque. Ce n'est pas ainsi que le monde devrait fonctionner, mais c'est ainsi qu'il fonctionne, au moins jusqu'au jour du Jugement dernier. Je suis convaincu que l'évêque d'Hippone serait d'accord avec moi.

– Alors, tu veux dire que…

– Ce que je veux dire, c'est que si cette femme accepte d'endosser le fardeau de la gestion de ce lieu, et si elle est prête à assumer les conséquences que cela aura sur son âme immortelle, je ne vois pas pourquoi nous ne devrions pas la laisser faire. À moins que tu n'envisages de fermer définitivement ton établissement.

Granatus serre les dents sans rien dire.

– C'est réglé, alors, conclut l'évêque.

– Et lui ? demande Calidus.

Tout le monde se tourne vers le jeune Dominus. Sa joue est encore rouge à l'endroit où son père l'a giflé. Ils suivent son regard et posent le leur sur moi. Mal à l'aise, je lève les yeux vers la voûte céleste au-dessus de l'atrium, où les étoiles que je n'atteindrai jamais me dévisagent avec éclat.

– Eh bien, il ne faut pas examiner les égouts de trop près, répond l'évêque en s'éloignant.

Sur le chemin du retour, Melpomène a son couteau dans une main et la mienne dans l'autre. Même à la seule lumière des étoiles, je la vois sourire. Au début, je crois que c'est à cause des mots qu'elle a échangés avec le concierge quand il nous a mis dehors.

– Tu as de la veine, toi ! s'est-il exclamé.

– À très bientôt ! a-t-elle répondu.

Mais, plus loin, elle se met à glousser, tout bas dans un premier temps, puis, lorsqu'on débouche dans notre rue, alors qu'on avance à pas mesurés sur le terre-plein central entre les ornières des charrettes, ses épaules sont prises de secousses et son hilarité rebondit contre les murs alentour. Elle s'arrête et bascule la tête en arrière pour rire à gorge déployée, les yeux fixés sur la rivière d'étoiles au-dessus de nos têtes.

– Qu'est-ce qu'il y a de si drôle ?

– Ce vieil homme.

– Quel vieil homme ?

– L'évêque. Je l'aime bien.

– Mais il nous déteste.

Melpomène me redonne la main et nous nous remettons en route.

– Non, il ne nous déteste pas. Et il est une putain, tout autant que moi.

– Je ne comprends pas.
– Si, tu comprends. Mais tu ne le sais pas encore.
Elle s'arrête de nouveau pour me dévisager. Ses yeux sont aussi brillants que les étoiles.
– Le monde entier est un lupanar, Antinoüs. Tout le monde est une putain. Toi, moi, Euterpe. Les clients qui se servent de nous sont des putains. Leurs femmes et leurs filles sont des putains. Tous ces hommes dans la maison luxueuse dont on vient de sortir ? Ce sont les plus grandes putains de toutes. La seule raison pour laquelle les hommes comme eux détestent les louves comme nous, c'est parce que nous sommes les seules à vouloir le dire haut et fort.
Elle m'entraîne de nouveau, on passe devant la boutique de Nazarius, qui est fermée, puis la fontaine et le mur du jardin. Elle pose la main sur la poignée de la porte.
– Je sais que tu ne me crois pas quand je te le dis, mais tu es un petit veinard.
Elle pousse le battant.
– Ce soir, tu as pu regarder derrière le masque et voir le monde tel qu'il fonctionne vraiment.
Elle me fait entrer dans le jardin plongé dans la pénombre.
– Reprends courage, Antinoüs. On a beaucoup de travail devant nous.

III

Je suis vieux, à présent, et je vis dans une bibliothèque. Je passe le plus clair de mon temps à ce bureau, dans ce fauteuil, à gratter ce stylet sur ce papyrus en épuisant les dernières – pour autant que je le sache – réserves d'encre de Bretagne. Quand je n'y suis pas, je lis l'un des vieux livres qui moisissent sur les étagères tout autour de moi. Je n'ai aucune discipline de lecture, aucun objectif. Je lis pour passer le temps. « Lire de nombreux livres est une distraction, prétend Sénèque. Si tu lis tout, tu ne lis rien. » Mais, malgré tous ses bons sentiments, Sénèque était de son plein gré l'instrument d'un empereur monstrueux, alors pourquoi devrais-je suivre les conseils de ce vieil hypocrite en quelque matière que ce soit, quand il ne les a jamais suivis lui-même ? Je prends donc un livre au hasard et je lis jusqu'à ce que je m'ennuie. À mon âge, un texte en vaut un autre. Sénèque avait peut-être raison là-dessus.

Ne t'inquiète pas, lecteur, je ne vais pas t'assommer avec mon érudition hétéroclite. Si tu parcours ces lignes – ce qui n'est probablement pas le cas –, tu as sans doute ta propre bibliothèque dans laquelle t'ennuyer. Et si celle-ci ressemble à la mienne, la moitié des livres y résument des textes d'auteurs morts depuis longtemps, et certains sont même des résumés de résumés, rédigés dans le style allusif et tarabiscoté de l'époque. Tu n'as pas besoin de lire l'original, paraît-il, quand une personne plus intelligente et plus lettrée l'a fait à ta place. Peut-être, peut-être pas, mais quoi qu'il en soit, ces récits contemporains ont tendance à être illisibles et littéralement interminables. Pour ce que j'en sais, le mien l'est aussi. Je te prie d'accepter mes excuses si mon style est trop ampoulé. Je suis, moi aussi, le fruit de mon époque. Personne n'est parfait.

La chose la plus honnête que j'aie jamais écrite est peut-être une simple liste, celle de tous les mots qui désignent ce que cette taverne a fait de moi. Au fil des ans, je suis tombé sur ces mots sous la plume d'auteurs en colère comme Juvénal, railleurs comme Pétrone ou lubriques comme Martial, et je les ai consignés un par un de ma plus belle écriture sur un morceau de parchemin. Puis je l'ai cloué sur le mur de la bibliothèque, juste à côté de la porte, un endroit où le soleil ne brille jamais et ne risque donc pas d'estomper ma graphie appliquée. Il s'y trouve toujours, depuis longtemps racorni en rouleau par l'humidité – il pleut tout le temps en Bretagne –, mais les mots sont encore aussi nets que le jour où je les ai notés :

cinaedus
cinaedius
cinaedicus
cinaedulus
puellus
puer delicatus
agaga
cillo
concubinus
catamitus

Il y en a eu d'autres, mais je n'avais plus de place sur le parchemin. Il y a également eu les noms propres dont les gens m'ont affublé – Souris, Petit Bout, Antiochus, Antinoüs, et ça, ce n'est que pendant la période de ma vie à la taverne –, mais je n'en ai jamais tenu la liste. C'est l'une des techniques de l'empire : posséder les choses en les nommant. Ce n'est pas la technique principale, bien sûr – qui serait plutôt le recours à la violence. Mais, une fois que l'empire a usé de violence pour prendre possession d'une personne, d'un lieu ou d'une chose, il donne à cette personne, à ce lieu ou à cette chose un nouveau nom et efface l'ancien. Ce nouveau nom efface aussi l'histoire de cette personne, de ce lieu, de cette chose, comme si tout ce qui s'était produit avant n'était jamais arrivé. C'est une autre technique du conquérant : la prétention que l'empire est éternel, que non seulement il durera toujours, mais qu'il a toujours existé. Je ne sais pas si cette dernière assertion se vérifie : comment pourrais-je connaître la vérité sur le passé ? Je ne connais même pas le mien. Mais je peux affirmer avec une certaine confiance que les empires ne durent pas toujours – ou du moins, pas celui auquel j'appartenais autrefois. J'en suis la preuve vivante, assis tout seul dans cette bibliothèque en ruine et dernier de mon espèce, je finis par choisir mon propre nom ; libre par défaut, j'écris l'épitaphe de l'empire.

Jacob, c'est le nom que je me donne aujourd'hui, et c'est le dernier que je porterai. Je l'ai choisi moi-même – ou quelqu'un l'a choisi pour moi, je ne me rappelle pas – parce que je suis peut-être Juif, et que Jacob était le père des Juifs. Mais, bien sûr, je ne me suis jamais battu avec un ange, je n'ai pas eu douze fils, et je n'ai jamais conduit quiconque en Égypte. Je suis peut-être même Égyptien, et peut-être pas du tout Juif. Pour employer les mots de Varron, j'étais un outil qui parle. Aujourd'hui, je suis un outil qui ne sert plus à grand-chose, mais qui, étonnamment, a gardé la capacité de parler. Contrairement aux autres hommes – si tant est que tu puisses me considérer comme un homme –, je n'ai jamais été entravé par mon histoire ou l'honneur de ma famille. Je n'ai pas d'histoire, je ne connais pas ma famille, et Dieu sait que je ne suis pas honorable. Je n'ai jamais ressenti le poids du fardeau que portent les hommes libres, les mille ans d'un empire, tous ces esclaves et ces peuples conquis, tous ces hommes, toutes ces femmes et tous ces enfants massacrés. Si j'avais été un citoyen romain, j'aurais dû porter le poids de cet empire toute ma vie, chaque jour, toute la journée, sans repos et sans répit. À la place, je jouis de la liberté des invisibles, des impuissants et des insignifiants. Je suis un outil cassé, je vis dans une maison pleine de livres non lus et d'outils cassés, les déchets irréparables d'un empire mort. Je suis le dernier Romain, l'empereur des détritus.

Le lendemain de la mort d'Audo, je me suis réveillé dans la cuisine entre Focaria et Euterpe, dans le coin à côté du four. La veille, Melpomène et moi avions trouvé Uranie et Thalie lovées l'une contre l'autre près de la citerne. Uranie dormait profondément, la tête sur l'épaule de Thalie, qui tripotait son médaillon les yeux fixés sur la fenêtre de la cellule de Melpomène, où Audo se trouvait. Melpomène n'a rien dit, et s'est contentée d'entrer. Je me suis glissé dans la cuisine entre Euterpe et Focaria. Cette dernière a marmonné quelque chose et s'est retournée, mais Euterpe m'a serré contre elle.

Focaria me réveille en se levant. Puis j'entends quelqu'un frapper à la porte du jardin, et Focaria sort en maugréant, le pas lourd. Comme Euterpe dort encore, je me glisse vers la porte pour observer. Focaria se met sur la pointe des pieds pour tirer le verrou, et Calidus entre accompagné de cinq hommes – quatre ouvriers et un jeune prêtre chrétien vêtu d'une longue robe noire à ceinture. Par la porte ouverte qu'ils n'ont pas refermée, je distingue l'arrière de la charrette de Brutus dans la rue, et Brutus lui-même, avec son chapeau de paille élimé.

– Melpomène ! lance Calidus.

Focaria bâille en balayant le jardin du regard. Thalie et Uranie remuent à côté de la citerne.

– À l'étage, répond-elle.

– Attendez là, ordonne Calidus à ses hommes.

Et il disparaît à l'intérieur.

Focaria rentre dans la cuisine en me frôlant, sans rien dire. Je reconnais les quatre travailleurs, que j'ai déjà vus lors d'un dîner privé : ils sont membres du collège des fossoyeurs. Ce sont aussi des clients réguliers, et l'un d'eux est déjà monté avec moi plusieurs fois. Tandis que les trois autres lorgnent Thalie et Uranie, il m'aperçoit sur le seuil de la cuisine et m'adresse un sourire narquois. Le jeune prêtre se tient à l'écart, les mains glissées dans les manches de sa robe noire, les yeux fixés au sol. Il a une barbe juvénile, à peine quelques poils sur sa lèvre supérieure et sa mâchoire.

Euterpe me rejoint sur le seuil et passe son bras autour de mes épaules.

– Ce sont les fossoyeurs, lui dis-je.

– Je sais, répond-elle en posant sa main sur mon crâne. Que s'est-il passé hier soir ?

– On est allés voir Calidus et son père. Et l'évêque.

Elle fronce les sourcils.

– L'évêque vous a vus ?

Avant que j'aie le temps de répondre, Melpomène franchit l'arche avec les capes des louves dans les mains.

– Debout tout le monde ! Nous allons servir de pleureuses à Audo.

– Quoi ? s'exclame Euterpe. Pourquoi ?

– Calidus refuse d'en payer, donc tout repose sur nous, répond sèchement Melpomène. Allons-y, mesdames. Tout le monde doit se laver.

Puis elle s'adresse aux hommes.

– Calidus vous attend à l'étage. Et vous aussi, mon père, ajoute-t-elle quand les quatre entrent dans la taverne.

Celui-ci acquiesce sans croiser son regard et leur emboîte le pas.

Tandis qu'on se lave le visage et les membres dans une bassine à tour de rôle, les voix des hommes nous parviennent par la fenêtre de Melpomène. Cela fait presque un jour qu'Audo est là-haut, et, tout en me frottant les aisselles, j'entends une série de craquements secs quand ils repositionnent ses membres raidis. On lève tous les yeux à ce son, en particulier Focaria. À présent, elle est tout à fait réveillée. Elle nous distribue du pain et du fromage pour le petit déjeuner, et on dirait qu'elle peut à tout moment lâcher son bol et partir en courant par la porte grande ouverte. Melpomène lui pose la main sur l'épaule et lui murmure quelque chose à l'oreille. Focaria s'éclipse dans sa cuisine. Euterpe la regarde s'éloigner sans rien dire.

Les quatre hommes ne sont pas de trop pour transporter Audo au rez-de-chaussée. On les entend se cogner dans l'escalier sous les directives inutiles de Calidus.

– À gauche… J'ai dit à gauche… Non, ma gauche à *moi*…

– Votre Honneur, finit par risquer l'un d'eux en haletant sous le poids d'Audo. Ce n'est pas la première fois qu'on fait ça.

Ils sortent le corps dans le jardin. Il est déjà enveloppé dans un linceul, un gros paquet avec un renflement au milieu et plus étroit aux extrémités. Aucun de nous ne pipe mot, mais on s'arrête tous pour regarder. Les quatre hommes lui font péniblement passer la porte, tandis que Calidus leur tourne autour. Uranie pose le bras sur les épaules de Thalie, et Euterpe fait de même avec moi. Le prêtre s'approche de nous en détournant le regard.

– Il est d'usage de, euh, chanter quelque chose, euh, quand vous suivez le, euh, le corps. Ou de pleurer…

Il fait un geste nerveux.

– Nous comprenons, mon père, répond Melpomène. Nous ferons ce qui est approprié.

Il acquiesce et se précipite dans la rue.

– Enfilez vos capes, ordonne Melpomène.

Puis elle s'adresse à moi.

– Tu es très bien, Antinoüs.

Je porte toujours mon ancienne tunique, celle que j'ai revêtue la veille.

Tandis que les louves se glissent dans leurs capes, j'observe les fossoyeurs qui placent Audo dans la charrette. Puis Brutus lui fait faire demi-tour dans un grincement de roues et, d'un cri, ordonne à sa mule de s'arrêter. Focaria sort de la cuisine avec la sacoche d'Audo où elle a mis du pain, du fromage et une outre de vin. Elle me l'accroche autour du cou.

– Pour le repas de funérailles, après.

Puis elle me fait pivoter et m'oblige à la regarder.

– Qu'est-ce qu'il a dit, hier soir ?

– Qui ça ?

– Lui, répond-elle en levant le menton vers la rue. Le jeune Dominus.

– À propos de quoi ?

– De comment Audo est mort.

– Mel lui a raconté qu'Audo était mort dans son lit. Pendant qu'elle le chevauchait.

Elle jette un regard vers la porte. Calidus est déjà dans la rue, hors de vue.

– Et il l'a crue ?

– Je pense que oui.

– Qu'est-ce que tu veux dire, *je pense que oui* ?

– Il ne lui a pas posé de questions à ce sujet.

Elle me plante les doigts dans les épaules.

– Ne mens pas.

– Focaria, Dominus se moque de savoir comment Audo est mort. Tout le monde s'en moque.

Focaria me relâche. Euterpe lui murmure quelque chose, mais Focaria hausse les épaules et disparaît dans la cuisine. Euterpe me tend alors la main, et je la prends.

– Elle ne vient pas ?

– Je pense que non.

– Elle sera là quand on va rentrer ?

Euterpe jette un coup d'œil en arrière.

– Je ne sais pas.

Dans la rue, Melpomène discute encore avec le prêtre pendant que Calidus distribue des pièces aux fossoyeurs. Brutus, déjà en tête, conduit sa mule, Poticus, par la bride. Les pieds emmaillotés d'Audo dépassent de la charrette. Sur le plateau à côté de lui, il y a une pioche et plusieurs pelles. Euterpe m'ôte la sacoche et la pose sur le tas, puis on rejoint Thalie et Uranie en tournant le dos à la petite foule qui s'est rassemblée en face devant la fontaine pour nous observer en murmurant. Melpomène se fraye un chemin jusqu'à nous, mais, avant qu'elle ait le temps de parler, Euterpe l'interpelle.

– Tu ne t'attends quand même pas à ce qu'on le pleure ?

Comme Melpomène ne veut pas perdre son sang-froid devant la foule qui nous regarde, elle se tourne vers Thalie.

– Tu connais quelques prières, non ?

Thalie se recroqueville dans sa cape et acquiesce. Elle a son médaillon chi rho à la main.

– Je connais aussi quelques chansons, répond-elle d'une petite voix en jetant un coup d'œil aux badauds par-dessus l'épaule de Melpomène.

– Des chants mortuaires ? demande celle-ci.

– Des chansons sur la mort.

– En latin ?

Thalie secoue la tête.

– Elles feront l'affaire.

– Très bien, alors, intervient Calidus à voix basse.

Le prêtre se porte en tête du cortège à côté de Brutus. Les fossoyeurs grimpent dans la charrette. Deux d'entre eux se placent à l'avant en se tenant sur les côtés, et les deux autres s'assoient à l'arrière, de part et d'autre des pieds d'Audo, en laissant pendre leurs jambes.

– Ce ne sont pas des vacances, déclare Calidus. Je veux que vous soyez de retour dès cet après-midi. Je ne peux pas me permettre de perdre un autre jour de chiffre d'affaires.

– Votre Honneur, nous allons faire ce qu'il faut et revenir aussitôt après, répond Melpomène.

– Bien !

Sans autre forme de procès, il fait demi-tour, traverse la foule devant la fontaine et disparaît dans la rue. Au même moment, Focaria claque la porte du jardin derrière nous et tire le verrou derrière Audo pour la dernière fois.

– Nous sommes prêts, mon père, clame Melpomène.

Sans un regard en arrière, le prêtre entame lentement la descente vers le port. Brutus clappe de la langue, tire sur la bride de la mule et la charrette s'ébranle. Melpomène pousse les louves derrière, tout d'abord Thalie et Uranie, puis Euterpe et moi. Elle ferme la marche. Je sens le poids du regard de la foule sur mon dos.

– Chante quelque chose, Thalie, demande Euterpe à voix basse.

D'un filet de voix aigu, tout d'abord hésitant, Thalie entonne l'une de ses tristes chansons égyptiennes.

La petite procession tourne à l'angle de la taverne, laissant derrière elle le *tintinnabulum*, puis remonte la venelle qui longe l'arrière des entrepôts du quai. La chaussée est encore à l'ombre, mais, au-dessus des entrepôts, la montagne baigne dans la lumière qui fait ressortir nettement chaque pierre et chaque buisson, tandis que le ciel en surplomb est d'un bleu sans défaut. On passe devant quelques boutiques, toutes fermées à cette heure matinale. Les sabots de la mule et le grincement de la charrette résonnent dans la rue déserte. Les hommes assis à l'arrière, jambes pendantes, posent sur nous des regards vides. La voix de Thalie, aiguë et pure, tremble dans l'air et paraît venir de partout et nulle part à la fois. Quand elle semble faillir, Melpomène lui enjoint de continuer.

On progresse d'un pas égal dans les rues désertes jusqu'au nord-ouest de la ville, où l'aqueduc descend de la montagne. Là, on passe sous l'une des anciennes portes de la ville, à travers le chœur de mendiants et d'éclopés qui se terre ici, puis sous les arches ruisselantes de l'aqueduc, à l'ombre desquelles travaillent les louves indépendantes. Il est encore plus tôt pour elles que pour nous, et la plupart dorment encore, collées les unes aux autres comme des chiens. En entendant le bruit de la charrette et la chanson tremblante de Thalie, elles lèvent sur nous des visages émaciés. L'un d'eux est traversé d'une couture, qui pourrait être une balafre, mais il est beaucoup plus mince que celui de Clio tel que je me le rappelle. On poursuit notre chemin. Personne ne prononce le moindre mot.

On atteint un pont qui enjambe le canal entre la lagune saumâtre et le port, et je contemple par-dessus le parapet le flot immobile où se reflètent les nuages, humant l'eau salée et l'odeur de boue séchée. Hors des murs de la ville, la chanson de Thalie semble encore plus ténue qu'à l'intérieur, et, quand on arrive en haut du pont, Melpomène l'interrompt.

– C'est bon, Thalie. Tu peux arrêter, à présent.

Au carrefour, on prend à droite pour longer la lagune, où des vaguelettes d'eau boueuse viennent lécher les roseaux le long de la rive. C'est la toute première fois que je sors de la ville, et je suis encore plus loin de la taverne que la veille au soir. À ma gauche, les montagnes se dressent devant le ciel brillant, parsemées de buissons verts épineux et de parcelles d'herbe délavée au milieu de la rocaille. Quelques huttes sont accrochées à la pente abrupte, et, un peu plus haut, au milieu d'un alignement d'arbres chétifs, j'aperçois les murs crème et les tuiles rouges d'une villa. À ma droite, de l'autre côté de la surface plane de la lagune, je vois la silhouette d'un bateau et de deux hommes qui lancent leurs filets dans l'eau scintillante.

– Regarde devant toi, Antinoüs, m'enjoint Melpomène.

La charrette progresse en grinçant devant nous, tandis que le prêtre ouvre la marche, ses mains glissées dans ses manches. Je ne vois que les larges épaules de Brutus et le haut de son chapeau. C'est comme s'il ne nous connaissait pas. L'un des hommes assis à l'arrière s'est endormi, la tête ballant sur sa poitrine. L'autre, celui qui m'a pris, continue de me fixer. On passe entre des petits monuments de chaque côté de la route, dont certains ressemblent à des maisons miniatures avec des piliers à côté de leur porte et des toits pointus. Leurs flancs sont tous marqués d'inscriptions, et des visages ont été gravés sur certains, yeux et bouche fermés, traits estompés par le soleil et par la pluie. Certains monuments sont peints de couleurs vives, mais, sur la plupart, les couleurs ont fané ou se sont écaillées en laissant apparaître la pierre pâle érodée. Presque tous arborent des graffitis que je ne déchiffre pas aussi bien que les dessins obscènes habituels.

– Ce sont des maisons ? dis-je dans un murmure. Des gens vivent ici ?

– Ce sont des tombes, Petit Bout, répond Euterpe. Seuls les morts y résident.

On longe un muret de briques brutes qui sépare la route de la lagune. Il m'arrive à l'épaule, et, derrière, j'avise une grande enceinte recouverte de petits monticules à hauteur de genou d'un homme de taille moyenne. Certains sont carrés, d'autres rectangulaires, d'autres semi-circulaires, et ils s'étalent sur toute la surface depuis le mur jusqu'à l'eau. Certains sont surmontés de dalles de mortier plates, d'autres de simples pierres empilées et parées d'herbes sèches. En tête du cortège, le prêtre emprunte un accès creusé dans le mur, et la charrette s'engage à sa suite en cahotant sur les ornières. Une fois à l'intérieur de l'enceinte, les fossoyeurs sautent en marche et récupèrent la pioche et les pelles. Brutus fait lentement pivoter sa carriole et attache sa mule à un poteau de bois. Pour la première fois de la matinée, il croise le regard d'Euterpe. Melpomène s'approche du prêtre, et pendant qu'ils échangent des messes basses, les quatre hommes trouvent un emplacement libre non loin de la rive. Celui qui tient la pioche crache dans ses mains, les frotte et commence à creuser le sol rocailleux.

– Qu'est-ce qu'on fait maintenant ? dis-je en chuchotant.

– Je ne sais pas.

Euterpe a toujours les yeux fixés sur Brutus, mais celui-ci s'est détourné et regarde maintenant la route en direction de la ville.

– Mesdames, lance Melpomène à notre intention. Nous devons patienter le temps qu'ils creusent la tombe. Buvons une gorgée de vin et mettons-nous à l'aise.

Elle tire l'outre de la sacoche d'Audo, fait sauter le bouchon et la distribue. Quand on a chacun bu une gorgée, elle la tend au prêtre, qui secoue la tête et s'éloigne entre les tombes. Elle la propose à Brutus, qui boit un peu avant de la lui rendre avec un signe de tête. Thalie et Uranie, main dans la main, partent d'un pas tranquille dans une direction opposée à celle du prêtre.

– Ne sortez pas du cimetière ! leur lance Melpomène.

Après avoir jeté un dernier coup d'œil à Brutus, Euterpe me prend la main et m'emmène près de la berge, à l'écart des autres.

– C'est quoi un cimetière ?

– C'est l'endroit où on enterre les morts, répond-elle. Il y a des os sous tous ces monticules.

– Des os ?

– Quand tu meurs, ta chair pourrit, et il ne reste que tes os. Là.

Elle s'arrête à côté d'une tombe au bord de l'eau. Un homme en toge est grossièrement gravé sur une stèle aussi haute que moi, la main levée à la façon du Christ aux yeux graves que j'ai vu dans l'atrium la veille au soir. Ses membres et les plis de ses vêtements sont encore nets, mais son visage a disparu.

– Qu'est-il arrivé à son visage ?

Euterpe passe ses doigts dessus.

– Sa famille l'a probablement effacé.

Elle me conduit au bord du lac, où la surface étale de l'eau dégage une odeur de pourriture. Le soleil monte dans le ciel, de plus en plus chaud, et Euterpe jette un coup d'œil à Melpomène avant d'ôter sa cape et de s'asseoir sur l'un des monticules recouverts de mortier en croisant les jambes sous sa robe. Elle met sa main en visière pour se protéger de la réverbération de la lagune. Je me traîne jusqu'à la berge, où je trempe mes orteils dans l'eau.

– Enlève tes sandales si tu fais ça ! m'enjoint-elle.

J'obéis. J'entre jusqu'aux mollets dans l'eau tiède en soulevant des vaguelettes tandis que, non loin de là, les quatre fossoyeurs creusent un trou et forment un tas de terre et de cailloux. Près de la route, Brutus, assis dans sa charrette à côté du corps d'Audo, fait un somme, jambes tendues, bras croisés, tête baissée, son chapeau rabattu sur son visage. De l'autre côté de la lagune, les deux hommes dans le bateau sont encore en train de lancer leurs filets dans l'eau. Et, au-delà, Carthago Nova brille dans le soleil matinal, ses murs pâles coincés sous un enchevêtrement de toits rouges, et les gradins supérieurs du théâtre courent devant la colline où le petit temple d'Asclépios se découpe sur l'azur. La ville, entourée de montagnes, semble toute petite. Les pics les plus proches sont rouges sous la lumière vive, mais les plus éloignés ne sont que des formes bleues et floues. Au-dessus, la voûte céleste me semble plus vaste que jamais. Elle me donne l'impression d'être à la fois libre et insignifiant, comme si je pouvais disparaître dans le bleu sans que personne le remarque.

– Qu'a dit Mel à Dominus hier soir ?

Euterpe est appuyée sur ses coudes, le visage tourné vers le soleil. Je jette un coup d'œil pour voir où se trouve Melpomène. Elle tourne autour des fossoyeurs, leur donne des conseils. Plus loin, le prêtre se tient sur la rive, il contemple la lagune en frottant son ébauche de barbe d'un air gêné. Thalie et Uranie ont disparu.

– La même chose qu'à nous. Qu'elle est la mieux placée pour gérer la taverne.

Je marche dans l'eau en laissant la vase jouer entre mes orteils.

– Et qu'ont répondu Granatus et Calidus ?

– Ils n'étaient pas d'accord, surtout Calidus. Mais c'est l'évêque qui a trouvé que c'était une bonne idée.

Euterpe se redresse et me dévisage en mettant sa main en visière.

– L'évêque ?

– Oui.

Je donne un coup de pied qui envoie un peu de boue en l'air. Elle retombe un peu plus loin dans un plouf.

– Il a dit qu'elle pourrait aussi bien s'en charger.

– Vraiment ?

– Il a répondu que comme, de toute façon, elle irait en enfer, elle pouvait tout aussi bien protéger la ville. Ou quelque chose comme ça.

Je fais des éclaboussures un peu plus énergiquement.

– Arrête, Petit Bout.

Je la regarde.

– Par respect. Pour l'endroit où nous sommes.

À côté de la tombe, Melpomène continue de donner des instructions aux fossoyeurs. Deux des hommes échangent un regard dans son dos. L'un d'eux fait un geste obscène.

– Melpomène a dit que l'évêque était une putain. Tout comme nous.

– Elle le lui a dit à *lui* ?

– Non. À moi, en rentrant.

– Elle sait de quoi elle parle, ricane Euterpe.

– Elle a dit que tout le monde était une putain.

Euterpe tourne son regard vers la lagune. L'espace d'un instant, seuls les coups irréguliers de la pioche et des pelles viennent rompre le silence.

– Et l'évêque t'a parlé ?

– Pas vraiment.

– Qu'est-ce qu'il t'a dit ?

Que je suis un égout, me souviens-je. *Que je suis de la merde.*

– Rien...

Je donne un autre coup de pied dans l'eau. Mais, avant qu'Euterpe ait le temps de me gronder, on entend Melpomène et les fossoyeurs hausser le ton. Ils ont cessé de creuser.

– Si tu veux que ce soit plus profond, il faut nous payer plus cher ! s'écrie l'un d'eux.

– Dès la première pluie, la lagune va l'emporter.

– Ça se produira quoi qu'il arrive, affirme un autre. Tôt ou tard.

– On n'a pas payé pour ça, proteste Melpomène.

– C'est exactement ce pour quoi vous avez payé. Si ton Dominus voulait une tombe plus profonde et plus loin du lac, il fallait qu'il y mette le prix.

– Ce n'est pas mon Dominus. Je suis une affranchie.

L'homme dans la tombe s'appuie sur sa pelle et crache par terre. Puis il lève la tête vers Melpomène, lui dit quelque chose que je n'entends pas, tourne la tête vers Euterpe et moi, puis dans la direction où Thalie et Uranie ont disparu. Melpomène lui répond en soulignant son propos d'un regard appuyé au prêtre, un peu plus loin sur la rive, qui effleure distraitement le sol du bout du pied. L'homme hausse les épaules, sort de la tombe, puis tend la main pour aider les autres à remonter. Tandis que Melpomène regarde fixement la lagune, les hommes posent leurs pelles contre un monticule en riant. L'un d'eux pose la pioche sur son épaule et ils repartent en direction de la charrette.

– Mesdames ! lance Melpomène en frappant dans ses mains. Rassemblez-vous.

Brutus s'étire, descend de sa charrette et s'écarte d'un pas. L'homme qui avait pris la pioche la jette dedans, puis les quatre saisissent Audo et commencent à le descendre en grognant sous l'effort tandis qu'ils le transportent entre les tombes. Thalie et Uranie réapparaissent derrière l'un des monticules et remontent le long de la rive, suivies du prêtre. Euterpe me tend mes sandales et met sa cape pendant que je les lace, puis nous nous dirigeons vers la tombe. C'est un trou sommaire, oblong, à peu près à hauteur de cuisse d'un homme, entouré par la terre et les pierres qu'ils en ont sorties. Les louves se mettent en rang côté lagune, et le prêtre se poste à une extrémité. Les fossoyeurs arrivent, en sueur et essoufflés, et ils placent Audo parallèlement à la tombe, côté route.

– À trois ! s'écrie l'un d'eux en commençant à balancer Audo.

– Un… Deux… *Trois.*

Audo atterrit dans le trou avec un bruit sourd en soulevant un nuage de poussière. Les fossoyeurs reculent, et tout le monde courbe la tête. Le prêtre se racle la gorge tandis que la poussière retombe.

– L'un de vous connaît-il son véritable nom ? demande-t-il sans poser les yeux sur les louves.

On se regarde.

– C'était un Germain, je crois, répond Melpomène. Un soldat. Audo est le seul nom qu'on lui connaisse.

Le prêtre se racle de nouveau la gorge et se met à prier.

– Dominus est ma lumière et mon salut, de qui aurais-je crainte ? Dominus est le soutien de ma vie. De qui aurais-je peur[1] ?

Euterpe me prend la main, et donne la sienne à Uranie, qui prend celle de Thalie, qui prend celle de Melpomène, et on forme tous les cinq une chaîne, tête baissée. Le soleil cogne sur ma nuque. Il n'y a pas de vent. On n'entend que quelques pépiements d'oiseaux et le murmure grave du prêtre. Je coule un regard vers la carriole, où Brutus s'est rendormi, allongé à l'endroit où Audo se trouvait, son chapeau sur le visage.

1. Toutes les citations de la Bible sont tirées de la traduction de Louis Second, 1910. *(N.d.T.)*

– Si une armée se campait contre moi, mon cœur n'aurait aucune crainte, psalmodie le prêtre. Si une guerre s'élevait contre moi, je serais malgré cela plein de confiance.

Le prêtre a peut-être choisi cette prière parce que Audo était un soldat, mais elle ne me semble pas adaptée. Tout le monde avait peur d'Audo, mais lui craignait Dominus. Pas le Dominus de la prière – bon, peut-être le Dominus de la prière aussi, mais il est certain qu'Audo avait peur de Calidus et de son père.

– Je demande à Dominus une chose, que je désire ardemment, poursuit le prêtre. Je voudrais habiter toute ma vie dans la maison de Dominus, pour contempler la magnificence de Dominus et admirer son temple.

Audo s'était-il jamais retrouvé dans l'atrium de Dominus en intrus et, comme moi, plein d'angoisse ? Je lève les yeux vers Euterpe pour voir si elle se pose toutes ces questions aussi, mais ses paupières sont closes. De l'autre côté de la tombe, le fossoyeur avec qui j'ai fait des passes me lorgne par en dessous, et, quand son regard croise le mien, il me fait un clin d'œil. Je me remets à fixer l'intérieur de la tombe, la longue masse rigide d'Audo enveloppée d'un drap dans la terre rocailleuse. Tandis que le prêtre continue de prier, je me demande ce qui arriverait si cette masse se mettait à bouger, si elle se redressait et déchirait le drap en grognant de colère, puis tendait les mains et nous entraînait tous les cinq – ses assassins – un par un dans la tombe avec elle ? Je me balance sur mes pieds en jetant un coup d'œil à la rive. Jusqu'où faudrait-il que je coure pour lui échapper ? Euterpe me presse la main plus fort.

Tout le monde s'impatiente à présent. Les quatre fossoyeurs jettent des regards en biais ou lèvent la tête. Je sens aussi l'agacement grandir parmi les louves, comme une petite vague qui se déplace le long de la chaîne que forment nos mains, alors qu'on se demande tous si on en a bien fini avec Audo. Sommes-nous pour de bon à l'abri de ses poings ? Le prêtre lui-même parle plus vite à présent, comme s'il avait également envie d'être ailleurs.

– Oh, si je n'étais pas sûr de voir la bonté de Dominus sur la terre des vivants ! marmonne-t-il rapidement. Espère en Dominus ! Fortifie-toi et que ton cœur s'affermisse ! Espère en Dominus ! Amen.

Avant même qu'il ait dit « amen », les fossoyeurs se penchent pour ramasser leurs pelles. Les louves et moi nous lâchons les mains et reculons pour les laisser remettre la terre dans le trou, où elle crisse en tombant sur le corps d'Audo. Le prêtre s'éloigne, et les louves lui emboîtent le pas. Euterpe me traîne dans son sillage, mais je jette un dernier coup d'œil à la forme blanche d'Audo que la terre et les pierres recouvrent. Je me demande si toute la terre du monde suffirait à l'ensevelir.

– On a apporté un peu de nourriture, mon père, pour faire une collation en l'honneur d'Audo, déclare Melpomène. Voulez-vous vous joindre à nous ?

– Merci, mais non, répond le prêtre.

Il ne nous regarde toujours pas, et il a remis ses mains dans ses manches.

– Je dois, euh… Il faut que je… euh… Je dois rentrer…

– Bien sûr, mon père. Nous comprenons.

Tandis que le prêtre s'éloigne d'un pas vif en direction de la route, Melpomène m'appelle.

– Antinoüs, va chercher la sacoche dans la charrette. Vite !

Je cours jusqu'à la carriole en faisant un grand détour pour éviter le prêtre, et j'essaie de récupérer la sacoche pleine de nourriture sans réveiller Brutus, mais il soulève son chapeau et redresse la tête.

– C'est fini ? demande-t-il.

– On va partager un repas, dis-je en serrant la sacoche contre ma poitrine. Si tu veux…

Mais Brutus se contente de grommeler. Quand je me retourne, je tombe nez à nez avec le prêtre. Il devient tout rouge, et on piétine l'un devant l'autre en essayant de passer. Finalement, il fait un pas de côté et je repars en courant vers l'endroit où les louves se sont regroupées, sur l'un des monticules aplatis recouverts de mortier. Melpomène écarte un bouquet de fleurs desséchées, puis toutes les louves s'assoient dessus en tailleur, enveloppées de leurs capes. Je les rejoins.

– Brutus ne vient pas ? demande Euterpe.

– Non.

On forme un cercle. Je pose la sacoche au milieu en me demandant si les os en dessous peuvent nous entendre bouger. Tandis que je m'agenouille, Melpomène regarde derrière moi, et tout le monde se retourne. L'un des fossoyeurs vient vers nous. Les autres ont quasiment fini ; ils tapent du pied sur la terre et l'aplatissent avec leurs pelles. En arrivant devant nous, l'homme fait tinter des pièces dans sa main.

– Qu'est-ce que vous en dites ? lance-t-il en jetant un coup d'œil à ses collègues. On peut payer.

Melpomène le fixe, mais c'est Euterpe qui répond.

– Ce sont des funérailles.

– Le prêtre est parti, objecte l'homme.

C'est vrai. Il est déjà à mi-chemin du pont, et marche d'un bon pas, la tête baissée, tandis que Brutus détache sa mule.

Euterpe se tourne vers Melpomène pour trouver du soutien, mais, à l'évidence, celle-ci considère la proposition. Thalie et Uranie les regardent.

– Pas ici, Mel ! s'écrie Euterpe. Pas maintenant.

Melpomène plisse les yeux pour dévisager l'homme, en se rappelant peut-être leur discussion de tout à l'heure.

– Non, finit-elle par lâcher. Pas aujourd'hui.

Il hausse les épaules et fait demi-tour.

– Non ! crie-t-il à ses collègues qui l'attendent, appuyés sur leur pelle.

Deux d'entre eux les posent sur leur épaule, mais le troisième, celui qui s'intéresse à moi, continue de me fixer jusqu'à ce que les autres l'emmènent. Quelques instants plus tard, ils balancent leurs outils dans la charrette et grimpent dedans. Sans un mot ni un regard en arrière, Brutus prend sa mule par la bride et entame le chemin du retour.

Entre-temps, Melpomène a commencé à sortir la nourriture de la sacoche. Elle donne l'outre de vin à Thalie, qui en boit une gorgée et la passe, puis coupe des bouts de fromage avec son couteau et partage la miche de pain en parts égales avant de nous les distribuer.

– Ceci est mon corps, murmure Euterpe. Pensez à moi quand vous mangerez ce pain.

Thalie semble blessée.

– C'est un blasphème. Tu ne devrais pas dire ça.

– Et pourquoi pas ? Audo est mort en rémission de nos péchés.

– Ce n'est pas drôle ! s'écrie Thalie.

– Je ne comprends pas, intervient Melpomène.

– Ce n'est pas important, répond Euterpe en mettant un morceau de pain dans sa bouche.

L'outre de vin fait un nouveau tour. Uranie me la tend et s'essuie la bouche avec le revers de la main.

– Que va-t-il arriver, maintenant ? demande-t-elle.

– J'aimerais bien le savoir aussi, renchérit Euterpe. Qu'as-tu dit à Dominus hier soir ?

– Ce qu'il fallait, répond Melpomène. Les choses vont aller mieux.

– Alors, tu vas nous affranchir ?

– Je n'arrête pas de vous dire que vous n'êtes pas à moi. Mais si on travaille toutes un peu plus dur et un peu plus intelligemment, chacune de vous pourra économiser assez d'argent pour faire ce que j'ai fait, et racheter sa liberté.

– Si on vit jusque-là, réplique Euterpe.

– Qui va nous protéger ?

Thalie grignote à peine sa part de nourriture. Elle tripote son médaillon, recroquevillée dans sa cape.

– Audo laissait les choses dégénérer bien trop souvent, observe Melpomène. Le truc, c'est de veiller à ce que les clients prennent du bon temps avant même qu'ils montent à l'étage.

– Qui va faire ça ? s'enquiert Euterpe. Tu vas t'occuper du comptoir *et* travailler dans ta cellule ?

– Eh bien, je comptais demander à Focaria de s'occuper de la salle.

On lève tous la tête. Melpomène sourit.

– Focaria ? Mais qui va faire la cuisine ?

– Je songe à acheter un nouveau cuisinier.

– Calidus va payer pour ça ? demande Uranie.

– Ça ne sera pas nécessaire. Je vais l'acheter avec mon propre argent.

On se regarde tous entre nous.

– Je pense que les talents de Focaria seraient mieux employés dans la grande salle, explique Melpomène. Elle n'a jamais été très bonne cuisinière, mais je pense qu'elle saurait faire en sorte que les clients restent à leur place.

– Ils la prendront au sérieux, avec son… ? insiste Uranie en se touchant le cou pour mimer le collier de Focaria.

– Je vais le faire enlever.

Euterpe ricane.

– Écoute ! lance Melpomène. Tant qu'elle la ferme à propos de ce qui est arrivé à Audo, et tant qu'elle ne s'enfuit pas, elle n'a aucune raison de le garder. Dominus se moque de savoir si elle en porte ou pas. Audo était le seul à y tenir. Et elle n'a aucune raison de fuir, à présent, ajoute-t-elle en lançant à Euterpe un regard appuyé. Elle a toutes les raisons de rester.

Celle-ci ne répond rien.

– Si j'achète un autre cuisinier, Focaria n'a plus de raison de dormir dans la cuisine. Elle pourra dormir où elle veut.

Elle observe Euterpe pour voir sa réaction – elle s'attend sûrement à de la gratitude –, mais celle-ci détourne les yeux. Melpomène coupe un morceau de pain et l'examine à la lumière du soleil.

– Ou bien je peux demander à Dominus de la vendre, ajoute-t-elle. Je pourrais toutes vous faire vendre, si on va par là. Commencer avec une ardoise neuve – une nouvelle Focaria, un nouvel Audo et de nouvelles louves. C'est ce que vous voulez ?

Thalie et Uranie baissent les yeux, mais Euterpe soutient le regard de Melpomène sans parler. Celle-ci met le morceau de pain dans sa bouche et le mâche lentement en fixant Euterpe.

– On n'est pas obligés de faire comme ça, poursuit-elle. Je ne suis pas votre ennemie.

– Tu n'es pas notre amie non plus, réplique Euterpe.

– Non, c'est vrai. Mais c'est au monde que tu en veux, Euterpe, pas à moi. Et ce n'est pas moi qui ai fait ce monde. J'ai juste appris à vivre dedans.

Euterpe tourne la tête vers la lagune. Le soleil cogne. Un oiseau pépie encore quelque part. Personne ne parle. Finalement, Euterpe se tourne vers Melpomène.

– Tu ne vas pas vraiment nous vendre, si ? demande-t-elle d'une voix posée.

– Ce n'est pas ce que je veux. Mais n'oubliez jamais que je n'ai besoin de l'autorisation de personne pour faire ce que je veux.

Elle marque une pause.

– Bon, j'ai besoin de l'autorisation de Calidus et de son père, mais tant que nous leur ferons gagner de l'argent, et sans interruption supplémentaire, je ne vois pas pourquoi je ne pourrais pas vous accorder une vie meilleure. Des esclaves heureux sont des esclaves rentables.

– Mais ce sont toujours des esclaves.

– Encore une fois, ce n'est pas moi qui ai fait ce monde.

Sur le chemin du retour, Melpomène balance la sacoche vide par-dessus son épaule et avance devant nous sur la route. Thalie et Uranie la suivent, bras dessus bras dessous, en murmurant entre elles. Euterpe et moi fermons la marche, main dans la main.

– Ça va vraiment être mieux ?

– Probablement pas, répond Euterpe. Mais, si on a un peu de chance, ça ne sera pas pire.

– Si Mel lui enlève son collier, Focaria va-t-elle rester ?

Euterpe se tait un moment.

– Je ne sais pas.

– Mais tu voudrais qu'elle reste, non ?

– Je veux...

Elle s'interrompt.

– Je veux ce qu'elle veut, reprend-elle en posant les yeux sur moi. C'est ça, l'amour.

– Et si elle veut s'enfuir ?

– Alors, j'espère que Dieu lui sourira.

On progresse sur cette route ensoleillée entre les petites maisons des morts. Sur notre gauche, à l'autre bout de la lagune, les hommes dans le bateau rament vers la ville.

– Melpomène a tort, Petit Bout. Dans le monde, il n'y a pas que des putains.

– On en est, nous.

– Non ! s'exclame-t-elle en s'agenouillant devant moi. On n'en est pas. Une putain se vend de son plein gré. Melpomène est une putain, et, pour une raison ou pour une autre, c'est dans la nature des putains de penser que tout le monde est comme elles. Mais toi et moi et Thalie et Uranie, nous ne sommes pas des putains. Nous sommes des esclaves. Nous n'avons pas le choix. Nous ne pouvons pas vendre ce qui ne nous appartient pas.

– On fait les mêmes choses que Melpomène.

– Je sais, répond-elle en m'embrassant. Mais ce n'est pas notre choix. Ce n'est pas notre faute.

– Tout le monde pense que si. L'évêque m'a dit que j'étais un égout.

Euterpe ferme les yeux, comme prise d'une douleur. Puis elle les rouvre.

– Écoute-moi. Un homme plus sage que l'évêque a dit un jour qu'il n'y a pas de Juifs ni de Grecs, pas d'esclaves ni d'hommes libres, pas de femmes ni d'hommes. Nous sommes tous égaux aux yeux de Dieu.

– Même Audo ?

– Eh bien…

Euterpe sourit presque.

– Peut-être pas Audo.

– Qui a dit ça ? Sénèque ?

– Non. Un homme qui s'appelait Paul.

– Et il a raison ?

On entend un cri, et on se tourne pour regarder. Melpomène nous appelle depuis le carrefour. Thalie et Uranie sont déjà au milieu du pont.

– Il est presque midi ! crie Melpomène.

Euterpe lui fait signe, puis elle se redresse et me redonne la main.

– Ce que Paul a dit, c'est vrai ?

– J'espère, répond Euterpe.

Maintenant qu'Audo est mort, c'est comme si on avait retiré un couvercle de la taverne. La nuit après ses funérailles, il y a eu du vacarme dans la grande salle toute la soirée. Le bruit a couru sur la façon dont il était mort, et tous les habitués sont là, ils chantent, ils rient et ils portent des toasts à Audo en braillant à pleins poumons, et en lançant des blagues obscènes à son propos.

– Manger, boire, ou quoi que ce soit d'autre, il ne savait jamais s'arrêter ! beugle Rufus, le capitaine de pêche. Ça ne me surprend pas qu'il ait tiré un coup de trop !

– Il y a de pires façons de partir qu'en selle sur une pouliche ! crie Nazarius.

Les clients qui montent sont plus ivres que d'habitude, ce qui les rend soit beaucoup plus faciles, soit beaucoup plus difficiles à gérer. Quartus pleurniche encore davantage ce soir, et il assène à Thalie une longue diatribe passionnée qu'on entend tous depuis nos cellules, même par-dessus le raffut du rez-de-chaussée, dans laquelle il remercie les dieux qu'Audo n'ait pas rendu l'âme en compagnie de son seul véritable amour. Quand elle commence à se dire qu'il ne s'arrêtera jamais de parler, Thalie, pour la toute première fois, lui demande de partir en lui précisant d'un ton irrité que les autres clients attendent. En fin de soirée, Musa se glisse dans ma cellule, le visage en sueur après avoir gravi les marches, les yeux baignant dans le vin. Il n'est encore jamais monté avec moi, et, tandis qu'il tangue sur le seuil comme une marmite à fond rond, je n'arrive pas à déterminer s'il s'est trompé de cellule ou s'il a décidé de tenter une nouveauté pour l'occasion. Son odeur d'ail est encore plus forte que d'habitude, et, quand il s'avance, je bondis du matelas de peur qu'il m'étouffe. Quelles qu'aient été ses intentions, il s'étale sur mon lit et s'endort aussitôt, alors je tire le rideau et je m'assois contre le mur en face de lui, les genoux ramenés contre le menton, à écouter le brouhaha dans la grande salle tandis que Musa bave sur mon oreiller.

Melpomène est plus sollicitée que jamais, car les hommes font la queue pour le frisson d'excitation que leur procure le fait de tenter la passe qui a achevé Audo. Entre deux clients, elle enfile sa robe et redescend dans la salle pour superviser Focaria, qui a été installée derrière le comptoir contre son gré.

– Je dois faire la cuisine *et* le service ? s'est-elle plainte quand Melpomène lui a expliqué ses nouvelles tâches. Tu ne veux pas que je monte avec eux pendant que j'y suis ?

En début de soirée, Focaria, en colère, aboie sur les clients pour qu'ils attendent leur tour, mais, au fur et à mesure, elle se verse du vin et elle commence à leur rendre la monnaie de leur pièce, pour leur plus grand plaisir. Tandis que Musa ronfle sur mon lit, j'entends les mêmes blagues sur Audo tourner en boucle – *baisé à mort*, *il est mort en selle*, *de pires manières de partir* –, mais c'est Focaria qui sort la meilleure de la soirée.

– Vous savez ce qu'on dit ? braille-t-elle. Une chatte, c'est comme un tourbillon. Une fois qu'un homme tombe dedans, il n'en ressort jamais.

Les hurlements de rire secouent le parquet sous mes fesses. Musa s'agite sur le lit, lâche des gaz des deux côtés – oui, lecteur, ça sentait l'ail – et s'endort à nouveau.

– Combien de pauvres bougres t'as engloutis, toi ? crie Rufus.

– Eh bien, ne le dites à personne, réplique Focaria. Mais c'est moi qui ai tué ce salaud.

Nouvelle salve de rires, et Melpomène s'extirpe d'un client en train de grogner pour foncer au rez-de-chaussée, où elle envoie Focaria dans la cuisine chercher de quoi manger. Puis elle passe derrière le comptoir et se met à plaisanter avec les clients.

– N'y croyez pas, les gars. Personne n'est entré dans Focaria depuis des années, crie-t-elle. C'est *moi* qui ai tué Audo !

– Eh bien, il y a de pires façons de partir..., reprend Nazarius pour la énième fois.

– C'est le nouveau slogan de l'Hélicon ! s'exclame Melpomène. Mourez heureux, ou on vous rembourse !

Je finis par m'endormir, roulé en boule par terre. Au cœur de la nuit, je me réveille un instant quand Deodatus, l'esclave de Musa, se penche sur lui pour vérifier son pouls en posant un doigt sur sa gorge. Ma lampe brûle encore, mais, au rez-de-chaussée, le calme est revenu. Je m'assois, tandis que Deodatus tire deux pièces de la bourse de Musa, me les montre puis les pose sur la table sans prononcer un mot. Ensuite, il cale son maître sur son épaule comme un sac de blé et redescend l'escalier d'un pas lourd. Un instant, je me dis que, puisque Audo est vraiment parti, je pourrais peut-être courir le risque de dormir sur le matelas. Mais il empeste encore l'odeur de Musa, alors je souffle la lampe, je me glisse sous ma paillasse et je me rendors.

À l'aube, quand je me réveille, les pièces sont toujours sur la table. Je m'agenouille à côté de mon lit, je tire la petite pochette en toile de la fente dans mon matelas et je les ajoute à ma cagnotte de pourboires. Dans le couloir, je soulève le rideau d'Euterpe. Elle est assise par terre, adossée à son lit. Derrière elle, Focaria est couchée à plat ventre sur le matelas, tout comme Musa. Ses cheveux roux lui recouvrent les yeux et elle respire par la bouche comme un poisson échoué sur une plage.

– Tu vas devoir préparer toi-même ton petit déjeuner, Petit Bout.

Melpomène sort de sa cellule, enveloppée dans sa robe comme dans un linceul. Elle ne m'a jamais paru aussi vieille. Sous le maquillage de la veille, ses yeux sont enfoncés, sa peau ridée et cireuse. Elle me voit, et ouvre le rideau d'Euterpe, qui lève les yeux vers elle.

– Alors, les choses vont-elles mieux ?

Melpomène ne répond rien. Elle ouvre les rideaux de Thalie et d'Uranie, puis se retourne vers Euterpe, laquelle jette un coup d'œil à Focaria.

– Tu vas la vendre ?

– Non. Les clients l'ont adorée, hier soir. Mais, tout à l'heure, on va avoir une bonne conversation. Tu peux emmener tout le monde aux thermes aujourd'hui ?

– Moi ?

– Oui, toi. Je peux te faire confiance ?

Au bout d'un moment, Euterpe acquiesce. Melpomène pose la main sur mon épaule.

– Pas toi, en revanche. Je vais avoir besoin de toi.

Melpomène m'envoie au rez-de-chaussée et, vêtu de mon ancienne tunique, j'accomplis une dernière fois mes anciennes tâches, du moins celles qui ne m'obligent pas à sortir dans la rue. Je nettoie le chaos de la grande salle – les tabourets renversés, les coupes brisées, les flaques de pisse et de vomi dans les coins. J'apporte du bois, je nettoie les fours et j'allume de nouveaux feux. Je récure les casseroles et les poêles, je balaye la cuisine, je donne à manger aux poules. Les autres louves, encore ensommeillées et endolories, m'aident en vidant elles-mêmes leur pot de chambre et en ôtant leurs draps. Pendant ce temps, Melpomène tance sévèrement Focaria dans la cellule d'Euterpe. Depuis le jardin, on ne distingue pas ce qu'elle lui dit, juste le flot continu et insistant de sa voix. Étonnamment, Focaria ne répond rien, pas un mot. C'est la première fois que je la vois muette. Elle finit par redescendre, pâle, les cheveux en bataille, avec la gueule de bois, et fonce vers la cuisine. Peu après, elle revient avec un chignon sur la tête et le panier d'osier sur le dos, puis sort par la porte du jardin sans prononcer un mot.

– Qu'est-ce qu'elle a ? demande Uranie à Euterpe.

– Je n'en sais rien, répond celle-ci en fixant la porte par laquelle Focaria est partie.

Le temps qu'elle revienne avec un panier plein de poissons, c'est l'heure de la Parade des Louves, alors Euterpe, Thalie et Uranie enfilent leur cape et vont aux thermes. Melpomène me convoque et m'emmène dans la cuisine. Les poissons sont étalés sur la table, mais Focaria est accroupie devant le four qui rougeoie. Par terre, à côté d'elle, il y a un petit tas de bandes de papyrus pliées, qu'elle jette une par une dans le four. Elle s'interrompt en s'apercevant de notre présence.

– Qu'est-ce que tu brûles ?

Je le sais, mais je ne dis rien. Ce sont les malédictions que Focaria a achetées à Opitria la voyante au cours de ces dernières années. Jusqu'à présent, elle les a cachées dans des fentes et des fissures un peu partout dans la cuisine. Je les voyais souvent coincées entre deux briques et je me demandais ce qui était écrit dessus, jusqu'à ce qu'Euterpe me dise que ça n'avait aucun sens, que ce n'était que le charabia d'Opitria.

– Rien, répond-elle en balançant la dernière poignée de papyrus dans le feu.

Ils s'embrasent aussitôt, et se consument en crépitant. Puis elle se relève et se tourne vers nous, un masque dénué d'émotions sur le visage.

– Antinoüs, tu peux nettoyer les poissons ? demande Melpomène. Tu sais comment faire un ragoût ?

J'acquiesce. J'ai vu Focaria le faire tant de fois que je pense pouvoir m'en tirer. Melpomène passe sa cape sur ses épaules, saisit Focaria par le bras et l'entraîne dans le jardin.

– Ne verrouille pas la porte, me lance-t-elle en poussant Focaria devant elle dans la rue.

Je commence à éviscérer les poissons, et je m'y prends très mal. Puis je fourre dans une casserole le tas de chair sanguinolente que j'ai obtenu et je me mets à couper des légumes. Les louves sont les premières à rentrer, et Euterpe passe aussitôt dans la cuisine.

– Où est-elle ?

Sa silhouette se découpe sur le seuil, toujours vêtue de sa cape. Je suis devant la cuisinière, où je touille le ragoût en espérant ne pas m'être trompé. J'y ai mis tous les ingrédients de Focaria dont je me souvenais, mais ça ne sent pas pareil.

– Elles sont sorties. Elles ne sont pas encore revenues.

– Mel a-t-elle dit où elle l'emmenait ?

– Non.

Nos regards se croisent tandis que le ragoût bouillonne et emplit la cuisine de vapeur. Aucun de nous ne veut dire à voix haute ce qu'il pense. Melpomène avait affirmé qu'elle n'allait pas vendre Focaria : pourquoi l'aurait-elle emmenée, alors ? Mais, avant qu'elle ou moi ne brisions le silence, la porte du jardin s'ouvre. Euterpe fonce, et je lui emboîte le pas.

Melpomène tire le verrou. Focaria est à côté d'elle, l'air hébétée. Son vieux collier de fer n'est plus à son cou ; elle le tient à la main, mais je distingue encore les cals qu'il a laissés sur ses épaules et ses clavicules. Un vieil homme barbu à la peau sombre et aux cheveux raides et gris se tient à côté d'elles, un petit baluchon à la main. Il porte une tunique informe qui pend jusqu'à ses genoux osseux, et il examine le jardin d'un regard attentif. Euterpe et moi nous arrêtons net.

– Voici Digitus, le nouveau cuisinier, déclare Melpomène en ôtant sa cape avant de la replier sur son bras. Montre-leur tes mains, ajoute-t-elle à l'intention de l'homme.

Il lève la main gauche. Il lui manque les deux derniers doigts.

– Digitus, vous comprenez ? demande-t-il avec un gros accent. Une blague de mon maître.

Il sourit, et on s'aperçoit qu'il lui manque aussi des dents.

– Euterpe, Antinoüs, poursuit Melpomène en nous désignant. Ce sont des louves, qui travaillent à l'étage. Tu feras la connaissance de Thalie et d'Uranie plus tard. La cuisine est là-bas, conclut-elle en la montrant du doigt.

– Domina.

Digitus nous adresse son sourire édenté, puis se dirige en boitant vers ses fourneaux.

Melpomène se tourne vers Focaria et lui prend le collier des mains. Ce n'est plus un cercle parfait – il est fendu, à présent, à l'endroit où l'écrou qui le faisait tenir a été coupé. Elle le brandit sous le nez de Focaria.

– Je peux toujours le remettre en place. On se comprend bien ?

Focaria acquiesce. Melpomène lui rend le collier.

– Tu es toujours responsable de la cuisine et des courses, mais il fera le plus gros du travail, sous ta supervision. À partir d'aujourd'hui, tu es le nouvel Audo, et tu vas t'installer derrière le comptoir dès l'ouverture. Tu te souviens de ce qu'on a dit. Pas de vin avant la fermeture. Tu as compris ?

Focaria acquiesce encore.

– Mesdames, allons-y ! lance Melpomène d'un ton sec en s'adressant à Euterpe et à moi. On ouvre à la clientèle !

Elle entre dans la taverne, mais Euterpe ne la suit pas. À la place, elle serre Focaria dans ses bras. Les deux femmes enfouissent leur visage dans le cou de l'autre, tandis que l'ancien collier de Focaria pend dans sa main, derrière le dos d'Euterpe. À ce moment-là, j'entends Digitus s'étouffer d'un ton théâtral dans la cuisine.

– Qui a fait ce ragoût dégueulasse ?

Je fonce dans la taverne sur les pas de Melpomène.

Au cours des semaines suivantes, l'Hélicon s'installe dans une nouvelle routine, qui est essentiellement l'ancienne, mais sans Audo. De ce point de vue, Melpomène a tenu parole – notre existence devient plus facile, ne serait-ce que parce qu'on ne vit plus sous la menace constante des poings d'Audo, de ses coups de pied ou de sa colère. Melpomène avait aussi raison à propos de Focaria – maintenant qu'on lui a littéralement lâché la bride, elle se révèle d'une compagnie bien plus joviale qu'Audo ne l'a jamais été. Elle plaisante et bavarde avec les clients, quitte son comptoir pour remplir quelques coupes à l'occasion, et elle écarte les mains baladeuses avec une bonne humeur surprenante.

– Bas les pattes ! s'exclame-t-elle. J'ai déjà fait mon temps en enfer !

À ma stupéfaction comme à celle d'Euterpe, Focaria chante même des chansons de temps à autre. Sa voix est étonnamment robuste, et à travers le plancher, je l'entends sans mal par-dessus le chœur des hommes qui se joignent à elle. Contrairement à ces derniers, elle chante juste, et elle connaît les paroles en entier. Elle chante souvent les couplets toute seule.

Je ne sais pas où je vais
Je ne sais pas d'où je viens
Mais quand je suis entre ses jambes
Je viens en un rien de temps
Et j'y reviens souvent !

Puis elle mène les clients pendant le refrain :

Oh, oh, oh, oh
Ma chérie est juste la meilleure
Sur le dos ou sur les genoux
Elle a toujours envie de plaire
Quand je suis au fond de son nid de coucou !
Quand je suis au fond de son nid de coucou !

– Tu savais qu'elle chantait bien ? me demande Euterpe un matin.

– Elle chantait un peu dans la cuisine, mais toujours dans sa barbe.

– Comment ça se fait qu'elle connaisse les paroles ?

– C'est pareil que pour moi. Les clients ne connaissent que six chansons, et ils les chantent tous tout le temps.

Melpomène a raison sur un autre point : les clients qui montent à l'étage sont de meilleure humeur que du temps d'Audo. Certains arrivent en riant, ou en reprenant les paroles d'une des chansons de Focaria, et ça me soulage quand l'homme qui tire mon rideau a le sourire aux lèvres. Même en cas de bagarre dans la grande salle, Focaria sait faire preuve d'autorité ; elle braille plus fort que tout le monde, s'interpose rapidement entre les antagonistes et dégonfle leurs fanfaronnades d'une insulte bien envoyée.

– Si vous avez envie de vous tripoter, les gars, montez au premier.

Les clients adorent ça, bien sûr, et la vague de rires suffit généralement à dissiper la colère qui a déclenché l'algarade. En de rares occasions, quand les saillies de Focaria ne font pas effet, les autres clients interviennent et éjectent les combattants dans la rue. Ça ne se serait jamais produit du temps d'Audo – il m'est arrivé plusieurs fois de les voir battre en retraite instinctivement vers les murs pendant qu'Audo clouait un pauvre bougre au sol avant de le jeter dehors. Maintenant, ils se regroupent autour de Focaria, la soutiennent, voire la protègent si nécessaire.

– Vous mettez pas dans mes pattes ! lance-t-elle quand ils le font. J'aurais pu régler ça toute seule.

Désormais, Digitus, le nouveau cuisinier, est chargé d'effectuer mes anciennes tâches, apporter l'eau, le vin et la nourriture aux louves, et emporter les pots de chambre. Thalie est la première à l'appeler Diggy, et, bientôt, nous faisons tous de même. Il remplace aussi Audo quand il faut nous protéger. Il est vieux et osseux, mais remarquablement adroit avec sa matraque, un petit fourreau de cuir rempli de billes de plomb qu'il porte sous sa tunique. Contrairement à Audo, il ne peut pas se débarrasser d'un client qui fait du grabuge par la force brute, mais il peut l'assommer d'un coup bien placé à la base du crâne, et il est rapide. En revanche, au début, il s'intéressait un peu trop à ce qui se passait dans les cellules. Un soir, alors que j'étais sous un client, j'ai vu ses yeux briller dans l'interstice entre le mur et mon rideau. Peu après, en sortant de ma cellule, je l'ai surpris derrière le rideau, à épier Thalie avec un client en se masturbant. Il m'a vu, mais il a continué. Quand Melpomène a fini par s'en rendre compte, elle lui a passé un savon dans le couloir, où on pouvait tous l'entendre.

– Tu te plais ici ?

– Oui, Domina, a-t-il répondu d'un ton lugubre avec son fort accent.

– Alors va te branler dans ta cuisine. Les clients ne paient pas pour que tu les regardes.

– Mes excuses, Domina.

– Si tu veux du sexe, tu paies, comme tout le monde.

– Oui, Domina.

– Si je te reprends à faire ça, je te vends.

– S'il vous plaît, ne me vendez pas, Domina.

Elle l'a frappé derrière le crâne et lui a tendu son pot de chambre.

– Fais ton boulot, et on n'aura pas de problème.

– Domina, a-t-il soufflé avant de détaler dans l'escalier.

– Si vous le surprenez à recommencer, mesdames, faites-le-moi savoir.

Puis elle a tiré son rideau pour retourner s'occuper de son client.

Même tard le soir, après que le dernier soulard est reparti en titubant et que Focaria a fermé les volets, il règne une autre ambiance dans la taverne. Avant, on entendait Audo déambuler au rez-de-chaussée en marmonnant d'une voix avinée tandis qu'il ramassait les coupes vides et replaçait les tables et les tabourets. Presque toutes les nuits, on l'entendait ronfler dans la petite cellule qu'il occupait sous l'escalier, et il criait parfois dans son sommeil. Maintenant qu'il n'est plus là, le silence dans la grande salle est inquiétant, et, les premières nuits, je n'arrive pas à fermer l'œil. J'ôte ma tunique rouge et je m'allonge tout nu sous mon lit, endolori, collant et plein de bleus après une soirée de travail. Dans le silence de la nuit, je ne peux m'empêcher de penser à Audo, enveloppé dans son drap sous un tas de terre et de pierres par-delà les murs de la ville, et à l'eau saumâtre de la lagune qui imbibe ses chairs et les dissout jusqu'à l'os. Si j'entends des pas dans la rue, ou un rat qui trottine dans le mur, ou même l'une des louves qui se retourne sur son matelas, je me réveille en sursaut, le cœur battant, les yeux écarquillés dans l'obscurité de ma cellule, certain que le prochain son que j'entendrai sera celui du corps en putréfaction d'Audo en train de monter l'escalier, ou le cliquetis de son squelette dans le couloir qui vient venger son meurtre. Je me demande si les autres louves sont réveillées, elles aussi, et si elles se disent la même chose. Je voudrais trouver un peu de réconfort dans le lit d'Euterpe, mais, maintenant que Focaria n'est plus en cuisine, celle-ci dort souvent avec elle, ou passe au moins un moment avec elle avant d'aller se coucher dans l'ancienne chambre d'Audo. Au début, ça me fait me sentir encore plus seul, parce que c'est comme si Euterpe la préférait à moi. Mais je me glisse encore dans son lit le matin, et, avec le temps, je commence à trouver réconfortant de m'endormir dans le murmure de leur conversation ou les craquements de leur lit quand elles font l'amour.

La seule personne plus inquiète que moi semble être Melpomène. Je l'entends se lever au milieu de la nuit quand la rue est silencieuse et qu'elle nous croit tous endormis. Elle descend dans la grande salle sur la pointe des pieds, et je l'entends se verser une coupe de vin, puis la poser tout doucement sur une table et tirer un tabouret. Assise dans le noir, notre nouvelle maquerelle réfléchit à ce qu'elle compte faire ensuite.

Les changements que Melpomène souhaitait instaurer ne sont pas arrivés rapidement, du moins pas au début. Elle voulait refaire le crépi des cellules à l'étage, acheter de nouveaux lits et de nouveaux matelas, décorer toutes les cellules de tentures bon marché, à l'instar de la sienne. Elle voulait de nouvelles robes et de nouvelles capes pour les louves, remplacer la vieille vaisselle ébréchée par des coupes et des tasses d'étain, proposer un plus grand choix de plats. Cela faisait longtemps que personne n'avait plus loué la salle à manger privée, et elle souhaitait relancer ça aussi, avec une nouvelle table et de nouveaux bancs. Elle voulait embaucher quelqu'un pour repeindre le menu dans la grande salle en partant d'un mur blanc, pour que nos cinq effigies nous ressemblent plus. Elle tenait à ajouter Antinoüs au menu, le portrait d'un jeune garçon bien disposé et souple qui me ressemblait vaguement, soumis à un client sans visage.

Mais il fallait qu'elle persuade Calidus de payer pour toutes ces améliorations, ou qu'elle les finance elle-même. Une à deux fois par semaine, quand il venait récupérer ses bénéfices, ils s'engageaient dans de vives discussions dans le jardin ou la grande salle, pendant que nous autres nous préparions à nous rendre aux thermes. C'était un combat de longue haleine pour Melpomène, mais elle n'était pas sans ressources.

– Personne ne les regarde, ces fresques ! s'exclame Calidus un matin alors que je suis allongé sous mon lit, les mains derrière la tête. Pourquoi ne pas simplement repeindre le mur ?

– Je suis sûre que vous avez raison, Votre Honneur. Mais bon nombre de nos clients débarquent du port. Ce sont des hommes qui ne sont encore jamais venus ici… argumente Melpomène, dont la voix traverse le parquet jusqu'à moi.

– Oui, mais ils connaissent les tavernes, insiste Calidus. Il n'y a pas un seul marin au monde qui s'attende à trouver à l'étage ce qu'il voit sur le mur.

– Bien sûr que non, Votre Honneur.

Elle poursuit en baissant le ton. Comme les autres louves s'activent dans leurs cellules, je retiens mon souffle pour mieux entendre, je roule sur le côté et je colle mon oreille au parquet. Je parviens tout juste à distinguer sa voix, soyeuse et pleine de sous-entendus.

– Ils paient plus cher pour moi que pour les autres filles, susurre-t-elle. Ce n'est pas parce que je suis particulièrement meilleure qu'elles, mais parce que j'en donne plus aux hommes qui viennent dans ma cellule. Ce n'est pas simplement une pièce vide avec une fille fatiguée sur un vieux matelas qui a déjà vu passer cinq ou six hommes dans la soirée. Mes clients ont droit à une lumière tamisée, à de l'encens, et ils peuvent poser les yeux sur autre chose qu'un crépi écaillé.

Calidus répond quelque chose que je n'entends pas, mais Melpomène poursuit avec insistance.

– Parce que, en fin de compte, Votre Honneur, vous allez gagner *plus d'argent*.

Il dit autre chose.

– Je sais que je n'ai pas besoin de vous expliquer comment marche une affaire, Votre Honneur. Mais vous comprenez sûrement que le meilleur moyen de gagner de l'argent est d'en dépenser.

– Très bien, répond-il. Imaginons que je paie pour repeindre la salle, que je vous achète de nouveaux matelas et… tout ça. Qu'est-ce que j'y gagne ?

– On va attirer davantage de clients. On va devenir le lupanar le plus populaire de la ville.

– Si mon oncle parvient à ses fins, on sera bientôt le seul de la ville.

– Raison de plus pour en faire quelque chose de spécial !

– Bientôt, tu vas me dire qu'il faut que j'achète de nouvelles louves.

– Non, Votre Honneur. On prendra plus cher, et on travaillera plus vite !

Avant que Calidus ait le temps de protester, elle développe son argument.

– Chaque louve de l'Hélicon fait ce métier depuis des années. Toutes ont de l'expérience. Elles sont douées. Elles savent toutes ce qu'il faut faire.

– Antinoüs…

– Antinoüs apprend vite, répond Mel. Il constitue l'un de nos meilleurs revenus.

– Tu me demandes beaucoup d'argent.

– On n'est pas obligé de tout faire en même temps, on peut procéder par étapes. On refait une cellule par semaine, et, pendant les travaux, on installe la louve dans la cellule vide au fond du couloir. On peut faire les travaux le matin, et ne jamais fermer, pas un seul jour.

– Alors, je vais payer un plâtrier pendant cinq jours…

– Je peux négocier un prix. La moitié des plâtriers de la ville sont des clients réguliers.

– Et comment je saurais…

Calidus a baissé la voix, et je n'entends pas la fin de sa phrase.

– Dites-moi, répond Melpomène d'un ton profond. Comment on s'en tire depuis la mort d'Audo ?

Il ne répond pas immédiatement.

– Mieux, finit-il par lâcher.

– Et pourquoi, croyez-vous ? demande-t-elle d'un air narquois.

Je ne la vois pas, mais je sais qu'elle s'est approchée de lui, qu'elle le touche.

Calidus s'esclaffe.

– Audo ne m'a jamais causé autant de problèmes.

– Votre Honneur, Audo savait-il vous satisfaire aussi bien que moi ?

Ils se taisent, et, quelques instants plus tard, j'entends le jeune Dominus gémir doucement. Aussi silencieusement que possible, je ressors de sous mon lit et je m'assois en tailleur par terre. Euterpe me regarde depuis le seuil.

– De quoi ils parlent ? demande-t-elle.

– Elle veut qu'on travaille plus dur.

Euterpe s'apprête à répondre, mais un long gémissement venant de la salle l'interrompt. On attend qu'il s'éteigne, puis Calidus lâche un grand soupir.

– Je vais payer le nouveau menu. Si tu obtiens des résultats, on reparlera du crépi dans les cellules et… du reste. Mais pas tout en même temps.

– C'est vous le plus avisé, Votre Honneur. J'essaie simplement de vous servir de mon mieux.

– Ne l'oublie pas !

– Jamais, Votre Honneur.

On entend le volet s'ouvrir et se refermer quand il s'en va, puis Melpomène qui soupire en remontant. Euterpe se tourne vers le palier au bout du couloir.

– Euterpe, lance sèchement Melpomène, j'ai besoin que tu emmènes tout le monde aux thermes aujourd'hui. J'ai des choses à faire ce matin.

– Oui, Domina. Tout ce que tu voudras.

Au cours des jours suivants, un artiste et son esclave repeignent le mur de la grande salle. Ils ne travaillent que le matin, quand on est fermés, et, comme ils ont besoin d'ouvrir les volets pour voir ce qu'ils font, Melpomène me poste sur le banc à l'extérieur, sous le *tintinnabulum*, pour évincer tout client égaré qui croirait qu'on a ouvert plus tôt que d'habitude. C'est le travail le plus facile que j'aie jamais eu. Vêtu de mon ancienne tunique, je m'assois dans l'ombre fraîche de la taverne, le dos contre le mur, les jambes tendues devant moi, et j'écoute le brouhaha qui monte du port et de la rue voisine tout en regardant les petits pénis ailés enchevêtrés bouger sous la brise au-dessus de ma tête. De temps à autre, j'interviens pour dire à un passant :

– On est fermés. On est juste en travaux.

Le peintre, Astius, est un homme solennel aux joues flasques, et son esclave, Petrus, un garçon qui doit avoir deux ans de plus que moi. Quand je ne suis pas en train de regarder le ciel ou de faire un somme sur mon banc, je me retourne pour les observer. Le premier jour, Astius et son esclave recouvrent le mur de chaux. Le deuxième, Astius esquisse chaque fresque du nouveau menu au fusain, puis Petrus remplit l'arrière-plan tandis qu'Astius passe à la suivante. Ils travaillent à la chaîne, debout sur le banc pour faire le haut, puis sur le sol pour le bas. Quand la première fresque est sèche, Astius commence à ajouter les détails, en exécutant ce travail de précision avec des petits pinceaux pendant que Petrus lui tend les pots de peinture, et, en général, ils n'échangent pas un seul mot. Le troisième jour, Astius dessine chaque louve au fusain sur un bout de bois. Lors de ces séances, Melpomène regarde par-dessus son épaule et lui fait des suggestions. Astius s'abstient de répondre, mais, après chaque interruption de Melpomène, il soupire profondément, efface la partie incriminée et recommence.

– Vous voulez des visages ? demande-t-il d'une voix râpeuse.

– Ça coûte plus cher ?

– Oui.

Melpomène se mord la lèvre, puis répond que c'est d'accord, mais simplement pour les louves. On ne doit voir les clients que de dos.

Pendant ma séance, Astius me fait mettre debout sur un tabouret et me regarde de la tête aux pieds, mais pas comme le font les clients. C'est une sensation étrange. Il me regarde plus intensément qu'aucun homme ne l'a jamais fait, sans pourtant montrer la moindre once d'intérêt.

– Lève la tête, Antinoüs, lance Melpomène en se tapotant le menton avec deux doigts.

Puis elle s'adresse à Astius.

– J'ai des exigences au sujet de la couleur des peaux.

– Ce n'est qu'une esquisse, murmure Astius tandis que sa main bouge vite et avec détermination.

– Je sais, mais, quand tu les peindras, je veux qu'Euterpe ait la peau sombre, mais pas trop, et qu'Antinoüs et Thalie se ressemblent, comme s'ils étaient frère et sœur. J'aimerais aussi que tu soulignes le contraste entre la peau d'Uranie et ses cheveux. Je veux être la plus pâle, mais pas trop pâle. Pas... cadavéreuse.

Astius ne répond rien, mais fronce les sourcils sur son dessin.

– Je veux que les portraits nous ressemblent, mais en plus...

Elle fait des cercles en l'air avec ses mains.

– Ce sera le cas, affirme Astius.

Le troisième jour, je surprends Petrus en train de m'adresser un regard un peu plus intéressé que l'œil professionnel de son maître, mais, quand il s'aperçoit que je l'ai vu, il détourne aussitôt la tête. Le quatrième jour, pendant qu'Astius ajoute ses dernières touches, Petrus croise mon regard et le soutient, puis, plus tard dans la matinée, quand ils sont sur le point de terminer, je me réveille après un petit somme et je le trouve debout devant moi. Il est plus grand que moi, et ses cheveux très courts, presque rasés, soulignent la forme de son crâne. Quelques poils de barbe commencent à pousser au-dessus de sa lèvre et sur sa mâchoire, et sa tunique, son visage et ses mains sont maculés de peinture. Il a les yeux les plus bleus que j'aie jamais vus, encore plus bleus que ceux de Focaria. Je me redresse et me tourne vers la taverne.

– Où est ton Dominus ?

– Aux latrines, répond Petrus.

Je contemple les fresques derrière lui, qui sont presque finies. Astius est un meilleur peintre que celui qui a exécuté l'ancien menu. Bien sûr, à cette période de ma vie, je n'étais pas expert en la matière, mais, même à l'époque, je constatai que ses personnages semblaient plus vivants, et leurs poses plus énergiques. Dans chaque fresque, le client tourne le dos au spectateur, alors que la louve le regarde d'en haut, d'en bas ou par-dessus son épaule, le visage bien apparent, les yeux mouillés de désir. Comme il y a six panneaux et seulement cinq louves, la fresque centrale de la rangée du bas représente une déesse allongée nue dans une conque géante. Sur la mienne, en bas à droite, Melpomène voulait qu'on me voie en train de faire une fellation à un client, mais le peintre a rétorqué que l'évêque ne le permettrait pas.

– L'édile fera fermer l'établissement si vous montrez le garçon en train de faire ça, et il me poursuivra en justice pour avoir peint la scène.

Alors Melpomène s'est contentée de me voir à genoux, les yeux brillants, en train de sourire à un client sans visage.

– Tu es vraiment une louve ? demande Petrus.

– Oui.

– C'est comment ?

– Tu ne sais pas ? dis-je en laissant dériver mon regard vers son Dominus.

– Il ne m'utilise pas comme ça. Il a une fille chez lui, il préfère.

– Alors, tu n'as jamais... ?

– Si... répond-il vigoureusement. Avec la fille. Parfois. Quand il n'est pas là.

– Oh. Je n'ai jamais fait ça avec une fille.

– Vraiment ? Même avec...

Il fait un geste vague en direction du menu.

– Eh bien, une fois. Avec Melpomène. Mais c'était...

– C'est laquelle, Melpomène ?

– En haut à gauche, dis-je en pointant le doigt sur les fresques.

Il écarquille les yeux.

– C'est la vieille.

– Elle m'a juste montré comment on fait.

– Tu as le droit de garder un peu d'argent ?

Je balaye la grande salle du regard. On est seuls.

– Parfois, les clients nous donnent un petit extra. S'ils nous aiment bien.

– Mais tu n'as fait ça qu'avec des hommes.

Il lève les yeux vers le *tintinnabulum* suspendu à l'avant-toit. Je le regarde à mon tour. À présent, j'ai vu bien plus de pénis que ça, mais aucun n'avait de jambes, de queue, ni d'ailes.

– En fait, c'est plutôt eux qui le font avec moi.

Petrus se mord la lèvre inférieure. Je remarque une cicatrice sur son cuir chevelu – une fine ligne blanche à travers son crâne.

– Qu'est-ce qu'elle dit, l'inscription ? Sous mon portrait.

Il la regarde.

– « Antinoüs, fellateur ». Tu gardes l'argent ?

– Les pourboires, tu veux dire ?

Il acquiesce.

– Oui.

– Et qu'est-ce que tu en fais ?

– Je les économise. Pour racheter ma liberté.

– Hum…, marmonne-t-il d'un air songeur. Tu n'as jamais pensé à le dépenser avec l'une des autres louves ?

Je m'esclaffe.

– Qu'est-ce qu'il y a de si drôle ?

Il a l'air agacé.

– Rien.

Petrus se redresse et relève le menton.

– Astius m'a affirmé que je ne pourrais pas être libre avant d'avoir trente ans. Il dit que c'est la loi.

– J'ai entendu ça, moi aussi.

– Tu as quel âge ?

– Je ne sais pas. Dix ans, peut-être.

– Il te reste encore un bon bout de chemin.

– Oui.

– Je parie qu'à ce moment-là tu auras beaucoup d'argent.

– Si je vis assez longtemps.

– Petrus !

C'est Astius, revenu des latrines. Il claque des doigts et, sans même un regard, Petrus fait volte-face et retourne travailler.

En début d'après-midi, juste avant l'ouverture, Melpomène nous rassemble dans la grande salle et nous verse à chacun une coupe de vin. Hormis Focaria et Digitus, tout le monde est habillé pour la soirée, les louves dans leurs robes et moi dans ma tunique rouge, tous fraîchement maquillés et parfumés. C'est comme être en coulisses au théâtre juste avant que les comédiens montent sur scène. La salle sent encore la peinture d'Astius. Derrière le comptoir, Melpomène lève sa coupe.

– À Audo. Que la terre lui soit légère.

– Pas trop légère, souffle Uranie.

Mais on boit quand même tous.

– Alors, qu'en pensez-vous ? demande-t-elle en pointant sa coupe vers le nouveau menu. On est belles, non ?

– C'est joli, répond Thalie.

– Qu'est-ce qu'ils font dans celle-là ? demande Focaria en désignant l'image en haut à droite.

– Je suis sûre que quelqu'un peut te l'expliquer, répond Melpomène en riant.

– La mienne ne me ressemble pas, se plaint Uranie.

Melpomène l'ignore. À la place, elle lève le menton en direction de Digitus, assis à l'écart dans un coin, qui lorgne ostensiblement les louves dans leurs robes.

– Qu'est-ce que tu en penses, Diggy ? Les fresques te font bander ?

– Oui, Domina, répond-il de sa voix triste en serrant sa coupe entre ses trois doigts.

– Tout le fait bander, murmure Uranie.

– Antinoüs, qu'en penses-tu ?

Je contemple le garçon aux yeux de biche sur la fresque. Je peux t'assurer, lecteur, que je n'ai jamais examiné quelqu'un comme ça de toute ma vie.

– Il me ressemble, j'imagine.

– En quoi cela rend-il nos vies meilleures, Mel ? demande Euterpe. Quel bénéfice tirons-nous de ces portraits ?

Je vois Melpomène décider de conserver son calme.

– On va toutes gagner plus d'argent. Plus le lieu est engageant, plus les clients viendront. Plus il y a de clients, plus le propriétaire gagne de l'argent. Et plus il gagne d'argent, plus il sera enclin à embellir nos cellules. Sans parler de l'argent supplémentaire qu'on va gagner, ajoute-t-elle après avoir bu une gorgée de vin.

– Plus de clients, objecte Euterpe. Alors on va travailler plus tard ? Ou plus vite ? Ou les deux ?

Melpomène ne mord toujours pas à l'hameçon.

– Les clients sont faciles à satisfaire. Plus vite tu les expédies, plus vite c'est fini.

– Et plus vite on peut enchaîner avec le suivant.

– On sait tous à quel point tu aimes discuter avec tes clients, rétorque Melpomène. Mais si Brutus a simplement besoin de faire la conversation, il n'a qu'à se marier.

Euterpe se hérisse, mais ne répond rien. Les autres coulent des regards vers elle.

– Écoutez, vous toutes ! s'écrie Melpomène en se penchant sur le comptoir. Comment croyez-vous que j'ai gagné ma liberté ? En me plaignant de ce que je ne pouvais pas changer ? Ou en travaillant intelligemment et en patientant jusqu'à ce qu'une opportunité se présente ?

Les autres attendent qu'Euterpe réponde, mais elle demeure silencieuse. Finalement, c'est Uranie qui prend la parole.

– Combien de clients supplémentaires ? Chaque nuit, combien ?

– Ça fait un moment, avant même la mort d'Audo, que je tiens des comptes. Chacune de nous fait entre six et huit passes par nuit. Je voudrais qu'on fasse grimper ces chiffres, entre huit et douze.

– Ça peut faire le double, souffle Thalie d'une voix aussi lugubre que celle de Digitus.

– C'est possible. Certains soirs, ce sera moins.

– Et certains soirs plus, observe Uranie.

– Eh bien…, lâche enfin Euterpe.

Les autres se taisent et lèvent les yeux vers elle.

– … tant qu'on a une jolie fresque en échange…

– Tais-toi, lui chuchote Focaria.

– … et, qui sait, peut-être une nouvelle robe, un matelas tout neuf. Et, si on a vraiment de la chance, un pot de chambre avec un couvercle. Alors, oui, c'est sûr, tout est merveilleux. On est enchantées de travailler deux fois plus dur.

– Tu veux tenter ta chance avec un autre Dominus ? demande Melpomène. C'est facile à organiser.

– Je ne crois pas que ce soit ce qu'elle veut dire, intervient Thalie. Tu es l'une d'entre nous. Tu sais comment c'est...

Melpomène lui coupe la parole.

– Oui, je *sais* comment c'est. *J'étais* à votre place, mais je n'y suis plus. Avant que n'importe laquelle d'entre vous n'arrive à l'Hélicon, j'ai gagné ma liberté à la dure. Clio était la seule à travailler ici quand j'étais encore une esclave, et regardez comment elle a fini.

– Ce qui lui est arrivé n'était pas de sa faute, réplique Euterpe.

Sous la table, Focaria presse la main de son amante.

– *S'il te plaît*, murmure-t-elle. *Ferme-la.*

– Peut-être, ou peut-être pas. J'étais à votre place, c'est vrai. Mais, en travaillant dur et avec un peu de chance, je m'en suis sortie.

Elle marque une pause.

– Quel âge as-tu, Euterpe, maintenant ? Vingt, vingt et un ans ?

Euterpe ne répond rien. Sous la table, elle laisse Focaria lui presser la main, mais ne la serre pas en retour.

– Eh bien, ma sœur, j'ai commencé à faire des fellations avant ta naissance ! J'ai avalé un océan de sperme au cours des vingt-cinq dernières années. Mais comme je n'ai pas passé mon temps à *geindre* et à rêver d'une vie que je n'aurais jamais...

Elle se redresse en ouvrant grands les bras.

– ... Voilà où j'en suis. Responsable. À la tête de l'Hélicon.

À présent, tout le monde a les yeux fixés sur elle. Impossible de les détourner. Même Digitus tente de se faire aussi petit que possible.

– J'ai dit que ça serait mieux, reprend Melpomène. Je n'ai jamais dit que ça serait plus facile. Aujourd'hui, je suis une affranchie parce que, pendant des années – *des années*, mesdames –, j'ai pris soin de moi tout en faisant ce qu'on me demandait. Si vous faites ce que je vous demande et que vous suivez mon exemple, je peux vous aider à rester en vie jusqu'à ce que vous ayez l'occasion de faire de même.

Elle sort de derrière le comptoir et se poste devant nous. Digitus se recroqueville dans son coin.

– Ou bien, lance-t-elle, vous pouvez aller tenter votre chance avec un nouveau Dominus. Ou laisser un client esseulé vous acheter. Ou aller vivre sous les arches de l'aqueduc avec Clio et sucer des bites d'éclopés et de lépreux. Ou simplement mourir. Tels sont vos choix.

Elle nous dévisage un par un, nous regarde droit dans les yeux, que nous le voulions ou non.

– Je m'adresse à vous tous, pas simplement à Euterpe. Je ne suis peut-être pas votre amie, mais je suis la meilleure chose qui vous soit jamais arrivée.

– Merci, souffle Focaria.

Elle relève la tête, regarde Melpomène et déglutit.

– Merci, répète-t-elle un peu plus fort.

– Merci, lâche à son tour Thalie au bout d'un court instant.

– Oui, merci, ajoute Uranie.

– Ma gratitude, Domina, lance Digitus dans son coin.

J'entends un tintement résonner, comme si quelqu'un m'avait frappé les oreilles, puis je m'entends dire « merci ».

Sous la table, Euterpe retire sa main de celle de Focaria. Sans un mot.

* * *

Tu vois comment ça fonctionne, lecteur ? Une esclave apprend à se regarder et à ne voir que ce que son maître voit. Elle apprend à être reconnaissante quand son maître lui permet de manger, quand il lui permet de dormir, quand il lui permet de vivre. Chaque jour où elle voit le soleil se lever est un bon jour, chaque nuit où on ne lui fait pas de mal est une bonne nuit. Chaque repas qu'elle prend est un cadeau qu'elle ne mérite pas et qu'elle ne devrait pas tenir pour acquis. Une heure de repos – une heure pendant laquelle elle n'est pas pelotée ou prostituée ou battue – est une heure au paradis. Une heure pour elle-même est quasiment inconcevable. Une esclave aide à forger ses propres chaînes. Une esclave réduit ses propres horizons. Elle creuse sa propre fosse et s'y tient, en regardant les pieds de tous les autres par-dessus le bord et en considérant qu'elle a de la chance quand ils ne lui marchent pas dessus.

C'est ce que pensait Aristote, en tout cas. Ça fait des années que je ne l'ai pas lu, mais, tel que je m'en souviens, son argumentaire est le suivant : il y a des supérieurs et des inférieurs, et les inférieurs s'en sortent bien mieux quand ils servent d'outils aux supérieurs, parce qu'ils ne sont bons qu'à ça. Un esclave est à son maître ce que le corps est à l'âme, l'animal à l'être humain, l'outil à l'artisan, l'enfant au père, ou la femme à l'homme. Quelque chose dans ce goût-là. Un homme qui par nature appartient à un autre est, par nature, un esclave. Les esclaves naturels n'ont aucun intérêt propre, et ils ne sont utiles qu'en tant que partie d'un tout, comme la main n'est utile qu'en tant que partie du corps. La main ne joue pas de la harpe toute seule, elle a besoin d'être guidée par l'esprit supérieur du musicien. Et comment distinguer les inférieurs des supérieurs ? C'est simple : les supérieurs sont les maîtres, et les inférieurs sont les esclaves. Si ça, ce n'est pas un raisonnement parfait, je ne sais pas ce que ça veut dire. CQFD.

Sénèque, cette vieille putain, était plus subtil qu'Aristote. Il soutenait qu'un homme libre, un affranchi et un esclave vivent tous sous le même ciel, qu'ils marchent dans les mêmes rues et qu'ils respirent le même air. Il affirmait que l'âme d'un dieu pouvait se glisser aussi facilement dans un sénateur que dans un esclave, et qu'une personne dotée d'une grande âme pouvait bondir du caniveau vers le paradis. Selon lui, tous les hommes mauvais sont esclaves, quelle que soit leur situation sociale, et seul l'homme sage est libre, même s'il est de basse extraction. Mais, ensuite, il a ajouté que la grande majorité des hommes sont mauvais, et que très peu sont sages, alors pas de chance, on est tous des esclaves, en fait, quand on y pense. Tu peux être un esclave dans la vie, prétend Sénèque, tu peux passer tes journées à obéir aux ordres de ton maître, t'employer à prévenir ses moindres désirs et à anticiper ses souhaits, mais cette vie très dure n'a aucune importance tant que tu demeures empereur de ton âme. Et tu peux être un maître dont tous les besoins sont satisfaits par d'autres, tu peux te reposer sur eux pour qu'ils te nourrissent et te baignent et te tiennent chaud, mais, tant que tu te laisses gouverner par tes désirs et que tu n'imposes aucune discipline à ton âme, tu es un esclave.

Dès lors, explique Sénèque à son garde du corps fatigué, assis contre un mur juste à l'extérieur du cercle de lumière qui baigne la table du philosophe, tu es potentiellement le maître, et il se peut que ce soit moi l'esclave.

L'esclave qui est peut-être un maître cligne les yeux dans la pénombre pour ne pas s'endormir.

À présent, va me chercher un autre stylet, ordonne Sénèque. Celui-ci est usé.

Je ne sais pas lequel de ces philosophes a raison. Tous deux sont morts depuis longtemps, alors peut-être connaissent-ils la réponse, maintenant. Comme je ne cesse de te le dire, lecteur, je ne suis pas philosophe moi-même, mais je sais que ces derniers adorent les paradoxes et les tautologies. Peut-être que ce qu'Aristote et Sénèque racontaient se résume à la même régression infinie, deux miroirs qui se font face dans lesquels mon image rapetisse peu à peu et se dissout dans l'ombre : je fais ce qu'on me dit parce que je suis un esclave, et je suis un esclave parce que je fais ce qu'on me dit.

Alors, on a travaillé plus vite. Fini les lectures de poèmes de Quartus, les conversations sur l'oreiller avec Brutus, l'interminable attente avec le péteur d'ail jusqu'à ce qu'il atteigne l'orgasme à bout de souffle. Ils baisaient, ils jouissaient, ils repartaient.

À présent que Melpomène m'avait fourré cette idée dans le crâne, j'avais commencé à compter le nombre de clients qui entraient dans ma cellule chaque nuit. C'était une mauvaise idée, parce que ça rendait le travail encore plus pénible. En milieu de soirée, je constatais, découragé, que je n'avais encore fait que la moitié des clients que Melpomène attendait de moi, et qu'il m'en restait beaucoup avant de pouvoir me recroqueviller sous mon lit et m'endormir d'épuisement. Au fil de la nuit, je me sentais plus fatigué et apathique, ce qui m'obligeait à travailler encore plus dur pour feindre l'enthousiasme, et, après, j'étais encore plus fatigué et apathique. Je lisais le même épuisement sur les traits des autres louves, même Melpomène. Elle tentait de le cacher en portant tout le temps du maquillage, mais on percevait tous sa fatigue sous le fond de teint. Les autres n'essayaient même pas de la cacher. C'était comme si un tourbillon nous aspirait et qu'on savait que, même en se débattant de toutes nos forces, on allait tous finir par se noyer.

Pendant ce temps, dans la grande salle, Focaria faisait la fête tous les soirs – elle chantait des chansons, échangeait des plaisanteries, mettait fin aux bagarres sans donner un seul coup ni verser le sang de quiconque. Sa bonhomie irascible était devenue l'une des principales attractions de la taverne, qui attirait des foules plus grosses et bruyantes que jamais. Les clients faisaient la queue pour monter, et patientaient sur un banc sous le nouveau menu. Digitus était devenu le concierge officieux, et il prenait note des préférences de chacun pour indiquer quand la louve choisie était disponible. Parfois, de ma cellule, j'entendais sa voix éraillée reprendre en chœur des chansons.

Le matin, on se levait plus tard qu'avant, endoloris, couverts de bleus et avec la gueule de bois. Désormais, Melpomène venait rarement aux bains avec nous, et restait plutôt à la taverne pour voir Calidus ou superviser les améliorations qu'elle espérait lui faire payer. Un jour, elle est revenue avec une pleine brassée de lampes érotiques qu'elle avait récupérées dans une des échoppes du théâtre, dont chacune était illustrée d'une image obscène comme les fresques de la grande salle, et qu'elle avait achetées avec son propre argent.

– Je les ai eues pour trois fois rien, a-t-elle joyeusement annoncé. L'homme m'a avoué que plus personne n'allait les acheter.

Elle a fini par convaincre Calidus d'embaucher un plâtrier, et, au cours des deux semaines suivantes, on a emménagé à tour de rôle dans la cellule vide en face de la mienne pendant que l'artisan et son esclave refaisaient le crépi de nos murs. Pour la plus grande irritation de Calidus, les travaux ont pris plus longtemps que prévu, parce que, dans nos cellules humides et sans soleil, le nouveau crépi ne séchait pas aussi vite que le plâtrier l'avait indiqué. L'odeur entêtante du plâtre frais avait aussi pour effet de décourager les clients, ce qui nous a rendu la vie plus facile pendant une courte période. Mais, bientôt, nous avons regagné nos chambres, qui étaient à présent de petites boîtes blanches, provisoirement propres et lumineuses, sans taches, sans fissures et sans graffitis. Ça n'a pas duré longtemps, bien sûr, et je dois avouer que j'ai été le premier à vandaliser la mienne. Un matin où je n'arrivais pas à dormir, avant que les autres louves ne commencent à remuer dans leurs lits, j'ai pris un caillou pour graver un moineau sur le mur sous mon lit. Je ne suis pas un artiste, mais je l'ai représenté en plein vol, les ailes déployées de part et d'autre de son corps à peu près ovale, son petit bec pointé vers le ciel, ses pattes pendant en dessous, sans chaînes, libre.

Les thermes représentaient un bref moment de répit, et, maintenant que Melpomène se joignait rarement à nous, Uranie et Thalie ne prenaient plus l'argent de Gracilis et Simplex, refusant de s'éclipser pour un petit coup rapide dans l'alcôve. Elles préféraient plonger leurs bleus et leurs muscles endoloris dans le caldarium et demeurer assises dans l'eau, les yeux fermés, la tête l'une contre l'autre. Maintenant que Diggy faisait la plus grande part des courses le matin, Focaria se joignait parfois à nous. Je ne l'avais jamais vue toute nue, et, aux thermes, elle se révélait timide, et se tenait à l'écart – même d'Euterpe – à l'autre bout de la piscine, puis se déshabillait en nous tournant le dos. Juste avant qu'elle se plonge dans l'eau, je voyais les muscles filandreux de ses bras, la chair tombante à sa taille. Contrairement au reste d'entre nous, elle n'avait pas de sommeil à rattraper, alors elle s'asseyait dans le bassin avec de l'eau jusqu'au menton, les cheveux en chignon au-dessus de sa tête, et contemplait en ouvrant de grands yeux les dieux rapiécés qui moisissaient au plafond. Parfois, un morceau de plâtre tombait dans la piscine sans prévenir, ce qui la faisait sursauter, et elle courbait les épaules à l'approche de la petite vague qui traversait le bassin. Nous, on bougeait à peine. On avait l'habitude.

– Pourquoi est-ce qu'elle ne s'assoit pas avec nous ? murmuré-je à Euterpe un matin.

Je savais que Focaria passait encore la plupart de ses nuits dans le lit d'Euterpe. Souvent, elles sombraient aussitôt d'épuisement, sans parler ni faire l'amour. Et, quand elles discutaient, leurs voix prenaient généralement un ton de dispute chuchotée qui se concluait par le départ de Focaria, laquelle descendait bruyamment l'escalier au beau milieu de la nuit pour aller dormir dans l'ancienne cellule d'Audo.

– C'est une Bretonne, murmure Euterpe.

Elle contemple Focaria avec quelque chose de lointain dans le regard.

– Elle n'a pas été élevée dans l'esclavage, contrairement à nous. Elle n'a pas l'habitude d'ôter ses vêtements devant les gens.

– Les Bretons ne baisent pas ?

– Je pense qu'ils gardent leurs vêtements. En Bretagne, il fait trop froid pour les enlever.

– Tu l'aimes toujours ?

Euterpe bascule la tête en arrière, laissant l'eau lui lécher le menton.

– Oui, répond-elle sans que cela semble la réjouir. Et toi ?

À l'autre bout du bassin, Focaria se retourne, sort de l'eau et ramasse sa robe. Elle prend une serviette sur un banc et passe dans une alcôve pour s'essuyer et se rhabiller.

– Je ne pense pas qu'elle m'ait jamais aimé, dis-je quand je suis certain qu'elle ne peut pas m'entendre.

Euterpe passe un bras autour de mes épaules.

– Ce n'est pas vrai.

Comme je n'ai pas envie d'en parler, je change de sujet.

– Qu'est-ce qui va se passer ?

– Qu'est-ce que tu veux dire ?

– On va toujours devoir travailler aussi dur ?

Elle soupire.

– Tu sais bien que je n'ai pas la réponse à ça, Petit Bout.

Je me presse contre elle et je murmure dans le creux de son oreille :

– Tu penses toujours à t'enfuir ?

Elle fait la moue et met son index devant ses lèvres, puis jette un regard alentour. Thalie et Uranie sont endormies, leur tête juste au-dessus de la surface de l'eau. Simplex est parti dans une autre pièce, et le gros Gracilis dort lui aussi, roulé en boule sur un banc. Focaria est invisible.

– Elle n'a plus son collier, dis-je dans un murmure. Tous les trois, on a économisé de l'argent.

On approche nos têtes l'une contre l'autre, juste au-dessus de la surface.

– C'est dangereux de parler de ça, chuchote-t-elle. Et on ne se ressemble toujours pas, tous les trois.

– Et si on racontait qu'elle est ton esclave ? Ou toi la sienne ?

– Et tu serais qui, toi ?

– Ton esclave. Ou ton fils.

Elle soupire.

– Il n'y a *nulle part* où s'enfuir, Petit Bout.

– On pourrait acheter notre passage sur un bateau. On pourrait partir en Afrique, où ils nous ressemblent tous.

– Tous les marins nous connaissent. On n'arriverait même pas à monter à bord.

– Alors, on pourrait prendre la route qui mène au cimetière et continuer de marcher, tout simplement.

– Le pays est désert sur des milles. On mourrait.

– On pourrait emporter de l'eau et de la nourriture. Focaria saurait quoi faire…

Euterpe presse son front contre le mien.

– Je ne suis pas sûre qu'elle viendrait avec nous, Petit Bout.

– Je croyais que tu avais dit qu'elle nous aimait…

– Elle a davantage à perdre que nous, répond-elle en me serrant la nuque. Sa vie s'est *améliorée*. Elle est assez âgée pour pouvoir racheter sa liberté, et elle a peut-être même assez d'argent de côté pour pouvoir la payer. Si elle s'enfuyait maintenant…

– Qui est-ce qui s'enfuit ?

Focaria est accroupie à côté de nous au bord de la piscine. Euterpe et moi nous écartons brusquement dans une grande gerbe d'éclaboussures.

– Personne, répond Euterpe.

– Parce que ce serait stupide. Vous feriez aussi bien de vous trancher la gorge tout de suite.

– On ne faisait que parler.

– Parler peut être dangereux. Tu devrais le savoir, à ce stade.

Les deux femmes échangent un long regard – Euterpe est dans le bassin, Focaria accroupie au-dessus d'elle, les cheveux détachés. Pour la première fois, Euterpe semble avoir peur de son amante.

– Qu'est-ce que tu vas faire ? demande-t-elle.

Focaria pose les yeux sur Thalie et Uranie, qui ont toujours l'air de dormir.

– Je ne vais rien faire du tout, réplique Focaria en s'agenouillant pour prendre le visage d'Euterpe entre ses mains. Je ne dirai jamais… *jamais* rien. Mais si vous fuyez, ne m'en parlez pas. Je ne viendrai pas avec vous. Si vous partez, vous partez sans moi.

– Je ne partirais jamais sans toi. Aucun de nous deux ne le ferait, murmure Euterpe en me saisissant le poignet sous l'eau.

Elles se regardent droit dans les yeux. Soudain, Focaria l'embrasse sur la bouche, puis elle se relève en grognant. De l'autre côté de la piscine, Gracilis s'est réveillé et nous observe.

– Qu'est-ce que tu regardes ? aboie Focaria.

Sur le chemin du retour, tandis que je marche à côté d'Euterpe dans la ruelle étroite, Focaria se porte à ma hauteur, m'attrape la main et me tire en arrière. Euterpe hésite, mais continue de marcher. Focaria me prend par les épaules et me secoue.

– Si jamais tu tentes de me la prendre, je te tuerai.

Je regarde Euterpe qui s'éloigne, mais Focaria me secoue de nouveau.

– Je suis sérieuse. Pour moi, elle est tout, et tu n'es rien.

Moineau observe d'en haut une femme en colère qui malmène un garçon aux yeux écarquillés devant un pas de porte crasseux.

– Je sais.

– Ne m'oblige pas à choisir.

– Je ne le ferai pas !

Focaria me pousse en arrière et je manque de tomber.

– Vas-y ! Rattrape-la.

Moineau bat des ailes derrière moi tandis que je cours vers Euterpe pour lui donner la main.

– Qu'est-ce qu'elle t'a dit ? demande-t-elle.

– Rien.

– Mesdames, ce soir, nous allons fermer tôt, annonce Melpomène cet après-midi-là. Après le coucher du soleil, nous allons accueillir une fête privée.

On est assis autour d'une table dans la grande salle, et Melpomène nous a versé une coupe de vin chacun. Aucun de nous ne dit rien, mais on pense tous la même chose – une fête privée, ce sera plus de travail, d'une manière ou d'une autre. Thalie et Uranie échangent un regard sans piper mot. Focaria, légèrement à l'écart, à la table voisine, fixe sa coupe de vin. Euterpe lâche un long soupir, mais ne répond pas non plus. Derrière nous, Diggy gigote dans son coin.

– Calidus organise une *comissatio* pour son jeune frère Marius, poursuit Melpomène.

Derrière son comptoir, elle semble aussi imposante qu'un général en train de haranguer ses troupes.

– Qu'est-ce que c'est, une *comissatio* ? demande Thalie.

– Une beuverie, répond Euterpe avant que Melpomène puisse le faire. Pour les adolescents nantis.

– Comme le jeune frère de Calidus atteint sa majorité aujourd'hui, ce dernier lui offre une fête, à lui et à ses amis.

– Alors, il n'y aura que des garçons, remarque Euterpe.

– Ce soir, nos hôtes ne seront pas comme notre clientèle habituelle, poursuit Melpomène comme si Euterpe n'avait rien dit. Ils seront plus jeunes que la plupart des hommes que nous recevons, et, dans la majorité des cas, ce sera la première fois qu'ils viennent voir une louve.

– Ils seront tous vierges ? demande Uranie.

– C'est quoi « être vierge » ? dis-je à Euterpe en chuchotant.

Elle me fait taire d'un geste de la main.

Melpomène sourit.

– J'imagine que la plupart ont déjà dû avoir une expérience avec une esclave chez eux. Ce qui signifie qu'ils en attendront davantage de nous que ce qu'ils ont déjà à la maison, ajoute-t-elle en devançant tout commentaire.

– Ce qui veut dire ? demande Euterpe.

– Ce qui veut dire quelque chose de mieux qu'une fille de cuisine maussade. Ce soir, on doit faire nos preuves.

– Faire nos preuves ? marmonne Uranie.

– Notre Dominus sera là ! lance Melpomène en sortant de derrière le comptoir.

Elle s'avance devant nous, les mains jointes à la taille.

– Il amène son frère bien-aimé et des garçons des plus grandes familles de la ville. C'est notre chance de montrer que l'Hélicon n'est pas simplement pour les marins et les esclaves. C'est notre chance de montrer qu'on peut toucher une autre catégorie de clients.

Elle marque une pause, attendant notre réaction, mais comme personne ne dit rien, elle poursuit.

– À présent, vous comprenez peut-être pourquoi j'ai investi autant de temps et d'argent dans cet endroit, pourquoi nous avons un nouveau menu, un nouveau crépi et de nouvelles tentures. Je veux qu'on augmente nos prix, et ça implique d'offrir quelque chose de plus à de meilleurs clients. Ça implique également de meilleurs pourboires.

– Mais pas ce soir, objecte Euterpe.

Sa remarque prend Melpomène au dépourvu.

– Calidus est le propriétaire de l'Hélicon, explique Euterpe. Il ne va pas payer pour cette fête, si ?

Melpomène met un moment à répondre.

– Non.

– Alors aucun de ces riches jeunes hommes ne va dépenser d'argent ce soir.

– Pas ce soir, non, rétorque Melpomène en relevant le menton. On ne doit pas s'attendre à des pourboires.

– Alors, ce soir, personne ne va gagner d'argent, pas même toi.

– Prenez ça comme un investissement, répond-elle en nous regardant à tour de rôle. Si on montre à la jeunesse dorée de Carthago Nova ce qu'on sait faire, sur le long terme, on gagnera tous beaucoup d'argent.

– Il faut dépenser de l'argent pour gagner de l'argent, marmonne Focaria en fixant toujours sa coupe de vin.

– Exactement ! s'exclame Melpomène.

Euterpe adresse un regard méprisant à Focaria, puis se tourne vers Melpomène.

– Sauf que nous, ce n'est pas de l'argent qu'on investit.

– Écoutez, réplique Melpomène en tirant un tabouret pour s'asseoir à notre table. Si on se débrouille bien ce soir, il y aura d'autres fêtes privées, qui seront *payantes*.

Elle sourit, comme si c'était juste un échange entre copines.

– Ça fera moins de travail et plus d'argent. Pour tout le monde.

Les autres regardent Euterpe, qui demeure silencieuse.

– Je peux vous menacer de vous faire battre, ou pire, précise Melpomène. Mais je ne veux pas. Je ne souhaite pas être ce genre de Domina.

On échange tous des regards – Melpomène n'est pas notre Domina –, mais on ne répond rien. Elle continue comme si elle n'avait rien remarqué.

– Je veux que vous fassiez passer la soirée de leur vie à ces jeunes hommes, pas parce que vous êtes obligées de le faire, pas parce que je vous menace, mais parce que c'est dans votre intérêt.

Elle pose la main sur le bras d'Uranie.

– Ta cellule n'est-elle pas plus jolie, maintenant ?

– Si, souffle Uranie sous le regard d'Euterpe.

Melpomène se tourne vers Thalie.

– Je t'ai installé un nouveau matelas, non ?
Thalie jette un coup d'œil à Euterpe, puis acquiesce.
Melpomène dévisage Euterpe, mais elle est assez fine pour ne pas tendre la main et la toucher.
– J'ai fait mettre des couvercles sur tous les pots de chambre, non ?
– C'est vrai, admet Euterpe.
– Ces choses-là coûtent de l'argent. Et l'unique raison pour laquelle Calidus accepte de le dépenser, c'est qu'on a satisfait plus de clients et gagné plus d'argent que nous ne l'avions jamais fait sous la férule de cette brute d'Audo. Antinoüs, poursuit-elle en me touchant la main. Tu gagnes de plus gros pourboires, non ?
Je sens le regard d'Euterpe sur moi, mais je n'arrive pas à lever les yeux vers elle. Je hausse les épaules. Melpomène me presse la main.
– Petit à petit, pas à pas, nous sommes en train de faire de cette taverne la meilleure de la ville, déclare-t-elle en nous adressant un grand sourire. On devrait être fiers de nous.
Elle se redresse et fait signe à Digitus.
– Diggy, verse une autre coupe à tout le monde.
Digitus va chercher le pichet sur le comptoir et boitille autour de la table pour remplir toutes les coupes à ras bord. Puis il recule en le serrant contre sa poitrine. Melpomène hausse les sourcils en nous dévisageant, et nous saisissons nos coupes.
– À l'Hélicon ! lance-t-elle.

Peu après la tombée de la nuit, j'entends les jeunes nantis avant même de les voir. Leurs rires et leurs cris résonnent dans la rue. Je grimpe sur ma petite table, d'où j'aperçois par ma fenêtre la lumière de leurs torches sous les avant-toits des boutiques et des maisons. Le bruit et le halo de lumière s'estompent, puis j'entends frapper à la porte du jardin et Calidus demander qu'on lui ouvre. Diggy tire le verrou et se presse contre le mur quand ils entrent suivis de deux esclaves munis de torches. Les tuniques des garçons sont les plus magnifiques que j'aie jamais vues, et au milieu, vêtu de la plus belle, se tient Marius, le garçon que j'avais croisé dans l'atrium de Dominus. Ses cheveux sont huilés et coiffés, il porte des bagues et un bracelet, et il rit et crie plus fort que tous les autres réunis. Ils se dispersent dans le jardin, fouillent tous les coins, piétinent les plants de Focaria en soulignant à pleins poumons les défauts les plus sordides du lieu.

– Ces latrines puent !

– La cuisine, c'est encore pire !

– Qu'est-ce qu'il y a, là-haut ?

Ils lèvent tous les yeux vers l'étage, et je me baisse pour qu'ils ne me repèrent pas.

– Les jeunes ! crie Calidus.

Je me remets à la fenêtre et je le vois entrer en dernier, refermer le verrou, puis les conduire vers la taverne.

– Par ici !

Ils lui emboîtent le pas en jappant comme des chiots et franchissent l'arche sous ma fenêtre en chahutant. Je saute de ma table et je sens les vibrations du parquet sous mes pieds quand ils remplissent la grande salle.

– Qui sont ces jeunes dépravés ? rugit Focaria en feignant l'irritation.

– Ton pire cauchemar ! s'esclaffe Calidus.

Ils poussent tous des acclamations, et sont aussi bruyants que les clients d'une soirée bien remplie, mais avec des voix plus aiguës. Je m'allonge sur mon lit pour attendre mon premier hôte. J'ai déjà fait une paire de passes plus tôt dans l'après-midi, avant qu'on ferme les volets, mais, depuis, je me suis lavé le visage, les aisselles, l'entrejambe et le derrière dans ma bassine. Je me suis remaquillé, j'ai huilé ma peau, je me suis parfumé et j'ai rafraîchi mon haleine avec des feuilles de menthe. Mon rideau est ouvert, et ma nouvelle lampe, dont les flancs arborent deux amants enlacés, est allumée. Depuis mon lit, je fixe les nouvelles tentures bleues et jaunes qui courent d'un bout à l'autre du plafond comme un nuage suspendu. Elles ne rendent pas le travail plus supportable. Elles donnent juste l'impression que la cellule est plus petite et plus exiguë, comme un piège parfumé.

Mais personne ne vient. Au rez-de-chaussée, les jeunes chantent d'un ton plutôt hésitant, tandis que Calidus leur enseigne les paroles d'une des chansons les plus obscènes que les clients aiment bien reprendre en chœur. Certaines voix sont aiguës et criardes, d'autres graves, d'autres oscillent entre les deux. Toutes me paraissent étranges. Aurais-je jamais pu être l'un d'entre eux ? Ai-je jamais eu la moindre chance de devenir un garçon comme eux ? Plus tard, par groupes de deux ou trois pour se donner du courage, ils commencent à monter, et s'engagent dans le couloir en chuchotant et en gloussant quand ils regardent dans les cellules où Melpomène, Uranie, Thalie et Euterpe les attendent, vêtues de leur robe, parfumées et maquillées, agenouillées ou assises sur leur nouveau matelas sous un dais de tentures à la lumière statique de leur nouvelle lampe. Melpomène nous a avertis que, contrairement à nos clients réguliers, ces garçons auraient besoin d'un petit encouragement pour passer le seuil.

– Je t'attendais, lance Melpomène de sa voix la plus snob.

– Je suis contente de te voir, souffle Thalie.

– Entre, si tu dois entrer, grommelle Uranie.

– N'aie pas peur, murmure Euterpe.

Je suis à genoux sur mon matelas, moi aussi, quand un garçon finit enfin par se montrer à ma porte. C'est Marius en personne, le jeune homme du jour. Il jette un coup d'œil à ses copains par-dessus son épaule, puis se retourne vers moi et me dévisage, les yeux grands ouverts. Dans l'atrium, il avait l'air sûr de lui et arrogant, mais, ici, sur le seuil de ma cellule, il me lorgne comme si j'étais le chien enchaîné sur le perron de la maison de son père. Gare à la louve. Je baisse la tête et je lève les yeux vers lui d'un air engageant en tapotant le matelas à côté de moi. *Tu es nouveau ?* ai-je failli m'écrier. *Tu comprends ce que je dis ?* Sauf qu'il se retourne brusquement et s'en va. J'entends des murmures et des rires dans le couloir, mais il ne revient pas, alors je m'allonge, les mains derrière la tête, et j'écoute les autres garçons se dépenser physiquement dans les cellules voisines. L'un d'eux jouit en poussant un cri de joie, un autre pleure comme un bébé, un autre couine comme un petit animal piégé. Marius était-il l'un d'eux ? Je n'ai aucun moyen de le savoir. Puis j'entends le bruit de leurs pas quand ils dévalent l'escalier et les acclamations qui les accueillent lorsqu'ils retournent dans la grande salle font trembler mon lit.

À présent, les pieds martèlent les marches en permanence. Les jeunes s'agglutinent dans le couloir et épient leurs copains, ils regardent derrière les rideaux, et les plus audacieux lancent des encouragements. Les cris et les éclats de rire déferlent sur le premier étage de la taverne comme une marée montante, ils engloutissent les louves, qui se retrouvent à travailler devant un public, comme les gymnastes ou les gladiateurs. J'entraperçois des images de mes sœurs louves : Uranie qui pousse un grand soupir, Euterpe qui lâche « Un à la fois » avec une sécheresse peu caractéristique. Melpomène elle-même a laissé tomber sa dramaturgie habituelle, afin de pouvoir expédier les garçons aussi vite que possible.

Couché sur mon matelas, je voudrais partager le fardeau de mes sœurs, mais j'espère aussi qu'aucun garçon ne va entrer dans ma cellule. Je me sens à la fois coupable et soulagé. C'est la nuit la plus facile que j'aie jamais passée en tant que louve. Sans le raffut, j'aurais même presque pu dormir. Pendant un temps mort, j'entends Thalie pleurer à l'autre bout du couloir, puis les pas d'Uranie qui passe chez son amie. Je me lève pour jeter un coup d'œil. Euterpe, adossée à son seuil, les yeux clos, robe béante, s'évente de la main. Elle sursaute quand je l'effleure, puis soupire et pose sa main sur mon épaule.

– Combien ? demande-t-elle.

– Aucun. Personne ne veut de moi.

On entend les pas d'une seule personne gravir les marches, et elle me pousse vers ma cellule.

– Va dans ta chambre. Reste hors de vue.

Mais avant que je puisse disparaître, Melpomène débouche dans le couloir en rajustant sa robe. Sous son maquillage, qui a coulé, son visage est tiré et tendu.

– Antinoüs ! Combien de garçons as-tu expédiés ?
– Aucun.
– Pourquoi ?
– Laisse-le tranquille, Mel. Ils ne veulent pas de lui.
Le rideau de la cellule de Thalie s'ouvre, et Uranie apparaît.
– Aucun ? lance cette dernière en me regardant droit dans les yeux. Tu pourrais faire un effort ! Il pourrait ! ajoute-t-elle quand Euterpe se met à protester. On se tape tout le boulot !
Derrière elle, Thalie est recroquevillée sur son matelas et serre sa robe contre elle, comme si elle était dans un cocon.
– Ils ne savent pas que tu es là, c'est ça le problème, observe Melpomène.
– Non, ce n'est pas ça, réplique Euterpe. Certains en ont peut-être envie, mais pas devant les autres.
Uranie me jette un regard mauvais.
– Alors va au rez-de-chaussée et emmènes-en quelques-uns dans le jardin.
Elle se tourne vers Melpomène.
– Certains sont montés *deux* fois ! Et *aucun* ne laisse de pourboire.
– Ils ne le feront pas, soupire Melpomène en ayant l'air fatiguée de devoir l'expliquer à nouveau. C'est la fête de Calidus, tous ces garçons sont ses invités.
Uranie l'ignore.
– Tu dois y mettre du tien, m'aboie-t-elle à la figure. Va tailler quelques pipes, bon sang !
Elle entre dans la cellule de Thalie et tire le rideau derrière elle d'un coup sec.
Melpomène me saisit par le bras.
– Va donner un coup de main dans la grande salle, ordonne-t-elle en me poussant vers l'escalier. Focaria et Digitus ont du mal à s'en sortir.
Euterpe ouvre la bouche pour parler, puis se ravise.
– Qu'est-ce que tu veux que je fasse ?
– Promène-toi entre les tables avec un pichet de vin, répond-elle en essuyant la sueur sur son front. Souris. Croise leur regard.

Elle me pousse à nouveau, et Euterpe regagne sa cellule. En descendant, je croise deux garçons. On s'écarte un peu pour passer ; ils me regardent de la tête aux pieds puis, en arrivant en haut de l'escalier, ils éclatent de rire. J'entre dans la grande salle, aussi brillant qu'une pomme dans ma tunique rouge et mon maquillage impeccable. À ma droite, dans la pièce privée enfumée, des garçons sont vautrés sur les bancs le long de la grande table tandis que Marius tient sa cour à la place d'honneur en se vantant bruyamment des exploits qu'il a accomplis à l'étage.

– J'y suis déjà allé deux fois ! braille-t-il. Je vais toutes me les faire !

Les autres l'acclament et se vantent aussi.

– J'y suis allé trois fois !

– Moi aussi !

Le regard de Marius se pose sur moi, mais je me dirige vers la grande salle, où d'autres garçons assis sur les petits tabourets autour des tables parlent d'une voix pâteuse, les yeux mouillés, la tête branlante, et éclatent de rire sans raison apparente. Sans un mot, Focaria me tend un pichet de vin et me pousse dans la pièce. Je circule entre les tables en remplissant les coupes. La plupart ne font pas attention à moi, tant ils sont habitués à ignorer les esclaves qui sont à leur service chez eux. Un ou deux me regardent de haut en bas, ou murmurent quelque chose à leur voisin. Entre-temps, Focaria apporte à un rythme frénétique des plats de saucisses de la cuisine, où Digitus les fait griller tout aussi frénétiquement. Calidus circule, lui aussi. Il est saoul, mais pas autant que les jeunes. Il reste debout, et fait sans cesse des allers-retours entre la taverne et le jardin, où quelques garçons sont allés vomir ou ronfler. Les deux esclaves qui les accompagnaient sont aussi dans le jardin, mais, pour l'instant, ils ont éteint leurs torches et se reposent, dos contre la citerne, les jambes tendues devant eux. Ils descendent du vin à grandes rasades et se bourrent de saucisses en échangeant sous cape des blagues sur la lubricité de leurs maîtres.

Je n'ai encore jamais vu autant de garçons au même endroit et en même temps. Les gamins des rues qui traînent au carrefour ou sur les quais ne pourraient jamais être aussi nombreux. La plupart de nos hôtes sont plus vieux que moi, mais certains ont mon âge. Non seulement leurs vêtements sont plus beaux que ceux des gamins des rues, mais, du moins quand ils ont bu, ces jeunes nantis sont plus bruyants et plus sûrs d'eux, et se déplacent dans la taverne comme si aucun lieu ne leur était interdit, comme s'ils étaient bien accueillis partout, comme s'il n'y avait rien qu'ils ne puissent dire ou faire. Ce qui, bien sûr, est vrai. Ils sont mieux nourris et plus robustes que les maigrichons osseux qui hantent le carrefour, mais la véritable différence réside dans leurs yeux. Les gosses du carrefour ont un regard inquiet, étroit, à l'affût, qui voit tout et ne rate rien. Ils peuvent jauger en un instant les faiblesses de quelqu'un. Les riches, d'un autre côté, ont un regard ouvert qui ne voit quasiment rien d'autre qu'eux-mêmes. Ils n'ont pas besoin de jauger les faiblesses des autres, parce que tout le monde est plus faible qu'eux. Ils n'ont pas besoin de prendre quoi que ce soit parce que tout leur appartient déjà. Ils me voient et ne me voient pas tout à la fois tandis que je glisse parmi eux avec mon pichet de vin, pas un garçon comme eux, mais un meuble qui marche, un outil qui parle, un esclave.

Je rapporte le pichet vide à Focaria pour qu'elle le remplisse quand Calidus apparaît derrière moi et me pose presque amicalement la main sur l'épaule. Instinctivement, je lui lance mon regard d'Antinoüs le fellateur tel qu'il est représenté sur la fresque du menu, en songeant qu'il veut monter. Mais il me toise de haut en bas comme pour m'évaluer, presque comme s'il voulait me demander un service.

– Rappelle-moi ton nom.

Sa voix n'est pas pâteuse, mais il parle plus fort que nécessaire, même dans le brouhaha ambiant.

– Antinoüs, Dominus.

– Antinoüs ! s'exclame-t-il en mimant la surprise. Qui t'a donné ce nom ?

– Je vous demande pardon, Dominus, mais c'est vous.

Il s'esclaffe et me presse l'épaule, puis lève les yeux vers le menu. Grâce au talent d'Astius et de son esclave, les couleurs des nouvelles fresques resplendissent sous la lumière des lampes. Juste en dessous, cinq garçons sont assis sur le banc, la tête posée sur l'épaule de leur voisin, la bouche ouverte, des coupes vides sur leurs genoux ou entre leurs doigts, prêtes à tomber par terre.

– Combien sont passés te voir ? demande Calidus.

– Aucun, Dominus.

– Aucun ! Vraiment ?

Derrière son comptoir, Focaria nous observe. Elle a rempli le pichet, mais elle sait bien qu'elle aurait tort d'interrompre Dominus, alors elle le prend et commence à faire elle-même le tour de la salle.

– Je pense qu'ils préfèrent tous les femmes, Dominus.

– Pas tous. Viens avec moi.

Les mains sur mes épaules, il me conduit jusqu'à la salle privée. L'air est saturé par la fumée des lampes et l'odeur de sueur et d'urine des garçons. Marius pérore au bout de la table, mais plusieurs ont posé la tête dessus et les autres, avachis sur les bancs, rient outrageusement à tout ce qu'il raconte.

Un garçon descend les marches en titubant et bouscule Calidus, qui l'arrête.

– Combien de fois es-tu monté là-haut, espèce d'animal ?

Le garçon se contente de rire et se dégage, puis pousse deux autres jeunes sur le banc pour s'asseoir entre eux.

– Trois fois ! clame Marius à l'intention de son grand frère. J'y suis monté trois fois !

– Tu disais deux, tout à l'heure ! crie quelqu'un.

Et les injures volent dans la pièce.

– Viens par là ! lance Calidus à son frère.

Marius mime la surprise, comme pour dire : « Qui ça, moi ? » Mais Calidus insiste, alors Marius fait le tour de la table en poussant des garçons de son chemin et en enjambe un qui dort par terre. Calidus le saisit par l'épaule.

– Tu as besoin de prendre l'air !

Puis il s'adresse à moi.

– Antinoüs, montre-lui où sont les latrines.

– Je sais où sont les latrines, réplique Marius en m'écartant.

Il s'éloigne à grands pas et sort par l'arche qui mène au jardin. Calidus me pousse derrière lui.

– Vas-y ! lance-t-il.

Il n'a pas du tout l'air d'être saoul.

Quand j'arrive dans le jardin, Marius est en train de regarder la lune. Elle est haute dans le ciel, sa lumière éclipse les étoiles autour d'elle et donne une teinte argentée aux feuilles des plants piétinés. Les deux esclaves ont disparu, Dieu sait où, mais il y a encore un garçon qui pleure discrètement, assis contre le mur près de la porte de la rue. Il relève la tête quand je sors. Marius l'ignore, mais, quand je croise le regard trouble du garçon, il bondit sur ses pieds et disparaît en courant dans la taverne. Je me retrouve seul avec Marius, même si j'entends Digitus bouger dans la cuisine et si je sens l'odeur des saucisses en train de griller.

– Alors, où sont les latrines ?

Marius me regarde, à présent. Je les lui désigne, au fond du jardin.

– Conduis-moi.

– Dominus.

Marius me laisse passer devant lui.

– Ne m'appelle pas comme ça.

– Dominus ? dis-je en me tournant vers lui.

Il me serre le bras si fort que c'en est presque douloureux.

– Je t'ai *dit* de ne pas m'appeler comme ça.

Il me conduit derrière les latrines, à côté de la pile de bois. On est dans un coin sombre, abrités de la lumière de la lune et hors de vue de la taverne. Il promène son regard sur le jardin argenté, puis me pousse contre le mur et m'embrasse durement sur la bouche. Comme il est plus grand que moi, au début, je ne sais pas trop quoi faire – ça n'arrive quasiment jamais avec un client –, mais, ensuite, je lui rends son baiser. Il a un goût de vin et de saucisse, alors ce n'est pas déplaisant, mais je sens qu'il tremble. Je le serre dans mes bras, mais il me repousse et me fixe, le souffle court. Je m'apprête à me mettre à genoux, en pensant que c'est ce qu'il désire, mais il m'attrape les bras et me redresse. Toujours haletant, il me relâche puis se tourne lentement. Il tend la main en arrière et me plaque contre lui. Ma tête ne lui arrive que jusqu'aux omoplates, mais il pose quand même une de mes mains sur sa poitrine et l'autre entre ses jambes, où son pénis est déjà dur. Puis il se penche en avant et s'agrippe à la pile de bois.

– Vas-y, murmure-t-il.

– Dominus ?

Ça, ça ne m'est *jamais* arrivé. Des clients m'ont déjà caressé et même fait jouir, mais jamais aucun ne m'a demandé de le pénétrer. Ça ne se fait pas. Je ne sers pas à ça. Ça le mettrait plus bas que moi, et personne ne peut être plus bas que moi.

– Ne m'appelle pas comme ça, siffle-t-il. Vas-y !

– Je... Je ne peux pas.

– Pourquoi ? demande-t-il d'un ton à la fois irrité et désespéré.

– Vous êtes trop grand.

Marius s'écarte de la pile de bois et se met à quatre pattes dans l'herbe, puis relève ses fesses.

– Et maintenant ? demande-t-il par-dessus son épaule.

Je m'agenouille derrière lui et je tends à nouveau la main vers son pénis. J'ai la bouche sèche.

– Oui, Dominus.

– Appelle-moi Marius ! *Vas-y*.

J'essaie de retirer la main de son sexe, mais il me saisit le poignet.

– Hum... Marius, j'ai besoin de ma main un instant.

Il me lâche. Je crache dans ma main et je me caresse pour essayer d'avoir une érection. La nuit où elle a fait de moi une louve, et à de nombreuses reprises depuis, Melpomène m'a seriné qu'un homme peut en pénétrer un autre, mais qu'il ne peut jamais laisser un autre homme le pénétrer. Dans le premier cas, il reste un homme ; dans le second, il devient une femme, ou pis. C'est à cela que *je* sers, m'a-t-elle répété encore et encore. Les clients viennent pour me prendre, pas pour que *je* les prenne.

– Alors ? lance Marius.

Je crache de nouveau dans ma main pour me lubrifier, et je pénètre le jeune Dominus. Il pousse un cri et soulève les hanches pour venir à ma rencontre. Ce n'est pas comme la fois où Melpomène m'a pris dans sa bouche, quand mon pénis était enveloppé dans quelque chose de chaud, d'humide et de vivant. Là, c'est plutôt comme s'il poussait à travers un anneau serré de muscles dans un vide plein de chaleur.

– Plus fort ! souffle Marius.

Mes pensées dérivent, mais pas de la manière habituelle. Moineau ne s'envole pas, mais, s'il nous regardait, s'il voyait mon derrière pâle rebondir à l'ombre des latrines, il s'esclafferait. Et il aurait raison, parce que c'*est* drôle. Le monde est sens dessus dessous, et l'esclave est en train de prendre le maître. Le garçon prend l'homme. Antinoüs prend l'empereur. Pour la première fois de ma vie, je lui fais ce que tout le monde me fait. Est-ce que ça lui fait aussi mal qu'à moi, encore aujourd'hui ? Je m'en moque. Est-ce que ça lui plaît ? Je m'en moque aussi. A-t-il peur, se sent-il humilié et hébété, tout comme moi ? Mon Dieu, j'espère bien. Je suis sur le point d'éclater de rire, mais je me retiens, sachant à quel point ça pourrait être dangereux. Je serre les lèvres pour empêcher mon rire de jaillir en songeant : *Si on me voyait à présent !* Melpomène serait-elle fière ? Audo serait-il en colère ? Nazarius penserait-il que l'esclave prend enfin la revanche qu'il mérite ? Je sais ce que Renatus penserait, et un petit gloussement m'échappe malgré moi, mais je le déguise en gémissement de plaisir.

Marius halète et rue de plus en plus fort. Je m'amuse bien, mais pas comme tu le crois, lecteur, pas comme un client. J'ai conscience de la terre sous mes orteils, de la puanteur des latrines, du brouhaha des voix dans la taverne, j'ai conscience de la brise nocturne qui souffle sur mes jambes. Je lève les yeux vers les étoiles au-dessus de nous et je pense à un million de choses à la fois, et aucune d'elles n'est le garçon à mes pieds. Je pourrais tout aussi bien être assis devant le temple sur le flanc de la colline à balancer des cailloux sur les chats. Je pourrais être en train de nager dans le port avec les gosses du pêcheur. Je pourrais voler au-dessus de la campagne comme un dieu, main dans la main avec la petite Syrienne, tous les deux aussi nus que le jour de notre naissance, tous les deux en train de rire, tous les deux libres.

Puis Marius gémit, tressaille et jouit dans ma main. Il se dégage d'un coup de reins et s'écarte, puis s'assoit contre la pile de bois et me fixe d'un œil craintif dans la pénombre. Un instant plus tard, il m'a collé contre le mur des latrines et m'étrangle, le bras en travers de ma gorge. Il approche son visage du mien, l'haleine chargée de remugles de vin et de saucisse, les yeux emplis de rage.

– Si *jamais* tu parles de ça à quelqu'un, *je te tuerai*.

Je n'arrive pas à parler, je peux à peine respirer, mais je me dis pourtant que c'est la deuxième fois de la journée que quelqu'un menace de me tuer. À présent, Moineau vole au-dessus de moi ; il observe.

– Je te ferai fouetter, puis briser les os, un par un. Ensuite, je te ferai crucifier. Tu comprends ?

Je ne peux que haleter, à moitié asphyxié, et je commence à voir des étoiles apparaître devant mes yeux. De là-haut, Moineau m'entend étouffer. Marius colle ses lèvres à mon oreille.

– À Rome, murmure-t-il, les petits garçons à louer comme toi, on les fait brûler vifs.

Puis il m'embrasse de nouveau, durement, à pleine bouche, et l'air me manque ; je me sens impuissant. Je suis sûr que je vais mourir. Moineau voit que mes bras et mes jambes sont pris de spasmes.

Soudain, Marius me relâche, et je m'effondre dans les hautes herbes en essayant de reprendre mon souffle. Le jeune Dominus se redresse et rajuste sa tunique.

– Reste là jusqu'à ce que je sois rentré dans la taverne.

Il fait quelques pas, puis se retourne.

– Tu sais compter ?

Je gémis quelque chose.

– Compte jusqu'à cent. Et souviens-toi de ce que je t'ai dit.

Puis il s'en va à grands pas sous le clair de lune.

Je n'ai pas besoin de compter du tout, parce que je peux à peine bouger. Je ne vois que les étoiles au-dessus du toit des latrines, éclipsées par la lune, et je n'entends que le son rauque de ma propre respiration. Ma trachée est douloureuse et comprimée, et l'arrière de mon crâne m'élance à l'endroit où Marius l'a cogné contre le mur. Je suis affalé dans l'herbe, et ma peau me picote, à moins qu'il n'y ait un millier de petites créatures en train de me ramper dessus.

– À l'aide.

C'est un murmure, que je n'adresse à personne en particulier. Le rythme de ma respiration ralentit et je reviens à moi, mais j'ai maintenant conscience d'une présence à mes côtés. Je lève la tête, et là, accroupi juste derrière les latrines, je vois Calidus. Digitus est derrière lui, il se tord les mains.

– Il t'a bien enfourché, hein ? demande Calidus.

Je me redresse sur les coudes. Dans son dos, Digitus acquiesce frénétiquement pour m'indiquer ce que je dois répondre.

– Oui, Dominus, parviens-je à répondre.

– Bien. Marius est un homme, maintenant. C'est dans l'ordre des choses.

– Oui, Dominus.

– Mon frère a de l'avenir, professe-t-il en me souriant. Il sera décurion un jour. Peut-être même sénateur.

Il me jette quelque chose qui tinte en tombant dans l'herbe à côté de ma jambe.

– Voilà pour toi, déclare Calidus en se relevant.

Il vacille un peu.

– Quand on y pense, Antinoüs, un jour, tu pourras dire qu'un sénateur t'a baisé.

Calidus s'éloigne en riant à sa propre blague, et frôle Digitus qui s'écarte de son passage en serinant « Dominus ». Quand notre maître est parti, Diggy s'agenouille à côté de moi et m'aide à m'asseoir. Je m'accroche à lui, de peur de ne plus jamais pouvoir me relever si je me rallonge.

– J'ai vu ce qui est arrivé, déclare Digitus avec son accent épais. Il t'a fait mal ?

Je respire profondément avant de répondre.

– Non.

Pas plus que d'habitude.

Digitus fouille les herbes en quête de la petite bourse, et avant même que j'aie l'idée de l'en empêcher, il en tire une pièce.

– Je dis rien, déclare-t-il en la brandissant de sa main à trois doigts. D'accord ?

J'acquiesce, et il glisse la bourse dans mes mains. Puis il porte son index à ses lèvres, se redresse et m'aide à me relever. Comme j'ai encore la tête qui tourne, il me soutient jusqu'à ce que je recouvre l'équilibre et, tout en m'aidant à traverser le jardin, il glisse la bourse à l'intérieur de ma tunique. Il désigne l'étage, où l'on voit de la lumière aux fenêtres des louves.

– Cache ça, m'enjoint-il. N'en parle pas.

J'acquiesce. Il me laisse franchir l'arche et repart en boitant vers la cuisine, quand Focaria déboule et me fait quasiment tomber.

– Où étais-tu ? lance-t-elle en passant devant moi avec un plat vide.

Une fois dans la grande salle, je m'accroupis derrière le comptoir, où je ne vois pas les autres garçons et où ils ne peuvent pas me voir. Ils sont plus calmes, à présent, et, quand j'entre dans la salle privée, j'en trouve une demi-douzaine étalés sur la table ou en dessous, tandis que ceux qui sont encore assis tiennent des propos brumeux en grommelant d'une voix pâteuse. Marius n'est pas parmi eux.

Des garçons font encore la queue dans l'escalier et ils me laissent à peine assez de place pour monter ; quand j'arrive dans le couloir, les rideaux de mes sœurs louves sont tirés. Je passe devant en serrant ma bourse contre mon ventre sans tenir compte des garçons qui halètent ni des louves qui les encouragent d'une voix fatiguée. Une fois dans ma cellule, je tire le rideau et j'éteins ma lampe. L'un des garçons crie dans le couloir, puis j'entends un bruit de pas sur le parquet et la voix de Marius.

– Et de quatre ! hurle-t-il. Je me les suis toutes faites !

Tandis que les garçons dans l'escalier lui lancent des acclamations avinées, je soulève mon matelas et je glisse la bourse dans la fente où je cache mon argent, sans compter les pièces qu'elle contient. Puis je rampe sous mon lit et je me roule en boule. Même si je ne le distingue pas dans le noir, je pose mes doigts sur le moineau que j'ai gravé dans le mur et j'écoute le reflux de la fête au rez-de-chaussée jusqu'à ce que le sommeil m'emporte.

Le lendemain matin, ni Focaria ni Melpomène ne nous accompagnent aux thermes. Melpomène est restée à la taverne pour discuter avec Calidus, de retour avec la gueule de bois et les yeux gonflés de sommeil quelques heures à peine après son départ. Focaria aide Digitus à faire les courses parce que les fêtards ont vidé la cuisine. Les autres louves sont particulièrement épuisées et percluses de douleurs ce matin. Sur le chemin des thermes, elles gardent leurs pensées pour elles, tête baissée sous leur capuche.

Personne ne remarque le gros hématome violet au bas de ma gorge jusqu'à ce que je me déshabille dans le caldarium pour me plonger dans l'eau chaude. Les bleus ne sont pas inhabituels, bien sûr, et toutes en arborent un ou deux ce matin. Mais le mien se distingue, même au sein d'un groupe de louves.

– Qui t'a fait ça ?

Euterpe s'accroupit dans l'eau à côté de moi. Même Thalie et Uranie s'approchent pour jeter un coup d'œil.

– C'était Calidus ? demande Uranie.

– L'autre, dis-je d'une voix rauque. Marius.

J'ai la gorge encore à vif. Quand Euterpe me touche, je tressaille.

– Oh, Petit Bout, souffle-t-elle.

Elle se penche pour m'embrasser le front, mais elle pose la main sur mon autre bleu, à l'arrière du crâne, où Marius m'a cogné la tête contre le mur des latrines, alors je la repousse en éclaboussant le bord de la piscine.

– Ne m'appelle pas comme ça !

Ma voix, haut perchée et vibrante, se répercute sur les voûtes du caldarium. Les autres restent figées dans l'eau tremblante. Gracilis, l'esclave des thermes qui nettoyait les bancs de l'autre côté du bassin, relève la tête. Je sens les larmes me monter aux yeux, et je me plonge dans l'eau jusqu'au nez en les regardant d'un air mauvais pour qu'elles ne s'approchent pas. Mais elles m'entourent quand même, à distance.

– Qu'est-ce qu'il t'a fait ? demande Uranie.

Je secoue la tête.

Les louves échangent un regard.

– Qu'est-ce qu'il t'a fait ? demande Euterpe.

Je sors ma bouche de l'eau.

– Il n'a rien fait.

– Rien ? s'étonne Thalie.

– Il m'a obligé à lui faire quelque chose.

J'ai conscience du murmure de ma voix sous la voûte.

– Il a promis qu'il me tuerait si j'en parlais.

Je replonge le bas de mon visage dans l'eau en observant les autres louves pendant qu'elles assimilent l'information.

– Il t'a demandé de... ? s'enquiert Euterpe.

Je ressors la tête et je me mets à crier.

– Il a promis qu'il me tuerait !

– Tu l'as baisé ? demande Thalie.

– Petit veinard ! lance Uranie.

– Ça suffit ! s'écrie Euterpe.

– Mel va nous faire trimer comme un troupeau de mules, et ensuite, elle nous vendra, opine Uranie. Mais lui, elle va le garder !

– Laisse-le tranquille, réplique Euterpe.

– Je ne supporterai pas une autre nuit comme celle-ci ! crache Uranie en saisissant le bras d'Euterpe. Je *préfère* être vendue.

– Ne dis pas ça ! s'écrie Thalie en agrippant le bras de son amie.

– Je le pense vraiment ! rétorque Uranie en se dégageant. Je ne peux plus continuer.

– Ça ne sera pas comme ça tous les soirs.

– C'est déjà comme ça ! s'emporte Uranie. Mel nous oblige à expédier plus de clients qu'on n'en a jamais faits avec Audo.

– C'est vrai, abonde Euterpe. Et il y aura d'autres fêtes privées.

– Comment le sais-tu ? demande Thalie.

– De quoi penses-tu que Mel et Calidus sont en train de parler en ce moment même ?

Euterpe jette un coup d'œil à l'autre bout du bassin, où Simplex a rejoint Gracilis. Les deux nous écoutent en faisant semblant de travailler. Euterpe baisse la voix, et les autres, moi compris, se rapprochent d'elle dans l'eau.

– Brutus m'a dit que l'Église tente de se débarrasser de toutes les autres prostituées en chambre de la ville. Bientôt, il n'y aura plus que les louves sous l'aqueduc et nous.

– Ils vont se débarrasser de nous aussi, affirme Uranie. Ils vont nous vendre.

– On appartient au frère de l'évêque, et, tant qu'on rapporte de l'argent pour sa nouvelle basilique, je pense qu'il nous gardera.

Elle baisse encore la voix.

– Mais ils voudront qu'on soit plus discrets, raison pour laquelle il y aura davantage de fêtes privées. Ils peuvent enfermer les clients à l'intérieur, comme ça, il y a moins de raffut dans la rue.

– Et plus de travail pour nous, renchérit Thalie.

– Et pas de pourboires, précise Uranie.

Soudain, je me redresse, je sors la tête de l'eau. Mon cœur bat fort et j'ai la bouche sèche. Le caldarium est surchauffé, ça m'oppresse, j'ai du mal à respirer. Je sens le bras de Marius qui m'écrase la trachée, et Moineau qui se cogne frénétiquement contre le dôme du plafond en essayant de trouver une issue. Je veux sortir de la piscine, laisser ma tunique rouge derrière moi et m'enfuir tout nu dans la rue. Je veux courir aussi vite que possible, peu importe où, jusqu'à ce que la taverne, les clients, la ville, toutes les choses et les gens que je connais disparaissent. Les autres écarquillent les yeux, comme si un animal sauvage venait d'émerger du bassin.

– Je déteste ça ! Je voudrais mourir !

Je suis au-delà des larmes. Euterpe se glisse vers moi et me prend dans ses bras. Les autres s'approchent aussi. De l'autre côté, Simplex et Gracilis nous regardent ouvertement.

– Écoute, je vais te raconter une histoire, souffle Euterpe.

– Tes histoires ne servent à rien ! Elles ne changent jamais rien !

Mes paroles rebondissent contre les murs. J'ai envie de la blesser, de l'éloigner, mais elle s'installe tout contre moi et fait signe aux autres de nous rejoindre. Elle regarde les esclaves des thermes, qui échangent un coup d'œil et viennent à côté de nous.

– Celle-ci est différente. Ce que je vais te raconter est vraiment arrivé.

Sous les échos humides des voûtes du caldarium, Euterpe se lance dans un récit qui remonte aux premiers jours de la ville de Rome. Sur le moment, j'ai pensé qu'elle l'avait inventé, mais, des années plus tard, dans la bibliothèque où j'écris maintenant, je suis retombé dessus, dans un volume de l'historien Tite-Live.

– C'est arrivé il y a des siècles, commence Euterpe, quand Rome n'était encore qu'une ville parmi tant d'autres, toujours en guerre avec ses voisins. À l'époque, il n'y avait pas de soldats professionnels comme Audo. Toutes les guerres étaient menées par des fermiers comme le père d'Uranie ou des commerçants comme Nazarius, des hommes du peuple qui laissaient leurs familles et leurs commerces afin d'aller se battre pour le compte de leurs concitoyens romains. Ils se battaient pendant quelques mois, puis, même s'ils n'étaient pas tués ou éclopés, ils rentraient chez eux pour trouver leur ferme ou leur commerce en grande difficulté du fait de leur absence ; alors ils devaient emprunter de l'argent à un riche sénateur pour nourrir leur famille et maintenir leur ferme ou leur commerce à flot. Quand le prêt arrivait à échéance et que ces hommes n'étaient pas en mesure de le rembourser, ils perdaient leur ferme ou leur commerce et c'étaient ceux pour qui ils étaient partis se battre qui les récupéraient, tandis qu'eux-mêmes et leurs familles étaient jetés à la rue. Certains étaient même obligés de se vendre comme esclaves pour payer leurs dettes.

On l'écoute tous en hochant silencieusement la tête. Rien ne change. L'injustice de la vie est marquée au fer rouge dans la chair des esclaves, des prostituées et des femmes.

– Ces hommes, les plébéiens, poursuit Euterpe, demandaient qu'on les libère de leurs dettes et ils voulaient avoir une voix dans leur gouvernement. Mais les sénateurs refusaient de céder à leur demande, menaçant de leur infliger un traitement plus violent et de les expulser de la ville. Au moment où ce conflit entre les sénateurs et la plèbe atteignait son paroxysme, des éclaireurs sont arrivés à Rome et ont annoncé qu'une armée de Volsques était en route pour détruire la ville.

– C'est qui, les Volsques ? demande Uranie.

– Des hommes d'une autre ville, répond Euterpe. Le pire ennemi de Rome à l'époque. Mais écoutez : « *Le sort de Rome est en jeu*, ont déclaré les sénateurs aux plébéiens. *La vie et l'honneur de vos femmes et de vos enfants sont en danger si vous continuez cette discussion stupide. Vite, formez les rangs, prenez les armes, et aidez-nous à repousser notre ennemi*. »

Euterpe marque une pause pour ménager son effet. Par-dessus son épaule, je vois que Gracilis et Simplex se sont accroupis pour l'écouter.

– Pas un seul plébéien ne s'est avancé. À la place, ils ont fait autre chose, poursuit-elle en levant le doigt pour souligner son propos : *ils ont tous quitté la ville*. Ils ont rassemblé leurs femmes et leurs enfants et sont allés s'installer sur une colline à l'extérieur des murs, le mont Sacré. Ils ont déserté leurs boutiques, laissé leurs fermes à l'abandon et établi leur camp sur la colline comme s'ils n'avaient plus l'intention de revenir. Ainsi, à Rome, tous les riches, leurs femmes et leurs enfants seraient en mesure de voir à quoi ressemblerait leur vie sans commerçants et sans fermiers. « *Que les riches fassent pousser leur grain*, disaient les plébéiens. *Qu'ils fassent leur pain, qu'ils lavent leur linge et qu'ils désossent leur viande. Qu'ils combattent dans leurs guerres.*

Mais les Volsques arrivent ! criaient les sénateurs. *Ils vont prendre la ville !*

Grand bien leur fasse, ont répondu les plébéiens. *Un maître en vaut un autre.* »

« Alors les sénateurs ont envoyé un émissaire, un homme du nom d'Agrippa, en qui la plèbe avait confiance. Celui-ci a affirmé que le peuple d'une cité est comme un corps dont les sénateurs et les plébéiens font partie les uns et les autres, et que même si les mains, la bouche et les dents de ce corps sont fatiguées de travailler pour nourrir l'estomac, les mains, la bouche et les dents ne peuvent survivre qu'à condition que l'estomac soit nourri.

– Foutaises ! s'exclame Uranie. Les riches ne sont pas comme l'estomac. Ils sont plutôt comme le sphincter.

Tout le monde s'esclaffe, même Euterpe.

– C'étaient des foutaises, admet-elle. Pourtant, en fin de compte, la plèbe a accepté de rentrer et de se battre contre les Volsques, mais *seulement si* les sénateurs acceptaient de créer deux nouvelles charges qui formeraient le tribunat. Ces hommes seraient des représentants élus parmi des candidats issus de la plèbe, et *uniquement* de la plèbe. Aucun sénateur ne pourrait *jamais* être tribun, et, non seulement ça, mais les tribuns auraient le droit de veto sur toute décision des sénateurs.

– Et ils ont accepté ? demande Uranie d'un ton sceptique. Les sénateurs ?

– Ils étaient bien obligés, sinon ils perdaient la ville.

On demeure tous silencieux pendant un moment. Gracilis et Simplex sont captivés.

– Alors, les plébéiens sont revenus, dis-je.

– Oui, répond Euterpe. Ils sont revenus, ils sont allés se battre et ont vaincu les Volsques. Mais le plus important, poursuit-elle en baissant la voix et en nous faisant signe d'approcher, c'est qu'*ils se sont serré les coudes*, et qu'en se soutenant les uns les autres ils ont gagné le droit de pouvoir se prononcer sur la façon dont ils étaient gouvernés.

On se tait tous pendant un moment. Des vaguelettes circulaires rayonnent autour de chacun de nous et vont mourir sur le bord du bassin. Les deux esclaves des thermes ont presque l'air de vouloir nous rejoindre dans l'eau.

– Alors, c'est quoi exactement que tu veux dire ? demande Uranie. Tu voudrais qu'on quitte la taverne pour aller camper sur un flanc de la colline ?

– Non, répond Euterpe.

– Parce qu'ils se contenteraient de nous ramener et de nous battre. Ou de nous vendre. Ou pis.

– Je sais.

– Il y avait des esclaves parmi eux ? demandé-je. Chez les plébéiens ?

– Non, Petit Bout. Aucun d'eux n'était un esclave.

– Et des esclaves ont-ils déjà fait quelque chose de ce genre ? demande Thalie.

– Spartacus, répond Simplex.

Il est accroupi au bord du caldarium, et le trousseau de clés qui pend à sa ceinture traîne contre le marbre du sol. Gracilis, à côté de lui, surveille les accès à la piscine.

– C'est qui, Spartacus ? s'enquiert Thalie.

– Un esclave, répond Simplex à voix basse. Il a conduit une armée de gladiateurs contre les Romains.

– Et il a gagné ? demande Uranie.

– Il les a fait courir pendant un ou deux ans.

Simplex a posé les deux mains entre ses pieds sur le rebord du bassin.

– Mais est-ce qu'il a *gagné* ? insiste Uranie.

– Non, répond Euterpe.

– Les Romains les ont tous crucifiés, précise Simplex.

– Et y a-t-il des gladiateurs parmi nous ? ironise Uranie en le regardant. Tu es gladiateur, toi ?

Il hausse les épaules.

– Au temps pour cette idée ! lâche-t-elle.

– Il y a d'autres moyens, intervient Euterpe. Des choses qu'on peut faire si on se serre les coudes.

– Ralentir, lance Gracilis.

Lui aussi a posé les mains sur le bord du bassin, à côté de son compère.

– On fait ça tout le temps.
– Ralentir ? demande Thalie. Qu'est-ce que ça veut dire ?
– Continuer de travailler, mais plus lentement, réplique Gracilis avec un sourire édenté. Ça les fait vraiment enrager.
– J'aime bien ça, lance Euterpe. On peut prendre plus de temps avec chaque client.
– Qu'est-ce que tu veux dire ? demande Uranie.
– Leur parler, leur faire la conversation. Les clients adorent parler d'eux, on peut les garder plus longtemps dans la cellule, faire attendre les suivants.
– C'est tout ?
– On peut aussi prendre plus de temps entre deux passes. Garder le rideau tiré. Faire des éclaboussures dans la bassine pour leur faire croire qu'on est en train de se laver. Ou descendre aux latrines au lieu de se servir du pot de chambre. Ou, quand Diggy apporte quelque chose à manger, prendre plus de temps pour l'avaler.
– Rester plus longtemps aux thermes, suggère Simplex.
Tout le monde se tourne vers lui. Il hausse à nouveau les épaules.
– Prendre un jour supplémentaire pour nos règles ! s'exclame Uranie.
– Oui ! lance Euterpe. Bien !
– Laisser Quartus parler autant de temps qu'il le souhaite, renchérit Thalie.
Tout le monde rit.
– Qui donc paie une louve pour parler ? s'étonne Gracilis.
Simplex lui fait signe de se taire.
– Et Mel alors ? demande Thalie. Elle va nous percer à jour. Et ça ne va pas lui plaire.
– Elle sera occupée avec ses propres clients, objecte Uranie. Coincée dans sa cellule avec son rideau tiré.
– Et elle va faire des allers-retours entre l'étage et la grande salle toute la nuit pour superviser Focaria et Diggy, renchérit Euterpe.
– Mais si elle se met à surveiller ce qu'on fait ? demande Thalie.

– Laissons-la faire, répond Euterpe. Ça la ralentira, ça aussi.

– C'est l'idée, c'est ça ? La faire travailler plus dur pour qu'elle comprenne ce qu'on endure, non ? demande Uranie.

– C'est ça, oui, confirme Euterpe.

– Elle pourrait toutes nous vendre, estime Thalie. C'est ce qu'elle a promis de faire si elle y était obligée.

– On ne lui appartient pas, ce n'est pas à elle d'en décider, objecte Uranie.

– Il faudrait qu'elle persuade Calidus, ajoute Euterpe. Qu'elle le pousse à acheter un nouveau groupe de louves, et je ne pense pas qu'il accepterait. Si les affaires tournent moins bien, c'est elle qu'il va blâmer en premier.

– Alors, le plus simple pour lui, ce serait de se débarrasser d'elle, observe Uranie.

– Oui.

– Et donc, elle est obligée de nous écouter, conclut Uranie en passant le bras autour des épaules de Thalie.

– Mais..., dis-je. Et si...

Ils se tournent tous vers moi.

– Vas-y, Petit Bout, m'encourage Euterpe en me pressant le bras.

– Et s'ils ne vendaient qu'une seule louve, en guise d'avertissement pour les autres ?

Plus personne ne dit rien pendant un moment. Dans l'œil de Moineau, je me vois sur la scène de l'ancien théâtre, nu et enchaîné, terrifié en songeant à l'endroit où je vais atterrir, tout seul, loin de tous ceux que j'aime et que je connais. Dans les échoppes, les marchands et leurs clients se moquent tous de moi.

– Ça, ils peuvent le faire n'importe quand, quoi qu'il arrive, répond Euterpe. On court déjà ce risque-là tous les jours.

Uranie et Thalie se serrent l'une contre l'autre en se prenant par la taille sous l'eau. Derrière elles, je vois les deux esclaves des thermes acquiescer de la tête.

– Alors, pourquoi ne pas courir ce risque pour nous-mêmes ? demande Euterpe. Pour quelque chose que *nous* voulons ?

Le silence s'installe. Simplex se redresse légèrement, et ses clés tintent contre le bord de la piscine.

– On ne *refuse* pas de faire quoi que ce soit, précise Euterpe. On le fait juste *plus lentement*.

– Et qu'est-ce qu'on dit si Mel pose des questions ? s'enquiert Thalie.

– Rien, réplique Uranie avec l'un de ses rares sourires. Qu'elle se débrouille toute seule pour comprendre.

– L'important, c'est qu'on le fasse *tous*, insiste Euterpe. C'est essentiel qu'on se serre les coudes.

– Comme les plébéiens sur la colline, dis-je.

– Exactement ! répond Euterpe en me pressant le bras. Comme ces hommes sur la colline.

– Je ne sais pas, souffle Thalie.

Uranie la serre dans ses bras.

– Qu'est-ce qu'on a à perdre ?

– Tout ? avance Thalie.

– Ça vaut le coup de tout risquer ! rétorque Uranie. Je ne peux pas continuer comme ça. Je vais le faire, conclut-elle en levant les yeux vers Euterpe.

– Moi aussi, dis-je.

On regarde tous Thalie, qui finit par acquiescer. Puis on se tourne tous vers les deux esclaves accroupis à côté de nous. Gracilis porte un doigt à ses lèvres et nous fait un clin d'œil. Simplex mime le geste de fermer sa bouche à clé, puis de jeter la clé par-dessus son épaule.

Cette nuit-là, nos habitués reviennent en rugissant, furieux d'avoir été évincés la veille. Au début, ça fait un peu peur, parce qu'ils sont encore plus bruyants que d'habitude, mais ils passent leur colère sur Focaria, qui leur rend joyeusement la monnaie de leur pièce.

– J'ai entendu dire qu'il y avait école, ici, hier soir ! crie Nazarius.

– Pas plus que d'habitude, répond Focaria en braillant.

– Tu vas me taper sur les doigts ? crie quelqu'un d'autre.

– Pas à moins que tu ne paies d'avance ! réplique-t-elle.

Éclat de rire général.

Melpomène fait des allers-retours plus fréquents que d'habitude, ce qui nous facilite la tâche pour travailler moins vite. Au début, je ne suis pas certain que l'idée d'Euterpe va fonctionner, du moins pour moi – il s'avère que les clients sont moins intéressés par la conversation d'un petit garçon que par celle d'une femme. Alors, au lieu de tenter d'entamer la discussion, je me contente de laisser mon rideau tiré plus longtemps entre chaque client, et je fais attendre le suivant en m'éclaboussant à grand bruit devant ma bassine. Tard dans la soirée, je me glisse en douce dans la cellule vide et je me recroqueville dans l'angle mort juste à côté de l'entrée, où personne ne peut me voir depuis le seuil. Je sursaute quand quelqu'un entre, mais ce n'est que Thalie, qui a eu la même idée que moi, alors on se colle l'un contre l'autre. Quand Quartus monte et la hèle d'une voix plaintive dans le couloir, on se met à glousser en plaquant nos mains sur nos bouches pour qu'il ne nous entende pas. Il redescend en courant et demande frénétiquement où elle est – « Vous... l'avez... *vendue* ? » ; alors, elle m'embrasse sur le front et retourne discrètement dans sa cellule.

– Où étais-tu ? demande Diggy qui est venu aux nouvelles.

– Ici. Où veux-tu que j'aille ?

Et lorsque Quartus remonte les marches quatre à quatre, non seulement elle lui demande de lire un de ses poèmes plagiés, mais, quand il a terminé, elle lui propose de recommencer.

– Vraiment ?

Il a du mal à en croire ses oreilles.

Dès qu'un client a fini, Euterpe lui suggère que rien ne presse et, avec un sourire et un clin d'œil, elle l'encourage à rester allongé pour discuter quelques instants. Pour la première fois depuis des semaines, j'entends le murmure de Brutus, assis à côté d'elle sur son lit, les jambes tendues devant lui. J'entends même Euterpe rire.

De son côté, Uranie a commencé à raconter à ses clients que l'Hélicon risque de fermer de plus en plus souvent pour des fêtes privées où ne pourront venir que ceux qui ont les moyens de réserver toute la taverne pour la soirée, et que les clients ordinaires seront obligés d'aller se satisfaire chez les vieilles louves édentées sous les arches de l'aqueduc.

– Ce n'est pas moi qui te l'ai dit, souffle-t-elle, mais, à partir de maintenant, ils vont nous réserver aux gosses de riches.

Bien sûr, il ne faut pas bien longtemps pour que quelqu'un en parle à Focaria, qui le répète à Melpomène au cours d'une de ses visites au rez-de-chaussée. Melpomène est obligée d'élever la voix, encore rauque de la veille, pour se faire entendre au milieu du brouhaha aviné.

– Qui vous a dit ça ? crie-t-elle.

Même de ma cachette à l'étage, j'entends à quel point elle est épuisée.

– C'est vrai ? beugle un client.

– C'était juste pour une nuit, répond-elle. Pour l'anniversaire du jeune frère de notre patron…

– Calidus se présente pour être édile, braille quelqu'un. Il est en train d'acheter les votes des pères de tous ces garçons.

– Eh bien, il a perdu le *mien* ! s'écrie un autre.

– Tu n'as jamais voté de ta vie !

– Les gars ! Les gars ! Ce n'était que pour un soir…

Elle est en train de se casser la voix. Tous les hommes la font taire en huant, et conspuent le joli Calidus et son joli petit frère et tous ces jolis petits gosses de riche aux mains douces et aux vies faciles. Ils enchaînent en dénigrant nos maîtres – leur aspect, leurs avantages, leur ambition – en long, en large et en travers, avec un luxe de détails obscènes.

– J'ai entendu dire que le jeune Marius avait baisé tous les esclaves de sa maison, hommes et enfants.

– J'ai entendu dire que Calidus avait baisé tous les esclaves de la maison *et* son petit frère.

– J'ai entendu dire que leur père les baisait tous les deux !

– Et que son frère l'évêque *baisait toute la famille* !

Là-dessus, la taverne explose. Assis par terre dans le coin de la cellule vide avec mes genoux ramenés contre ma poitrine, je sens le parquet trembler sous moi quand tous les clients se mettent à hurler de rire et à crier en même temps. J'entends des grognements, des coups, un bruit de vaisselle brisée et, quasiment perdues au milieu de l'émeute, les voix plaintives de Melpomène, Focaria et Digitus qui font de leur mieux pour dégager la salle et empêcher les clients de la saccager. Je me relève et je jette un coup d'œil dans le couloir, où Uranie et Thalie se tiennent aussi devant leur cellule. Puis Euterpe ouvre également son rideau en serrant sa robe autour de son corps. Personne ne dit rien. Alors Euterpe sourit, rentre dans sa cellule et tire son rideau. Uranie passe dans celle de Thalie en me lançant un clin d'œil. Je traverse le couloir pour regagner la mienne et j'éteins ma lampe.

Le lendemain matin, Melpomène a une panne d'oreiller. Quand je me lève pour descendre dans le jardin, elle dort à plat ventre sur son matelas. Je marche sur la pointe des pieds entre les tables renversées, les tabourets cassés et les coupes brisées. Après un passage aux latrines, je jette un coup d'œil dans la cuisine. Focaria et Digitus dorment encore, eux aussi, la première roulée en boule à son ancienne place près du feu, et le second tressaillant comme un chien qui rêve dans le coin où je couchais par le passé. J'attrape deux poires et je ressors dans le jardin, où j'écoute les chants des coqs qui me parviennent de la rue. Le nôtre se pavane et leur répond de façon tonitruante. Une par une, les louves descendent – tout d'abord Uranie, qui s'étire et bâille comme un chat sous-alimenté, puis Thalie, qui se frotte les yeux. Quand Euterpe arrive à son tour, elle pose un doigt sur ses lèvres et entre dans la cuisine sur la pointe des pieds, puis ressort avec du pain et du fromage pour tout le monde. Tandis que le ciel s'éclaircit au-dessus de nos têtes, nous nous asseyons par terre à côté de la citerne et nous partageons un repas en parlant à voix basse.

– On va pouvoir faire ça tous les soirs ? demande Thalie d'un ton inquiet.

– On n'en aura pas besoin, répond Uranie.

– D'une manière ou d'une autre, ce sera vite réglé, affirme Euterpe.

– J'ai peur, souffle Thalie.

– Moi aussi, répond Uranie. Mais que peut-on faire d'autre ?

– C'était drôle quand Quartus est monté et qu'il ne te trouvait pas, dis-je.

– Oui, c'est vrai ! s'écrie Euterpe. Tu étais où ?

– Avec Souris, répond Thalie en souriant malgré elle. On s'était cachés dans la cellule vide.

– On faisait tout pour ne pas pouffer de rire ! renchéris-je.

– Oh, Thalie ! s'exclame Uranie en minaudant. Ma petite chérie ! Ma petite colombe ! Où es-tu ?

Nos rires sont interrompus par la voix sèche de Focaria.

– Qu'est-ce que vous êtes en train de faire ?

On lève les yeux vers elle. Elle se tient au milieu du jardin, les cheveux en bataille autour de son visage, les yeux cerclés de rouge et un bleu sur la mâchoire. Euterpe fait mine de se relever, mais Focaria lève un doigt devant elle.

– Arrête ! crache-t-elle.

Euterpe retombe à genoux. Tous les autres se taisent. Focaria jette un coup d'œil à la fenêtre de Melpomène, puis fait un pas vers nous.

– Qu'est-ce que vous êtes en train de faire ? répète-t-elle à voix basse.

Derrière elle, Digitus, l'air encore plus hagard que d'habitude, apparaît sur le seuil de la cuisine.

– Qu'est-ce que tu racontes ? lance Uranie.

– Nom de Dieu ! s'écrie Focaria en saisissant mon visage entre ses mains. Qu'est-ce qui se passe ? siffle-t-elle.

Mon regard dérive vers Euterpe, mais Focaria me secoue la tête, réveillant mes contusions.

– C'est à toi que je pose la question !

Euterpe se lève et écarte les mains de Focaria.

– Ça suffit !

– Laquelle d'entre vous a raconté aux clients qu'ils n'étaient plus les bienvenus ? crache Focaria avec un regard mauvais. C'était toi ? demande-t-elle à Thalie.

Celle-ci regarde par terre.

– Toi ? lance-t-elle à Uranie qui la toise avec un air de défi en redressant la tête.

Mais avant qu'elle ait le temps de parler, Euterpe pose la main sur le bras de Focaria.

– L'un d'eux voulait savoir pourquoi on avait fermé la veille, et je lui ai dit. C'est tout.

– Et pourquoi tu as fait ça, nom de Dieu ?

– C'est la vérité, intervient Uranie.

Focaria jette un nouveau coup d'œil à la fenêtre de Melpomène.

– Elle est *furieuse* ! Et moi aussi. On va devoir travailler toute la journée pour être prêts ce soir.

– Je suis désolée, répond Euterpe en levant la main.

Mais Focaria l'écarte d'un coup sec.

– Si vous lui donnez une chance, elle va améliorer nos vies. Elle nourrit de grands projets pour l'Hélicon. Elle nourrit de grands projets pour nous tous.

– Ils incluent ce genre de chose ? demande Euterpe en me faisant lever pour tirer le col de ma tunique.

Mon hématome à la gorge est devenu verdâtre.

– Et alors ? s'exclame Focaria. Il prend sa part, comme le reste d'entre nous.

Ses yeux sont du bleu le plus froid que j'aie jamais vu.

– Je lui ai déjà fait pire, ajoute-t-elle.

– On ne peut pas travailler à ce rythme, déclare Euterpe.

– On ne le fera pas, renchérit Uranie.

– C'est en train de nous tuer, gémit Thalie au bord des larmes.

Focaria nous dévisage encore une fois un par un, en terminant par Euterpe.

– Tout ça, c'est à cause de lui, c'est ça ?

Elle me toise de la tête aux pieds, comme si elle estimait mon poids, puis adresse un sourire féroce à Euterpe.

– C'est toujours à cause de lui ! crache-t-elle.

– On est toutes concernées, objecte Uranie.

– Ferme-la !

Focaria fait un pas en arrière.

– Les choses commencent enfin à aller mieux pour moi, et vous allez tout gâcher. Vous allez tout ruiner, pour nous toutes. Et tout ça pour quoi ?

Elle me regarde comme si elle souhaitait ma mort.

– Pour *lui* !

Elle retourne vers sa cuisine et s'arrête sur le seuil.

– Pensez à ce que vous êtes en train de faire !

Elle écarte Digitus de son chemin et disparaît dans la pénombre.

À son réveil, Melpomène ne prononce pas un mot. Elle traverse le jardin vêtue de sa cape, la capuche sur la tête, et sort. Uranie, Thalie et moi regardons Euterpe.

– On va aux thermes, comme d'habitude, lâche-t-elle en suivant Melpomène des yeux.

Sous le dôme du caldarium, on se rassemble à nouveau dans l'eau. Simplex et Gracilis nous rejoignent au bord du bassin, et Euterpe, en parlant à voix basse, nous indique qu'il faut qu'on ralentisse un soir de plus.

– Il faut qu'elle sache qu'on ne plaisante pas.

– Elle n'a même pas posé l'œil sur nous, remarque Thalie.

– C'est parce qu'elle ne sait pas comment réagir, répond Euterpe.

– Elle ne s'y attendait pas, ricane Uranie.

Je frissonne dans l'eau, pourtant plus chaude que d'habitude. Je suis recroquevillé. Mes lèvres affleurent juste au-dessus de la surface.

– Elle est partie faire quoi, ce matin ? dis-je. Parler à qui ?

Je m'en doute un peu, et les autres aussi, mais Euterpe formule la réponse à voix haute.

– Pour autant qu'on le sache, Calidus et elle sont en train d'acheter quatre nouvelles louves. Pour autant qu'on le sache, on sera mis en vente cet après-midi.

– C'est peu probable, estime Simplex.

Tout le monde se tourne vers lui.

– Sauf s'ils les choisissent parmi les épaves sous l'aqueduc.

– Qu'est-ce que tu racontes ? demande Euterpe.

– L'évêque est vraiment en train d'expulser toutes les autres prostituées de la ville. Vous êtes les seules qui restent à Carthago Nova.

– Il faudrait qu'ils…, lance Gracilis.

On tourne tous la tête vers lui.

– Il faudrait qu'ils aillent chercher des filles comme vous dans une autre ville. Et un comme toi, ajoute-t-il en me désignant du menton.

– On détient quelque chose dont ils ont besoin, déclare Euterpe. Quelque chose qu'ils auront du mal à obtenir ailleurs. Je propose qu'on essaie de ralentir une nuit de plus, suggère-t-elle en se redressant un peu. Uranie ?

– Oui, répond celle-ci sans hésiter.

– Petit Bout ?

J'acquiesce sans un mot.

– Thalie ?

On pose les yeux sur elle, qui frissonne aussi.

– Certaines choses sont pires que le fait d'être vendu, avance Gracilis.

Thalie lâche un soupir, puis acquiesce.

– Très bien ! Prenons notre temps pour rentrer, alors, suggère Euterpe en s'installant confortablement dans le bassin.

Thalie se love contre son amie et pose la tête sur son épaule. Euterpe et moi nous mettons l'un à côté de l'autre. Gracilis s'éloigne, mais Simplex s'accroupit et tapote l'épaule d'Euterpe.

– Tu ne veux pas venir un moment avec moi ? demande-t-il.

– Pas aujourd'hui, Simplex, répond-elle avec un soupir.

Mais il pose la main sur son épaule d'un geste plus amical que charnel.

– Ce n'est pas pour ça. Je voudrais te montrer quelque chose.

Elle se redresse pour le regarder.

– Mets ta cape, si tu veux, propose-t-il.

Leurs regards se croisent, et il passe entre eux quelque chose que je ne comprends pas.

– Reste là, Petit Bout.

Puis elle s'extrait de la piscine, enfile sa cape et suit Simplex, qui sort par une arche à l'autre bout du caldarium. Je songe à aller me coller contre Uranie et Thalie, mais je me ravise et je fixe l'arche plongée dans la pénombre en tendant l'oreille. J'entends simplement le tintement du trousseau de clés de Simplex.

Mais, avant que j'aie le temps de m'inquiéter, Euterpe revient toute seule, repose sa cape sur le banc et s'immerge à côté de moi. Thalie et Uranie l'ignorent. Elles semblent dormir.

– Qu'est-ce qu'il voulait ? murmuré-je.

– Je te le dirai plus tard.

Quand on arrive dans le jardin, Melpomène est en pleine conversation avec Focaria devant la porte de la cuisine, mais, en nous voyant, elle bat en retraite dans la taverne sans un mot. Euterpe ôte sa capuche et s'approche de Focaria.

– Qu'est-ce que tu lui as dit ?

– Rien, répond Focaria.

Elle se détourne, mais Euterpe lui agrippe le bras.

– *Rien*, répète Focaria.

– Et Diggy ?

– Il est trop terrifié pour dire quoi que ce soit, réplique-t-elle en dégageant son bras. Tu devrais suivre son exemple.

Melpomène nous attend dans la grande salle, mains jointes, comme si elle s'apprêtait à prononcer un exorde devant un tribunal.

– Mesdames, asseyez-vous.

Elle a déjà disposé quatre coupes de vin sur l'une des tables. Les louves ôtent leurs capes et prennent place, et je me tasse sur un tabouret, les mains entre les genoux.

– C'est vrai, il y aura d'autres fêtes privées. Calidus a été impressionné par notre travail l'autre soir. Il voit tout l'intérêt de tenter quelque chose de nouveau.

Thalie et Uranie échangent un coup d'œil. Je fixe les jointures de mes mains, qui sont exsangues tant je les serre. Seule Euterpe redresse la tête pour croiser le regard de Melpomène.

– Je sais que vous êtes inquiètes, et je suis prête à me montrer raisonnable.

Le dos droit, le menton dressé, elle fait demi-tour et passe derrière le comptoir. Elle en sort une petite boîte en bois et l'incline pour qu'on voie que son couvercle est muni d'une fente.

– C'est la caisse, observe Euterpe. Et alors ?

– C'est une *seconde* caisse, répond Melpomène en la retournant pour que l'on constate qu'elle n'a pas de verrou. C'est pour vous quatre. Vous la garderez à l'étage.

– Je ne comprends pas, grommelle Uranie.

– C'est pour les soirs où nous organiserons des fêtes privées, explique Melpomène. Je vais demander à Astius de peindre un panneau qu'on mettra à côté, pour encourager nos hôtes à laisser un pourboire avant de redescendre.

– Une seule caisse, murmure Euterpe. Pour nous quatre.

– À la fin de la soirée, vous pourrez vous répartir l'argent comme il vous plaira. C'est à vous de décider.

– Et toi ? demande Thalie. Tu n'as pas une part ?

– Je ne prendrai rien. Calidus me paie pour gérer ce lieu. Tout ce qui va là-dedans n'appartient qu'à vous quatre, répond-elle en posant la main dessus.

– Et en ce qui concerne…

Euterpe lance un regard noir à Uranie, mais celle-ci continue.

– En ce qui concerne les soirées ordinaires ?

– Vous pouvez la cacher dans la cellule vide, hors de vue des clients, et garder vos pourboires comme vous l'avez toujours fait. Ou bien la sortir si vous voulez. C'est à vous de voir.

Je coule un regard en coin vers Euterpe. Elle est assise, le dos aussi droit que celui de Melpomène, les lèvres serrées.

– J'ai été l'une de vous, déclare cette dernière. Je fais encore le même métier que vous. Je sais ce que vous ressentez.

– C'est équitable, avance timidement Thalie en jetant un coup d'œil à Euterpe.

– J'ai besoin que vous travailliez aussi dur que possible, poursuit Melpomène, que ce soit avec nos habitués ou avec les hôtes des fêtes privées. Je pourrais vous frapper pour vous obliger à le faire, comme Audo. Je pourrais aussi trouver des louves qui feraient ce que je leur demande.

Uranie regarde à présent Euterpe, figée comme une statue.

– Je ne suis pas forcée d'agir ainsi, mais, comme je vous l'ai dit, je suis prête à me montrer raisonnable.

Elle pousse la boîte au bord du comptoir et lève les mains avec un grand geste, comme un magicien.

– Discutez-en !

Elle s'en va, on l'entend monter les marches et tirer son rideau. Personne ne dit rien pendant un moment, mais on regarde tous Euterpe. Elle fixe la caisse, silencieusement.

– C'est quelque chose, opine Uranie.

– C'est ce qu'on voulait, non ? demande Thalie.

– Les hommes sur la colline, est-ce qu'ils ont obtenu tout ce qu'ils demandaient ?

Tout le monde se tourne vers moi quand je pose la question.

Euterpe ferme les yeux, puis les rouvre. Elle se lève.

– Faites ce que vous voudrez, lâche-t-elle.

La nuit suivante est à nouveau bien longue. Les clients sont encore décidés à rattraper le temps perdu à cause de la fête privée, et ils se vengent sur nous. J'essaie de travailler moins vite, et, après mes deux premières passes, je me glisse dans la cellule vide. Melpomène a monté la nouvelle caisse et elle l'a rangée là, alors je m'assois dans l'angle mort et je la pose sur mes genoux, la tête contre le nouveau crépi. Mais, ce soir, Thalie ne vient pas me rejoindre, et j'entends mes sœurs travailler plus dur que jamais. Euterpe elle-même semble garder le rythme habituel, même si elle est plus silencieuse qu'avant. Ce n'est que lorsque Brutus arrive qu'elle s'attarde un peu plus. Je les entends murmurer brièvement, puis il redescend dans la salle. Un peu plus tard, quelqu'un tire le rideau de ma cellule et pousse un juron en voyant qu'elle est vide. Je me relève et je sors dans le couloir derrière lui. Il se retourne – c'est un habitué – et semble stupéfait.

– Je croyais que tu étais là, s'écrie-t-il.

– Je suis là, dis-je en le conduisant dans ma cellule.

Plus tard dans la soirée, je me glisse sous mon lit pour dormir, et j'entends Focaria remonter le couloir après avoir fermé les volets de la grande salle. Elle ouvre le rideau d'Euterpe et s'arrête sur son seuil.

– Pas ce soir, lui lance très distinctement Euterpe.

Je relève la tête. Un long silence s'ensuit, puis j'entends les pas de Focaria dans le couloir et dans l'escalier. Je m'attends à ce qu'Euterpe referme son rideau. Comme elle ne le fait pas, je songe à aller la rejoindre dans sa cellule, mais, avant que j'aie le temps de sortir de sous mon lit, elle se lève, passe dans le couloir et ouvre mon rideau.

– Je peux entrer ? murmure-t-elle.

– Oui.

Elle s'accroupit et jette un coup d'œil sous le lit. Sans un mot, je me colle plus près du mur pour qu'elle se glisse à côté de moi. Elle porte sa robe, embaumée de sueur et de l'odeur des clients de la soirée. Allongés l'un contre l'autre, on se dévisage dans l'obscurité suffocante. Ses yeux n'accrochent aucune lumière ; ce sont de simples trous dans son visage. Les miens doivent être pareils.

– Petit Bout, murmure-t-elle en posant la main sur mon visage.

– Oui.

Elle presse son front contre le mien.

– Si je m'enfuis, tu viendras avec moi ?

Mon cœur se met à battre plus vite.

– Avec Focaria ?

– Non, chuchote-t-elle. Je ne vais rien lui dire.

Je lui passe les bras autour du cou.

– Quand ?

– Demain.

– Comment ?

– Brutus. Il nous retrouvera aux thermes et nous emmènera hors de la ville avant que quiconque sache qu'on est partis.

– Pourquoi ferait-il ça ?

– Je le paie.

– Quand est-ce que tu lui as demandé ?

– Je lui ai déjà demandé à plusieurs reprises, et il m'a toujours répondu qu'il le ferait...

Elle marque une pause.

– Ce soir, je lui ai dit que j'étais prête.

J'arrive à peine à parler.

– Et Thalie et Uranie ? parviens-je à dire.

– On ne peut pas leur en parler, répond-elle en pressant encore plus fort son front contre le mien. Tu comprends ?

– Oui.

– Tu ne peux en parler à personne.

– Je ne le ferai pas, réponds-je avec les larmes aux yeux. Ne m'abandonne pas.

– Je ne peux plus rester ici, il faut que je m'en aille, souffle-t-elle en m'embrassant. *Nous* devons partir. C'est le seul moyen de s'en sortir.

Dans l'obscurité sous mon lit, front contre front, haleine contre haleine, chacun de nous ressent les battements de cœur de l'autre. Ma gorge me fait encore souffrir à l'endroit où Marius m'a étranglé. Mon cœur bat si fort que j'ai peur que quelqu'un l'entende.

– Tu viendras ? murmure-t-elle.

Où est Moineau ? Il m'emmène quand j'ai peur ou quand j'ai mal, son image est gravée sur le mur derrière moi, mais, en ce moment, il est invisible. Dois-je vraiment décider ça tout seul ?

– J'ai peur.

– Moi aussi, répond Euterpe. Mais viendras-tu ?

Je sens le sol sous moi. Le lit au-dessus de moi. J'entends le silence à bout de souffle et humide de ma cellule. Je sens ses murs autour de moi comme une coquille et je me demande si je pourrais la briser et m'aventurer dans le monde comme une créature nue, luisante et sans défense, partir là où personne ne me connaît et où tout le monde me veut du mal. Je ne m'en crois pas capable, mais je ne pense pas non plus pouvoir vivre dans cette coquille sans Euterpe. Si elle part, je m'allongerai dans cette cellule et je me laisserai mourir. Si elle part, je n'aurai plus aucune raison de vivre.

– Oui. Je viendrai.

On passe la nuit dans le lit d'Euterpe, et, au matin, on reste allongés sans parler longtemps après le chant du coq, à écouter les autres louves remuer et se lever. Uranie sort la première de la cellule de Thalie et bâille ostensiblement dans le couloir, puis descend. Un peu plus tard, Thalie utilise son pot de chambre. Je m'apprête à dire quelque chose, mais Euterpe place sa main sur ma bouche jusqu'à ce que le rideau de Melpomène s'ouvre d'un coup sec. Quelques instants après, on l'entend descendre à son tour, puis, par la fenêtre d'Euterpe, dire quelque chose à Uranie dans le jardin. Euterpe tente de m'en empêcher, mais je me lève, je pousse quelques affaires sur sa table pour grimper dessus et je risque un œil par la fenêtre. Uranie traîne devant la cuisine. Elle se frotte les bras dans la fraîcheur du matin en attendant que Focaria lui donne à manger. Melpomène s'étire au milieu du jardin, les mains jointes au-dessus de sa tête. Dans la rue, j'aperçois les femmes qui se rassemblent à la fontaine, et j'entends le bruit des éclaboussures et le murmure de leurs conversations.

– Qu'est-ce que tu vois ? demande Euterpe.

Je lui fais signe de se taire. Focaria est apparue sur le seuil de la cuisine, et elle tend un bol avec du fromage et du pain à Uranie, qui lui dit quelque chose, mais Focaria retourne sa main : *Tu n'auras rien de plus*. Uranie sort de mon champ de vision et, quelques instants après, on entend son pas dans l'escalier.

– Descends, Petit Bout ! chuchote Euterpe. Quelqu'un va te voir !

Je lui fais à nouveau signe de se taire, parce qu'à présent Focaria appelle Melpomène. Celle-ci balance ses cheveux en arrière, roule des épaules et s'avance vers la cuisine. Elles se mettent à parler, mais Digitus, qui sort de la cuisine en passant à côté d'elles, les interrompt. Elles patientent silencieusement tandis qu'il prend les seaux et la palanche à côté de la citerne, déverrouille la porte et sort en boitant dans la rue sans la refermer. Je le vois rejoindre la queue à la fontaine, puis je reporte mon attention sur les deux femmes. Focaria s'est rapprochée de Melpomène et elle lui parle d'un ton urgent, en faisant des gestes avec les mains. Je n'entends pas ce qu'elle dit, mais Melpomène l'écoute avec attention. Tandis que Focaria parle, Melpomène lève les yeux vers les fenêtres à l'étage, et je me baisse pour qu'elle ne me repère pas.

– Quoi ? murmure Euterpe.

– Focaria est en train de dire un truc à Mel.

La table vacille sous mon poids, mais je retrouve l'équilibre en m'agrippant au rebord de la fenêtre.

– Je crois qu'elles savent.

– Ce n'est pas possible, souffle Euterpe. *Arrête !* ajoute-t-elle en me voyant remettre la tête à la fenêtre.

Focaria est toujours en train de parler, et Melpomène l'écoute toujours, les bras croisés, le regard fixé par terre. Elle redresse la tête, et je tressaille à nouveau, mais elle ne lève pas les yeux vers moi. Au lieu de ça, elle pose la main sur le bras de Focaria et se met à parler au-dessus d'elle jusqu'à ce que la cuisinière se taise. Focaria lui adresse un regard dur en serrant les lèvres et en respirant par le nez. Je connais cette expression. C'est celle qu'elle avait avant de me frapper. Melpomène s'approche et lui parle rapidement en lui caressant le bras. Focaria détourne les yeux, puis acquiesce. Melpomène se tourne vers la taverne. Focaria s'apprête à parler, mais Melpomène la fait taire d'un geste et disparaît sous l'arche en contrebas. Je l'entends traverser la grande salle, et Euterpe tire sur ma tunique pour me faire redescendre, mais je reste collé à la fenêtre un peu plus longtemps. Focaria lève un regard furieux vers le deuxième étage, d'abord vers ma cellule, sur la droite, puis vers celle d'Euterpe. Cette fois-ci, je ne me baisse pas : je continue à regarder en espérant qu'elle ne me repère pas sous l'ombre de l'avant-toit. Mais elle fixe la fenêtre, et je ne peux pas m'empêcher de penser que nos regards se croisent.

Melpomène arrive en haut des marches et rentre dans sa cellule. Euterpe m'attrape par les aisselles, me soulève et me repose par terre en grognant. Elle a failli me faire tomber. On ose à peine respirer en écoutant Melpomène s'activer dans la cellule voisine. De l'autre côté du couloir, Thalie et Uranie discutent à voix basse en petit-déjeunant. Puis on entend le bruissement de la cape de Melpomène, qui sort dans le couloir.

– Je m'en vais ! lance-t-elle d'une voix forte. Je ne vais pas aux thermes ce matin. Euterpe, tu es responsable.

Euterpe et moi nous serrons l'un contre l'autre dans sa cellule.

– Euterpe, tu es réveillée ? insiste Melpomène. C'est toi la responsable.

– Oui ! répond Euterpe.

– Bien ! Je serai de retour à midi, crie-t-elle une fois au bas des marches.

– Elle sait, dis-je dans un murmure.

– Non, répond Euterpe.

– Mais si, elle...

Euterpe attrape mon visage.

– Si elle savait, on serait déjà en route vers le marché aux esclaves. Maintenant, descends chercher notre petit déjeuner, ajoute-t-elle en m'embrassant.

– Je ne peux pas...

– Si, tu peux. Tu fais semblant avec les clients tous les soirs. Tu peux faire semblant avec Focaria juste une fois.

Ce n'est pas pareil, et elle le sait, mais j'acquiesce et j'ouvre son rideau.

En descendant, j'aspire de grandes bouffées d'air pour me calmer. J'ai menti à Focaria à de nombreuses reprises, à propos de tout un tas de choses. En quoi serait-ce différent aujourd'hui ? Je traverse la grande salle, qui porte encore les stigmates de la veille – une table renversée, des coupes brisées par terre – et, quand j'arrive dans le jardin, Digitus passe la porte en portant péniblement la palanche lestée de deux seaux d'eau. Il n'est pas aussi bon que moi, mais il est trop tard pour lui montrer comment ça fonctionne.

Focaria m'observe depuis sa cuisine, et je suis sur le point de m'arrêter net, mais j'aspire un grand coup et je la dépasse en l'ignorant pour gagner les latrines. Dans l'ombre puante et vrombissante de mouches, je me mets sur la pointe des pieds et tente de faire pipi. Ma vessie est pleine, mais, au début, ça ne vient pas. Au bout de quelques instants, je parviens quand même à viser le trou avec un petit jet. Puis je ressors dans l'air plus frais du jardin, où Focaria attend devant sa cuisine avec un bol de pain et de fromage pour Euterpe et moi. Quand elle me le tend, je me force à croiser son regard.

– Je vous ai mis un petit extra ce matin.

Je bredouille quelque chose.

– Vous avez passé quelques nuits difficiles, précise-t-elle.

Elle m'ébouriffe les cheveux, ce qui est encore plus bizarre.

– Dis-lui que je suis désolée.

Je lève les yeux vers elle, incapable de parler.

– Elle saura pourquoi, ajoute-t-elle avant de rentrer dans sa cuisine.

En remontant, je croise Thalie et Uranie dans l'escalier. Cette dernière bâille, et Thalie me donne un petit coup de hanche amical en passant. Je tente de faire une blague, mais les mots restent coincés dans ma gorge. Malgré l'interdiction d'Euterpe, j'ai envie de tout leur avouer. Bientôt, pourtant, elles sont au pied des marches, riant de quelque chose qu'Uranie vient de dire. Je regagne la cellule d'Euterpe et je m'affale sur son lit, mon bol sur les genoux. Celle-ci, penchée sur sa petite table, serre le cordon d'une bourse de cuir pleine de pièces.

– Focaria dit qu'elle est désolée.

Euterpe se tourne vers moi.

– Elle a dit que tu saurais pourquoi.

Euterpe réfléchit à ces mots en soupesant la bourse dans sa main.

– Mange, répond-elle. C'est peut-être le dernier repas qu'on aura avant un bon moment.

Le pain rassis a un goût de poussière. Je lui tends le bol.

– Mange tout, m'enjoint-elle sans me regarder.

– Mais tu viens de dire que…

– Ne t'occupe pas de moi, s'écrie-t-elle d'un ton sec. Mange tout.

Elle se tourne brusquement et passe dans la cellule vide en face de la mienne, où je l'entends remplir une bassine d'eau et se démaquiller. Je m'avachis sur son lit en faisant de mon mieux pour avaler quelque chose, mais le pain rassis et les miettes de fromage se collent à ma gorge comme des graviers malgré toute l'eau que je bois pour les faire passer. Le temps qu'Euterpe revienne, je n'ai réussi à en manger que la moitié.

– Je n'en peux plus.

– C'est bon.

Elle prend le bol et mord dans un bout de fromage.

– Va dans ta cellule, m'ordonne-t-elle tout en mâchant. Mets ton ancienne tunique et laisse celle-ci sur le lit, puis lave-toi le visage.

Elle avale sa bouchée.

– Maintenant, Petit Bout !

Je me laisse glisser du lit, je retourne dans ma chambre et je tire le rideau, même s'il n'y a plus que nous deux à l'étage. J'ôte ma tunique rouge et je la pose soigneusement sur mon lit. Je reste nu un instant, les yeux sur ma tunique. Le prochain Antinoüs la mettra peut-être. Peut-être ne remarqueront-ils même pas que je suis parti.

Je décroche l'ancienne tenue de sa patère à côté de l'entrée, mais j'ai du mal à l'enfiler. Elle me serre un peu trop, à présent. Puis je vais me laver le visage dans la cellule d'en face et je frotte mon maquillage à l'aide de l'éponge odorante commune à toutes les louves. Le miroir est pendu à son crochet, côté réfléchissant vers l'avant, et je vois mon visage apparaître derrière le masque d'Antinoüs Fellateur. Ce n'est pas le même garçon que celui que j'ai vu dans ce miroir pour la première fois, maigre, malicieux, le regard brillant. Maintenant, il est plus vieux, son visage est plus plein, et plus triste.

– Tu as fini ? lance Euterpe.

Je ne réponds rien et je me détourne de mon reflet. Euterpe se tient au milieu de ma cellule, déjà vêtue de sa cape.

– Où caches-tu ton argent ? demande-t-elle.

Je m'agenouille à côté de mon lit pour soulever mon matelas et récupérer mon petit paquet de pièces. Euterpe le saisit, vérifie le nœud, le resserre et le glisse sous sa cape. Puis elle tapote la paillasse en me demandant de m'asseoir.

Je glisse les mains sous mes cuisses pour cacher leurs tremblements. Elle s'agenouille à nouveau, tire mes sandales de sous la table et commence à les lacer à mes pieds. Elle lève les yeux vers moi.

– Tu as peur ?

J'acquiesce.

– Bien, déclare-t-elle. Moi aussi. Ça nous maintiendra en alerte, et ce sera nécessaire pendant un bon bout de temps. Tu comprends ?

J'acquiesce. Elle ajuste le nœud du lacet de ma première sandale et s'attaque à l'autre.

– Quand on arrivera aux thermes, on va attendre qu'Uranie et Thalie entrent dans l'eau, mais on ne va pas se déshabiller. À la place, on va passer dans la pièce suivante, et Simplex nous fera sortir par une porte de service dans une rue latérale. Brutus nous y attendra avec sa charrette.

– Simplex... ?

– Il m'a montré cette issue hier, explique-t-elle en terminant de lacer ma sandale. Il m'a dit qu'il me laisserait l'emprunter n'importe quand si je le payais.

Elle se relève et me prend par les épaules.

– Si on nous attrape...

J'inspire profondément, et elle me serre plus fort.

– *Écoute*. Si on nous attrape, tu diras que je t'ai emmené contre ton gré. Que je t'ai forcé à venir. Je veux t'entendre le dire.

J'inspire à nouveau.

– Elle...

Je m'étouffe, mais elle me presse les épaules.

– Elle m'a forcé à l'accompagner.

Elle hoche la tête pour m'encourager.

– Je ne voulais pas y aller.

Euterpe ferme les yeux, me serre dans ses bras et m'embrasse dans le cou.

– Je t'aime, Petit Bout, murmure-t-elle.

Je l'étreins aussi fort que je peux, aussi longtemps que possible, jusqu'à ce qu'elle s'écarte et me remette sur mes pieds.

– Allons-y.

Euterpe, nos bourses dissimulées sous son vêtement, attend dans le couloir que je récupère les capes de Thalie et d'Uranie dans leur cellule, puis on descend dans la grande salle sans échanger un mot. J'ai le cœur qui bat fort et la bouche sèche. Euterpe marche la tête haute, le regard droit devant elle, mais, dans son sillage, j'enregistre tout : le comptoir massif, les tables tachées et entaillées, les tabourets bancals. Je contemple une dernière fois les fresques des louves, les corps enchevêtrés des hommes et des femmes, et surtout Antinoüs Fellateur, le garçon qui ne me ressemble pas vraiment et dont les yeux de biche fixent un client sans visage. Quoi qu'il advienne, qu'on réussisse ou qu'on se fasse prendre, je ne reverrai jamais cette pièce. Ça me trouble, même si je sais que ça ne devrait pas. C'était un monde de douleur, d'effroi et de violence, mais c'est le seul que je connaisse. Comment savoir si le nouveau ne sera pas pire ?

Dans le jardin, Thalie et Uranie se reposent, adossées à la citerne, leurs jambes étalées devant elles. L'ombre matinale reflue vers elles, et leurs pieds sont déjà au soleil. Thalie dort, la tête posée sur l'épaule d'Uranie, mais cette dernière nous repère aussitôt. Elle soupire en constatant que j'ai leurs capes entre les mains.

– Déjà ? souffle-t-elle.

– Je me suis dit qu'on pouvait faire trempette un peu plus longtemps ce matin, répond Euterpe. On l'a bien mérité.

Uranie pousse Thalie pour la réveiller, et cette dernière soupire aussi en apercevant les capes. Uranie se relève et tend la main à Thalie pour l'aider à faire de même, puis elles les enfilent.

– Tu es fâchée contre nous ? demande Thalie.

Euterpe ne répond rien. Elle fixe la porte de la cuisine, où l'on entend un bruit de casseroles.

– Euterpe… ? insiste Thalie.

– Non, répond Euterpe en détournant les yeux de la cuisine. Je ne suis pas fâchée.

– Tu veux que je l'appelle ? demande Uranie.

– Qui ça ?

– Focaria. Elle vient avec nous aujourd'hui ?

– Non, répond Euterpe. Allons-y.

Elle prend Thalie et Uranie par le coude pour les conduire vers la porte du jardin. Quand je jette un coup d'œil à la cuisine, elle me traîne à mon tour vers l'avant. Uranie ouvre le verrou, et Euterpe nous pousse dans la rue puis referme sans un regard en arrière.

– Mettons nos capuches, aujourd'hui, ordonne-t-elle.

Elles obéissent toutes les trois, et Euterpe me pousse devant elle. On remonte la rue en file indienne à travers la foule matinale. Pour une fois, j'aimerais avoir une capuche, moi aussi, parce que je voudrais que personne ne me voie, je voudrais avoir des œillères comme une mule. Je m'oblige à fixer les talons de Thalie, qui apparaissent et disparaissent sous sa cape, sans jamais regarder autour de moi. J'essaie de ne pas penser aux boutiques ou aux personnes qu'on croise. Mais la rue exerce quand même une pression sur moi, elle est plus bruyante et plus vivante que jamais auparavant. J'entends chaque mot que prononce Priscianus quand il énumère pour un client les qualités respectives de deux sortes d'huiles. J'entends tous les détails de l'histoire salace qu'Afra murmure aux femmes de la fontaine. J'entends le grattement du rasoir du barbier sous le menton de son client. Je sens le goût du métal chaud dans la boutique de l'émailleur à l'arrière de ma langue. J'entends les éclaboussures d'urine sous les pieds des foulons de Nazarius. Je sens l'odeur de farine et de pain cuit devant la cour de Renatus, le raclement de la meule pénétrer mes articulations. Je halète comme un chien qui a pris un coup de chaud et je baisse les yeux vers les pavés qui glissent lentement sous les fines semelles de mes sandales, comme si j'étais

Moineau et que je m'envolais au-dessus de l'enchevêtrement des rues de la ville.

Dans l'étroite rue de traverse, Euterpe se place à côté de moi et pose la main sur mon épaule.

– Tiens-toi prêt, Petit Bout, murmure-t-elle.

Devant nous, Uranie prend soin de ne pas marcher sur les crottes de chien, et Thalie soulève l'ourlet de sa cape en la suivant sur la pointe des pieds. Au bout de la venelle sombre, on aperçoit la rue brillante de soleil et le concierge des thermes adossé au mur à côté de l'entrée. Thalie et Uranie nous y attendent, tandis qu'Euterpe, son bras autour de mon épaule, plisse les yeux dans la lumière en regardant de part et d'autre.

– Allons-y.

Notre petit groupe se hâte de traverser à la faveur d'une pause dans la circulation. Tandis que j'avance au milieu de leurs capes qui se balancent, Thalie et Uranie plongent à l'intérieur, et Euterpe s'arrête pour régler le concierge, qui esquisse un vague sourire en glissant les pièces dans sa caisse. Puis on entre à notre tour, on traverse le vestiaire vétuste et on débouche dans le caldarium suintant d'humidité. Gracilis est tout seul à l'intérieur ; il nous fait un signe de la tête et retourne à son balai. Thalie, déjà dévêtue, est en train de s'immerger. Uranie a roulé sa cape en boule sur un banc, et elle prend un instant pour s'attacher les cheveux.

– Où est-il ? chuchoté-je.

Euterpe me presse l'épaule.

– Gracilis, où est Simplex ? demande-t-elle.

Gracilis lève la tête.

– Simplex ?

– Oui, réplique Euterpe d'une voix tendue. Où est-il ?

– Par là, répond-il en désignant l'arche à l'autre bout du bassin.

– Allons-y, Petit Bout, m'enjoint-elle en me poussant dans cette direction.

– Qu'est-ce que vous faites ? demande Thalie.

– Il a besoin d'aller aux latrines, répond Euterpe en enfonçant douloureusement ses doigts dans mon épaule.

– Tu aurais pu y penser plus tôt, Souris ! s'écrie Uranie en s'immergeant à son tour.

On franchit l'arche qui donne sur l'ancienne salle de bains de vapeur – basse de plafond, bordée de bancs de pierre –, mais qui sert aujourd'hui de remise. Elle est pleine de piles de serviettes et de caisses. Quand on entre, Simplex est en train d'en soulever une pour dégager l'accès à une autre. Il s'interrompt, la caisse dans les mains, et nous toise de haut en bas, surpris de nous voir, Euterpe dans sa cape et moi dans ma vieille tunique. Puis il la met de côté et se redresse lentement.

– Si vite ? murmure-t-il.

– Oui, répond Euterpe.

Simplex lève les yeux vers l'arche et porte son index à ses lèvres.

– Lui aussi ? murmure-t-il.

– Ton prix sera le mien.

Il porte de nouveau son index à ses lèvres, puis vient vers nous et nous fait franchir une autre arche plus basse qui donne sur un étroit passage sans fenêtres, où il nous emmène sur la droite. L'air est humide et sent le renfermé. Subitement, j'ai beaucoup plus peur qu'avant. Mes jambes se dérobent, je m'arrête et je pose la main contre la paroi. Moineau vole tout autour de moi, il bat frénétiquement des ailes en se cognant contre les murs et le plafond. Euterpe m'enveloppe dans ses bras et se penche sur moi sans rien dire.

– C'est quoi, le problème ? chuchote Simplex.

– On pourrait faire demi-tour, dis-je. Il n'est pas encore trop tard.

– Chut, souffle-t-elle en me serrant.

– Vous n'avez pas beaucoup de temps, remarque Simplex. Les autres vont se rendre compte de quelque chose.

Euterpe se glisse à côté de moi et s'enfonce un peu plus loin dans le corridor. Elle tend la main vers le mur extérieur et s'immobilise quand elle touche une porte en bois.

– C'est ici, Petit Bout, lance-t-elle en me faisant signe d'approcher. On y est presque.

Si mes jambes répondaient, je détalerais vers le caldarium pour me jeter dans l'eau, mais je suis incapable de bouger. Simplex me pousse pour passer et détache son trousseau de clés de sa ceinture.

– Faisons demi-tour, dis-je de nouveau, mais plus fort cette fois-ci.

Tandis que les ailes de Moineau vrombissent tout autour de ma tête, j'entends tinter les clés de Simplex, puis l'une d'elles glisser dans la serrure.

– Qu'est-ce que vous décidez, alors ? demande-t-il.

– Ouvre, répond-elle, et j'entends les pièces passer de sa main à celle de Simplex.

Aussitôt, le verrou grince, le battant pivote dans un crissement et le trait de lumière éclatant qui se découpe dans la paroi m'aveugle, mais, à travers les grains de poussière qui flottent dans la pièce, je distingue bientôt la rue ensoleillée. Simplex n'est qu'une ombre à côté de la porte, et Euterpe s'avance dans le carré de lumière qui fait chatoyer ses vêtements.

– Ton homme est là ? demande Simplex.

– Oui, répond-elle en me tendant la main. Petit Bout, je ne partirai pas sans toi.

Avant même de réfléchir, je l'ai rejointe et elle me conduit dehors, où je me fige, tout tremblant, en clignant des yeux. Avant de refermer, Simplex tend la main vers Euterpe avec les pièces qu'elle vient de lui donner.

– Tu es sûr ? demande-t-elle.

– Prends-les. Tu en auras plus besoin que moi.

Elle les récupère d'une main, puis attire Simplex vers elle de l'autre et l'embrasse sur la bouche.

– *Maintenant*, elle m'embrasse ! s'écrie-t-il.

Il referme la porte et la verrouille.

Je tombe sur le museau poilu de Poticus, la mule de Brutus attelée à sa charrette avec une bride et un harnais de cuir usé. Aujourd'hui, il a placé une toile pleine de taches au-dessus du plateau, mais, pour l'instant, aucune trace de lui. Euterpe lance des regards frénétiques de part et d'autre de la rue.

– Brutus ? hèle-t-elle d'une voix tremblante.

– Ici.

La carriole remue quand Brutus descend du plateau sur lequel il était assis, sous l'auvent de toile. Euterpe s'affaisse un peu, soulagée, et lui adresse un sourire nerveux. Il hoche la tête quand Euterpe lui tend les pièces que Simplex vient de lui rendre, mais il les soupèse dans sa main et hausse les sourcils. Alors elle sort sa bourse de sa cape et lui en donne quelques-unes de plus. Brutus les teste une par une en les mordant, puis les glisse dans une poche à sa ceinture. Sans un mot, il nous fait signe d'approcher et me hisse à l'arrière puis aide Euterpe à monter. Elle pose la main sur sa joue rêche, les yeux brillants, mais il l'écarte doucement, puis lui indique de s'installer au fond.

– Ne faites pas de bruit. Je vous dirai quand vous pourrez sortir.

Il fait retomber un pan de toile à l'arrière et l'attache, tandis qu'Euterpe et moi nous asseyons en tailleur sur les planches grossières du plateau recouvertes de terre et de poussière. Il y a un rouleau de corde usée dans un coin. On entend le pas de Brutus qui retourne à côté de sa mule.

– Allez, Poticus ! lance-t-il.

La charrette s'ébranle dans un bruit de sabots. Euterpe se décale pour s'asseoir à côté de moi, et on s'étreint tandis que la carriole cahote dans la rue déserte.

– Où nous emmène-t-il ? murmuré-je.

– Chut ! répond Euterpe. À la porte est, d'où part la route vers Lucentum, au nord.

– C'est quoi, Lucentum ?

– Un autre port. Un client m'a dit qu'il y avait des bateaux qui font voile vers l'Afrique, là-bas.

– L'Afrique…

– Oui, souffle-t-elle en pressant ma tête contre son épaule. Tais-toi, maintenant.

On s'engage dans une rue plus bruyante et plus animée. Sous la toile, il fait chaud, et le soleil filtre par quelques trous. Au-dessus du bruit et les grincements des roues, j'entends des bribes de conversation, les coups réguliers d'un marteau, quelqu'un qui chante, quelqu'un d'autre qui rit. Un chien nous suit quelques instants en aboyant, ce qui nous met en alerte, Euterpe et moi, et nous pousse à nous redresser pour fixer le pan de toile à l'arrière du plateau. Mais, quand Brutus pousse un cri et lui jette une pierre, le chien disparaît au loin en glapissant. Dans le balancement de la carriole, je vois qu'Euterpe respire par saccades. J'ai envie de lui dire que je l'aime. J'ai envie de lui dire que je sais qu'elle m'aime. Mais je ne dis rien.

On tourne dans une rue ombragée, et les rayons de soleil qui filtraient à travers la toile s'évanouissent. Le grincement des roues de la charrette résonne dans la rue déserte. Euterpe me serre tellement fort qu'elle me fait mal, et je gigote un peu pour me dégager. Elle me regarde en écarquillant les yeux, comme si elle était surprise de me voir, puis elle bascule la tête en arrière.

– Qu'ai-je fait ? murmure-t-elle.

À présent, la charrette s'engage dans une autre rue animée, elle tourne à droite et tangue en franchissant les ornières au milieu de la chaussée avant de s'y caler. Le soleil brille à nouveau par les trous dans la toile.

– Laissez passer ! crie Brutus. Allez, grosse paresseuse ! lance-t-il à Poticus.

– C'est loin, la porte ?

– On ne devrait plus être très loin, non, répond Euterpe.

Au chaud dans la pénombre sous la toile, j'entends les bruits de pas et les conversations, le grincement d'une scie, le tintement des marteaux sur le métal. Je sens l'odeur de pain en train de cuire et le raclement d'une meule. Je me redresse.

– Ho, doucement, à présent ! lance Brutus. Ho !

La charrette ralentit puis s'arrête. J'entends le jet d'une fontaine et des rires de femmes. Je sens une odeur d'urine. J'entends des hommes qui chantent, un appel et réponse : *Me voici, je marche, je marche doucement, je ne vais nulle part…*

Je me retourne et j'agrippe l'épaule d'Euterpe. Ses yeux s'écarquillent. Ma gorge est si sèche que je peux à peine parler.

– *Il nous a ramenés !*

À présent, des pas résonnent derrière la carriole, quelqu'un dénoue la corde qui fixait le pan de toile, le relève, et des silhouettes qui se découpent à contre-jour tendent les bras vers nous.

– Les voici ! lance Brutus.

Euterpe et moi nous recroquevillons en pleurant au fond de la charrette, mais des mains nous attrapent et nous séparent en nous traînant sur les échardes du plateau vers la lumière. Je hurle en donnant des coups de poing et des coups de pied dans tous les sens, mais Brutus me soulève par-derrière, et mes jambes gigotent inutilement. Puis il plaque sa paume rêche sur ma bouche pour m'empêcher de crier, et je me retrouve une fois de plus à l'endroit où j'avais espéré ne plus jamais me trouver, écrasé contre un homme, impuissant et à peine capable de respirer, tandis que Moineau s'envole et observe la rue d'en haut. Un cercle de badauds s'est formé autour de la charrette pour assister à la scène. Les femmes de la fontaine nous regardent, de même que Nazarius sur le pas de sa porte. Ses hommes ont cessé de chanter, et certains nous lorgnent derrière le comptoir. Les écoliers sous le portique sont montés sur leurs bancs, leur maître est bouche bée, les gamins du carrefour sont sur la pointe des pieds pour glisser un œil entre les gens devant eux. Ce que Moineau voit, ce qu'ils voient tous, c'est une charrette stoppée à l'entrée de l'étroit passage qui mène au théâtre, au marchand d'esclaves. Le grand concierge de la maison de Dominus a tordu le bras d'Euterpe derrière son dos, sous les yeux de Calidus vêtu de sa tunique luxueuse et de Melpomène dans sa cape. Euterpe crie quelque chose à Brutus, qui n'ose pas croiser son regard. Il fixe le sol en serrant d'un seul bras le garçon par la taille, le souffle coupé, et en lui plaquant son autre main sur la bouche. Le garçon a cessé de se débattre, et ses jambes pendent mollement au-dessus de la chaussée. Ses yeux sont grands ouverts et révulsés.

Euterpe halète, mais elle ne lutte plus contre l'homme qui la tient. Entre ses larmes, elle fixe Melpomène.

– C'est ma faute, sanglote-t-elle. Je l'ai obligé à venir. C'était mon idée. Ne lui fais pas de mal…

– Oh, ma chère, répond Melpomène. Rien de tout cela n'a plus d'importance.

– Fais-la taire ! ordonne Calidus.

Le concierge bloque le bras d'Euterpe d'une main et lui glisse un bâillon dans la bouche de l'autre. Elle tente de crier à travers en jetant un regard égaré au garçon que Brutus tient dans ses bras. Des larmes coulent sur ses joues, de la morve coule de son nez.

Melpomène, les lèvres pincées, s'avance et passe la main dans la cape d'Euterpe. Elle lève les yeux au-dessus de la tête d'Euterpe tout en la fouillant, puis sourit quand elle en tire un paquet de pièces enveloppées dans du tissu. Elle le brandit.

– Pour Brutus ? demande-t-elle à Calidus.

Quand il acquiesce, Melpomène glisse le paquet sur le plateau de la charrette et adresse un signe de tête à Brutus, qui s'obstine à fixer le sol. Ses yeux se posent sur le garçon, qui la distingue à peine. Puis elle se retourne vers Euterpe et repasse la main dans sa cape.

– Brutus a révélé à Focaria ce que tu t'apprêtais à faire, lui murmure-t-elle.

Elle marque une pause quand elle trouve l'autre bourse, celle en cuir.

– Et Focaria me l'a répété, ajoute-t-elle en la tirant de la cape d'Euterpe par son cordon avec la dextérité d'un magicien. J'ai pensé qu'il fallait que tu le saches.

Elle la soupèse, et un murmure admiratif s'élève de la foule. Regardez comme les louves sont riches !

La tête d'Euterpe retombe sur sa poitrine. Ses larmes éclaboussent le pavé. Ses épaules se courbent. C'est un poids mort sous la poigne du concierge dans son dos. S'il la lâchait, elle tomberait à genoux.

– Votre Honneur ?

Brutus a fini par relever la tête, il regarde Calidus, puis le paquet plein de pièces sur le plateau de sa charrette.

– Ça m'est égal ! répond celui-ci avec un geste de la main. Une marque de gratitude.

Brutus soulève légèrement la main de la bouche du garçon, et, voyant qu'il ne crie plus, le repose par terre. Tout là-haut, le cœur battant, Moineau voit le garçon tomber à genoux, tête branlante sur son cou. Tournant le dos à Euterpe, Brutus récupère l'argent, rabat le pan de toile et rejoint sa mule.

– En avant ! lance-t-il en tirant sur sa bride. Allons-y !

La mule s'incline dans son harnais, une autre esclave qui ne s'enfuira jamais, et, tandis que la carriole s'ébranle dans un grincement de roues, Melpomène tend la bourse de cuir pleine de pièces à Calidus.

– Votre Honneur, ça devrait suffire à acheter une autre Euterpe, déclare-t-elle en inclinant la tête.

– Hum..., grommelle Calidus en enroulant le cordon autour de sa main et en la soupesant.

Il n'est pas impressionné, lecteur. Après tout, cet argent a toujours été le sien, et jamais vraiment celui d'Euterpe.

– Pourquoi ne pas le vendre lui aussi ? demande-t-il en désignant le garçon agenouillé dans la rue, bouche grande ouverte. Il ne nous cause que des ennuis.

– Oh, Votre Honneur ! C'est Focaria qui vous a dit ça ?

Le jeune Dominus hausse les épaules.

– Antinoüs vaut le coup, affirme-t-elle. On n'en trouvera jamais un autre. Elle, en revanche..., ajoute-t-elle avec un geste vers Euterpe.

Celle-ci, toujours retenue par le concierge, lève la tête et regarde le garçon à travers ses larmes. Elle tente de crier malgré son bâillon, mais le garçon n'est plus là. Il ne peut ni la voir ni l'entendre. Il est Moineau, suspendu dans les airs au-dessus de leurs têtes, et se contente d'observer sans rien ressentir.

– Très bien, alors ! s'exclame Calidus en claquant des doigts.

Le concierge secoue Euterpe pour qu'elle se tienne debout. Le bâillon lui distend les lèvres. Ses yeux sont écarquillés, son regard affolé. Puis l'homme lui fait faire volte-face et la pousse devant lui dans l'étroit passage qui mène au théâtre. Calidus suit en fredonnant, la bourse pleine de pièces à la main.

– La paix de Dieu soit avec vous ! lance-t-il à la foule en partant.

Melpomène se penche sur le garçon agenouillé dans la rue et lui secoue l'épaule tandis que la foule commence à se disperser. Moineau voit les femmes se retourner vers la fontaine en murmurant. La férule du maître fait descendre les écoliers de leurs bancs. Nazarius rentre dans la pénombre de sa boutique, où ses hommes se remettent à chanter. Juste en dessous de Moineau, Melpomène gifle le garçon.

– Antinoüs !

Je lève les yeux vers Melpomène, qui fixe les siens sur moi. Je porte la main à ma joue endolorie. Elle me gifle à nouveau, et je crie. Elle saisit mon poignet et me remet debout.

– Allons-y ! ordonne-t-elle sèchement.

Et elle me traîne vers la porte du jardin. Je titube derrière elle, le souffle court, la joue brûlante. Je suis épuisé, mes membres sont faibles. C'est comme si j'avais couru toute la matinée. Le soleil pèse sur mes épaules, il tente de me mettre à genoux. Chaque regard dans la rue me pénètre comme la pointe aiguisée d'un javelot. Quand on passe devant la fontaine, les femmes collent leurs têtes les unes contre les autres et murmurent en nous regardant. Je les fixe, bouche bée, comme si je n'avais jamais rien vu de tel de ma vie.

– Je ne suis pas en colère contre toi, déclare Melpomène.

Elle me tient fermement, mais sans me faire mal. Elle se penche en avant pour contrebalancer le poids du garçon qui titube derrière elle, comme si elle luttait contre le vent.

– Elle allait te faire tuer, affirme-t-elle en me secouant pour que je la regarde. Je viens de te sauver la vie. Un jour, tu me remercieras.

Devant la porte du jardin, elle me fait tourner sur moi-même et me plaque les épaules contre le mur.

– Quand on va entrer, il va falloir que je parle à Focaria, sans que tu sois là. Il faut que tu montes directement t'allonger dans ta cellule. D'accord ?

Je fixe un point derrière elle sans rien dire.

– *Écoute*, poursuit-elle en m'agrippant douloureusement la mâchoire pour me forcer à la regarder. Monte te coucher ! Tu m'entends ?

J'acquiesce.

– Très bien.

Elle me pousse à l'intérieur par l'épaule, puis me lâche pour refermer le verrou. Je détale en direction de la cuisine.

– Antinoüs !

Melpomène se jette en avant, mais elle me loupe, se prend les pieds dans sa cape et s'étale par terre sur le ventre.

– Focaria ! Ils vont la vendre !

Derrière moi, Melpomène tente de sortir à quatre pattes des replis de sa cape, comme si elle muait. J'entre en trombe dans la cuisine en glissant sur les dalles.

– Qu'est-ce que tu as fait ?

Je suis à bout de souffle, les yeux pleins de larmes.

– Ils sont en train de la vendre !

Focaria est à sa table, en train de vider des poissons. Elle me dévisage, les yeux ronds, en serrant le couteau entre ses doigts gluants.

– Qu'est-ce que *toi*, tu fais là ? rétorque-t-elle.

– Ils sont en train de la *vendre* ! *Qu'est-ce que tu as fait ?*

Elle lève les yeux, et, en me retournant, je vois Melpomène qui halète à côté de la porte. Elle lève la main vers Focaria.

– Écoute-moi, souffle-t-elle en pénétrant lentement dans la cuisine.

Focaria pose les yeux sur elle puis sur moi. Elle ouvre la bouche et laisse tomber son couteau sur la table.

– Non, gémit-elle. Non non non non non non non.

Elle porte sa main pleine de sang à ses cheveux. Melpomène la touche, mais Focaria bondit en arrière pour se réfugier de l'autre côté de la pièce, près du four, à l'endroit où je dormais avant.

– Non ! hurle-t-elle.

Ses yeux sont écarquillés. Elle s'arrache les cheveux.

– *Écoute*, répète Melpomène.

Tout en s'approchant petit à petit de Focaria, elle pousse le couteau de l'autre côté de la table, à travers les entrailles de poisson, hors de portée de la cuisinière.

– C'est *lui* que tu étais censée vendre ! crie Focaria en pointant le doigt sur moi.

Je me tiens à l'autre bout du plateau, le souffle court, les larmes aux yeux. Je m'étouffe dans ma morve. Je tremble de tous mes membres.

– Ça, ça ne risquait pas.

Melpomène parle à voix basse, d'un ton nerveux, et elle fait reculer Focaria dans un coin sans la toucher.

– J'ai besoin de lui. Je te trouverai une autre Euterpe.

– Non non non non non ! gémit Focaria en se frappant le front.

– Ça vaut mieux pour tout le monde, roucoule Melpomène en évitant toujours le moindre contact. Dans un mois, tu l'auras oubliée.

Elle me jette un coup d'œil par-dessus son épaule.

– Et lui aussi.

Elle se tourne vers Focaria, et j'en profite pour m'avancer vers la table, prendre le couteau visqueux, le serrer entre mes mains au-dessus de ma tête et le planter entre les omoplates de Melpomène.

Elle se redresse brutalement, lève la tête et aspire une grande bouffée d'air. Puis elle fait volte-face et me frappe du revers de son poing, m'envoyant heurter le mur à l'autre bout de la pièce. Je me recroqueville par terre comme un animal, et je me couvre la tête de mes mains tandis que Moineau vole frénétiquement d'un bout à l'autre de la cuisine, le cœur battant à tout rompre, les ailes prises de faiblesse. Il voit Melpomène tituber à côté de la table en essayant de remuer les lèvres, la respiration hachée. Elle s'appuie sur le plateau et passe la main derrière son épaule pour tenter d'arracher le couteau dans son dos.

– Enlève-le ! gémit-elle. Enlève-le.

Focaria émerge de la pénombre derrière elle, complètement échevelée, les yeux fous. Elle pose une main sur l'épaule de Melpomène et retire le couteau de l'autre. Melpomène pousse un râle et tombe presque à genoux, mais elle se rattrape en posant les deux mains sur la table.

– C'est profond ? demande-t-elle en haletant. À quel point ?

– Pas assez, répond Focaria.

Et, d'une main, elle lui prend les cheveux et les tire en arrière tandis que, de l'autre, elle lui tranche la gorge en ouvrant une entaille dont jaillissent du sang et des bulles d'air. La plus grande partie du sang retombe sur sa poitrine, mais, sur le côté de sa gorge, à l'extrémité de l'entaille, un petit jet gicle une fois, deux fois, trois fois au-dessus de sa tête avant de se tarir définitivement. La cuisine s'emplit d'une odeur métallique, et Moineau continue de voler tandis que je tremble de tout mon corps, roulé en boule par terre. Focaria lâche les cheveux de Melpomène et recule d'un pas. Celle-ci s'effondre comme si toutes ses ficelles avaient été coupées, et je vois Audo tenir un homme par la gorge et lui balafrer le visage, j'entends le *tchik tchik tchik* d'une lame qui éventre un homme de l'autre côté de la porte du jardin, je vois Clio saigner en hurlant dans sa cellule, je vois Focaria et Uranie s'agenouiller à côté d'Audo et l'étouffer pendant qu'il tressaille et fouaille le sol de ses talons. Melpomène tombe brutalement à genoux, sa tête bascule en arrière, et elle s'affale par terre, les jambes tordues sous elle. Sa main traîne un instant sur le bord de la table avant de retomber sur ses cuisses, où elle sursaute une fois, deux fois, trois fois avant de se figer.

Puis Moineau trouve enfin le moyen de sortir de la cuisine, et il s'élève haut dans le ciel au-dessus du jardin. Il voit une femme traîner par les cheveux à travers les plants du jardin un garçon qui se débat en hurlant et le plaquer contre la citerne. Elle ôte le couvercle du réservoir d'eau, puis hisse le garçon au-dessus du bord et plonge sa tête dedans, en la maintenant sous la surface jusqu'à ce qu'il donne des coups de pied et qu'il agite les mains en faisant plein d'éclaboussures, au point de rendre la terre tout autour boueuse. Quand l'un des coudes du garçon frappe la femme au visage, elle bascule en arrière et le relâche. Il glisse le long de la paroi de la citerne, les cheveux collés à son visage, la tunique détrempée. La femme s'agenouille à côté de lui, le visage entre les mains, le nez plein de sang. Le garçon, à bout de souffle, crapahute dans la boue en clignant des yeux pour s'écarter d'elle. Il tente de se relever, mais retombe sur ses coudes et reste couché là, à la regarder, en respirant difficilement.

– Tu m'as cassé le nez, grommelle Focaria.

J'essuie l'eau sur mon visage et j'essaie de me relever, mais je ne parviens qu'à me mettre à genoux. Je voudrais dire quelque chose, mais seuls des quintes de toux et des gémissements sortent.

Focaria essuie le sang sous son nez.

– Tu as tout foutu en l'air, souffle-t-elle.

– Tu..., tu l'as dénoncée.

Focaria se jette sur moi, et je roule pour l'éviter, mais elle m'attrape et se met à califourchon sur moi en me clouant les bras au sol. Du sang goutte de son nez sur mon visage.

– Espèce de petite merde, tu as tout foutu en l'air, répète-t-elle avec un regard dément.

J'essaie de me dégager en gigotant, mais elle est trop lourde. Elle pose les mains sur mon cou.

– Euterpe t'en voudra, parviens-je à dire.

Mais Focaria serre plus fort.

– J'aurais dû te tuer le jour où Audo t'a amené dans ma cuisine, siffle-t-elle.

Ses pouces pressent ma trachée.

– Je sais où se trouve son argent ! crié-je.

Ses pouces relâchent la pression.

– L'argent de qui ? D'Euterpe ?

Je réussis à dégager une de mes mains et je lui saisis le poignet.

– Celui de Mel.

Je déglutis.

– Tu vas en avoir besoin.

Focaria retire ses mains de ma gorge, mais elle reste à califourchon sur moi, le souffle court, le nez sanguinolent. Elle pointe son doigt entre mes yeux.

– Tu me racontes des histoires ?

Les cheveux dans la terre, je bouge la tête de gauche et de droite.

– Tu vas m'aider, marmonne-t-elle. Et peut-être que je te laisserai vivre en son honneur.

Dans la cuisine, Melpomène gît au milieu d'une grosse flaque de sang qui déploie ses tentacules le long des interstices entre les dalles. Focaria serre mon poignet d'une main et récupère de l'autre son vieux collier de fer que Melpomène a pendu au mur comme rappel de sa condition, puis le jette sur la poitrine de sa maquerelle. Ensuite, elle me traîne jusqu'à la pile de bois et me balance quelques bûches dans les bras. Puis elle en prend quelques autres et elle me reconduit dans la cuisine où nous les disposons sur le cadavre et autour de lui.

– Continue, m'ordonne-t-elle en me poussant dehors.

On effectue plusieurs trajets jusqu'à ce que tout le bois soit dans la cuisine et qu'il ne reste plus qu'un carré de terre humide à l'endroit où se trouvait la pile, et on entasse les bûches dans les coins de la pièce, sous la table, en laissant des empreintes ensanglantées partout. On aménage un étroit corridor jusqu'au four encore chaud. Quand on a terminé, j'ai les mains pleines de sang et d'échardes, et ma tunique est maculée de terre et de boue. Focaria me tord douloureusement le bras derrière le dos.

– Où est sa cape ?

– Dans le jardin.

Elle m'y conduit, et je la lui montre, roulée en boule à côté de la porte. Elle s'accroupit devant moi, mon poignet toujours dans ses griffes. Sa lèvre supérieure est encore tachée de sang, et son nez est enflé et violet.

– Montre-moi son argent, m'ordonne-t-elle.

Elle me traîne à l'étage, tout tremblant et en larmes, puis elle me pousse dans la cellule de Melpomène où je tombe à genoux. Elle me frappe derrière la tête.

– Dépêche-toi ! Ils vont bientôt rentrer.

Je rampe vers un coin de la pièce, où les tentures de Melpomène touchent le sol. En dessous, une latte de parquet est disjointe, et je l'ôte pour récupérer une bourse pleine de pièces, puis une autre, puis une autre – les économies de toute une vie de louve.

– C'est tout ce qu'il y a ? demande Focaria en déchirant le drap du lit de Melpomène.

J'acquiesce, mais Focaria me repousse et passe la main dans la cavité. Elle en sort une autre bourse, et elle me frappe avec. Je tente de lui échapper en me collant à la tenture contre le mur.

– Je ne savais pas !

En réalité, je savais.

Elle ôte le drap du lit de Melpomène et y découpe en grimaçant une large bande de tissu. Puis elle place les quatre bourses dedans et en fait un baluchon en serrant bien le nœud.

– Emmène-moi, dis-je.

Des larmes coulent sur mes joues et sur mon menton. Mon nez coule aussi.

Focaria ne me regarde même pas.

– On peut la retrouver, dis-je en reniflant. On peut savoir à qui ils l'ont vendue et ensuite...

Focaria traverse la pièce et me prend par le col, me projette sur le lit et se remet à califourchon sur moi en me clouant au matelas de Melpomène.

– Ne t'avise pas de prononcer son nom !

Maintenant, ce sont les yeux bleus les plus froids que j'aie jamais vus.

– Elle est partie, ajoute-t-elle en me frappant le visage. Elle est morte, et c'est toi qui l'as tuée.

Elle me frappe à nouveau. Je sanglote, à présent.

– Je suis désolé, je suis désolé, je suis désolé...

Focaria brandit de nouveau son poing, mais au lieu de me frapper, elle tire l'oreiller de sous ma tête et le presse sur mon visage. Je crie, je remue les jambes, je lui griffe les bras. C'est mon pire cauchemar qui devient réalité ; c'est la façon dont j'ai toujours cru que j'allais mourir, écrasé sous la chair de quelqu'un, incapable de bouger, incapable de respirer. Mais ce n'est ni Audo ni un client qui m'écrase, c'est ma mère, ou du moins l'une d'entre elles, la femme qui m'a nourri, qui m'a lavé, qui m'a instruit, qui m'a frappé, maudit et protégé, qui haïssait l'homme que nous haïssions tous et qui aimait la femme que j'aimais, qui est présente dans mon tout premier souvenir et qui est sur le point de provoquer ma perte. Moineau la regarde chevaucher le garçon sur le lit comme une louve enfourche un client, mais le garçon ne frémit pas d'extase, il tremble comme Audo, il s'étouffe, à bout de souffle ; ses membres deviennent mous, ses mains retombent. À présent, Moineau lui-même a la vue qui se trouble, ses oreilles n'entendent plus rien que le battement inutile de ses ailes et son sang qui palpite. Le silence tombe sur lui comme un linceul, et ses yeux s'éteignent.

IV

Je me réveille au milieu des odeurs de fumée, des cris d'hommes et des craquements de bois. Je me frotte les yeux, qui me piquent déjà à cause de la fumée qui stagne dans la cellule de Melpomène. Je ne comprends pas ce qui se passe. Je ne suis même pas certain de savoir où je suis. Des flammèches entrent par la fenêtre au-dessus de moi et mettent instantanément le feu aux tentures du plafond. Je me précipite dans le couloir tandis que le matelas sur lequel les draperies sont tombées s'embrase à son tour. Le rideau s'enflamme aussi ; une vague de chaleur insoutenable jaillit de la cellule. Je me roule en boule et je couvre ma tête de mes mains. Un nuage de fumée noire tourbillonne au-dessus de moi, tandis qu'au rez-de-chaussée j'entends de nombreux cris. Je rampe jusqu'au bout du couloir pour m'éloigner du brasier, quand l'une des voix, sèche et rauque, résonne dans l'escalier.

– Il y a quelqu'un là-haut ?

Je tente d'appeler, mais mes poumons sont pleins de fumée et je ne parviens qu'à tousser et à m'étouffer.

Puis deux mains me saisissent et me traînent dans l'escalier en me tirant par la tunique. Mes coudes et mes genoux cognent contre chaque marche. En bas, l'homme me hisse sur son épaule osseuse et fonce à travers une foule enragée.

– Il y en a d'autres ? demande quelqu'un.

– Je ne sais pas, répond l'homme.

Il a la voix de Renatus le boulanger.

Quand il m'emporte dans la rue en passant devant le volet brisé, je suis pris de haut-le-cœur et d'une quinte de toux, puis il tourne à l'angle de la rue, et je frôle le *tintinnabulum* qui se met à brimbaler. Renatus tousse aussi. Le temps qu'on atteigne la foule agitée devant la porte du jardin, il est chancelant. D'autres mains se tendent, me soulèvent et le saisissent, puis on nous assoit tous les deux sur les pavés, le dos appuyé contre le mur de la maison de Priscianus. Devant nous, une chaîne d'hommes s'est formée entre la fontaine et le jardin. Chacun passe un seau ou une marmite remplis d'eau au suivant. Le moindre récipient disponible dans la rue a été réquisitionné.

Par la porte du jardin grande ouverte, j'aperçois, entre les jambes des sauveteurs, les murs noircis de la cuisine surmontés d'un jet de flammes et d'une fumée noire qui monte vers le ciel à l'endroit où se trouvait le toit. Les flammèches s'envolent très haut, emportées par le vent. Même à cette distance, je détecte, sous l'odeur âcre de bois et de plâtre en flammes, celle de la chair brûlée. J'ai passé ma vie à regarder Focaria faire griller des saucisses, du poulet et du porc, et je ne peux m'empêcher d'imaginer Melpomène en train de cuire au milieu des flammes, son sang qui bout sur le sol, la chair de ses membres qui fond, ses os qui noircissent et se fendent. De la fumée jaillit des trous dans le toit de la taverne, et d'autres flammes s'élèvent des fenêtres des cellules. Des flammèches orangées flottent comme des libellules sur les toits voisins, et, par-dessus toutes les autres voix, j'entends Priscianus qui s'époumone.

– Sauvez ma boutique ! Sauvez ma boutique !

Puis quelqu'un s'accroupit devant moi et me bloque la vue. C'est une femme. Elle porte une coupe d'eau à mes lèvres et me fait boire. J'en recrache la plus grande partie en toussant, et elle attend un moment, me tapote le dos, puis refait une tentative. Cette fois-ci, je parviens à avaler, et elle tend la coupe à Renatus, qui en boit une bonne gorgée.

– Y avait-il quelqu'un d'autre, mon frère ? demande Balbina.

Renatus tousse un bon moment avant de répondre.

– Je ne sais pas..., souffle-t-il. La fumée... Je ne voyais rien...

– Où... ? dis-je.

Le boulanger et sa sœur se tournent vers moi.

– Où quoi ? demande Balbina en me saisissant par l'épaule. Où qui ?

– Focaria, parviens-je à balbutier.

– Si elle était là-dedans..., répond Renatus en désignant la cuisine en flammes, elle est morte.

– Bois, m'intime Balbina en me tendant la coupe. Ne parle pas.

Je me force à faire descendre un peu d'eau dans ma gorge ravagée.

– Elle a essayé... Elle a essayé de...

– Il est trop tard, à présent, soupire Renatus. Là où elle se trouve, les flammes sont... sont encore plus chaudes que ça. Et elles... brûlent éternellement.

– Pas maintenant, mon frère.

Elle pose la main sur son épaule.

– Melpomène...

Je n'ai pas le temps d'en dire davantage, parce qu'à ce moment le mur de la cuisine s'effondre dans une éruption de flammes. Une vague tourbillonnante d'étincelles et de fumée noire repousse les sauveteurs jusqu'à la porte du jardin, où ils s'agglutinent dans un enchevêtrement de corps et de visages hurlants avant de jaillir dans la rue. Le nuage de fumée engloutit la porte, le mur du jardin et la foule et arrive jusqu'à l'endroit où je suis assis avec Balbina et Renatus. Il m'aveugle et déclenche une nouvelle quinte de toux, jusqu'à ce qu'enfin je m'évanouisse.

Je me réveille sur le sol frais d'une pièce faiblement éclairée. Des grains de poussière dansent dans un rayon de soleil qui entre par une fenêtre étroite, et, tout en respirant à petits coups car ma gorge est encore à vif, je remarque des toiles d'araignée dans un coin au plafond et j'entends des voix qui murmurent. Dès que je me redresse sur mes mains, elles se taisent. La pièce est étroite, des étagères pleines de linge plié courent le long des murs. À l'autre extrémité, derrière le rayon de lumière poussiéreuse, je vois Thalie et Uranie assises dans leur cape à côté d'une porte, main dans la main. Digitus, recroquevillé dans un coin, les genoux ramenés contre sa poitrine, fixe un point dans le vide.

J'ai du mal à me redresser, et je me remets à tousser. Mes mains, couvertes d'éraflures, me font souffrir. Mon visage aussi, là où Focaria m'a frappé. Ma tunique est déchirée et noire de suie. À l'autre bout de la pièce, les trois autres me dévisagent, mais aucun d'eux, pas même Thalie, ne vient à mon aide. En cet instant, avant même qu'elles me parlent, je sais que je les ai perdues. Je vois à leur regard – les yeux d'Uranie sont morts, ceux de Thalie tristes et blessés – que c'est à moi qu'elles reprochent ce qui va leur arriver. Thalie fouille dans sa cape, mais elle ne trouve pas ce qu'elle cherche, alors elle se met à en tripoter l'étoffe. Digitus ne lorgne même pas dans ma direction. Il a déjà connu tout ça, et il ne perd pas de temps avec moi.

Finalement, ma quinte de toux cesse et je les fixe à mon tour, appuyé sur mes mains douloureuses.

– Uranie…, dis-je d'une voix rauque.

– Pas Uranie, c'est fini, répond-elle en levant ses yeux éteints sur moi. Maintenant, je suis juste Izar, la fille de l'éleveur de porcs.

– Thalie… ?

– C'est fini aussi. À présent, elle s'appelle Taesis. Une Égyptienne inutile de plus.

– Taesis. Je ne savais pas que…

– Tu n'as jamais posé la question, réplique Uranie.

– Qu'as-tu fait, Souris ? demande Thalie d'une voix tremblante comme si elle était au bord des larmes.

Uranie serre la main de Thalie dans le creux de son coude.

– Oui, Souris, répète Uranie d'une voix chargée de mépris. Qu'as-tu *fait* ?

– Pourquoi ne nous avez-vous pas dit que vous vouliez vous enfuir ? lance Thalie en pleurant. On serait venues avec vous.

J'ai la tête qui tourne, ma poitrine et ma gorge me brûlent et je suis couvert de bleus. Je m'appuie contre le mur derrière moi, en songeant que je ne trouverais aucun réconfort à l'autre extrémité de la pièce. Thalie fouille de nouveau dans sa cape, et je me rends compte qu'elle cherche son médaillon chi rho. Mais elle ne l'emporte jamais aux thermes, et, à présent, il n'est plus qu'un morceau de cuivre fondu dans les ruines fumantes de la taverne. Elle se met à sangloter, et Uranie lui passe le bras autour des épaules.

– C'était l'idée d'Euterpe.

– Tu mens ! réplique Uranie.

– Elle ne serait jamais partie sans nous ! renchérit Thalie.

Si, voudrais-je rétorquer. *C'est ce qu'elle a fait*. Mais je passe à autre chose.

– On est où ?

Au début, personne ne me répond, même si Digitus coule un regard vers moi.

– La maison de Dominus, finit par lâcher Uranie. Ils sont en train de décider ce qu'ils vont faire de nous.

– Où est Focaria ?

– Elle est morte ! crie Thalie. Elle est morte brûlée vive !

Ses doigts fouillent à nouveau sa cape en quête du médaillon, mais Uranie lui retire la main d'un geste sec.

– Arrête ! Il est perdu.

Thalie enfouit son visage dans la cape d'Uranie pour sangloter. Celle-ci me dévisage en plissant les yeux.

– Où est Melpomène ? demande-t-elle.

Lecteur, que pouvais-je répondre ? Si je lui révélais la vérité – *Melpomène est morte, c'est Focaria et moi qui l'avons tuée* –, elle serait obligée de le dire à Calidus, ou à Granatus, ou à l'édile, ou à quiconque lui poserait la question. Et, dans ce cas, comme Focaria l'avait elle-même formulé peu de temps avant qu'on parte aux thermes, je pourrais tout aussi bien me trancher tout de suite la gorge. Ne lui révéler qu'une partie de la vérité – *Melpomène est morte* – serait tout aussi néfaste, parce que tout le monde se demanderait comment je le savais. Je pouvais tenter de me cacher derrière ma peur et ma douleur en espérant que personne ne s'attendrait à ce qu'un garçon terrifié qu'on vient de sortir d'un incendie soit en mesure d'expliquer ce qui s'était passé. Mais Uranie me connaissait trop bien. En l'observant de l'autre côté de la buanderie mal éclairée, je sais qu'elle sait que je cherche une réponse.

C'est Digitus qui me sauve.

– Je l'ai vue ! s'exclame-t-il.

Uranie et moi nous tournons vers le coin sombre où il se terre. Thalie elle-même relève la tête en essuyant ses larmes du dos de la main. Soudain, Digitus se redresse et s'anime, comme si un marionnettiste venait de commencer à tirer ses ficelles.

– J'étais dans la boulangerie. Un homme entre et il dit : *La taverne est en flammes !* Renatus appelle ses esclaves pour qu'ils viennent avec lui et je les suis. On court dans la rue, et je la vois passer dans l'autre sens, en venant de la taverne...

– Melpomène ? ricane Uranie avec une expression sceptique.

– Oui ! Je l'ai vue !

– Tu as vu son visage ? insiste Uranie.

– Oui ! Euh, peut-être pas. Sa capuche était relevée..., précise-t-il en mimant le geste des deux mains. Mais c'était sa...

Il fait le geste de se couvrir les épaules.

– Sa cape ?

– Oui ! s'écrie-t-il en agitant son doigt. C'était *sa* cape ! Je l'ai appelée, j'ai crié : *Domina ! La taverne brûle !* Mais elle a continué à marcher, dans la direction opposée, très vite, explique-t-il en claquant des mains. Puis la foule m'a rattrapé et...

Il hausse les épaules et ses mains retombent par terre, puis il s'avachit contre le mur comme si le marionnettiste l'avait lâché.

Uranie tourne les yeux vers moi.

– Qu'est-ce qui s'est passé, Antinoüs ?

Maintenant, je suis sûr et certain de l'avoir perdue. Elle ne m'a jamais appelé Antinoüs. Le répit que m'a offert Digitus est terminé, et, à présent, je dois trouver quelque chose à dire.

Mais avant que j'aie à répondre, on entend une clé cliqueter dans la serrure. Thalie fait un bond, Uranie la serre contre elle et elles se tassent dans le coin à côté de Digitus tandis que la porte s'ouvre en grinçant. La silhouette du concierge de Dominus se découpe à contre-jour dans l'embrasure. Il lorgne les deux louves et l'esclave de cuisine qui le scrutent depuis le coin de la pièce. Puis son regard tombe sur moi et il me pointe du doigt.

– Toi !

* * *

De sa main lourde, le concierge me pousse devant lui à travers la demeure luxueuse et immaculée de Dominus.

– Ne touche à rien, m'enjoint-il.

J'entends une voix de femme et, par l'embrasure d'une porte, j'aperçois une vieille dame assise dans une pièce sombre et une jeune fille debout entre ses genoux. La femme lui montre comment filer la laine avec une quenouille et un fuseau en guidant ses mains tandis que la jeune fille se concentre, la langue entre les lèvres. En entendant le bruit de nos pas, la femme lève la tête et nos regards se croisent. Est-ce l'épouse de Granatus ? La jeune fille est-elle sa fille ? Elle fait tomber le fuseau, et la femme dit quelque chose à quelqu'un hors de mon champ de vision, puis la porte se ferme comme d'elle-même.

Le concierge me fait traverser l'atrium, où la lumière de la fin d'après-midi baigne d'un halo doré la tête et le pot sur l'épaule de la statue de bronze de garçon qui verse de l'eau dans le bassin. Dans le coin, les trois cierges sur l'autel chrétien ne sont pas allumés, mais Christ me regarde, l'air sceptique, ses deux doigts levés comme pour me mettre en garde. Je ne tiens pas encore très bien sur mes jambes, mais j'ai les idées claires, et, même si ma gorge me fait encore mal, j'arrive à respirer un peu plus profondément. Je sais que ce qui va se passer déterminera si je vis ou si je meurs, et je sais également que je vais devoir affronter ça complètement seul. Euterpe ne peut plus me protéger, à supposer qu'elle en ait jamais eu le pouvoir, et – pour être honnête, lecteur – c'est de sa faute si je me trouve là. L'autre femme qui aurait pu me protéger, parce que je lui étais utile, est partie, elle aussi, par ma main. Si Melpomène était ici, elle me dirait comment tourner la situation à mon avantage, ou du moins comment éviter d'être crucifié ou brûlé vif. Mais, si son esprit me regarde, quelle que soit la vie après la mort vers laquelle elle s'en est allée – le monde ténébreux des anciens dieux ou le lac de flammes des chrétiens –, elle n'a aucune raison de me vouloir du bien, et qui pourrait le lui reprocher ? Quant à Focaria – qui sait où elle erre à présent ? Elle est peut-être déjà morte. Ou peut-être porte-t-elle la cape d'une morte en s'enfonçant le plus vite possible dans le maquis à l'extérieur de la ville ? Peut-être contemple-t-elle Carthago Nova qui disparaît derrière les vagues depuis le pont d'un navire, toutes voiles dehors, après avoir investi l'argent d'une morte dans un exil pour une destination aussi lointaine que ses moyens le lui permettaient ?

On fait le tour du bassin de l'atrium, puis on entre dans le bureau de Dominus, et mon regard croise celui de Marius, qui mange une pomme en lisant, les pieds sur la table. Son esclave, le garçon renfrogné que j'ai déjà croisé une fois, est avachi derrière lui dans un autre fauteuil, mais il se redresse quand on entre. Marius me toise des pieds à la tête, puis repose les yeux sur le rouleau qu'il était en train de lire.

– Je t'avais prévenu qu'on fait brûler vifs les garçons comme toi, non ?

L'esclave éclate de rire en faisant des petits bonds sur son siège, et il s'esclaffe encore quand le concierge et moi passons dans le jardin. Je plisse les yeux et je mets ma main en visière pour me protéger de la lumière aveuglante, tandis qu'il me fait avancer le long d'un sentier pavé de galets qui serpente entre des épineux en fleur et des arbres fruitiers chargés de figues, de pommes et de poires dont la fragrance est noyée sous l'odeur de fumée de ma tunique. On franchit un petit pont étroit qui enjambe un bassin plein de nénuphars et de poissons rouges qui filent comme des éclairs, et j'entends des voix résonner devant moi. Quatre hommes interrompent leur conversation et se tournent vers nous. Deux d'entre eux sont sur un banc – Granatus, en tunique, et l'édile maigre et gris dans sa toge trop grande –, tandis que Calidus fait les cent pas derrière eux sur la pelouse impeccablement tondue. Un peu plus loin, l'évêque est assis sur un autre banc dans sa longue robe noire, le dos très droit, les mains jointes sur ses genoux. Nos semelles crissent sur les galets quand nous approchons.

Mon cœur papillonne dans ma poitrine comme les ailes de Moineau, mais celui-ci ne s'envole pas. En réalité, je me dis : *C'est le moment, et voici les hommes qui vont décider de mon sort*. À part Marius, qui est resté dans le bureau derrière nous, aucun de ces hommes ne m'a pris, même si ça ne changerait pas grand-chose. Qu'ils m'aient baisé ou non, je n'ai aucune raison d'espérer la moindre compassion de leur part. Je suis ici pour leur expliquer le désastre que j'ai contribué à provoquer, mais je ne peux pas leur avouer la vérité. Le pire, c'est que je ne sais pas ce qu'ils savent déjà, ce qui signifie qu'à tout moment ils peuvent me prendre en flagrant délit de mensonge. Et encore pire : ils s'attendent à ce que je mente. Après un crime, on considère qu'un esclave ne peut dire la vérité que sous la torture. Focaria s'est réjouie de me raconter ça, une fois.

Alors c'est quelque chose que je dois envisager, me dis-je. Devant moi, Granatus et l'édile lèvent la tête à mon approche, et Calidus se fige et me regarde à la manière d'Audo, comme s'il avait envie de me cogner jusqu'à ce que je m'effondre. L'évêque ne bouge pas, mais il me dévisage, ses mains immobiles sur ses genoux. Tout autour, des gens apparaissent dans le feuillage, des hommes et des femmes, nus ou quasiment nus, le visage tourné vers le ciel, et d'autres silhouettes se tordent de plaisir ou de douleur à l'ombre de la colonnade.

Je mets un moment à me rendre compte qu'il s'agit de statues comme le garçon de bronze dans l'atrium, mais peintes de couleurs vives. Derrière Calidus, tout au fond de la maison, là où l'ombre est la plus dense, je vois la plus grande fresque que j'aie jamais vue, peuplée de figures sombres et bigarrées. Elle ne ressemble en rien à celles de la taverne, mais dans la pénombre, je ne distingue pas ce que font les personnages. Euterpe m'aurait raconté l'histoire qu'elle représente.

C'est un héros, Petit Bout, m'aurait-elle expliqué. Ulysse et ses hommes en train de leurrer un monstre deux fois plus grand qu'eux, ou le jeune Alexandre conduisant ses féroces Macédoniens contre une armée perse largement supérieure en nombre.

Ça ne lui servira jamais à rien, crache Focaria. Regarde-le, débraillé, brûlé et crasseux. Toi et tes satanées histoires.

Alors, sans que je puisse concevoir pourquoi elle m'aiderait en ce moment, j'entends la voix de Melpomène résonner dans mes oreilles aussi clairement qu'un tintement de cloche.

Regarde autour de toi, Antinoüs, lance-t-elle. C'est nous qui payons pour tout ça.

Le concierge me tire par l'épaule pour me stopper. Personne ne parle pendant un moment. Moineau bat un peu des ailes, puis se pose. Je me tiens devant ces hommes, les jambes tremblantes, les mains pleines d'échardes, des bleus au visage, la trachée à vif, vêtu d'une tunique sale et déchirée, un fugitif, un giton et un meurtrier. Je n'ai jamais été autant moi-même qu'en cet instant.

– Comment t'appelles-tu, pusus ? me demande l'édile.

– Antinoüs, Dominus.

– Je ne suis pas ton Dominus. Adresse-toi à moi en disant « Votre Honneur ».

– Mes excuses, Votre Honneur. Je m'appelle Antinoüs, dis-je en baissant la tête.

– Regarde-moi.

Je relève la tête. L'édile me dévisage calmement de ses yeux gris.

– Comment le feu est-il parti ?

Je tourne la tête et je tousse un peu, mais je joue la comédie. Melpomène aurait été fière, si je ne l'avais pas tuée.

– Parle plus fort ! m'intime l'édile.

– Je ne sais pas, Votre Honneur, réponds-je en me raclant la gorge. Je dormais dans ma cellule, et quand je me suis réveillé, tout était en feu.

Ce qui est la vérité, tout compte fait.

– Oh, merde !

Les trois autres se tournent vers Calidus, qui, le visage tout rouge, fonce vers moi en contournant le banc où son père est assis.

– Qu'est-ce qui s'est passé ? hurle-t-il.

Derrière moi, le concierge pose la main sur mon épaule, non pas pour me réconforter, mais pour me retenir quand Calidus me cognera. L'édile semble agacé. L'évêque ne dit rien. Granatus se lève, saisit son fils par les bras et s'interpose entre nous.

– Ferme-la ! Et va t'asseoir !

Mais Calidus est tellement en colère qu'il est prêt à se battre avec son père, lequel, les talons calés dans les galets, peine à le maîtriser. Calidus tend la main par-dessus son épaule.

– Qu'est-ce qu'on attend ? hurle-t-il. Torturons ce petit merdeux !

Granatus le pousse de toutes ses forces en grognant, et Calidus titube en arrière. Quand il s'avance à nouveau, son père le gifle si violemment que sa tête part sur le côté et qu'il manque de tomber à genoux. Il est plié en deux, le souffle coupé. L'édile est assis sur le bord de son banc, comme s'il s'apprêtait à s'enfuir ou à se joindre à l'algarade. L'évêque, pendant ce temps, a posé les yeux sur moi, et, même si son expression n'a guère changé, il a quasiment l'air surpris de constater à quel point je suis calme. Pour être franc, moi aussi. En général, quand l'air est lourd de violence, Moineau prend son envol. Mais en cet instant, je ne sens même pas le battement de ses ailes dans ma poitrine. Mon cœur pulse lentement, à un rythme régulier. En cet instant, il n'y a que moi, c'est tout.

Le vieux Dominus saisit son fils par le bras et l'emmène à l'ombre de la colonnade, où il le prend entre quatre yeux devant les fresques pour le tancer à voix basse en agitant son index sous son nez. Entre-temps, l'édile s'est tourné vers moi.

– Approche.

J'hésite, je regarde mes pieds. Encore une comédie.

– Je ne vais pas te faire de mal, ajoute-t-il.

Le concierge me pousse en avant. Je m'arrête à portée de bras de l'édile, qui se redresse et rajuste sa toge.

– Tu es sale. Ta tunique est dans un état déplorable.

– L'incendie, Votre Honneur.

– Montre-moi tes mains.

Je les tends vers lui, paumes vers le bas.

– Retourne-les.

J'obéis, et il les prend entre les siennes, puis m'attire vers lui.

– Comment t'es-tu fait ces entailles ?

– Pendant l'incendie, Votre Honneur. En essayant de sortir.

– Et ces bleus sur ton visage ? Qui t'a frappé ?

– Personne, Votre Honneur. Je suis tombé dans l'escalier.

Ce sont mes premiers véritables mensonges. J'espère qu'ils ne savent pas que Renatus m'a tiré de la taverne en flammes.

– Ils ont trouvé un corps calciné dans la cuisine, reprend-il tout en examinant mes mains. Tu sais qui c'est ?

Je suis à la croisée des chemins. Si je dis savoir, je devrai expliquer comment, ce qui me mènera à un autre carrefour. Si je dis qu'il s'agit de Melpomène, je devrai inventer une histoire pour expliquer sa mort. Si je réponds Focaria, je devrai en inventer une pour elle aussi. Je dois également prendre en compte la possibilité qu'ils aient déjà capturé Focaria, et qu'ils connaissent l'identité du cadavre qu'ils ont trouvé dans les décombres de la cuisine. La chose la plus facile à faire, le réflexe de l'esclave, ce serait de répondre que je n'en sais rien et de coller à mon histoire selon laquelle je dormais dans ma cellule lorsque c'est arrivé. Mais, à la place, je me surprends moi-même.

– Focaria.

– Comment s'appelait-elle ? demande l'édile en me lâchant les mains.

– Focaria, c'est tout. C'était la cuisinière. Elle n'avait pas de nom.

– Comment sais-tu que c'est elle ?

C'est l'évêque qui parle à présent. Calidus et le vieux Dominus ont cessé de s'invectiver sous la colonnade et ils écoutent. Je me tourne vers l'évêque.

– C'est Thalie qui me l'a dit, Votre Honneur.

Je suis enchanté par mon intelligence, et j'espère que ça ne se voit pas.

– Elle m'a dit que Focaria avait brûlé dans l'incendie.

– Qui est Thalie ? s'enquiert l'évêque.

– L'une des autres louves.

– Quand t'a-t-elle dit cela ?

– À l'instant, Votre Honneur. Avant que le concierge m'emmène ici, dis-je en jetant un coup d'œil vers la maison derrière moi pour leur indiquer la réserve où ils nous ont installés.

– Tu dois dire « Votre Grâce » quand tu t'adresses à l'évêque ! intervient l'édile.

Mais l'évêque lui fait signe – *Ce n'est pas grave* – sans me quitter des yeux.

– Alors, tu étais dans ta cellule, poursuit l'édile. Que s'est-il passé avant ?

Je me tourne vers lui.

– Ils nous ont capturés, Votre Honneur. Euterpe…

En prononçant son nom, ma voix se met à trembler, et je feins une quinte de toux pour le masquer.

– Euterpe a essayé de s'enfuir et elle m'a forcé à venir avec elle.

L'édile fronce les sourcils.

– Après ça. Quand Melpomène t'a ramené à la taverne.

– Je suis monté dans ma cellule, Votre Honneur.

L'édile soupire et regarde l'évêque.

– Ce garçon est simplet, observe-t-il.

– Il ment ! crie Calidus depuis la colonnade.

– Ferme-la ! ordonne son père.

– Il a peur, remarque l'évêque. J'aurais peur, moi aussi, si j'étais à sa place.

Il me fait signe.

– Viens ici, pusus.

Le concierge me fait pivoter en direction de l'évêque. Je fais quelques pas hésitants. Encore une comédie.

– Que s'est-il passé, juste après que Melpomène t'a ramené à la taverne, avant que tu montes dans ta cellule ?

De tous les hommes présents dans ce jardin luxuriant, l'évêque est celui qui m'inquiète le plus. Comme sa barbe lui dissimule la bouche, j'ai du mal à déchiffrer son expression, mais il semble me regarder comme le faisait Astius le peintre – attentivement, quoique sans les intentions lubriques d'un client. Je suis un casse-tête à résoudre avant de s'en débarrasser. Je dois lui mentir, mais je sais que parmi les personnes présentes, c'est l'homme le plus susceptible de s'en rendre compte. À ce moment-là, j'ai envie de détourner les yeux plus que toute autre chose, mais ce serait la pire erreur que je puisse commettre.

– Votre Grâce, dès qu'on a passé la porte du jardin, Melpomène m'a envoyé à l'étage.

– Très bien, poursuit l'évêque. Ensuite, qu'a-t-elle fait ?

– Elle est allée dans la cuisine.

– Elle t'a laissé monter tout seul ? demande l'édile.

Je lui réponds sans détourner les yeux de l'évêque.

– Oui, Votre Honneur.

– Et pourquoi ne t'es-tu pas sauvé ? Tu avais déjà essayé de t'enfuir le matin même.

Je prends le risque de lâcher l'évêque des yeux pour regarder l'édile. À présent, Granatus et Calidus se tiennent derrière lui, et le vieux Dominus a posé la main sur l'épaule de son fils, qui serre les dents sans piper mot.

– Je vous prie de m'excuser, Votre Honneur, mais je n'y étais pour rien. Eu... Euterpe m'a emmené. Je ne savais pas qu'elle tentait de s'enfuir.

Je suis obligé de faire des efforts pour contrôler ma voix. C'est ce qu'Euterpe m'a demandé de dire, mais j'ai l'impression de la trahir. Pour autant que je le sache, je suis en train de la tuer, comme j'ai tué Melpomène.

– Alors, tu es monté à l'étage, reprend l'évêque. As-tu entendu quelque chose ?

Je me retourne vers lui.

– J'ai entendu Focaria et Melpomène se crier dessus.

– Que disaient-elles ?

– Je suis désolé, Votre Grâce, mais je n'ai pas pu le distinguer.

Calidus ricane.

– Que s'est-il passé ensuite ?

– Elles ont crié de plus en plus fort, Votre Grâce, puis soudain ça s'est arrêté.

– Et ensuite ?

C'est là que tout pourrait mal tourner, mais qu'avais-je à perdre, lecteur ? Qu'ils me croient ou pas, ils allaient me tuer ou me vendre. Alors, autant essayer de préserver ma vie.

– Je suis monté sur la table sous ma fenêtre, et j'ai vu Melpomène sortir de la cuisine et passer dans la rue par la porte du jardin.

– Menteur ! crie Calidus. Il a dit qu'il dormait ! Il a dit...

Son père le tire en arrière.

Sans un regard pour son neveu, l'évêque lève le doigt pour demander le silence. Calidus bouillonne, mais se tait.

– Tu es sûr que c'était elle ? Tu as vu son visage ?

Maintenant, je suis l'un des esclaves sournois d'une pièce de Plaute, qui se demande quel mensonge est le plus vraisemblable et le moins susceptible de lui valoir une bonne raclée. Ce que Digitus m'a raconté dans la buanderie me revient en mémoire, et je décide de limiter les risques. Pour ce que j'en sais, il leur a peut-être déjà avoué qu'il avait vu Melpomène dans la rue avec sa capuche sur la tête.

– Non, Votre Grâce. Elle avait mis sa capuche. Mais c'était la cape de Melpomène.

– Et ensuite ?

– Et ensuite, Votre Grâce, je me suis recouché et je me suis endormi.

– Au milieu de la journée ? crie Calidus. Après ce qui venait de lui arriver ?

Tout le monde se tourne vers lui, même l'évêque. Granatus tend la main vers son fils, mais Calidus la repousse et passe devant le banc où l'édile est assis. Il me domine de sa hauteur et s'adresse aux autres par-dessus ma tête.

– Melpomène venait de m'aider à capturer Euterpe et ce petit merdeux. Pourquoi donc aurait-elle tué la cuisinière et mis le feu à l'Hélicon ? Ça n'a aucun sens !

– Je vous prie de m'excuser, Dominus, mais ce n'est pas ce qu'elle a fait.

Il m'attrape par les cheveux et les tire en arrière pour que je lève la tête vers lui.

– Il y a un corps calciné dans les cendres de la cuisine. Mais ça, tu le sais déjà.

Je me mets sur la pointe des pieds pour éviter qu'il ne m'arrache les cheveux à la racine.

– Lâche-le, intime l'édile.

Mais Calidus tire encore plus fort.

– J'ai toujours su que ce sale gosse nous causerait des problèmes.

Il me prend à la gorge et me soulève.

Moineau s'envole, il regarde la scène d'en haut. Granatus et l'édile tournent autour de Calidus et du garçon qui se débat, sans les toucher ni l'un ni l'autre. Le concierge fait un pas en arrière. L'évêque lève la main, mais il reste assis.

– Neveu ! s'écrie-t-il sèchement.

Calidus resserre sa prise sur la gorge du garçon. Moineau voit celui-ci agripper le poignet de Calidus en donnant des coups de pied. L'évêque se lève.

– Relâche-le ! Maintenant !

Calidus laisse tomber le garçon, et je m'affale par terre, le souffle coupé.

– Recule ! ordonne l'évêque.

Calidus jette un regard noir à son oncle, mais il obtempère, et, quand son père tente de le toucher, il l'écarte du bras. L'édile se rassoit.

– Pour votre gouverne, j'ai déjà eu des nouvelles de Priscianus, lance Calidus à la cantonade. Il nous intente un procès pour la perte de sa boutique.

– Pour l'amour de Dieu, fils, tu vas la fermer, oui ? aboie Granatus.

L'évêque se poste devant moi. Il me masque le soleil.

– Es-tu en mesure de parler ? me demande-t-il.

Je me frotte la gorge et j'acquiesce. Les galets du sentier me meurtrissent la hanche. Tandis que je me remets difficilement debout, l'évêque recule instinctivement et se rassoit sur le banc. Le concierge m'attrape par le bras et me remet sur mes pieds.

– Comment sais-tu que Melpomène n'a pas tué la cuisinière ? demande l'évêque.

Les jambes encore tremblantes, je baisse les yeux. Je sens leurs regards sur moi.

– Je l'ai entendue, Votre Grâce, dis-je à travers ma gorge tuméfiée. Après le départ de Melpomène, j'ai entendu Focaria pleurer dans la cuisine.

– Pourquoi pleurait-elle ?

Je croise le regard de l'évêque.

– Elle était amoureuse d'Euterpe, et Euterpe était amoureuse d'elle.

Il ferme les yeux, comme blessé.

– Je pense qu'elle était triste parce qu'elles n'allaient plus jamais se revoir.

L'évêque lève la main pour m'empêcher d'ajouter quoi que ce soit. Il ne veut pas entendre parler de ça.

– Alors, Focaria s'est immolée toute seule ? On est censés croire ça ? s'écrie Calidus.

– Je ne sais pas, Dominus, dis-je en fixant l'évêque qui a toujours les yeux fermés. Je sais simplement que je l'ai entendue pleurer avant de m'endormir.

– C'est des foutaises ! crie-t-il.

Mais, cette fois-ci, il reste derrière le banc.

– Elle est dans la nature, elle rit à nos dépens ! Pourquoi écoutez-vous ce… ce…

L'évêque lève la main, les paupières toujours closes, et Calidus se tait. Tout le monde a les yeux fixés sur l'homme d'Église, qui semble remuer les lèvres sous sa barbe comme s'il priait.

– Où est Euterpe, à présent ? demande Granatus.

– Je l'ai vendue ce matin, répond Calidus. À un marchand. Ils ont probablement déjà pris la mer.

– Sans me consulter ? s'étonne son père.

– Citoyens, cette situation devient incontrôlable…, déclare l'édile.

Granatus, Calidus et lui se mettent à parler en même temps. Le concierge se tient à quelques pas de moi, aussi immobile que les statues dans les buissons.

Je fixe l'évêque. Les yeux toujours fermés, il se lisse la barbe et la moustache de la paume de sa main, une fois, deux fois, comme pour apaiser ses lèvres. Puis il rouvre les yeux, et je sens que mon cœur se met à palpiter sous son regard. Suis-je allé trop loin ? Ai-je trop menti, ou pas assez ? J'ai tenté de compliquer mes mensonges pour qu'ils aient l'air vrais et contradictoires, comme la vérité l'est en général, parce que je suis certain que s'ils s'emboîtent tous à merveille, ils auront l'air plus faux. En même temps, j'essaie de faire croire que je ne comprends pas ce qui se passe, que je ne suis qu'un jeune garçon effrayé qui s'embrouille. Melpomène était un bon professeur. L'évêque me dévisage longuement, l'air sévère, mais je soutiens son regard, car je n'ose pas détourner les yeux.

– Assez, dit-il.

Les autres continuent de se disputer en parlant tous en même temps.

– Assez ! répète-t-il en haussant le ton.

Les trois hommes se taisent.

– Plus rien de tout ceci n'a d'importance, déclare-t-il en se levant. Peu importe l'identité du corps dans la cuisine, ou de la louve qui s'est enfuie. Peu importe qui a déclenché l'incendie et pourquoi. Cette taverne a toujours été malsaine – bien que nécessaire –, mais j'apprends à présent qu'elle était un cloaque de passions encore plus immorales et dégoûtantes que je ne le croyais. C'est une bonne chose qu'elle ait disparu.

Calidus et son père protestent en même temps.

– Mon oncle !

– Mon frère !

– Assez ! crie l'évêque pour les faire taire.

Il pointe la barbe vers moi.

– Ce malheureux garçon m'a rendu un service. Avoir permis que cet établissement continue d'opérer sous mon nez en sachant ce qui s'y passait est une tache sur ma conscience. À présent, c'est fini, déclare-t-il en toisant les trois autres. Débarrassez-vous de lui, et également des autres louves. Vos jours dans la fange et la souillure sont terminés.

Calidus et son père se regardent, mais ils ne disent rien. L'édile se lève de son banc.

– Votre Grâce, la curie devrait décider…

– La curie est aussi coupable que moi en la matière. Mais j'assume cette responsabilité. Sur l'insistance de l'Église, vous avez fermé toutes les autres tavernes de la ville, tout en autorisant celle de mon frère à demeurer ouverte, avec mon consentement implicite. Mais les exigences de notre foi ont une importance capitale dans ces circonstances, étant donné que l'âme immortelle de chacun est en jeu. Et la mienne plus que celle de tout autre.

Il fait un pas vers moi. L'espace d'un instant, je crois qu'il va me toucher, mais je me rends compte ensuite qu'il préférerait encore se couper la main.

– Cyprien, le martyr, a écrit qu'un évêque se doit d'être sans tache pour servir en tant que ministre du Seigneur. Et pourtant je suis un infâme pécheur, presque tout autant que ce garçon. Mais je peux encore être lavé de mes péchés.

Il soupire.

– Vendez les autres louves. Vendez-le. Envoyez-le loin de la ville. Point final.

Il fait volte-face et s'éloigne vers la maison en faisant crisser ses semelles sur les galets. Le concierge courbe la tête en s'écartant de son chemin.

– Mon oncle, pourquoi ne pas tout simplement le tuer ? demande Calidus, l'air déçu.

L'évêque hésite, puis répond par-dessus son épaule.

– Si tu fais ça, je te poursuivrai en justice pour meurtre.

Il se remet en marche, mais s'arrête à nouveau.

– Tant qu'il vivra, ce garçon aura lui aussi la possibilité d'être lavé de ses péchés.

Puis il contourne la fontaine et s'enfonce dans la pénombre de la maison.

M'a-t-il cru, lecteur ? Je ne le saurai jamais, et toi non plus. Tout ce qui compte, c'est que j'ai fait de mon mieux dans une situation impossible, et que pour finir l'évêque a épargné ma vie et celles de Thalie, d'Uranie et de Digitus, que ce soit grâce à mes mensonges ou pas. C'était ce qu'on pouvait espérer de mieux dans ces circonstances.

Peut-être te demandes-tu aussi pourquoi j'ai protégé Focaria ? Pourquoi j'ai laissé une meurtrière se sauver avec l'argent de sa victime ? Pourquoi ne pas avoir dit à l'évêque que Focaria avait tranché la gorge de Melpomène dans un accès de rage, ce qui est la vérité, même si ce n'est pas toute la vérité ? J'aurais tout aussi bien pu mentir dans ce sens, comme je l'avais fait à propos du cadavre dans la cuisine. Je n'avais aucune raison de lui vouloir du bien. Certes, Focaria a été mon professeur, et d'une certaine manière une mère pour moi, mais elle ne m'a jamais aimé comme Euterpe m'aimait, et, à la fin, elle a tenté de me tuer. S'ils l'avaient capturée, bien sûr, elle leur aurait dit que j'avais tué Melpomène, ce qui était en partie vrai. Mais je ne pense pas que ça m'ait traversé l'esprit à l'époque. Et aujourd'hui je ne m'en souviens pas. C'était il y a si longtemps.

Parfois, quand je me sens inhabituellement bien dans ma tête à propos de ce que j'ai été dans ma vie – une louve, un souteneur, un meurtrier –, je me dis que j'ai protégé Focaria par amour pour Euterpe. C'est ce qu'elle aurait fait si elle s'était retrouvée dans ce jardin devant ces hommes. Elle se serait sacrifiée pour laisser quelqu'un qu'elle aimait s'en sortir. Elle aurait fait la même chose pour moi, pour Thalie ou pour Uranie, et peut-être même pour Melpomène. « C'est ça, l'amour », m'avait-elle affirmé, et toutes ces années plus tard, je n'arrive toujours pas à déterminer si Euterpe était une sainte ou une imbécile. Peut-être est-ce la même chose.

Quant à moi, j'ai été un imbécile plus souvent qu'à mon tour, mais je n'ai jamais été un saint.

Ça ne pouvait finir qu'ainsi. Moi, nu sur la scène du marchand d'esclaves, un panneau que je ne peux pas déchiffrer accroché autour du cou, des fers aux chevilles, examiné par le petit groupe d'acheteurs dans la fosse du théâtre, par la foule de badauds qui n'ont rien de mieux à faire, par les marchands qui me vendaient des fruits, des lièvres et des épices dans leurs échoppes, par Musa le prêteur et son esclave Deodatus, et par Opitria – qui, bien que je ne l'aie jamais payée pour me prédire l'avenir, aurait sans doute pu me dire que tout ça finirait ainsi. Sur la scène, je suis entre Digitus, qui semble gêné de ne pas porter sa tunique, et Thalie et Uranie, qui se donnent la main jusqu'à ce que le marchand les sépare d'un coup de cravache.

Quartus le scribe, des larmes de bonheur plein les yeux, achète Thalie. Il monte en trépignant sur scène avec sa bourse – le fruit, sans aucun doute, d'un prêt ruineux auprès de Musa – et il l'embrasse avant même qu'on lui ôte les fers. Thalie pleure, elle aussi, quand Quartus l'emmène. Elle regarde par-dessus son épaule en direction d'Uranie, qui la suit des yeux sans rien dire. Après une brève enchère, Uranie est achetée par un marchand venu de la lointaine Alexandrie. Quand on l'emmène, je l'appelle par son nom – son vrai nom, Izar –, mais elle ne se retourne pas.

Pour ce que ça vaut, j'atteins la plus grosse enchère ce matin-là, parce que je suis une rareté. Je ne suis plus ni Antinoüs, ni Antiochus, ni même Souris, mais un jeune garçon en bonne santé avec une grande expérience dans l'exercice d'une profession inhabituelle. Au début, Balbina fait un effort pour m'acheter. Son frère se penche par-dessus son épaule et la harcèle, mais elle le repousse. Néanmoins, elle est vite obligée d'abandonner, car, quelle que soit la valeur qu'elle accorde à mon âme immortelle, elle ne peut s'aligner sur le prix que certains hommes sont prêts à payer pour bénéficier de mes talents particuliers. Tandis que son frère l'emmène, elle me regarde, les larmes aux yeux, et me crie quelque chose que je n'arrive pas à entendre au milieu des rires et des acclamations de la foule.

En fin de compte, mon sort dépend de deux marchands d'esclaves extérieurs à la ville, l'un originaire d'Arelate, une cité gauloise, et l'autre de Tarraco, sur la côte d'Hispanie, au nord de Carthago Nova. Les deux montent sur la scène pour me regarder de plus près ; ils me passent la main dans les cheveux pour vérifier que je n'ai ni poux ni cicatrices, examinent mes dents, me tapotent la poitrine. Ils s'accroupissent pour me presser les jambes, m'écartent les fesses pour s'assurer que je n'ai pas d'hémorroïdes, me tâtent le pénis et les testicules. En fixant le public par-dessus leur tête, je repère des hommes à qui j'ai fait des fellations, des gamins qui m'ont insulté dans la rue, des femmes qui ont couvert les yeux de leurs enfants sur mon passage. Mais je n'ai pas honte, lecteur, d'être ainsi inspecté en public, car en quoi est-ce si différent de ce que les clients m'ont fait tous les soirs pendant un an ? Y a-t-il une différence entre être nu devant cent personnes et devant une seule ?

L'homme d'Arelate et celui de Tarraco forment un triangle dont le marchand d'esclaves est le troisième sommet, et ils enchérissent l'un contre l'autre avec des petits gestes secs de la main. Finalement, l'homme d'Arelate abandonne et sort du triangle en levant les bras en l'air. L'autre tape dans la main du marchand d'esclaves, qui claque des doigts pour que son assistant vienne ôter mes fers et le panneau autour de mon cou. Je ramasse ma tunique crasseuse, je l'enfile, et, quand je me redresse, mon nouveau Dominus est devant moi et me toise, les mains sur les hanches. Il est petit, chauve et rondouillard, mais ses jambes sont fuselées et il a l'air costaud. Sa tunique est onéreuse, mais simple et sans ornements, contrairement à celles qu'affectionne Calidus, et il porte une sacoche en bandoulière. Une fois que j'ai mis ma tunique, il tire de sa sacoche un morceau de corde et s'avance vers moi.

– Comment on t'appelle ? demande-t-il en m'entravant les mains, solidement mais sans me faire mal.

– Antinoüs, Dominus.

– C'est un grand nom pour une louve.

– Mon Dominus l'avait choisi pour moi. Je veux dire, mon Dominus précédent.

– Je m'appelle Tatius.

Il me passe la boucle d'une laisse autour du cou et la serre, mais pas trop fort.

– Es-tu un Juif, Antinoüs ?

– Je ne sais pas, Dominus. Je suis peut-être Syrien.

– Encore mieux.

Il prend l'autre bout de la laisse, m'examine de bas en haut et hoche la tête.

– J'ai un acheteur à Tarraco, un homme très important qui aime les petits garçons à la peau sombre venus d'Orient comme toi.

– Oui, Dominus.

– S'il te trouve aussi à son goût que je le pense, tu ne seras plus Antinoüs ; tu seras Ganymède. Il appelle tous ses garçons Ganymède.

Il me jette un regard en coin.

– Je suppose que tu ne parles pas grec ? Tu sais qui était Ganymède ?

– Non, Dominus.

L'assistant de Tatius revient avec le reçu de ma vente, et celui-ci prend le papyrus, l'examine et acquiesce, puis l'assistant s'éloigne.

– Ganymède était un joli garçon comme toi, m'explique-t-il en rangeant le papyrus dans sa sacoche. L'immortel Zeus l'a choisi pour amant. Si tu as de la chance, cet homme te choisira pour être son Ganymède, et je gagnerai bien plus d'argent que ce que je viens de débourser pour toi.

Il tire gentiment sur la laisse.

– Allons-y.

Tandis qu'on descend les marches de la scène, je jette un coup d'œil à Digitus, tout seul, encore dans les fers, sa tunique en boule à ses pieds, les mains jointes sur son entrejambe. Quand il me voit le regarder, il m'interpelle.

– T'inquiète pas pour moi, petit bâtard !

La foule se moque de lui, et il a un rire désespéré pour se moquer d'elle.

– Digitus est comme les chats ! leur crie-t-il. Il retombe toujours sur ses pieds !

Au bout de la laisse de Tatius, j'arpente une dernière fois la rue où j'ai passé le plus clair de ma vie. Le crieur est de sortie, aujourd'hui ; il se pavane comme un coq aux carrefours en déclamant son staccato.

– CENT deniers pour toute INformaTION à propos de MELpomène, une AFFranchie et une LOUve...

J'aperçois Nazarius qui plaisante avec deux femmes derrière son comptoir, et j'entends les hommes chanter au fond de sa boutique. Tatius me fait passer devant la fontaine, où seules quelques femmes sont encore en train de remplir leurs seaux. Je n'en reconnais aucune, et aucune ne fait attention à moi quand je passe. De l'autre côté de la rue, la boutique de Priscianus est à moitié carbonisée – elle n'a plus de toit, les murs sont tout noirs à l'intérieur, et ses jarres d'huiles ont été éparpillées, brisées et brûlées. Seuls deux murs sont encore debout, et l'échoppe ressemble à un melon écrasé qu'on a laissé pourrir au soleil.

Les décombres de la taverne sont encore fumants, un halo gris clair qui flotte ici et là au gré de la brise et qui noie toutes les autres odeurs de la rue. Le mur du jardin est plein de suie et carbonisé, mais toujours debout. En revanche, la porte est sortie de ses gonds. À l'intérieur, un groupe d'esclaves qui portent des masques en tissu sur le nez et la bouche tirent des briques et des poutres noircies des deux tas de décombres qui étaient auparavant la taverne et la cuisine, et les trient en deux piles. Un esclave fait des allers-retours jusqu'à la citerne avec le seau que j'ai utilisé pendant des années pour verser de l'eau qui grésille en tombant sur les braises encore chaudes.

– Tu es au courant de ce qui est arrivé ici ? demande Tatius par-dessus son épaule.

– Non, Dominus.

Tatius s'esclaffe.

– Tu es discret. C'est bien.

Puis on traverse l'attroupement de mendiants qui vivent à l'ombre de la porte de la cité et, un instant plus tard, on s'engage sur les quais en laissant la ville derrière nous.

Je passe ma dernière nuit à Carthago Nova dans une cage, sur le pont d'un bateau à quai.

– J'ai de grands projets pour celui-ci, déclare Tatius au capitaine. Alors, ne le mets pas dans la soute avec les autres.

La cage n'est pas aussi inconfortable que son nom pourrait le laisser croire. Je n'ai pas la place de me lever, mais la vigie du navire m'a donné une paillasse où m'allonger et quelque chose à manger, du poisson salé et du vin. Cette nuit-là, il ne semble y avoir que nous deux sur le pont, et je me demande où est passé le reste de l'équipage, maintenant que l'Hélicon est en ruine et que l'évêque a fermé toutes les autres tavernes de la ville. Le bateau tangue doucement sous moi, sensation inhabituelle mais pas déplaisante, et il me vient à l'esprit que je vais quitter la ville de la même façon que j'y suis arrivé.

Ce qu'il y a de curieux dans cette cage, c'est que même si je peux à peine bouger, je suis en mesure de voir dans toutes les directions et d'entendre tout ce qui se passe. Cette nuit, il fait doux, et j'ai suffisamment de place pour m'asseoir. D'un côté, je distingue la masse sombre de la montagne qui masque les étoiles, mais de l'autre elles brillent jusqu'à l'horizon entre les deux monts qui encadrent l'embouchure du port. Sur le quai, je vois des lampes accrochées au-dessus des gueules béantes des entrepôts, et j'entends des voix qui chantent au loin. Par-delà les murs de la ville, je distingue les toits sombres des maisons, et, sur la colline au-dessus du théâtre, j'aperçois l'ancien temple d'Asclépios qui se découpe sur le ciel étoilé, non loin de l'endroit où Melpomène m'avait initié à la vie de louve.

Au fur et à mesure que la nuit avance, les chants au loin s'estompent puis s'éteignent. La vigie s'endort sur le pont ; je l'entends respirer calmement. De temps à autre, un bruissement, un soupir ou un gémissement montent de la soute. Les seuls autres sons qui me parviennent sont les craquements du bateau, le clapotement des vagues contre le quai et le murmure des feuilles de palmier sous la brise marine. Je me roule en boule dans la cage et je contemple les étoiles qui ballottent au-dessus de la poupe du navire, de haut en bas, de bas en haut, en cherchant la forme d'une paire d'ailes dans le ciel. Moineau viendra-t-il avec moi demain, ou va-t-il rester ici, dans cette ville ? Tandis que ma respiration s'apaise et que mes paupières commencent à se fermer, je me rends compte que ça ne m'inquiète pas. Moineau reviendra quand j'aurai besoin de lui, j'en suis sûr. Je suis Moineau, et Moineau c'est moi. C'est l'unique chose dont je suis sûr, désormais. Peut-être va-t-il même veiller sur moi pendant mon sommeil.

Au cours de la nuit, je suis réveillé par le raclement d'un verrou, et, en me redressant, j'avise Euterpe qui ouvre la porte de ma cage. Ses yeux brillent autant que les étoiles au-dessus de nos têtes, et elle sourit. Avant que je puisse parler, elle place sa main sur ma bouche pour m'empêcher de pousser un cri de surprise, puis elle me tire de la cage et m'embrasse, et je baigne une fois de plus dans sa chaleur et son odeur familière. Elle me fait traverser le pont du bateau, et sourit de nouveau en portant son index à ses lèvres tandis que nous enjambons la vigie endormie avant de sauter silencieusement sur le quai.

Puis on passe sous les palmiers qui bruissent, on franchit la porte de la ville, on rejoint les décombres de la taverne, où les murs effondrés sont déjà recouverts par les plantes du jardin qui poussent comme des herbes folles. Les ruines ne sentent plus la fumée, mais le thym, le romarin et l'origan, et, par-dessus le gargouillis de la fontaine toute proche, j'entends les voix de deux femmes, puis Thalie et Uranie surgissent de la pénombre, vêtues de leur cape, leurs yeux brillants comme ceux d'Euterpe, telles des étoiles. Mes sœurs et moi nous embrassons une dernière fois, et Uranie dit qu'elle emmène Thalie dans son village à la campagne, où son père va les accueillir et où il suppliera Uranie de lui pardonner de l'avoir vendue. Avant de partir, Uranie se penche vers moi pour m'embrasser et murmure à mon oreille : « Je te pardonne, Souris. » Puis Euterpe me prend par la main et m'emmène, et, au-dessus de mon épaule, je vois Thalie et Uranie courir main dans la main au milieu de la rue en riant tandis que leurs capes scintillent à la lumière des étoiles.

Ensuite, Euterpe et moi, on tourne à l'angle de la rue, on remonte rapidement la voie derrière les entrepôts du port et on atteint l'aqueduc, où les louves qui travaillent sous les arches se lèvent entre les ombres pour nous saluer, nous souhaiter bon voyage et nous demander de toujours nous souvenir d'elles. Puis on traverse le pont en riant et on s'engage sur la route entre la montagne aux pentes escarpées et la lagune silencieuse. Les silhouettes de deux pêcheurs sur leur bateau se découpent devant le reflet des étoiles dans l'eau, et ils nous saluent, eux aussi. On passe entre les petites maisons des morts, et ce n'est qu'en arrivant devant le muret du cimetière que je commence à avoir peur en pensant à Audo, drapé dans son linceul, qui dort d'un sommeil agité dans sa tombe à côté de la rive. Mais Euterpe me donne la main et me dit de ne pas m'inquiéter, et, quand une ombre se lève d'entre les tombes et glisse vers nous, elle se contente de rire.

– Qu'est-ce qui vous a pris tout ce temps ? demande Focaria en ôtant la capuche de Melpomène avant de se jeter dans les bras d'Euterpe.

Les deux femmes s'embrassent, puis Focaria pose la main sur mon épaule.

– Tu me pardonnes, Pusus ?

– Bien sûr que je te pardonne.

Alors, mes deux mères me prennent chacune par une main, et on court tous ensemble sur la route jusqu'à ce que la montagne et la lagune et la taverne et la ville se perdent derrière nous dans la nuit, et elles me balancent entre elles en riant, leurs mains fermes et chaudes dans les miennes, avec la promesse qu'elles ne cesseront jamais de courir et qu'elles ne me lâcheront jamais.

Note de l'auteur

Ce roman est une œuvre de fiction et non un livre d'histoire. Cela dit, les travaux de nombreux chercheurs, qui en savent tous beaucoup plus que moi sur l'Antiquité classique et tardive, ont été essentiels à l'écriture de *Moineau*. Voici quelques-uns des ouvrages qui m'ont aidé à créer le monde de Carthago Nova : *The Fires of Vesuvius: Pompeii Lost and Found*, de Mary Beard ; *A Social and Cultural History of Late Antiquity*, de Douglas Boin ; *Trade and Taboo: Disreputable Professions in the Roman Mediterranean*, de Sarah Bond ; *Slaves and Masters in the Roman Empire: A Study in Social Control*, de K. R. Bradley ; *The World of Late Antiquity* et *The Body and Society*, de Peter Brown ; *Running the Roman Home*, d'Alexandra Croom ; *Ideas of Slavery from Aristotle to Augustine*, de Peter Garnsey ; *Slavery in Early Christianity*, de Jennifer Glancy ; *From Shame to Sin: The Christian Transformation of Sexual Morality in Late Antiquity* et *Slavery in the Late Roman World, AD 275-425*, de Kyle Harper ; *The Roman Street: Urban Life and Society in Pompeii, Herculaneum, and Rome*, de Jeremy Hartnett ; *Slavery in the Roman World*, de Sandra Joshel ; *The Material Life of Roman Slaves*, de Sandra R. Joshel et Lauren Hackworth Petersen ; *Race and Ethnicity in the Classical World*, dirigé par Rebecca F. Kennedy, C. Sydnor Roy et Max Goldman ; *Invisible Romans*, de Robert Knapp ; *Late Roman Spain and Its Cities*, de Michael Kulikowski ; *The Brothel of Pompeii: Sex, Class, and Gender at the Margins of Roman Society*, de Sarah Levin-Richardson ; *The Economy of Prostitution in the Roman World: A Study of Social History and the Brothel*, de Thomas A. J. McGinn ; *Goddesses, Whores, Wives, and Slaves*, de Sarah B. Pomeroy ; *Sexuality in Greek and Roman Culture*, de Marilyn B. Skinner ; et *Roman Homosexuality*, de Craig A. Williams.

Le livre a également bénéficié de la lecture des ouvrages suivants : *Sex Work Matters: Exploring Money, Power and Intimacy in the Sex Industry*, dirigé par Melissa Hope Ditmore, Antonia Levy et Alys Willman ; *The Classic Slave Narratives*, dirigé par Henry Louis Gates, Jr. ; *Paid For: My Journey Through Prostitution*, de Rachel Moran ; *Slavery and Social Death: A Comparative Study*, d'Orlando Patterson ; *The Boy Who Was Raised as a Dog and Other Stories from a Child Psychiatrist's Notebook*, de Bruce D. Perry et Maria Szalavitz ; et *Domination and the Arts of Resistance: Hidden Transcripts*, de James C. Scott. Toute utilisation abusive de leurs travaux, délibérée ou non, relève de ma seule responsabilité.

J'ai eu beaucoup de chance de travailler avec Ravi Mirchandani chez Picador, et je suis reconnaissant à toute l'équipe de Pan Macmillan pour son travail acharné et son soutien, en particulier à Marta Catalano, Elena Battista et Jon Mitchell. L'enthousiasme et les conseils éditoriaux avisés de Gillian Stern ont été essentiels à la rédaction de la version finale du texte. Le correcteur, Fraser Crichton, et la correctrice, Mary Chamberlain, m'ont épargné nombre d'erreurs, et j'ai adoré la couverture de Stuart Wilson dès que je l'ai vue.

Je suis également reconnaissant à plusieurs bons amis qui ont lu les premières versions du livre : Kate Christensen, Jim Crace, Matt Cutts et John Marks. Neil Olson, mon ami et agent depuis plus de trente ans, n'a jamais refusé mes idées, si bizarres soient-elles, et ne m'a jamais laissé tomber. Je lui dois plus que je ne saurais dire.

Enfin, *Moineau* n'existerait pas sans les conseils avisés de ma femme, Mimi Mayer. Elle m'indique quand j'ai fait quelque chose de bien, et quand ce n'est pas le cas, elle me le dit sans détour. Plus d'une fois, elle m'a rattrapé au bord du gouffre. C'est pourquoi ce livre lui est dédié, avec tout mon amour.

Cet ouvrage a été imprimé en France par
CPI Bussière
Z.I. rue Pelletier Doisy
18200 Saint-Amand-Montrond (France)

pour le compte des Éditions Fayard
13 rue du Montparnasse, 75006 Paris
info-fayard@editions-fayard.fr
en avril 2025

Composition réalisée par
Belle Page

PAPIER CERTIFIÉ

fayard s'engage pour l'environnement en réduisant l'empreinte carbone de ses livres.
Celle de cet exemplaire est de :
0,700 kg éq. CO_2
Rendez-vous sur
www.fayard-durable.fr

N° d'édition : 77-8949-7/01 - N° d'impression : 2083967